EVEREST 1239

AHMET ÜMİT

Ahmet Ümit, 1960'ta Gaziantep'te doğdu. 1983'te Marmara Üniversitesi Kamu Yönetimi Bölümü'nü bitirdi. 1985-1986 yıllarında, Moskova'da Sosyal Bilimler Akademisi'nde siyaset eğitimi gördü. İlk kitabı 1989'da yayımlanan *Sokağın Zulası* adlı şiir kitabıdır. Bu kitap 2011'de gözden geçirilerek Everest Yayınları tarafından yeniden yayımlandı. 1992'de ilk öykü kitabı *Çıplak Ayaklıydı Gece* yayımlandı. Bunu 1994'te *Bir Ses Böler Geceyi*, 1999'da *Agatha'nın Anahtarı*, 2002'de *Şeytan Ayrıntıda Gizlidir* adlı polisiye öykü kitapları izledi. 1995'te hem çocuklara hem de büyüklere yönelik *Masal Masal İçinde* ve 2008'de yayımlanan *Olmayan Ülke* ile farklı bir tarz denedi. 1996'da yazdığı ilk roman *Sis ve Gece*, polisiye edebiyatta bir başyapıt olarak değerlendirildi. Bu romanın ardından 1998'de *Kar Kokusu*, 2000'de *Patasana*, 2002'de *Kukla* yayımlandı. Bu kitapları, *Ninatta'nın Bileziği*, *İnsan Ruhunun Haritası*, *Aşk Köpekliktir*, *Beyoğlu Rapsodisi*, *Kavim*, *Bab-ı Esrar*, *İstanbul Hatırası* ve *Sultanı Öldürmek* adlı kitapları izledi. Ahmet Ümit'in İsmail Gülgeç'le birlikte hazırladığı *Başkomser Nevzat - Çiçekçinin Ölümü* ve *Başkomser Nevzat - Tapınak Fahişeleri* ve Aptülika (Abdülkadir Elçioğlu) ile birlikte hazırladığı *Başkomser Nevzat - Davulcu Davut'u Kim Öldürdü* adlı çizgi romanları Everest Yayınları tarafından yayımlanmıştır.

www.twitter.com/baskomsernevzat
www.ahmetumit.com
www.facebook.com/ahmetumitfanclub
www.twitter.com/beyoglununEGA
www.facebook.com/Beyoglunun. En.Guzel.Abisi

BEYOĞLU'NUN EN GÜZEL ABİSİ

Ahmet Ümit

Ahmet
[illegible] Sevgilerle...

§

Yayın No **1239**
Türkçe Edebiyat **447**

Beyoğlu'nun En Güzel Abisi
Ahmet Ümit

Yayına hazırlayan: Çiğdem Su Uğurlu - Emre Taylan
Kapak tasarım: Utku Lomlu
Kapak fotoğrafı: Gökçen Tunç
Mizanpaj: Bahar Kuru Yerek

1. Basım: Ekim 2013 (100.000)
2. Basım: Ekim 2013 (50.000)
3. Basım: Kasım 2013 (50.000)
4. Basım: Aralık 2013 (50.000)

ISBN: 978 - 605 - 141 - 683 - 0
Sertifika No: 10905

EVEREST YAYINLARI
Ticarethane Sokak No: 53 Cağaloğlu/İSTANBUL
Tel: (212) 513 34 20-21 Faks: (212) 512 33 76
e-posta: info@everestyayinlari.com
www.everestyayinlari.com
www.twitter.com/everestkitap

Baskı ve Cilt: Melisa Matbaacılık
Matbaa Sertifika No: 12088
Çiftehavuzlar Yolu Acar Sanayi Sitesi No: 8
Bayrampaşa/İstanbul
Tel: (0212) 674 97 23 Faks: (0212) 674 97 29

Beyoğlu'nun En Güzel Abisi'ni yazmam için beni cesaretlendiren sevgili dostum, ustam Selim İleri'ye; her zaman olduğu gibi önemli bilgileriyle beni aydınlatan Adli Tıp Uzmanı Dr. M. Süalp Bengidal'a; uyuşturucuyla mücadele konusunda önemli bilgiler veren Emniyet Müdürü Zafer Ercan'a; hukuki konularda beni aydınlatan Avukat Aydın Kurban'a; Rumlar hakkında bana deneyimlerini anlatan Mihail Vasiliadis ile Anna Maria Arslanoğlu'na ve Thanos Zarangalis'e; Bulgaristan göçmenleri konusunda önemli ayrıntılar aktaran Nermin Mollaoğlu ile Gülten Yıldırım'a; romanımın ilk okurları, ilk eleştirmenleri olan sevgili arkadaşlarım Özel Dedektif Murat'a, Prof. Dr. Mustafa Koçak'a, Figen Bitirim'e, Kemal Koçak'a, Oral Esen'e, Ayhan Bozkurt'a, kızım Gül Ümit Gürak'a, Gürkan Gürak'a, eşim Vildan Ümit'e sonsuz teşekkürlerimi sunarım.

Bu değerli insanların katkısı olmasaydı bu roman da olmazdı.

Bu toprakları terk etmek zorunda bırakılan insanların aziz hatırasına...

Aşk, yaşamı; cinayet, ölümü sıradanlıktan kurtarır!

Karanlık... Soğuk havayla iyice ağırlaşan bir karanlık. Uzaklardan şarkılar geliyor kulağına, neşeli kadın sesleri, ayarını yitirmiş sarhoş naraları, biri küfrediyor belki ana avrat, belki ağlıyor biri hıçkıra hıçkıra, belki biri sessizce ölüyor bu gürültünün, bu hengâmenin ortasında. Umurunda değil. Hepsinden sıyrılmış, sadece öfke... Onu tepeden tırnağa titreten, tepeden tırnağa kuşatmış olan öfke... Belki geçtiği bu karanlık sokağın, bu yıllanmış semtin bile farkında değil. Ne şehrin debdebeli günlerinden kalma bu yaşlı mahallenin, ne bu unutulmuş sokağın, ne bu soğuğun ne de bu gecenin. Nereye gittiğini bilmeden yürüyor, nefret tarafından kuşatılmış olarak. Kıskançlık denen o canavar, çelikten pençesine almış yüreğini, ha bire sıkıyor.

"Kadınlar," diyor bir ses zihninin derinliklerinden, "Kadınlar, onlarla oynayamazsın... Oynadığını zannedersin ama bir de bakmışsın, asıl oyuncak sen olmuşsun." Hayatına giren kadınların yüzleri beliriyor sokağın zemininde. Birer birer düşüyor görüntüleri ayaklarının dibine. Hepsinin boynu bükük, hepsinin gözlerinde keder. Hepsi üzgün... Aldırmıyor, bir su birikintisiymiş gibi basıp geçiyor üzerlerinden, ama yeniden düşüyor görüntüler zemine. "Kadınlar," diyor o ses yine. "Kadınlardan asla kurtulamazsın, hayaletleri hayatın boyunca seni takip eder."

Derin derin nefes alıp kovuyor zihnindeki sesi. Sesle birlikte kadınların görüntüleri de kayboluyor. Ciğerlerine dolan ağır kömür kokusu öksürtüyor onu. Bir küfür yükseliyor boğazından, vazgeçiyor, ne yararı olacak ki? Biraz daha hızlandırıyor adımlarını. Hem de nereye gittiğini bilmemesine rağmen. Hem de çare olmayacağını bile bile. Geniş adımları gergin, yumrukları sıkılı, sağ gözü seğiriyor. Bir tek onun farkında. Belki de o sebepten daha çok hiddetleniyor. Hiçbir zaman sahip olamadı şu sağ gözüne, sinirlenince hep seğirir... İnsanoğlu neden bu kadar zayıftır ki?

Bu karanlıktan kurtulsa, kalabalığın çılgınca dalgalandığı İstiklal Caddesi'ne ulaşsa... Belki renkler, ışıklar, sesler, çekip çıkaracak onu düştüğü bu mutsuzluk kuyusundan. Kendini, yeni yılın gelişini kutlayan o eğlence manyağı güruhun içine atsa... Belki bitecek bu kıskançlık, bu nefret, ruhunu ele geçiren bu boşluk... Nemli rüzgâr alıp götürecek belki hepsini. Belki Zürih'teki gibi olacak... Gençliğindeki gibi... Gölün kenarında yaptığı gece yürüyüşlerinde olduğu gibi. Bu Allahın belası şehre gelmeden önceki gibi...

O anda duyuyor sesi. Arnavutkaldırımında yankılanan adımlar. Emin olamıyor onca gürültünün arasında. Evet, ayak sesleri. Yoksa kendi adımları mı? Hızını düşürmeden kulak kesiliyor. Sokağı, karanlığı, geceyi dinliyor. Ömürlerini çoktan doldurmuş bu evlerin, çürümüş mezar taşlarını andıran duvarlarında yankılanan ayak seslerini. Temkinli, dikkatli, sinsi biri tarafından atılan adımların tekinsiz seslerini. Evet, biri var arkasında. Gölgesini gölgesine, nefesini nefesine ayarlamış, bedeninin tek bir kıpırtısını bile kaçırmadan adım adım onu izliyor.

Yoksa o gün gelip çattı mı? Yoksa kâbuslarının hakikate dönüşeceği zaman, şimdi mi, bu an mı? Ama tuhaf, içinde bir sevinç beliriyor. Evet, apaçık hissediyor karnından yükselen sevinci. Neden olmasın? Belki de en hayırlısı bu. Böylece sona erer yıllarca süren bu işkence... Böylece günahlarının kefaretini ödemiş olur. Hiç beklemediği anda aniden bütün ruhunu ele geçiren bu teslimiyet hoşuna gidiyor. Katilinin yaklaştığını, silahının horozunu kaldırdığını, tetiğe dokunduğunu, büyük bir patlamayla öne doğru savrulduğunu yaşar gibi oluyor, hatta ağzındaki kanın tadını bile duyuyor.

Ama çok kısa sürüyor bu kabulleniş, yaşama isteği yeniden ağır basıyor. Kıskançlığı, öfkesi, aşk için duyduğu kahır, hızla hayata döndürüyor onu. Hayır, henüz değil. Ölmek için henüz erken. Amcasından duyduğu o sözler geliyor aklına, pala bıyıklarını sıvazlarken, tuhaf bir sesle mırıldandığı o sözler: "Benim anam ağlayacağına onunki ağlasın."

Yavaşça paltosunun düğmesini açıyor, sağ eli kemerine uzanıyor. Kabzanın insana güven veren soğukluğu, kısa bir an yitirdiği öfkesine yeniden kavuşturuyor onu. Hep olduğu gibi mermi namluya sürülü. Tek yapması gereken, dönüp ateş etmek. Ama sakince, elleri titremeden, hedefi şaşırmadan... Daha önce defalarca yaptığı gibi. "Benim anam ağlayacağına onunki ağlasın." Sımsıkı sarılıyor kabzaya, usulca çekiyor tabancayı, hızla dönüyor ama silahını doğrultamıyor bile. Sert bir rüzgâr çarpıyor sol tarafına. Sessiz, ama güçlü bir rüzgâr. Rüzgârın estiği yöne bakıyor. Biri dikiliyor karanlıkta. Çok iyi tanıdığı biri. Gülümsemeye çalışıyor karanlıktaki katiline. "Biliyordum," diyor arnavutkaldırımının üzerine yıkılmadan önce. "Biliyordum..."

"Katili daha çabuk davranmış anlaşılan"

Polisin kâbusu, yılbaşı geceleridir. Herkesin gülüp eğlendiği, mutlulukla dans ettiği o gece, bizim için korkunç saatler demektir; öğleden sonra başlayıp yeni yılın ilk günü ışıyıncaya kadar süren, bir türlü bitmek bilmeyen kanlı, karanlık bir kâbus... Hiç şaşmaz, mutlaka bir vukuat çıkar. Mutlaka birileri ateş eder, birileri bıçağını çeker, birileri birilerini öldürür. Bugüne kadar hep böyle olmuş, bundan sonra da böyle olacaktır. İşte bu yüzden izinler kaldırılır, bütün teşkilat diken üzerindedir. İnsanlar lüks restoranlarda, gece kulüplerinde, ama çoğunlukla da evlerinde aileleriyle, sevdikleriyle baş başa eğlenirken biz polisler sıkıcı karakollarımızda güya küçük kutlamalarla yeni yılın gelişini karşılarız, hepimizin canı sıkkındır, dahası telsizden her an gelebilecek anons nedeniyle hepimiz tetikteyizdir. Ama tuhaftır, bu gece zaman akıp gitmiş, birkaç yaralama olayının, özellikle Taksim'de her yılbaşı görülen taciz rezaletlerinin dışında kayda değer bir vukuat olmamıştı. Belki de bu gece istisnaydı, bu yılbaşı gecesi kimse kimseyi öldürmeyecekti. Belki katiller ara vermişlerdi bu gece işlerine... Tam da umutlanmaya başlarken geldi anons; Ali ayakta, masanın üzerinde unutulmuş frambuazlı pastanın son kırıntılarını atıştırırken, ben kahvemi yudumlarken... İşte tam o anda bildirdi yeni yılın ilk cinayetini telsiz.... Tarlabaşı'nda bir erkek cesedi bulunmuştu.

Beyaz bulutların arasında bir görünüp bir kaybolan ayın solgun parıltısıyla aydınlanan sokakta ayrıntıları seçmek güçtü. Devriye arabasının yanıp sönen kırmızı, mavi ışıkları olmasa ne cesedi ne de başında dikilen iki polisi görmek mümkün olacaktı. Birkaç adım yaklaşınca görüntü iyice belirginleşti; Tarlabaşılılar Kulübü yazan ışıksız tabelanın altında yatıyordu ceset, Beyoğlu'nun sıvaları dökülmüş, şu yorgun binalarından birinin önünde. Göğsünün sol tarafında, tam kalbinin hizasındaki kan lekesi, açık renk paltosunun üzerinde kocaman bir çiçek gibi duruyordu. Sağ elinde sımsıkı tuttuğu Beretta'nın gümüş kaplaması, polis arabasının ışığında belli belirsiz parıldıyordu. Geldiğimizi fark eden üniformalı iki meslektaşımız hazır ola geçmişlerdi bile, ama onları umursamadı Ali, gözleri yerde yatan adamın elindeki tabancaya kilitlenmişti. Hiçbir açıklama yapmadan, cesede doğru eğildi, ellerini yere koyarak tabancaya dokunmadan namlusunu kokladı.

"Ateş etmeye fırsat bulamamış," diye mırıldandı başını kaldırmadan. "Katili daha çabuk davranmış anlaşılan." Şimdi maktulün göğsündeki kan lekesine bakıyordu. "Tek darbede bitirmişler işini."

Böyle sonuçlara varmak için çok erkendi. Kurbanın başında dikilen polislere döndüm:

"Siz mi buldunuz?"

"Biz bulduk." Çelimsiz olanıydı konuşan; bir adım öne çıkmıştı. "Biz bulduk Nevzat Başkomiserim." Demek tanıyordu beni. "Bir saat kadar önce... Buraları kontrol ediyorduk. Geçen yılbaşı bir tecavüz olayı yaşanmıştı da... Bu yıl da aynı vaka olmasın diye... Gezerken gördük... Sızıp kalmış sarhoşlardan biri zannettik... Yaklaşınca anladık öldüğünü..."

Meslektaşımızın açıklamalarını dinlerken maktulü izlemeyi sürdürüyordum. Kan mı, salya mı olduğunu kestiremediğim koyu bir sıvı ağzının kenarından süzülerek boynuna kadar inmişti. Yakışıklı bir adamdı; düzgün bir burun, kalın, biçimli kaşlar, koyu renk bir bıyık, kirli bir sakalın süslediği genişçe bir çene. Ölünün solgun çehresinden, bizim memurun yorgun gözlerine döndüm.

"Kimseyi gördünüz mü yanında?"

"Yok, görmedik, kaçan birilerine de rastlamadık. Gecenin üçünde kim olur ki burada?"

Hiç düşünmeden, soluk bile almadan ardı ardına sıralamıştı kelimeleri.

"Ya şurada?" dedim Tarlabaşılılar Kulübü yazan tabelanın asılı olduğu birinci katı göstererek. "Orada da kimse yok muymuş?"

"Yokmuş." Yine hiç tereddüt etmeden konuşuyordu, o dakikalarda burada bulunmadığı halde olan bitenden son derece emin biri gibi. "Bu gece de saat birde kapanmış kulüp."

İnanmayan gözlerle süzdü adamı, ayağa kalkan Ali.

"Ne kulübüymüş bu?"

"Kulüp işte..."

Rahat görünmeye çalışıyordu, ama sesindeki tedirginlik, onu ele veriyordu.

"Anladık da ne yapıyorlar bu kulüpte?"

Zayıf meslektaşımız yutkundu, az önceki güveni kaybolmuştu.

"Semt sakinleri akşamları bir araya geliyorlar işte... Eğlenmek için yani. Okey, briç filan da oynuyorlar..."

"Okey, briç, poker..." diye sarakaya aldı yardımcım. "Kumar desene şuna."

Artık muhabbete katılma zamanım gelmişti.

"Yoksa kumar oynanmasına göz mü yumuyorsunuz?"

Süt hırası polisin dili damağına dolaştı.

"Yok Başkomiserim, ne kumarı?"

"Kumar değil Başkomiserim," diyerek yardıma yetişti uzun boylu arkadaşı. Vücudunun orantısız bir görünümü vardı; bacakları kısa, gövdesi iriydi ama dengeyi bozan asıl uzvu kafasıydı. Taktığı resmi şapkayla iyice irileşen başı o kadar kocamandı ki, sanki omuzlarının ortasına sonradan yerleştirilmiş duygusu veriyordu. "Öylesine, eğlence amaçlı oynuyorlar. Kumar olsa izin verir miyiz!" Konuşurken küçük bir mağara gibi açılan karanlık ağzından, kül rengi buharlar çıkıyordu.

"Vermez misiniz?" diye üsteledi Ali. Üşümüş olacak ki ellerini lacivert paltosunun cebine sokmuştu.

"Vermeyiz." Bakışlarını bir an olsun kaçırmamıştı iri kafalı polis. Az önceki üflesen yıkılacak meslektaşı gibi çekingen değildi, hesaplı bir soğukkanlılık içindeydi. "Niye verelim Komiserim?"

Mesele çıkarmak için bahane arayan yardımcımın beklediği fırsat ayağına gelmişti ama sorum durdurdu onu.

"Bu kulüpte daha önce benzer bir vukuat oldu mu?"

"Cinayet mi? Yok Başkomiserim, hiç olmadı. Ufak tefek kavgalar çıkıyor tabii, her yerde olduğu gibi. Ama öyle silahla yaralama filan, hele ölümle sonuçlanan vukuatlar olmadı hiç."

Nedense inandırıcı gelmedi sözleri, ama şimdi üsteleyecek halim yoktu. Yeniden cansız bedene çevirdim bakışlarımı.

"Kimliği belli mi?"

"Evet, Başkomiserim." Konuşmaya başladığına göre, rahatlamış olmalıydı zayıf polis. Plastik koruması yıpranmış bir nüfus kâğıdı uzattı. "Engin Akça."

Kimliği alırken sordum.

"Tanıyor muydunuz adamı?"

Duraksadılar, yutkundular, birbirlerine baktılar, ama açıklama yapmadılar.

"Sizin karakola gelmişliği filan yok yani..."

İlk toparlanan koca kafalı oldu.

"Yok, gelmişse bile hatırlamıyorum. Burası Beyoğlu Başkomiserim. Siz de görev yaptınız, bilirsiniz. İpsizi sapsızı, nelerle uğraşıyoruz her gün." Arkadaşına sordu yalandan. "Sen hatırlıyor musun?"

"Hayır. Belki de gasp kurbanı filandır... Parası için öldürmüşlerdir..."

"Peki, bu tabanca ne?" Sağ elini cebinden çıkarmış, silahı gösteriyordu Ali. "Süs olsun diye mi taşıyormuş bunu yanında?"

Asla sinirlenmeyen polisin elbette buna da bir cevabı vardı:

"Nerden bilelim Komiserim? Kim bilir neden taşıyordu?"

Eh, artık patlayacak derken, bu kez de sokağın öteki ucundan gelen sesler durdurdu Ali'yi. Darbuka, keman sesleri... Neşeli ama yetersiz bir koronun ağzından dökülen eğlenceli bir şarkı:

"A be kaynana, n'aptın bize... N'aptın bize... Kaçıyoz işte... Kaçıyoz işte..."

Yakınlardaki bir meyhaneden çıkmış olmalılardı. Yılbaşı eğlencesini abartan bir müşteri çalgıcıları önüne katıp eğlenceye sokakta devam etmek istemişti anlaşılan. Ama âlem çok sürmedi, devriye arabasını görünce çalgılar sustu, şarkı söndü. Bizi fark etmişlerdi. Hayır, müşteri filan yoktu, on altı, on yedi yaşlarında üç sokak çocuğuydu bunlar... En az iki beden büyük bir paltonun içinde kaybolan, kıvırcık saçlının elinde keman; üzerinde sadece dizlerine kadar inen büyükçe bir kazak olanın koltuğunda bir darbuka vardı, kırmızı deri ceket giyenin enstrümanı yoktu, yine de en ilginç görünen oydu: Kırmızı ceketi kadar, sağ gözünü kapatan siyah bant da hemen dikkat çekiyordu. Sağ gözü görmüyor olmalıydı. Belki de değildi, sadece aksesuvar olsun diye takmıştı bu korsan bandını. Belki de bu küçük grubun şarkıcısı oydu, ama iki arkadaşı gibi o da derin bir sessizliğe bürünmüştü. Öyle ya, yılbaşı da olsa sabahın üçünde bir arka sokakta şarkı söyleyip göbek atarken polise yakalanmak hiç de hoş bir durum değildi. Gözlerine far tutulmuş ürkek tavşanlar gibi oldukları yerde kalakalmışlardı. Ayaza dönüşen sert rüzgâr, Taksim Meydanı'nda hâlâ çılgınca eğlenen insanların uğultuya dönüşmüş seslerini taşıyordu sokağa. Ama hareketsizlik çok sürmedi, usulca kıpırdanmaya başladı çocuklar. En cesurları kırmızı ceketliydi, tek gözünü üzerimize dikerek, küçük adımlarla bize yöneldi, arkadaşları da onu izlediler. Kırmızı ceketli önde yürüyordu, ama cesedi ilk fark eden kemancı oldu. Hiç korkmadı, aksine büyük bir merakla yaklaştı ama görür görmez şaşkınlıkla bağırdı.

"Engin... Engin Abi ya bu..." Panik içinde darbukacıya döndü. "Keto lan, baksana Engin Abi'yi öldürmüşler!"

Keto kesin bir ifadeyle başını salladı.

"O değildir. Engin Abi'yi vurmak kolay mı oğlum? Ona kimse bir şey yapamaz."

Çocukları fark eden kocabaş polis ters ters baktı.

Bana sorma zahmetine bile katlanmadan, ellerini havaya kaldırdı.

"Hoop, girmeyin lan bu sokağa. Hadi bakalım, toz olun. Yallah!"

Çocuklar hiç takmadılar uyarıyı.

"Size söylüyorum, duymuyor musunuz?"

Omzuna dokundum.

"Bırak gelsinler. Belki bir şey görmüşlerdir."

Şaşkınlıkla baktı yüzüme.

"Ne görecekler Başkomiserim, baksanıza, hepsi hayal âleminde. Tineri çekmiş uçuyorlar. Ne gördüklerinin farkında bile değiller."

"Olsun," dedim kararlı bir sesle. "Onlarla konuşmak istiyorum."

Kendilerine arka çıktığımı gören çocuklar iyice yaklaşmışlardı cesede.

"Ha siktir," diye bağırdı Keto dedikleri. "Doğru lan, valla Engin Abi be!"

Ettiği küfür de, şaşkınlığı da samimi olmasına rağmen, ağzında sahicilik kazanamıyordu bir türlü.

"Vay amına koyayım," diye söylendi kazağının koluna burnunu silerek. "Harbiden vurmuşlar Engin Abi'yi." Düş kırıklığı içinde arkadaşına baktı. "Lan Musti, hani muskası var diyordun... Cevşen duası var diyordun... Hani ölmezdi. Kurşun işlemezdi."

Sanki Engin Abilerini kendisi öldürmüş gibi suçlu suçlu boynunu büktü Musti, sonra birden bana baktı.

"Neyle öldürmüşler, Engin Abi'yi?"

"Bıçakla," dedim onlarla sohbetin yolunu açmak için. "Biri bıçaklamış Engin Abi'nizi."

Temize çıkmış bir zanlı gibi rahatlayarak arkadaşına seslendi.

"Duydun mu Keto? Bıçakla öldürmüşler Engin Abi'yi. Muska kurşuna karşı yazılmış oğlum, bıçağa tesir etmiyor demek ki..."

"Tanıyor musunuz onu?" Ses tonum ne buyurgandı ne de uyarıcı; onların sesi gibi şaşkın ve kederliydi. Belki de bu yüzden yanıtlamakta bir sakınca görmediler.

"Tanımaz mıyız?" Yutkunarak, koltuğunun altındaki darbukayı eline aldı Keto. "O bizim abimizdi, babamızdı. O..."

"Kıyak adamdı," diye tamamladı Musti. "Bir daha onun gibisi gelmez buralara."

"Kim vurmuş olabilir?"

Uzun bir uykudan uyanmış gibi, irkilip yüzüme baktılar. Önce beni, sonra yanımdaki üniformalı polisleri süzdüler. Üniformalı polislere bakarken gözlerinde korkuya, çekingenliğe benzer bulut kümeleri belirmişti.

"Bakın çocuklar, benim adım Nevzat, Başkomiser Nevzat... Cinayet masasından. Size bir kötülüğüm dokunmaz. Engin'i öldüren adamı yakalamak istiyorum. Mademki maktulle aranız iyiydi, bana yardım etmeniz gerek. Yoksa gözleri açık gider abinizin."

Üçünün de bakışları yerde yatan kurbanın cam parlaklığındaki mavi gözlerine takıldı.

"Orospu çocukları," diye söylendi Keto. "Tuzak kurmuşlar Engin Abi'ye."

Musti öfkeyle başını salladı.

"Arkadan yaklaşmıştır ibneler. Gözlerine baksalar bıçağı kaldıramazlardı ki."

Sanki katilleri biliyorlarmış gibi konuşuyorlardı. Eğer öyleyse şansımız yaver gidecek demekti.

"Kimden bahsediyorsunuz? Kim kaldıramazdı bıçağı?"

Sözbirliği etmiş gibi yeniden üniformalı polislere baktılar. Adı Keto olan, yanıma yaklaştı, leş gibi kokuyordu, aldırmadım. Parmaklarının ucunda yükselip kulağıma fısıldadı:

"Abi, sen bu bölgenin polisi değil misin?"

Güven veren bir sesle mırıldandım.

"Değilim."

Açıklamam onu rahatlatmış gibiydi, ama ürkek bakışları hâlâ devriye polislerinin üzerindeydi.

"Hadi, şöyle bir turlayalım," dedim az önce geldikleri tarafı göstererek. "Orada daha rahat konuşuruz."

Çocukların yüzündeki gerginlik kaybolurken üniformalı polislerin gözlerine bir tedirginlik gelip oturmuştu, umursamadım, Ali'ye seslendim:

"Sen burada kal, savcıyla Olay Yeri İnceleme'den Şefik damlar az sonra. Aman dikkat, cinayet mahalli bozulmasın."

"Oysa bu çocuklar evsizdi, umutsuzdu, geleceksizdi"

Çocukların arasında yürürken garip bir duygu sardı içimi; babaları gibi hissettim kendimi. Ölmeseydi kızım Aysun da onların yaşında olacaktı. Üzüntüyle baktım yanım sıra ilerleyen bu üç çocuğa. Aslında hiç de tuhaf görünmüyorlardı; yaşlı apartmanların sırt sırta vererek güçlükle ayakta durduğu bu eskimişlik ve küf kokan sokağın bir parçası gibiydiler. Sadece sokağın mı? Vicdanını yitiren bu şehrin, neşeyle vahşetin birbirine karıştığı bu yılbaşı gecesinin, çelişkilerle dolu insanlık hâlinin de bir parçası gibiydiler.

"Sigaran var mı?" diyen Keto'nun sesi dağıttı düşüncelerimi. "Acayip harmanım be Başkomiserim?"

Sigara kullanmıyorum, siz de içmeseniz iyi olacak demek geçti içimden, sonra bu lakırdının ne kadar hafif kaçacağını fark edip vazgeçtim. Cebimden bir yirmilik çıkarttım, daha uzatmadan, büyük bir maharetle parmaklarımın arasından kaptı Keto.

"Eyvallah Başkomiserim, Allah razı olsun..."

"Hooop hop, para hepimizin."

Sağ gözü korsan bandıyla kapatılmış çocuktu itiraz eden; Keto'yu bileğinden yakalamış sarsalıyordu. Çelimsiz bedenine aldırmadan çıkıştı Keto:

"Bırak lan elimi... Bırak diyorum Pirana, bak fena olur sonra."

Öyle kolay tırsacak birine benzemiyordu Pirana.

"Yok öyle hemen cebellezi. O mangiz hepimizin oğlum. Başkomiserim hepimize verdi parayı."

Davasının haklılığına inanan birinin kararlılığı vardı bakışında.

"Arkadaşınız haklı," diye onayladım bu tekinsiz sokak çocuğunu. "Para hepinizin, ama sigaradan önce gidip karnınızı doyuracaksınız."

"Duydun değil mi?" Pirana bir kez daha sarsaladı Keto'yu. "Bak geçen seferki gibi iç edersen, sikerim belanı..."

Ehlileştirilmesi imkânsız, yabanıl bir hayvan gibi vahşice ışıldıyordu tek gözü.

"Küfretme!" diye payladım. "Adam gibi konuşamıyor musun?"

Suçüstü yakalanmıştı, tek gözünü kırptı.

"Konuşurum da Başkomiserim, sen bu Keto'yu bilmezsin..."

"Ne bilmeyecekmiş lan. Duyan da seni si..." Son anda yuttu kelimeyi. "Sana bir kötülük ettik zanneder. Bizde yanlış olmaz oğlum, olursa da yanlışlıkla olur. Tamam, uzatma işte para hepimizin..."

Sonunda iş tatlıya bağlanmıştı ya da en azından öyle görünüyordu. Bir zamanlar, muhtemelen bir Ermeni ya da Rum vatandaşımızın evi olan ama şimdi viraneye dönmüş, Tarlabaşı'ndaki o derme çatma binalardan birinin önündeki sokak lambasının hemen altında durduk.

"Evet." Sanki bir emir komutu duymuş gibi üçü de etrafımı sardı. "Evet, şimdi anlatın bakalım, kim öldürmüş olabilir Engin'i?"

Hiç duraksamadan yanıtladı Keto.

"Kim olacak, Barbut İhsan..."

Öteki ikisi de başlarını sallayarak onayladılar arkadaşlarını.

"Evet, Barbut İhsan..."

"Kim bu Barbut İhsan?"

Darbukasını bacaklarının arasına koyup, üşüyen ellerine hohladı Keto.

"Barbut İhsan'ı bilmiyor musun? Buranın en pis kumarbazıdır. Hem ahlaksız hem de korkaktır..."

"Mekânı neresi bu İhsan'ın?"

Kirli eliyle, önünde maktulü bulduğumuz binayı gösterdi.

"İşte şurası, Tarlabaşılılar Kulübü..."

"İhsan niye öldürsün ki Engin'i?"

Üçü de küçümseyen bakışlarla süzdüler beni.

"Sen de hiçbir şey bilmiyormuşsun be Başkomiser." Musti'ydi böyle paldır küldür muhabbete dalan. "Engin Abi, Öztarlabaşılılar Kulübü'nün adamıydı. Yani Kara Nizam'ın..."

Aklım karışmıştı.

"Bi dakka, bi dakka, kulübün adı Tarlabaşılılar değil miydi?"

Üçü de aynı anda kıkırdadı.

"İki kulüp var Başkomiserim," diye güya durumu açıklığa kavuşturmaya çalıştı Keto. "Barbut İhsan'ın kulübünün adı Tarlabaşılılar, Kara Nizam'ın kulübünün adı da Öztarlabaşılılar... Kara Nizam, bu Barbut puştuna pislik olsun diye açtı kulübü."

"Niye? Ne yaptı ki İhsan, Kara Nizam'a?" diyecektim ki yüzüme konan soğuk zerrecikleri hissettim. Başımı kaldırınca, gökyüzünü kaplayan bembeyaz bulutlarla karşılaştım. Bulutların eteğinden belli belirsiz zerrecikler üzerimize doğru savruluyordu.

"Kar!" diye haykırdı neşeyle çocuklar. "Kar! Kar yağıyor lan, kar..."

Sevinçle oldukları yerde zıplamaya başladılar. Onlarla birlikte benim de içimi nedensiz bir heyecan doldurdu. Oysa bir cinayet işlenmişti, oysa bu çocuklar evsizdi, umutsuzdu, geleceksizdi. Ama bir anlığına da olsa kar sevinci üstün geldi, bir anlığına ben de kaptırdım kendimi çocukların coşkusuna. Fakat sadece bir anlığına, çünkü az ötemizde, katili belirsiz bir ceset yatıyordu.

"Neyse," diye bastırdım sonunda neşeli çığlıklarını. "Neyse, hadi işimize bakalım artık."

"İşimize?" Şaşkın, yinelemişti Musti. "İşimiz ne yaa?"

Dirseğiyle dürttü arkadaşını Pirana.

"Cinayet çözüyoruz ya öküz. Çakozlamadın mı, Başkomiserime yardım ediyoruz burada."

"Yardım ediyorsunuz tabii... Şimdi anlatın bakalım. Şu Kara Nizam, neden gıcık oluyordu Barbut İhsan'a?"

"Karı meselesi Başkomiserim," diye sürdürdü Pirana. "Bir kadın birbirine düşürdü Tarlabaşı'nın oturaklı kabadayılarını... Ama manita da öyle böyle değil ha, cillop gibi valla..."

Manita dediği kadın, kim bilir kaç yaş büyüktü ondan. Külhanbeyi gibi konuşmayı marifet sanıyordu ya da güçlü görünmek amacıyla böyle bıçkın tavırlar takınıyordu.

"Cillop gibi diyorsun da karı yolluymuş zaten." Meydan okur gibi konuşuyordu Keto. "Bir Barbut'a, bir Nizam'a... Bildiğin orospu yani.... Zaten ne demişler, İstanbul'un karısıyla havasına güvenmeyeceksin..."

"Kiminkine güveneceğiz?" diye güldü Pirana. "Önce sen kendi memleketinin kevaşelerine bak."

Keto'nun dişlerini sıktığını, kavgacı bir horoz gibi öne doğru eğildiğini gördüm.

"Ne olmuş lan benim memleketimin kadınlarına? Ne demek istiyorsun sen?"

Ortalıkta bir şeyler dönüyordu, ama anlayan beri gelsin.

"N'oluyor çocuklar?" diye aralarına girdim. "N'apıyorsunuz siz?"

Kirli dişlerini göstererek pis pis sırıttı Pirana.

"N'olacak Başkomiserim, arkadaşın anası esnaf da... Şehir kerhanesinde çalışıyor teyzem..."

Benim kadar etkilenmedi Keto.

"Hiç değilse benim anamın kim olduğu belli oğlum. Senin o da belli değil. Bu kadar puşt olduğuna göre, muhakkak ibneler doğurmuştur seni."

Orospu neyse de ibne lafı nedense çıldırtıyordu onları.

"Sensin lan ibne," diye saldırıya kalktı Pirana ama hazırlıklıydı Keto, hızla geri çekildi ve punduna getirip elindeki darbukayı arkadaşının kafasına indiriverdi.

"Ah!" diye inledi ama çabuk toparlandı. "Şimdi siktim belanı."

Gelecek saldırıya karşı gardını almış bekleyen Keto'nun üzerine atlayacaktı ki kollarından yakaladım.

"Durun bakalım." İkisine birden çıkıştım. "N'apıyorsunuz siz yahu... Bak tepemi attırmayın, şimdi ikinizi de tıkarım içeri."

"Ama Başkomiserim önce o vurdu..."

"Bak hâlâ konuşuyor..."

Öfkeyle birbirlerini süzmelerine rağmen, sıkıyı görünce ikisi de yelkenleri suya indirmişti.

"Beni iyi dinleyin," diye gürledim. "Artık zırıltı, dırıltı istemiyorum. Anladınız mı? Ne sorarsam ona cevap vereceksiniz... Tamam mı?"

Yan sokaklardan gelen bir sarhoş narasından başka ses duyulmadı.

"Tamam mı dedim..."

"Tamam," dedi Keto yere düşmüş darbukasını almak için eğilirken. "Tamam, Başkomiserim."

Darbukanın başına gelenlerden sonra korkup kemanını paltosunun içine sokan Musti de arkadaşını onayladı.

"Tamam."

Keto'ya vuramadığı için deli danalar gibi olduğu yerde eşinen Pirana'ya döndüm.

"Seni duyamadım."

Yenilgiyle mırıldandı:

"Tamam."

Tek tek süzdüm üçünü de.

"İyi, anlaştık o zaman. Şimdi anlatın bakalım, kim, kimin karısını ayartmış?"

Burnunu çekti Pirana.

"Karısını değil Başkomiserim, dostunu, kevaşesini... Kadın önce Barbut İhsan'la berabermiş, sonra Nizam'a gitmiş. Ama Nizam ihtiyar ya, kadın yeniden ötekiyle işi pişirmiş. Halbuki Kara Nizam'ın çok kıyağı vardı bu İhsan'a. Bir sürü müşteri göndermiştir onun kumarhanesine..."

Ayrıntıları öğrenmek istediğimden, ilk kez duyuyormuş gibi sordum:

"Ne kumarhanesiymiş bu?"

"Tarlabaşılılar kumarhanesi dedik ya Başkomiserim," diye lafı kaptı aceleci Keto. "Ne yapıyorlar zannediyorsunuz o kulüplerde?"

"Kumar mı oynatıyorlar?"

Bir kez daha o küçümseyen bakış belirdi üçünün de yüzünde.

"Hem de tillahını... Bir gecede bütün servetini bırakıp gidenler var orada." İtham eden gözlerle sokağın öteki ucuna baktı, Ali'nin yanında sıkıntıyla dikilen polislere. "Sizinkiler de bilir bunu. Anlatmadılar mı?"

Meslektaşlarımı suçlamak içimden gelmedi.

"Neyse," diye konuyu geçiştirdim. "Biz cinayete dönelim... İhsan'ın ayarttığı kadının adını biliyor musunuz?"

"Çilem diye bir orospu..."

Orospu lafının üstüne basa basa söylemişti Pirana. Keto'nun başını önüne eğmesi dikkatimden kaçmadı.

"Hani küfür yoktu," diye çemkirdim. "Lafına dikkat et."

"Tamam Başkomiserim, tamam. İşte o Çilem denen karı, İhsan'la mercimeği fırına vermiş. Ama Kara Nizam uyanık, meseleyi çakozlamış. Bir gece basmış bunları, silahını çektiği gibi boşaltmış üzerlerine. Fakat tutturamamış, İhsan da boş adam değil tabii. O da asılmış tetiğe. Kimse ölmeden ikişer şarjör mermiyi ziyan etmişler. Neyse işte, o akşam paçayı kurtarmış İhsan. Ama kanlı bıçaklı olmuşlar tabii. O olaydan sonra Kara Nizam Öztarlabaşılılar Kulübü'nü açtı alt sokağa, İhsan'ın kulübüne karşı. Sık sık burada arbede çıkar. Daha bir hafta önce gözümle gördüm, bizzat Barbut İhsan silah sıktı kulübün önünde."

"Anlamadım, neden İhsan silah sıkıyor? Nizam'ın sevgilisini elinden almış ya. Daha ne istiyor?"

Üçü de konuşmak için can atıyordu ama Keto kaptı bayrağı.

"Çünkü Çilem onu bırakıp Kara Nizam'a geri döndü. Dedik ya Başkomiserim, karı yolluymuş diye..."

Durum giderek ilginç bir hal alıyordu.

"Peki, Nizam kabul etti mi kadını?"

Sanki bu işi kendileri yapmış gibi utançla kaçırdılar bakışlarını.

"Ben olsam etmezdim Başkomiserim," dedi sonunda Pirana. "Şimdi gene kızacaksınız ama bu Kara Nizam'da biraz godoşluk varmış anlaşılan..."

"Öyle deme be." İtiraz eden Musti'ydi. "Kara Nizam merhametli adam, onun için affetti Çilem'i..." Sözlerinin yeterince etkili olmadığını düşünmüş olacak ki, paltosunun altındaki kemanını yokladıktan sonra sesini yükselterek sürdürdü açıklamasını. "Seviyor oğlum, kadını... N'apsın lan?"

Olduğu yerde sallanan Keto da aynı fikirdeydi.

"Doğru söylüyor Başkomiserim, Yapacağı başka bir şey yoktu Kara Nizam'ın. Adam âşıktı Çilem'e. Kadın kötü yola düşmesin diye affetti zaten. Engin Abi de akıl vermiştir biraz..."

İki arkadaşının da kendine cephe alması öfkelendirmişti Pirana'yı.

"Lan Engin Abi, Engin Abi deyip duruyorsunuz, duyan da evliyadan bahsediyorsunuz sanacak. O da puştun teki değil miydi?"

"Doğru konuş lan," diye yine kükredi Keto. "Engin Abi öyle bir insan değildi."

"Yalan mı söylüyorum? Şu kulampara berberin en yakın arkadaşı değil miydi abiniz? Evet, İnce Ziya'dan söz ediyorum. Sizi de götürüyordu ya İnce Ziya'nın dükkânına..."

"Nankörlük etme!" Bu kez Musti çıkıştı Pirana'ya. "Engin Abi kaç defa sana da para verdi. Çorba içirdi. Öyle bir adam değildi o. Hem o Ziya pezevengi Engin Abi'nin yanında tırnağını bile dokunduramazdı bize..."

Aldırmadı Pirana, tek gözünü yüzüme dikip anlatmayı sürdürdü.

"İnanmayın bu denyolara Başkomiserim, Engin önlerine kemik attığı için anlatmıyorlar gerçekleri. O kadar matah bir adam değildi. Yiğitliği filan da palavra. Barbut İhsan gözümün önünde tükürdü suratına da gıkını çıkaramadı."

"Utanmadan bi de yalan söylüyorsun," diye araya girdi Keto. "İki hafta önce, Engin Abi, bu İhsan ibnesiyle bir adamını, şu tekel bayiinin önünde evire çevire dövmedi mi? Biz de orada değil miydik?"

Sinirli sinirli soludu Pirana, iri burun deliklerinden buharlar çıkıyordu.

"Ordaydık, ama senin abin değil, Nizam'ın yeğenleri dövdü İhsan'la adamını. Tamam, Engin de bir iki yumruk salladı ama o kadar."

Sakince bana çevirdi tek gözünü.

"Sallıyorlar Başkomiserim, Engin kalıbının adamı değildi. Başka bir numara vardı o herifte. Nedir derseniz bilmem, ama bir şey vardı."

"Nerede oturuyordu bu Engin?"

"Caddenin öteki tarafında," dedi Pirana.

"Caddenin öteki tarafında yüzlerce ev var."

"Ben söyleyeyim Başkomiserim." Sokağın sonunu gösteriyordu Keto. "Böyle yürü, sağdan aşağıya dön. Dereye doğru in. Kilisenin arkasında... Üçüncü sokak galiba. Bir numaralı bina."

"Evet bir numaralı, ama sokak değil, çıkmaz." Güldü Musti. "Adı da matrak, Kadın Çıkmazı."

"Sık mı giderdiniz Engin'in evine?"

"Evine gitmezdik. Karnımızı doyurur, sigara verirdi ama evine girmezdik."

İğrenç bir kahkaha attı Pirana.

"Anlat anlat, heyecanlı oluyor."

Öteki iki çocuk aldırmadı ama ben sormadan edemedim.

"O zaman nereden biliyorsunuz evini?"

"Kulüp kapanınca, onunla birlikte evine kadar yürürdük."

"Neden?"

"Konuşmak hoşumuza giderdi. Engin Abi bize başından geçenleri anlatırdı."

"Yalan Başkomiserim," diye atıldı Pirana. "Engin para verirdi bunlara." Aşağılayan bir ifadeyle iki arkadaşını süzdü. "İçeri girmezdik filan diyorlar ya, o da yalan. Bazen sabaha kadar çıkmazlardı içeriden... Gerçeği anlatsanıza oğlum, Başkomiserime..."

Keto'nun titrediğini fark ettim, soğuktan değil, öfkeden, belki utançtan.

"Evet lan," diye bağırdı. "Evet, giderdik Engin Abi'nin evine. Sen de berber Ziya'nın evine gitmiyor muydun? Yalan mı lan? Engin, abimizdi, kötü gözle hiç bakmadı bize, ama sen kapatması değil miydin lan Berber Ziya'nın... Tabii gözün patlamadan önce, daha parlakken. Ziya, seni kucağında..."

Sözlerini tamamlayamadı, benim de bir an boş bulunmamdan yararlanan Pirana, yumruğu indirdi çocuğun suratının ortasına.

"Kimmiş lan kucağa oturan?"

Ters bir yere gelmişti yumruk. Darbukası bir kez daha düştü yere.

"Ah," dedi eliyle burnunu tutarak. "Ah, ananı sikeyim."

İki büklüm olmuştu, parmaklarının arasından akan kan, elinin üstünden bileklerine doğru sızmaya başlamıştı. Ama kan bile Pirana'nın öfkesini dindirmemişti, yeniden saldırmaya hazırlanıyordu.

"Yeter," diyerek tokadı patlattım yanağına. "Yeter artık be!"

Galiba benim tokadın ayarı da fazla kaçmıştı, Pirana sol tarafına doğru yıkıldı. Görüntü hazindi, tokadım korsan bandını kaydırmış, sağ gözünün yerindeki karanlık çukur ortaya çıkmıştı. Telaşla göz bandını düzeltti, Keto ise eliyle akan kanı durdurmaya uğraşıyordu, Musti'nin durumu da hiç iç açıcı değildi, olduğu yerde korkuyla titremeye başlamıştı. Zalim biri gibi hissettim kendimi. İçim acıdı, elimi Pirana'ya uzattım.

"Hadi, kalk!"

Tek gözü nefretle baktı uzattığım ele, sonra çevik bir hareketle doğruldu ve daha ne oluyor dememe bile kalmadan ok gibi fırladı sokağın alt tarafına doğru.

Ayak seslerini Ali de duymuştu.

"Başkomiserim," diye bağırdı geriden. "Başkomiserim?"

Gergin görünüyordu, Pirana'nın ardından koşmamak için kendini zor tutuyordu. Sakin olmasını işaret ettim.

"Orada kal."

Paslı elektrik direğinin ucundan sarkan lambanın aydınlatmaya yetmediği karanlık sokakta kaybolan o bıçkın çocuğu kovalamanın hiçbir yararı yoktu, Keto'nun kanını durdurmak daha anlamlı olacaktı.

"Bir tür düello mu diyorsun?"

Sokağın zemini, bembeyaz bir örtüyle kaplanmaya başlamıştı. Etraf, şimdi biraz daha aydınlık görünüyordu gözüme; tutmaya başlayan kardan değil, cesedi götürmek için gelen ambulansın farlarından yayılan güçlü ışıktan. Genç savcı Oğuz, kurbanın başında not alırken, Olay Yeri İnceleme'nin acar komiseri Şefik, farlardan yayılan ışığın altında, maktulün birkaç metre gerisinde ayakta durmuş, sağ elini bıçak atar gibi boşlukta sallıyordu. Nükleer tesislerde çalışan görevlileri andıran plastik giysilerinin içindeki iki adamından tombul olanı, elindeki fenerle cesedin etrafını santim santim taramayı sürdürürken, kısa boylu olanı cinayet mahallinin ardı ardına fotoğraflarını çekiyordu. Bu hâlleriyle başlarında Şefik'in olduğu üç kişilik uyumsuz bir orkestrayı andırıyorlardı. Omzumda biriken kar tanelerini silkeleyerek orkestra şefine yaklaştım.

"N'apıyorsun Şefik?"

Uykudan uyanmış gibi irkildi.

"Hıı, şey Başkomiserim... Şeye bakıyordum." Bastığı yeri gösterdi. "Katil burada durmuş olmalı. Yani yaklaşık olarak diyorum. Sanırım bıçağı buradan savurdu." Maktulün elinde ateşlenmeden öylece kalmış olan Beretta'ya çevirdi bakışlarını. Düşen tanecikler silahın namlusuna değer değmez eriyor, belli belirsiz bir ıslaklık kalıyordu parlak metalin üzerinde. "Müthiş bir silah," diye mırıldandı. "Bu silaha karşı bıçak.

Hiç adil değil. Tabancanın kazanması lazımdı. Fakat işe bakın ki, bu olayda bıçak, tabancayı yenmiş görünüyor."

Doğrusu hiç aklıma gelmeyen bir ihtimalden bahsediyordu.

"Bir tür düello mu diyorsun?"

"Öyle de denebilir Başkomiserim ama karşı karşıya gelip biri bıçağına, öteki silahına davranmış olamaz. Öyle olsaydı, tabanca bıçağı yenerdi. Bıçağı kullanan gafil avlamış tabancası olanı. Belki adamın sırtı dönüktü, katil arkasından seslendi. Adam döndü, elini tabancasına attı, ama geç kalmıştı, katil bıçağı savurmuştu bile... Tam isabet..."

Hızlı adımlarla maktule doğru yürüdü. Komiserlerinin geldiğini gören iki eleman cesedin başından çekildiler. Şefik kurbana doğru eğildi, karın tam olarak kapatamadığı, paltonun sol göğsünden, hayali bir bıçağı çeker gibi yaptı.

"Çok da soğukkanlı olmalı," diye mırıldandı doğrulurken. "Adamı vurduktan sonra paniklemiyor. Kaçmaya çalışmıyor. Yaklaşıyor, bıçağını alıyor. Kimsenin onu görmediğinden emin olunca da sırra kadem basıyor."

Üşüyen ayaklarımı yere vurarak ısınmaya çalıştım.

"Profesyonel biri diyorsun yani. Bu kadar kusursuz işi ancak bir kiralık katil yapabilir."

"Neden olmasın Başkomiserim? Kurbanın elindeki silah da gösteriyor ki, bunlar pek sağlam ayakkabı değilmiş. Olayın bu sokaklarda olması da manalı zaten. Katil, bıçağı çok iyi kullanan biriymiş, adamın tetiği çekmesine bile izin vermeden, uzaktan avlamış onu."

"Uzaktan olduğunu nereden biliyoruz?" İtiraz bir adım geride dikilen Ali'den gelmişti. "Ya katil adamın hemen yanındaysa? Bir anda bıçağını çekip kurbanına sapladıysa?"

Usulca başını salladı Şefik.

"Bu da bir ihtimal tabii." Yeniden maktule doğru eğildi. "Yalnız, palto oldukça kalın. Bıçak, kaşe kumaşı parçalayıp derinlere saplanmış. Muhtemelen kalbe. Otopside daha iyi anlaşılacak ama katil maktulün yanında olsaydı bıçak bu kadar derine girmezdi. Katil bıçağı uzaktan savurmuş olmalı. O hızla bıçak bedene iyice gömülmüş." Kana bulanmış paltonun üzerindeki lekenin en koyu yerini gösterdi. "Ayrıca eğer katil, bıçağı yakından saplasaydı, adam ölene kadar cinayet silahını oynatmak zorunda kalırdı. Biz de bıçağın paltoya girdiği yerde tırtıklı kesikler görürdük. Oysa bak, son derece düzgün bir kesik var. Görebiliyor musun?"

Şefik'in sözleri mantıklıydı, ama bizimki ikna olmadı elbette.

"Görüyorum görmesine de... Ama ya katil çok güçlü biriyse? İlk darbede adamı öldürdüyse? O zaman bıçağı oynatmasına gerek kalmaz ki."

Şefik ısrar etmedi.

"Mümkün tabii, kesin sonuç otopsiden sonra anlaşılır. Zeynep Komiserimden öğreniriz sonucu." Şimdi hatırlamış gibi etrafa bakındı. "Sahi, o nerede?"

"Bu gece izinliydi. Yılbaşı ya..."

"İyi olmuş," dedi içten bir gülümsemeyle. "Hiç değilse o ailesinin yanında geçirsin yılbaşını." Bakışları yeniden maktule kaydı. "Bu da bahtsızmış, millet yeni bir yıla girerken sen hadi öteki dünyaya."

Omuzlarını silkti Ali.

"Başka bir gün ölse n'olacaktı ki? Yılbaşı dediğin ne ya Şefik! Bildiğimiz gecelerden biri işte. Aklıevvelin biri çıkmış, yıl bugün başlıyor demiş, vatandaş da ona uymuş."

Belki de kimsesizler yurdunda kutlanan yılbaşlarını hatırlamak istemediği için böyle tepkisel konuşuyordu. Şimdi yılbaşının pagan kültürle, Hıristiyanlıkla filan ilgisini anlatmaya kalkmak en hafif tabirle yersiz kaçacaktı. Ayrıca söylediklerinde pek de haksız sayılmazdı. Şefik de hak verdi zaten.

"Doğru söylüyorsun Ali. N'oluyor yılbaşı oluyor da..." Hâlâ uğultuların geldiği Taksim yönünü gösterdi. "Bir de bunlar var. Sabaha kadar tepiş dur.... Hiç de yorulmuyorlar..." Sanki duyabilirlermiş gibi sesini yükseltti. "Yeter artık be, yeter!"

Sesi yorgun ve çatlak çıkıyordu. Belki de sitemi yılbaşını kutlayan insanlara değil de böyle bir günde sevdiklerinin yanında olması gerekirken, ona cesetlerin başında katil izi arattıran mesleğineydi. O anda çalmaya başladı cep telefonum. Bilmediğim bir numara, açtım.

"Merhaba Başkomiserim, ben Zeynel... Burnunda bir şey yokmuş çocuğun. Doku zedelenmesi diyor doktor... Kanaması da durdu zaten."

Kocabaş polisti. Keto'nun burnu kanayınca, çocukları devriye arabasına doldurup, iki üniformalı polisi de yanlarına katıp Taksim İlkyardım Hastanesi'ne yollamıştım.

"Film çektiler mi?" diye sordum. "Öyle baştan savma bakmadılar değil mi? Bu gece onların telaşı çoktur."

"Yok Başkomiserim, olur mu öyle? Çocukların yanında biz varız. Çok alakadar oldular. Emrettiğiniz gibi film de çektiler, inceden inceye muayene de etti doktor. Zaten tanıyormuş oğlanı. Daha önce iki kere gelmiş hastaneye. Birinde falçatayla yaralanmış, birinde de yanmış..." Derinden bir iç geçirdi. "Sahi Başkomiserim, ne yapacağız bu çocukları?"

"Bırakın gitsinler, ama önce kaldıkları yeri öğrenin. Aradığımızda bulabilelim. Belki yeniden ifadelerine ihtiyaç duyarız. Anlaşıldı mı?"

"Anlaşıldı..."

Saygılı davranmaya çalışıyordu, ama sesi gergindi, nereden başlarına bela etmiştim bu veletleri! Sabahın bu saatinde, bu soğuk havada bir de bu serserilerin uyudukları yeri bulmak zorunda kalacaklardı şimdi.

"Zeynel," diye uyardım. "Çocuklara iyi davranın tamam mı?"

"Elbette Başkomiserim."

Artık hiçbir duygu okunmuyordu sesinde, bir makinenin çıkardığı gürültü gibi tekdüze ve ruhsuzdu. Biliyordum, uyarmama rağmen tersleyeceklerdi çocukları, belki onlardan uzaktayken neler konuştuğumuzu soracaklardı, belki değil mutlaka azarlayacaklardı, ama hiç değilse tartaklamaya kalkışmayacaklardı artık.

Telefonu cebime koyarken "Bizim işimiz bitti Başkomiserim," dedi genç savcı. "Arkadaşlar görevlerini tamamladılar. Sizin için de uygunsa maktulü kaldıralım artık."

"Tamam Oğuz Bey." Ambulansın yanında sıkıntıyla bizi izleyen iki hastabakıcıya işaret ettim. "Kaldırabilirsiniz."

Anında harekete geçti görevliler, hevesle açtılar ambulansın arka kapısını. Kaşla göz arasında indirdikleri sedyeye, büyük beceriyle yerleştirdiler zavallı adamın bedenini. Yine aynı el çabukluğuyla, aynı marifetle araca yüklediler talihsiz yüklerini. Belki de hastanede yarıda bırakıp geldikleri partiye yetişmeyi umuyorlardı hâlâ. Şefik'in yaktığı sigaradan çektiği ikinci nefesin gri dumanları dolana dolana yükselirken, önce ambulans, hemen ardından da Savcı Oğuz'un makam aracı sokaktan çıkmıştı bile.

"Hadi, gelin," dedim bizim çocuklara dönerek. "Şurada birer çorba içelim. İçimiz ısınır."

Çaresizce ellerini yana açtı Şefik.

"Biz gidelim Başkomiserim, malzemeler var."

"Senin çocuklar götürsünler..."

Çaresizce bir adamlarına, bir bana baktı.

"Yok, ben de gideyim... Başka zaman içeriz çorbayı."

İyi polisti, adamlarını yalnız bırakmak istemiyordu. Saygı duymak lazımdı.

"Tamam, o zaman yarın merkezde görüşürüz."

"Görüşürüz Başkomiserim."

Şefik ve iki kişilik ekibi Olay Yeri İnceleme'nin minibüsüne malzemeleri taşımak için kolları sıvarken, biz de savcının makam aracının çıktığı yöne doğru yürümeye başladık. Köşeyi dönünce, daha geniş, daha aydınlık bir sokak karşıladı bizi. Tarlabaşı'na açılan uzunca bir sokak. İstanbul'un göbeğinde yer alan ve bir zamanların en nezih semtlerinden biri olan, ama yıllar önce birilerinin kışkırtmasıyla, galeyana gelip, Rum, Ermeni, Yahudi hemşerilerimizin evlerini basan, dükkânlarını yağmalayan barbarların kalkışmasıyla ağır ağır terk edilen, terk edildikçe tuhaf bir ıssızlık ve yoksunlukla kaplanan o sokaklardan biri. Zamanla, çok uzaklardaki mezralarından, köylerinden zorla ta buralara kadar savrulup ayakta kalma mücadelesi veren yoksul kadınların, erkeklerin, yani hayatın çiğneyip tükürdüğü insanların sığındıkları bu düşmüş semtin köhne sokaklarından biri. Elbette uyuşturucu satılan bir yer, elbette kendi etini satarak ayakta kalmaya çalışan insanların yalancı renklerle süslü mezbahası, elbette suçun her türünün boy attığı bir bataklık. Ama kar altında olduğundan mıdır nedir, daha bir güzel görünüyordu gözüme; kederli ama daha vakarlı, daha sakin. Şenlik erken bitmişti bu sokakta. Evlerde tek tük ışıklar yanıyordu, belki televizyonlar da açıktı, ama duyulan tek ses Taksim Meydanı'nda eğlenen o çılgın kalabalığın uğultusuydu. Etraf o kadar ıssızdı ki elli metre ötede birinin öldürüldüğünü bilmesek, sağlı sollu sıralanan sokak lambalarından süzülen sarı ışıkların altında uçuşan kar taneciklerinin yaydığı bu sahte huzura bile inanabilirdik. Ama yalancı sükûnet önünden geçtiğimiz cumbalı evin penceresinden gelen arsız bir gülüşle bozuldu.

"Hey, gençler."

Başımızı çevirince, yağan kara aldırmadan, pörsümüş memelerini pencerenin pervazına dayayarak teşhir eden en az altmışında bir kadının davetkâr bakışlarıyla karşılaştık. O kadar ağır bir makyaj vardı ki yüzünde, cinsel istekten çok, keder uyandırıyordu insanda.

"Hey, size diyorum... Baksanıza ya..."

İkimiz de sesimizi çıkarmadan yürümeyi sürdürdük.

"Heey size diyorum," diye yineledi. "Size diyorum yaa..."

"Ne var!" diye terslendi Ali. "Ne istiyorsun be?"

"Kızma civanım. Niye hiddetleniyorsun öyle. Biraz eğlenmek istemez misiniz?"

"Yuh be teyze... Gecenin bu saatinde, bu havada..."

Zavallı kadıncağız gecenin bu saatinde, bu havada sokaktan geçenleri kollayıp müşteri devşirmeye çalıştığına göre işler kesat olmalıydı.

"N'olacak," diye ısrar etti kadın. "Bugün yılbaşı, herkes eğleniyor işte. Hem fena mı olur... Herkes yeni yıla girerken siz de bana girersiniz..."

Kadının pervasızlığı benim gibi Ali'nin de yüzünü kızarttı.

"Tövbe tövbe," diye söylendi. "Biz polisiz yahu, git işine."

Hiç tınmadı penceredeki kadın, usulca omzunu silkti sadece.

"Daha iyi ya, rahatlarsınız biraz. Bu gece çok yormuşlardır sizi."

Bağırıp çağırmamak için kendini güç tutuyordu yardımcım.

"Hadi hanım, hadi içeri," dedim tatlı sert bir tavırla. "Bizden sana ekmek çıkmaz. Başka birilerini bul."

Kim bilir kaçıncı reddedilişiydi bu gece. Öfkeyle kapattı penceresini, ama kapatmadan önce de yüksek sesle söylenmeyi ihmal etmedi.

"Herkes ibne olmuş bu âlemde. Polisi de ibne, sarhoşu da ibne, esrarkeşi de ibne. Hiç erkek kalmadı mı lan bu şehirde?"

"Yaşlı erkeklerin aşkı fenadır Komiserim"

Sabaha birkaç saat kalmış olmasına rağmen, Tarlabaşı Bulvarı hâlâ insan kaynıyordu. Birbirinin üzerine yığılmış gibi art arda, yan yana dizilmiş araçlarla doluydu cadde. Arabanın penceresinden sarkıp nara atanlar, kaldırımlarda neşeyle şarkı söyleyen gruplar, ayakta güçlükle durmaya çalışan sarhoşlar. Hiçbirine şaşırmadım da önümüzden siyah bir atın üzerinde fosforlu beyaz giysilere bürünmüş bir palyaço geçti, ona inanamadım. Uzaklaştıkça siyah at kayboluyor, beyaz giysiler içindeki palyaço sanki rüzgârın üzerindeymiş gibi hızla öne arkaya sallanıyordu. Tam anlamıyla bir gösteri alanına dönmüştü burası. Elbette bizim Mehmet Usta'nın Lezzet Lokantası da nasibini alacaktı bu hengâmeden.

Beyoğlu'nda görev yaptığım yıllarda sık sık giderdim bu küçük lokantaya. Tarlabaşı Bulvarı'na açılan şu güdük sokağın girişinde, pavyonla meyhane karışımı batakhanenin hemen karşısında her zamanki yerinde, gösterişsizliğiyle müşterilerini ağırlıyordu yıllardır. Beyoğlu'nun gece uyumayan sakinlerini... Lokantanın kim bilir kaç yıldır değişmeyen gösterişsiz tabelasının altındaki basık kapıdan içeri girince anasonla karışık yemek ve ucuz parfüm kokusu çarptı burnumuza. Dışarının insanın nefesini kesen soğuğundan sonra doğrusu hiç de rahatsız edici gelmiyordu bu ağır hava. Hatta gözümüzü alan şu çiğ ışık bile itici değildi. Asıl mesele, oturacak yer bulmaktı. Lokantadaki bütün masalar doluydu. Arkadaki küçük masaya iki kız oturmuştu. İkisi de balıketinden halliceydi, bildiğiniz tombul yani. Birinin gözleri inadına yeşil, inadına ışıklı, öteki ise ölgün ölgün bakıyordu etrafa, ama ikisinin de makyajı abartılıydı. O yolun yolcusu derdi babam bu bahtsızlar için. O yol hangi yolsa... İştahsızdı kızlar, ellerinde çatalları, fırın makarnayı didikleyip duruyorlardı. Yanlarındaki masada iki bıçkın, edepsiz gözlerle onları süzüyordu, bu meteliksiz delikanlılardan iş çıkmayacağını bilen kızlar umursamıyordu bile. Hemen sağlarındaki masada, siyah ceketleriyle olduğu kadar beyaz gömlekleri ve kırmızı kravatlarıyla bir örnek giyinmiş Dolapdereli dört müzisyen, hiç kimseye aldırmadan sanki birileri önlerindeki tabakları alacakmış gibi neredeyse nefes almadan yemeklerini mideye indirmekle meşguldü. Arkalarında, muhtemelen civardaki barların kapısında bodyguard olarak görev yapan üç genç irisi, sessiz sakin oturmuş siparişlerinin gelmesini bekliyorlardı. Pencere kenarındaki iki masa birleştirilmişti. Lokantanın en eğlenceli insanları oradaydı; rengârenk saçları, abartılı giysilerinin derin dekolteleriyle altı kişilik bir travesti grubu. Sanki bütün gece sokakta değillermiş gibi hiç yorgunluk belirtisi göstermeden heyecanla bir şeyler tartışıyor, bir yandan da iştahla çorbalarını kaşıklıyorlardı. Onları gören Ali'nin kedi sürüsüyle karşılaşmış bir köpek gibi kuyruğunu diktiğini, hırlamaya hazırlandığını fark ettim. Aslında bu alışılmadık küçük topluluğun da bizim Ali'den hazzedeceklerini hiç sanmıyordum, her an bir tatsızlık çıkabilirdi, belki de en iyisi geldiğimiz gibi sessizce çıkıp gitmekti buradan.

"Başkomiserim," diyen bir ses engel oldu. "Başkomiserim..."

İriyarı bir adam, masalardan birinden bize sesleniyordu. Önce tanıyamadım, biraz dikkatli bakınca çıkardım. Bu semtin en namlı muhabbet tellalıydı seslenen. Süleyman, namı diğer Saltanat Süleyman. Dört karısı olduğu ve dört karısını da kendi eliyle pazarladığı için almıştı bu lakabı. Suratının yarısını kaplayan kuzgun siyahına boyanmış pala bıyıklarının gerisindeki ışıklı, minik gözlerini bana dikmiş, ısrarla çağırıyordu.

"Gelin Başkomiserim, böyle gelin..."

Başkomiser lafını duyan herkes şöyle bir dönüp baktı, en çok da o parıltılı giysiler içindeki travestiler, ama sonra herkes kendi dünyasına döndü. Artık lokantadan ayrılmak olmazdı, biz de mecburen Süleyman'ın masasına yöneldik. Karşısında bir kadın oturuyordu; ne güzel, ne çirkin, erken yaşlanmış bir kadın... Yorgun, çok yorgun bir kadın. Eve gitsek de uyusak diyordu, düşük gözkapakları. Masaya yaklaşınca, önünü ilikleyerek ayağa kalktı Süleyman. Unutmuşum ne kadar iri olduğunu; görkemli cüssesi karşısında bir adım gerilemekten kendimi alamadım. Kocaman kafası nerdeyse tavana değecekti, kolları bir masayı kavrayacak kadar genişti. Ali bile dayanamadı.

"Oha!" diye mırıldandı. "Bu ne be?"

O cüsseyle bir de eğilmez mi önümde.

"Tamam Süleyman, tamam," deyip zor kurtardım elimi öpülmekten. Dostça omzuna vurdum en az bir baş kadar benden uzun adamın. "Çok oldu görüşmeyeli değil mi?"

"Olmaz mı Başkomiserim? Haftada en az bir iki kez görürdük sizi bu lokantada. Beyoğlu'ndan ayrıldığınızdan beri ne arayıp ne sordunuz. Gidiş o gidiş."

Konuşması sitem doluydu, ama altın dişlerini gösteren gülümseyişi öyle olmadığını söylüyordu.

"Bizim işleri bilirsin Süleyman."

Uysalca salladı başını.

"Bilmem mi Başkomiserim... Zor zanaat, Allah yardımcınız olsun..."

"Bu da Ali," dedim, hâlâ şaşkınlıkla Süleyman'ın kalıbını inceleyen bizim şaşkalozu göstererek. "Beraber çalışıyoruz."

Yine hazır ola geçti Süleyman.

"Memnun oldum Ali Komiserim."

"Ben de..." dedi Ali, eğlenceli bir gülümsemeyle. "Ben de, Süleyman..."

Tepesinde dikilen üç adamın bu kadar konuşmasına rağmen, yüzünde tek bir mimik olsun kımıldamayan kadına çevirdim bakışlarımı.

"Merhaba..."

Avuç içi kadar yüzünde, iyice büyüyen kara gözleri şöyle bir değdi geçti yüreğime. Nedense Büyükada'da faytonları çeken güzel gözlü, yaşlı atlar belirdi zihnimde.

"Merhaba Abi..."

"Bizim Naciye'yi hatırlıyorsun değil mi Başkomiserim?"

Yapay bir gayretle canlandım.

"Hatırlıyorum tabii, nasılsın Naciye Hanım?"

Bıkkın, bezgin ellerini açtı kadın. Hepsi bu; ne bir söz, bir heyecan, ne bir aşinalık belirtisi, zaten mahmur gözleri anında eski haline dönmüştü yeniden. Naciye'nin umursamazlığından rahatsız oldu Süleyman, abartılı bir nezaketle boş iskemleleri gösterdi.

"Oturmaz mısınız Başkomiserim?"

"Rahatsız etmeyelim sizi..."

"Yok Başkomiserim, biz de kalkıyorduk." Karısına dik dik baktı. "Naciye oturduğu yerde uyuyor zaten."

Hiç alınmadı kocasının sitemkâr sözlerine Naciye. Çoktan unutmuştu alınmayı, ne söylerlerse söylesinler, ne yaparlarsa yapsınlar, umurunda bile değildi. Öylesine kanıksamıştı ki yaşadığı dünyayı, her şeyi itirazsız kabul etmişti. Belki de itiraz etmenin artık hiçbir işe yaramayacağını bildiği için böyle sessiz, böyle aldırmaz, böyle umursamaz olmuştu.

Sırtımızdakileri çıkardıktan sonra karşılıklı çöktük Ali'yle sandalyelere. Masanın üzeri gösterişsiz bir akşam yemeğinden geri kalanlarla doluydu; boşalmış dört tabak, biri yarı yarıya suyla, öteki kolayla dolu iki bardak. Süleyman'ın boş tabağında kırılmış birkaç kürdan göze çarpıyordu.

"Hayrola Başkomiserim?" diye içtenlikle sordu Süleyman. "Hangi rüzgâr attı sizi Beyoğlu'na?"

"Pek hayır değil," dedim bakışlarımı masanın üzerindeki teferruattan kopartarak. "Birini öldürmüşler, aşağıdaki sokakta.... Tarlabaşılılar Kulübü'nün orada."

Geniş yüzü gerildi, pala bıyıkları titredi.

"Kimmiş ölen?"

O anda düştü jeton, Süleyman hiç uzak sayılmazdı kumar işlerine. Belki bize yardımı bile dokunabilirdi.

"Engin diye biri, Engin Akça..."

Sevinçli bir haber duymuş gibi yüzü aydınlandı.

"Almancı Engin mi?"

"Almancı olup olmadığını bilmiyorum, Kara Nizam'ın adamıymış."

"Ta kendisi... Vurmuşlar mı Engin'i?" Yanıtını bile beklemeden iri bir balyozu andıran sağ yumruğunu, bir ekmekçi küreği kadar geniş olan sol avucuna indirdi. "Olacağı buydu tabii..."

Karnımızı doyurmak için geldiğimiz lokantadan cinayet malumatı almak... Şans diye buna denirdi işte. Hiç ummadığı mağarada hazine bulmuş bir madenci gibi aceleyle toprağı eşelemeye başladı yardımcım.

"Niye öyle söyledin? Çok mu düşmanı vardı Engin'in?"

Boyalı, kalın kaşları çatıldı Süleyman'ın.

"Olmaz mı? Milletin karısına, kızına asılırsan..."

Bir an bakışlarım Naciye'ye kaydı, yoksa... Hadi canım, çok saçma bir düşünceydi.

"Kimin karısına asılmış?" diye kurcalamayı sürdürüyordu Ali. "Bildiğin birileri var mı?"

Geniş omuzlarını silkti Süleyman.

"Mesela Barbut İhsan, hatta Kara Nizam, uçkuruna sahip olamıyordu ki adam."

"Bir dakika, bir dakika..." diye kestim sözünü. "Bizim duyduğumuz İhsan'la Nizam arasında bir kadın meselesi olduğu..."

Sessizce güldü, florasanın çiğ ışığı, öndeki altın dişinde parlayıp söndü.

"Çilem hikâyesi mi? Barbut İhsan, kızı Nizam'ın elinden almışmış da..."

"Yalan mı?"

Şöyle bir süzdü beni.

"Doğru olsa ne yazar Başkomiserim? Çilem'i Nizam'a getiren kim?"

Olay giderek ilginç bir hal alıyordu.

"Engin mi?"

Taşı gediğine koyduğundan emin, iri kafasını usulca salladı.

"Engin tabii. Herif yakışıklı ya, aklını alıyor kadınların. Tabii Çilem de eline erkek eli değmemiş, temiz aile kızı değil. Barbut'un kapatması... Yani alan razı, satan razı. Barbut'tan iş çıkmayacağını anlayan kız, Engin'de bir istikbal görüyor. Belki benimle evlenir, beni bu bataklıktan çekip çıkarır diye düşünüyor. Halbuki adam onu çirkefin en derinine gömecek. Gömüyor da zaten. Engin'den sonra Kara Nizam giriyor devreye. Nizam'ı gördünüz mü Başkomiserim?"

"Görmedik, yaşlı bir adammış, öyle mi?"

"O kadar yaşlı değil, ama çirkin." Yüzünü buruşturdu. "Erkeğin güzeli çirkini olmaz derler, ama oluyor be Başkomiserim. Nizam hakikaten çok çirkin."

Daha fazla dayanamayıp tamamladı aceleci yardımcım.

"Adam çirkin olunca Çilem de onu İhsan'la aldattı öyle mi?"

Konuşmaktan öyle zevk alıyordu ki neredeyse ağzını şapırdatarak sürdürdü Süleyman.

"Hepsi bu olsa iyi Komiserim... Çilem aynı zamanda Engin'le de düşüp kalkıyordu. Kokainli toplu seks partileri filan... Bir ara benden bile kız istedi bunlar. Anla yani... Çilem hiçbir zaman da bırakmıyordu Engin'i. İhsan'la beraberken de, Nizam'la birlikteyken de Engin hep vardı. Bence İhsan'ın kadını kovmasının nedeni de oydu zaten."

"Nasıl?" diye ikimiz de aynı anda tepki verdik, Ali sustu, ben sürdürdüm. "Kadın adamı terk etmedi mi? İhsan mı kovdu Çilem'i?"

"Tabii İhsan kovdu. Hapse düşmüştü bu, ruhsatsız silah yakalatmış kulüpte. O hapse düşünce, kadın da gizlice pişirmiş işi Nizam'la. Barbut çıkınca anladı meseleyi. Ağzını burnunu kırıp sokağa attı Çilem'i."

Kafamı kurcalayan konuyu Ali dile getirdi.

"Bütün bunları Nizam bilmiyor muydu?"

"Bilmez mi, ama âşık olmuştu Çilem'e. Yaşlı erkeklerin aşkı fenadır Komiserim. Bu âlemin en korkulan adamı, acımasız Nizam, gururunu, şerefini bir kenara koyup kızı kabul etti. Yeğenlerinin itirazlarına kulak asmadan..."

"Anlamadığım bir şey var," diyerek bu kez ben kaptım lafı. "Nizam kızı seviyordu tamam, Engin'i niye tutuyordu yanında?"

Zorlu bir meseleyle karşılaşmış gibi gözlerini kıstı Süleyman.

"Valla bunu ben de çok düşündüm Başkomiserim, ama işin içinden çıkamadım."

Söylemek mi istemiyordu yoksa gerçekten de bilmiyor muydu?

"Kulağına çalınan bir şey de yok mu?" diye ısrar ettim. "Millet ne diyor?"

"Rivayet çok... Kimileri, gizli ortağıymış Nizam'ın diyorlar... Güya Almanya'dan yüklü parayla gelmiş. Öylece ortak olmuş Nizam'a. Şimdi burada büyük inşaatlar yapılıyor. Ermenilerden, Rumlardan kalan köhne binalar yenileniyor. O işe girmişler birlikte. Kimileri alakası yok diyor, Nizam'ın hayatını kurtarmış bu Engin diyor. Karşılığı ödenmez bir iyilikmiş yaptığı. Kimileri de Engin'in yukarıda bağlantıları var diyor..."

"Yukarıda derken?"

"Mafya içinde diyorum. Kürt mafyası mı, Laz mafyası mı derseniz o kadarını bilmem ama Engin'in sırtını güçlü bir yerlere dayadığı muhakkak. Yoksa Kara Nizam yaşatmazdı onu."

Belki de yaşatmadı diyecektim ki omzuma dokunan bir el, bütün düşüncelerimi dağıttı. Başucumda, o incecik bedeniyle lokantanın sahibi Külbastı Mehmet dikiliyordu.

"Aşk olsun Başkomiserim," diye anında başladı siteme. "Var mı böyle saklanır gibi kuytulara köşelere oturmak, insan gelince bir selam verir. Yoksa kaçacak mıydınız, bana görünmeden?"

Eh, mahcup olduk tabii. "Merhaba Mehmet Usta," dedim uzattığı eli sıkarak. "Biz de yeni gelmiştik. Kasaya baktık yoktun. Süleyman'ı da görünce buraya çöktük, konuşuyorduk," dedim, bizi yalnız bırakır umuduyla ama gitmedi.

"Mutfağa gitmiştim, orayı da teftiş etmek lazım," diyerek Süleyman'a hadi artık kalkını ima eden bir bakış attı, sonra da güya boş sandalye arar gibi etrafa bakındı. Sadece bu lokantada bulunanların değil, belki şu anda İstiklal Caddesi'nde eğlenen insanların en iriyarısı olan Süleyman mesajı almıştı.

"Gel Mehmet Abi, sen böyle otur," dedi anında yekinerek. "Biz de gidiyorduk zaten." İtiraz etmemize bile izin vermeden karısına çevirdi bakışlarını. "Hadi Naciye, hadi anam, hadi güzelim, gidelim artık."

Ne sevindi, ne heyecanlandı Naciye, sadece yorgun gözleri biraz aralandı. İncecik belini tutarak doğruldu usulca. Biçimsiz bacaklarını açıkta bırakan siyah elbisesinin üzerine, parlak, gümüş renkli gocuğunu giydikten sonra, ünlü bir markanın taklidi kocaman çantasını taktı çelimsiz omzuna... Mahmur gözlerini kocasına dikerek, "Tamam," dedi çatallanan bir sesle. "Tamam, gidelim hadi."

"Eşkıyanın eskisi yenisi olmaz"

Süleyman, giydiği yüksek topuklu ayakkabı yüzünden bırakın yürümeyi, ayakta durmakta bile güçlük çeken sıska karısı Naciye'yi koluna takıp gece yorgunu insanlarla dolu masaların arasından geçerken, "Düşmez kalkmaz bir Allah," diye mırıldandı Külbastı Mehmet. "Bu oğlanın yirmi yıl önceki halini bilirim. Benim diyen delikanlı önünden geçemezdi. Öyle cesur, öyle gözü kara, öyle bileğine sağlam. Bir kuru saldırmayla beş kişiyi önüne katıp kovaladığını gördüm şu caddede. Nerdeyse racon kesmeye başlayacaktı ağır abilere.... Bir de şu haline bakın..."

Üçümüzün de bakışları bir kez daha bu tuhaf çifte takıldı. Bir bozgun şarkısı eşliğinde yapılan hazin bir dans gibi, karısıyla birlikte hafifçe sallanarak çıktı lokantadan, bir zamanların namlı kabadayısı Süleyman. Emin olduğu halde belki de konduramadığından sordu Ali.

"O kadını satıyor değil mi?"

Ne Mehmet'ten ne de benden çıt çıktı.

"Yazık ya, halbuki iyi bir adama benziyor."

Ayhan Işık tarzı ince bıyıklarını eliyle düzeltti Külbastı Mehmet.

"İyi bir adamdı. Belki hâlâ iyidir. Bana hiçbir kötülüğü dokunmadı."

"Bana da dokunmadı," diye destekledim onu. "Ama bu, Süleyman'ı iyi bir adam yapar mı bilmiyorum." Sandalyeye yaslandım. "Neyse, boş verelim Süleyman'ı, insanları yargılamak bize düşmez."

Bitkin yüzü aydınlandı Mehmet'in.

"Haklısın Başkomiserim. Zaten yerlerde herif, bir de biz kötü konuşmayalım arkasından." Sanki kendisi acıkmış gibi iştahla sordu. "Ne yersiniz?"

"Çorba içeriz." Yardımcıma baktım. "Yoksa başka bir şey mi isterdin?"

"Yok Başkomiserim çorba iyi... Mercimek çorbası var değil mi?"

Adeta heyecanlandı Mehmet.

"Olmaz mı? Başkomiserim iyi bilir, Beyoğlu'nun değil, bütün İstanbul'un en iyi mercimek çorbası burada."

Onaylamamı bile beklemeden, arkadaki üç bodyguardın masasına yemek götüren siyahi çocuğa seslendi.

"Namadi oğlum, buraya da baksana..."

Bembeyaz dişlerini göstererek güldü Namadi.

"Tamam Mehmet Abi, şimdi geliyorum."

Sözcükleri kırık dökük söylüyordu ama söyleneni gayet iyi anlıyordu.

Alaycı bir tavır takındı yardımcım.

"Kunta Kintelere de mi iş veriyorsunuz?"

Yok, bu bizim Ali'den adam olmayacaktı, şimdi şu masada ağzının payını versem diye geçirirken, Külbastı Mehmet daha usturuplu yaptı o işi.

"Öyle demeyin, çok iyi çocuktur Namadi. Çok da yakışıklı baksanıza. Televizyon dizisi için istediler bunu. Geçen hafta bir yönetmen gelmişti lokantaya. Görür görmez iş teklif etti. Ama vefalı çocuk, hemen atlamadı, bana sordu. 'Mehmet Abi gidebilir miyim?' diye. Ben de 'Git, ama bunlar gelip geçici işler. Lokantadan ayrılma, çekim olduğu gün, ben sana izin veririm,' dedim. Sevindi zavallım. Bunların hayatı çok zor Başkomiserim. Bizim fakirlerimizden daha fena durumları. Bu bölgedeki çakallar peşlerinde hep. Dolapdere baronları filan, uyuşturucu işine sokmaya çalışıyorlar garibanları. O yola giren de var, ama çoğu namuslu, çok da çalışkanlar. Kaç kişi aldıysam işe, hepsi sağlam çıktı." Bodyguardların yemeğini bırakıp yıldırım hızıyla yanımızda biten siyahi delikanlıya döndü. "Hah Namadi, şu boşları al önce."

Yüzünde yine o aynı ışıklı gülümseme belirdi.

"Tamam Mehmet Abi, hemen alıyorum."

En az bir seksen boyunda, atletik yapılı delikanlı, çevik bir hareketle üst üste yığdı masadaki tabakları.

"Aferin Namadi, bir de sil şurayı güzelce. Evet, işte böyle... Şimdi iki mercimek çorbası istiyoruz, limonunu filan unutma, ha, bak kırmızıbiber de kalmamış... Hadi evladım, açlıktan ölüyor Başkomiserim."

Başkomiserim lafını duyunca şöyle bir irkildi Namadi. Ali'nin gözünden kaçmadı bu irkiliş. İşgüzarlığı tuttu yine bizim serserinin.

"Ne oldu Namadi? Niye durakladın öyle?"

Delikanlının iri siyah gözlerinin akları korkuyla büyüdü.

"Yok abi, yok bi şey."

Yardımcımın eline dokundum.

"Çocuğu rahat bırak." Ürkek gözlerle bizi süzen delikanlıya döndüm. "Tamam Namadi, tamam evladım, hadi sen çorbaları getir."

Delikanlı boş tabakları alıp hızla uzaklaşırken Ali açıklamaya çalıştı.

"Kusura bakmayın ama siz de gördünüz, oğlan, başkomiser lafını duyunca panikledi..."

"Siz de polissiniz değil mi?" diyen Mehmet'in sorusuyla yarıda kaldı yardımcımın gevelemesi.

"Evet."

N'olmuş polissem havalarındaydı bizim kopuk.

"Ali Komiser, yardımcımdır," dedim kabalığını yumuşatmak için. "Birlikte çalışıyoruz."

Sıkıntıyla mırıldandı Mehmet.

"Anladım." Görmüş geçirmiş bir adamın ağırbaşlılığı çökmüştü bakışlarına. "Şöyle izah edeyim Ali Komiserim. Sizin Kunta Kinte dediğiniz bu çocuklardan biri geçen yıl karakolda öldü. Sizinkiler adam silahı almaya çalıştı dediler, kaza dediler, ama Afrikalı göçmenler inanmadı bu açıklamalara. Onlar arkadaşlarının bilinçli olarak öldürüldüğünü düşünüyorlar. O sebepten polis lafını duyunca ürküyor zavallılar. Yoksa yasadışı bir işi yoktur Namadi'nin. Ben her türlü kefilim."

Masanın tadı kaçmıştı, belki toparlarım umuduyla lafı yeniden Saltanat Süleyman'a getirdim.

"Sahi, şu bizim Süleyman nasıl oldu da böyle birden düştü? Ben görev yaparken şanı şöhreti yerindeydi."

Sanki düşen kendisiymiş gibi derinden bir iç geçirdi Mehmet.

"Siz ayrılalı yedi yıl oldu Başkomiserim. Az mı? Öyle birdenbire de düşmedi zaten Süleyman." Neyse, Mehmet yeniden havaya girmeye başlamıştı galiba. "Ağır ağır gitti saltanat, bizim Osmanlı'nın çöküşü gibi. Yaşlanınca, eski güç, kudret de kalmadı. Bir de vicdanı, merhameti olmayan yeniyetmeler çıkınca piyasaya..."

Yaptığı hatayı anlayan Ali de konunun değişmesinden ziyadesiyle memnun olmalı ki bir heves o da katıldı muhabbete.

"Eski kabadayılardandı değil mi Süleyman?"

"Tam onlardan, belki onların son temsilcisi... Elinde ne var ne yok, sağa sola dağıtır dururdu. Fakir babasına çıkmıştı adı. Biraz da o sebepten iflah olmadı ya." bana döndü yeniden. "Siz daha iyi bilirsiniz o âlemi Başkomiserim. O eski usul kabadayılar kayboldu. Yeniyetmeler de eski racona riayet etmez oldu. Vefayı, saygıyı, hürmeti unuttular."

O âlemi iyi bildiğim doğruydu, ama Mehmet'le aynı fikirde değildik. Üstelik o eski kabadayıların, matah insanlarmış gibi ballandıra ballandıra anlatılmasından da nefret ederdim. Bu memlekette kıyıcı adama duyulan hayranlığı anlayabilmiş değilim. Zaten onlar hakkında anlatılanların nerdeyse hepsi palavraydı. Zenginden alıp yoksula dağıtmalar, cesaret gösterileri, büyük kahramanlıklar filan, çoğu yalandı. Zorla gasp ettiklerinin birazını dağıtsalar ne olur, dağıtmasalar ne olurdu?

"Eşkıyanın eskisi yenisi olmaz," diyerek itiraz ettim. "İkisinin de yaptığı zorbalık değil mi? Artık bırakalım bu edebiyatı. Yumrukla, tabancayla, bıçakla sağlanan üstünlüğün saygı duyulacak nesi var? Güce değil, adalete itibar etmek lazım."

Mehmet'in gözlerinde kuşkulu bir ifade belirdi.

"Doğru da Başkomiserim, devlet adaletten uzaklaşınca bu eşkıyalar dolduruyor boşlukları."

Söylediklerinde hiç haksız değildi. Biz kapıyı aralık bırakıyorduk, eşkıyalar da pervasızca dalıyorlardı içeriye.

"Nasıl olursa olsun," dedim uzlaşmaz bir tavırla. "Bunlar yanlış işler Mehmet. Eskiden de yanlıştı, şimdi de yanlış. Asıl kahramanlık senin yaptığın. Kaç yıldır buradasın, kaç yıldır nafakanı şu küçük lokantadan çıkartıyorsun. İtin, uğursuzun, soysuzun arasında. Evet, delikanlılık diyorsanız tam da budur. Öteki yalan... İmrenilecek bir yanı da yok. Acınacak insanlar aslında. Hep korkuyla yaşarlar, hep ihanet beklentisiyle. Ya bir köşede öldürülürler ya elindeki paralarla gıllıgışsız yeni bir hayat kurmayı başarır, kendilerini değil, ama hiç değilse çocuklarını kurtarmayı becerirler ya da Süleyman gibi böyle rezil rüsva olurlar."

Eliyle masaya üç kere vurdu Mehmet.

"Allah kimsenin başına vermesin, en kötüsü de Süleyman'ınki be Başkomiserim. Düşmanın elinden ölmenin bile bir şerefi, bir namusu var. Naciye öldüğünde muhtemelen sokaklarda yatacak."

O anda aklıma geldi.

"Sahi ya, bu Süleyman'ın üç karısı daha yok muydu?"

Adeta oturduğu yerde zıpladı Ali.

"Yok artık, dört karısını birden mi satıyordu?"

Sessizce güldü Mehmet. Biz erkeklerdeki o hoyrat, alaycı gülüşlerden biri.

"Aslında öteki kadınlar karısı değildi. Kız Yahya'nın sermayeleriydi kadınlar. Kız Yahya'yı hatırladınız mı Başkomiserim? Küçük Bayram Sokak'ta genelev çalıştırırdı. Neyse işte, Kasımpaşalı Nebil tebelleş olmuş buna, kızları alacak elinden. O zaman devreye Süleyman girdi. Belli bir haraç karşılığında koruması oldu Yahya'nın. Fakat Kız Yahya Nişantaşı'nda bir kokain partisinde bıçaklanıp öldürülünce, kadınlar Süleyman'a kaldı. Bazıları kadınların gönüllü olarak geldiklerini söylüyor, bazıları da Süleyman'ın kadınları zorla tuttuğunu. Vebali söyleyenlerin boynuna, ama o zamanlar Süleyman'ın parlak yılları. Astığı astık, kestiği kestik. Sözleri kanun hükmünde kararname, ne dilerse anında yerine getiriliyor bu sokaklarda. Ama sonra Barbut İhsan bozdu fiyakasını bunun. Kavgaya çağırmış Süleyman'ı, bu da delikanlı ya, tek gitmiş. İhsan'la adamları, eşşek sudan gelinceye kadar dövmüşler bunu, arkada Süryani Kilisesi'nin orada. Fena korkutmuşlar gözünü. Yine de hemen düşmedi Süleyman. Barbut İhsan pis herif, ama içinde bir parça insanlık olmalı ki kadınları almadı elinden. Böylece dört sermayeli bir pezevenge dönüştü bizim Saltanat Süleyman. Ama rahat durmadı, gerçi rahat dursa da onu kendi haline bırakmazlardı ki... Neyse zaten Süleyman da kaşınıyordu, eski alışkanlığına döndü, yani kumara. Bir koyup on alacak ya, tabii tersi oldu. Bir gece yeşil masada dört karıyı da aldılar elinden. Ama Naciye'yi müşteri tutmaz diye Süleyman'a bıraktılar."

"Barbut İhsan mı yaptı bu işi?" diye atıldı Ali.

Kırlaşmış, dalgalı saçlarla kaplı başını usulca salladı.

"Hayır, Kara Nizam... Daha doğrusu Nizam'ın bir çakalı var, o."

Aynı isim döküldü ikizimizin de ağzından.

"Engin Akça mı?"

Yılların esnafı Mehmet bir şeyler döndüğünü anlamıştı.

"Siz nereden tanıyorsunuz Engin'i?" Açık kahverengi gözlerini bana dikti. "Sahi Başkomiserim, gecenin bu vaktinde ne işiniz var Beyoğlu'nda?"

Söylemenin ne sakıncası olacaktı ki?

"Engin'i öldürmüşler."

Hiç şaşırmadı, sadece gürültüyle çekti burnunu.

"Su testisi su yolunda... Sonunda oldu demek." Sanki anlamak ister gibi biraz sessiz kaldı. Sonra, hiç heyecan belirtisi göstermeden sordu: "Kim öldürmüş?"

"Belli değil. Sence kim?"

Masanın üzerine dayadığı ellerini aşağıya çekti.

"Herkes olabilir. Evet, Engin'i herkes öldürmüş olabilir. Barbut İhsan, kendi patronu Kara Nizam, hatta bizim Saltanat Süleyman ve daha bir sürü insan..."

"Çapkınmış, milletin karısına kızına sarkarmış."

"Öyle derlerdi. Yakışıklı, küstah, vicdansız. Herkes çekinirdi ondan, herkes nefret ederdi. Ölünün arkasından konuşulmaz ama ben de sevmezdim. İtici bir şey vardı o herifte... Yüzü düzgün de. O mavi gözleri bir tuhaftı..."

"Ne zaman geldi Engin, Beyoğlu'na?"

Kirpiksiz gözkapaklarını açtı kapadı, gözleri boşlukta gitti geldi.

"Bilmiyorum ki, bir iki senedir buralarda. Ama hep Kara Nizam'ın yanındaydı. Sağ kolu gibi. Bazıları Nizam'a karı kız buluyor derdi, olabilir de. Herif yakışıklı, altında son model araba."

"Yalnız mı yaşıyordu?"

Dar alnı kırıştı.

"O kadarını bilmiyorum, ama son zamanlarda genç bir kızla görüyordum. Hiç öyle işleri konduramazsın, temiz yüzlü bir kız. Dersin bir melek."

"Çilem mi?" diye atladı Ali.

"Yok, Çilem'i tanıyorum. Kara Nizam'la beraber o. Buraya da geldiler bir gece yarısı çorba içmeye. Dördü birlikte, yani Nizam, Çilem, Engin ve o kız... Belki o kızla birlikte yaşıyordur."

"Tarlabaşı'nda oturuyormuş öyle mi?"

"Dolapdere'ye yakın... Bir keresinde hasta olmuştu bu, yemek göndertmişti Kara Nizam. Üç gün yemek taşımıştık, sabah akşam... Aşağıda Rum kilisesinin orada. Şu köhne binalardan birinde oturuyordu. Bir çıkmaz sokağın girişinde. Onu da anlamış değilim, çok daha iyi yerlerde yaşayabilirdi."

Köhne bina deyince Tarlabaşı'ndaki inşaat faaliyeti geldi aklıma.

"Nizam'la ortaklık yapacaklarmış diye bir şey duyduk. Kentsel dönüşüm varmış burada."

Omuzları düştü, neşesi kaçtı.

"Hiç sormayın Başkomiserim, her yeri yıkıyorlar, her şeyi altüst ediyorlar. Güya eski haline getireceklermiş. Milleti evinden barkından edecekler. Yakında bizi de atacaklar. Otuz yıllık kiracıyım şurada." Umutla baktı yüzüme. "Sahi Başkomiserim, siz bir şey yapamaz mısınız?"

Meslek hayatım boyunca yüzlerce kez karşılaşmışımdır bu tür isteklerle. Üstelik bazıları bu kadar masum da değildir, ama haklı bile olsa bunlar benim boyumu fersah fersah aşacak meseleler.

"Biz ne yapabiliriz ki Mehmet?" dedim boynumu bükerek. "Biz basit birer devlet memuruyuz. Elimizden bir şey gelmez. Belediyeyle konuşsaydın, sana başka bir yer gösterirlerdi belki."

Alt dudağını sarkıttı.

"Konuştuk Başkomiserim, olmuyor. Benim durumumda olan o kadar çok esnaf var ki. Hangi birine yetişelim diyorlar. Emir yukarıdan geliyormuş. Büyük komisyonlar dönüyormuş ortalıkta. Herkes buradan bir bina kapmanın peşinde.

Sokağı blok blok kapatanlar bile var. Dizi oyuncuları, adlı sanlı zenginler, büyük otel sahipleri..."

Külbastı Mehmet'in hali fenaydı, ama benim de çözmem gereken bir cinayet vardı.

"Yani Engin'le Nizam da bu işe girmiş olabilir," diye konuya döndüm. "Ortalıkta bu kadar çok para varsa."

"Niye olmasın Başkomiserim. Herkesin iştahını kabartan para, Kara Nizam'ın da ilgisini çekmiş olabilir... Engin'i de yanına aldıysa... Belki de Engin çelmiştir aklını... En doğrusu Kara Nizam'la konuşmanız. Anlatırsa tabii..."

"Sen onu vurmasaydın o bizi vuracaktı"

Külbastı Mehmet'in lokantasından ayrıldığımızda mahşeri kalabalık epeyce azalmıştı. Caddede hâlâ arabalar olsa da o sıkış tıkış trafik son bulmuş, kaldırımlardaki insan kümeleri seyrelmişti. Kar yağmıyordu artık, sadece keskin bir ayaz. Belki de bu dondurucu soğuk kaçırmıştı sokaklardaki ateşli kalabalığı. Evet, eğlence bitmiş, şölen dağılmıştı, parlak kâğıttan şapkalar, yerlere saçılmış konfetiler, çiğnenmiş çiçekler, boş şişeler, yiyecek artıkları kalmıştı ortalıkta sadece. Birazdan sökün edecek çöpçüler, yılbaşı gecesinin son kanıtlarını da toplayınca, eski haline dönerdi bu yaşlı semt. Evet, artık yaşlanmıştı Beyoğlu. Üstelik güzel bir yaşlanma değildi bu. İnsanlar iyi bakmamışlardı ona, yabancı seyyahların bir zamanlar dünyanın en çekici kadını olarak tarif ettikleri bu benzersiz yerin, vakitsiz çökerek adeta bir acuzeye dönüşmesi için ellerinden geleni yapmışlardı. Ancak barbarlara yakışır bir açgözlülükle, yüzyıllık binalarını yıkmış, zarif sokaklarının canına okumuş, zaten küçük olan meydanlarını iğrenç apartmanlarla doldurmuşlardı. Hâlâ cazibesini koruması, bırakın korumayı, ayakta durması bile mucizeydi.

O tarihi binalardan artık eser miktarda kalmış olan Kalyoncukulluğu Caddesi'nin köşesindeki Beyoğlu Emniyeti'ne uğramadık bile. Adım gibi emindim ki içerisi zanlı kaynıyordu, bırakın meslektaşlarımızın bizimle ilgilenmesini, zavallıların başlarını kaşıyacak halleri bile yoktur. Kalyoncukulluğu'nun dik yokuşundan aşağıya vurduk. Külbastı Mehmet, maktulün kız arkadaşıyla aynı evde kalabileceği ihtimalinden bahsedince, kapısını çalıp şansımızı denemek istedik. Belki kız, cinayetin çözümünde işe yarar şeyler söyleyebilirdi. Aslında kitaba uygun davransaydık, savcılıktan izin almak gerekirdi, bu zaman kaybı demekti. Üstelik kızı bulursak maktulün evindeki eşyalara, belgelere de göz atma fırsatımız olacaktı ki bu da soruşturma için mücevher değerindeydi.

Beyoğlu'nun eski günlerinden kalma Aya Konstantin Kilisesi'nin arkasında yer alıyordu Engin'in yaşadığı yer. Keto'yla Musti eksiksiz tarif ettiklerinden değil, bu semtte görev yaparken Dolapdere'yi avucumun içi gibi öğrenmiş olduğumdan elimle koymuş gibi bulmuştum evin bulunduğu Kadın Çıkmazı'nı. Çok da berbat bir anım vardı bu Kalyoncukulluğu Caddesi'nde... Beyoğlu'nda göreve başladığımın ilk ayında, Kadın Çıkmazı'na dönen şu dirseğin karşısındaki Düğün Sokak'ta bir evi yakmışlardı, içinde genç bir kadın, bir adam ve iki küçük çocukla beraber. Adam torbacıydı, adı da Habib. Anadolu'dan gelmişti buraya. Sahipleri, kim bilir kaç yıl önce Yunanistan'a göç eden, o harabeye dönüşmüş binaya sığınmıştı. Önce ne iş bulursa yapmış, kıt kanaat geçinerek ailesinin karnını zor doyurmuştu. Sonra köşe başlarında dikilen saçları briyantinli oğlanları görmüş, bütün gün aylak aylak dolaşmalarına rağmen, bu kopillerin ceplerinin para dolu olmasına akıl sır erdirememişti. Ama anlaması çok sürmemişti. Evet, kolay para kazanmanın bir yolu vardı; esrar, hap, hatta eroin satmak. Parasızlıktan iflahı kesilen Habib hiç düşünmeden balıklama dalmıştı bu pis mesleğe. Bir süre mahalledeki aracıların mallarını satmıştı. Uyanıktı, sivil polisi gözünden anlıyordu, ayağına çevikti, karanlıkta bir görünüp bir kayboluyordu. Akşamları Dolapdere'nin orada, farları söndürülmüş otomobillerdeki müptelalara mal yetiştiremez olmuştu. Sonunda kendisinin de ailesinin de karnı doymaya başlamıştı, ama yetmedi. Biti biraz kanlanınca, neden aracıya para kaptırayım ki, diye düşündü, malı doğrudan almaya başladı. Ölümcül bir kuralı çiğniyordu, farkında değildi. Üstelik arkasında onu destekleyecek kimse de yoktu. Fakat cesurdu, gözü karaydı Habib. Bizim Saltanat Süleyman gibi iriyarıydı, dövüşmeyi biliyordu. Şahitlerin yazılı ifadesinde, "Allahıma, bileğime ve bir de bıçağıma güvenirim," dediğinden bahsediliyordu. Zavallının, İstanbul'un göbeğindeki bu kara delikte başına gelebilecekler hakkında hiçbir fikri yoktu. Olsaydı daha ilk uyarıda çeker giderdi buralardan. Yapmadı, hatta aracı abilerin gönderdiği iki tıfıl oğlanı bir güzel sopalayıp yolladı. Çünkü palazlanmıştı, yavaş yavaş gelecek planları kurmaya başlamıştı. Belki de bu semtin en büyüğü kendisi olacaktı. Neden olmasın, bu işi yürüten o eciş bücüş, kara kuru adamlardan neyi eksikti? Dalyan gibi boyu, taşı sıksa suyunu çıkaracağı kuvvetiyle kısa sürede herkese korku salar, semtteki ticaretin başına otururdu. Ama olmadı, bir gece iki oğlu ve karısıyla birlikte cayır cayır yaktılar onu. Hem de tüm mahallelinin gözü önünde. Hem de çığlıkları yeri göğü tutmuşken. Evet, katillerin amacı evdeki herkesin ölmesiydi. Kimse dışarı çıkamasın diye, kapıları, pencereleri tellerle kapatmışlardı.

Biz yangın yerine vardığımızda, ev kapkara bir enkaza dönüşmüştü. Habib'in kömürleşmiş cesedini salonun kapısında bulduk, elinde sımsıkı tuttuğu bıçağıyla. Karısı ise yatak odasındaydı; iki oğlunun küçük bedenlerine karışmıştı cesedi. Mahalleden bir kişi bile doğruyu söylemedi. Hepsi ağız birliği etmişçesine kan davasından bahsediyordu. Zorladık ama hiçbir sonuç alamadık. Gerçeği altı ay sonra öğrendik, uyuşturucu çetesine sızan bir narkotikçinin raporundan. Ama yeterli delil olmadığı için, hiçbir zaman Habib'in katillerini yakalayamadık. İşte o günlerde, bu yokuşta defalarca inip çıktığım için, hiç zor olmamıştı bu gece "Kadın Çıkmazı"nı bulmak.

Çıkmazın girişine geldiğimizde, bir gölge kayar gibi oldu. Emin olamadım, belki de yanılıyordum, çünkü ışık namına sadece karın aydınlığı vardı sokakta. Köşe bucak, dikkatle taradım güdük sokağı; yok, kimse yoktu. Muhtemelen yorgun gözlerim bana böyle bir oyun oynamıştı. Ayakkabısının altına yapışan karı temizlerken biraz geride kalan Ali de yetişti nihayet. Duvarda kırmızı üzerine beyaz kabartmalı harflerle "Kadın Çıkmazı" yazan metal tabelanın önünde durdu.

"Herifin kaldığı yer de ilginçmiş," diye mırıldandı yorgun bir neşeyle. "Sen zamparanın önde gideni ol, sonra gel Kadın Çıkmazı'nda otur."

Komikti gerçekten, ama bakışlarım Engin'in oturduğu bir numaralı binaya takılmıştı. Tarlabaşı'nın üç katlı, tipik Rum mimarisine göre yapılmış binalarından biri. Kapıya doğru yaklaşınca irkildim. Dört basamaklı taş bir merdivenle çıkılan ahşap kapı aralık mıydı, yoksa alacakaranlıkta bana mı öyle geliyordu? Zemine baktım; beyaz karların üzerinde, bir çift, iri ayak izinin binaya doğru uzandığını gördüm. Taze izler... Ayakkabıların oluşturduğu boşlukların içinde tek bir kar tanesi bile yoktu. İzlerin sahibi, şimdi girmiş olmalıydı içeri. Demek ki az önce gördüğüm gölge gerçekti. Belki de birilerinin geldiğini fark etmiş, paniğe kapılıp kapıyı bile kapatamamıştı. Ve daha ilginci ayak izleri bariz şekilde bir erkeğe aitti. Yoksa Engin'in katiline mi? Ama bu çok saçmaydı. Bazı katillerin cinayet mahalline döndüğü bilinen hakikattir, ama fail, öldürdüğü adamın evini ziyaret ediyorsa ya aptalın dik âlâsıydı ya da ortadan kaldırmak zorunda olduğu bir delil vardı.

"Kapı aralık," diye fısıldadı yardımcım. Ayak izlerini o da fark etmişti. "İçerde biri var."

Bir an göz göze geldik, sonra yılların kazandırdığı bir alışkanlıkla hiç konuşmadan, silahlarımızı çıkarıp sessizce namlularına mermi sürdük. Tabancalar ellerimizde, pozisyon alıp temkinli adımlarla binanın kapısına yaklaştık. Hem kapıyı hem de karanlık pencereleri kolluyorduk, ama ne yarı yarıya aralık kapıda bir hareket ne de ardına kadar çekilmiş koyu perdelerde bir ışık vardı. Ali kapının sağına, ben ise soluna geçip, duvara sırtımızı dayadık. Ses seda yoktu, sadece karın o belli belirsiz çıtırtısı. Ali, her zamanki sabırsızlığıyla, ben giriyorum diye ardı ardına işaret ediyordu. Boştaki elimle bekle mesajı verdikten sonra, kapıyı usulca ittim. Bizi sinir etmek istercesine gıcırdayarak içeri doğru açıldı. Silahlarımızı ellerimizde tarttık, dikkat kesilerek içeriyi dinledik. Yok, ne bir hareket ne de bir ses... Yanılmış mıydık yoksa? Artık tahammül sınırının sonuna gelen Ali, onay filan beklemeden usulca süzüldü kapıdan. Daha bedeninin yarısı dışarıdayken koptu kıyamet. Biri ardı ardına basıyordu tetiğe.

"Ali geri çekil," diye bağırdım, ama bizim deli bozuk içeriye balıklama dalmıştı. Beş el silah sesi saydım. Son iki patlama bizim maceraperestin silahındandı. Ve yüreğimi ağzıma getiren küçük bir haykırış: "Ah!" Ardından büyük bir patırtı. Biri yere düşmüş olmalıydı. Sonra sessizlik... Ali mi? Hiç düşünmeden daldım içeriye. Karanlık, dışarıdaki kar aydınlığından sonra içerisi zifiri karanlıktı. Kesif bir barut kokusu genzimi yaktı. Silahımı körlemeye oraya buraya tutup duruyordum, eğer vurulan Ali'yse içerdeki adamın kurşunlarını üzerime yağdırması an meselesiydi.

"Buradayım Başkomiserim," diyen Ali paniğimi azalttı. "Buradayım, sol tarafınızda."

Sonunda seçebilmiştim yardımcımı, uzandığı eşikte silahını bir noktaya kilitlemiş öylece yatıyordu.

"Ali, bir şeyin yok değil mi?"

"Yok Başkomiserim, ben iyiyim..."

Demek vurulan ötekiydi. Karanlığa alışan gözlerim kapının açık kanadının sürtündüğü duvarda bir elektrik düğmesi aradı. İşte oradaydı. Eski usul düğmelerdendi, basmalı değil, çevirmeli. Sarı ışık, ürke korka aydınlattı içeriyi. Üst kata çıkan merdivenlerin önüne yığılmış bir karaltı çarptı gözüme. Fare tüyü renginde bir kumaş yığını. Ama bu tüylü yığının altından kıpkızıl bir kan, sarı muşambaya yayılıyordu. Usulca karaltıya yaklaştım. Her adımda muşambanın altındaki tahta zemin acı çekiyormuşçasına inliyordu. Ali'nin vurduğu adam artık nasıl düştüyse, yerde dertop olmuş, koyu kül rengi kabanı da bütün bedenini örtmüştü. Kıpırtısızdı, ama güvenmek olmazdı, silahımı üzerinden ayırmadan sol elimle kabanını usulca çektim. Secdeye kapanmış gibiydi, ama yere alnı değil, yüzünün sağ tarafı gelmişti. Kıvırcık saçlıydı, genç, kırışıksız bir alnı, ardına kadar açılmış kestane rengi gözleri vardı, aralanmış ince dudakların arasında sigaradan sararmış çarpık dişleri görünüyordu. Sağ elinin hemen ilerisinde Glock marka bir tabanca duruyordu. Hareketsiz bedeninin altından yayılan kırmızı ırmak, suikast silahına doğru uzanıyordu. Glock'u ayağımla itelerken sordu Ali.

"Ölmüş mü?"

Sesi boğuklaşmıştı, ama hâlâ silahı yerde yatan adama çevriliydi. Sağ elimin iki parmağını, adamın sol bileğinin üzerine koydum, nabız yoktu.

"Galiba ölmüş."

Ali bakışlarını yere kapaklanan adamdan alamıyordu. O kavgacı, atak polisin yerinde yeller esiyordu.

"Senin kabahatin değil," dedim, ki gerçekten de öyleydi. "Önce o ateş açtı."

Duymamıştı beni. Yerdeki adama bakmayı sürdürüyordu öylece. Halbuki daha önce de sayısız çatışmaya girmiş, adam vurmuştu. Ama kolay değildi, bir insanın canını almak. Karşınızdaki kim olursa olsun, ne kadar haklı olursanız olun, birini öldürmek, dünyanın bütün yükünü sırtlamak demekti. "Tanrıdan rol çalmak," derdi eski bir arkadaşım. "Birini öldürmenin anlamı budur." Çaldığı rolün sonuçlarıyla yüzleşiyordu yardımcım.

"Ali... Ali evladım, iyi misin?"

Yine ses çıkmadı, iri iri açılmış gözleri hâlâ döktüğü kanda yüzüyordu.

"Ali ne oluyor?"

Karşısına geçmiştim, ama beni görmüyordu. Omuzlarından tutup sarstım.

"Ali, kendine gel."

İrkildi.

"Ne?"

Gözlerinin derinliklerindeki pişmanlık seyreldi, ama dağılmadı.

"Başka çaren yoktu. Sen onu vurmasaydın o bizi vuracaktı."

Yutkundu, gözkapaklarını kırpıştırdı, derin bir nefes alıp silahını kemerinin arasına soktu.

"Haklısınız Başkomiserim," dedi boğukluğunu yitirmeyen bir sesle. "Ben onu vurmasaydım o bizi vuracaktı..."

“Aşk, dünyanın en iyi mazeretiydi”

Pısırık kış güneşi emniyet binasının kirli camlarındaki buzları çözerken Engin’in evindeki adamın sırları da aydınlanmaya başlamıştı. Bilgisayardaki kayıtlar, bütün marifetlerini tek tek dökmüştü önümüze. Sabıkası hayli kabarıktı. Adı Tarık Seberci, lakabı Titiz. Adını duyan herkesin içine korku salan bir kiralık katil. Listesine aldığı kişilerden şu ana kadar kurtulan olmamıştı. Kimsenin adamı değilmiş, kendi adına çalışırmış. Tek patronu para. Kim daha çok verirse onun için öldürürmüş. Fakat ilkeli bir adammış, aldığı işi sonlandırmadan bırakmazmış. Her zaman avcı olmamış tabii, iki kez de o düşmüş namluların ucuna. Birinde küçük bir sıyrıkla atlatmış, ikincisinde az kalsın merhaba diyormuş Azrail’e. Bir hafta komada kaldıktan sonra açmış gözlerini, sonrası bir ay daha hastane sefası. Dört kez cinayet zanlısı olarak gözaltına alınmış, ama sadece bir kez hüküm giymiş. Balo Sokak’taki Türkü Bar’ın sahibi Hızır Cevdet’i, kendi mekânında öldürmekten. O işte lakabına uymayacak bir hata yapmış, alnının ortasına tek el ateş ettiği adamın halısının kenarına sol ayağının çamurlu izini bırakmış. Cinayet mahallinde yeterince titiz davranmamış olmasını, yirmi beş yıllık ağır hapis cezasıyla ödemiş, ama genel afla birlikte sadece üç yıl yirmi yedi gün yatarak çıkmış hapisten. Fakat ne demişler, tilkiyi ölüme götüren güzel kuyruğudur. Titiz Tarık’ı da mahveden iri ayakları olmuştu. Bu kez çamurda değil, ama karda bıraktığı ayak izleri mahvına yol açtı, üstelik şimdi yolculuk hapishaneye değil, bir daha geri dönemeyeceği tahtalı köyeydi.

Vurduğu adamın kiralık katil olduğunu anlayınca biraz olsun rahatlamıştı Ali. Bu davaya her ne kadar mahkeme karar verecekse de, Savcı Oğuz'un, "Bariz nefsi müdafaa," demesinin ardından iyice kendine gelmeye başladı, ama ne zaman ki Zeynep odamın kapısından içeri girdi, işte o anda tam olarak eski neşesine kavuşuverdi köftehor. Üstelik sanki bu olaydan hiç etkilenmemiş, sanki o kan tutmaları filan hiç yaşanmamış gibi gizlemeye çalıştı uğradığı travmayı.

"Yok bir şey Zeynep... Adam sorgusuz sualsiz ateş açtı üstümüze. Ben de karşılık verdim. Vuruldu işte..."

Güzel yüzünde yılbaşı gecesinin yorgunluğunu taşıyan kriminologumuz tedirginlik içindeydi. Tehlike geçmiş olmasına rağmen, Ali'nin vurulabilecek olma ihtimali bile sinirlerini harap etmeye yetmişti.

"Ah be Ali," dedi bakışlarını ayırmadan. "Verilmiş sadakan varmış." Birden beni hatırladı, telaşla döndü. "Size de geçmiş olsun Başkomiserim. Ucuz atlatmışsınız."

Beni unutmuş olmasına hiç alınmadım, aşk dünyanın en iyi mazeretiydi.

"Sağ ol Zeynepcim, ama asıl tehlikede olan Ali'ydi." Eleştiren bir bakış fırlattım bizim haytaya. "Öyle durup düşünmeden dalınca kapıdan..." Derin bir iç geçirip başımı salladım. "Neyse ki Ali'ye bir şey olmadı... Adam ölmeseydi daha iyiydi tabii. Her açıdan iyiydi. Engin cinayeti hakkında çok şey öğrenebilirdik ondan. Kötü oldu."

"Kötü olmuş," diye mırıldandı Zeynep, hâlâ ayakta dikiliyordu. "Haklısınız, yaşasaydı soruşturmaya da faydası olurdu."

Kendisini suçladığımızı zanneden Ali, oturduğu koltuktan kalktı, ne yapacağını bilemeden şuursuzca birkaç adım attı.

"Yapacak bir şey yoktu," dedi ellerini açarak. "Gelişigüzel bastım tetiğe. Siz de gördünüz Başkomiserim, çok karanlıktı. Ateşin geldiği yönü hedefledim. Adamı görebilseydim, omzundan filan vurup yaralı ele geçirebilirdik belki. Ama karanlıktı, acayip karanlık..."

Zeynep'in gözleri kısılmış, küçük ağzı heyecanla aralanmıştı; sanki çatışma anını yaşamış, gerilimi bütün ruhunda hissetmiş gibiydi.

"Ali, iyisin değil mi? Yani şimdi diyorum." Yumuşak bir tonla konuşuyordu. "Kolay bir iş değil bu. Yardıma ihtiyacın varsa çekinme. Tek başına üstesinden gelemeyebilirsin. Kimse gelemez... Bak, ben..." Unuttuğu başkomiserini bir kez daha hatırladı. "Yani biz, buradayız. Yanındayız." Konuştukça sesindeki şefkat koyulaşıyor, içindeki sevgi açığa çıkıyordu. "İyi değilsen söyle..."

Ali alt dudağını çiğnemeye başlamıştı. Gözleri nemlenir gibi oldu, hiç alışık değildi bu kadar ilgiye. Kaç kadın umursamıştı ki onu bugüne kadar? Kaç insan? Kendini bıraksa belki dağılacak, belki hüngür hüngür ağlayacaktı, elbette yapmadı.

"İyiyim," dedi bakışlarını kaçırarak. Sesine güvenli bir tını vermişti güya. "Niye iyi olmayayım? İlk kez çatışmaya girmiyoruz... Daha önce de yaşadık bunları... Adam bize ateş açtı, ben de ona. Silahlar patladı, ölen o oldu. Hepsi bu."

Hepsinin bu olmadığını biliyordu Zeynep.

"Belki bir psikologa görünmelisin. Bak Ayten Hanım bu konuda çok iyidir. Onunla konuşsan, belki daha iyi olur... Şimdi bastırırsan ilerde daha büyük travmalar..."

"Ne psikologu, ne travması ya," diye kestirip attı bizim sert polis. "İyiyim diyorum Zeynep, abartma. Bir şeyim yok."

Aslında onu psikologa göndermek için ben de ısrar etmeliydim, ama bir işe yaramazdı. Makul bir insan değildi ki. Belki çok zorlasam giderdi, fakat ne düşündüklerini ne de hissettiklerini söylerdi psikologa.

"Bıçağı bulamadık," diye söylendi birdenbire. Konuyu dağıtmak istiyordu kendince. "Evin anahtarı çıktı, ama bıçak yoktu. Glock tabancayı görünce bunun bıçağı da çıkar üzerinden dedim." Kız arkadaşının ilgisizce baktığını fark edince açıklamaya çalıştı. "Engin'i öldüren bıçaktan söz ediyorum. Biliyorsun, Glock marka dövüş bıçakları da var Zeynep. Hani geçen hafta, o silah firmasının kataloğunda görmüştük. Hatırladın mı? Hani böyle dövüş bıçakları... Belki adam tabanca, bıçak derken aynı firmanın silah setini yapmıştır diye düşündüm."

Öfkeyle çıkıştı Zeynep:

"Ben bıçak filan hatırlamıyorum." Kavgaya hazırlanır gibi ayaklarını açmış, Ali'nin karşısına dikilmişti. "Belki de artık senin bunları düşünmemen gerekir. Az önce ölümden döndün, dahası birini öldürdün. Sağlıklı değerlendirme yapman çok zor."

En yakın iki çalışma arkadaşım, çalışma arkadaşım mı, hayattaki en yakın iki dostum, kardeşim, karşı karşıya gelmişlerdi. Gerçi onları tartışmaya sürükleyen birbirlerine duydukları sevgiydi, yine de yanlış bir söz söyleyecekler, tamir edilmez şekilde birbirlerini kıracaklar diye endişe ediyordum. Hiç beklemediğim bir şey yaptı Ali, usulca eğilip Zeynep'in elini tuttu.

"Beni düşündüğünü biliyorum," dedi bal gibi tatlı bir sesle. "Teşekkür ederim. Evet haklısın, o kadar da iyi değilim. Ama işe devam etmezsem daha kötü olacağım." Kısık sesle konuşuyordu, yumuşak tavrına rağmen kararlılığı hemen hissediliyordu. "Lütfen, beni kendi halime bırak."

Ne diyeceğini bilemedi akıllı kızımız; bakışları hülyalandı, başı hafifçe sağa yattı, omuzları çöktü, çaresizlik içinde elini geri çekti, ama hemen pes etmedi.

"Bari siz bir şey söyleyin Başkomiserim şuna," diye benden medet umdu. "Görmüyor musunuz bitmiş halde."

Bu tür meselelerin abartılarak çözülmediğine defalarca şahit olduğumdan önemsemez göründüm.

"Tamam Zeynep, dert etme," dedim ellerimi masamın üzerine koyarak. "Buradaki işimiz bitmek üzere zaten. Biz de yirmi dört saattir ayaktayız. Birazdan bayrağı sana devredip uyumaya gideceğiz. Biz dinlenirken sen de hem Engin'in hem de Tarık'ın dosyasını hazırlarsın. Oldu mu?" Ketenpereye mi geliyorum kuşkusuyla beni süzen Ali'ye döndüm. "Biz de akşamüzeri buluşur, yol haritamızı çıkarırız. Tamam mı?" Ne diyeceğini bilemeden, öylece süzüyordu beni. "Hiç öyle bakma Ali, doğru eve gideceksin. Bana zihni açık polisler lazım, canlı cenaze gibi dolaşan adamlar değil. Anlaşıldı mı?"

Beylik laflarımı gönülsüzce onayladı.

"Anlaşıldı Başkomiserim, anlaşıldı."

"Güzel..." diyerek kriminologumuza döndüm. "Şimdi Zeynepcim, olanı biteni biraz anlatayım sana."

"Siz savcıyla konuşurken Şefik biraz bahsetmişti. Ali'nin vurduğu..." Yanlış kelime seçtiğini anlayıp hemen değiştirdi. "Yani Ali'yle çatışmaya giren adam, Tarlabaşılılar Kulübü'nün önünde öldürülen Engin'in katili mi?"

Gitgide koyulaşan kanın ortasında, fare tüyü kabanıyla yere kapaklanmış Titiz Tarık geldi gözlerimin önüne.

"Bilmiyoruz Zeynepcim," dedim o tatsız görüntüyü kovarak. "Çok kuşkulu aslında. İnsan birkaç saat önce öldürdüğü adamın evine niye gitsin? Hiç profesyonelce değil. Evde başka biriyle karşılaşabileceğini düşünmez mi? Yahut Engin'in ölüm haberini alan polislerin eve gelebileceği aklına gelmez mi? Tarık gibi tecrübeli bir katilin böyle bir yanlış yapması zor. Hadi hayati önemde bir belgenin peşindeydi, o yüzden eve gitti diyelim. Neden bizim kim olduğumuzu anlamaya çalışmadan ateş açtı?"

"Valla Başkomiserim," dedi Ali ensesini kaşıyarak. "Emin değilim, ama bence Tarık, evin sahibini bekliyordu... Evet, öldürmek için. Sizin lokantacının söylediğini hatırlasanıza. Herkes düşmanmış Engin'e." Dudağında olgunlaşmamış bir gülümsemeyle Zeynep'e baktı. "Adam zamparanın önde gideniymiş. Milletin karısına kızına sarkıyormuş..."

Meselenin o kadar basit olduğunu sanmıyordum.

"Külbastı Mehmet'i çok kaale alma, dışarıdan tanıyor bu insanları. Kadın meselesinden başka nedenler de olabilir."

"Yok Başkomiserim, illa kadın meselesi demiyorum. Engin'in acımasız bir adam olduğunu da söyledi ya Mehmet. Milletin canını yakmış. Şu kentsel dönüşüm meselesi de ilginç. Almanya'dan para getirdi diyorlarmış ya... Belki Tarlabaşı'ndaki inşaatlar içindir. Biliyorsunuz, acayip rant var o işlerde."

Şimdi çok daha makul bir cinayet nedeninden bahsediyordu. Bütün o delikanlılık, ağır abilik, namus raconlarına rağmen, yer üstü dünyasında olduğu gibi yeraltı dünyasında da her zaman en kutsal değer paradır. Evet, aşktan da, cesaretten de, şereften de daha önemlidir. Çünkü para demek, kadın demektir, konforlu bir hayat demektir, daha önemlisi ayakta kalmak demektir, para demek ihtiyaç duyduğunda yetkilileri satın almak, hakiki anlamda güç demektir, parayı kaybeden her şeyi kaybeder. Lokantada karşılaştığımız bir zamanların Saltanat Süleyman'ı gibi...

"Evet, Engin'in öldürülmesinin arkasında rant meselesi olabilir." Ali'nin sözleri dağıttı düşüncelerimi. "Titiz Tarık'ı da bu yüzden tutmuş olabilirler."

Aklını işine vermeye çalışan Zeynep'e döndüm.

"Ali'nin söylediği kentsel dönüşüm meselesi önemli. Ülke ekonomisini ayakta tutan tek sektör inşaat diyorlar. O derece yani. Şu Engin'i araştırırken bak bakalım, Tarlabaşı'ndaki inşaatlarla bir ilgisi var mı? Tabii Almanya ayağı da önemli. Bir kurcala bakalım Engin'in yurtdışı bağlantısını bulabilecek misin? Ayrıca Kara Nizam diye birinden bahsediyorlar, o da bu âlemden. Engin, onun yanında çalışıyormuş. Bir de Barbut İhsan diye biri var. Kumarbaz. Kara Nizam'la hasımlarmış. Çatışmaları filan olmuş. Kadın meselesi diyorlar, işin aslını öğrenebilirsek iyi olur."

"Emredersiniz Başkomiserim, derhal başlayacağım araştırmaya."

Bakışlarım Ali'ye kaydı; suçluluk duygusundan tümüyle kurtulmuştu sanki, bütün gün gözünü kırpamamasına, üstelik birkaç saat önce birini öldürmüş olmasına rağmen, her an göreve çıkmaya hazır gibiydi. Elbette bunu yapamayacaktı ama hoşuma gitti bu hali. Sanırım ekip toparlanmıştı.

"Sen de haklısın Ali," dedim memnuniyetimi gizlemeye gerek duymadan. "Bize ateş açan Tarık, Engin için gelmiş olabilir. Cebinden evin anahtarının çıkması da ilginç. Demek ki Tarık'ı kiralayan kişi, Engin'e, evinin anahtarlarını alabilecek kadar yakın biriymiş. Evet, Tarık kurbanını bekliyordu. Ve muhtemelen beni fark etmedi, seni de Engin zannetti. Sorgusuz sualsiz ateş açmasının nedeni bu olsa gerek. Sonuç olarak Tarık'ın katil olma ihtimali epeyce düşük. Üzerinden Engin'i öldüren bıçak çıkmaması da bu ihtimali doğruluyor zaten."

"Mantıklı." Yüzüne dökülen kumral saçlarını usulca geriye atmıştı Zeynep. Kahverengi gözlerine çok iyi tanıdığım o ışıltı gelip oturmuştu. Evet, artık aklıyla, ruhuyla bu davanın içindeydi. "O zaman Tarık, Engin'in katili değil. Tarık'ın elinde Glock marka bir silah varmış. Adamın böyle bir silahı varken neden bıçak kullansın ki? Üstelik Engin tabancasını ona çevirmişken..." Aklına gelen başka bir ihtimal duraksattı onu. "Tabii Tarık bir bıçak atma ustası değilse. Biliyorsunuz Başkomiserim, bu tür adamların psikolojileri bir tuhaftır. Belki de zevk alıyordu bıçakla öldürmekten."

İtiraz Ali'den geldi.

"Ama daha önceki cinayetlerinin hiçbirinde bıçak kullanmamış, hep tabanca. Sabıka kaydındaki suçlarda öyle yazıyor. Tarık suçlandığı bütün cinayetlerde tabanca kullanmış. Hepsi de Glock marka... Kurşunları da dokuz milimetre."

Zeynep'in yüzü sararır gibi oldu. Sanırım Ali'nin vurulmuş olabileceği ihtimali gelmişti yeniden aklına.

"Ya o kurşunlar sana gelseydi?" diye söylendi iç geçirerek. "Allah korumuş Ali..."

Yayık yayık sırıttı hergele.

"Daha bizi vuracak kurşun dökülmedi Zeynepcim."

Senden adam olmaz der gibi baktım, ama üstüne alınmadı.

"Yalan mı Başkomiserim? Söylesenize, hiç vuruldum mu ben?"

"Mezarlıklar böyle düşünen genç polislerle dolu Ali," dedim gözlerinin içine bakarak. "Çoğu da senden daha cesur, daha hızlı, daha yetenekliydi. Ve ne yazık ki o sorduğun sorunun yanıtını hiçbir zaman alamayacaklar."

“Bazı gerçeklerin kimseye yararı yoktur”

Sokakta geçen uykusuz gecelerin en berbat tarafı, uyumak için bomboş bir eve dönmektir. Evin kapısına geldiğimde, sokağımızın kalender köpeği Bahtiyar bile görünmüyordu ortalıkta. Oysa hep kapının önünde beni beklerdi. Üşümesin diye eski bir kilim serdiğim cumbanın duldasında. Belki bir hayırsever evine almıştır diye iyiye yorarak girdim eve.

Sessizlik, soğuktan daha keskin, adeta katılaşmış bir sessizlik karşıladı beni. Oysa biliyordum, eşyaların suskunluğuna gizlenmişti fısıltılar. Fırsatını bulur bulmaz kulaklarıma dolmaya başlayacaktı, ölülerinizin asla yok olmayan kederli sesleri. En çok da böyle yorgun düştüğüm anlarda ortaya çıkardı acı hatıralar. Yolu yoktu, ne zaman bu kara duygulara kapılsam, uyku aklımı teslim alıncaya kadar sürerdi işkence. Bütün mesele uyanıklıkla uyku arasındaki o süreyi kısaltmaktaydı. Şimdi de gözümde büyüyordu işte o belirsiz zaman dilimi. Belki de derhal çıkıp gitmeliydim bu evden, zihnimi şu cinayet meselesiyle meşgul etmeli, yeniden hayatın çılgın temposuna bırakmalıydım kendimi. Böylece kurtulurdum belki bu ıssızlıktan, bu soğuktan, bu acımasız boşluktan. Bedenimi, aklımı yormalı, o kadar yormalıydım ki hatırlamaya, hissetmeye, düşünmeye, mecalim kalmamalıydı. İyi de, zavallı Ali'ye o kadar nutuk attıktan sonra yeniden merkeze dönmek ne kadar yakışık alırdı? Başka bir yere gitsem. Ama nereye? Evgenia... Evet, elbette ona gidebilirdim.

Zaten neden Balat'a gelmiştim ki, doğrudan Evgenia'ya uğrayabilirdim. Geç kapatmışlardır Tatavla'yı. Ne de olsa yılbaşı. Belki de sabaha kadar açık kalmıştır. Belki o da yeni uyumaya gidiyordur. Evgenia'nın ılık teninden yükselen o lavanta kokusunu duyar gibi oldum. Hayır, kendime zulmetmenin âlemi yoktu. Benim hayatım buydu, kaçarak yaşayamazdım. Kararlı adımlarla tırmandım merdivenleri. Elimi, yüzümü yıkadım, gardırobun karşısına geçtim, aynada kendimi gördüm. Yorulmuş, bitkin bir adam. Üzerimdeki giysileri çıkarmak bile zor geliyordu. Ama çıkaracaktım, bugüne kadar ne yaptıysam aynı rutini sürdürecektim. Pijamaları giyecek, o soğuk yatağa girecek, uyumaya çalışacaktım. Bizi ayakta tutan o küçük alışkanlıkları tek tek yerine getirecektim. Giysilerimden kurtuldum. İçim ürperdi. Yatağın ucunda katlanmış duran pijamalara yöneldim. Güzide'den kalan bir alışkanlık. Bu alışkanlıkları tek başıma sürdüremezdim elbette. Sağ olsun Döne Kadın, çekip çeviriyordu evi. Evgenia göndermişti. Ona da gidiyormuş haftada iki defa. Dürüst kadındır demişti, titiz, çalışkan. Öyleydi gerçekten, iyi olmuştu, bir de evin temizliğiyle uğraşmaktan kurtulmuştum. Yemek de yaparım demişti, ama o kadarını gözüm yemiyordu. Gecem, gündüzüm belli değildi ki nerede karnımı doyuracağımı bileyim? Kokar kalırdı güzelim yemekler.

Yatak buz gibiydi. Kombiyi açmadığıma pişman oldum, ama sıcakta da uyunmaz ki. Yoksa üşenmeyip kalksam mı derken çalmaya başladı başucumdaki eski moda ev telefonu. Evgenia mı? Ev numaramı bilen fazla kimse yoktur. Hayırdır inşallah diyerek kaldırdım ahizeyi.

"Alo?"

Tanıdık bir erkek sesi.

"Alo Nevzat, merhaba."

Sıcak, samimi, çok iyi bildiğim bir ses, ama tam olarak kim olduğunu çıkaramıyordum.

"Merhaba?.."

Tereddüdümü sezmişti.

"Aşk olsun Başkomiserim, demek unuttun bizi..."

"Yok yani..."

Allahtan çok uzatmadı.

"Benim yahu, ben, Cemal."

Dostça ışıldayan çakır gözler, sigaradan sararmış kırçıl bıyıklar, elinden hiç düşürmediği kehribar tespih. Her zaman şık, her zaman samimi... Evet, bu bizim Cemal'di. Janti Cemal... Yıllardır ahbaplık ettiğim eski bir kabadayı. Artık kabadayılığı filan kalmamıştı. Arada bir racon kestiği olsa da onun deyimiyle ununu elemiş, eleğini asmıştı. Hacopulo Pasajı'nda bir kahvehanesi vardı. Beyoğlu'nda çalışırken sık sık uğrardım yanına. Birlikte nargile içer, tavla oynardık. Yukarıda Allah var, çok yardımı dokunmuştur bana. Hayır, asla ispiyoncu değildir, hiç kimseyi satmamıştır. Ama onun anlattığı hikâyeler, suç dünyasını çözmek için çok faydalıdır.

"Vay Cemal!" dedim neşeyle. "Kusura bakma, bir an çıkaramadım. Yaşlanıyorum galiba."

"Ne yaşlanması Nevzat! Beyoğlu'nun En Güzel Abisi yaşlanır mı hiç?"

Bir acı sinsice sokulur gibi oldu kalbime, boğazımda o tanıdık düğümlenme... Genç bir ölünün kara gözleri umutsuzca yanıp söndü belleğimde.

Cemal farkında bile değildi halimin. Gümrah bir kahkaha patlattı telefonun öbür ucundan.

"Hatırladın değil mi? Kim böyle söylerdi sana?"

"Hatırlamadın değil mi?" diye sabırsızlıkla söylenen Cemal'in sözleri sildi zihnimdeki mutsuz yüzü. "Madam Anahit yahu. İlk o takmıştı bu lakabı sana."

Yanılıyordu, ama bozmak istemedim, çünkü bazı gerçeklerin kimseye yararı yoktur.

"Hatırlamam mı! Madam Anahit."

"Ya nur içinde yatsın... Ben de hiç unutmam o günü. Entel Cavit'in ordaydık. O da rahmetli oldu biliyorsun. Neyse, öğle rakısı içiyorduk."

Kalbimdeki sızı kaybolmuş, güzel anıların sıcaklığı canlandırmıştı beni.

"Evet," dedim sırtımı yatağın başındaki ahşap arkalığa dayayarak. "Huzur Restoran'da."

"Entel Cavit, tepemize dikilip 'Çek ekselansa bir Arjantin,' diyecek olmuş, Madam Anahit, seni işaret ederek. 'Ekselans değil, Beyoğlu'nun En Güzel Abisi,' demişti, sonra da akordeonun tuşlarına dokunarak, küçük bir nağme dökmüştü senin şerefine. Bir işini mi ne çözmüştün..."

Sahi ne yapmıştım Anahit için ben?

Galiba oğlunu kurtarmıştım. Yok, yok bir tanıdığının kardeşini. Ömer Hayyam yokuşundaki apartmanlardan birinde yaşlı bir kadın öldürülmüştü. Kadının katili diye gözaltına almışlardı çocuğu. Ölen kadın gibi çocuk da Ermeni. Kadının alışverişini filan yapıyormuş. Bizim aklıevvel polisler bu çocuktan şüphelenmişler. Rahat girip çıkıyor ya eve. Oğlanı yatırınca falakaya, dayanamamış, "Ben öldürdüm," diye bütün suçu kabul etmiş zavallı. İsa'ydı galiba adı. Hakikaten de peygamber gibi tertemiz yüzlü bir çocuktu. Dosyaya yeniden göz atmıştık, soruşturma, inceleme derken, hakikat ortaya çıkmıştı. Telefon tamircisiymiş katil. Eve tamir için girmiş, kadının birikmiş parasını görmüş, o sebepten boğmuş zavallı kadıncağızı. Belki sadece paraları alsa kurtaracak, ama açgözlü ya, evde ne var ne yoksa hepsini de toparlamış. Antika gümüş takımı satarken yakalamıştık, Çukurcuma'da. Oradandı minnet borcu Madam'ın. İltifatı o yüzden...

Yine o keskin bıçak, yine o unutulmuş acı. Boğazımda yine o belli belirsiz düğüm.

"İyilik her zaman iyi sonuçlar doğurmuyor ama," demek geçti içimden, yapmadım. Samimiydi Cemal, gerçekten severdi beni, onu da kendimi de üzmenin anlamı yoktu.

"Abartma Cemal," diye kötü anıları kovmaya çalıştım aklımdan. "İşimi yapmıştım sadece. Ee, sende ne var ne yok? Nasılsın görüşmeyeli?"

"İyiyiz Nevzat, iyiyiz de, dostlar arayıp sorsa daha iyi olacağız."

Siteminde hiç de haksız sayılmazdı. Kaç kere aramıştı adamcağız. Her defasında, tamam yakında uğrarım deyip unutmuştum. Vefasızlıktan değil, vakit yokluğundan.

"Uğrayacağım Cemal, uğrayacağım. Bu gece bazı vukuatlar oldu Tarlabaşı'nda. Onları da konuşmak istiyordum..."

Bu lakırdılar ağzımdan çıkarken, anladım bir kez daha baltayı taşa vurduğumu. İşim düştüğü için yanına geleceğim demiştim adama, özür dilemeye hazırlanıyordum ki, "Ben de o sebepten aradım seni," deyince rahatladım ve ilgiyle eski kabadayıyı dinlemeye başladım.

"Engin'in ölümünden Barbut İhsan mesul değilmiş."

Hoppala, bodoslama dalmıştı Cemal konuya, hadi hayırlısı deyip pürdikkat kesildim.

"Evet, İhsan masummuş. Büyük tezgâh varmış. Engin'in Tarlabaşılılar Kulübü'nün önünde öldürülmesi filan hepsi numara. İşi İhsan'ın üzerine yıkmak istiyorlarmış."

"Kim?"

"O kadarını bilemem, Engin'le kimin meselesi varsa o."

Anında yapıştırdım lafı.

"Senin Barbut'un meselesi varmış. Kavga etmişler..."

Gergin güldü.

"Yapma be Başkomiserim, nerden benim Barbut'um oluyor."

"Seni tanırım Cemal," dedim gergin bir sesle. "Öyle durduk yere bir cinayet için beni aramazsın. Hem de daha maktullerin kanı kurumadan... Öyle değil mi? Demek ki İhsan'la bir bağlantın var. En azından onunla konuştun."

Saklamaya tenezzül etmedi.

"Doğru, bir saat önce İhsan kahveye geldi. Panik içindeydi. 'Abi ocağına düştüm,' dedi. 'Ketenpereye getiriyorlar beni. Büyük tezgâh var. Başımı yiyecekler.' Sakinleşmesini söyleyip yanıma oturttum. Teferruatıyla anlattı. Kara Nizam'la aralarında husumet çıkmış bunların. Önce mekân yüzünden, sonra kadın meselesi girmiş işin içine. Her seferinde bu Engin'i salmış Nizam, İhsan'ın üzerine. Ama ne yaptılarsa korkutamamışlar İhsan'ı. Şimdi, kendi adamını öldürtüp onun üzerine yıkmaya çalışıyormuş."

Söylediklerinde doğru yanlar olsa da İhsan'ın yaptığı itham epeyce su götürürdü.

"Niye yapsın ki? Duyduğum kadarıyla Engin faydalı bir elemanmış. Hatta ortaklıkları filan da varmış galiba."

"İhsan da öyle söyledi. Tarlabaşı'nda bina topluyorlarmış. Semt yeniden yapılıyor ya... Engin'in Almanya bağlantısı mı ne varmış. Büyük para getirecekmiş galiba. Pek anlatmadı, ama uyuşturucu işi gibi geldi bana. 'Belki de sebep o iştir,' dedi İhsan. Engin patronuna yamuk yaptıysa, Nizam bir taşla iki kuş vurmuş olacak. Hem kendine ihanet eden adamını temizleyecek hem de suçu İhsan'ın üstüne yıkacak..."

Olabilirdi, ama kumarhaneci kendini kurtarmak için yalan söylüyor da olabilirdi.

"Sözlerini ispatlayabiliyor mu İhsan?"

"Nasıl ispatlasın?"

Ben de biliyordum ispatlayamayacağını. Öyle olsa, Cemal'e değil doğrudan bize gelirdi, amacım dün geceki cinayetin karanlıkta kalan yerlerini aydınlatmaktı.

"Olay onun mekânının önünde olmuş. Katili görmemişler mi? Cinayet işlenirken Tarlabaşılılar Kulübü açıkmış değil mi?"

Ağzını yokladığımdan habersiz, her zamanki dürüstlüğüyle onayladı.

"Açıkmış. Ama kimse görmemiş. Gecenin o vakti, kumarın en kızışmış anıdır. Şeytanlar cirit atar kumarbazların zihninde. Herkesin gözü masadadır, kim merak eder de bakar dışarıya. Evine gitmek için çıkan müşterilerden biri Engin'in cesedini görmüş. Kulüptekilere haber vermiş. Onlar da polisi aramışlar."

"İhsan mı aramış?"

"Yok, İhsan Talimhane'de bir pavyondaymış. Malum yılbaşı, arkadaşlarıyla eğleniyorlarmış, yabancı kadınlar da varmış. Şahitlik de ederlermiş isterseniz. İhsan'ın adamları aramış olmalı sizinkileri."

Bizimkileri... Gözlerimin önüne dün gece karşılaştığımız iki polis geldi, Kocabaş Zeynel'le süt hırası arkadaşı... Eminim İhsan yemliyordur onları. Bu tür rezilliklerle başa çıkmanın mümkün olmadığını biliyordum, bir kez daha mesleki yozlaşma deyip geçecektik, tabii cinayetle bir alakaları yoksa. Anlamak için telefon muhabbetini derinleştirmek istedim.

"Ama biz geldiğimizde Tarlabaşılılar Kulübü'nden kimseyi göremedik. Sadece iki polis vardı maktulün başında."

Kısa bir sessizlik oldu, sanırım İhsan'ın kendisine anlatmadıklarını tahmin etmeye çalışıyordu Cemal.

"O kadarına aklım ermez Başkomiserim," dedi, ama sesi bocalıyordu. "Ben İhsan'ın söylediklerini aktardım sadece. Her zamanki gibi takdir senin."

Alınmış mıydı ne? Onu kırmak istemezdim.

"Sağ olasın Cemal. Aslında çok yardımcı oldun. Bazı şeyler aydınlandı kafamda. Peki, bu İhsan nasıl bir adam?"

"Fena biri değil esasında. Rahmetli babasını çok iyi tanırdım. Kumarbazdı Osman, ama bana çok iyiliği dokunmuştur. En kara günlerimde hep arka çıkmıştır bana. Tahmin edeceğin gibi İhsan da babasının yolundan gidiyor. Daha önce Tarabya'da bir mekânı vardı. Baskınlar filan, bildiğin meseleler, barınamadı orada. Şimdi Beyoğlu'nda..."

"Olayla benim ilgilendiğimi nereden öğrenmiş?"

Yine sessizlik. Sanırım Cemal de işin içinde bir çapanoğlu olduğunu anlamış, benimle konuştuğu için çoktan pişman olmuştu, ama geri adım atması için çok geçti.

"Belki adamları görmüştür diyeceğim, ama yok diyorsun. Valla, seni nerden biliyor, bir şey diyemeyeceğim. Ama borcum olsun, sorar öğrenirim."

"Eyvallah Cemal. Bugün, yarın uğrarım sana. Çok oldu zar şakırdatmayalı."

"Sevinirim Başkomiserim, ne zamandır nargile de içmiyorum, şerefine tokurdatırız karşılıklı."

Sesi eski samimiyetine kavuşmuştu, gönül rahatlığıyla kapattım telefonu. Artık yanmaya başlayan gözlerimi ovuştururken uyuyakalmışım.

"Lütfen, sadece romanlarınızdaki cinayetlerle ilgilenin"

Belki de uyumasaydım daha iyi olacaktı; şimdi çok daha yorgun hissediyordum kendimi. Kafam kazan gibiydi, gözkapaklarımda birer değirmen taşı, ağzımda ancak Tarlabaşı'nın yüzyıllık binalarının bodrumlarında hissedilen bir küf tadı, bir çürümüşlük kokusu... Yataktan kalkınca da bırakmamıştı o pis koku yakamı. Ilık suyla banyo yaptım, tıraş oldum, dişlerimi fırçaladım, neyse koku kayboldu. Ama kafamda hep aynı sersemlik. Bir kahve yaptım, şekersiz, şöyle okkalı cinsinden... Yok, hiçbir faydası olmadı. Giyindim, en iyisi yeniden hayata karışmaktı... Hayata karışmak mı? Kanlı katillerin peşinde koşturmak desene şuna. Evet, hakikat buydu; birilerinin hayatına son veren eylemler, benim için hayatın ta kendisiydi. Hiç de yaman bir çelişki değildi, mesleğim buydu; cinayetler... Katilin işi bittiğinde benimki başlıyordu. Cinayetlerle, yani insanlığın o karanlık yüzüyle uğraşırken daha iyi hissediyordum kendimi. En kötü tarafı alışamamaktı. Yıllar önce mesleğe ilk başladığımda Komiser Rauf, "Zamanla kanıksarsın evladım," demişti. "Öğretmenin derse başlaması gibi kolay gelir ölü bedenlerle karşılaşmak. Adamın dağılmış beynine bakar, sonra da gider yemeğini yersin." Söylediklerinin bir kısmını yapmaya başlamıştım aslında, dün gece ki gibi cinayet mahallinden çorba içmeye gittiğimiz çok olmuştu, ama hiçbir zaman derse başlayan bir öğretmen gibi hissetmemiştim kendimi kurbanların başında. Cinayetlerin eğitici bir tarafı olsa da ölüm her zaman trajikti. Daha da korkuncu bulaşıcıydı, kendinizi asla ondan koruyamıyordunuz. Dün gece de bizim Ali'ye bulaşmıştı, öyle bir amansız ikilem koymuştu ki çocuğun önüne, öldürmese ölecekti.

Gözlerim kızımın fotoğrafına kaydı; hiç ölmemiş, az sonra yatak odasının kapısını açarak, "Günaydın," diyecekmiş gibi gülümsüyordu babasına. Evet, bizim eve kadar sızmıştı ölüm. Karımı, kızımı almıştı elimden. Sanki bana bulaşan herkes bedel öder demek istiyordu Azrail. "Bu kadar yakınımda dolaşmayacaktın Nevzat!" İşin kötüsü artık kaçmak da mümkün değildi ondan. Evgenia, "Bırakalım bu şehri, Gökçeada'ya gidelim," diye dil döküyordu. "Sessiz, huzur dolu yepyeni bir hayata başlayalım." Neden kabul etmediğimi de anlatamıyordum. Onun için denizin nemiyle yüklü ılık rüzgârların altında, dalgaların sesiyle yaşlanmak anlamına gelen o sakin hayat benim için cehennemdi. Gerçek hayatta denetim altında tutabildiğim kâbuslar, o sakin hayatın tembel günlerinde, uzun gecelerinde sadece aklımı değil bilinçaltımı da ele geçirecekti. Bundan adım gibi emindim; çünkü yaşamıştım. Her sabah olmasa da sıklıkla kâbuslarla uyanacaktım. Sadece kendi hayatımı değil, Evgenia'nınkini de cehenneme çevirecektim. Kâbuslarla başa çıkabilmenin tek yolu onlarla uyanıkken karşılaşmaktı. Bu düşüncelerle çıktım evden.

Mahallemizin emektar köpeği Bahtiyar'ın mukavva kutudan yaptığım uydurma evi hâlâ boştu. Dün sabah koyduğum yiyecekler de olduğu gibi duruyordu. Nereye gitmişti bu hayvancağız?

"Bahtiyar'ı biz aldık," diyen bir sesle irkildim. Eriyen kar sularının ıslattığı dar kaldırımın önünde dikiliyordu sesin sahibi. "Havalar çok soğuk Nevzat Bey. Donacağından korktuk. Bizim kış bahçesinde küçük bir yer ayarladım ona. Torun da bayılıyor. Soğuklar geçene kadar bizde idare etsin."

Şu polisiye roman yazarıydı konuşan. Burnunun ucuna düşen gözlüklerini işaretparmağıyla geriye iterek tamamladı sözlerini.

"Tabii sizce de uygunsa..."

"Uygun," dedim isteksizce gülümseyerek. "İyi olur, hiç değilse hastalanmaz hayvancağız."

Garip bir adamdı bu polisiyeci. Bizim evin iki bina yukarısında, huzur içinde uyusun Mihail Amca'nın evini satın almış, restore ettirmişti. Günahını almayayım, hiçbir masraftan kaçınmayarak aslına uygun yaptırmıştı binayı. Bana karşı da son derece saygılıydı, aslında saygıdan öte bir durum. Bir yakınıymışım gibi hep sevgiyle bakıyordu yüzüme, sevgiyle değil de anlayışla, sanki en yakın arkadaşı, ailesinden biriymişim gibi. Daha önce de evden çıkarken beni izlediğine tanık olmuştum; sağ eli kırçıl sakallarında, tamamlanmamış resmine bakan bir ressam gibi dalgın dalgın adımlarımı sayıyordu. Fark ettiğimi görünce hiç çekinmedi, beyaz dişlerini gösteren cesur bir gülümsemeyle selamlamıştı beni. Anlayamıyordum ama tuhaf bir şey vardı bu adamda. Hayır, bana zarar vereceğini sanmıyordum. Üstelik çok da iyi bir eşi vardı; nazik, güler yüzlü, yardımsever bir insan. Ama ailenin en şeker üyesi torunları Rüzgâr'dı. Allah beterinden saklasın, dünya tatlısı bir çocuk. Anne babasını görmedim, sık gelmiyorlardı galiba. Belki bizim tuhaf yazardan çekiniyorlardır. Fakat torun her hafta sonu bunların evinde. Bir keresinde bakkal Recep'in dükkânında karşılaştık Rüzgâr'la. "Polisler iyi midir?" diye sordu. Ne diyeceğimi bilemedim. Polisine göre değişir gibilerden bir şeyler geveledim. Çünkü aklım yazara kaymıştı yine. Adam torununa bile anlatmıştı beni. Düşünün alakayı! Evgenia da fark etmiş, "Belki de senin romanını yazar Nevzat," demişti her zamanki iyimserliğiyle. "Fena mı olur, herkes seni tanır. Adam gibi adamlık nasıl olurmuş öğrenir." Kimsenin beni tanımasını istemiyordum. Hem bu yazarları bilirdim, olayları da insanları da abartırlardı. Olduğundan daha fazla kan, olduğundan daha fazla entrika, olduğundan daha iyi kahramanlar, olduğundan daha kötü insanlar... Gerçek hayatta olmayacak işler, olmayacak insanlar. Üstelik ben bile kendimi tam olarak anlayamazken, bir başkası beni nasıl anlatabilirdi ki?

"Soruşturma nasıl gidiyor?" diyen yazarın sorusuyla dağıldı düşüncelerim. "Zanlı var mı elinizde?"

Yine aynı şeyi yapıyordu. Sanki bütün hayatımı dakikası dakikasına biliyormuş gibi günlük uğraşılarımla ilgili sorular sorarak beni tedirgin ediyordu. Soğuk bir ifade takındım.

"Ne soruşturması? Neden bahsettiğinizi anlamadım."

Hiç alınmadı, o her zamanki anlayışlı halini takınmıştı yine. Ve tabii ısrarcı tavrını.

"Tarlabaşı'ndaki cinayetlerden söz ediyorum... Olayı siz soruşturuyorsunuz değil mi?"

Bir de şu kollarını göğsünde kavuşturup başını hafifçe sağa eğmesi yok mu, işte bu kendinden emin hali, iyice sinir ediyordu beni.

"Tarlabaşı'ndaki cinayetleri nereden biliyorsunuz?"

Kış rüzgârı gibi sert çıkmıştı sesim.

"Televizyondan... Sabahtan beri haber bültenleri ballandıra ballandıra cinayetleri anlatıyor. İki cinayetin birbiriyle bağlantılı olduğunu bile söylediler. Öyle mi gerçekten?"

Aslında açıkça adamı terslemem, bu işlere burnunuzu sokmayın demem gerekirdi, ama komşumdu, yüz yüze bakıyorduk, olmazdı.

"Basın sorumsuz davranıyor," dedim öfkemi gemleyerek. "Birileri birilerini öldürse de haber yapsak diye morg önünde bekliyorlar."

"Çok gerginsiniz."

Ne diyordu bu adam yahu? Sanki aklımdan geçenleri duymuş gibi yanıtladı.

"Basın hakkında böyle düşündüğünüzü sanmıyorum. Siz anlayışlı bir polissiniz."

Bu kadarı da fazlaydı artık.

"Benim anlayışlı bir polis olduğumu nerden biliyorsunuz? Tanıyor musunuz beni?"

Ellerini usulca yukarı kaldırdı.

"Özür dilerim, haddimi aştım galiba."

Geri adım atmaya hiç niyetim yoktu, nezaketi, komşu hatırını bir kenara bıraktım.

"Biraz öyle oldu. Tanımadığınız biri hakkında fikir yürütemezsiniz. Yürütseniz bile bunu o insanın yüzüne söyleyemezsiniz."

"Haklısınız, ben sadece..."

Hayır, onu dinlemeyecektim, ne zamandır aradığım fırsat sonunda ayağıma gelmişti, ağzının payını verecektim, bu her işe burnunu sokan yazar bozuntusunun.

"Sadece filan yok beyefendi, ne ben sizin yarattığınız bir karakterim ne de bu cinayetler romanınız için gereken bir kurgu. Burada gerçek insanlar var, gerçek ölüler, gerçek acılar. Lütfen, sadece romanlarınızdaki cinayetlerle ilgilenin. Gerçek hayattakilerle başa çıkamazsınız."

Oldukça sert konuşuyordum, ama ne yaparsam yapayım, yüzündeki o anlayışlı gülümsemeyi bir türlü silemiyordum. Ne söylersem söyleyeyim, adam kızmıyordu. Ben kızım Aysun'a bile bu sabrı gösterememiştim. Tuhaf bir adamdı. Yazarların yarı deli olduğunu söylerlerdi de inanmazdım, doğruymuş demek.

"Gerçek cinayetlerle başa çıkamayacağımı biliyorum Nevzat Bey," dedi zerrece öfke taşımayan bir sesle. "Yaptığınız işin ne kadar zor olduğunun da farkındayım. Sadece meraktan sordum."

Hayır, merak değildi, başka niyetleri vardı, ama gelin görün ki anlayamıyordum. Şu herifi bir de Zeynep'e araştırtsam iyi olacaktı. O anda çaldı telefonum. Zil sesini duyunca, "Neyse, daha fazla meşgul etmeyeyim sizi," diyerek sıvışmayı seçti. İsabetli de oldu yoksa daha kırıcı olabilirdim. Ama giderken kılçığını atmadan da edemedi. "İşiniz zor, çözmeniz gereken iki cinayetli karmaşık bir dosya var. Hadi bol şans..."

Bol şansmış, herife bak yahu, sanki amirim, sanki ondan iyi dilek bekleyen var, teşekkür bile etmeden telefonumun ekranına baktım, Ali'ydi arayan. O gerginlikle açtım telefonu.

"Evet Ali, ne var?"

Duraksadı, benden böyle bir kabalık beklemiyordu çocuk.

"Şeyy Başkomiserim, rahatsız ettim galiba?"

Ağır adımlarla uzaklaşmakta olan yazara bakarak yanıtladım.

"Yok Alicim, yok rahatsız etmedin, münasebetsizin biriyle tartışıyordum da..."

"İsterseniz sonra arayayım..."

"Yok dedim Ali, seni dinliyorum..."

Uzatmadan girdi konuya.

"Tarlabaşılılar Kulübü'nü yakmaya çalışmışlar."

"Barbut İhsan'ın mekânını mı?"

"Doğrudur Başkomiserim."

"İşler kızışıyor desene!"

"Öyle Başkomiserim. Kara Nizam'ın işi olmalı. Engin'in intikamını almaya çalışıyor galiba."

Ya da öyle bir görüntü yaratmaya çalışıyor diye geçirdim aklımdan ama sormadan edemedim.

"Failleri yakalandı mı?"

"Yok Başkomiserim, o saatlerde sokak sakinmiş. Gören olmamış. Ama molotof kokteyli atılmış."

Molotof kokteyli mi? Kumar mafyasının molotof kokteyli kullandığını da ilk kez duyuyordum.

"Yaralı, ölü var mı?"

Dün gece birini öldürdükten sonra daha da duyarlı olmuştu bizim silahşor.

"Şükür yok," dedi memnuniyetini sakınmayan bir sesle. "Sadece binanın kapıcısı hafif yaralanmış."

Ben onun kadar iyimser değildim, bu hesaplaşma kanlı geçeceğe benziyordu... İki ölü, bir hafif yaralı, daha neler görecektik bakalım.

"Anlaşıldı. Kara Nizam'ın mekânına bir uğrayalım artık."

"Ben uğradım bile Başkomiserim ama Öztarlabaşılılar Kulübü kapalı. 'Cenazemiz var' diye bir yazı bırakmışlar kapıya. Hepsi bu."

"Peki, şimdi nerdesin?"

"Olay yerinde... Tarlabaşılılar Kulübü'nde yani."

Başkomiseri gibi ekâbir değildi tabii, duyar duymaz damlamıştı Tarlabaşı'na.

"Tamam Alicim, ben de geliyorum."

“Büyülü bir şey vardı bu kadında”

Ters başlayan gün, aksiliklerle akıp gideceğe benziyordu... Bu sefer de benim emektar Renault’nun nazlanacağı tuttu. Aşırı soğuklarda onun böyle mızmızlanmalarına alışıktım aslında, ama şu yazara bozulduğumdan mıdır nedir, bu defa tahammül edemiyordum yaşlı dostumun oyunbozanlık etmesine. Bir kere daha deneyecektim, olmazsa doğru alt sokaktaki Hanifi Usta’ya. O anlardı bizimkinin derdinden. Allahtan gerek kalmadı, elimi direksiyonuna vurup, “Hadi oğlum, sorun çıkarma bana,” diye söylenmemin ardından çalışmaya başladı. Kim bilir belki de birlikte geçirdiğimiz onca seneden sonra bizim arabaya da bir kadir kıymet bilirlik gelmiş, eski dostunun hatırını kırmamayı öğrenmişti. Arabanın içine yayılan benzin kokusu genzime dolarken pedala usulca dokunarak an be an geceye hazırlanan şehrin yolunu tuttum. Dün gece bastıran kar, sadece evlerin çatılarında kalmıştı, yollarda su birikintisi bile yoktu. Güneşin son ışıklarıyla altından bir su kitlesine dönüşen Haliç’e paralel olarak ilerlemeye başladım. Sadece bu manzaraya bakmak bile insanın içini açıyordu. Ama hoş bir rüya gibi göz açıp kapayıncaya kadar geçecek olan bu manzaranın bile tadını çıkartmama izin vermediler. Başladı telefonumun zili acı acı çalmaya. Tanımadığım bir numara. Dün geceki cinayetlerle mi ilgiliydi acaba?

“Alo. Buyurun...”

"Merhaba Başkomiserim, ben Erdinç, Feraye'den."

Evet, Evgenia ile yemek yiyecektik. Her yılın ilk günü Evgenia'yla buluşurduk. Hayır, Tatavla'da değil, her yıl başka bir meyhanede. Çünkü yılbaşı geceleri ne eğlenmek ne de birbirimizi görmek gibi bir lüksümüz vardı. O nedenle biz yılbaşını herkesten bir gün sonra kutluyorduk. Ne yapalım, bizim geleneğimiz de buydu işte. Elbette Evgenia ile buluşacağımı unutmuş değildim. Bir hafta önceden Erdinç'i arayıp yer de ayırtmıştım, fakat geceden beri yaşananlar zihnimi bulandırmıştı işte. Eğer Erdinç aramasaydı biraz sonra Evgenia'nın telefonu gelecekti kuşkusuz. Bu saate kadar aramamış olması bile garipti. Yoksa benden ses seda çıkmayınca kızmış mıydı? Ondan önce davranmalı, yeri ayırttığımı söylemeliydim. Ama önce emin olmam gerekiyordu.

"Yerimiz hazırlanıyor mu Erdinç?" dedim telefonun öteki ucunda bekleyen arkadaşıma. "Cumbayı ayarladın değil mi?"

"Tabii Başkomiserim, istediğiniz gibi. Isınma tertibatı filan da tamam."

"Aman, gözünü seveyim o önemli işte. Evgenia çok üşür."

"Hiç merak etmeyin, sıcacık olacak," dedi Erdinç güven veren bir sesle. "Evgenia Hanım gönlünce çıkaracak tadını cumbanın."

Cumba hakikaten de en güzel yeriydi Feraye Meyhanesi'nin; bütün İstiklal Caddesi ayağınızın altında. Dükkânların cam vitrinlerinden yansıyan ışıkların içinden geçerdi insanlar; şehrin, ülkenin, dünyanın dört bir yanından gelerek... Her gece, ama her gece hiç eksilmeden, belki de daha da çoğalarak yürürlerdi, yeryüzünün belki de en kalabalık bu caddesinden. Her ırktan, her renkten, her kültürden kadın, erkek el ele, kol kola, çoğunlukla sarhoş, nadiren ayık, genellikle şık, bazen derbeder, hatta çıplak, bazen çarşaflar içinde, bazen dalgın, çoğu zaman neşeli, nadiren öfkeli, bazen futbol takımlarının marşını söyleyerek, ama daha sık hükümeti protesto ederek, bazen umutlu, bazen yıkılmış, bazen öpüşerek, hatta bazen dövüşerek, yani insanoğlunun bütün halleriyle geçerlerdi gözlerinizin önünden. Her gece otursanız buraya, her gece caddeden geçenleri seyretseniz yine de bıkmazdınız gördüklerinizden. O sebepten seçmiştim orayı, Evgenia, insanlardan oluşan bu rengârenk nehri görsün diye.

"Teşekkür ederim," dedim hâlâ telefonun öteki ucunda beni bekleyen Erdinç'e. "Sekiz gibi orada oluruz."

"Bekliyoruz Başkomiserim."

Kapattıktan sonra telefonumu cebime koymadım, derhal Evgenia'yı aramalıydım. Arabayı kenardaki bir cebe çektim, fakat daha telefonun tuşuna dokunmadan yeniden çalmaya başladı. Erdinç bir şey mi unutmuştu? Hayır, kriminologumuzdu arayan.

"Efendim Zeynep?"

"Merhaba Başkomiserim, maktulün evindeyim de... Engin Akça'nın... Tarlabaşı'nda, Kadın Çıkmazı'ndaki binadayım... Tarık Seberci'nin ikamet ettiği yer henüz belirlenemedi. Muhtarlıkta kayıtlı olduğu Ataşehir'deki daireden üç ay önce ayrılmış. Şimdi hiçbir muhtarlıkta kayıtlı değil..."

Hiç şaşırtıcı değildi, tetikçimizin gizli bir yaşamı vardı demek ki.

"Peki, Engin'in evinde ne buldunuz? Tarık vurulunca evi arayamamıştık."

"Çelik bir kasa bulduk Başkomiserim, ikinci katta. Duvarın içine monte edilmiş. Büyük olanlardan değil. Anahtarı bulamadık. Dün gece Engin'in üzerinden öyle kasa anahtarına benzer bir şey çıkmış mıydı?"

Hayır, anahtar filan hatırlamıyordum.

"Delil torbalarından birinde olmalı? Oraya baktırdın mı?"

"Evet, baktırdım yok."

"Demek ki başka bir yerde saklıyor olmalı. Daha güvenli bir yerde. Belki de binanın içinde bir yerdedir."

"Baktık Başkomiserim, burada da yok... Anahtarı katil almış olmasın, Engin'i öldürdükten sonra."

Yoksa Titiz Tarık bu amaçla mı gelmişti eve, kasadaki değerli belgeyi, belki de paraları ele geçirmek için... Bizi görünce de... Ama niye o kadar beklesin? Engin'in ölümüyle bizim Kadın Çıkmazı'ndaki eve gidişimiz arasında birkaç saat vardı.

"Peki, Titiz Tarık'ın üzerinden kasa anahtarı gibi bir şey çıkmış mıydı?" diye atıldım.

"Hayır, sadece ev anahtarları."

Başladığı gibi çabucak sönüvermişti heyecanım; demek düşündüğüm gibi değildi. O zaman Tarık kasadakiler için gelmemişti eve. Tek amacı Engin'i öldürmekti. Belki de Kara

Nizam'daydı kasanın anahtarı. Engin pis işlerini yaptığına göre... En iyisi şu sokak çocuklarıyla konuşmak. Engin'in düşüp kalktığı herkesi biliyorlardı. Birden Keto'nun söylediği bir şeyi hatırladım. Cevşen duasından bahsediyordu. Cevşen duasını insanlar üzerlerinde taşırlardı. Engin nerede taşıyordu acaba o duayı?

"Zeynep hatırlıyor musun?" diye yeniden heyecanla atıldım. "Maktulün boynunda ya da cebinde, kolye benzeri bir şeye rastladınız mı?"

"Evet, üçgen şeklinde irice bir gümüş kolye vardı boynunda. Kolye değil de taşıyıcıymış. Dört, beş santim uzunluğunda, bir buçuk iki santim çapında. Cevşen duası mı ne varmış içinde."

"Açıp baktınız mı?"

Anında düştü jeton Zeynep'te.

"Yok Başkomiserim, maalesef atladık." Sesi mahcup çıkıyordu. "Çünkü o zaman, kasanın varlığından haberdar değildik. Hemen merkezi arayıp baktırayım. Haklısınız, anahtar o gümüş kutunun içinde olabilir."

"Olabilir Zeynep... Eğer o kasadakiler önemliyse anahtarını da yanından ayırmayacaktır Engin. Zaten ben de Tarlabaşı'na geliyorum. Binadan ayrılma, sana uğrayacağım."

Emektarın direksiyonunu yeniden yola kırdım, biraz daha güçlü bastım gaza. Bu işte bir terslik vardı. Neler olacağını kestirdiğimden değil, ama bir gecede iki ceset, kiralık katil tutulacak kadar önemli bir mesele, kumarhanelerden birinin yakılmak istenmesi... Galiba kumar mafyası arasındaki bir çatışmanın ortasına düşmüştük. Birbirinin kanına ekmek doğrardı bu adamlar. Bizim Janti'nin beni arayacak kadar olaya müdahil olması da pek hayra alamet değildi. Korkarım, cinayetler bu kadarla sınırlı kalmayacaktı. Aslına bakılırsa Janti de büyük resmi anlatmamıştı bana. Yine de günahını almayayım, belki o da farkında değildi henüz. Belki farkına varması için benim doğru soruyu sormama ihtiyacı vardı. Eskiden Cibali Tütün Fabrikası olan binanın önüne gelmeden yine çalmaya başladı telefonum. Evgenia! Evet, güya az önce onu aramak için durmuştum, Zeynep'in telefonu unutturmuştu her şeyi. Utana sıkıla açtım telefonu.

"Merhaba Evgenia. Yeni yılın kutlu olsun. Kusura bakma, akşam seni arayamadım."

"Senin de yeni yılın kutlu olsun Nevzatcım." Beklediğimin aksine neşeliydi sesi. "Üzülme ben de seni arayamadım. Arayamadım değil de aramadım. Geçen yılbaşını hatırlıyorsun, seni aradığımda Kocamustafapaşa'da bir cesedin başındaydın. Geçen yılki gibi yarım yamalak bir konuşma olsun istemedim. Bugünü bekledim."

Rahatladım, demek küskün değildi.

"Haklısın Evgenia, bu yılbaşı da çok fenaydı. Neyse anlatmayayım şimdi. Seninki de yoğun geçmiştir. Çok mu kalabalıktı meyhane?"

"Kalabalıktı, tıklım tıklım. Millet ayakta kaldı. Eski müşteriler, yeni gelenler... Ama çok keyifliydi. Yunanistan'daki akrabalarım sürpriz yaptı bana. Dayımın kızı geldi Atina'dan. Angeliki... Fofo Yenge'mle birlikte."

İlk kez duyuyordum isimlerini.

"Gözün aydın. Sevdiğin insanlar mıdır?"

"Hem de nasıl. Bahsetmedim mi sana? Angeliki, kardeşim gibidir. Niko Dayı'mla Fofo Yenge'm Yunanistan'a göçtükten sonra doğmuş, ama yine de bayılır İstanbul'a. Çok küçükten beri tanırız birbirimizi. Huzur içinde uyusun babam, her sene götürürdü beni Atina'ya. Adı gibi bir melektir Angeliki. Fakat asıl olay Fofo Yenge'm. Nasıl müthiş bir kadın Nevzat, anlatamam. Nerdeyse seksenini devirecek, ama hâlâ genç kız gibi dönüyor ortalıkta. Valla dün gece arka arkaya yuvarladı rakıları. Zavallı Angeliki saat on iki olmadan buldu kafayı, Fofo ise bana mısın demedi. Gecenin bir yarısı sirtaki oynamaya başladı kadın. Anla yani Nevzat..."

Nasıl da dizginsiz bir heyecanla anlatıyordu, hakikaten çok mutlu olmuştu dün gece. Sevindim onun adına.

"Evet, kadın içkiden değil, sevinçten kaybetti kendini," diye sürdürdü. "Ben salak da, güya kadını koruyacağım diye, 'Rakı, uzoya benzemez, çarpar insanı,' deme gafletinde bulundum. Siyah kalemle boyadığı kaşlarını çatarak, 'Sen kimin içkisini kime anlatıyorsun be. Sen daha dünyada yokken biz Niko Dayı'nla kadeh kırardık Pera'da,' diye azarladı. Ne yapayım sesimi kesip oturdum. Ama hiçbir şey olmadı Fofo Yenge'me. Sanki rakı değil de su içmişti bütün akşam.

Sabahın üçünde hiçbir şey olmamış gibi, iyi geceler dileyerek dimdik gitti yatağa."

Evgenia konuştukça onun neşesi bana da geçiyor, kendimi daha iyi hissediyordum. Büyülü bir şey vardı bu kadında. Dünyanın yaşamaya değer bir yer olduğunu hissettiren bir şey. İster onun yeşil gözlerine bakarken olsun, ister yüzünü bile görmeden böyle telefonda konuşurken ne zaman onun sesini duysam, içim mutlulukla dolar, karamsar düşünceler çıkıp giderdi gönlümden.

"Sabah da, sen erkenden kalk... Evet, Angeliki ile ben mışıl mışıl uyurken. Zavallı kapıcımız Remzi Efendi'ye işbaşı yaptır. Bakkal, manav, şarküteri, evde eksik ne varsa hepsini tamamla. Kahvaltı hazırla bize. Kahvaltı dediysem öyle üstünkörü bir sofra da değil ha, padişahlara layık bir masa. Çeşit çeşit peynirinden omletine, sucuğundan salamına, reçelinden kaymağına her bir şey tamam, bir kuş sütü eksik, anla yani. Kendisi fazla yiyemiyor üstelik, ama hazırlamaktan zevk alıyor kadın. Etrafındakilere yedirmekten zevk alıyor. Düşün Nevzat, o yaşta bizden daha sıkı tutunuyor hayata. Acayip değil mi?"

"Acayipmiş sahiden," dedim abartıyla ağzımı şapırdatarak. "Ama öyle bir anlattın ki karnım acıktı. Nasıl bekleyeceğim şimdi saat sekize kadar."

Kısa bir sessizlik, bülbül gibi şakıyan Evgenia'm birden suspus oluvermişti.

"Nevzat..." dedi saniyeler sonra.

"Evet Evgenia, ne oldu?"

"Ya şey diyeceğim, bu akşamki yemeği ertelesek, bana çok kızar mısın?"

Anlaşılmıştı, bu geceyi de misafirlerine ayırmak istiyordu. Aslında mutlu olmalıydım, önümde zorlu bir soruşturma vardı; Tarlabaşılılar Kulübü'nde Ali, maktulün evinde ise Zeynep beni bekliyordu. Feraye'deki yemeğe vaktinde yetişmem bile kuşkuluydu, ama bir tuhaf oldum. Hiç farkında değildim, ama demek ki önemliymiş bu yemek benim için. Yemek değil de Evgenia ile buluşmak. En son bir hafta önce görüşmüştük. Güya bu pazartesi buluşacaktık Tatavla'da, ama Sarayburnu'nda cesedi bulunan Amerikalı kadının dosyasıyla ilgili eksik evrakları mahkemeye göndermem gerekiyordu, meyhaneye gidememiştim. Birden Evgenia'yı çok özlediğimi fark ettim; teninde bambaşka bir rayihaya dönüşen lavanta kokusunu, sıcaklığını, bana bakarken gözlerinde beliren o tuhaf ışığı... Ne cinayet soruşturması ne beni bekleyen arkadaşlarım, hepsi silindi. Tamam, akşam buluşmayalım, ama bir anlığına da olsa gelip seni göreyim demek geçti içimden, bir anlığına da olsa şöyle bir sarılayım sana, kokunu içime çekeyim. Hemen vazgeçtim. Evgenia akrabalarının yanındaydı, onların gözünün önünde bu hayal ettiğim buluşma asla gerçekleşemezdi. Hayır, bu duyguyu mundar etmeye hakkım yoktu.

"Niye kızayım canım." Güya sesime umursamaz bir hava vermeye çalışmıştım. "Kırk yılda bir misafirlerin gelmiş, üstelik ta Atina'dan. Biz daha sonra görüşsek de olur."

Yine bir sessizlik.

"Sesin öyle demiyor ama." Yok, bu kadından bir şey saklanamazdı. "İstersen ertelemeyelim, ben onlarla gitmesem de olur. Asmalı Mescit'te bir meyhaneye gidecekler. Sahibi, Fofo Yenge'nin çocukluk arkadaşı. İlla sen de gel diye tutturdu. Atlatabilirim istersen. Şart değil yani... Biliyorsun, senin üzülmeni istemem..."

Elbette yalana devam ettim.

"Niye üzüleyim Evgenia? Yarın buluşuruz, olmadı başka zaman... Günler çuvala mı girdi. Sen gönül rahatlığıyla misafirlerinle ilgilen."

Hayır, sözlerim onu rahatlatmıyordu.

"Emin misin?"

Sesindeki burukluk hissedilmeyecek gibi değildi.

"Evet, eminim. Ben de bizim çocuklarla giderim yemeğe. Ne zamandır onları bir yerlere götürmeyi düşünüyordum zaten."

Telefonun öteki ucundan çıt çıkmadı.

"Sahi söylüyorum Evgenia," diye üsteledim. "Benim için hiçbir sorun yok. Sen mutlu olursan ben de mutlu olurum." Üstüne basa basa son noktayı koydum. "Tamam mı?"

"Peki, tamam." Tamam olmadığını çok iyi biliyordu, muhtemelen pişman olmuştu erteleyelim dediğine, ama artık iş işten geçmişti. "Çok teşekkür ederim Nevzat, anlayışın için."

Güçlü Nevzat umursamaz görünmeliydi, öyle de yaptı:

"Hadi mutlu yıllar Evgenia, telefonlaşırız."

"Mutlu yıllar Nevzat."

Telefonu kapatınca daha bir çoğaldı içimdeki hüzün. Bir tür terk edilmişlik duygusu. Sanki denize vuran güneş solmuş, gökyüzünün mavisi koyulaşmaya başlamıştı, akşam nasıl da hızlı çöküyordu şehre.

“Naçizane, Pire Necmi derler bize Beyoğlu’nda”

Dün gece bu sokakta cinayet işlendiğini gösteren hiçbir belirti yoktu; kar suları, Tarlabaşılılar Kulübü’nün önüne yayılmış olan kanı yıkamış, küçücük bir leke bile bırakmamıştı zeminde. Kulübün penceresinin camını değiştiren kalfanın, zavallı çırağı azarlayan sesi de olmasa etraf sakin sayılırdı. Gündüz daha köhne göründü sokak gözüme, binalar daha yıpranmış, daha yorgun. Gece, yaşlı şehirlerin kusurlarını örten siyah kadifeden bir örtüdür, diye bir cümle okumuştum; hangi kitapta, kim yazmış, hatırlamıyorum. Ee, bizde de yaş kemale erdi. Benim hafızam da en az bu sokaklar kadar yorgundu, yıpranmıştı. Tarlabaşılılar Kulübü’nün bulunduğu apartman da gecekinden daha kötü görünüyordu gün ışığında. Kesekâğıdı rengindeki boyası dökülmüş, alttaki tuğlalar yer yer açığa çıkmıştı. Dar pencerelerin üzerindeki üçgen alınlıkların parçaları düşmüş, küçük kadın başlarından oluşan süs heykelcikleri parçalanmıştı. Bir zamanların görkemli apartmanlarından olan binanın giriş kapısının sol tarafında mermer bir levha vardı. Kemik rengi bir boyayla kapatılmış olsa da Yunan harfleriyle kazılmış yazıda Rum mimarın adı okunuyordu: Vasilaki Kiliantis. Apartman dökülüyordu, ama Tarlabaşılılar Kulübü’nün bulunduğu kattaki iki kırık pencere dışında, yangın çıktığına dair hiçbir kanıt yoktu ortalıkta. Yekpare demir kapıdan içeri girince hissettim yanık kokusunu, o da belli belirsiz. Derinlerden gelen ağır küf kokusu hepsini bastırıyordu. Beyaz florasanların altında uzanan koridor boyunca ilerledim. Mermer bir merdiven çıktı karşıma. Kenarından köşesinden erimeye başlamış basamaklara döşenen bordo halı, ihtişamdan çok bir ucuzluk duygusu uyandırıyordu insanda. Ama kumar oynamaya gelenlerin bu kusuru fark edeceklerini hiç sanmıyordum. Bu güzelim şehrin tarihi kimin umurundaydı ki, her biri hakiki bir mücevher olan bu binaları korumak, kumarbazların umurunda olsun. Üstelik daha da beteri vardı; merdivenleri çıkar çıkmaz karşınıza dikilen şu kızılımsı çelik kapı. Binanın mimarı görseydi, zavallı adam saçını, başını yolardı herhalde. Kuşkusuz mimarın anlamayacağı kadar önemli bir işlevi vardı bu geçilmez kapının; davetsiz misafirleri dışarıda tutmak. Zaten bu metal yığınını görür görmez, o kadar da güvenli bir yere gelmediğinizi anlıyordunuz hemen. Ama müşteriler için elbette bunun hiçbir sakıncası yoktu, çünkü kapıyı çalan herkes bu mekâna niçin geldiğini çok iyi biliyordu. Diafonun altındaki metal rengi zile dokundum. Ardı ardına bir kanarya öttü içeride. Kumarhanede kanarya sesinden zil olur mu? Niye olmasın, bir kültürler aşuresidir bu şehir. Kapının arkasındaki gözetleme deliğinde bir gölge belirdi, diafondan gür bir ses duyuldu.

"Kimsin?"

"Başkomiser Nevzat."

Başka soru yok, anında bir kilit sesi, ardından açılan kapı, demek ki bekleniyorduk. Aralanan kapıyla birlikte artan yanık kokusu ve yüzüme çarpan o güçlü ses.

"Hoş geldiniz Başkomiserim, biz de sizi bekliyorduk."

Fakat o da ne, çam yarması gibi birini beklerken hepi topu bir buçuk metrelik bir adam duruyordu karşımda. Saç, sakal namına hiçbir şey yok, kafa yalbır yalbır yanıyor, pala bir bıyık, kalınca kaşlar. Sanki usta bir hat sanatçısının insan yüzüne, özene bezene yazdığı bir yazı. Ama vücut oranlı, omuzlar geniş, kaslar yerinde, en küçük bir komplekse kapılmadan dimdik duruyor önümde. Kendimi tutmasam kahkahayı koyverecektim, ama pala bıyıklı beberuhi son derece ciddiydi.

"Buyurun Başkomiserim, sizi şöyle alayım, İhsan Abi'nin yazıhanesine."

Mavi ışıklı sofadan yüksek tavanlı bir salona geçtik. Geniş salon kartonpiyerden yapılmış abuk sabuk kemerlerle, kat kat tavan süsleriyle daraltılmıştı. Üç duvara özene bezene asılmış bir düzine ahşap çerçevenin içinden, birbirinden sevimli buldog cinsi köpekler bakıyordu. Fotoğrafların asılı olmadığı tek duvar, olduğu gibi içki raflarına ayrılmıştı. Rakıdan votkaya, viskiden şaraba renk renk şişelerin sıralandığı rafların önünde ahşap bir tezgâh enlemesine uzanıyordu. Üzerinde iki camdan sürahi duruyordu. Yangını bu sürahilerle söndürmeye çalışmış olmalıydılar. Tezgâhın önündeki uzun bacaklı taburelerde üç zebella oturuyordu, bizi görünce saygıyla ayağa kalktılar. Yanımdaki cep herkülünün el işaretiyle, yeniden çöktüler eski yerlerine. Nasıl yani, bu devlerin şefi yanımdaki bastıbacak mıydı? Anlaşılan daha bir ciddiye almam gerekiyordu yedi cücelerin en irisinden biraz hallice olan bu arkadaşı. Üç ızbandutun oturduğu bar tezgâhıyla camı kırılan pencere arasındaki geniş alanda altı masa yer alıyordu, üzerlerinde çuhadan yeşil örtüler. Sadece sol pencerenin önündeki ahşabı yanmış masanın örtüsü yoktu. Dikkatli bakınca gördüm, yarı yarıya yanmış halde yerde sürünüyordu yeşil örtü. Yanık masa örtüsü de, bal rengi parke zemin de ıslaktı.

"Fazla zarar yok galiba?" diye mırıldandım. "Daha kötüsünü bekliyordum."

Sanki ilk kez görüyormuşçasına o da ilgiyle süzdü salonu.

"Allah korudu, ucuz atlattık Başkomiserim."

"Bir yaralı varmış galiba?"

"Evet, bizim Nazif Efendi. Mutfak işlerine bakar. Temizlik yapıyormuş içeride. O olmasa yangın büyürdü. Şükür ucuz atlattık. Söndüreyim derken de ellerini yakmış zaten. Ee, benzin kolay sönmüyor tabii. Önemli değil, hastanede bile tutmadı doktorlar. Bir haftaya kalmaz iyileşirmiş."

Biblo bodyguard konuşurken, bakışlarım pencerenin önündeki camcılara kaydı. İçeri girdiğimizi fark etmeyen kumral kalfa bir yandan camın kenarını macunluyor, bir yandan da çırağı kalaylamayı sürdürüyordu.

"Ya yetişmeseydim, koca cam olduğu gibi aşağıda. N'apacam lan ben senle? Adam kuruşun hesabını yapıyor diyorum, ne diyecektik patrona. Ya aşağıdan geçen birinin başına düşseydi. Hapse atarlardı oğlum bizi. Yaşın küçük sana bir bok olmaz, ama benim ağzıma sıçarlar..."

On dördünde bile yoktu çırak, suratı sapsarıydı, ama gözleri kıpır kıpır; beklenmedik anda gelebilecek bir tokada karşı kalfasını kolluyordu.

"Geri zekâlıya bak," dedi fark eden kalfa, sağ elini vuracakmış gibi kaldırarak. "Bir de alttan alttan beni kesiyor."

Çırak anında çekti başını geri, kalfanın eli hâlâ havadaydı, tokadı yapıştırsam mı diye duraksıyordu.

"Yeter," diye gürledi durumu fark eden kumarhane pehlivanı. "Uzattın ama! Geldin geleli dırdır ediyorsun. Bak Başkomiserim var burada. Ayıp oluyor, çok ayıp. Akşam oldu daha bitiremediniz bir işi zaten."

Hemen elini indirdi kalfa, kıpkırmızı olmuştu yüzü.

"Ama abicim..."

"Abicim mabicim yok, yeter, o çocuğun üstüne de fazla gitme artık. Düşmedi işte cam, olur böyle şeyler... Hadi, hadi bir an önce takın şu camları, sonra da naş naş..."

Senin yüzünden başımıza neler geliyor dercesine çırağa kin dolu bir bakış fırlattı kalfa, sonra derinden bir iç geçirerek camıyla uğraşmaya başladı.

"Kusura bakmayın Başkomiserim," dedi pala bıyık beberuhi bana dönerek. "Kendini bilmez işte. İçeri giren kim, çıkan kim farkında bile değil."

Anlayışlı amir gülümsemesini takındım.

"Önemli değil, senin adın ne?"

"Necmi." Sağ elini göğsüne koyup hafifçe eğildi önümde. "Sizin döneminize yetişemedik, ama yine de duymuşsunuzdur belki, naçizane, Pire Necmi derler bize Beyoğlu'nda... Cemal Abi de iyi tanır bizi. Onun rahle-i tedrisinden geçtik. Malumat gerek olursa yani, ona sorabilirsin Başkomiserim."

Lakabından duyduğu memnuniyeti açık eden bir gülümseme belirmişti yuvarlak yüzünde.

"Pire Necmi ha," diye tekrarladım. "Pire Necmi... Yok, hatırlamadım. Demek ki kötü bir vukuatın yok."

Onur kırıcı bir lakırdı etmişim gibi gülümsemesi ağır ağır söndü, ama belli etmemeye çalıştı. Söylemesi gerekeni dile getirecek kadar feraseti vardı.

"Estağfurullah Başkomiserim, ne vukuatı, biz ekmeğinin peşinde koşan insanlarız. Şurda bir çorba kaynıyor, ocak sönmesin diye uğraşıyoruz."

Güvenle konuşuyordu Pire Necmi, hiç çekincesi olmayan insanlar gibi. Benden bir zarar gelmeyeceğinden emindi sanki. Yoksa beni de yemledikleri polislerden biri mi sanıyordu?

Belki de Barbut İhsan, "Merak etme Janti Cemal'e söyledim, Başkomiser Nevzat'la konuştu, o iş tamam," dediği içindir. Bozuntuya vermemekte yarar vardı, madem öyle biliyordu, bize de bu yanılgıdan yararlanmak düşerdi.

"Dün gece burada mıydın Necmi?"

Duraksadı, elbette buradaydı, ama ne desin şimdi?

"Af buyurun, anlamadım Başkomiserim."

"Dün gece diyorum, burada mıydın?" Olduğum yerde durdum, cevap vermezsen burada dikiliriz böyle dercesine. "Geç saatlere kadar açıkmışsınız."

Kara gözleri bocaladı.

"Biliyorsun, biri öldürüldü sizin kapının önünde."

"Biliyorum," diyebildi nihayet. "Biz kapadıktan sonra olmuş."

"Kaçta kapamıştınız kulübü?"

Şakaya vurmak istedi.

"Yeni yılda."

Gülümsemediğimi görünce, "Yani on ikiden sonra," diyerek ciddileşti. "Bir buçuk filan olmalı."

"Sen mi kapatmıştın kulübü?"

Bir çuval inciri berbat ettik ifadesi vardı hacıyatmaz suratında. İşin kötüsü artık inkâr da edemezdi.

"Ben kapatmıştım, ama ceset filan görmedim sokakta." Bakışlarını kaçırdı. "Biz gittikten sonra halletmişler Engin'i."

İstediğim kıvama geliyordu.

"Tanıyorsun yani maktulü?"

İğrenç birini hatırlamış gibi ekşitti suratını.

"Burada herkes tanırdı onu. Pek muteber bir arkadaş değildi. Bildiğin ucuz çapkınlardan. Hani şu kadınların eteğinin altında yaşayan lavuklardan."

Yoksa Engin bu minyatür kabadayıya da mı kazık atmıştı?

"Senin de mi sevgiline bulaştı?"

Öfkeleneceğini sanmıştım, oysa eğlenceli bir konudan bahsetmişim gibi sessizce güldü.

"Onun gibiler kime bulaşacağını iyi bilir Başkomiserim. Eğer öyle bir hata yapsaydı bu kadar da yaşamazdı."

Kabadayı böbürlenmesi miydi, hakikati mi söylüyordu anlamak zordu. Kurcalamayı sürdürdüm:

"Üzülmemiş gibisin öldüğüne?"

Bir çocuğunkinden hallice ellerini usulca yana açtı.

"Öldü diye yalan söyleyecek değilim Başkomiserim. Tamam, öldürenin ellerine de sağlık demeyeceğim, ama Engin pek sevilmezdi buralarda."

"Kavga da etmişsiniz galiba."

Marifetiyle övünen bir delikanlı gibi kibirle mırıldandı.

"Yanlış adamdı Başkomiserim, yanlış yerlerde gezerdi. O zaman insanın başına her bela gelir. Kara Nizam'ın yanında olması bir kere baştan faul. Gerçi iyi de oldu, millet ne mal olduğunu anladı bunun. Zaten ondan sonra iş filan da yapmadık onunla."

Kendi diliyle açık vermişti, hemen sordum:

"Ne işi yapıyordunuz, kumar mı?"

Yüzündeki samimiyet, molotof kokteyli çarpmış kumarhane penceresi gibi paramparça oldu. Yoksa yanılmış mıydı benim hakkımda? İhsan Abi'si yanlış mı bilgi vermişti? Ama çabuk toparladı.

"Yok Başkomiserim, ne kumarı... Burası bir kulüp. Kadınlı erkekli aileler gelir buraya. İsteyen eğlencesine kâğıt çevirir, isteyen taş dizer, ama kimse para süremez ortaya. Böyle bir şeye izin vermeyiz." Müstehzi bir ışık belirdi karanlık gözlerinde. "Hem versek bile sizin meslektaşlarınız soluk aldırmaz bize."

Açıktan iğneliyordu, böyle konuşuyorsunuz, ama sizin de ne mal olduğunuzu biliyoruz diyordu kara gözlerinde arsızca parıldayan ışık. Elbette anlamazlıktan geldim, ama şimdilik.

"Ya, şu molotof kokteyli meselesi? Kim yakmak istemiş olabilir bu masum eğlence yuvasını?"

Yayvan bir gülümseme belirdi geniş ağzında, öyle ki pala bıyıklarının ucu nerdeyse kulak memelerine değecekti.

"Nerden bileyim Başkomiserim, burası Beyoğlu. Şeytan yatağı, ecinni sofrası... Hırsızı mı dersin, arsızı mı, pezevengi mi dersin, af buyurun ibnesi mi, alayı burada. Daha iki gün önce şu arka sokakta bir ihtiyarı hastanelik ettiler, hem de yirmi lira için. Hangi cins psikopat istersen, alayı burada. Puştun tekini içeri almamışızdır, kinlenmiş, sallamıştır şişeyi." İlerdeki kırmızı ışıklı, loş koridoru gösterdi başıyla. "En iyisi sizi İhsan Abi'ye götüreyim. Belki o biliyordur molotof kokteyllerini kimin attığını. Zaten Ali Komiser de yanında bekliyor sizi."

“Kara Nizam parsel parsel Tarlabaşı’nı satın alıyor”

Ölgün, kırmızı bir ışıkla aydınlanan dar koridorda bej rengi üç kapı vardı. Soldaki ardına kadar açıktı, beyaz eşyalarla döşenmiş mutfak olduğu gibi görünüyordu. Hemen karşısındaki kapı ise sanki içinde hazine varmış gibi sımsıkı kapatılmıştı ve muhtemelen kilitliydi. Koridorun sonundaki kapı ise yarı aralıktı. Aralıktan süzülen mavi aydınlık, yerde lacivert renkli, ince uzun bir açı oluşturuyordu. Lacivert açının tepesine bastığım anda duydum yardımcımın sesini.

“Nasıl görmez kardeşim! Eşşek kadar pencereler, şöyle bir başını uzatsa, sokak olduğu gibi gözlerinin önünde.”

Yine havasındaydı Ali, yağıp gürlüyordu aslanım.

“Bakamamış ki Komiserim. Adamcağız yaşlı zaten.”

Yumuşak bir sesi vardı konuşan adamın, işi yokuşa sürmeden halletmek istiyordu. Yeraltında tutunmak isteyen kişinin kulağına küpe etmesi gereken şu altın kuralı çok iyi biliyor olmalıydı: “Ne olursa olsun, polislerle aranı bozma.”

“Anlattım ya Komiserim, o sırada yangını söndürmeye çalışıyormuş. Aklına bile gelmemiştir dışarı bakmak. Yangının nasıl çıktığının farkında bile değil biçare. Masa örtüsünün, küllükten düşen izmaritten yandığını zannetmiş. İyice paniklemiş...”

“Peki, sen ne diyorsun, kim yaptı bu işi?”

Pire Necmi’nin küt parmaklarının kapıya vurmasıyla biraz ertelenmek zorunda kaldı Ali’nin beklediği cevap.

"Girin," dedi yumuşak ses. "Gelin, buyurun."

Necmi saygıyla kapıyı açıp yana çekildi. Mavi bir ışığın ortasına düştüm. Kumarhane yazıhanesine değil bir gece kulübüne girmiş gibiydim. Beni görür görmez saygıyla ayağa kalktı Ali. Karşısında oturan adam da bir anlık şaşkınlığın ardından yardımcımı taklit etti, fazladan bir de gülümseme yerleştirdi suratına.

"Ben İhsan," dedi elini uzatarak. "Şeref verdiniz Başkomiserim."

Gür kumral saçları, şakaklarından beyazlamaya başlamıştı. İnce kaşlarının altındaki tarçın rengi gözleri lüzumsuz bir samimiyetle bakıyordu. En az Engin kadar yakışıklıydı. Barbut İhsan'ı asla böyle hayal etmemiştim. Nasıl hayal ettin derseniz anlatamam, ama böyle değil.

"Merhaba İhsan," dedim uzattığı eli sıkarken. Teni bir kadınınki kadar yumuşaktı. "Mekân güzelmiş."

Sözlerim hoşuna gitmişti, gözleri mutlulukla parıldadı.

"Sağ olun Başkomiserim, sayenizde."

Niye sayemizde oluyormuş dercesine baktım, ama anlamadı. Nerdeyse pürneşe içinde, maun masanın arkasındaki deri koltuğu gösterdi.

"Buyurun Başkomiserim, siz şöyle geçin."

Sıradan yalakalığını bir yana bırakırsak, hiç de alışıldık mekân sahiplerine benzemiyordu. Koyu kahve bir takım giymişti, açık sarı gömleğinin yakasına kısa bir kravat takmıştı. Kumarhane sahibi değil, sanki bir sigorta acentesinin yetkili müdürü duruyordu karşımda. Gösterdiği masanın arkasındaki kocaman resme takıldı gözlerim. İhsan'ın kravatı gibi koyu kahverengi bir buldog bacaklarını açmış sere serpe yatıyor, tombul karnına tırmanmış beş tatlı enik, itiş kakış, süt dolu memelerini emiyordu. Yanakları sarkmış, pörtlek gözlü köpeğin yüzündeki huzur görülmeye değerdi doğrusu, ama bu sevimli resmin gönlümü kazanmış olması, İhsan'ın gösterdiği yere oturacağım anlamına gelmiyordu elbette.

"Sen yerine geç," dedim, anlayışlı polis rolünü anında benimseyerek. "Ali'nin karşısına otururum."

Israr etmeyi denedi.

"Hayatta olmaz."

Sözlerini tınmayıp istediğim yere oturunca, ister istemez razı oldu.

"Peki Başkomiserim, siz öyle diyorsanız."

Ama bizimkilerden biraz daha irice olan siyah deri koltuğuna kurulmadan önce, "Ne içersiniz?" diyerek saygıda kusur etmemenin yanında, hizmette de kusur etmeyeceğini belli etti. "Karnınız açsa bir şeyler söyleyeyim."

"Sağ ol karnım tok. Evden çıkarken de kahvemi içtim. Belki daha sonra..."

"Nasıl isterseniz Başkomiserim." Ali'ye çevirdi bakışlarını. "Ya siz Komiserim, hâlâ bir şey istemiyor musunuz?"

"Ben böyle iyiyim..." diye homurdandı bizim nobran. "Yeterince çay kahve içtim bugün."

Aralık kapının önünde dikilen cep herkülüne döndü mekân sahibi.

"Bizi kimse rahatsız etmesin Necmi."

"Tamamdır İhsan Abi."

Necmi dışarı çıkarken ben de bizim delibozuğu süzdüm. Gergin görünüyordu, geceki olayın etkisinden kurtulamamıştı. Göz göze geldik.

"Ne haber?"

Hemen toparlandı.

"İyi Başkomiserim, çok iyi."

Yok, saklamaya çalışmıyordu, travmayı atlatmıştı, yoksa böyle gülümsemezdi.

"Güzel," dedim şefkat dolu bir sesle. "Dinlenmek yaramış demek ki."

Gülümsemesi genişledi, bütün yüzüne yayıldı.

"Sağ olun Başkomiserim."

Yeniden duvardaki resme takıldı bakışlarım. Aile planlamasından bihaber olan buldog, keyiften mayışmış bir halde yavrularını emzirmeyi sürdürüyordu.

"Bizim Mualla," diye açıkladı İhsan. "Her sene doğurur haspam. Safkandır, meraklıysanız yavrulardan verelim size."

"Köpekleri seviyorsun ha!"

"Çok severim Başkomiserim." Rahatlayarak dirseklerini masaya yaydı. "Sadık hayvanlardır."

Sanki fotoğraftaki köpeği okşuyor gibi şefkatle dökülmüştü sözcükler ağzından, bu sevgi anını bizim anlayışsız Ali'nin sorusu bozdu:

"Çilem yeterince sadık değil miydi?"

Suratına okkalı bir tokat yemiş gibi sarsıldı. Çok sürmedi, toparlandı.

"Çilem'in konuyla ne alakası var?"

"Ne alakası olacak, adam senin mekânının önünde öldürülmüş. Engin diyorum. Çilem de adamın eski sevgilisi."

Engin'in ölümü umurunda bile değildi, ama Çilem'in adını işitmek bile sarsmıştı onu. Durgunlaştı, gözleri hülyalanır gibi oldu.

"Çilem değil, Hacer..." Mutsuz bir tavırla üstüne basa basa açıkladı. "Evet, asıl adı Hacer... Babası yanımızda çalışırdı. Pala Ragıp. Dediğim on yıl önce. Sağ kolu gibiydi rahmetli babamın. Her işine bakardı. Üç yıl önce sokakta bir çatışmanın ortasında kaldı. Sırtından vuruldu, felç oldu. Ragıp o günden beri yatalak. Üç çocuğu var; Çilem ve iki erkek kardeşi. Rahmetli babam da, ben de elimizden gelen desteği verdik tabii. Çilem'le öyle tanıştık işte." Eski bir anısı depreşmiş gibi derinden bir iç geçirdi. "Yanıma aldım, sekreter olarak. Zeki kızdı, fena da çalışmıyordu, o ara başımıza bir kaza geldi. Burada, evet bu odada, işte şu çekmecede esrarengiz şekilde bir silah bulundu. Kabak bizim başımıza patladı tabii. Eski bir dava da vardı, ruhsatsız silah bulundurmaktan içeriye aldılar beni. İşte o arada bu Engin şerefsizi kandırmış kızı. Çok iyi bilirdi bu işleri. Hapisten çıkınca durumu anlattılar, ben de gönderdim kızı selametle..."

Duygulanmıştı; hâlâ seviyor olabilir miydi Çilem'i? Öyle olsa bile bir an önce cinayeti çözmek isteyen tez canlı yardımcımın, eskilerde kalmış bu sevgiye hürmet edecek hali yoktu.

"Biz öyle duymadık. Çilem gönüllü gitmiş Nizam'a. Seni terk etmiş."

Zaten yaralı olan İhsan'ın gururuna dokundu bu sözler.

"Yalan! Çilem'i ben yolladım. Çünkü Engin'e ispiyonculuk yapıyordu. Sanırım ben hapse girmeden önce de görüşüyorlardı. Şu ruhsatsız silah işinde bile parmağı olabilir. Ben aptal mıyım, kulübümde, üstelik odamdaki masada ruhsatsız tabanca bulundurayım?"

Bodoslamadan daldı bizimki.

"O yüzden mi dövdürdün kızı?" Yarı alaycı gözlerle, şöyle bir tarttı kumarhane sahibini. "Yok, sen yapmamışsındır.

Hakkını yemeyelim, sen, karı kız dövecek adama benzemiyorsun. Şu senin yarım porsiyon mu dövdü Çilem'i? Az önceki şu ampul kafa diyorum."

İnkâr edecek sandım, yapmadı.

"Hataydı," dedi pişman olmuş bir sesle. "Çok üzüldüm sonra. Kendimi aklamak için filan söylemiyorum, oldu işte bir kere. Bir anlık öfke patlaması diyelim."

Elbette fırsatı kaçırmadı bizimki.

"Ya şu içerdeki çakallar da öfke patlamasına kapılıp Engin'i öldürdülerse? Olamaz mı? Patronları kendine hâkim olamayıp genç bir kadının ağzını burnunu kırıyorsa, onlar da düşman olarak gördükleri adamı rahatlıkla öteki dünyaya yollamış olamazlar mı?"

Elleri ateşe değmiş gibi çekti masanın üzerinden İhsan.

"Hayır, öyle bir şey yapmadılar. Yapsalar haberim olurdu." Hâlâ kuşkuyla baktığımızı fark etti. "Yoksa benden mi şüpheleniyorsunuz? Yapmayın, neden öldürteyim Engin'i?"

Sağ elini hovardaca salladı Ali.

"Ooo neden mi arıyorsun. Bir sürü... Bir kere Engin, Kara Nizam'ın adamı. Kara Nizam da senin baş düşmanın. Değil mi?"

"Sahi Kara Nizam'la aranızda ne var?" diyerek ben de katıldım bu eğlenceli muhabbete. "Başlarda aranız iyiymiş, ne oldu da bozuştunuz?"

Yok, hemen girmedi lafa. İhanete uğramış birinin ruh hali içinde sırtını koltuğa dayadı.

"Nizam, rahmetli babamın arkadaşıydı Başkomiserim. Çok tanımazdım aslında. Ama bana yakın durdu. Bizim kulüp eskiden Tarabya'daydı, babamın zamanında. Orada işler kesat gidince buraya geldik dört yıl önce. İnkâr edecek değilim, bize yer buldu Nizam. 'Baban iyi adamdı, sen bizim yeğenimizsin,' filan diye yanaştı. Fakat Karaman'ın koyunu, sonra çıkar oyunu derler. Herifin hesabı, niyeti başkaymış. İşlerimiz iyiye gidince, 'Ortak olalım,' dedi. Ben de kabul etmedim. Bir ipte iki cambaz oynamaz. Üstelik Nizam'ın açgözlülüğü dillere destan. Rabbena hep bana... Epeyce de karışık bir adam. Her tarakta bezi var. Dosyasına baktıysanız görmüşsünüzdür. Cinayetten gaspa, arsa rantından uyuşturucu işine girip çıkmadığı pislik yok. Nefret ederim uyuşturucudan;

içenden de, satandan da. Neyse işte Başkomiserim, ben bunu reddedince kıyamet koptu. Tehditler, adam tokatlamalar, kulübün önünde silah sıkmalar filan... İşe yaramadı tabii. Kaçın kurasıyız biz. Bu sefer de nispet olsun diye aşağıya Öztarlabaşılılar Kulübü'nü açtırdı. Başına da bu Engin'i getirdi."

Lafı gediğine koydu yardımcım.

"Sen de Engin'i öldürttün."

Kinayeli gözlerle süzdü Barbut.

"Niye tersini düşünmüyorsunuz? Ya Kara Nizam öldürttüyse onu?"

"Niye yapsın ki bunu?" dedim sağ dirseğimi masaya koyarak. "Kendi adamını niye ortadan kaldırmak istesin?"

Hâlâ anlamadın mı, dercesine baktı.

"Çünkü Engin'in gözü Nizam'ın yerindeydi. Evet, patron olmak istiyordu. Niyeti buydu, en büyük olmak. Yani hedefi ben değil, Nizam'dı. Çilem'e kancayı takmasının sebebi de buydu. Nizam'la bizi birbirimize düşürmek. Bizi birbirimize kırdırtmak. Böylece meydan Engin'e kalacaktı."

"Ama Nizam bunu fark etti," dedim alaycı bir sesle. "O yüzden de Engin'i öldürttü. Bunu mu demek istiyorsun?"

Sesimdeki imayı fark etmedi bile, çok heyecanlanmıştı.

"Evet, aynen öyle oldu. O şerefsiz, kendi adamını öldürttü, işi de benim üzerime yıkmak istedi. Yoksa benim Engin'le ne işim olur? O, benim hasmım bile değil. Onunla uğraşırsam kalibrem küçülür."

"İki hafta önce kavga ettiğinizi söylüyor herkes," diye hatırlattım. "Görgü tanıkları var."

Açık kahverengi gözleri kısıldı. Ne diyeceğini düşünürken açıktan tahrik etti Ali.

"Kavga değil Başkomiserim, Engin bir güzel benzetmiş bu arkadaşı." Dik dik baktı İhsan'a. "Yalan mı? Hatta yanında bir adamın daha varmış."

Kaşları çatıldı, sinirden çenesi titremeye başladı.

"Bir kere kimse kimseyi dövmüş filan değil." Konuştukça sesi yükseliyordu. "Engin'le benim dışımda insanlar da vardı orada. Olmaması gerekirdi, oldu. Girdik birbirimize... Ee biz de bunca yılın mekâncısıyız. Elimiz armut toplamıyor herhalde. İş oraya varırsa biz de kendimizi korumayı biliriz evvel Allah..."

O kibar sözlerin, şık giysilerin altındaki acımasız mafya babası sonunda ortaya çıkıyordu. Derin bir nefes alıp sakinleşmeye çalıştı, olmadı, çakmak çakmak yanan gözlerini bana çevirdi.

"Cemal Abi sizi aramadı mı Başkomiserim?"

"Aradı," dedim sakin bir tavırla. "Sahi, nereden tanıyorsun Cemal'i?"

Sırtını dayadığı adamla ilgilenmem birazcık olsun rahatlatmıştı onu.

"Babamın arkadaşıydı." Az önce denetimden çıkan sesini hizaya sokmaya çalışıyordu. "Elinde büyüdük biz Cemal Abi'nin."

"Herkes de babanın arkadaşıymış," dedim çok da rahatlamaması için. "Adı neydi babanın?"

"Osman." Yüzümde tanıdık bir mimik göremeyince izah etti. "Barbut Osman diye anılırdı daha çok."

Hiçbir çağrışımda bulunmadı bu isim, ama Ali gülmeye başladı.

"Barbut Osman'ın oğlu, Barbut İhsan. Yani şimdi sen, kumar işinde ikinci kuşak mı oluyorsun? Yoksa üçüncü kuşak mı? Babandan önce bir kuşak daha var mı? Mesela Barbut Salman... Sahi var mı öyle bir deden?"

Kıpkırmızı oldu İhsan'ın parlak yüzü, şimdi kendini kaybedecek diye düşünürken, "Çok şakacısınız Ali Komiserim," dedi öfkesini yenerek. "Size bir şey söyleyeceğim, yine inanmayacaksınız, ama hayatımda zara dokunmadım. Gerçek diyorum Başkomiserim, inanmazsanız Cemal Abi'ye sorun. Ne zara dokunmuşluğum var, ne oyun kâğıdına..."

Yüzümüze baka baka yalan söylüyordu herif, üstelik palavra attığının farkında olduğumuzu da biliyordu, ama inanılmaz bir pişkinlikle oyununu sürdürmekte hiçbir sakınca görmüyordu. Ali dayanamayıp bir şeyler demeye niyetlendi.

"Tamam, kabul ediyorum Komiserim," diyerek kesti sözünü. "Haklısınız, rahmetli babam kumarbazdı. Zarlara âşıktı. 'Ben bunların tıkırtısını duymadan yaşayamam,' derdi. Öyle manyakça bir bağımlılık, anlayın yani. Ne apartmanlar, ne arsalar yedi kumar masalarında. Zavallı anneciğimin ağlamaktan göz damarları kurudu. Benimki biraz da ona tepki.

Yemin verdim anneme, kumara oturmayacağım diye. Allaha bin şükür oturmadım da bugüne kadar."

Az önceki gergin adamdan eser kalmamış, yerine bir hokkabaz gelip oturmuştu. İşin komiği kendisinin de anlattığı yalana inanıyor olmasıydı. Kulübünün önünde birinin öldürülmesine, mekânı molotof kokteylli saldırıya uğramış olmasına rağmen, neredeyse günü huzur içinde kapatacaktı ki bizim Ali bir kez daha hakikati çarptı suratına.

"Sen oturmamış olabilirsin, ama milleti oturttun."

Yine yutkundu İhsan; bizimki ağzını her açtığında kanı beynine sıçrıyordu ama takdir etmek lazım, belli etmemek için inatla direniyordu.

"Nasıl Komiserim, anlamadım?"

"Bal gibi de anladın," diyerek bu şaklaban oyununa son verdi yardımcım. "Kumara oturmadın, ama insanları kumara oturtup tavuk gibi yoldun diyorum."

Öfkesine engel olmak için gülmeye başladı İhsan.

"Bakın Komiserim, yanlış düşünüyorsunuz..."

Daha fazla uzatmasına izin vermedim.

"Asıl sen bize bak İhsan," dedim otoriter bir sesle. "Senin kumar oynatıp oynatmaman umurumuzda değil. Biz cinayet masasındanız, kumar ve ahlak bürosundan değil, anladın mı? Amacımız da senin kumar oynattığını ispatlamak değil, Engin Akça adındaki şahsın katilini bulmak. Bak bu iş çok ciddi. Sen de çok iyi biliyorsun ki, birini öldürmek barbut oynatmaya benzemez. Öyle kolay kolay yakanı sıyıramazsın bu işten."

Kartlar açılınca suratı iyice düştü, ne kibarlık kaldı ne hokkabazlık.

"Anam avradım olsun ki benim bu işle bir alakam yok," diye maskeleri indirdi. "Engin'i üzerimize salan Kara Nizam. Ama benim o cinayette parmağım yok. Ne benim ne de adamlarımın..."

"Niye kapattınız o zaman kulübü?"

Bir an yalan söylemeyi düşündü, ama bunun faydasız olacağını anladı.

"Kafasına sıçayım o kel Necmi'nin. Paniklemiş hayvan herif, kulübü kapatıp tüymüşler."

"Sana sormadan mı?"

Pişmanlıkla başını salladı.

"Aramış... Kutlamaz olaydık, yılbaşını kutluyorduk, Talimhane'de Şiribom Pavyon'da. O hengâmede nasıl duyayım telefonun zilini." Yine o yalvaran sese geçti. "Valla Engin'i ben öldürtmedim. Dedim size, bu işi üzerime yıkmaya çalışıyorlar. Bu yangın filan da tezgâhın parçası. Bilmiyorsunuz, burada büyük rant kavgası var. Kara Nizam parsel parsel Tarlabaşı'nı satın alıyor." Sanki ağlıyormuş gibi burnunu çekip sağ eliyle kalem tutar gibi yaptı. "Bakın şuraya yazıyorum işte. Engin'i o öldürttü. Belki de rant meselesi yüzünden. Büyük dolap Başkomiserim. O sebepten Cemal Abi'yi aradım. Yoksa niye rahatsız edeyim sizi."

"Kendini garantiye almak için." Gerektiğinde nasıl da acımasız olabiliyordu Ali. "Bağlamışsın ya buradaki polisleri, bizi de bağlamak için."

Kumarhaneci telaş içinde ellerini yana açtı.

"Yok diyorum Komiserim, valla yok... Niye inanmıyorsunuz? Allahın adını veriyorum size..."

"Elini kolunu oynatma," diye uyardı bizimki. "Öyle sesini filan da yükseltme."

Uzun boynunu içine çekti, açık kahverengi gözlerindeki parıltıların nerdeyse hepsi sönmek üzereydi.

"Tamam, bir kusur yaptıysam özür dilerim ama bu cinayetle uzaktan yakından bir alakam yok."

"Peki, Titiz Tarık'ı tanıyor musun?"

Önce irkildi, ardından düşünceli bir hal aldı suratı, ama oyalamadı bizi.

"Tanıyorum tabii, tanımaz mıyım? Bu âlemdeki herkes tanır onu. İğrenç herifin teki. Zamane celladı. Buraya da sık sık uğrardı. Gelme desem olmaz. Düşmanın sayısını artırmanın âlemi yok." Sustu, önce Ali'ye, sonra bana baktı. "O da ölmüş değil mi? Şimdi üzülmedim desem, onu da sen öldürttün diyeceksiniz."

"Kimden duydun Titiz'in öldüğünü?" Kuşkulu bakışlarımı yüzüne diktim. "Olay sabaha karşı olmuş, nasıl duydun?"

Alınmış gibi usulca geri attı başını.

"Yapmayın Başkomiserim, burası bizim semtimiz, sokakta bir kedi çiğnense, bir cam kırılsa haberimiz olur. Bir tek, Titiz'in o evde ne işi var, anlamış değilim."

"Engin'in takıldığı bir kız varmış. Temiz yüzlü, masum görünüşlü biri. Kız da evde kalıyormuş..."

"Valla bilmiyorum Başkomiserim. Bir sürü kız vardı Engin'in evine girip çıkan, kim bilir hangisidir... Ama Titiz Tarık'ın orada olması tuhaf. Hiç araları yoktu çünkü. Ne sebeple gitmiş ki oraya?" Alt dudağı sarkmıştı. "Titiz'in de katili yakalanmamış değil mi? Yoksa bahsettiğiniz kız mı vurmuş Titiz'i?"

Tarık'ı polisin vurduğunu duymamış mıydı, yoksa numara mı yapıyordu? Anlayacaktık, ama şimdi değil.

"Nerde oturuyordu bu Tarık?" diye konuyu değiştirdim.

"Otellerde kalırdı. Her gece başka bir otelde. Adam kiralık katil. Çok can yaktı. Bir gün birinin de kendi canını yakacağını biliyordu. Belli bir adreste kalmak işine gelmezdi. Ama mutlaka girişinde çıkışında güvenlik kamerası olan otellerde kalırdı. Siz de çok iyi bilirsiniz, kimse o kameraların önünde birini vurmak istemez."

"Sen niye taktırmadın kamera?"

Ali'nin sorusu yeniden perişan etti İhsan'ı.

"Ne diyeyim şimdi Ali Komiserim," diye yutkundu kumara tövbe diyen kumarhane sahibi. "Müşteriler... Müşteriler istemiyordu."

Köşeye sıkıştırdığı fareyle oynayan bir kedi gibi keyiflenmişti bizimki.

"Niye?"

Anlayış bekleyen bir gülümseme takındı öteki.

"Şimdi, buraya her kesimden gelen var. Eski milletvekilleri, emekli savcılar, vali yardımcıları, valla eski bir bakan bile var. Kayıt altında olmak istemiyor insanlar."

Küçük bir kahkaha attı Ali.

"Senin müşteriler de amma tuhafmış? Neden çekiniyorlar ki? Kumar mı oynatılıyor burada? Altı üstü bir eğlence kulübü. Olsa olsa tombala oynatıyorsundur değil mi? Tombala oynadığı için utanır mı hiç insan?"

Arsız arsız sırıttı İhsan.

"Utanmaz tabii, ama ne diyeyim, müşteri her zaman haklıdır, itiraz etmek olmaz."

“Tarlabaşı’nda Ranta Hayır!”

Çöken akşamla birlikte yeniden başlamıştı kar. Tarlabaşılılar Kulübü’nden çıkınca içimiz ürperdi. Paltolarımızın yakasını kaldırıp boşlukta savrulan beyaz zerrecikleri izleyerek Sakızağacı Sokağı’ndan aşağı vurduk. Kentsel dönüşüm çoktan başlamıştı; bulvardan Dolapdere’ye doğru üç blok üzerindeki eski apartmanlar, kâgir binalar tahliye edilmiş, etrafları parlak teneke bloklarla örtülmüştü. Işığını yitiren boş evler, ölümü bekleyen karantinadaki hastalar gibi sessizce dikiliyorlardı karanlığın içinde.

“Burada eskiden Rumlar mı oturuyormuş Başkomiserim?” dedi binaların iç burkan görüntüsünden bakışlarını koparan Ali. “Gözde semtlerden biriymiş değil mi eskiden?”

Bayılıyordum yardımcımın böyle bir ilkokul çocuğunun samimi merakıyla sorduğu sorulara.

“Evet daha çok Rumlar Alicim, ama Ermeniler de varmış. Aslında çok zengin bir semt değil. Beyoğlu’ndaki mağazalarda çalışan insanlar burada yaşıyormuş, hani şu orta direk dediğimiz kesim. Mağazaların sahipleri ise İstiklal Caddesi’nin etrafında. Yani gözde olan İstiklal Caddesi. Tarlabaşı ise işte orta halli insanların yaşadığı yer.”

Alnı kırıştı, kaşları çatıldı.

“Ama yabancılar değil mi?”

Hepimizin kavrayamadığı şu basit gerçek bizim genç komiserin de zihnini zorluyordu.

"Hayır, yabancı değil, özbeöz bu toprakların insanları. Rumların kökenleri Romalılara uzanır. Osmanlılar buraya geldiklerinde onlar bu topraklarda yaşıyorlarmış zaten."

Gözlerindeki soru işaretleri azalır gibi oldu.

"Yani Fatih Sultan Mehmed onlardan aldı bu şehri?"

"Öyle de denebilir, ama sonra Osmanlı oldu bu insanlar. Rum ismi de Roma'dan geliyor. Mevlana'ya Rumi denmesi gibi..."

Anladı mı bilmiyorum, ama uysalca başını sallayarak yeniden binalara baktı.

"Vay be, kimler gelmiş kimler geçmiş," diye söylendi. Kederlenmiş gibiydi. "Ne hayatlar yaşanmıştır bu evlerde değil mi? Şimdi de itin kopuğun elinde. Bir tarafta Barbut İhsan, bir tarafta Kara Nizam... Yazık be."

Yeri gelmişken sordum:

"Sahi ne diyorsun İhsan'ın söylediklerine?"

Cevap vermeden önce düşündü.

"Ne yalan söyleyeyim, bana mantıklı geldi. Gerçekten de Engin, kendi patronu tarafından öldürtülmüş olabilir. Nizam, adamının art niyetli olduğunu öğrendiyse. Hem aralarında kıskançlık da olabilir. Saltanat Süleyman, maktulün Çilem'le de ilişkisi olduğunu söylemedi mi? Nizam da bunu fark ettiyse..."

Olabilirdi, ama hâlâ eksik kalan parçalar vardı. Mesela Tetikçi Tarık'ın Engin'in evinde ne aradığını anlayabilmiş değildik. Eğer Engin'i öldürmek için orada bekliyorsa ki muhtemelen öyleydi, o acımasız katili kim kiralamıştı?

"Rant meselesi de var." Ağzından buğular çıkararak sürdürdü yardımcım iddiasını. "Belki Engin bu meselede de kazık atmaya kalkmıştır Nizam'a. Belki bardağı taşıran son damla da bu olmuştur."

Ali'nin sıraladıklarından daha fazla ihtimal vardı... Aklımızı karıştıracak kadar çok ihtimal. Hepsinin peşinden koşturacak olursak gerçeği kaybedebilirdik.

"Benim anlamadığım," dedim ellerimi paltomun ceplerine sokarken. "Çilem'in hangi cesaretle İhsan'ın masasına o tabancayı koyabildiği. Mata Hari mi bu kadın? Hiç mi korkmaz Barbut İhsan'dan? Eninde sonunda mafya bu adamlar. Bir kadının kıymeti nedir ki bu âlemde? Gözlerini bile kırpmadan öldürürler..."

Lakırdının nereye gideceğini kestiremeyen bizim genç polis ilgiyle süzüyordu beni.

"Yani Başkomiserim?"

"Yanisi, bence Barbut İhsan yalan söylüyor."

Üşüyen ayaklarını hızla yere vurdu.

"O kadarını bilemem, ama herif, kadına hâlâ âşık galiba. Ne zaman Çilem'in adı geçse bir tuhaf oluyordu suratı. Şu dayak meselesine de gerçekten üzülmüş..."

Sözünü tamamlayamadı, karanlık sokakta birdenbire beliren bir taksi hızla üzerimize geliyordu. Son anda, yana atarak kurtardık kendimizi. Taksinin sarı kaportası adeta sürtünerek geçti koyu renk paltolarımızın düğmelerine.

"Yavaş ulan öküz, yavaş," diye bağırdı Ali. "İnsan var burada."

Öküz umursamadı, hızla kayboldu dar sokağın ucunda.

"Gördünüz değil mi Başkomiserim? Asıl katil bunlar işte... Plakasını da alamadım herifin..."

Birine çatmak için fırsat arayan Ali öfkeyle söylenirken bir mırıltı duydum. Derinlerden gelen bir melodi. Neydi bu? Türkü mü, ağıt mı, marş mı? Sesin geldiği yöne bakınca, karaltıları fark ettim, yokuşun aşağısından geliyorlardı, karanlıktan ağır ağır yükseliyorlardı aydınlığa doğru. Yaklaşınca bir kadın gördüm kalabalığın en önünde. Dalgalı saçlarını rüzgâra bırakmış, kararlı adımlarla tırmanıyordu bu dar sokağı. Ötekiler onun adımlarına uydurmuşlardı ayaklarını. Kadın kazara duracak olsa hepsi birden oldukları yerde kalacaklardı sanki. Öylesine mükemmel bir uyum vardı aralarında. Kadının arkasındaki kalabalık bez pankartlar, flamalar, kâğıttan afişler taşıyorlardı. Beyaz zemin üzerine koyu renk harflerle yazılmış bir bez pankartta, "Tarlabaşı'nda Ranta Hayır!" yazıyordu. Kırmızı zemin üzerine sarı boyayla yazılmış bir başkasında ise şu isyankâr cümle vardı: "Ekmeğimizi ve Evlerimizi Elimizden Alamayacaklar!" Bu semtte binaların yıkımından zarar görecek insanlar olmalıydı bunlar; tıpkı, Lezzet Lokantası'nın sahibi Külbastı Mehmet gibi. Bir an gözlerim Mehmet'i de aradı kalabalığın arasında. Öyle ya, lokantası elinden alınmasın diye bizden yardım isteyen adamın, böyle bir gösterinin içinde yer alması gerekmez miydi. Ama onu göremedim. Bu kadar insanın arasında, üstelik karanlıkta onu tespit edebilmem çok zor olsa da gerçekte onun gösteriye katıldığını hiç sanmıyordum. Esnaf zihniyeti diye bir şey vardı; onlar sorunlarını araya nüfuzlu kişileri koyarak çözmeyi seçerlerdi. Böyle gösterilere katılmaktan ise her zaman uzak dururlardı. Fakat çok geçmeden bu düşüncemde ne kadar yanılmış olduğumu anladım. Rengârenk giysileri içinde travestiler, beyaz başörtülü Kürt kadınları, Afrika'daki ülkelerinden buraya savrulmuş siyahi göçmenlerin yanında mavi önlüklü manavlar, beyaz önlükleriyle kasaplar, berberler, ellerinde sazları, kemanları, klarnetleriyle müzisyenler, oto tamircileri, manken yapım atölyelerinde çalışan işçiler ve onların çocukları...

"Taksinin neden öyle hışımla yanımızdan geçtiği anlaşılıyor," diye sıkıntıyla homurdandı kalabalığın arasında kalan Ali. "Bu gösteri manyaklarının arkasında beklemekten anası ağlamış şoförün."

Gösteri manyağı dediği, oturdukları evlerini kaybetmekle yüz yüze kalmış, buradan ayrılırsak nereye gideriz, başımızı nereye sokarız diye çaresizlik içinde kıvranan zavallı insanlardı. Nasıl da öfkeyle bakıyordu yardımcım onlara. Neden? Neden olacak, bu bahtsızları kendisine benzettiği için. Daha doğrusu bu kaybetmiş topluluk, ona kendisini hatırlattığı için. Kimsesizliğini, terk edilmişliğini, bir çocuk yuvasında büyümüşlüğünü... O yüzden nefret ediyordu, hiç tanımadığı bu insanlardan.

"Yolu olduğu gibi kapatmışlar Başkomiserim. Baksanıza şunlara. Sanki sokak babalarının malı. İşte şimdi hak verdim şoföre. Bunlar şehir eşkıyası gibi yola çıkarlarsa n'apsın adam?"

Akşamın bu saatinde, bu soğukta, üstelik şu kalabalığın arasında onunla tartışmak istemiyordum.

"Boş ver Ali," dedim omzuna vurarak. "Boş ver evladım, hadi yürüyelim yavaş yavaş."

Çağrıma uydu, kenardan ilerlemeye başladık, tabii zor oluyordu. Ellerinde mor renkli pankartlar taşıyan iki kız çıktı önümüze, mecburen yol verdik.

"Resmen işgal bu yaa," diye sataştı Ali. "Olmaz böyle. Hoop, size söylüyorum... Bakın, vatandaşa engel oluyorsunuz."

Bulaşmak istemediklerinden olsa gerek, karşılık vermeden geçip gitti kızlar. Ama bizim "kanun savunucusu" barutu almıştı bir kere.

"İyi valla, bul seksen yüz kişiyi, dök sokağa milleti. Bahane de hazır zaten. Evleri ellerinden gidiyormuş..."

Kalabalıktakiler ters ters bakmaya başlamıştı, tabii burnundan kıl aldırmayan bizim devlet temsilcisinin hiç aldırdığı yoktu, birazdan milleti açıkça azarlamaya başlayacaktı.

"Yapma Ali!" diye azarladım. "Tamam, yeter artık."

Duymamış mıydı, yoksa tepkime bir anlam mı verememişti, şaşkınlıkla döndü.

"Efendim Başkomiserim?"

Tartıştığımızı anlamasınlar diye sesimi olabildiği kadar kıstım.

"Yeter diyorum Ali, yapma!"

Yutkundu, göz göze geldik, haklılığından o kadar emindi ki bakışlarını kaçırmadı.

"Bi'şey yapmıyorum ki." Yine abuk sabuk davranmaya başlamıştı Başkomiseri. "Ne demek istediğinizi anlamadım. Yani bu insanlar haklı mı diyorsunuz?"

Lafı ağzında koydum.

"Evet, haklı diyorum... Kendini onların yerine koysana. Evini kaybetseydin, n'apardın?"

Hınzırca gülümsedi hayta.

"Benim evim yok ki."

"Ben de onu söylüyorum işte, bu insanları en iyi senin anlaman gerekir."

Çaresizlik içinde ellerini açtı.

"Ya görmüyor musunuz Başkomiserim, ev meselesi filan değil, bunların niyeti bozuk. Ortalığı karıştırmaya çalışıyorlar işte. Şunların tipine baksanıza, o kadar da masum değil bunlar."

Masum değil dediklerinin arasından başörtülü bir kadın çarptı gözüme, sol ayağı hafifçe aksıyordu, elinden tuttuğu beş yaşlarında bir kız çocuğuyla kalabalığın hızına yetişmeye çalışıyor ama başaramıyordu.

"Bu kadıncağız mı suçlu?" diye söylendim alaycı bir tavırla. "Şöyle yakından bir incele bakalım. İnsanları böyle yüzlerine bakar bakmaz anladığına göre, belki suçu neymiş, onu da söylersin? Çekinme çekinme, dikkatli bak, çocukları öldüren şu seri katil olmasın, ayağında yazlık ayakkabıları olan bu kadın, belki de bir türlü yakalayamadığımız Eyüp canavarıdır."

Baltayı taşa vurduğunu anlamıştı, alttan almaya kalktı.

"Yanlış anladınız Başkomiserim, öyle demek istemedim. Bu kalabalıktakiler hepsi suçlu demiyorum, ama burada neler döndüğünü biliyorsunuz. Gaspçıları temizleyinceye kadar neler çekti bizimkiler. Hâlâ da bitmedi, özel kuvvetlerin desteği olmadan giremiyor buraya narkotikçiler..."

Kalabalık seyrelmeye başlamıştı. Son olarak üç siyahi delikanlı geçti yanımızdan. Ortadaki kısa boylusunun elindeki dövizde, siyahi genç bir adamın resmi vardı, altında ise "Festus Okey Polis Tarafından Öldürüldü" yazıyordu kocaman harflerle.

"Bakın işte," diye yine yükseltti sesini. "Sanki bizimkiler yetmiyormuş gibi bir de bunlar çıktı başımıza. Ne kadar kanun kaçağı, ipsiz sapsız varsa hepsi burada işte."

Hiç beklemediğim halde sert çıktı sesim.

"Tamam da bunun sorumlusu kim?"

Yok, hakikaten anlamıyordu. Genç arkadaşlarımızı daha iyi yetiştirmek için polis akademisine mutlaka bir vicdan ya da empati dersi konulması gerekiyordu. Sorumluyu bulamayan Ali gözlerini kısarak sordu.

"Kim Başkomiserim?"

Sakinleşmek için serin havayı ciğerlerime çektim.

"Peki şöyle soralım: Bu semtin bir bataklık olmasından devlet mi sorumlu, yoksa ellerinde hiçbir gücü olmayan bu garibanlar mı?"

Anlamaya başlamıştı, koyu renk gözlerindeki ışık ölgünleşti ama cevap vermedi.

"Bak Alicim, az önce bir kumarhaneden çıktık. Evet, ikimiz de biliyoruz orada bal gibi kumar oynatıldığını. Bizimkiler göz yummasa Barbut İhsan, Tarlabaşı'nda dikiş tutturabilir mi? Bizimkiler kararlı olsa, Dolapdere'de uyuşturucu çeteleri barınabilir mi?"

Bakışları asfalta değer değmez eriyen kar taneciklerinde, sessizce dinliyordu.

"Yok Ali, yanlış düşünüyorsun. Seslerini duyurmak için bu karda kışta, çoluk çocuk demeden sokağa düşen bu zavallılar bizim düşmanımız değil. Haklısın, burası bir bataklık, tamam, suç en çok böyle yerlerde büyüyor. Ama bunlar bizim insanlarımız. Onları sevmesek bile anlamak zorundayız."

Söylemem gereken kelimeyi bulamadım, gözlerim henüz boşaltılmamış evlerin solgun pencerelerinde gezindi bir süre.

"Yani şunu demek istiyorum, nasıl ki çiftçi buğday yetiştirmek için toprağı bilmek zorundaysa, biz de suçla mücadele etmek için bu yoksul insanları çok iyi tanımak zorundayız. Ama daha baştan onları suçlu sayarsan, yanlış yapmış olursun. Üstelik biz de onlar gibiyiz. Evet, öyle şaşkın şaşkın bakma suratıma. Arasından geçtiğimiz şu kalabalıkta hali vakti yerinde kaç kişi var zannediyorsun? Peki bizim polislerin arasında kaç zengin insan var? Aslında babamın milyonları var, ama merakımdan katillerin peşinden koşuyorum diyen kaç arkadaşımız var? Yahu aldığımız maaş ne kadar? Hadi bizden geçtim en üst kademedeki emniyet müdürü ne kadar para alıyor? Şehit olan arkadaşlarımızın ailelerine ödenen tazminatın tutarı ne? Yok evladım, yanlış yerden bakıyorsun. Bu insanlar suçlu filan değil, suçlu arıyorsan bakışlarını derinlere çevirmelisin."

Farkındaydım biraz uzun konuşmuştum, daha da beteri nutuk atar gibi olmuştu, çocuğunu azarlayan bir baba gibi kafasını ütülemiştim bizim delikanlının. Başka biri olsa, belki bu kadar önemsemezdim, çünkü milletin büyük bölümü Ali gibi düşünüyordu. Üstelik kendileri de bu insanlara benzedikleri halde. Onlar için yapabileceğim bir şey yoktu. Ama en yakın arkadaşım, evlat yerine koyduğum biri yapınca ben de kendimi kaybetmiştim işte.

Tek bir söz bile çıkmadı Ali'nin ağzından. Bana duyduğu saygıdan mı? Bilmiyordum. Bu sessizlik iyiye alamet miydi, ondan da emin değildim? Söylediklerimi kabul mü etmişti, yoksa asla katılmıyorum mu demek istiyordu? Anlamak imkânsızdı. Bir an sormak geldi aklıma, sonra vazgeçtim, zorlamanın bir anlamı yoktu, elbette onun da istediği gibi düşünmeye hakkı vardı. Ellerimizi yeniden paltolarımızın cebine sokup boşlukta savrulan kar zerreciklerini izleyerek Engin'in Kadın Çıkmazı'ndaki evine kadar yürüdük.

“Bu kadınlar kim?”

Titiz Tarık’ın düştüğü yerdeki kan koyulaşmış, gülkurusuna dönüşmüştü. Saatler önce kaldırılan cesedin yattığı yeri belirlemek için çizilen beyaz çizgileri aşıp ayaklarımızın dibine kadar uzanan bu koyu renk lekeye takılmıştı ikimizin de bakışları.

“İşimiz bitmeden temizletmek istemedim Başkomiserim.”

Başımı kaldırınca merdivenin ahşap basamağında dikilen kriminologumuzun yorgun bakışlarıyla karşılaştım.

“Merhaba Zeynep, kolay gelsin.”

Işıklandı durgun yüzü.

“Sağ olun Başkomiserim...” Yaşlı amire bu kadarı yeterdi, onun için asıl cazibe merkezi yanımda dikiliyordu. “N’aber Ali, nasılsın görüşmeyeli?”

Birçok erkeğin başını döndürecek o tatlı ses tonu, o sevgi dolu ilgiye, bizim hödüğün verdiği yanıt, soğuk bir “İyiyim,” oldu. Bakışlarını yerdeki kandan koparmıştı, ama yüzü hâlâ gölgeliydi. Demek Zeynep’i görmek bile neşesini yerine getiremiyordu. “İyiyim, ne olsun işte.”

Yoksa az önce çektiğim nutuk nedeniyle mi bozuktu? Göz ucuyla süzdüm, dargın mıyız gibisine. Anladı.

“Sizinle hiç alakası yok Başkomiserim.” Devasa bir karanfili andıran yerdeki kırmızı lekeye baktı bir daha. “İçeri girince bir tuhaf oldum.”

Haklıydı, etkilenilmeyecek gibi değildi, ama bu suçluluk duygusuyla yaşanmazdı, üzerinden atlayıp geçmesi gerekiyordu.

"O mesele bitti Ali," dedim kesin bir tavırla. "Hadi işimize bakalım." Yeniden Zeynep'e seslendim. "Evet, neler bulduk bakalım?"

Kararlı davranışım, kriminologumuzun da hoşuna gitmişti, kahverengi gözlerinde başlayan endişe bulutları hızla dağıldı.

"Yukarı gelin," dedi hevesle. "Hepsi burada."

Yerdeki kan lekesine basmamaya özen göstererek merdivenlere yöneldik. Ben önde, Ali arkada ahşap basamakları çatırdatarak tırmanmaya koyulduk.

"Engin'in bekâr olduğuna inanmak çok zor," diye sürdürdü konuşmasını Zeynep. "Ev o kadar temiz, o kadar derli toplu ki kumarhane fedaisi değil, tertipli düzenli bir kadın yaşıyor zannedersin."

Sabah geldiğimizde ben de aynı izlenime kapılmıştım. Ama yerde yatan ceset nedeniyle pek inceleyememiştik binayı. Zeynep'in durduğu basamağa yaklaşırken açıkladım tahminimi:

"Şu yeni sevgilisi temizliyordur belki, adını bilmediğimiz şu kız..."

"Belki Başkomiserim." Önündeki birkaç basamağı çevik hareketlerle tırmanıp sofaya ulaşmıştı Zeynep. "Ama Engin'in özel eşyaları da düzenli, her şeyi dosyalamış. Adam sanki arşivci. Bir kasanın içine o kadar çok evrak yerleştirmiş ki şaşırıyor insan."

Sanırım, sonunda güzel bir haber duyacaktım.

"Yoksa kasayı açtınız mı?"

Zafer dolu bir gülümseme süsledi dudaklarını.

"Açtık, haklı çıktınız, kasanın anahtarı Engin'in boynuna astığı cevşen duasının kabındaydı. Adam yanında taşıyormuş anahtarı." Gizemli bir parıltı yanıp söndü koyu renk gözlerinde. "Yanında taşıdığı kadar da varmış."

"Neler çıktı kasadan?" diye sordum sofaya ulaşır ulaşmaz.

Ama zaferinin tadını çıkarmak istiyordu Zeynep, plastik bir eldivenle kaplı sağ eliyle, kapısı ardına kadar açık odayı gösterdi.

"Şöyle buyurun, hepsi masanın üzerinde."

Küçük bir salonu andırıyordu buyurun dediği oda. Tıpkı alt katta olduğu gibi burası da binanın eskiliğine inat, son derece modern bir tarzda döşenmişti. Ahşap zemine geometrik şekillerle süslü kırmızılı beyazlı bir makine halısı serilmişti. Orta yerde, yine kırmızı renkli büyükçe bir masa duruyordu; -evet adamdaki nasıl bir zevkse cart kırmızı bir masa koymuştu odanın göbeğine- aynı renkten iki küçük sehpa. Divanla iki koltuktan oluşan bej renkli bir oturma takımı ve duvarda bir kara delik gibi duran LCD televizyon.

"Kasa televizyonun arkasına gizlenmişti Başkomiserim."

Zeynep'in gösterdiği duvara yaklaştım. Kirlenmeye yüz tutmuş bej rengi duvar kâğıdının ortasında yarım metre eninde, otuz santim boyunda bir kasa göze çarpıyordu. Kasayı gizleyen kapak aşağıya sarkmıştı.

"Bakın, duvar kâğıdının renginde metal bir kapak yapmışlar, hafif dokununca aşağıya açılıyor. Önüne de televizyonu yerleştirerek kamufle etmişler kasayı."

LCD televizyon, hareket edebilecek şekilde yerleştirilmişti, öne arkaya yarımşar metre çekilebiliyordu. Engin istediği zaman kolayca açabiliyordu kasasını.

"Bu kadınlar kim?"

Ali'ydi soran, masanın üzerine eğilmiş, iki fotoğrafa bakıyordu.

"Maktulün sevgilileri olmalı," diye yanıtladı Zeynep. "Adamın çapkın olduğunu biliyoruz."

Üzeri dosya, tapu, senet benzeri evraklarla kaplanmış masaya yaklaştım. Yakın gözlüklerimi burnumun ucuna takıp siyah kaplı bir defterin üzerinde yan yana duran fotoğraflara baktım. Henüz sararmaya başlamamışlardı. İki fotoğrafta da hep aynı soğuk gülümseme, gözlerinde duygularını ele vermeyen hep aynı ifadeyle bakmıştı kameraya Engin. Her ikisinde de birer kadın vardı yanında. İlkindeki kadın daha gençti, daha güzel, ama makyajı abartılı, giysileri zevksizdi. Oysa yüzündeki ifade o kadar masumdu ki insanda yardım etme, koruma isteği uyandırıyordu. Zaten fotoğrafta da ürkek ürkek bakmıştı iri siyah gözleri, koyu rimellerin arasından.

"Yeni sevgili bu kız olmalı."

“Haklısınız Başkomiserim,” diye onayladı Ali. “Sizin Külbastı Mehmet’in tarifine uyuyor.”

İkinci fotoğraftaki kadın da güzeldi, ama geçkinceydi. Makyajı abartısız, giysileri kusursuzdu, platin sarısı saçları gayet güzel boyanmıştı, ela mı yeşil mi olduğu anlaşılmayan gözlerinde tuhaf bir gurur okunuyordu.

“İki kadınla da aynı zamanda çıkıyormuş.” Dijital kamerayla çekilmiş fotoğrafların altındaki tarihleri gösteriyordu Zeynep. “Bakın iki fotoğraf da geçen ağustosta çekilmiş. Üç gün var tarihlerin arasında. Kadınlar bunun farkında mıydı acaba?”

Zeynep’in ne düşündüğünü anlamıştım.

“Yani kıskançlık cinayeti mi diyorsun?”

“Neden olmasın?”

Üçümüz birden yeniden fotoğraftaki kadınlara baktık.

“Sanmıyorum,” dedi Ali başını kaldırırken. “Hiçbir kadın böyle bir adamı öldürmeye cesaret edemez.”

Omuz silkti Zeynep.

“Niye? Bu kadınları tanımıyoruz ki. Belki onlar da bu âlemin içindedir. Olamaz mı? Hadi genç kız yaptıramaz diyelim ya şu kadın? Kınalı Meryem’i hatırlasana... Hani şu Süryani cinayetindeki...”

Yine de ihtimal vermedi Ali.

“Anlarız...” Masanın üzerindeki dosyaları gösterdi. “Şunlar ne?”

“Tapu...” Üstteki senet defterini kaldırdı Zeynep, mavi dosyanın kapağını açtı, birbirine benzeyen dokuz adet evrakı önümüze serdi. “Tarlabaşı’ndaki dokuz müstakil evin tapusu. Hepsi de Engin Akça’nın üzerine. Hepsi de son altı ay içinde satın alınmış.”

Altın damarına rastlamış madenci gibi parıldadı gözleri Ali’nin.

“Vay be! Demek Kara Nizam değil, asıl Engin satın alıyormuş Tarlabaşı’nı parsel parsel.”

“Belki de Kara Nizam’ın yerine satın alıyordur,” diyecek oldum, anında araya girdi Zeynep.

“Yok Başkomiserim, Kara Nizam zaten kendi adına epeyce ev kapatmış burada. Yirmi iki binanın tapusu da onun üzerine.” Sanki onun tapularını da gösterecekmiş gibi baktığımızı görünce gülümsedi. "Hayır, onunkiler burada değil, bu konuyu sabah öğrenmiştim. Siz söylediniz ya araştır diye. İlk elde ulaştık bu bilgilere."

Takdir dolu gözlerle süzerek sordum:

"Peki kimmiş bu Kara Nizam?"

"Günümüzün tipik babalarından. Çek, senet tahsilatından gaspa, kanunsuz otopark işinden haraca, ne kadar pis iş varsa hepsine bulaşmış. Adam öldürme, yaralama, azmettirme, onlarca sabıka kaydı, onlarca şikâyet. Uyuşturucu işine de girmiş bir ara, hatta Napoli'de yakalanan yüklüce bir eroin sevkiyatına adı karışmış, ama delil yetersizliğinden yakayı sıyırmış. Son merakı Tarlabaşı. Belki de Barbut İhsan'la çekişmesi, bu Öztarlabaşılılar Kulübü filan bahane, asıl derdi rant olabilir. Ha bu arada adamın soy ismi Kara. Yani Kara Nizam değil, Nizam Kara..."

"Bence Kara Nizam daha anlamlı," dedi Ali tatlı tatlı sırıtarak. Neşesi yerine gelmeye başlamıştı serserinin. "Belki de Kara Nizam bu dokuz tapuyu kendisinden gizlediği için öldürtmüştür Engin'i. Yolda konuştuğumuz gibi arkasından iş çevirdiği için. Daha da önemlisi biti kanlanan Engin'in kendisini alaşağı edip babalık koltuğuna oturmasını engellemek için. Barbut İhsan doğruyu söylemiş galiba Başkomiserim."

"Evet, Barbut İhsan," diye başını salladı Zeynep. "İhsan Yıldızeli'ymiş gerçek adı. Kumar mafyasının ikinci sınıf adamlarından. Babası Osman Yıldızeli'nin yolundan gidiyor. Sadece kumar oynatmıyor, türlü hilelerle, numaralarla zenginleri masada borçlandırıp mallarına mülklerine el koyarak servet yapıyor. Vermek istemeyenlerin de ayağını bacağını kırdırıyor tabii. İhsan'ın da sabıkası oldukça kabarık. Yaralama, gasp, darp suçlarından defalarca girmiş çıkmış içeriye. Bildiğiniz rezillikler... Fakat başka işlere bulaşmamış, hep kumarla bağlantılı suçlar."

Yeniden masanın üzerindeki evraklara çevirdim bakışlarımı.

"Başka ne vardı kasada?"

Mavi dosyanın altından bordo kapaklı bir pasaport çıkardı Zeynep.

"Engin'in pasaportu. İki yıl önce girmiş Türkiye'ye." Plastik eldivenle kaplı ince uzun parmakları, sayfalarını çevirdi resmi evrakın. "Yıllarca yurtdışında yaşamış, daha çok İtalya'da. Defalarca giriş var İtalya'ya, çıkışlar ise genellikle İsviçre'den."

İki yıldır Türkiye'deydi demek, emin olmak için sordum:

"Bir daha gitmemiş mi İtalya'ya?"

"Hayır Başkomiserim, iki yıldır yurtdışına hiç çıkmamış. Ne İtalya ne de başka bir ülke?"

"Uyuşturucu işi mi diyorsunuz?"

Ali anlamıştı ne düşündüğümü.

"Neden olmasın? Kara Nizam'la ilişkisi de uyuşturucu bağlantılı olabilir. Baksana adam Napoli'ye uyuşturucu yolluyormuş gemiyle. Avrupa polisi Engin'i izlemeye başladıysa kapağı Türkiye'ye Kara Nizam'ın yanına atmıştır. Belki de uyuşturucu işinde ortaklık karşılığı, onu saklamayı önermiştir Nizam."

Zeynep'in aklına yatmamıştı yine.

"Olabilir tabii ama Napoli'ye uyuşturucu sevkiyatı işi üç yıl önce olmuş. Ondan sonra Kara Nizam uyuşturucuyla ilgili hiç suçlanmamış. Sanki bir daha o işlere hiç bulaşmamış gibi görünüyor. Bir de şu var Başkomiserim." Mavi dosyanın altından A4 boyutunda, saman sarısı bir zarfın içinden çıkardığı üzerinde çizimler olan beyaz bir kâğıtla, bir başka fotoğrafı uzattı. "İçinde bir kroki ve üçüncü bir kadının fotoğrafı var."

Önce fotoğrafa kaydı gözlerim; dalgalı saçları omuzlarına yayılmış, geniş alınlı, biçimli kaşlarının altındaki gözleri kararlılıkla bakan bir kadın, arkasında insanlar...

"Bu o kadın değil mi?" Heyecanla atılmıştı Ali. "Evet, az önce kalabalığın önünde yürüyen kadın bu."

Gözlerimi kısarak baktım. Haklıydı, az önceki göstericilerin lideri olan kadındı bu.

"Yine bir protesto yürüyüşünde çekilmiş galiba," diye onayladım. "Bir de pankart var."

Fotoğrafı burnuna kadar soktu.

"Evet, mitingde çekilmiş... Bir de pankart var. Bu da gördüğümüz pankart ya. Baksanıza Başkomiserim, 'Tarlabaşı'nda Ranta Hayır' yazıyor."

Ne kadar yakından bakarsam bakayım, seçemiyordum harfleri...

"Tarlabaşı'nı okudum da ranttan emin değilim, ama haklısın, bir protesto gösterisi olmalı. İnsanların yüzündeki öfkeyi fark ettiniz mi?"

Meraklanan Zeynep de fotoğrafa bakmaya çalışıyordu, işte o anda saçları birbirine dokundu gençlerin. Sanki başı ateşe değmiş gibi alelacele toparlanan yardımcım, telaşını gizlemeye çalışarak söylendi.

"İyi de, bu kadının fotoğrafı Engin'de ne arıyor?"

Bakışlarımı Zeynep'in elindeki beyaz kâğıda diktim.

"O elindeki kroki mi demiştin? Neyin krokisi anlaşılıyor mu?"

"Evet, bir binanın krokisi. Giriş kapıları, pencereleri, sonradan yapılmış yangın merdivenleri, arkadaki servis kapısı... Binanın adı da yazıyor." Yanlış bir şey söylememek için kâğıda göz attı. "Ferhat Çerağ Kültür Merkezi. Bakın Sakızağacı Caddesi'yle Tavla Sokak'ın buluştuğu bina."

Birkaç sokak ötedeydi, buraya gelirken önünden geçmiş olmalıydık.

"Ferhat Çerağ Kültür Merkezi," diye mırıldandı Ali. "Az önceki göstericilerin toplandığı yer olmalı. Evet, bunların arasında husumet var Başkomiserim. Kadın bunların işine taş koyuyordu besbelli. Herhalde kadını korkutmayı düşünüyorlardı." Gözlerindeki düşünce ağırlaştı. "Belki de kültür merkezini basacaklardı. Yoksa kadını öldürtmeyi mi düşünüyorlardı? Belki Titiz Tarık'ı da Engin çağırmıştı evine, bu amaçla."

Dudak büktüm.

"Kimse kiraladığı katili evine çağırmaz Ali. Hele Engin gibi bu işlerin içinde olan biri hiç yapmaz. Üstelik biz geldiğimizde Tarık eve yeni girmişti. Hatırlasana kapı aralıktı."

O anda fark ettik ahşap merdivenlerden çıkan polisi. Kapıdaki görevli iki memurdan tombul olanıydı. Şu kadarcık basamağı tırmanmak bile yormuştu zavallıyı.

"Bir adam geldi Başkomiserim," dedi nefesini düzenlemeye çalışarak. "İçeri girmek istiyor. Giremezsin dedim, ısrar etti. Sizinle konuşmak istiyormuş."

Allah Allah, kimdi acaba, bizim Janti Cemal olmasın?

"Adı neymiş?"

"Nizam'mış... Nizam Kara... Maktulün arkadaşıymış."

“Azrail’e koz vermek istemiyorsan, sevdiklerinin sayısını az tutacaksın bu dünyada”

Çirkinliğin görkemini anlatmak gerekseydi, Kara Nizam’ın suratını göstermek yeterli olurdu sanırım. Dar alnının ortasına kadar gelen siyaha boyanmış, kirpi gibi dik saçlar, sık iki çalı kümesine benzeyen kaşlar, derin çukurların içinde fırıl fırıl dönen minicik, kara gözler, küçük bir patlıcandan hallice basık bir burun, enlemesine kesilmiş bir yarığı andıran şekilsiz bir ağız ve taşlı tarla gibi çiçek bozuğu bir ten. Bütün bunların arasında şaşırtıcı bir tezatlık, inci gibi düzgün, kar gibi bembeyaz dişler. Pırıl pırıl bir gülümseme. Adam sırıttı mı, ne çirkinliği kalıyordu ne de iticiliği.

“Ne içersiniz Başkomiserim?” diye adabınca sordu. “Türk kahvesi çok iyidir buranın. Mandabatmaz’ın yaptıklarından bile daha iyi.”

Oldukça iddialı konuşuyordu. Bugüne kadar kahvelerin en iyisini Olivia Çıkmazı’ndaki Mandabatmaz’da içmiştim, Evgenia’nın yaptıklarından bile daha güzeldi, ama önyargılı olmamakta yarar vardı.

“İyi o zaman, sade bir kahvenizi içelim.”

Daha Nizam sormadan kestirip attı yardımcım:

“Ben bir şey içmem.”

Kadın Çıkmazı’nın hemen altında, kargacık burgacık yolların, güdük sokakların kesişme noktasında, engebeli küçük bir açıklığa bakan kahvehanenin başköşesine yerleşmiştik.

Birinde okey, ötekinde batak oynanan iki masada oturan sekiz kişi dışında, başka müşteri yoktu. İki sade kahve siparişini alan tombul garson, çay ocağındaki kamburu çıkmış ocakçıya yönelirken Anadolu'da görev yaptığım zamanları hatırladım. İstanbul'un göbeğindeki bu bakımsız, bu gelişigüzel düzenlenmiş alan, Anadolu'nun unutulmuş kasabalarındaki meydanları andırıyordu. Bir market, mallarını dükkânının önünde sergilemekten çekinmeyen bir nalbur, ucuz mobilyalar üreten bir marangoz, adı sanı duyulmamış şehirlerarası otobüs şirketleri, bir berber, elbette erkeklerin olmazsa olmaz pinekleme mekânı büyükçe bir kahvehanenin bulunduğu küçük bir merkezdi burası. Yok, bu güzel gülüşlü, çirkin kabadayının ısrarıyla değil, benim isteğimle gelmiştik buraya. Kara Nizam'la yanındaki iki yeğenini, Engin'in evine sokmak işime gelmemişti.

Kara Nizam, tam karşımdaki sandalyede oturuyordu; sırtını, memleketlerindeki bilmem ne nehrinin coşkun akan sularıyla, kıraç yamaçlarını gösteren kocaman bir fotoğrafın asılı olduğu kahverengi duvara dayamış, muhabbeti koyulaştırmaya çalışıyordu. Ali ise hem kapıyı hem de iki korumayı görebilecek şekilde sağ tarafımdaki iskemleye yerleşmişti. Kabadayının hem yeğeni hem de koruması olan birbirinin tıpatıp aynısı karayağız iki kardeş ise, yüzleri bize dönük olarak solumuzdaki masaya oturmuşlardı. Tıpatıp aynı derken abartmıyorum, yeğenler sahiden de ikiz kardeşti. Medet ile Kudret... Daha fenası ikisinin de yakası kürklü, koyu yeşil birer anorak giymiş olmasıydı. Görüntüleri komik ötesiydi, ama o kadar ciddi duruyorlardı ki insan gülemiyordu bile.

"Daha evvel tanışmak kısmet olmadı," diye sürdürdü Nizam muhabbeti. "Siz görev yaparken bizim yazıhane Laleli'deydi. Ama namınızı çok duydum Cemal'den... Janti Cemal diyorum, kulakları çınlasın, en çok o bahsederdi sizden. Gerçi şimdi aramız biraz limoni... Neyse işte, bildiğiniz polislere benzemez Başkomiser Nevzat derdi."

Konuşurken bir kadınınki kadar küçük, ama aynı zamanda bir maymununki kadar kıllı elleri, masanın açık mavi örtüsünün üzerinde tarih öncesinden kalma tüylü iki hayvan gibi usulca kıpırdanıyordu.

"Soruşturmayı benim yürüttüğümü nereden öğrendin?"

Soğuk ve kuşkulu çıkmıştı sesim.

"Tarlabaşı küçük yer Başkomiserim," dedi nerdeyse yılışık bir tavırla. "Hem burası bizim semtimiz, bizim mahallemiz... Sokakta bir kedi çiğnense, bir cam kırılsa haberimiz olur..."

Kendimi tutamayıp güldüm.

"Aynı cümleyi Barbut İhsan da kurmuştu," diye damarına bastım. "Hem de kelimesi kelimesine. 'Sokakta bir kedi çiğnense, bir cam kırılsa haberimiz olur.' Bugünlerde Tarlabaşı'nda popüler bir cümle olmalı."

İyice marsığa döndü, gudümsüz suratı.

"Bizden öğrenmiştir şerefsiz... O katili biz soktuk Tarlabaşı'na."

Doğru yoldaydım, onu sinirlendirmeye başlamıştım.

"Katil mi?" dedim anlamazlığa vurarak. "Kimi öldürmüş ki İhsan?"

Kıllı ellerini hızla çekti masadan.

"Bilmiyor musunuz sanki! Kim öldürecek, bizim Engin'i..." Bir bana, bir Ali'ye baktı. Çaresizce homurdandı. "Tabii ya, sizi Cemal'e arattı. Cinayetini gizlemek için... Janti Cemal'i diyorum. Araları iyidir. Babası yakın arkadaşıydı Janti Cemal'in. Ölüm döşeğinde, Osman'a söz vermiş, oğlunu kollayacağım diye. Ne zaman başı sıkışsa bu puştun, hemen onun kapısını çalar."

"Bize ne Cemal'den," diye payladı Ali. "Onun bunun ricasıyla mı karar vereceğiz katilin kim olduğuna?"

Terslenmeyi beklemeyen zamane haramisi şaşaladı...

"Yok, yok estağfurullah, öyle demek istemedim. Yanlış anladınız Komiserim, yani siz yapmazsınız da, o puşt..."

Ağzıyla kuş tutsa artık dinletemezdi yardımcıma.

"Puşt muşt diye de konuşma," diye çemkirdi bir kez daha Ali. "Resmi bir soruşturma yürütüyoruz burada."

Oturduğu iskemlede toparlandı Nizam.

"Kusura bakmayın... Size karşı bir saygısızlığımız olmaz, ama belli ki bu İhsan yalan söylemiş size..."

İyice sarakaya aldı Ali.

"Yani siz salaksınız, anlamazsınız, size yol mu gösteriyorum diyorsun?"

Adam ne desin şimdi?

"Yok Komiserim, öyle terbiyesizlik eder miyim? Hani belki bir yardımım olur diye..."

Sakin, nerdeyse anlayışlı bir tavırla araya girdim:

"Niye Engin'i Barbut'un öldürdüğünü düşünüyorsun?"

Rahatlar gibi oldu, ellerini yeniden masanın üstüne koydu, ama parmakları yine kıpır kıpırdı.

"Çünkü Engin, eşşek sudan gelinceye kadar dövdü bunu. Günlerce insan içine çıkamadı. Çok değil, daha on, on beş gün önce..."

Sanki ilk kez duyuyormuş gibi heyecanlanmış göründüm.

"Neden? Engin neden dövdü İhsan'ı?"

Yine bir aksilik yapacak mı diye bizim delibozuğa şöyle bir göz attıktan sonra iştahla anlatmaya başladı:

"Bizim rahmetli Engin'in sevgilisi bir kadın vardı. Jale Hanım... Kibar kadın... Varlıklı da. Bu İhsan şerefsizi, Engin'i kesiyor kadına. İşte, ittir kopuktur, şöyle kötüdür, böyle rezildir filan gibisine. Kadın da Engin'i terk ediyor. Tabii zoruna gidiyor bu Engin'in... Yalan da söylemeyeyim... Tek başına değil." Başıyla yan masada oturan iki yeğenini gösterdi. "Bizim Medet'le, Kudret'i de alıyor yanına. Yer misin yemez misin, bu İhsan'a bir meydan dayağı çekiyorlar ki milletin gözü önünde, ben olsam insan içine çıkamam bir daha."

Maktulün evinden ayrılırken yanıma aldığım delil poşetini çıkarıp masanın üzerine yaydım. Şeffaf plastiğin altından bize bakan, üç ayrı fotoğraftaki üç kadını gösterdim.

"Hangisi bu Jale?"

Önüne çekmeye çalışırken, eli delil poşetinin içine kaydı.

"Ama fotoğraflara dokunmasan iyi olur!" diye uyardım.

Öylece boşlukta kaldı elleri.

"Yok, yok poşetin üstünden dokunabilirsin, fotoğrafları dışarı çıkarma diyorum. Daha parmak izi almadık."

Kötü bir sürprizle karşılaşacakmış gibi kuşkuyla kasıldı suratı, ama delil poşetini önüne çekmekten de geri durmadı. Göstericilerin arasında gördüğümüz kadının fotoğrafına takılmıştı gözleri.

"Bu Jale değil, Nazlı, Deli Nazlı... Anarşistlerin başındaki karı... Şu ilerde binaları var. Ortalığı karıştırmak için her şeyi yapıyorlar. Polisle çatışma bunlarda, bina işgali bunlarda, vatandaşı tehdit ve darp bunlarda. Hiç kimseden de korkuları yok. Ne devletten ne milletten, tövbe tövbe, ne de Allahtan... Ellerinde benzin şişeleri, gece gündüz sokaklarda... Akıllarına estikçe her yeri yakıp yıkıyorlar."

Benzin şişeleri derken hiç kuşkusuz molotof kokteylini kastediyordu.

"Bir dakika, bir dakika," diye müdahale etti yardımcım. "Yani Tarlabaşılılar Kulübü'ne biz değil, bu Nazlı denen kadının çeteleri mi saldırdı diyorsun?"

Şaşkınlıkla büyüdü minik gözleri.

"Barbut'un mekânına mı saldırmışlar?"

İnanmamış gibi söylendi Ali.

"Haberim yoktu deme şimdi."

"Valla yoktu, neyin üstüne derseniz yemin ederim, valla haberim yoktu."

Alaycı bir ifade belirdi yardımcımın yakışıklı yüzünde.

"Hani mahallenizde cam kırılsa haberin olurdu? Adamlar gündüz gözüne molotof atıyorlar, ruhun bile duymuyor. Nasıl oluyor bu iş?"

Utanmış gibiydi Nizam, görevini yerine getiremeyen bir adamın aczi içinde açıklamaya çalıştı.

"Birkaç gündür İstanbul'da yoktum. Uludağ'daydım. Özel bir mesele için. Biraz daha kalacaktım esasında, ama Engin'i duyunca atlayıp geldik tabii. Zaten birkaç saat oluyor Tarlabaşı'na ineli. O yüzden haberimiz olmamıştır. Fakat diyorum size, molotof filan varsa, o Nazlı denen karının işidir."

Elbette meselenin ucunu bırakmadı bizimki.

"Barbut öyle söylemiyor ama..."

Lafın bitmesini bile beklemeden patladı Nizam.

"Söylemez tabii, işlediği cinayetin üstünü örtecek."

Tartışma çığırından çıkmak üzereydi.

"Neyse, bu konuyu geçelim şimdi," diyerek toparlamaya çalışarak delil poşetinde yer alan ikinci fotoğrafı gösterdim. "Bu mu Jale?"

Ama barutu alan Nizam sözlerimi duymamış gibi homurdanmayı sürdürdü:

"Yok, geçmeyelim Başkomiserim. O haysiyetsiz, kim bilir neler anlatmıştır hakkımda."

"O konuya döneceğiz Nizam." İlk kez bu kadar yüksek çıkıyordu sesim. Yan masadaki iki yeğen bile dönüp baktılar. "Ama önce soruma cevap ver: Jale Hanım bu mu?"

Kapana kısılmış gibi ürkekleşmişti.

"Bu Azize," dedi gösterdiğim fotoğrafa bakarak. Sesi gergindi, kısa, kesik kesik konuşmaya başlamıştı. "İyi kızdır... Konsomatris... Şarkı filan söyler."

"Nerede konsomatrislik yapıyor bu Azize?"

"Neşe Pavyon'da... Bakmayın pavyon dediğime, batakhane aslında. Azize de güya o batakhanenin tek çiçeği..."

Alaycı bir tavırla sonlandırmıştı cümlesini.

Ali kaçırır mı bu fırsatı?

"Çirkin diye mi küçümsüyorsun kızı?"

Sözlerdeki imayı anlamıştı, suratı kıpkırmızı oldu.

"Hâşâ Komiserim, Allahın yarattığı hiçbir mahluku küçümsemeyiz biz... Zaten Azize de çirkin bir kız sayılmaz. Benim demek istediğim... Hani kusura bakmayın Başkomiserim, hani kadında şöyle bir hava olur, hani bakar kalırsın ya. Bu garibimde o yok. Zavallım çocuk mu, kadın mı belli değil. Tahta gibi bir göğüs, bir deri bir kemik... Tamam sesi güzel biraz. Güzel değil de yanık... Ama sırf sesi için..."

"Engin senin gibi düşünmüyormuş anlaşılan..."

"Garip huyları vardı rahmetlinin." Anıları hatırlamış gibi kederle başını salladı. "Esasında kadınlar çok severdi bunu. Yakışıklı oğlan... Bir sürü kadınla kızla gezer tozardı, adını bile bilmezdim çoğunun. Ama bu Azize'ye takıldı kaldı işte... Hiçbir kadına göstermediği alakayı bu kıza gösterdi. Gönül işlerine akıl sır ermiyor."

Masum yüzlü sevgiliyi bulmuştuk sonunda, ama daha fazla ayrıntıya ihtiyacımız vardı.

"Kız, Engin'in evinde mi yaşıyor?"

Tuhaf bir şey sormuşum gibi yadırgadı sözlerimi.

"Engin tek başına yaşar. Kimseyi istemez yanında. İsviçre'de alışmış yalnız yaşamaya..."

Aydınlatılması gereken noktalardan biri de bu yurtdışı meselesiydi, ama konudan uzaklaşmamak için son fotoğraftaki kadını sordum.

"Peki, şu kim?"

"Evet, işte bu Jale Hanım." Kısa işaretparmağıyla, iki kez üst üste fotoğrafa vurdu. "İşte bu kadın yüzünden araları açıldı Engin'le İhsan'ın..."

"Biz öyle duymadık." O uzlaşmaz tavrıyla Ali yine çıkmıştı sahneye. "Aralarının açılmasına neden olan kadın Jale değil, Çilem'miş..."

Çilem lafını duyar duymaz, Nizam'ın kara suratı bembeyaz oldu, ama kendini tutmayı bildi, suskunluğunu korudu.

"N'oldu? Niye dut yemiş bülbüle döndün öyle? Tanımıyor musun Çilem'i?"

Dar alnındaki çizgiler kat kat oldu, ama soruyu cevaplamaktan çekinmedi.

"Tanıyorum," dedi alabildiğine ciddi bir sesle. "Çilem değil, Hacer... Hacer Hanım, benim karım olur."

Hayret etme sırası bize gelmişti. Kimse bu evlilikten bahsetmemişti? Yalan mı söylüyordu Nizam? Hiç de öyle görünmüyordu. Son derece inandırıcı konuşuyordu, ama baştan beri sürdürdüğü o yalaka tavrı bırakmıştı artık. Senden korkmuyorum dercesine adeta meydan okurcasına bakıyordu yardımcıma. Görkemli çirkinliği ilk kez korkutucu olmaya başlamıştı, ama meslek hayatında böyle onlarca adamla karşılaşmış olan Ali tınmadı bile.

"İmam nikâhlı karın mı?" dedi alaycılığından ödün vermeden. "Kaç karın var senin?"

"Bir tane..." Kirpikleri kısılmış, gözleri tamamen kaybolmuştu göz çukurlarında, boğuklaşan sesinden patlamak üzere olduğu anlaşılıyordu. "Bir insanın kaç karısı olur ki?"

Sesini yükselttiği için yeğenleri de aramızdaki gerilimi fark etmiş, güya bize çaktırmadan sağ ellerini bellerine doğru kaydırmaya başlamışlardı. Parmaklarıyla silahları arasındaki mesafeyi olabildiğince kısa tutmaya çalışıyorlardı. Elbette bizim sergerde de durumun farkındaydı, ama aldırmıyordu bile. Bayılırdı böyle tehlike anlarına.

"Normal bir insan evladının elbette bir tane olur," dedi Ali, kışkırtmayı sürdürerek. "Ama kendini erkek zanneden bazı mahluklar dört kadın birden alıyor günümüzde."

"Biz onlardan değiliz." Arkasına yaslanmıştı Nizam. Sol eli hâlâ masanın üzerindeydi, ama o da iki yeğeni gibi sağ elini usulca, aşağıya göremediğimiz bir noktaya çekmişti.

Adamlarla lüzumsuz bir çatışmaya girmenin anlamı yoktu.

"Tebrik ederim," dedim saygılı bir tavırla. "Allah bir yastıkta kocatsın."

Nizam'ın hiç beklemediği sözlerdi bunlar. Kısık kirpikleri aralandı, ince bir yalım halinde de olsa gözleri yeniden ortaya çıktı, ölçtü biçti, galiba sonunda inandı.

"Sağ olun Başkomiserim."

Belli ki o da polislerle başının belaya girmesini istemiyordu.

"Ama yeni evlenmiş olmalısınız."

Suratını kaplayan buzdan ifade çözüldü, nerdeyse gülümseyecekti.

"Dün evlendik." Aramızdaki tatsızlığı unutmuş, gergin yüzü hülyalanmıştı. "Evet, daha dün. Uludağ'da... Dedim ya Engin'i öldürmeselerdi, birkaç gün daha kalacaktık orada."

Ortalık tam sütliman oldu derken Ali'nin sözleri yeniden dalgalandırdı masayı:

"Sorması ayıp, bu senin kaçıncı karın?"

Haddini aşıyorsun dercesine baktı Nizam yardımcıma.

"Bu seni alakadar etmez. Şahsi hayatıma karışamazsın." Hırsla bana döndü. "Size saygım büyük Başkomiserim, ama böyle devam ederseniz bu konuşmayı avukatımın yanında yapmak zorunda kalacağız."

Haklıydı, fakat onun önünde yardımcımı azarlayacak değildim.

"Amacımız seni rencide etmek değil Nizam. Haklısın, şahsi hayatın seni ilgilendirir. Komiserimin sorduğu sorular cinayetle alakalı, yoksa senin ilişkilerini yargılamak gibi bir niyetimiz yok, zaten buna yetkimiz de yok. Ayrıca bu masada duyduklarımız burada kalır, tabii cinayetle alakalı bir mesele değilse... Öyle de olsa basına sızmaz... Benden sana şeref sözü."

Kararsız gözlerle bir süre süzdü. Suskunluğunu fırsat bilip samimi bir sesle sordum:

"Sahi ilk eşin mi Hacer Hanım?"

Yine bamteline dokunmuştum, şimdi kalkıp gidecek diye düşünürken eliyle yan cebini işaret etti.

"Bir sigara içebilir miyim?"

"Benim için sakıncası yok, cezayı kahvehane sahibi ödüyor."

Gergin, küçük bir kahkaha attı.

"Onu düşünme Başkomiserim, burası bizim..."

İşaret ettiği cebinden gümüş bir sigara tabakasıyla altın bir çakmak çıkardı. Hiç acele etmeden tabakanın kapağını açtı. Ne marka olduğunu anlamadığım sigaralardan birini tırnağıyla çekerken, tabakanın açılan kapağına kazınmış, "Azrail canımı alana kadar seninim" cümlesini okudum. Altında "Hacer" yazıyordu. Taze karısının düğün hediyesi olmalıydı. Altın çakmakla yaktı, ince dudaklarının arasına yerleştirdiği sigarayı. Yanık tütün kokusu bir anda ortalığı kapladı.

"İlk karım, Kamer Hanım'dı," dedi bir gorilinkini andıran basık burun deliklerinden dumanları savururken. "Amca kızımdı, beşik kertmesi yapmışlardı daha bebekken. Aynı köyde büyüdük. Ama İstanbul'da evlendik. Ben on dokuz yaşındaydım evlendiğimizde, o ise on altısına yeni girmişti." Bir duman daha çekti sigarasından. "Üç yıl sürdü evliliğimiz, bir kaza oldu sonra, Kamer Hanım öldü." Hâlâ aynı acıyı hissediyormuş gibi ağır ağır sallandı iskemlesinde. "Ne diyeceksin, Allahın takdiri, öyle oldu işte... Ondan sonra kimseyle evlenmedim." Doğrudan gözlerimin içine baktı. "Azrail'e koz vermek istemiyorsan, sevdiklerinin sayısını az tutacaksın bu dünyada. Ne kadın, ne çocuk. Öyle geldik bugüne kadar. Sonra Hacer Hanım'a rastladık işte. Aklımızda yoktu ama..." Adeta mahcup gülümsedi. "Oldu işte..."

Ali'nin bir çuval inciri berbat etmesine fırsat vermemek için hemen sordum.

"Niye Hacer Hanım? Farkı neydi öteki kadınlardan? Eski eşinize mi benziyordu yoksa?"

Sigarasından bir nefes daha çekti.

"Aslında hiç benzemez, ama nedense Kamer Hanım'ı hatırlatıyor işte... Severdim rahmetliyi... Kolay olmuyor unutmak... Hacer Hanım, Allahın bana verdiği ikinci bir şans..."

Konuşma hassas bir yere gelmişti, kılı kırk yararak seçmem gerekiyordu sözcükleri.

"Peki İhsan..." diyecek oldum.

"Hiçbir rolü yok o pezevengin," dedi sinirlenerek. "Yoksul bir aileden geliyor Hacer. Babası Ragıp, bunların yanında çalışıyormuş zaten... Duymuşsunuzdur belki, kötürüm kalmış bir çatışmada. Aile muhtaç olunca, suya düşen yılana sarılır misali, Barbut İhsan'ın kapısını çalmışlar. Ne bilsinler adamın kötü niyetli olduğunu..." Daha fazla ayrıntıya girmedi. "Neyse işte, kısmet diyelim. Sonunda aldık, bize ait olanı."

Sanki mesele kapanmış gibi anlatıyordu, ama her Çilem lafı geçtiğinde renkten renge giren İhsan'ın yüzünü hatırlayınca bu sevda daha çok su kaldırır diye düşünmeden edemedim.

"Anladım," dedim minnettar bir tavırla. "Peki, bu Engin ne zaman geldi senin yanına?"

Sorumu yanıtlamadan önce, yeğenlerine döndü.

"Medet, oğlum al şunu at dışarı." Deminden beri yere silkelediği sigara izmaritini gösteriyordu. "Yeri kirletmeyelim şimdi..." İnanılmaz bir çeviklikle izmariti kaptı Medet. Kapıya doğru yönelen yeğenine bakarken anlatmaya başladı Engin'i. "Ondan önce amcası Durdu'yu tanıdım. Size yalan söylemek olmaz. Beyaz işindeydi Durdu Abi. Uyuşturucu satıyordu yani. Öyle böyle değil ama, büyük iş, çok büyük... İtalyan mafyasıyla ortaktı. Herifler Sicilya'dan... Ama Milano'da karargâh kurmuşlar."

Zeynep'ten öğrendiğimiz bilgileri çarptı herifin suratına Ali.

"Sen de o işlere bulaşmışsın. Hatta soruşturma açılmış hakkında... Gemiyle uyuşturucu kaçakçılığı yapmışsın."

"Yalan, zinhar yalan. Biz dümene geldik o işte. Başımızı biraz da Durdu Abi yaktı. Ama iyiliği de çoktur bize. Neyse, uzun hikâye... Allahtan adalet tecelli etti de temize çıktık sonunda." Yine bana çevirdi mercimek gözlerini. "Ben uyuşturucu kullananı da sevmem, satanı da. Esrara bile göz yummam Başkomiserim. Çok delikanlı tokatladım, esrar içiyor diye şu sokaklarda."

Eğer müdahale etmeseydim, bu masumiyet gazeli uzadıkça uzayacaktı.

"Engin'i amcası mı bulaştırmış bu işlere?"

"Tabii, Engin'i Avrupa'ya aldıran Durdu. Anne ölmüş, baba başka biriyle evlenmiş, Durdu'nun da erkek çocuğu yok, yanına almış Engin'i. On yaşında filan o zamanlar. Çekirdekten yetişmiş yani orada. İtalyanca, Almanca, İngilizceyi sular seller gibi konuşurdu. Durdu akıllı adam, geride tutmuş Engin'i. Harcansın istemiyormuş, çünkü gâvurlara polim yapıp kendi krallığını ilan edecek. Ama yer mi İtalyanlar, adamlar kaçın kurası, anında çakmışlar durumu. Üç yıl önce filan kaybettiler Durdu'yu. Evet, Başkomiserim, bir gecede sırra karıştı Durdu. Cesedi bile bulunamadı. Sonra adamlarını halletmeye başlamışlar birer birer. Engin canını zor kurtarmış, bir ceket, bir bavul, kapağı Türkiye'ye atmış. Korkmuş, ürkmüş geldi yanımıza. Ne yapalım, Durdu sevdiğimiz bir abimizdi, hatırı vardı. Hem mazlum geri çevrilmez bizde, mecbur açtık kapımızı."

İtalyan mafyası başka bir ihtimali getirdi aklıma.

"Şu yabancılar öldürmüş olamaz mı Engin'i? Uyuşturucu mafyası diyorum."

Kesin bir ifadeyle kafasını salladı Nizam:

"Engin için bu kadar zahmete girmezler. Zaten gönderdikleri mesajda da açıkça söylüyorlardı. Sana Avrupa yasak, bundan sonra memleketinde yaşayacaksın, diye."

"Kim getiriyordu mesajları?"

"Durdu'nun eski elemanları... Engin'in akrabaları filan... Onların bir kısmı İtalyanlar hesabına çalışmaya başlamış. Hayat çok merhametsiz Başkomiserim, patron değişir, iş değişmez."

Engin'in evindeki kiralık katil geldi aklıma.

"Titiz Tarık'ı tanıyor musun?" diye sordum. "Bu sabah Engin'in evinde bekliyordu, elinde silahla..."

En küçük bir şaşkınlık belirmedi suratında.

"Olayı duydum. Kiralık itin tekidir Tarık. Kim parayı verirse ona çalışır. Ama İtalyanların kiralayacağını zannetmiyorum. Türkiye'de kaldığı sürece Engin'e dokunmaz onlar. Durduk yere başlarını niye belaya soksunlar?"

"Ya Engin yurtdışına çıkmayı düşünüyorduysa?" diye başka bir ihtimali dile getirdi Ali. "Durdu'nun bir yerlerde parası varsa veya yüklü miktarda uyuşturucu sakladığı bir zulası?"

Başını usulca geriye attı.

"Öyle bir para yok, uyuşturucu filan da yok... Olsa bilirdim, Engin anlattı bana. Adamlar ne varsa hepsine el koymuşlar. Zaten Engin de memnundu buradaki hayatından. Belasını mı arıyor, niye gitsin yurtdışına..."

"N'apıyordu buradaki hayatında?" diye serzenişte bulundum. "Nasıl yardım ediyordu sana? İnşaat işinde mi?"

"İnşaat..." Neyi ne kadar bildiğimden emin olmadığından yine şöyle bir tarttı beni. "Ha şu Tarlabaşı'nda yapılacak yeni binalar... Tek o değil, sağ kolumuz gibiydi Engin. Bizim çok geniş bir iş yelpazemiz var Başkomiserim. İki galerimiz var, oto kiralama yapıyoruz, üç hamam, bir saunamız var, ayrıyetten beş de kebapçı dükkânı... Hatta biri İpek Sokak'ta, bekleriz. Hakiki Antepli ustalar..."

Her nasılsa deminden beri çenesini kapalı tutan yardımcım, daha fazla katlanamadı soruşturmanın gevşemesine.

"Engin senden habersiz iş çeviriyormuş, bir sürü bina almış Tarlabaşı'nda."

"Ne?" Hakikaten şaşırmış gibiydi. "Bina mı almış?" İhanete uğramış gibi düştü suratı, ama toz konduramadı ölmüş arkadaşına. "Engin yapmaz öyle şey. İhsan mı söyledi bunu size?"

"Tapuları gördük."

İnanmayan gözlerle dinliyordu.

"Evet, hepsi de Engin'in üzerineydi. Belki Durdu'dan kalan paraları bu işte değerlendirmiştir."

Kafası allak bullak olmuştu. Gizlemesi gereken bilgileri de sayıp dökmeye başladı.

"Durdu'nun parasını alamaz. İsviçre'ye gitmesi lazım. Ama daha İsviçre'ye adımını atar atmaz, indirir İtalyanlar aşağıya. Daha önce denedi, başaramadı, apar topar geri döndü. O para olmadan da değil Tarlabaşı'nda bina, Şırnak'ta gecekondu bile alamaz..."

Haklı çıkmanın keyfiyle sırıttı Ali.

"Ama almış."

Umutsuzca arkadaşına duyduğu inanca sarılmıştı Nizam, belki de aldatılmış olmayı içine sindiremiyordu.

"Yok, zannetmem. Sahtedir o tapular... Bir numara çeviriyordur bu İhsan şerefsizi." Gözleri kıpır kıpır oynuyordu karanlık çukurlarında... "Evet, evet, mutlaka bir numara çeviriyor İhsan." Birden heyecanla söylendi. "Tabii ya... Önce Engin'i öldürttü. Sonra o sahte tapuları, sizin görebileceğiniz bir yere koydu. Maksat Engin'i bana ihanet ediyormuş gibi gösterip, güya aramızda bir mesele varmış gibi bir hava yaratmak. Böylece benim de Engin'i öldürmek için bir sebebim olacak. En azından siz öyle düşüneceksiniz. Görüyorsunuz değil mi, ne dümen hazırlamış herif..."

İnanıyor gibiydi söylediklerine. Bir an, gerçek olabilir mi, diye düşündüm. İhsan bütün bunları planlamış olabilir miydi sahiden? Kafa yormanın anlamı yoktu. Öğrenmek için tapuları kontrol etmek yeterliydi.

"Anlayacağız Nizam," derken tombul garson kahvelerimizi getirdi. "Haklı çıkarsan işimiz kolaylaşmış olur, ama birkaç gün İstanbul'dan ayrılma."

"Git desen de gidemem zaten Başkomiserim. Unuttunuz mu, arkadaşımızı öldürdüler. Cenazemiz var, Engin'i huzur içinde yerine yatırmadan hayatımıza devam edemeyiz..."

"İyi o zaman, ama Hacer Hanım da İstanbul'dan ayrılmasın, onun da ifadesine başvurabiliriz."

Suratını buruştursa da itiraz etmedi.

"Ne diyelim, şeriatın kestiği parmak acımaz."

Bol köpüklü kahvemden bir yudum almadan önce, "Bu arada," dedim dostça dokunarak kıllı elinin minicik parmaklarına. "Şu Azize'nin çalıştığı Neşe Pavyon nerede?"

"Çok kolay Başkomiserim. Caddenin üzerinde... Birahanelerin sırasında... Eski otobüs durağını geçince hemen orada. Küçük bir merdivenle iniyorsunuz aşağıya." Ümitsizce baktı. "Ama o kızın ne yardımı olacak ki size?"

Ağzımızdan laf almak için ortaya attığı soruyu duymazdan gelip bir yudum daha içtim kahveden. Hâlâ ne düşüneceğimi bilemiyordum Kara Nizam hakkında. Ayaküzeri numara çeviren, şu feraset sahibi, eski kulağı kesiklerden biri mi, yoksa öldürülen arkadaşının katilini bulmamız için bize destek olmak isteyen samimi bir kabadayı mı, kestirmek güçtü. Ama en azından bir konuda yalan söylemediğini biliyordum, kahveleri sahiden de iyiydi.

“Cesaretin yoksa niye silah çekiyorsun...”

Hiç istifini bozmadan hep aynı rehavet, hep aynı üşengeç tavırla ağır ağır yağıyordu kar. Bulvarın inşaat alanı dışında kalan birahanelerinden, pavyonlarından, batakhanelerinden yansıyan ışıklar renkten renge boyuyordu kar taneciklerini. Ama bu görüntü bile caddeye hâkim olan kederi dağıtmaya yetmiyordu. Oysa etrafı kaplayan beyazlığa, gitgide artan soğuğa aldırmayan akşamın müdavimleri daha şimdiden doldurmuştu bulvarı. İstiklal Caddesi'yle kıyaslandığında feleğin sillesini yemiş garibanların demlenme ve eğlenme mekânları diyebileceğimiz bu yerlerin önünde çelimsiz fedailer, anasının gözü garsonlar, etini satan kadınlar, aç erkekler, ayağına çabuk torbacılar, eli uzun cepçiler, gelen geçenden para toplayan sinyalciler, kalender ayyaşlar, erkenci müşteriler sanki yağan karın tutmasını istemiyormuş gibi oradan oraya dolanıp duruyorlardı. O anda düştük arbedenin ortasına. Yirmi metre kadar önümüzde bağrış çağrış, küfür, kıyamet, üç kişi birbirine girmişti.

“Şu sizin eski kabadayı değil mi?”

Aç kurtlar gibi etrafını çevreleyen iki delikanlıya yumruk yetiştirmeye çalışan iriyarı adamı gösteriyordu Ali. Yağan kar görüntüyü bulanıklaştırıyor, tam seçemiyordum. Kavgayı ayırmak için adımlarımızı hızlandırırken tanıdım; evet, bu bizim Saltanat Süleyman'dı. Kavga ettiği kişiler hiç korkak sayılmazlardı, üstelik oldukça atiklerdi, ama her ikisiyle de rahatça başa çıkıyordu. Ta ki, gümüş renkli anorağı yarı yarıya parçalanmış olan genç, meyhanenin kapısında duran bira fıçısını kaptığı gibi, bizimkinin sırtına indirinceye kadar. Kötü yerine gelmişti Süleyman'ın, şöyle bir sallandı ayakta. Bunu fırsat bilen rakibi fıçıyı ikinci kez indirecekti ki iri gövdesinden beklenmeyen bir çeviklikle yana çekildi kıdemli külhani. Salladığı fıçı hedefini bulamayınca öne doğru savruldu hasmı. Bizim sokak efesi okkalı bir tokat salladı, tutturamayacak dedim, ama tam hedefini buldu şamar. Kafasına balyoz inmiş gibi küt diye devrildi oğlan kaldırıma. Elindeki fıçı bir yana, kendi bir yana. Yoldaşının akıbetini gören öteki genç saldırdı bu defa. Ama siyah deri pardösülü yeniyetmenin yumruğunu havada yakaladı Süleyman, hem de sol eliyle. Rakibinin yumruğunu küçük bir top gibi avucunda ezmeye başladı. En az bir baş daha uzundu delikanlıdan, en az üç beden daha büyük. Düşmanının cüssesiyle yüzleşen genç dehşet içinde kalarak elini kurtarmaya çalıştı, ama boşuna çaba... İşte o anda beklenmedik bir şey oldu. Yere düşmüş olan yırtık anoraklı aceleyle toparlandı, az ötesindeki fıçıyı kaptığı gibi, yeniden sırtına indirdi bizimkinin. Nefesi kesilir gibi oldu Süleyman'ın, parmakları gevşedi. Bunu fırsat bilen tutsak delikanlı, yumruğunu devin pençesinden kurtarıp kaçmaya başladı. Zaten sırtına bira fıçısını indiren oğlana dönmüştü Süleyman. Ama daha kendini tam toparlayamamış olacak ki delikanlının iki eliyle kaldırdığı fıçıyı bir kez daha indirmesine engel olamadı. Allahtan tam isabet ettiremedi oğlan, zaten iğreti tuttuğu fıçı, çarpmanın etkisiyle elinden kurtulup yere yuvarlanmıştı. Hadi bakalım şimdi ne yapacaksın dercesine bakıyordu Süleyman. Rakibinin yüzündeki bozgun ise görülmeye değerdi. Kısa bir duraksamanın ardından en akıllıca işin arkadaşı gibi tüymek olduğuna kanaat getirerek ani bir hareketle tabanları yağladı. Ardından koşacak takati yoktu Süleyman'ın, ama gözlerindeki nefret öyle kolay kolay söneceğe benzemiyordu. Yılların verdiği maharetle elini paltosunun içine soktu, aynı hızla bir avcı bıçağı çıkardı.

"Yapma!" diye bağırdım, ama beni duymadı bile, hırsla savurdu bıçağı delikanlının arkasından. Allahtan çocuk duymuştu sesimi, gayriihtiyari kendini yere attı. Bıçak bir karış yukarıdan geçerek kaldırımın kenarındaki ahşap tabelaya saplandı. "Peruklarımızın, hakiki saçtan farkı yoktur" yazan tabelada titreyen kesici aleti gören çocuk, kan tutmuş gibi kıpırtısız kaldı bir süre, sonra Süleyman'a döndü, rakibinin gözlerindeki nefret şimdi ona geçmişti, elini beline attı. Birkaç kez denedi, ama ne çıkartacaksa bir yerlere takılıyor, bir türlü giysilerinden kurtaramıyordu, sonunda başardı, elinde beliren küçük tabancayı Süleyman'a doğrulttu.

"Şimdi siktim ananı!"

Zerre kadar korkmadı Süleyman; yarım asıra yaklaşan hayatında kim bilir kaç kez çevrilmişti bu namlular suratına.

"Asıl ateş etmezsen ben sikecem ananı," diyerek silahın üzerine yürümeye başladı. Delikanlının gözlerindeki öfke, yerini önce kararsızlığa, sonra endişeye ve ardından korkuya bıraktı. Elindeki tabanca titremeye başlamıştı. Elbette gözünden kaçmadı bizim eski kurdun.

"Ateş etsene lan! Cesaretin yoksa niye silah çekiyorsun yavşak."

"Yeter!" diye bağırdım. "Kesin artık."

Uyarımla birlikte yardımcım da silahını çekmiş, oğlana doğrultmuştu. Nereden çıktığımızı anlayamayan Süleyman duraksamış, şaşkın gözlerle bizi süzüyordu. Bunu fırsat bilip elindeki tabancaya rağmen korkudan ödü bokuna karışmış olan yeniyetmeye döndüm.

"At o silahı, at çabuk."

Kim olduğumuzu anlayamayan delikanlı bocalıyordu hâlâ.

"Polis!" diye açıkladı iki eliyle tabancasını kavrayan Ali. "At şu silahı..."

Yüzündeki korkunun yerini bir rahatlama aldı delikanlının, hiç uzatmadan bıraktı elindeki soğuk metali, kaldırıma.

"Aferin," dedi yardımcım yerdeki silahı alırken. "Aferin, doğrusunu yaptın yoksa öldürtecektin kendini."

Yeniden delikanlının üzerine yürümeye hazırlanan deve döndüm.

"Tamam Süleyman, tamam, dur artık."

Öfkesini içine atıp sağ elini kalbinin üzerine koydu eski kabadayı.

"Eyvallah Başkomiserim, siz ne derseniz o olsun." Böyle söylemesine rağmen, içinde büyüyen öfkeyi bastıramıyordu;

öyle ki yardımcımın arkasına saklanmış olan toy hasmına seslenmekten kendini alamadı.

"Verilmiş sadakan varmış lavuk. Başkomiserime dua et, yoksa o tabancadaki bütün mermileri yedirirdim sana."

Önüne dikildim, kesin bir tavırla başımı salladım.

"Tamam dedik Süleyman, tamam, uzatma artık."

Durdu, boynunu büktü.

"Yok, uzatmıyorum Başkomiserim. Uzatmıyorum da benim hiçbir suçum yok. Her şeyi bu şerefsizler başlattı... Biri de şu rezil işte."

Gösterdiği yere döndüm, birkaç metre ilerde toplanmış kalabalığın arasında, az önce kurtuluşu kaçmakta bulan öteki delikanlı duruyordu.

"Şerefsiz sensin," diye uludu kalabalıktan ayrılmayarak. "Kaç kere söyledik sana, kadın burada beklemesin diye." Eliyle sokağın girişindeki cep telefonu satan dükkânı işaret etti. "Dükkânımızın önünde karı satıyor. İşte bütün bu esnaf da şahit..."

Ama kimseden çıt bile çıkmadı, kalabalıktan umudunu kesen delikanlı, kendi söküğünü kendi dikmek zorunda olduğunu anlamıştı.

"Burası bizim ekmek kapımız Başkomiserim. Sabah ondan itibaren dikiliyor kadın. Her sabah, her sabah... Sokak cenabet oluyor. Ne bet kalıyor ne bereket... Bu dükkânı babamız açtı." Eliyle Ali'nin yanındaki kavgadaşını gösterdi. "Abimle bana... Babamız hacı, bu sebepten dükkâna gelemiyor." Sesi gibi elleri, ayakları, bütün vücudu titriyordu. "Kadının başka yerde beklemesini istedik. Aracı koyduk, haber gönderdik, rica ettik, dinlemedi."

"Tamam lan," diye kesti Süleyman. "Dinlemedim sizi, takmadım, siklemedim. Çünkü bu semt benim oğlum, anlıyor musun? Bin yıldır buradayım lan ben. Öyle bin lira kira verdim diye, beni kovamazsın buradan..."

Uyarmasam yanlış olacaktı.

"Dikkatli konuş Süleyman, bu sokak kimsenin değil."

"Tamam Başkomiserim, siz öyle diyorsanız kabul, cezam neyse ona da kabul... Ama puştların davası benimle, zavallı kadına niye saldırıyorlar?"

Zavallı kadın derken eski otobüs durağının oraya çevirmişti bakışlarını. O anda gördüm karısını, ne bir öfke ne bir utanç, dün gece lokantadaki gibi aynı bomboş gözlerle bakıyordu Naciye. Siyah mantosunun bir yanı boydan boya çamur içindeydi, ama kendisi sanki yaşananların, zamanın, bütün bir hayatın dışındaymış gibi öyle umarsız, öyle aldırmaz, kurumaya yüz tutmuş bir ağaç gibi dikiliyordu yağan karın içinde.

"Sesini duyduğumda tekmeliyorlardı Naciye'yi Başkomiserim." Anlattıkça sanki biraz daha bileniyor gibiydi Süleyman. "Sarı'nın meyhanesindeydim, söylemesi ayıp, ayakyoluna gitmiştim. Hiçbir şeyin farkında değilim yani, Sarı'nın köse garsonu, 'Yetiş Abi, Naciye'yi öldürüyorlar,' deyince fırladım. Anlayın artık nasıl vurduklarını. Yetişmesem paralayacaklardı kadıncağızı, öyle acımasız, öyle zalimce vuruyorlardı ki alçaklar..."

En çok Ali etkilendi bu sözlerden; nefret ederdi kadına el kaldıran erkeklerden.

"Öldürecek miydiniz lan?" diye gürledi sanki az önce gençlerle kavga eden kendisiymiş gibi. "Öldürecek miydiniz lan kadını?"

Kalabalığın arasına sığınmış olan oğlanın bakışları kırıldı, utanmasa insanların içinde eriyip kaybolacaktı, yapamadı, sadece başını öne eğmekle yetindi. Öfke dolu bakışlarını, yanında dikilmekte olan büyük kardeşe çevirdi yardımcım. "Sana söylüyorum, öldürecek miydiniz lan kadını?"

Hayal kırıklığı içinde toparlanmaya çalıştı abi.

"Bize küfretti Başkomiserim..."

Aklı yerine duygularıyla hareket etmeyi marifet sayan yardımcımdan önce Süleyman patladı.

"Yalan söyleme şerefsiz!" Beni aşamayınca işaretparmağını havada salladı. "Delikanlı adamsın, bak yalan söyleme. Naciye'm konuşmak için bile ağzını açmıyor, bir de size küfredecek öyle mi?"

"Konuşmak için ağzını açmıyor, ama günde elli kişiye..." diye laf yetiştirecek oldu kalabalığın arasındaki küçük kardeş... Bu sefer Ali'den yedi paparayı.

"Kes lan, bir de konuşuyor hâlâ!"

Yardımcımın bu kadar bariz taraf tutması iyi değildi, ortalığı daha da karıştırmanın gereği yoktu.

"Tamam," diye susturdum bir kez daha herkesi. "Tamam, anlaşıldı..." Süleyman'la arasındaki uzaklığı korumaya özen gösteren delikanlıya döndüm. "Bak kardeşim, bir şikâyetin varsa karakol yüz metre ilerde. Öyle kadına, kıza saldırarak zorbalıkla olmaz bu iş. Ver dilekçeni, ilgilensin arkadaşlar..."

Çaresizliğin verdiği sıkıntıyla açıkladı.

"Verdik Başkomiserim, vermez miyiz? Ama hiçbir işe yaramadı. Herkes tanıyor bu herifi... Bir iki sorguya çağırdılar o kadar. Yine eski hamam, yine eski tas..."

"Orada da bir şeyler dönüyor," dedi kardeşinden cesaret alan abi. "Sizin günahınızı almayayım, ama bazı polisler..."

Ali'nin tepesi atmak üzereydi, meydanı ona bırakmak doğru olmazdı.

"O zaman savcılığa başvuracaksınız. Bunun başka yolu yok."

"Ama Başkomiserim..."

"Aması maması yok," diye tersledi bizim iyi kalpli serseri. "Sen onu bunu bırak da şunun ruhsatı var mı onu söyle." Elinde tuttuğu tabancayı sallıyordu.

"Var tabii. Devlet görevini yapmayınca, ne yapalım biz de ruhsatlı silah aldık kendimize..."

Artık daha cesur çıkıyordu sesi.

"Peki o zaman," dedim otoriter polis rolüne bürünerek. "Eğer şikâyetçiyseniz, hadi karakola gidelim..."

Gençlerin suratı ekşidi; karakol demek sorgu sual demek, bir sürü dert demekti. Süleyman'dan da çıt çıkmıyordu. Elbette kimsenin niyeti yoktu karakolun kapısından girmeye. O halde babacan polise dönebilirdim.

"Anlaşıldı. Kapatalım bu işi burada diyorsunuz." Yardımcıma seslendim. "Ali, arkadaşlar silahın belgelerini göstersinler sana. Tamamsa mesele yok. "

"Tabii mesele yok Başkomiserim, bizde kanunsuz iş olmaz, buyurun dükkâna, gösterelim."

Yardımcım iki kardeşi önüne katıp cep telefonu satan dükkâna yönelirken seslendim arkasından.

"Şu tabeladaki bıçağı da al, kalmasın orada."

"Emredersiniz Başkomiserim," diyerek perukçunun tabelasına doğru sürükledi iki delikanlıyı.

"Bıçağıma el koymayacaksınız değil mi?"

Adeta yalvarırcasına söylenmişti Süleyman, beni bu savaşın ortasında silahsız bırakmayacaksınız değil mi dercesine.

"Seni içeri atmadığıma şükret Süleyman," diye azarladım. "Öldürecektin az daha çocuğu."

Niyetimin ciddi olduğunu anlayınca, sesini kesip boynunu büktü. Ben de merakla etrafımızda dikilen kalabalığa döndüm.

"Evet arkadaşlar, hadi bakalım... Yeter artık, hadi siz de dağılın. Bu kadar seyir yeter."

Homurdanarak dağıldı kalabalık. Boyalı saçlarına yağan karlarla bir anda yaşlı bir adama dönüşmüştü Süleyman. O sıra fark ettim yüzündeki kanı.

"Kaşın patlamış."

Sakin bir tavırla elini yüzüne attı. Parmaklarına bulaşan koyu sıvıyı görünce utançla söylendi.

"Vay be, yumruk yemişiz ha... Bizden geçiyor artık Başkomiserim, eskiden bu hamam oğlanlarının bir düzinesiyle kapışır, tek yumruk yemeden çıkardım aralarından. Şu halimize bak... Demek ihtiyarlamışız."

“İyi kızdır Azize...”

Neşe Pavyon’un önüne gelinceye kadar aklımda hep Saltanat Süleyman vardı. Delikanlının ardından savurduğu bıçak gözümün önünden gitmiyordu. Engin’i de pekâlâ öyle öldürmüş olabilirdi. Bunun için oldukça iyi bir nedeni vardı: Engin’in kumar masasında, sermayesi olan üç kadını bunun elinden almış olması. Zaten ölüm haberini duyduğunda da sevincini gizlememişti. Ama arkasına birilerini almadan bizim yorgun kabadayının bu işi yapması imkânsızdı; tek başına Kara Nizam’a kafa tutamazdı. Belki Barbut İhsan kışkırtmıştı. Hatta mecbur bırakmıştı. Süleyman’ın kumar tutkusunun söndüğünü hiç sanmıyordum. Öyle kolay kolay bırakılacak bir alışkanlık değildir bu illet. Belki de Engin’i öldürme üzerine bir oyun dönmüştür yeşil çuhaların üzerinde. Tam Barbut İhsan’a göre bir iş. Tufaya gelen, bedeni büyük, aklı küçük Süleyman da ister istemez katil olmayı kabul etmiştir. Tamam, diyelim ki katil Süleyman, ya Titiz Tarık? Onun olaydaki rolü ne? Barbut cinayeti garantiye mi almak istedi? Süleyman başaramazsa Titiz Tarık işi bitirir diye mi düşündü? Yok canım, bu adamların kafası böyle çalışmaz. Çalışsa bile, Engin için bu kadar zahmete girmezler. Belki de İtalyanlar tutmuştur Tarık’ı. Her ne kadar Engin’e İsviçre’ye girişi yasaklanmış olsa da eninde sonunda bir yolunu bulup gidecekti. Hatta biti biraz kanlanınca Durdu’nun intikamını almak isteyecekti. Öyle ya da böyle İtalyanlar için bir tehdit oluşturuyordu. Engin'i öldürterek sorunu tümüyle ortadan kaldırmak istemiş olabilirlerdi. Küreselleşen dünyada, suçun küreselleşmesinden daha doğal ne olabilir?

"Nihayet yakaladım sizi Başkomiserim." Soluk soluğa kalmıştı Ali. "Doğru söylüyormuş çocuklar, silahları ruhsatlı. Ama yine de emin değilim, bir süre el mi koysaydık tabancaya acaba? Süleyman'a bir zarar vermesin bunlar..."

"Dert etme, o çocuklarda adam öldürecek yürek yok. Yanlış yerde dükkân açmışlar hepsi bu. Yakında hacı babaları başka bir semtte yeni bir mekân bulur onlara, mesele de hallolur gider. Yoksa, ordu getirseler çıkaramazlar Süleyman'ı o sokaktan."

Adımlarıma ayak uydururken sordu.

"Süleyman'ın bıçak atışını gördünüz değil mi?"

Aferin, bu önemli ayrıntıyı atlamamıştı, gururla süzdüm bizim uyanığı.

"Gördüm, gördüm. Bıçağı Zeynep'e teslim edelim. Bir incelesin bakalım... Belki Engin'in kanı filan kalmıştır bir yerlerinde..." Cümlemi tamamlarken fark ettim, kar tanelerinin arasında yanıp sönen Neşe Pavyon'un kırmızı neon ışıklarını. "Galiba geldik."

Kara Nizam'ın tarif ettiği gibiydi Neşe Pavyon. O cafcaflı tabelanın altında derin bir düş kırıklığı. Tarlabaşı'nda hep bodrum katlarında yer alan, ne kadar uğraşılırsa uğraşılsın taşlarına kadar sinmiş küf kokusundan bir türlü kurtulamayan şu batakhanelerden biri. Eğri büğrü basamaklardan inip dar kapısından içeri adımımızı atar atmaz aynalarla kaplı bir salona düştük. Evet, laciverdimsi bir ışıkla aydınlanan pavyonun duvarları ve tavanı boydan boya aynayla döşenmişti. Tuhaftı, ama aptalca olduğunu söylemek zordu, çünkü burası basık olduğu kadar dardı da. Geçen yüzyılın başlarından kalan bu apartmanın kömürlüğüydü muhtemelen... Tavandan yanar döner toplar sarkıyordu. Program başladığında farklı farklı ışıklar iyice renkli bir hale getiriyor olmalıydı burayı. Seksenli yılların disko dekoru burada hâlâ hayat buluyordu demek. Sadece bir masa doluydu; yeterli ışık olmamasından ve yüzlerindeki ağır makyajdan yaşlarını seçemediğimiz üç konsomatris, hararetle bu sabah televizyonda izledikleri kadın programındaki sunucunun elbisesini tartışıyorlardı. İçlerinden biri Azize olabilir mi diye süzdüm, hayır hiçbiri o masum yüzlü kıza benzemiyordu. Kederli bir klarnet sesi dağıttı dikkatimizi. Gözlerimiz salonun ortasında yirmi santim kadar yükseltilmiş bir platforma çevrildi; güya sahne olarak kullanılan yükseltide henüz kimsecikler yoktu, sadece müzisyenlerini bekleyen beş iskemle. Vakit erkendi, program başlamamıştı, ama nerede çalıyordu bu adam? Sonunda gördük, sahnenin birkaç metre solunda karanlıkta kalan bir iskemleye oturmuştu. Siyah giysiler içindeydi, beyaz gömleği lacivert ışığın etkisiyle lila rengine dönüşmüştü. Ali klarnetçiye doğru yönelecekti, onu durdurdum.

"Dur Alicim, bekle. Çok güzel çalıyor, biraz dinleyelim şu adamı."

Abartmıyorum, gerçekten güzel çalıyordu. Hani müzik Tanrı'nın seslenişidir derler ya, öyle derin, öyle ürpertici. Ruhu yıkayıp arıtan bir ses. Bir an bu batakhaneyi de, Azize'yi de, cesetleri de, soruşturmayı da unuttum. Kendimi o büyülü sese, dalga dalga yükselen ezgiye bıraktım. Tabii uzun sürmedi, bizim sakar Ali, masanın üzerindeki bardağa çarparak yere düşürdü ve unuttuğum gerçeklerle yüz yüze gelmemi sağladı. Kırılan bardağın sesini duyan klarnetçi de bırakmıştı çalmayı, yadırgayan gözlerle bize bakıyordu.

"İyi akşamlar," dedim hayranlıkla. "Çok güzel çalıyorsunuz."

Yabancılık kalktı; önden birisi kırık dişleri göstererek sırıttı.

"İyi akşamlar efendim, teşekkür ederim, ama pavyon açılmadı. Bir saat sonra gelseniz."

Aldırmadan masasına yaklaştık.

"Müşteri değiliz," dedi Ali polis kimliğini göstererek. "Azize Hanım'ı arıyoruz."

Endişeli bir sesle tekrarladı klarnetçi.

"Azize Hanım'ı mı?"

Karanlıktan çıkmıştı, ince telli, kır saçların kapatamadığı geniş bir alnı vardı. Kara gözleri, uzun yüzünde, iki zeytin tanesi gibi masumca parıldıyordu, endişeyle kapanmış kalın dudaklarının altında sivri bir çene uzanıyordu.

"Evet," diye söylendi yardımcım monoton bir sesle. "Burada çalışıyormuş."

Ürkek bakışları inceden inceye taradı bizi.

"Niye arıyorsunuz Azize'yi?"

"Sence?"

Neden bizi yoruyorsun havasındaydı Ali.

"Engin meselesi mi?"

Aynı kayıtsızlıkla başını salladı bizimki.

"Başka ne olacaktı?"

Berbat bir kehanetin adım adım gerçekleştiğine tanık olan birinin çaresizliği içinde öylece kaldı klarnetçi. Karşısındaki boş iskemleye çökerken konuyu değiştirdim.

"Neden daha iyi bir yerde çalmıyorsun?"

Daldığı çukurun dibinden bana baktı.

"Ben Başkomiser Nevzat... Neden daha iyi bir yerde çalmıyorsunuz, diyorum."

İri gözleri hülyalandı.

"Biz alaylıyız be Başkomiser, mektep filan okumadık, te çocukluktan beri elimizde bu alet... Öttüre öttüre öğrendik bu mereti. Kim n'apsın ki bizi?"

Konuştukça dilindeki aksan ortaya çıkıyordu.

"Nerelisin sen?"

Mahcup bir gülümseme yerleşti esmer suratına.

"Bulgaristan göçmeniyiz Başkomiserim. 89'da geldik İstanbul'a... Zulüm vardı, çok zulüm vardı. Bıraktık işte yurdu yuvayı, te geldik buraya..."

Giderek daha çok kanım ısınmaya başlamıştı bu kalender müzisyene.

"Adın ne?"

"Sadri... Burada aldık bu ismi... Rahmetli dedemin adıydı. Bulgar değiştirmişti adımızı. Sergey diyorlardı bana. Ama anam hep Sadri derdi... Sadri Klarnet..."

Hafifçe kıkırdadı Ali, ama hiç alınmadı müzisyen.

"Evet Başkomiserim, soyadımız Klarnet, biz Roman'ız, esmer vatandaş, yani bildiğiniz Çingene. Dedem büyük klarnet ustasıydı, babam da öyle. Te Osmanlı'dan beri bizim sülale böyle. Türkiye'ye gelince ben de klarnet soyadını seçtim kendime..."

Dostça gülümsedim.

"Valla ne diyeyim Sadri, hakkını veriyorsun soyadının."

Gurura benzer bir ifadeyle mırıldandı.

"Sağ olun Başkomiserim, elimizden geleni yapıyoruz işte." Yeniden dalgınlaştı. "Azize'nin bir suçu yoktur o meselede," dedi birdenbire. "İyi kızdır Azize... Adı gibi, yüzü gibi, temizdir, saftır... Kimseye zarar vermez. İstese de yapamaz."

Yardımcım kuşkuyla süzüyordu Sadri'yi.

"Neyin oluyor bu Azize senin?"

Suçüstü yakalanmış gibi kaçırdı gözlerini.

"Neyim olacak be Başkomiserim. Burada çalışıyor işte." Başıyla kadınların masasını gösterdi. "Bak oradaki kızlar da öyle. Şermin, Nükhet, Gülşen... Hepimiz bir aile gibiyiz burada. Ama Azize'nin yeri başka... Sadece konsomasyon yapmaz, şarkı da söyler. Bir dinleseniz, anlardınız ne demek istediğimi... Sesi güzeldir... Hem de çok güzel... Ben değil, asıl o yakışmıyor buraya. Ama biri keşfedecek yakında... Sibel gibi, Kibariye gibi büyük sanatçı olacak. Bak göreceksiniz, televizyonlarda program yapacak. Kurtulacak buralardan..."

Madem laf Azize'ye gelmişti, "Engin'i yakından tanır mıydın?" diye sordum boğazımı temizledikten sonra. "Herhalde buraya sık geliyordu."

Kalın dudağı memnuniyetsizce sarktı.

"Evet... Son zamanlarda hiç çıkmazdı buradan." Elindeki klarnetle yan masayı işaret etti. Sahnenin tam önündeydi masa, iki kişilik servis açılmıştı, tam ortada beyaz vazonun içinde kırmızı bir gül duruyordu. "Şu masa işte onundur. Gelmese bile kimse oturamazdı oraya. Sabaha kadar öyle bomboş dururdu bu masacık, öksüz çocuklar gibi. Mutlaka Azize'yi görecek. 'Seni görmezsem işim rast gitmiyor,' dermiş kıza. Sanki hayırlı bir iş görüyor da... Konsomasyona çıkmasına da izin vermiyordu son zamanlarda... Kıskanıyormuş kızı..."

"Pek sevmiyordun galiba?"

Vaktinden önce kırışmış yüzü iyice buruştu.

"Sevilecek adam değildi ki... Çok kalp kırdı Başkomiser, çok can yaktı. Bilhassa kadınların... Daha beteri kıyıcı adamdı, dayamış arkasını Kara Nizam'a, ahkâm keserdi sokakta. Hatır, gönül hak getire... Ama bak n'oldu, daha güçlüsü çıktı aldı canını işte."

"Kimmiş bu daha güçlüsü?" Anında yapıştırmıştı bizimki soruyu. "Biliyor musun Engin'i öldüreni?"

Ürkekleşti göçmen müzisyen.

"Yok Başkomiserim, nerden bileyim. Ben kendi halinde bir klarnetçiyim, ne işim olur bu belalı adamlarla?"

Yardımcım biraz daha zorlarsa, kilitlenip kalacağından, ağzından tek sözcük alamayacağımdan korktum.

"Ya şu Azize?" diye lafı dolandırdım. "O sever miydi Engin'i?"

Derinden bir iç geçirdi.

"Severdi. Hem de çok severdi. Çılgınca âşıktı Azize. Ama o adam..." Dilinin ucuna kadar gelen kelimeyi yuttu. "Allah rahmet eylesin, o adam kullanıyordu kızı... O kadar çok kadın vardı ki etrafında, Azize'yi önemsemiyordu bile."

"Nasıl önemsemiyordu?" Nedense baskıyı biraz artırma gereğini hissetmişti Ali. "Sen söylemedin mi şimdi, konsomasyona çıkmasına bile izin vermiyordu diye?"

"O işin raconu..." Sanki istemediği birileri bizi duyacakmış gibi sesini kıstı. "Samimi olsa kızı burada çalıştırır mı? Ama olmaz, Neşe Pavyon'da dostum var diyecek... Hem de pavyonun en güzel kızı, hem de en güzel şarkı söyleyeni diyecek... Ama konsomasyona çıkmıyor diyecek. Yoksa, o cibilliyetsiz herifte Azize'yi sevecek yürek nerede?"

Hâlâ dilinin altındaki baklayı çıkarmamıştı.

"Niye öyle söylüyorsun? Yoksa kötü mü davranıyordu sana?"

Çelimsiz bir horoz gibi kabardı.

"Ne kötü davranacak bana Başkomiserim. Ben muhatap olmam ki öyle adamlarla... Azize'ye kötü davranıyordu."

Elbette hiç şaşırmadım duyduğuma, bu âlemde aşk demek, acımasızlık demekti, hoyratlık, kadına şiddet demekti.

"Dayak filan mı?" diye eşeledim. "Dövüyor muydu Engin kızı?"

Etrafı şöyle bir süzdü.

"Patron sorarsa ben söylemedim, ama evet, dövüyordu. Güya kıskanıyordu Azize'yi. Bu işi bırak filan diyordu içince. Ama nasıl bıraksın Azize? Nikâh filan hak getire... Ya iki gün sonra hevesi geçerse ne olacak? Nasıl karnını doyuracak Azizecik? Affedersiniz orospuluk mu yapacak?" Çaresizce baktı yüzüme. "Bu işler, zor işler Başkomiserim. Hele Azize gibi kızlar için çok daha zor..."

"Peki kız niye bırakmadı onu? Korkudan mı?"

Kesin bir ifadeyle başını salladı.

"Korkudan değil, sevgiden. Evet, harbiden seviyordu Azize, o herifi. O kadar küfür, o kadar aşağılama, hepsini sineye çekiyordu. Öyle bakmayın yüzüme, gönül bu, ota da konar, boka da... Kendince de açıklama buluyordu küçük salak. 'Beni kıskanıyor, demek ki seviyor, Sadri Abi,' derdi."

"Kimse akıl vermedi mi ona?" diye homurdandı Ali. Galiba üzülmeye başlamıştı Azize'ye. "Bu heriften, sana yâr olmaz diyen olmadı mı?"

"Olmaz mı Komiserim? Hepimiz konuştuk, hem de öyle böyle değil, saatlerce. Dilimizde tüy bitti desem yeridir, ama kimseyi dinlemiyordu ki. Aşk Komiserim, aşk. Bildiğin delilik... Aşk dedin mi orada dur. Akıl filan çalışmıyor. Azize de genç tabii..." Sanki kızın duygularını kendisi yaşıyormuş gibi nemlenmişti gözleri. "O kadar umut dolu ki, en kötü davranışa bile bir sebep buluyordu hep. Saflık, salaklık filan değil, çaresizlik. Bu bataklıkta bir genç kızın kuracağı düş bundan renkli olmaz. İşte o düşte de Engin gibi çakallar bile bir anda beyaz atlı prense dönüşür."

"İyi olmuş o zaman ölmesi." Sadri'yi mi sınıyordu Ali, yoksa içinden geçeni mi söylüyordu anlayamadım. "İyi olmuş," diye yineledi. "Kurtulmuş desene kız..."

Kederle başını salladı Sadri.

"Yok Komiserim, keşke öyle olsaydı, ama olmadı... Ölüm haberini aldığından beri ağlıyor zavallım. Nasıl atlatır bu acıyı bilmem..."

Kızı görecekmiş gibi pavyonun kapısına baktı Ali.

"Ne zaman gelir bu Azize?"

Uzun lacivert kirpiklerini tedirginlikle kırpıştırdı klarnetçi.

"Ne gelmesi Başkomiser? Kız kederinden yatak döşek yatıyor diyorum. Süslenip püslenip şarkı söyler mi böyle bir günde? Yok, bu gece gelmez Azize."

"Anlıyorum," diye yatıştırmaya çalıştım. "Ama onunla konuşmamız lazım. Adresini biliyorsundur herhalde?"

Çaresizce kıpırdandı iskemlesinde.

"Kurtuldu Sokak'ta oturuyor, aşağıda, dereye yakın... Ama konuşamaz ki zavallım... Bir avuç diazem yuttu. Ne söylediğinizi bile anlamaz..."

"Biz onu aydırırız," diye diretti halden anlamaz yardımcım. "Söyle bakalım, kaç numarada oturuyor bu kız?"

Karşısındaki duyarsız polise şöyle bir baktı Sadri. Bu işten kurtuluş olmadığını anladı.

"Sokağın girişindeki evde oturuyor, Şık Bakkal'ın üstünde." Kara gözlerini yalvarırcasına bana çevirdi. "Ama beni dinlerseniz bu gece gitmeyin Başkomiser, yapmayın. Yazıktır, hırpalamayın kızı, bırakın, yasını tutsun, biraz dinlensin. Söz, onu yarın kendi elimle getireceğim merkeze."

Acıdım haline, ayrıca söyledikleri de mantıklıydı, Azize o kadar çok sakinleştirici aldıysa kim olduğumuzu bile anlamayacaktı.

"Peki, ama bir terslik olursa seni sorumlu tutarım, ona göre. Yarın sabah merkezde bekliyorum. Tamam mı?"

Aydınlık bir gülümseme yayıldı kavruk yüzüne.

"Allah sizden razı olsun Başkomiser, hiç merak etmeyin, sabah karşınızdayız. "

"O polisse ben de vatandaşım..."

"Onlar geri gelecek." Sanki karanlığın bir parçası gibi dimdik karşımda duruyordu ak saçlı adam. "Bu ölümler daha başlangıç... Büyük bir yangın çıkacak. Herkesi, her şeyi alevler saracak, işte ondan sonra gidenler geri gelecek. Başka türlü susmaz bu fısıltılar."

Kadın Çıkmazı sokağının başında bizim çocukları bekliyordum. Kar seyrelmiş, sert bir ayaz kavurmaya başlamıştı eğri büğrü sokakları. Neşe Pavyon'dan ayrılınca Ali'yi maktulün evine yollamıştım, Zeynep'i alması için. Evgenia'nın gelmediği yemeğe onları götürecektim, Feraye Meyhanesi'ne... Bir tür gecikmiş yılbaşı kutlaması. Hem durumu da değerlendirirdik birlikte. Ama birden bu ihtiyar çıkıvermişti karşıma karanlığın içinden.

"Kim geri gelecek babacım?" dedim kirli giysiler içindeki adama. "Ne fısıltısından bahsediyorsun?"

Titreyen eliyle çıkmazın girişindeki yıkık binayı gösterdi.

"Bu evleri yapanlar, bu sokaklarda yaşayanlar." Sanki bir ses duymuş gibi telaşla geriye döndü, arkasındaki dar sokağa baktı. Gördüklerinden ürkmüştü. "Bak işte oradalar... Dedim sana, geri gelecekler..." Gözleri bir noktaya sabitlenmişti. "Bizi rahat bırakmayacaklar..."

"Kim rahat bırakmayacak?" diyerek baktığı yöne döndüm.

Hiç kimse yoktu elbette, ne bir insan ne bir kedi, ama ihtiyar birilerini görüyor olmalıydı ki, "Onlar," diye mırıldandı korkuyla. Elleri gibi sesi de titremeye başlamıştı. "Görmüyor musun, onlar işte!"

Sinir bozucu bir durumdu.

"Baba ne diyorsun sen? Kimse yok orada."

Geniş alnına doğru geniş iki yay çizen ak kaşlarının altındaki kara gözleri hayretle süzdü beni.

"Sahiden görmüyor musun? Bak, bak işte oradalar... Genç bir kadın var, adamın koluna girmiş. Adamın sırtında lacivert bir palto, başında aynı renkten bir fötr şapka... Kadının mantosu vişneçürüğü, eşarbı da aynı renkten, ama pembe puantiyelerle bezenmiş. Küçük kızı da mı görmüyorsun? Bak Marmara mavisi bir manto giydirmişler, başında lacivert bir bere. Elinde kırmızı giysili bir bebek..." Yeniden bana baktı, kuşku yüklü ışıltılar belirmişti gözlerinde. "Yoksa beni mi kandırıyorsun?"

Zavallı ihtiyarcık aklını kaçırmıştı besbelli.

"Yok babacım, niye kandırayım seni, ama aile filan yok orada."

O kadar inanıyordu ki sözlerine, kırılmasın diye bir kez daha baktım. Hiç kimse yoktu tabii, ama başımı biraz kaldırınca, çürümeye yüz tutmuş binaların pencerelerinden yansıyan ölgün aydınlıkta, evlerin arasına karşılıklı gerilmiş iplerde, kendini rüzgâra bırakmış, usulca sallanan neredeyse donmuş çamaşırları gördüm. Elbiseleri hayalet zannediyor olmalıydı.

"Gene ne kafa ütülüyorsun Diyojen?" diyen bir ses çınladı gecenin içinde. "Bak, çok kasma, sonra Nevzat Başkomiserim içeri atar seni..."

Kafamı çevirince Keto'yla göz göze geldim, burnundaki bandaja rağmen neşesi yerinde görünüyordu, daha da şaşırtıcısı hemen yanında dikilen Pirana'ydı. Dün akşam kavga etmemiş miydi bunlar?

"Hadi oradan terbiyesiz," diye kendince selamladı çocukları ihtiyar. "Kim atacakmış beni içeriye?"

"Anlamadın mı Diyo Baba? Başkomiser Nevzat." Bandajlı burnuyla beni gösterdi. "Adam harbiden polis. Valla diyorum..."

Hemencecik teslim olmadı ihtiyar.

"Ne yapalım polisse?" diye diklendi hatta. "O polisse ben de vatandaşım..."

Ama çekingen adımlarla birkaç adım gerilemişti bile.

"Hem hayaletler korkmaz ki polislerden..." Durdu, hafifçe öne doğru eğildi. "Ölümler devam edecek," diye yineledi sallanarak. Sesi yine o gizemli tona bürünmüştü. "Büyük bir yangın çıkacak... Hepsini yakacak, hepimizi... Tek bir kişi bile kalmayacak. Bir tek bu insansız binalar kalacak... Onlar da yanmazsa..." Yeniden gözleri sokağa takıldı. "Bak, bak işte geliyorlar..." Yüzü çarpılmıştı, telaşla geri geri gitmeye başladı. "Geliyorlar... Geride kalanlar için geliyorlar... Senin için, benim için, hepimiz için geliyorlar..."

Döndü, sanki arkasından eli bıçaklı adamlar kovalıyormuş gibi, can havliyle koşmaya başladı, daha ne oluyor demeye kalmadan, tıpkı ortaya çıktığı gibi birden kayboluverdi. Acıklı bir durumdu aslında, ama nedense Keto pek bir komik bulmuş, kahkahalarla gülüyordu. Kırmızı deri ceketinin içinde sallanan Pirana daha da ileri gitti:

"Amına koyduğumun manyağı," diye küfrü bastı adamın arkasından. "Akıllısı bizi bulmaz, delisi götümüzden ayrılmaz..."

İyi bir azarlamak geçti içimden ikisini de, ama baktım uçuyorlar, vazgeçtim.

"Kim bu ihtiyar?" diyerek yaklaştım. Genzimi yakan o koku görünmez bir duvar gibi çarptı suratıma: Tiner. Birkaç nefeste, bu çocukları acılarından kurtarıp cennete götüren o büyülü sıvı. Keto'nun yumruk yapılmış sağ avucuna kaydı gözlerim, evet işte oradaydı tinere bulanmış pamuk parçası. Kıymetli bir mücevher gibi sımsıkı tutuyordu avucunda. Daha tam kafayı bulmamış olacak ki nereye baktığımı fark etti.

"Diyojen'i mi soruyorsun Başkomiserim?" diyerek hazinesini saklamak için elini usulca arkaya kaydırdı. "Kimi kimsesi yok. Arkadaki kilisenin bahçesinde yaşar. Ermeni mi, Rum mu ne? Esasında çok zenginmiş." Pamuksuz eliyle küçük meydanın gerisindeki dört katlı binayı gösterdi. "Bak, şu ev onunmuş mesela. Dükkânları filan da varmış. Hepsinin kirasını kilise topluyormuş. Karşılığında da Diyojen'e bakıyorlarmış. Kimseye kötülüğü yoktur aslında... Zamanında ne içtiyse artık, kafası hep güzel. Gündüzleri şarkı söyleyip dans eder. Şarkı söyler dediysem, koftiden değil ha, şahane sesi vardır bunun. Bir de acayip kültürlü... Her dilde söyler, böyle apışıp kalırsın karşısında. Aşağı kahvenin ocakçısı Kambur

Şakir çok sever bunu. Korur, kollar. Her gün üç paşa çayı vardır bedava. Diyojen bayılır paşa çayına. Hava güneşlikse, kahvenin önüne bir sandalye atar, oturur akşama kadar. Papaz efendi akşamları dışarı salmaz. İşte gördün, karanlık aklını alıyor bunun. Sesler duyar, cinlerle selamlaşır, hortlaklar görür. Kendi korkusu tebelleş olur buna, çılgın gibi koşturur sokaklarda. Baksana şimdiden olmuş... Tarlabaşı'nın delilerinden biri işte Başkomiserim. Baksana şu Allahı şaşmış binalara, normal bir insan evladı çıkar mı buradan..."

Nasıl da mantıklı konuşuyordu. Zamanından önce büyüyordu bu çocuklar, tıpkı zamanından önce ölecekleri gibi. Kirli suratının ortasında beyaz bir benek gibi duran bandajı gösterdim.

"Burnun nasıl oldu?"

Pişkin pişkin sırıttı.

"İyi, iyi... Asıl şu sargılar çıkınca göreceğiz. Kötü olursa estetik ameliyat yaptırırız. Kıvanç Tatlıtuğ gibi olurum valla. Biliyorsunuz değil mi? Yerli Brad Pitt... Onun gibi olacam işte. Manitalar hep peşimde... Belki de diziciler keşfeder, kurtuluruz bu hayattan..."

Sağ elini yumruk yapan Pirana, öteki eliyle bileğini yakalayıp küfür manasında arkadaşına salladı.

"Nah kurtulursun. Öyle piyango bize vurmaz. Anlamadın mı lan taş kafa. Bizim kaderimiz mühürlü oğlum mühürlü. Bugün mutluluktan müebbet yesek, yarın af çıkar. Televizyon kamerası kim, sen kim?"

Altta kalmadı Keto:

"Olsun oğlum, belki televizyon kameralarına poz veremeyiz ama mobeseler iyi tanır bizi."

Felsefe de yapıyorlardı kendilerine göre.

"Ama mobeseler seni meşhur yapmaz," diye ben de katıldım muhabbete. "Yanlışını yakalarlarsa gözünün yaşına bakmazlar, kabak gibi çıkarsın ortaya. Hadi doğru içeriye."

Hiç umursamadı sözlerimi.

"Olsun Başkomiserim, Musti zaten içerde."

Sahi üçüncü çocuk yoktu yanlarında.

"N'oldu ki?"

"N'olacak," dedi eğlenceli bir meseleden bahseder gibi neşeyle. "Dün gördüğünüz darbukayla keman vardı ya, onları yürütmüş Dolapdere'deki şoparlardan. Bize de çöplükte bul-dum diye yalan söyledi. İhbar etmiş şoparlar, alıp götürdü-ler... Bir şey olmaz ama, bırakırlar sabaha."

"İyi sizi de almamışlar."

"Alsalar ne olacak Başkomiserim?" Eliyle sağ gözündeki bandı düzeltti Pirana. "Ha içerisi, ha dışarısı. Zaten havalar da soğudu, sabahı zor ediyoruz yıkıntılarda."

"Sahi siz nerede kalıyorsunuz?"

Ürkekçe birbirlerine baktılar. Ne oluyordu, yoksa sahiden de içeri mi tıkacaktım onları?

"Korkmayın, kaldığınız yeri elinizden alacak değilim, me-raktan soruyorum."

Kuşkuları dağılmamıştı ama başlarına bir iş açarım diye çekindiklerinden olsa gerek, açıklamak zorunda kaldılar. Tar-labaşı Bulvarı yönünü gösterdi Keto.

"Yıkılacak binalar var ya... İşte onlardan birinde uyuyo-ruz. Merdiveni çökmüş, herkes çıkamıyor. Biz pencerelerden tırmanıp giriyoruz içeri. Eşyalar filan da var. Beş yıldızlı otel değilse de bildiğin apartman dairesi. Biraz soğuk, götümüz donuyor tabii ama battaniye, yorgan idare ediyoruz işte... Daha yıkıma çok var. Senin anlayacağın Başkomiserim, bu kışı böyle geçiririz artık."

İçim sızladı hallerine, ama onlar çoktan kabullenmişlerdi bu sefilliği.

"Yok mu buralarda kalabileceğiniz daha iyi bir yer?"

"Var." Sağ avucundaki tinerli pamuktan bir nefes çektik-ten sonra yanıtlamıştı Pirana. Senden korkmuyorum diyen bir hali vardı. Keto ne yapıyorsun lan diye ters ters bakıyor-du, ama aldırmıyordu bile. "Şu ilerde Ferhat Çerağ Kültür Merkezi var. Dört ay orada kaldık zaten."

"Niye ayrıldınız peki?"

Hiç çekinmeden elindeki pis kokulu pamuğu gösterdi.

"Orada tiner çekmek yasak... İzin vermiyor Nazlı Abla."

"İyi ya, çekmeseydiniz işte. Hem kurtulurdunuz bu me-retten."

Bir bana, bir elindeki pamuğuna baktı.

"Niye kurtulalım ki? Bu olmazsa biz yaşayamayız. Öyle de-ğil mi lan Keto, anlatsana Başkomiserine."

Keto kıvırmaya çalıştı:

"Saçmalıyor işte Başkomiserim, tiner meselesi değil. Nazlı Abla iyi kadın, ama sevmediğimiz işleri yaptırıyordu bize. Yok resim çizecekmişiz, yok bilgisayar öğrenecekmişiz, kitap okuyacakmışız... Yazarlar, ruh doktorları filan getiriyordu. Adamlar konuştukça kasılıyorum, konuştukça kasılıyorum. On dakkadan sonra tek bir laf anlamıyordum söylediklerinden. Hepsi iyi, güzel de bi'de İngilizce boku çıkardılar başımıza. Sanki Türkçeyi iyi konuşuyoruz da yabancı dil eksik kaldı. Gene de ben dişimi sıkıp dayanırdım." Başıyla arkadaşını gösterdi. "Ama bu öküz, o çilli öğretmene, 'Eşeği siken osuruğuna katlanır'ın İngilizcesi nasıl söylenir hocam,' deyince koptu kıyamet..."

İkisi de pis pis güldüler. Kendilerini onaylamadığımı görünce, "Yav tamam Başkomiserim," diyerek açıklamaya kalktı Keto. "Kadın bizim iyiliğimizi istiyor ama, herkesin de yapabileceği bir iş var."

Alaycı bir sesle mırıldandım.

"Senin yapacağın iş ne? Dizi oyunculuğu mu?"

Arkadaşını savunmak Pirana'ya düştü.

"Dalga geçme Başkomiserim! Niye yapmasın? Yapanlar sanki çok mu iyi. Onlar sanki içmiyor mu? Alayı esrarkeş, parası olan kokain çekiyor... Siz de biliyorsunuz onları, ama ünlü diye kimse bulaşmıyor onlara. Bulaşmayın, ama bize de karışmayın. Evet, tiner de çekeceğiz, şarap da içeceğiz, kesmezse hap da alacağız. Bende yalan yok. İster beğen, ister beğenme..."

Pirana'nın meydan okumasına aldırmadım, kültür merkezinin sahibi olan kadını merak ediyordum. Engin'in kasasında fotoğrafının ve binanın krokisinin ne işi vardı?

"Şu Nazlı Abla... Deli Nazlı dedikleri kadın mı?"

"Deli filan değil," diye itiraz etti Keto. "Taşaklı kadındır Nazlı Abla."

"Neyse işte, nerden tanıyorsunuz o kadını?"

"Park direnişinden..."

Anlatmayı sürdürecekti ki Pirana dirseğiyle dürtükledi arkadaşını.

"Salak salak konuşma lan..." Sahte bir gülümsemeyle tek gözünü bana çevirdi. "Sokakta karşılaştık Nazlı Abla'yla... Evsiz olduğumuzu anlayınca kültür merkezine çağırdı..."

Bal gibi yalan söylüyordu.

"N'apıyorsun Pirana?" dedim kaşlarımı çatarak. "Neyi saklamaya çalışıyorsun?"

Güya umursamaz bir tavır takındı.

"Hiiiç, hiçbi'şey saklamaya çalışmıyorum."

"Bana bak evladım, o saklamak istediğin neyse öğrenirim. Hatalı bir iş yaptıysan..."

"Hatalı bir şey yapmadı Başkomiserim."

Keto girmişti aramıza.

"Sadece korkuyor..."

Hakikaten yalvarır gibi bakıyordu. Dün gece attığım tokat için mi?

"Neden korkuyor?"

Başıyla Pirana'yı gösterdi.

"Öteki gözünü de kör edersiniz diye..."

"Ne?"

Dün gece Pirana'yı tokatlayınca yana kayan bandın altından çıkan o küçük, karanlık çukur canlandı hafızamda... Ne anlatmaya çalışıyordu Keto?

"Gözü nasıl kör oldu Pirana'nın?"

"Sizinkiler yaptı Başkomiserim. Polisler..."

Elindeki pamuğu burnuna dayayan Pirana, usulca başını sallayarak sessizce onayladı arkadaşını.

"Ne... Ne zaman?" diye kekeledim. "Ne zaman oldu bu?"

"Geçen Haziran... Şu parkta..."

Neden bahsediyordu bu çocuk?

"Taksim'deki parkta..."

"Gezi Parkı'nda... Geçen yaz..."

Sonunda jeton düştü.

"Gezi Parkı Direnişi'nde mi? Senin ne işin vardı orada?"

Sanki gözü çıkan kendisi değilmiş gibi kurnazca sırıttı.

"Yemek vardı, giyecek veriyorlardı, kot pantolon, tişört filan..."

"Evladım, bunlar için gidilir mi oraya? Cehennem gibiydi park..."

"Sizinkiler gelene kadar öyle değildi." Keto'ydu konuşan. "Evet, polis pislik yaptı Başkomiserim." Sesini yükseltmişti. "İster kız, ister bağır fark etmez. Sizinkiler çok kötülük yaptı insanlara. Hepsi okumuş abilerdi onların, hepsi iyi insanlardı. Ağaçlar için gelmişlerdi oraya... Tiyatro oynuyorlardı, konser veriyorlardı, resim yapıyorlardı. Bize de yaptırdılar. Film bile çektiler. Hatta ben de oynadım... Ağaçlar için..."

"Ağaçlar için," diye onayladı tinerinden bir anlığına kopan Pirana. "Ağaçları kesip alışveriş merkezi yapacaklarmış orada. O abiler, o ablalar bi'siktir çekti bunlara... Hiç beklemezdim valla. Boyalı saçlı kızlar, küpeli oğlanlar, böyle dövmeleri filan da var. Fakat sağlam çocuklarmış. Onca gaza, onca tazyikli suya bana mısın demediler... Bi'sürü de polis vardı ha. Hiçbirini iplemediler valla..."

Evladım gözünü kaybetmişsin daha ne konuşuyorsun diyecektim, izin vermedi Keto.

"Yanlış anlama Başkomiserim, biz eylem için orada bulunmuyorduk. Bizim mekânımız orasıydı. Metronun çıkışındaki büyük çınarın altında geceliyorduk, hani şu köşedeki en büyük ağaç. Uyuduğumuz yer yani... Büyük bir uyku tulumumuz vardı. Pirana, Musti, ben kıvrılıp yatıyorduk içinde. İşte bir sabah... Sabah dediysem güneş filan doğmadan ha... Düşmana baskın verir gibi senin polisler saldırdı. Otuz çadır ya var, ya yok. Döverek çıkardılar o abileri, ablaları... Ama harbi çocuklarmış yılmadılar."

"Ne yılması be..." diye Pirana başladı yine. "Aslanlar gibi karşı koydular... Ama çok polis vardı."

Gezi Parkı'nda neler yaşandığını hatırlıyordum, korkunçtu. Hükümet acımasızca sürmüştü bizim çocukları göstericilerin üstüne. Hepimiz için utanç vericiydi. Bir kez daha anlamıştık ki bir ülkede otoriter bir yönetim varsa ilk kaybeden polis teşkilatı olurdu.

"Olanları biliyorum çocuklar," dedim daha fazlasını duymak istemediğim için. "Senin gözüne ne oldu, onu anlat."

Birden durdu, sanki sağ gözü şimdi kör olmuş gibi boş elini siyah bandın üzerine attı.

"Puştun teki," dedi nefretle. "Puştun teki, üç metreden gaz fişeği sıktı tüfekle. Boş bulundum, yoksa yaklaştırmazdım yanıma. Başımı çevirmiştim ki herif bastı tetiğe... Fişek gözüme saplandı. Sert bir tokat yemiş gibi oldum. Her yer karardı, ama gözümün patladığını anlamadım, birazdan geçer zannettim. Elimi attım, avucuma kan doldu. Kana alışığım, kaşım patladı diye düşündüm. Fakat birden başım döndü, düşmüşüm. Gözümü açtım ki revirdeyim... Hastanede değil, polis ambulans filan sokmuyordu ki meydana. Parkın revirinde, Şahap Abi diye bir doktor vardı. Bizim Keto gibi kıvırcık saçlı, tombul, o yardım etti bana. Bir de Nazlı Abla..."

"İlk orada gördük Nazlı Abla'yı işte..." Keto yine kaptı lafı. "Pirana'yı göz hastanesine götürdü. İtalyan yokuşunun oradakine... Yarasını temizlediler. Nazlı Abla bir de cam göz taktırdı ona. Kendi gözünden daha güzel ha... Ama düşürdü salak..."

İçim eziliyordu onları dinlerken, ama kıkır kıkır gülmeye başladı Pirana...

"Senin yüzünden lan..." dedi neşeyle. Kaybettiği gözün kederi kaybolmuştu çoktan. "Balık Pazarı'ndaki Alyanak Remzi'nin tezgâhından o elmayı almasaydın, düşmeyecekti gözüm... Remzi bunu yakalamasın diye, herifin önüne çıktım Başkomiserim. Remzi de şu sizin su sıkan TOMA'lar var ya, onun gibi bir herif. Alman tırı gibi bi'şey yani. Güya adamı durduracağım, bir tosladı bana. Yandaki kokoreççinin tezgâhına savrulmuşum, bizim göz de fırlamış gitmiş o arada. Ara da bul, işin yoksa..."

"Yeniden yaptıracaktı Nazlı Abla, ama bir daha gitmedik kültür evine... Kurstu, resimdi, baydırdı bizi..."

"İyi biri yani bu Nazlı Abla..."

"İyi tabii..." Anlamak istercesine baktı Keto. "Kötü diyen biri mi var?"

Kadın hakkında biraz daha bilgi almak faydalı olacaktı.

"Yok, kötü değil de aklı yerinde değil diyorlar. Lakabı da Deli Nazlı'ymış öyle mi?"

Canı sıkıldı Keto'nun.

"Kara Nizam mı söyledi bunu?"

Galiba konuşma bir yerlere geliyordu.

"Niye?" diye sordum. "Aralarında husumet mi var Kara Nizam'la?"

"Olmaz mı? Nazlı Abla bu kültür merkezinin ikincisini açacaktı. Sadece kadınlara hizmet verecekmiş. Mardin'den, Siirt'ten gelen kadınlar var Başkomiserim... Türkçe bile bilmiyorlar. İşte onlara kurs verecekmiş. Öztarlabaşılılar Kulübü'nün bulunduğu bina da Nazlı Abla'nın. Babasından miras kalmış. İşte oraya açacak yeni merkezi, ama Nizam şerefsizi çıkmıyor binadan. Kültür merkezine ateş açtılar, taciz ettiler."

"Ama Nazlı Abla da boş değil," diyerek araya girdi Pirana. "Böyle sarkık bıyıklı, sakallı abiler var yanında. Parktaki direnişte de vardı onlar. Hani siz anarşist diyorsunuz ya o devrimci abilerden. Tek onlar değil, öğrenciler, kadınlar, şu travestiler bile var. Hepsi çok sever Nazlı Abla'yı. Biz de seviyoruz tabii. Neyse işte, hep beraber toplandık, bastık Nizam'ın mekânını..."

Bu, ilginç bir haberdi işte.

"Yani siz de mi gittiniz baskına?"

"Baskın değil Başkomiserim," dedi Keto burnunu çekerek. "Abartıyor bu salak. Konuşmaya gittik."

Yine çenesini kapalı tutamadı tek gözlü çocuk.

"Üç buçuk attı Nizam'ın yeğenleri bizi karşılarında görünce..."

Yeğenlerin korkmasından daha önemli bir ayrıntıyı merak ediyordum.

"Engin de orada mıydı?"

Maktulden hiç hoşlanmadığı için lafı yine havada kaptı Pirana.

"Ordaydı tabii, konuşamadı bile düdük, korkudan dili tuldu lavuğun."

"Günah lan," diye söylendi Keto. "Ölmüş adamın arkasından konuşma bari."

"Niye konuşmayayım oğlum. İğrenç bir adamdı Engin. Herif, bildiğin pezevenk. Biraz daha cilalısı. Saltanat Süleyman, zemzem suyuyla yıkanmış kalır yanında. Cıvırları ayartıp o çirkinlik abidesi Nizam'a sunuyordu. Hile onda, hurda onda, her yol vardı puştta..."

Geceki gibi bir kavganın patlak vermesinden çekindiğim için konuyu geçiştirmek istedim.

"Neyse, neyse, sonra ne oldu kulüpte?"

"Anlatacağız, anlatacağız da Başkomiserim, fırsat vermiyor ki arkadaş," diye dert yandı Keto.

Bu defa bulaşmadı Pirana. Pamuğunu burnuna dayadı, sevgilisiyle öpüşen bir delikanlı gibi başını zevkle yana yatırdı. Arkadaşının tinere gömülmesini fırsat bilen Keto anlatmayı sürdürdü:

"Gittik Nizam'ın oraya. En az elli kişi varız. Bir kısmımız binanın içinde, bir kısmımız kapının önünde... Travestisi, feministi, devrimcisi, bizim gibi tinercisi... Adamlar acayip şaşırdılar. Yalanım yok, anında esas duruşa geçti kim varsa içeride. Ama bizde tık yok. Zaten tembihlemişti Nazlı Abla, 'Benden başka kimse konuşmayacak,' diye. Öyle de oldu. 'Bu bina benim,' dedi Nizam'ın karşısına geçerek. 'Parasında pulunda değilim, ama bana lazım. Kültür merkezi yapacağız buraya. Tarlabaşı'ndaki insanlara yardım için. Bütün kiracıları tahliye etmek zorundayız, sizin de çıkmanız lazım. Çıkmazsanız mahkemeye veririm. Zorbalığa başvurmaya devam ederseniz avukatlarım var, sonuna kadar sizinle uğraşırım.' Nizam'ın kömür suratı kirece kesti. Ama baktı, karşısındaki kadın dişli, arkası da sağlam. 'Tamam, ablacım,' diye yalandan sırıttı. 'Biz de bu semtin çocuğuyuz, madem Tarlabaşı'nın yararına bir iş yapıyorsunuz, öyleyse çıkarız, lakin kontratımız on ay sonra bitiyor, bize o zamana kadar müsaade edin, binayı teslim edelim,' dedi. Böylece iş tatlıya bağlanmış oldu."

"Peki İhsan'la bir anlaşmazlığı var mıydı Nazlı'nın?"

O da nereden çıktı dercesine baktı Keto.

"Bu sabah Barbut İhsan'ın mekânına molotof atmışlar."

"Yanlışlıkla olmuştur," dedi gülerek Pirana. "Nizam'ın kulübüne atacakken, Barbut'unkine atmışlardır. Oh, ellerine sağlık, fena da olmamış. İhsan da yanmış mı içerde?"

"Manyak manyak konuşma lan," diye bağırdı Keto. "Nazlı Abla yapmaz öyle şey. Karıncayı bile incitmez o kadın... Şu dünyada tanıdığım en merhametli insandır."

"Kim atmıştır o zaman molotofu?"

Arkasında sakladığı tinerli pamuğun görüleceğini filan unutup kollarını açtı Keto.

"Bilmiyorum ki Başkomiserim, bir dümen dönüyor ya bugünlerde, anlamadım gitti."

Eliyle hafifçe itti arkadaşını Pirana.

"Ne dümeni lan, Başkomiserim tek tek çözüyor hepsini." Bir adım daha yaklaştı, dalga dalga yükseldi soğuk havanın içindeki tiner kokusu. "Bak, indirmişler Engin'in katilini." Hayranlıkla bakıyordu yüzüme. "Sen mi nalladın Başkomiserim, Titiz Tarık'ı?"

Ayakta durmakta güçlük çekiyordu. Ne olmuştu birdenbire bu çocuğa. Belki de kaldıkları viraneden çıkmadan önce aldığı hap yeni gösteriyordu etkisini. Arkadaşı düşmesin diye koluna girdi Keto.

"Yeter lan, yeter artık, hadi gidiyoruz."

Alınmış gibiydi Pirana.

"Ne dedim oğlum ben şimdi!" Israrla baktı arkadaşına, ondan ses çıkmayınca, bana çevirdi bir sokak köpeğinin gözlerini andıran günahsız bakışını. "Ya, ben şimdi bir şey mi dedim."

"Ooo takımı toplamışsınız Başkomiserim," diyen Ali'nin sesiyle irkildi çocuklar. Birkaç adım gerimizde duruyordu, yanında da Zeynep. Üzüntüyle bakıyordu kriminologumuz çocuklara, Ali ise hâlâ işin gırgırındaydı. "Bandaj yakışmış," diye bulaştı Keto'ya. "Ama sokaklarda çok dolaşma, yaran kangren olur, burnun düşer sonra."

Hiç hoşlanmadı Keto bu sözlerden.

"Bi'şey olmaz," dedi gözlerini düşmanca kısarak. "Tamam, gidiyoruz. Sen söylediğin için değil ama, bu benim öküz arkadaşım, Başkomiserimi rahatsız ettiği için." Eski bir dostla vedalaşır gibi bana baktı. "Görüşürüz Başkomiserim." Pirana'nın koluna girip sürükledi. "Yürü lan!" Birkaç adım atmıştı ki başını çevirdi. "Ha Başkomiserim, burayı şehrin göbeği zannedip aldanmayın sakın, çakal kaynıyor ortalık çakal, dikkat edin."

Artık Ali'ye mi laf vuruyordu, Nizam'la İhsan'ı mı kastediyordu anlayamadım. Belki onun da aldığı hap etkisini gösteriyordu yavaştan.

"Siz de dikkat edin," diye seslendim arkalarından. "Daha lazımsınız bana."

Bu defa Pirana geri döndü.

"Ayıpsın Başkomiserim," dedi arkadaşının elinden kurtularak. "Ölüme gidiyoruz dedin de mazotumuz mu bitti dedik?"

"Olsun, yine de insanların sizi sevmesi güzel"

"Ömrümüzün son demi, son baharıdır artık / Maziye bir bakıver, neler neler bıraktık..." Müzeyyen Senar söylüyordu. En sevdiğim şarkılardan biri. Feraye Meyhanesi'nin, İstiklal Caddesi'ne bakan cumbasında oturuyorduk. Kar yağışı yeniden artmış, zemin kısa sürede bembeyaz bir örtüyle kaplanmıştı.

"Manyak mı bunlar ya?" Beyaz karın üzerinde hareketli kara lekeler gibi eğilip doğrulan, düşmemek için birbirine yapışarak yürümeye çalışan İstanbullulardan bahsediyordu Ali. "Bu kışta kıyamette ne arıyorlar burada? Baksanıza düşüp bir taraflarını kıracaklar."

Başı, neredeyse cama değecek kadar pencereye yaklaşan Zeynep:

"Bi'şey olmaz Ali," dedi. "N'apsın millet, eğlenmeye gelmişler işte." Bakışlarını binaların arasından güçlükle seçilen gökyüzüne çevirdi. "Ne kadar güzel yağıyor. Işıklar filan da acayip. İnsan kendini bir masal âleminde sanıyor."

"Hüzünlü bir masal âlemi," diye mırıldandım, ardından yarı şaka yarı ciddi çıkıştım. "Şarkıyı duymuyor musunuz çocuklar?"

Sahiden duymuyorlardı, anında toparlandılar, başkomiserlerine ayıp olmasın diye kulak kesildiler. Müzeyyen en samimi haliyle söylemeyi sürdürüyordu.

"Maziye bir bakıver, neler neler bıraktık / Küserek ayrılırsak, olur inan ki yazık..."

Güzel bir anıyı hatırlamış gibi derinleşti Zeynep'in gözleri.

"Evet, bu şarkıyı biliyorum, Nihal Abla söylerdi. Yan komşumuzdu. Her akşamüstü yemek yaparken duyardık. Çok da güzel sesi vardı. Hep böyle şarkılar söylerdi."

"Tamam da bazıları hakikaten çok bayıyor ya," diye yakındı Ali. "Bizim yurtta bir edebiyat öğretmeni vardı, Şinasi Bey. Bu şarkıların meraklısı. Alışalım diye bize de dinletirdi. Dede Efendi, Itri filan... Öyle böyle değil, ölürdük sıkıntıdan."

Ders verir gibi konuşmak istemiyordum, ama bahsettiği büyük bestekârlar hakkında yanlış yargıda bulunmasına da gönlüm razı olmuyordu.

"Belki öğretmenin uygun şarkıları seçmemiştir. Mesela Dede Efendi'den 'Yine bir gül nihal aldı bu gönlümü' dinletseydi eminim sıkılmazdınız. Yahut Itri'nin 'Tûti-i mucize gûyem ne desem laf değil'ini."

"Bilmiyorum ki Başkomiserim," dedi anlamamış olmanın verdiği sıkıntıyla. "Fakat bu çalan şarkı iyiymiş." Melodiye uygun başını sallayarak mırıldandı. "'Maziye bir bakıver, neler neler bıraktık.' Güzel sözler be." Kendini kıstırılmış hissediyor olmalıydı, kurtulmak için arkadaşına baktı. "Sahi ya, biz bu şarkıları niye dinlemiyoruz?"

Ne diyeceğini bilemedi Zeynep.

"Abuk sabuk pop şarkılarından vakit kalmıyordur belki," diye sokuşturdum lafı. "Hani sesinden çok, şarkıcı hanımın bedeniyle ilgi çekmeye çalıştığı şu şarkılardan."

Suçunu kabullenen çocuklar gibi sessizce güldüler.

"Hakikaten Başkomiserim," dedi Zeynep neşesini yitirmeden. "Bu sabah, radyoda bir şarkı çalıyordu. 'Tuttun elimi, sıktın belimi, sevdin beni mi, döndün geri mi...' Valla abartmıyorum, böyle devam edip gidiyordu..."

"İyileri de var ama, hepsi de kötü değil."

Başımı çevirince Erdinç'le karşılaştım, masanın başında durmuş, sımsıcak bir gülümsemeyle bize bakıyordu.

"Merhaba Başkomiserim." Tek tek elimizi sıktı. "Hoş geldiniz." Zeynep'e bakarak muhabbeti sürdürdü. "Öyle değil mi ama, Barış Manço'nun, Cem Karaca'nın, Sezen'in ne kadar güzel şarkıları var..."

Böyle damdan düşer gibi Zeynep'le konuşulması pek hoşuna gitmemişti Ali'nin.

"Biz onlardan bahsetmiyoruz, şu abidik gubidik şarkıcılardan bahsediyoruz."

"Bu arkadaş Erdinç," diyerek araya girdim. "Meyhanenin ortaklarından, Zeynep'le Ali de benim yardımcılarım."

Muhabbetle süzdü Erdinç hepimizi.

"Biliyorum Başkomiserim, sizin ekibi kim bilmez?"

Ne yalan söyleyeyim şaşırmıştım, Erdinç beni tanırdı ama Zeynep'le Ali'yi nereden biliyordu? Aklımdakini okumuş gibi açıkladı.

"Hakkınızda yazılanlardan."

Gazetedeki haberlerden söz ediyor olmalıydı, aslında çok da özen gösteriyorduk adımızın geçmemesi için, ama demek ki daha dikkatli olmamız gerekiyordu.

"Evgenia Hanım yok mu?"

"Yok," dedim aldırmaz görünmeye çalışarak. "Yunanistan'dan akrabaları geldi, bu akşam Evgenia yok."

"O zaman söyleyeyim donatsınlar masayı." Ayrılmadan önce şöyle bir baktı. "Herkes rakı mı içiyor?"

Usulca elini kaldırdı Zeynep.

"Ben şarap istiyorum, beyaz şarap."

Ali de soğuk bir tavırla mırıldandı.

"Ben de bira içerim, ama fıçı bira... Bulunur değil mi?"

İşbilir bir mekân sahibinin kalenderliğiyle açıkladı Erdinç.

"Olmaz mı? İçkiler geliyor." Çekik gözlerini bana dikti. "Sizinki rakı, değil mi Başkomiserim bir değişiklik yok."

"Yok, Erdinç yok, yalnız karnımız çok aç, ne kadar çabuk olursa o kadar iyi."

Mutfağa yönelmeden önce bizi rahatlatmayı da ihmal etmedi:

"Tamam, hemen koşturuyorum Cengiz'i."

Mutfağa ilerleyen Erdinç'i izlerken, meyhanenin aklımda kalandan daha geniş olduğunu fark ettim, insanın gözünü yormayan sıcak bir sarı ışıkla aydınlanıyordu içerisi. Bizden başka kimse olmamasına rağmen sağ taraftaki şömineyi de yakmışlardı, cumbada üşürsek belki içeri geçeriz diye. Beyoğlu'nda eski meyhane geleneğini sürdüren az sayıdaki yerden biriydi, cumbasının dışında yine caddeye bakan iki balkonu vardı ki yaz aylarında masaya kurulup biranızı yudumlarken aşağıda dalgalanmakta olan renkli kalabalığı izlemenin zevkine doyulmazdı.

"Unutmadınız değil mi Başkomiserim," diyen Zeynep'in sesiyle masaya döndüm yeniden. "Bu hafta bize geleceksiniz. Dün gece tam üç kere söyledi annem. Bu sabah çıkarken de babam hatırlattı. Nevzat Bey'e selam söyle, mutlaka bekliyoruz diye. Gününü siz seçecekmişsiniz. Öyle söylediler."

Ayıp olmuştu, kaç zamandır çağırıp duruyordu insanlar. Çok da severdim Zeynep'in babası Veli'yi, ekmeğini taştan çıkaran, namuslu bir adamdı. Annesi de öyle, kocasının kıt maaşıyla üç çocuk büyütmek kolay mı? Gerçi bizim Zeynep de katkıda bulunuyordu aile bütçesine ama...

"Seni de çağırıyorlar tabii Ali," diye sözlerini sürdürdü. "Kamber'siz düğün olmazmış öyle söyledi babam."

Düğün lafını duyunca yüzü kıpkırmızı oldu bizim haytanın, ama belli etmemeye çalıştı.

"Sağ olsun, gelirim tabii," dedi ciddi bir tavırla. "Şahane adamdır Veli Amca... Sakine Teyze'nin yemeklerini de çok severim."

Şanslı adamsın, kadıncağız kayınvaliden olacak demek geçti içimden, ama aralarını bozmaktan korktuğum için söylemedim.

"Bu hafta yapalım o işi," diye bizim utangaç âşığı onaylamakla yetindim. "Biraz daha gecikirsek çok ayıp olacak. Bugün çarşamba, evet, bu pazar gidelim işte."

Bana uyar dercesine sessizce başını salladı Ali.

"Tamam o zaman, bu pazar geliyoruz Zeynepcim."

İki ayağımızı bir pabuca sokmuş olmaktan endişeliydi kızımız.

"Bana kalsa o kadar acele etmezdim ama..."

"Yok, yok Zeynep, ne zamandır çağırıyor insanlar, bu hafta hallediyoruz bu işi..."

"Teşekkür ederim Başkomiserim, ama Evgenia Hanım da gelecek değil mi?"

Bayılırdı Evgenia böyle davetlere.

"Gelmez mi? Son gördüğümde, çocukları toplayıp niye gelmiyorsun Tatavla'ya, diye azarladı beni. Çok özlemiş sizi..."

İkisinin de dudaklarında tatlı bir gülümseme belirdi.

"Biz de onu özledik Başkomiserim," dedi Ali samimi bir tavırla. "Bir ablam olsa ancak o kadar severdim. Süper bir insan valla." Tuhaf tuhaf bakmaya başlamıştı yüzüme. Onun için düşündüğüm evlilik meselesini, o da benim için mi düşünüyordu yoksa?

"Şu adam," diyerek bakışlarını kapıya diken Zeynep endişelerimi dağıttı. "Şu adam, şey değil mi?"

Kapıya bakınca gördüm o tuhaf polisiyeciyi; başındaki bereyi çıkartmış, paltosunun üzerindeki kar tanelerini silkeliyordu. Yanında saçı sakalı birbirine karışmış, zayıf biri vardı. Onu daha önce hiç görmemiştim. Sabah karşılaşmamış mıydım ben bu yazarla? Beni takip mi ediyordu ne? Hayır, içeri girer girmez, birini arar gibi dikkatli gözlerle etrafı araştırmamıştı. Fakat Erdinç'i tanıyor olmalıydı, baksanıza, hemen sarmaş dolaş olmuşlardı. Sarılıp koklaşmaları bitince, meyhane sahibi bizim masayı işaret etti. Demek yazarın benimle ilgilendiğini biliyordu, belki komşu olduğumuzdan bile haberdardı. Yoksa bu akşam Feraye'ye geleceğimi de o mu fısıldamıştı kulağına? Hayır, Erdinç ağzı sıkı çocuktu, yapmazdı. Belli ki rastlantıydı. Doğru, bak nasıl da şaşırdı beni görünce. Ama fark etmez, hemen sıyrıldı şaşkınlığından. Evet, tam düşündüğüm gibi sırıtarak bize yaklaşmaya başlamıştı bile. Ne tuhaf adam yahu, sanki canciğer dostmuşuz gibi nasıl da rahatça geliyordu yanımıza.

"Şu adam kimdi yahu?"

İşte bizim Ali de fark etmişti bu cüretkâr yazarı.

"Şey değil mi ya," diye bocaladı Zeynep. "Adı dilimin ucunda... Ya şey işte, yazar bu. Polisiye yazıyor. *Beyoğlu Rapsodisi* diye bir kitabı var. Tuhaf bir kitap. Beğensem mi, beğenmesem mi kararsız kaldım. Güya Agatha Christie'ye nazire olsun diye yazmış. Fakat alıştığımız polisiye romanlar gibi değil. Katili iyi gizlemiş, tamam da okuru biraz enayi yerine koyuyormuş gibi geldi bana. Ama hakkını yemeyelim, Beyoğlu'nun tarihini iyi anlatmış...."

Bakışları hâlâ bu tuhaf yazarın üzerinde olan Ali, biraz da telaşla mırıldandı:

"Buraya mı geliyor?" Yanıt alamayınca yineledi. "Evet, bize bakarak gülümsüyor. Sizi tanıyor galiba Başkomiserim..."

"Komşum..."

Genç arkadaşlarım aynı anda sordular.

"Komşunuz mu?"

"Evet, Nevzat Bey'le komşuyuz."

Herifteki cürete bak, tanıştırılmaya gerek duymadan pat diye girmişti lafın ortasından.

"İyi akşamlar." Elini uzatmıştı bile, tokalaşmamak ayıp olurdu, isteksizce sıktım elini. Aldırmadı bile, hâlâ ilgiyle kendisini süzen yardımcılarıma döndü. "Merhaba Zeynep Hanım, merhaba Ali Komiserim, sizleri burada görmek ne güzel." Bu samimiyetin sırrını çözemeyen arkadaşlarım da soru dolu gözlerle yazarı süzüyorlardı. "Nasıl gidiyor Tarlabaşı cinayeti soruşturması?"

Ali şimdi tersleyecek diye düşündüm, hayret, hiç itiraz etmedi, beni asıl şaşırtan ise Zeynep oldu.

"Daha başlardayız," diye ayrıntıya girdi. "Sandığımızdan daha karışık bir iş." Nerdeyse flörtöz bir tavırla gülümsedi. "Belki bir roman çıkartırsınız bundan."

Gördüğü ilgiden memnun, keyifle söylendi.

"Yardımcı olursanız elbette yazarım."

Sağduyusunu tümüyle yitirmemiş olacak ki, "Ama olay çözüldükten, katil yakalandıktan sonra," diye şart koştu Zeynep.

"Elbette, işinize burnumu sokmayı hiç istemem."

Güya saygılı davranmaya çalışıyordu ama suratındaki şu kendinden emin tavır yok mu, çıldırtıyordu beni. O usulca baş sallayış, sanki olan biteni biliyorum, her şey denetimim altında der gibi bakan o içe dönük gözler. Fakat Zeynep'in ilgisini yazarın hemen arkasında dikilen sakallı, zayıf adam çekmişti.

"Arkadaşınız da mı yazar?"

"Evet," dedi polisiyeci. Eğlenceli bir ifade belirmişti esmer yüzünde. "Ayhan da yazar, aynı zamanda şair ve aktör."

Terbiyeli bir gülümseme belirdi çok yönlü sanatçının yüzünde, hafifçe öne eğilerek masayı kibarca selamladı.

"İyi akşamlar, sizi burada görmek gerçekten büyük mutluluk."

Dayanamayıp iğneledim.

"Siz de polisiye şiirler mi yazıyorsunuz yoksa?"

Hiç alınmadı, aynı mütevazı tavırla yanıtladı.

"Yok Başkomiserim, ne haddimize, polisiye şiiri Attila İlhan yazmıştı. Cinayet Saati..."

"Hadi ya, polisiye şiir de mi var?" diye hayretle söylendi Zeynep. "Hiç duymamıştım. Siz biliyor muydunuz Başkomiserim?"

Aslında bu konuya hiç girmek istemiyordum ama meydanı bu iki yazar bozuntusuna bırakmaktan korkuyordum, daha şimdiden etkilemeyi başarmışlardı bizim çocukları, müdahale etmezsem anında masamıza çöreklenebilirlerdi.

"Biliyorum tabii, çok güzel bir şiirdir."

"Aklınızda mı, okusanıza Başkomiserim."

Ne oluyordu bu bizim Zeynep'e yahu? Niye böyle ısrar ediyordu.

"Yeri değil, başka zaman okurum."

Nerdeyse şımarık bir genç kız gibi diretti.

"N'olur Başkomiserim, çok merak ettim ama, nasıl oluyor polisiye şiir?"

Sırnaşık yazarın yanındaki şairin heveskâr bir tavır içinde şiir okumaya hazırlandığını fark edince, "Peki, birkaç dizesini okuyayım o zaman," dedim. Şiir okumaya bayıldığımdan değil, bu münasebetsiz ziyaretçileri bir an önce sepetlemek için. "Şöyle başlıyordu galiba: 'Haliç'te bir vapuru vurdular dört kişi / demirlemişti eli kolu bağlıydı ağlıyordu / dört bıçak çekip vurdular dört kişi / yemyeşil bir ay gökte dağılıyordu.'" Hayranlıkla beni dinleyen şaire baktım. "Böyleydi değil mi Ayhan Bey?"

"Aynen öyleydi Başkomiserim, neden durdunuz?"

Arkaya yaslanarak ciddi bir tavırla mırıldandım.

"Önemli bir mesele konuşuyorduk, şu anda şiir için pek vaktimiz yok."

Sadece o iki edebiyatçı bozuntusu değil, masadakiler de anlamıştı memnuniyetsizliğimi.

"Sizi daha fazla rahatsız etmeyelim," diye toparlandı polisiyeci. "Afiyet olsun..."

Arkadaşı da onu taklit etti.

"İyi akşamlar. Sizi görmek gerçekten güzeldi."

Hiç gönül koymadan sakince ayrıldılar yanımızdan, bizi göremeyecekleri yan tarafta bir masaya geçtiler.

"Ne tuhaf," diye söylendi Ali. "Sanki şu polisiye yazan adamı daha önceden tanıyor gibiyim."

Asıl tuhaf olan, öyle herkese kolay kolay kanı ısınmayan bizim yabaninin daha ilk karşılaşmalarında bu yazarı sevmeye başlamasıydı.

"Televizyonda görmüşsündür. Kitapları çıktığı zaman kanal kanal dolaşıp röportajlar veriyor."

Gözlerini kısarak başını salladı.

"Yok Başkomiserim, öyle değil, sanki çok eskiden tanıyor gibiyim. Yurtlarda filan öğretmenlik yaptı mı acaba? Oralarda bir yerlerde mi karşılaştık. Hiç yabancı gelmedi bana."

"Size bir şey söyleyeyim mi," dedi Zeynep, duyulmasından çekiniyormuş gibi sesini kısarak. "Ben de öyle hissediyorum. Yani daha önce televizyonda filan dinlemiştim tabii, gazetedeki röportajlarını okumuştum, ama böyle yüz yüze gelince bana da tanıdık geldi adam. Sanki bir akrabaymış gibi..."

İyice saçmalamaya başlamışlardı.

"Ne akrabası çocuklar! Dediğim gibi televizyonda ya da gazetelerde gördünüz, o yüzden tanıdık geliyor size. Bazı cinayet davalarında televizyonlara çağırıyorlar bunu. Yok siz olsaydınız bu cinayeti nasıl çözerdiniz filan diye. Oradan aklınızda kalmış işte. Adamın yazar olmasından da etkilendiniz, durduk yere esrar katıyorsunuz olaya."

Yadırgayan gözlerle baktılar yüzüme. Kızımız, oğlumuzdan daha cesur çıktı.

"Ondan hoşlanmıyor musunuz Başkomiserim?"

Elbette hoşlanmıyordum. Burnumun dibinde oturuyordu, orada burada zırt pırt karşıma çıkıyordu, soruşturduğum davalarla ilgileniyordu... Son derece sinir bozucu biriydi, neden hoşlanayım ki? Ama itiraf etsem, sebebini soracaklardı, ben de ikna edici bir açıklama yapamayacaktım.

"Yok canım, onu da nereden çıkardın Zeynep? Sadece fazla meraklı. Ne zaman karşılaşsam, elimizdeki dosyalarla ilgili sorular soruyor."

Evet, sonunda başarmıştım, ikisinin de gözlerinde kuşku bulutları dolanmaya başladı.

"Doğru, şimdi de Tarlabaşı'ndaki cinayeti sordu ya. Nerden biliyor sahi bunları?"

Nihayet Ali de destek çıkmıştı bana, ama Zeynep bizimle aynı fikirde değildi.

"Nereden bilecek," diye açıklamaya yeltendi. "Gazetelerden, televizyonlardan. Adamın yazdığı konu cinayet. Muhtemelen her gün gazetelerdeki cinayetleri okuyup notlar alıyordur."

Sahi, kadınlar bu sanatçıları niye hep hoşgörürler, hep olumlu bir önyargıyla bakarlar. Allahtan benim inatçı Ali'm öyle kolay kolay ikna olacak biri değildi.

"Onu anladık da Zeynepcim, bu davayla bizim ilgilendiğimizi nereden biliyor?"

Güzel kriminologumuzun pürüzsüz alnı kırıştı, zorlanmasına rağmen eminim sonunda mantıklı bir ihtimal bulacaktı, ama üzeri meze tabaklarıyla dolu bir tepsiyle, meyhanenin sevimli garsonu Cengiz görününce konu kendiliğinden dağıldı.

İncecik yüzünde, kocaman bir gülümsemeyle, "Merhaba Başkomiserim," dedi tepsiyi masanın üzerine koyarken. "Hoş geldiniz."

"Hoş bulduk Cengiz, neredeydin yahu?"

"Mutfaktaydım Başkomiserim, aşçı yamağı geç geldi de yardım ediyordum."

Becerikli hareketlerle mezeleri beyaz örtünün üzerine dizerken yarı şaka yarı ciddi sordum.

"Şu senin nişan işi ne oldu Cengizcim?"

Asma yaprağında sardalya tabağını koymuştu ki şöyle bir durdu. Utangaç gözlerle, bir Zeynep'e bir Ali'ye baktı. Anlaşılan baltayı taşa vurmuştuk, ama bu haliyle bırakamazdım çocuğu, cesaretlendirmem gerekiyordu.

"E diyordun ya, gidip kızı isteyeceğiz diye?"

Masum bir gülümsemeyle sıyrıldı mahcubiyetinden.

"İsteyeceğiz Başkomiserim, kız hazır. Biz konuştuk, anlaştık. Bu yaz gideceğiz inşallah, ama söz verdiniz, siz de geleceksiniz."

"Tamam Cengizcim, bize düşen görev neyse yaparız."

"Sağ olun Başkomiserim, zaten bizi hiç yarı yolda bırakmadınız..."

Sevimli garson, özel soslu ahtapotla levrek marineyi deniz börülcesinin yanına koyarken hiç gereği yokken başka bir konuya geçti Ali.

"Başkomiserim, şu Beyoğlu'nun En Güzel Abisi muhabbeti ne ya? Barbut İhsan anlatıyordu bugün siz gelmeden önce..."

Yine şu netameli konu. Hiç kapağını kaldırmamakta fayda vardı.

"Her duyduğuna inanma," diye geçiştirmeye çalıştım, ama az önceki tutukluğundan kurtulan Cengiz'in işgüzarlığı tuttu.

"Evet, evet, öyle," diye onayladı yardımcımı. "Beyoğlu'nun En Güzel Abisi derler burada Başkomiserime... Köyden geldiğimde duymuştum ilk. Hatta çok merak ettim kimmiş bu Beyoğlu'nun En Güzel Abisi diye." Yine o kırmızılık yayıldı zayıf yanaklarına. "Kusura bakmayın Başkomiserim ama Cüneyt Arkın gibi artist filan zannediyordum Beyoğlu'nun En Güzel Abisi'ni..." Ali'ye dönerek sürdürdü anlatmayı. "Sonra bir gün beni içeri aldılar. Turist bir kadının cüzdanı çalınmış, beni suçluyorlar. Nezarethanede üç iri memur etrafımı sardı, ellerinde hortumlar... İş ciddi yani... Sağ olsun Başkomiserim, Hızır gibi yetişti. İşte o gün anladım Beyoğlu'nun En Güzel Abisi'nin kim olduğunu. İstiklal'de hangi esnafa sorsanız bilir, Başkomiserimi... Tabii eski olanlar."

Asla hak etmediğim sözlerdi bunlar.

"Hadi hadi Cengiz," diyerek kestim lafını. "Gevezeliği bırak da bize ekmek getir, öldük açlıktan... Bak rakı da yok hâlâ..."

"Hemen Başkomiserim..."

Elindeki boş tepsiyle mutfağa yönelen garsonun ardından bakarak söylendim.

"Millet abartmayı nasıl da seviyor."

"Siz de fazla mütevazısınız."

Anlaşılan bu gece, bunlar elbirliğiyle sinirlendirmeye karar vermişlerdi beni.

"Yapma Zeynep," diye homurdandım. "Mütevazılıkla ne ilgisi var?"

Anında yetişti arkadaşı yardımına.

"Yani kurtarmadınız mı Cengiz'i?"

"Kurtaracak bir şey yoktu ki Ali. Cüzdanım çalındı diyen kadın, Alzheimer hastasıydı. Hastalık henüz çok ilerlememişti, biraz dikkatli bakan bir göz anlardı bunu. Kadıncağız cüzdanını otelde unutmuş, ama yanına aldığını sanıyordu. Neyse, sonunda gerçek ortaya çıktı, Cengiz'i de serbest bıraktılar. Hepsi bu."

"Hepsinin bu olduğunu sanmıyorum." Evet, yine Zeynep. Başkomiserlerini almışlar ortalarına sıkıştırıyorlardı işte. "Siz olmasaydınız, kimse kadının hasta olduğunun farkına varmazdı. Zavallı Cengiz de yediği sopayla kalırdı. Belki hapse bile girerdi. Çocuk, size saygı duymakta haklı..."

Evet, bir zamanlar bir başkası da saygı duymuştu bana, inanmıştı, ama sonunda bu inancın bedelini çok ağır ödemişti. Hayır, şimdi bu konuyu açmanın ne yeri ne de zamanıydı.

"Ben Cengiz'e özel bir iyilik yapmadım arkadaşlar," diyerek masada dönen muhabbete sadık kaldım. "Bir polis olarak vazifemi yerine getirdim. Bu çocuktan her ay alınan vergilerle ödenen maaşımın karşılığını verdim... Yok, hiç öyle bakma Zeynep. Kötü bir durumdan bahsediyorum. Devlet, vatandaşa karşı olan görevini gerektiği gibi yerine getirse ne Beyoğlu'nun en güzel abisi olur ne de en şahane babası... Devlet işini yapmadığı için, görevini yapan memurlar kahraman muamelesi görüyor... Öyle bir şey yok. Ben yapmam gerekeni yaptım. Benim yerimde olan her polisin yapması gerekeni... Anladınız mı?"

"Anladık," diye usulca başını sallayan Ali'nin heyecanı geçmişti, ama Zeynep'in yüzündeki o hayranlık ifadesi kaybolmuyordu.

"Olsun, yine de insanların sizi sevmesi çok güzel Başkomiserim."

O anda yeni bir şarkı başladı meyhanede. Münir Nurettin Selçuk söylüyordu. "Ne doğan güne hükmüm geçer / ne halden anlayan bulunur."

"Kimsenin kimseyi öldürmediği bir dünya..."

"Ne iş ama, iki ayrı kişi, aynı gece Engin'i öldürmeyi planlamış." İlk kadehten sonra, Zeynep'in gözlerine şarabın mahmurluğu vurmuştu. Dili tatlı tatlı dolanmaya başlamıştı bile, ama inatla soruşturma üzerine konuşmayı sürdürüyordu. "O kadar çok düşmanı varmış ki adamın... İki ayrı katil birbirinden habersiz aynı gece harekete geçmişler..."

Kar tümüyle durmuştu, ama rüzgâr çıkmış olmalıydı, görünmeyen bir el, oturduğumuz cumbanın pencerelerini zorluyordu. Aşina olmadığım bir Ege türküsüyle, caddedeki rüzgârın şarkısı birbirine karışıyor, tuhaf bir uğultu oluşturuyordu.

"Bu kadar rastlantı biraz fazla değil mi?" Altın sarısı sıvıyla dolu bardağı avuçlarının arasına almıştı Ali. "Birkaç saat içinde iki ayrı cinayet girişimi diyorum..."

Onun da gözleri dumanlanmış, yüzü düşmüştü. Dün geceden beri yaşananların yorgunluğu şimdi çıkıyor olmalıydı. İçtiği biranın etkisini de küçümsemeyelim tabii.

"Ama yılbaşı gecesi olduğunu unutmayalım." Yüzünde zeki bir ifadeyle, işaretparmağını usulca yukarı kaldırdı Zeynep. "Her yerde eğlence, her yerde curcuna. Kim kime, dum duma. Taksim, Beyoğlu, Tarlabaşı, sokaklar insan kaynıyor, herkes sarhoş. Herkes bir dünya... Cinayet için mükemmel bir zaman değil mi?"

"Hepsi tahmin Zeynepcim," diye ısrarını sürdürdü Ali. Sağ elini soğuk bardaktan çekmiş, muhtemelen ateş gibi yanan alnına koymuştu. "Engin'in çok hasmı olduğu bir gerçek. Tamam, aynı gece iki kez öldürülme girişimi olabilir, ama Titiz Tarık'a anahtarları kimin verdiğini öğrenemezsek bu işi çözemeyiz."

Güya eğlenmek için gelmiştik buraya, biraz kafa dağıtmak için, ama laf dönmüş dolaşmış yine cinayete gelmişti. İşin kötüsü hiç mutsuz değildim bundan. Kadehimdeki serin rakının tadını çıkara çıkara içtikten sonra ben de katıldım tartışmaya.

"Titiz Tarık'ı kimin kiraladığını öğrenmek de yetmez. Onunki başarısız bir cinayet girişimi, ama bu işi başarmış gerçek bir katil var."

Sağ elinin dört parmağını gösterdi Ali.

"Ve en az dört katil adayı." Parmaklarını tek tek kaparken konuşmasını sürdürdü. "Barbut İhsan, Kara Nizam, İtalyan mafyası ve Saltanat Süleyman."

Kaşları çatıldı Zeynep'in.

"İlk üçünü anladım da, şu Saltanat Süleyman kim?"

Arsızca gülümsedi bizim kopil.

"Muhabbet tellalı..." Biraz da içkinin verdiği rahatlıkla iyice cüretkârlaştı. "Bildiğin pezevenk, ama değişik bir hikâyesi var. Engin kumarda fena ütmüş bu Süleyman'ı. Sermayesi olan üç kadını almış elinden. Gerçi bu işin ne zaman olduğunu bilmiyoruz, ama seni almaya gelmeden önce bir kavgaya tanık olduk. Acayip bıçak kullanıyor bu Süleyman. Az kalsın birini çivileyecekti gözlerimizin önünde." Eliyle alnına vurdu. "Sahi ya, bıçağı sana vermeyi unuttum." Yanına koyduğu lacivert paltosunun iç cebine soktu elini. "Evet, işte burada." Ucu sivri, kesici aleti arkadaşına uzattı. "Buyur, ellerinden öper..."

Uzatılan bıçağı yadırgamıştı kriminologumuz.

"Delil böyle mi taşınır Ali?"

Dışarıdaki sert rüzgârdan daha soğuk bir yel esti masada. Böyle bir davranış beklemeyen yardımcım o kadar şaşırmıştı ki bir an ne diyeceğini bilemedi.

"Ali'nin suçu değil," diyerek açıklamaya çalıştım. "Olay birden gelişti, bıçağa öylece el koymak zorunda kaldık."

Hayır, ikna olacak gibi değildi titiz kızımız, saçları düşüp yüzünün sol tarafını kapattığı için, sağ gözüyle dik dik baktı.

“Hiç değilse bir kâğıda sarsaydı Başkomiserim. Parmak izi filan kalmamıştır şimdi.”

“Ne yapayım kalmamışsa.” Evet, kendini toparlayan Ali, hiç vakit yitirmeden saldırıya geçmişti bile. “Millet başımıza yığılmış, birinin elinde tabanca, ötekinde bıçak... O sırada kâğıdı nereden bulacağım ya... Bıçağı saplandığı tabeladan çıkarıncaya kadar anam ağladı zaten.”

Artık alışmıştım onların kedi köpek gibi didişmelerine, yine de ileri gitmelerine izin veremezdim.

“Neyse, uzatmayalım. Zeynep, şu bıçağı bir incele bakalım. Belki numinol testi filan yaparsın, maktule ait kan bulursan işimiz çok kolaylaşır...”

Kriminologumuz boyun eğerken, “Boşuna çaba Başkomiserim,” diyerek küllenen ateşi yeniden alevlendirdi bizim dövüş horozu. “O işi Süleyman yapmamıştır.”

Neyse ki Zeynep cevap verme gereği bile hissetmeden bıçağı çantasından çıkardığı delil torbasına yerleştirdi. Ben de Ali’yi hiç duymamış gibi rakı kadehime uzandım yeniden. Ama suskunluk stratejimiz hiçbir işe yaramadı.

“Süleyman diyorum Başkomiserim,” diye üsteledi öfkesi burnunda olan yardımcım. “Bence cinayeti o işlemedi. Sinsice işler yapacak bir adam değil o. Bugün siz de gördünüz, birini öldürecekse herkesin gözü önünde vurur...”

Hayır, Süleyman’ın suçsuzluğunu kanıtlamak peşinde filan değildi, Zeynep’le didişmek istiyordu. Ama kızcağız yine uymadı, belki de az önce gereksiz yere yüklendiğini anlamıştı. Delil torbasına koyduğu bıçağı çantasına atarken, “Olabilir Alicim,” dedi sakin bir sesle. “Yine de bıçağı incelememizde fayda var.”

“Boşa çaba.” Öfkelendiği için meslektaşının yüzüne bile bakmıyordu. “Hiçbir şey bulamazsınız. Ben de o yüzden fazla önemsememiştim zaten senin bıçağını...”

Buz gibi bir bakış fırlattı Zeynep.

“Benim bıçağımı mı?”

Eyvah, fırtına koptu kopacaktı.

“Aslında ben Barbut İhsan’dan şüpheleniyorum.” Hiç düşünmeden dökülmüştü bu sözcükler ağzımdan. “Engin’in öldürülmesinin planlı olduğunu da hiç sanmıyorum. Bence maktul pervasızlığının kurbanı oldu. Gecenin o vaktinde Barbut'un mekânının önünden geçmeyecekti." Ayaküzeri uydurduğum bu senaryo, katili bulmamıza ne kadar yardım ederdi bilmiyorum, ama birbirine delice âşık bu iki aptal çocuğun dikkatini çekmeyi başarmıştım. "Evet arkadaşlar, bence olay aynen şöyle oldu. Engin, Tarlabaşılılar Kulübü'nün önünden geçiyordu. Muhtemelen bir yerlerde eğlenmişti, muhtemelen kafası da kıyaktı. Kumarhanenin önünden geçerken Barbut'un takımından birileriyle karşılaştı." Ali'ye baktım. "Bugün kumarhanede gördüğümüz heriflerden biriyle."

"Şu cep herkülünü mü kastediyorsunuz?"

İşte havaya girmeye başlamıştı bizim heyecanlı polis.

"Olamaz mı?"

Oturduğu yerde toparlandı.

"Olabilir Başkomiserim." Sesine esrarengiz bir hava vermişti. "Bana da pek tekin gelmedi o herif. Dekor olsun diye bar tezgâhında dikilen o zibidilerde, adam öldürecek surat yoktu. Ama o kıçı yere yakın herifin bakışı bakış değildi. Adı neydi ya?"

"Necmi, Pire Necmi... Pire Necmi'yle Engin Tarlabaşılılar Kulübü'nün önünde karşılaştılar. Birbirlerini görünce öfkeli kediler gibi kabardılar... Ters bakıştılar, birbirlerine posta koydular, küfür filan derken Engin'in eli tabancasına uzandı, ama Pire Necmi atik davrandı, çektiği bıçağını daha önce savurdu. Engin sizlere ömür. Cesedi ortadan kaldırmak için fırsat yoktu. Kumarhaneyi kapatıp ortalıktan kayboldular..."

"Mümkün." Dirseklerini masaya dayayan Zeynep, ellerinin üzerinden soru dolu gözlerle bakıyordu yüzüme. "Peki, Titiz Tarık'ın maktulün evinde olmasını nasıl açıklayacağız?"

Az önce Zeynep'le dalaşan o değilmiş gibi hevesle atıldı bizim aklı rüzgârlı polis.

"Aklıma matrak bir ihtimal geliyor..." Kendini tutamayıp sessizce güldü. "Şimdi, diyelim ki Barbut İhsan bu işi bitirmeye karar veriyor. Engin'in defterini dürmekten bahsediyorum. Titiz Tarık'ı kiralıyor. Öyle değil mi Başkomiserim, Tarık bunun kumarhanesine gidip gelirmiş. Belki de kumar borcu vardı Barbut'a. Her neyse, tetikçi işe koyuluyor; hesabını kitabını yapıyor ve yılbaşı gecesi Engin'i indirmeye karar veriyor, hem de adamın evinde. Ama kaderin cilvesi bu ya, Engin'in o gece Tarlabaşılılar Kulübü'nün önünden geçeceği tutuyor. Sizin de dediğiniz gibi İhsan'ın çakallarıyla karşılaşıyor sokakta, olan oluyor, hadi Engin tahtalı köye... Tamam, durum acayip. Ama daha da acayibi var. Olayı, bir de Barbut İhsan'ın açısından düşünelim. Adam her şeyi inceden inceye planlamış, kiralık katil tutmuş, hasmını halledecek, kimse de onu suçlayamayacak. Fakat işe bakın ki hiç akla gelmeyecek bi'şey oluyor, hasmı tam da mekânının kapısı önünde, üstelik kendi adamları tarafından öldürülüyor. Şoka bak..."

Mavra olarak başlayan muhabbet gitgide ilginç bir akıl yürütmeye dönüşmüştü. Ali'nin tespiti de hiç yabana atılacak gibi değildi. Sabahın köründe Janti Cemal'in beni araması, Barbut'un iyice telaşlandığını gösteriyordu. Mekânının önünde birinin öldürülmüş olması, üstelik bu kişinin hasmı olması elbette endişe yaratabilirdi, ama masum birinin bu kadar paniğe kapılması da kuşku vericiydi. Yine de emin olmak zordu. Sevindirici olan bizim inatçı âşıkların didişmekten vazgeçip kafa kafaya vererek cinayete yoğunlaşmalarıydı.

"Ya anahtar? Engin'in evinin anahtarı?" Zeynep'in sorusu yeni bir suskunluk dalgası yarattı masada. "Titiz Tarık diyorum, anahtarı Barbut İhsan'dan mı aldı? Peki Barbut kimden aldı o zaman?"

Hayır, mesele çıkarmak için sormuyordu, o da bizim gibi hikâyenin eksik bölümlerini tamamlamaya çalışıyordu. Ama birimizin de şeytanın avukatı olması gerekiyordu, o görevi ben üstlendim.

"Ya yanılıyorsak? Ya Barbut değil de Kara Nizam'sa aradığımız kişi."

Hayretle bakıyorlardı; bu ne perhiz bu ne lahana turşusuydu şimdi. Barbut'tan şüphelendiğini söyleyen ben değil miydim az önce, ne olmuştu da bu tezimden vazgeçmiştim?

"Öyle tuhaf tuhaf bakmayın yüzüme. Saçmalıyor filan değilim. Sadece farklı bir varsayımdan söz ediyorum. Ayrıca Engin'in katilinin Barbut'un adamları olabileceği ihtimalinden de vazgeçmiş değilim. Eğer öyle olduysa bunun bir rastlantı sonucu gerçekleştiğini, oysa Kara Nizam'ın Engin'i öldürtmek için zaten harekete geçmiş olabileceğini anlatmaya çalışıyorum. Yani Engin, Tarlabaşılılar Kulübü'nün önünde Barbut'un adamları tarafından öldürülmeseydi bile, evde kendi patronunun kiraladığı Titiz Tarık'ın Glock marka tabancasından çıkan kurşunlarla can verecekti. Öyle değil mi? Nizam'ın evin anahtarlarını ele geçirmesi Barbut'a göre çok daha kolay. Gece gündüz beraberler. Üstelik Nizam'ın Engin'i öldürtmesi için, en az İhsan kadar iyi nedenleri olduğunu da biliyoruz. Hatırlasana Ali, evdeki tapuları öğrenince nasıl da bozuldu Nizam?"

Şaşkınlıkla söylendi Zeynep.

"Tapulardan haberi yok muymuş Nizam'ın?"

"Yokmuş, hatta tapuların sahte olduğunu iddia etti. 'Hepsi Barbut'un oyunu, beni katil göstermek için bu tezgâhı kurmuş,' dedi. Ama ya tezgâhı kuran kendisiyse? Ya Barbut'un söyledikleri doğruysa? 'Engin işin başına geçmek istiyor, Nizam bu yüzden öldürdü onu,' demişti Barbut, yanlış hatırlamıyorum değil mi Alicim?"

Masaya oturduğumuzdan beri devirdiğimiz kadehler hükümsüz kalmış, herkes ayılmıştı.

"Doğru hatırlıyorsunuz Başkomiserim, aynen öyle söyledi. Ayrıca Çilem'i de unutmayalım. Eğer Barbut'un dediği doğruysa, yani Engin kızı bu işte kullandıysa, Nizam çok bozulmuş olabilir. Yeğenleri de Çilem meselesinden pek hazzetmiyorlarmış zaten."

"Yani bir aşk cinayetiyle mi karşı karşıyayız?" dedi Zeynep, saçlarını düzeltirken. "Babaların hesaplaşmasının altından bir kadın meselesi mi çıkacak?"

Öyle düşünmüyordum, ama Ali'ye hiç de yanlış gelmedi bu fikir.

"Neden olmasın? Dünyada en çok cinayet aşk nedeniyle işleniyor. Namustu, töreydi, kıskançlıktı, millet birbirini acımasızca boğazlıyor."

Önündeki şarap kadehine uzanırken derinden gelen bir öfkeyle mırıldandı kriminologumuz.

"Daha çok kadınları öldürüyorlar..."

"Ama bu davada değil..." diye itiraz etti Ali. "Hatta bu davada belki de katil ya da azmettirici kadınlar. Eğer Engin'i öldürten Nizam'sa, belki de onu kışkırtan Çilem'dir."

Abartmaya başlamıştı, hiç mantıklı değildi sözleri, zaten Zeynep de cevabını vermekte gecikmedi.

"Sanmıyorum Ali, gerçi fotoğraftaki şu üç kadını sorgulamadık, ama böyle düşünmek için elimizde hiçbir veri yok."

Şarap kadehi elinde öylece kalmıştı, yeni bir gerilim mi başlıyordu aralarında? Belki de kabahat bendeydi, birlikte çalıştığım insanlarla asla içki içmemeliydim. Ama onlar sadece birlikte çalıştığım insanlar değildi, onlar Ali'yle Zeynep'ti, onlar benim ailemdi. Neyse olan olmuştu, ama fikir jimnastiğini artık noktalamanın zamanı da gelmişti.

"Anlayacağız arkadaşlar," diyerek ben de kadehime uzandım. "Hadi bakalım, ne kadın ne erkek, hiç kimsenin öldürülmediği bir dünyaya içelim."

Elbette ikisi de anlamıştı niyetimi, ama itiraz etmediler, çağrıya uyup kaldırdılar kadehlerini. Belki artık onlar da bıkmışlardı didişmekten. Hatta yüzü umutlu bir gülümsemeyle aydınlanan Zeynep sözlerimi tekrarladı.

"Evet, kimsenin kimseyi öldürmediği bir dünyaya..."

Tam kadehlerimizi birbirine dokundururken duydum zil sesini... Benim telefonumdu çalan, aldırmadım, arayan bekleyebilirdi. Gitgide lezzetlenen rakımdan kallavi bir yudum aldım. Zeynep de duymuştu zil sesini, kadehlerimizi masaya koyarken uyardı.

"Telefonunuz çalıyor Başkomiserim."

"Biliyorum."

Hiç acele etmeden cebimden telefonu çıkardım. Tanımadığım bir numaraydı.

"Alo?"

"Alo Başkomiserim... Ben polis memuru Sami... Hani dün akşam cinayet mahallinde karşılaşmıştık ya."

Olay mahallinde gördüğümüz iki polisten çelimsiz olanı.

"Evet Sami, hayrola?"

"Pek hayır değil Başkomiserim," dedi, ama sıkıntı hissedilmiyordu sesinde. "Yeni bir cinayet... Öztarlabaşılılar Kulübü'nün önünde bir cinayet işlendi."

"Görmüyor musunuz katiller orada!"

Tarlabaşılılar Kulübü'nün alt paralelindeki sokakta yer alıyordu Öztarlabaşılılar Kulübü. Kıymet bilmeyen mahallelinin elinde eprimiş, çürümüş, yıkılmaya yüz tutmuş o kâgir binalardan oluşan kambur bir sokakta. Nizam da hasmı Barbut İhsan gibi o yüzyıllık binalarından birine sermişti postu. Ama itiraf etmek gerekirse bu bina daha görkemliydi, daha güzeldi, alacakaranlıkta tam olarak anlaşılmasa da sanırım dış cephesi de elden geçirilmişti. Yine de, daha sokağın girişinden görülen turuncu ışıktan harflerle yazılmış Öztarlabaşılılar Kulübü tabelası, bu tarihi binanın mimarisiyle fena halde çelişiyordu. Dün gecekinden çok daha fazla polis vardı sokakta, girişi ve çıkışı tutan iki ekip otosunun kırmızı mavi ışıkları karlar üzerinde yanıp sönüyordu. Girişteki aracın önünde bekliyordu Sami. Karanlıktaki siluetimizden tanımıştı bizi. Bir adım öne çıkarak hazır ol vaziyeti aldı.

"Merhaba Başkomiserim." Öztarlabaşılılar Kulübü yazan binaya yöneldi. "Buyurun şöyle gidelim."

Cinayet haberini aldığımdan beri aklımı kurcalayan konuyu sordum hemen:

"Maktul bıçakla mı öldürülmüş?"

Kafasıyla birlikte çelimsiz bedenini de salladı.

"Yok Başkomiserim, tabancayla... Yedi el ateş edilmiş."

"Yedi el mi?" diye hayretle söylendim. "Maktulün de silahı mı varmış."

Bakışlarını kaçırdı.

"Maktulün arkadaşlarının varmış." Sözlerinin arkasında duramadı. "Yani zanlı öyle söylüyor. Olay yerinde başka silah bulamadık. Mermi kovanı, çekirdek filan da yoktu."

"Cinayet silahını buldunuz mu?"

Gergin yüzü rahatladı.

"Tabii Başkomiserim... Dokuz mm.lik bir Browning. Şu özel yapımlardan, kabzası da gümüş kaplamalı... Ruhsatı da var... Binanın içinden ateş edilmiş." Eliyle ilk kattaki pencereyi gösterdi. "İşte şuradan."

Şaşkınlıkla suratına baktığımızı görünce baklayı ağzından çıkardı.

"Zanlı kulüpte bizi bekliyordu. Her şeyi anlattı..."

Bu kadar lakaytlığa dayanamayan Ali patladı sonunda.

"Söylesene be adam, kimmiş bu zanlı?"

"Kudret." Neden kızdığımızı anlamamıştı bile, haksızlığa uğramış gibi mırıldandı. "Kara Nizam'ın yeğeni Kudret."

Akşamüzeri amcasıyla konuşurken yan masada oturan karanlık bakışlı ikizlerden biri olmalıydı. Hangisiydi acaba? Ne önemi var? Peki dünkü cinayet? Engin'i öldüren de Kudret miydi? Ardı ardına uçuşuyordu kafamda sorular, ama Ali yine benden önce davrandı.

"İtiraf etti mi suçunu? Niye öldürmüş?"

İnsanı çıldırtan aynı vurdumduymazlıkla yanıtladı.

"Terörist oldukları için... Mekânlarına molotof kokteyli attıkları için..."

"Dur, dur," dedim işin önemini anlaması için sert bir sesle. "Şu olayı başından anlat. Ama en başından, hiçbir ayrıntıyı atlamadan."

Yanlış anlayıp yürümeyi kesti.

"Hayır durma, hem yürüyelim hem de anlat."

Sıkıntıyla gözlerini devirdi ama buyruğuma uymamazlık edemedi.

"Tabii Başkomiserim. Sayılarını tam tespit edemediğimiz sekiz on kişilik terörist bir grup, saat on bir sularında Öztarlabaşılılar Kulübü'nün önüne gelmiş. Aslında kulüp Engin Akça'nın ölümü nedeniyle kapalıymış, ama Kudret'le Medet ve onların iki kuzeni içeride kafa çekiyorlarmış. Gruptakilerden biri elindeki molotof kokteylini ateşleyerek kulübün penceresine savurmuş. Yanan şişe, camı kırarak oturdukları masanın önüne düşmüş. Her tarafı alev almış tabii, Medet'le iki kuzeni yangını söndürmeye çalışırken Kudret de yan odanın penceresini açmış, 'Ne yapıyorsunuz, yapmayın!' diye bağırmış. Ama sokaktaki eylemciler aldırmamışlar, 'Defolup gidin buradan,' diye haykırarak benzin dolu bir şişeyi daha Kudret'e doğru fırlatmışlar. Şişe Kudret'e isabet etmemiş, duvara çarpıp yere düşmüş. Ellerinde silahları da varmış. İki tane kalaşnikoftan bahsediyor Kudret. Kalaşnikofları görünce gayriihtiyari silahını çekmiş. 'Öldürmek kastıyla ateş etmedim, kendimi korumaya çalıştım,' diyor ama, işte eylemci ölmüş..." Başıyla üniformalı polislerin gerisindeki bir yeri işaret etti. "Ceset orada, incelerseniz ne demek istediğimi daha iyi anlarsınız."

"Bunları zanlı mı anlattı sana?"

İnanmadığımı düşünmüş olacak ki yüzü düştü.

"Sadece Kudret değil Başkomiserim, ötekiler de aynısını anlattılar."

Ağzında lafı yuvarlıyor, muğlak konuşuyordu.

"Ötekiler derken Kudret'in ikizi Medet'ten ve kuzenlerinden mi bahsediyorsun?"

İri iri açıldı koyu renk gözleri.

"Başka tanık yoktu ki. Hem tanıyorum, Kudret yalan söylemez."

"Nerden tanıyorsun?" diye payladı Ali. "Arkadaşın mı yoksa?"

"Yok Komiserim hâşâ, nerden arkadaşım olacakmış onun gibi zibidiler. Yani bunların emniyete çok girip çıkmışlığı vardır, oradan tanıyorum hepsini. Her pislik vardır bu Kudret'te, ama yalanına rastlamadım diyorum."

"Engin'i niye tanımıyorum dedin dün gece?"

Ali'nin sorusu bir tokat gibi patladı çelimsiz polisin suratında.

"Na... Nasıl Komiserim?"

"Bir de anlamazlığa mı vuruyorsun?" diye kükredi yardımcım. "Engin'i tanımıyorum demedin mi lan sen? Şimdi de diyorsun ki bunların hepsini tanırım. Hepsini tanıyorsan Engin'i nasıl bilmiyorsun? Engin bunların adamı değil mi oğlum?"

"Yok yani yanlış anlaşılmış. Ta... Tabii Engin de bunların adamı da..."

Konuştukça daha çok batıyordu.

"Tamam Sami, tamam," dedim uzatmamak için. "Engin meselesini sonra konuşacağız. Şimdi lafı dolandırmadan söyle. Eylemcilerle konuştun mu, onlar ne anlattı sana?"

Ardı ardına yutkundu zayıf meslektaşımız.

"Onlarla da konuşacaktık tabii, ama yoktular. Silahlı çatışmadan sonra kaçmışlar... Teröristlerin sayılarını da o yüzden tespit edemedik ya. Arkadaşları vurulunca paniklediler herhalde."

"Nasıl teröristmiş lan bunlar?" diye kinayeli bir tavırla söylendi Ali. "Ellerinde iki keleş var, ama tabancayı görür görmez tabanları yağlıyorlar..."

Dilini yuttu Sami. Onunla uğraşmaya değmezdi.

"Sabah Barbut'un mekânına molotof atanlar olmalı," diye mırıldandı Zeynep. "Ellerinde silah olduğunu filan da zannetmiyorum. Kudret ateş açınca panikleyip kaçtı aptal çocuklar..."

Muhtemelen öyle olmuştu, ama şu anda kimliğini bilmediğimiz meçhul eylemcilerden daha önemlisi elimizdeki zanlıydı.

"Nerde şimdi bu Kudret?"

"Merkezde Başkomiserim... Burada kalmasının sakıncalı olacağını düşündük. Maktulün arkadaşlarının toplanıp kulübü basmasından endişelendik. Belli ki öldürülen eylemci siyasi bir grubun üyesi. Ne olur ne olmaz diye zanlıyı gönderdik. Kudret merkezde, sorgu için sizi bekliyor... Yani vakit geç oldu tabii de... Yani sorgulamak isterseniz. Yarına da bırakabilirsiniz elbette..."

Densiz densiz sayıklamalarına cevap vermeyince eliyle cinayet mahallini gösterdi.

"İşte maktul de orada Başkomiserim... Merak etmeyin kimseyi hiçbir şeye dokundurtmadım."

Bakışlarımız Öztarlabaşılılar Kulübü önüne kaydı. Beyaz karların üzerinde kandan oluşan bir adanın içinde yatıyordu maktul. Katılaşmış parmaklarının arasında hâlâ sımsıkı tuttuğu şişeden benzin kokusu yayılıyordu soğuk havaya. Yeşil bir parka vardı sırtında, bacaklarında mavi bir kot pantolon ve şaşılacak şey, ayaklarında yazlık bir spor ayakkabı. Üniformalı polislerden birinin bacağı araya girdiği için önce başını göremedim. Tıpkı Engin gibi sırtüstü düşmüştü yere. Ama sadece göğsünün sol tarafı değil, parkası olduğu gibi kana batmıştı, kana ve kara... Aramıza giren polis iki adım sağa kayınca başını da gördüm; incecik bir yüz... Beyaz karların üzerine bir yas duvağı gibi yayılmış gece rengi saçlar...

"Bu bir kız," diye şaşkınlıkla söylendi Zeynep. "Bir kızı öldürmüşler."

Evet, bir kızdı yerde yatan, başının az ilerisinde yeşil bir bere duruyordu. Rengini kestiremediğim gözleri tıpkı Engin gibi gökyüzünde bilinmez bir nesneye takılıp kalmıştı. Birden yedi yıl öncesinden gelen başka bir görüntü kapattı genç kızın cesedini. Başka bir genç kızın ölüsü. Muhtemelen aynı yaşlarda... Kısa, kıvırcık saçlı, ufacık yüzlü, üzüm gözlü... Kurşunla değil, bıçakla öldürülmüş bir kız, öz babası tarafından. Birkaç sokak ötede. Hayır, kar yağmıyordu, kış değildi. Sıcak nemli, bunaltıcı bir temmuz gecesi. Dünyanın son gününü çağrıştıran, Allahın belası bir yaz gecesi... Tıpkı bu kızcağız gibi sırtüstü düşmüştü yere... Kendi kanının ortasında yatıyordu. Tek fark, onun cesedinin etrafında kimsecikler yoktu. Yaz gecesi olmasına rağmen, bir Allahın kulunu bulamamıştık sokaklarda. Koca mahallede bütün insanlar sanki yer yarılmış içine girmişti. O sıcak gecenin içinde, ılık taşların üzerinde kendi ailesi tarafından öldürülen o genç kızın soğumaya yüz tutmuş bedeni vardı sadece.

"Katiller... Katiller..."

Hayır, benim sesim değildi bu. Hayır, o yaz gecesi ben dahil hiç kimse sokakta böyle cesurca haykırmamıştı.

"Katiller, katiller..."

Hayır, zihnimin puslu odalarında unutulmuş anılardan değil, dondurucu kış gecesinin hüküm sürdüğü Tarlabaşı'ndaki bu sokağın girişinden geliyordu ses. Acılı bir kadın sesi.

"Nasıl kıydınız Fidan'ıma... Alçaklar, katiller..."

Kızın annesi miydi yoksa? Sevindim kızın adına, ölümüne üzülen bir annesi vardı hiç değilse. O yaz gecesi vücudu delik deşik edilen zavallının annesi tek damla gözyaşı dökmemişti kızının ardından. Dikkatle kadının geldiği yöne baktım. Sesin sahibi yaklaşınca tanıdım, Nazlı adındaki kadındı bu. Akşamüzeri yürüyüşçülerin başında gördüğümüz eylemci. Şu kültür merkezinin sahibi olan kadın. İki üniformalı polis engellemeye çalışıyordu güya, ama dinleyen kim? Bir kadın için oldukça iri sayılacak cüssesiyle, "Bırakın, bırakın beni," diyerek iki polisi aşmıştı bile. Sahne gerçekten de görkemliydi, müzelerde heykellerini gördüğüm tanrıçaları hatırlatıyordu; tıpkı onlar gibi başını geriye atmış, saçlarını uçuran rüzgâra aldırmadan, gözlerinde o derin yasla, dimdik yürüyordu genç kızın cesedine doğru. Çıt çıkarmadan izliyorduk kadını. Baktılar olacak gibi değil, bizim süt hırası Sami'yle bir polis daha katıldı engelleme timine, cesede beş altı metre kala dört kişi güçlükle durdurabildi onu.

"Bırakın! Bırakın!" diye haykırdı yine. "Beni engelleyeceğinize Fidan'ı vuran alçağı engelleseydiniz..."

Haykırmanın da çabalamanın da boşa olduğunu anlayınca ağlamaya başladı, ama çok sürmedi, yine o vakur tavrını takındı.

"Tamam, tamam, çekin ellerinizi üzerimden... Tamam sakinleştim. Ama Fidan'ı bir kere görmeme izin verin. Sadece bir kere."

"Olmaz Nazlı Hanım," dedi Sami. Demek tanıyordu kadını. "Olay yeri orası, delilleri bozarsınız. Başımız belaya girer."

İlk kez yalvaran bir ifade belirdi Nazlı'nın gözlerinde.

"Bozmam, sadece o yavrucağı son bir kez görmek istiyorum."

"Bırakın," diye seslendim. "Bırakın gelsin."

Duyduklarına inanamayan Sami alık alık yüzüme bakıyordu.

"Bırak evladım, bırak gelsin..."

"Ama Başkomiserim..."

Anlaması için sesimi yükseltmek zorunda kaldım.

"Tamam dedim Sami, rahat bırak kadını."

Sadece polislerin değil, Nazlı'nın da yüzünde tuhaf bir ifade belirmişti. Ama çok sürmedi bakışları, yeniden yerdeki genç kızın cansız bedenine kaydı. Önünden çekilen polislerin arasından yavaş adımlarla yürüdü. Genç kızın cesedini görünce durdu. İri bedeninin sarsıldığını fark ettim. Sessizce ağlıyordu. Ne bir bağırış ne bir feryat, çaresizlik içinde öylece gözyaşı döküyordu. Ali'yle Zeynep'e oldukları yerde kalmalarını işaret ederek kadına doğru yürüdüm. Yaklaşınca bir şeyler mırıldandığını fark ettim. Dua mı okuyordu, hayır itiraf gibi bir şeydi. Birkaç adım sonra işittim sözlerini.

"Kurtaramadım," diyordu başını usulca sallayarak. "Onu kurtaramadım..."

Merakıma yenilip sordum:

"Kimden kurtaramadınız?"

İrkilerek başını çevirdi.

"Ne?"

Ölçülü bir gülümseme yerleştirdim dudaklarıma.

"Maktul diyorum, tehdit mi alıyordu?"

Açık renk gözlerinde yadırgayan, nerdeyse vahşi bir anlam belirmişti.

"Siz de kimsiniz? Daha önce sizi burada hiç görmedim."

Dostça bir tavır takındım.

"Başkomiser Nevzat, cinayet masasından, bu soruşturmayı ben yürütüyorum. Maktul yakınınız mıydı?"

O derin acı gelip oturdu yine gözlerine.

"Fidan mı? Kızım sayılırdı..." Ağlamamak için alt dudağını çiğniyordu, yüreğini basan acı dalgası geçince sürdürdü sözlerini. "Daha doğrusu ben öyle sanmışım, sonra bırakıp gitti beni. Ona sahip çıkamadım, koruyamadım."

"Kimden koruyamadınız?" diye bir kez daha sordum.

Sanki ilk kez görüyormuş gibi tepeden tırnağa süzdü beni. Sahi gerçekte kimdim ben, dost mu düşman mı, karar vermeye çalışıyordu.

"Kimden olacak bunlardan." Öztarlabaşılılar Kulübü'nü gösteriyordu. "Şu binadaki alçaklardan, bu semtten, bu şehirden, insan görünümündeki canavarlardan, dini imanı para olmuş yamyamlardan." Yine genç ölüye takıldı bakışları. "Çok söyledim halbuki, çok anlattım. Böyle olmaz, bunlarla böyle başa çıkamazsın diye... Dinlemedi..." Yine ağlamaya başladı, ama bir yandan da konuşmayı sürdürüyordu. "Evet, dinlemedi beni, korkak olmakla suçladı. 'Ablamın intikamını alacağım,' dedi. 'Annemin intikamını alacağım...' Ama bakın ne oldu... Onu bırakmayacaktım. Ona kızmaya hakkım yoktu, onu yalnız bırakmaya hakkım yoktu..."

Kadının acısı hissedilmeyecek gibi değildi ama böyle sayıklarcasına bölük pörçük konuştuğundan, neden bahsettiğini anlamak zordu. Belki ayrıntıya girer diye konuyu eşelemeyi sürdürdüm.

"Ne olmuştu ki annesine, ablasına?"

"Mahvettiler," dedi çaresizce başını sallayarak. "Onları mahvettiler..."

"Kim?"

"Bunlar işte, kumar çetesi... Barbut İhsan diye bir rezil var, o. Sonra bu binadaki namussuz... Kara Nizam... Onun yeğenleri... Dün öldürülen Engin... Hangi birini söyleyeyim. " Ellerini yana açtı. "Sonra bu terk edilmiş semt, sonra bu acımasız şehir, sonra siz, ben, biz işte. Hepimiz mahvettik onları..."

Sesi yüzyıllık binaların köhnemiş duvarlarına çarparak yankılandı gecenin içinde. Sokaktaki herkes dönmüş bizi izliyordu, ama umurumda bile değildi, belki de cinayetlerin gerçek nedeni bu alışılmadık kadının anlatacaklarında gizliydi.

"Fidan'ın annesini mi öldürdüler? Kız kardeşine bir zarar mı verdiler? Anlamıyorum, biraz daha açık konuşur musunuz?"

Nemli gözleri yüzümde durdu.

"Daha nasıl açık konuşayım, onları mahvettiler... İkisini birden öldürdüler. Ellerinden her şeylerini aldılar. Evlerini, mallarını, bedenlerini, canlarını..." Eliyle yerdeki Fidan'ı gösterdi bir kez daha. "Bir tek o kalmıştı, sonunda onu da aldılar."

Gözleri yine yaşlarla dolmuştu.

"Nazlı Hanım," dedim olabildiğince saygılı davranmaya çalışarak. "İsterseniz daha uygun bir yere gidelim. Söyledikleriniz çok önemli. Katilleri, onların arkasındaki kişileri saptamakta çok işime yarayabilir."

Nemli gözleri alev alev yanmaya başlamıştı.

"Katilleri mi?" diye söylendi. Mantığını yitirmiş gibi, çılgınca bakıyordu yüzüme... "Katiller ortada Nevzat Bey, görmüyor musunuz her şey ortada. Bu semti mahvettiler, bu şehri mahvettiler, bu ülkeyi mahvettiler, hepimizi mahvettiler. Görmüyor musunuz, katiller orada?"

"Anlıyorum... Ama durum sandığınızdan karışık. Oturup biraz konuşsak..."

Yüzüme bile bakmadan başını salladı.

"Neden? Ne faydası olacak ki?" Dönüp şöyle bir baktı yüzüme. "Benimle konuşacağınıza Kara Nizam denen o şerefsizle konuşun..."

Kendince son noktayı koymuş olmalı ki az önce geldiği tarafa yöneldi. Israr etmenin bir anlamı yoktu, ama onun ifadesine ihtiyacımız olacaktı, korkarım mahkeme kararıyla getirmek zorunda kalacaktık. Öyle cebri bir durumda bize ne kadar yardım ederdi, o da ayrı bir konuydu. Fakat birden durdu, artık aklına ne takıldıysa geri döndü.

"Siz neyin peşindesiniz?" dedi meydan okuyan bir sesle. "Dosyayı kapatmak mı istiyorsunuz, yoksa hakikati öğrenmek mi?"

Soruyu sorarken bir an bile gözlerini gözlerimden ayırmamıştı. Hayır, tehdit etmiyordu, anlamaya çalışıyordu sadece.

"Elbette hakikati öğrenmek istiyorum. Tabii bilenler anlatırsa..."

Yanıtım yeterli gelmemiş olacak ki, başını usulca geriye attı, bir süre daha inceledi beni.

"Peki o zaman, gelin gidelim," dedi sonunda kül rengi mantosuna sarılarak, "hava soğuk, size bir çay yapayım, konuşuruz."

“Bu memlekette kadınların eti de, canı da sudan ucuzdur”

Sakız Ağacı yokuşuyla Tavla Sokak’ın buluştuğu köşede, yüksekçe bir binada yer alıyordu Ferhat Çerağ Kültür Merkezi. Eski olmasına rağmen oldukça bakımlı bir binaydı. Devasa ahşap kapısını, yüzü çiçek bozuğu, esmer bir çocuk açtı. Keto’nun yaşlarında olmalıydı, belki birkaç yaş daha küçük. Her an üzüntüye dönüşebilecek bir merakla bakıyordu.

“Ne olmuş? Doğru mu? Ölmüş mü Fidan Abla?”

Yutkundu Nazlı, tek söz çıkmadı ağzından, sadece sımsıkı bastı çocuğu bağrına. Kızını kaybeden annenin çaresizce oğluna sarılması gibi. Bir süre öylece durdu sonra, ancak omuzlarına gelen çocuğun kara saçlarına bir öpücük kondurdu.

“Hadi Bahri, hadi, sen şimdi git uyu, sabah konuşuruz.”

Bir an ne yapacağını bilemedi çocuk, ama Nazlı’nın kararlılığı karşısında itiraz edemedi.

“Tamam abla, sabah konuşuruz,” diyerek merdivene yöneldi. “İyi geceler.”

“İyi geceler Bahricim, iyi geceler.”

Çocuk basamakları tırmanırken, “Fidan da böyleydi,” diye üzüntüyle fısıldadı. “Ama Bahri kadar cesur değildi, korkardı tek başına yatmaktan.”

Yeniden ağlayacak zannettim, hayır, kendini bırakmadı. Sadece iç çekmekle yetindi.

“Buyurun Nevzat Bey, şöyle geçin. Ben de çayı koyup geliyorum.” Duraksadı. “Yoksa kahve mi tercih ederdiniz?”

İçkili olduğumu anlamış, imada mı bulunuyordu acaba? Hiç bozuntuya vermedim.

"Zahmet olmayacaksa çayı tercih ederim..."

Yanılmıştım, sözlerinde kinaye yoktu, eski bir arkadaşıymışım gibi samimiyetle mırıldandı.

"Niye zahmet olsun? Poşet çay yapacağım zaten..."

"Tabii, tabii, yeter ki boğazımızdan sıcak bir şey geçsin..."

Nazlı'nın gösterdiği odaya girmeden önce, etrafa şöyle bir göz attım; karşılıklı dört oda vardı. Binayı güçlendirmek için konulan çelik kirişler kesekâğıdı rengine boyanmış olsa da insanın gözüne batıyordu, ama bunun dışında bir kültür merkezi için oldukça sevimliydi. Binanın eski halini olduğu gibi korumuşlardı, zemindeki tahtalar, pencerelerin pervazları, merdivenler, tırabzanlar, odaların kapıları...

Duvarlara enfes doğa resimleri asılmıştı, hepsi aynı kişinin fırçasından çıkmış olmalıydı, biraz yaklaşınca, ressamın adını da okudum Claude Monet... Uçsuz bucaksız uzanan kırlar. Gelincikler, menekşeler, nilüferler...

Nazlı'nın girdiği mutfağı saymazsak, kapıları kapalı olan iki odanın ne için kullanıldığını kestirmek zordu. Az önce Bahri'nin çıktığı, ahşap merdivenlere takıldı gözlerim; sanırım üç ya da dört kat daha vardı yukarıda.

Nazlı'nın yazıhanesine yöneldim; oldukça geniş, ferah bir odaydı burası. Çok güzel dekore edilmişti. Zeminde canlı renklerle dokunmuş bir Bünyan halısı, el yapımı, büyükçe ahşap bir masa, sütlü kahverenginde kadife koltuklar... Dört kişinin rahatça oturabileceği uçuk yeşil bir divan, köşelerinde nakışlı kırlentler. Odanın duvarları, ilkokullardaki sergileri andırıyordu... Her yere resimler yapıştırılmıştı, birkaçı Claude Monet'nin tabloları, ama çoğu acemi ellerin hevesli çizimleri. Aysun'umun çizdiği gibi naif, belki biraz daha karamsar... Demek ki Keto'nun söyledikleri doğruydu. Çocukları eğitmek için ressamlar, yazarlar getiriyor olmalıydı Nazlı. Bu resimler de o çalışmaların ürünleriydi. Sadece masanın arkasındaki kocaman duvarda resim yoktu. Benim evdekinden biraz daha küçükçe, eski bir ahşap saat asılmıştı. Saatin hemen altındaki çerçevenin içinden, gür, kızıl bıyıklı, kumral saçlı, kartal burunlu bir adam ışıltılı gözlerle bana bakıyordu.

"Çay birazdan hazır olur."

Fotoğrafa bakarken yakalamıştı beni, bir an duraksadı, ama hiç oralı değilmiş gibi davrandı. Sanki fotoğraftaki adamın kim olduğunu sormamdan çekiniyormuş gibi alelacele konuya girdi:

"Evet, Fidan bizde kalmıştı. İki yıl kadar..."

Hâlâ ayakta dikiliyordum, paltom hâlâ üzerimdeydi, ama ne yapabilirdim ki kadın anlatmaya başlamıştı bir kez, kulaklarımı açarak dinlemeye koyuldum.

"On sekizine bastığı gün çalmıştı kapımızı. Çok daha önceden gelmek istiyordu aslında, ama mahkemenin onu yeniden babasına vermesinden korkuyordu. Alçağın tekiydi Yakup. Kumar tutkunu, rezil bir herif. Fidan'ın babasından söz ediyorum... Sorumsuz, itin teki..."

Hiç lafını esirgemeden konuşuyordu Nazlı. Tuhaf bir şekilde ona yakışıyordu böyle kendini sınırlamadan konuşmak. Birden sustu, sonunda daha ayakta dikildiğimi fark etmişti. Mahcup mahcup güldü.

"Kötü bir ev sahibiyim değil mi? Ne oturmanız için yer gösterdim ne de paltonuzu aldım." Duraksadı. "Üşümüyorsunuz değil mi? Kaloriferin ısısını artırabilirim."

"Yok, yok içerisi gayet iyi," dedim paltomu çıkartırken. "Resimlere dalmıştım."

Kabahatini bağışlatmak için kibarca aldı paltomu.

"Buyurun, lütfen şöyle geçin."

Ben gösterdiği koltuğa otururken o da kapının arkasındaki askılığa yöneldi.

"Siz bu Yakup'la karşılaştınız mı?" diye seslendim arkasından.

Paltomu asarken yanıtladı:

"Tabii, Fidan'ın buraya geldiğini öğrenir öğrenmez damladı alçak herif."

Döndü, bana bakarak yanıtladı.

"Ama çok açık konuştum onunla. 'Kızın on sekiz yaşında. İstediği yerde kalma hakkına sahip. Eğer onu zorlarsan ya da bizi taciz etmeye kalkarsan seni içeri attırırım,' dedim. Bir iki diklenecek oldu, 'Şimdi arıyorum avukatımı,' deyince uzatmadı. Kuyruğunu bacaklarının arasına kıstırıp gitti. Bir daha da gelmedi, ama Fidan'ın önüne çıkmış. 'Zor durumdayım, bana para ver,' demiş. 'Vermedim,' dedi Fidan, bilmiyorum artık..."

Mantosunu çıkarınca, siyah balıkçı yaka kazağının altındaki iri bedeni ortaya çıkmıştı. Mantosunu astıktan sonra döndü. Yürürken de anlatmayı sürdürüyordu:

"Kötü bir hayatları yokmuş aslında. Bir ara Narmanlı Han'da çay ocağı işletmiş. Karısı Rümeysa da sağlığı iyi olmamasına rağmen temizliğe gidiyormuş evlere. Küçümsemeyin temizlikçiliği, muhtemelen kocasından daha iyi kazanıyordu..." Karşıma gelmişti, ilgiyle beni süzdü. "Orada rahatsınız değil mi?"

"İyiyim iyiyim, lütfen beni dert etmeyin."

Koltuğa çökerken konuya döndü yeniden:

"Ama o zayıf karakterli herif, hem kendi kazancını hem de karısınınkini olduğu gibi kumara basıyormuş. Tarlabaşılılar Kulübü diye bir ahmak tuzağı var ya. Hani şu Barbut İhsan adındaki sahtekârın mekânı. İşte oraya dadanmış bu Yakup. Tabii bir kazandıysa on kaybetmiş, kaybettikçe iştahı daha da artmış, önce çay ocağını basmış kumara, ardından evdeki eşyaları. Abartmıyorum, gözyaşları içinde anlatırdı zavallı Fidan... Sadece buzdolabı, televizyon değil, çanak çömleğe kadar ne varsa hepsini... Onlar da bitince sıra kızlarına gelmiş... Kumru, sadece bir yaş daha büyüktü Fidan'dan... Kumru'yu basmış kumara..."

"Nasıl olabilir ki!" diye isyan ettim. "Hangi çağda yaşıyoruz? Kumru polise başvursaydı..."

"Başvurmuş, ama tezgâh hazır. Kumarda Kumru'yu kazanan herif, 'Kızla evleneceğim,' demiş. Yakup denen o namussuz da karısı Rümeysa'ya öyle açıklamış. 'Adam zengin,' demiş. 'Dolapdere'de benzinliği var. Kumru'nun hayatı kurtulur.' Evleneceğim diyen adam da Yakup'tan on yaş büyük. Daha da beteri, herif evli, üç de çocuğu var. İlk karısına resmi nikâh bile yapmamış, sadece imam nikâhı."

Derinden bir iç geçirdi.

"Bildiğiniz kepazelikler... Evet, bu memlekette kadınların eti de, canı da sudan ucuz. Bu memlekette kadınlar, erkeklere kurban diye sunulmuş, hem zevklensinler hem işlerini gördürsünler hem de öldürsünler diye..."

O anda anladım, ilk gördüğüm andan itibaren bu kadında beni çeken şeyin ne olduğunu. Keder, ona bakarken gördüğüm buydu; uçsuz bucaksız, kanıksanmış bir keder. Sadece alnındaki çizgiler, menekşe rengi gözlerinin kıyıcığına üşüşmüş kırışıklıklar, ağarmaya yüz tutmuş kumral saçları değil, tombullaşmış yanakları, dik tutmaya çalıştığı erken çökmüş omuzları ve boğuklaşmış sesi de aynı duyguyu uyandırıyordu bende, saf bir keder.

"Kumru'yu verdiler adama, tabii kimse fikrini sormamıştı kızcağıza. Belki de sevdiği bir çocuk vardı, ama kimin umurunda ki? Sonunda Kumru, kuma gitmiş, annesinden daha yaşlı bir kadının üzerine. Çok değil, üç ay... Üç ay sonra kefenle çıkmış, gelinlikle girdiği evden. İntihar demişler, 'Dayanamadı ilaç içti, kendini zehirledi.' Doğru mu, kim bilir? Bu ülkede canlı cansız her şey satılık Nevzat Bey. Paran varsa her şeyi satın alabilirsin, elbette en başta da insanları. Doktorları, hâkimleri, savcıları, polisleri, yanlış anlamayın herkesi. Bu ülkenin sorunu ahlaksızlık, şeref yoksunluğu, onur kaybı..."

Menekşe gözlerindeki lacivert menevişler alev alev yanmaya başlamıştı. Demek sadece sinirlenince dağılıyordu o müzmin keder.

"Evet, Nevzat Bey, belki de araştırmanız gereken cinayetlerden biri de o bahtsız kızın ölümüdür. Belki yeniden açmalısınız o dosyayı... İnsan vicdanının kabul edebileceği bir durum değil, on dokuz yaşındaki Kumru duvakla girdiği evden kefenle çıkıyor. Zaten sağlığı bozuk olan Rümeysa da dayanamıyor bu acıya, bir yıl geçmeden ölüyor kadıncağız. Bizim Fidan, kumar tutkunu, sorumsuz babayla baş başa kalıyor. Her gecesi korku içinde geçiyor kızcağızın. 'Acaba babam beni de basar mı kumara!' diye. İşte bu nedenle on sekiz yaşını doldurduğu gün, evden kaçıp bize sığındı. Severek kabul ettim onu. Dişçi bir arkadaşın yanında işe de koydum. Geceleri burada kalmaya devam ediyordu, ama biraz para kazanınca, 'Arkadaşlarla eve çıkacağım,' dedi. Kabul ettim; onun kendi ayakları üzerinde duracak olması sevindirmişti beni. Ama bir örgüte katılmış. Örgüt dediysem, teröristler filan gelmesin aklınıza. Kendisi gibi çaresiz çocukların toplandığı bir yapılanma. Evet, hepsi de öfke dolu, evet, hepsi de isyan ediyorlar yaşanan haksızlıklara..." Bir an gözleri daldı... "Belki de..." Düşündüğü her neyse konuşmasını engelliyordu. "Belki de..." Daha fazla sürdüremedi, gözleri nemlendi, alt dudağı sarktı. Ağlamaya başladı, sessizce sicim gibi boşalttı gözyaşlarını. Sağ eliyle yüzünü kapatıp bir süre öylece kaldı. Çok sürmedi toparlandı, kıpkırmızı olmuş bir yüzle kaldığı yerden devam etti. "Belki de," dedi burnunu çekerek. "Belki de bana yardım etmeye çalışıyorlardı. Çok severdi beni Fidan... Bu... Bu Kara Nizam denen itle, oturdukları bina yüzünden mahkemelik olmuştuk. O rezil kulüplerinin olduğu bina bana ait. Bunlar benim kiracım yani. Yok pahasına oturuyorlar yıllardır. Çıkarmak istedim, para yüzünden değil, bina bana lazımdı, yeni kültür merkezi için. Nizam bozuldu bu işe. Tehditler, küfürler, kapımızın önünde silah sıkmalar. Gözümüzü kıramadılar tabii. Sonunda pes etti Nizam. Binayı boşaltacağına dair taahhütname verdi... Demek ki Fidan onlara güvenmemiş, kendi aklınca gözünü kırmak istemiş Nizam'ın... Bilmiyor ki bu adamların ne kadar acımasız olduğunu. Belki de benim yüzümden öldü yavrucak..."

Kendini daha fazla yiyip bitirmesine dayanamadım.

"Yanılıyorsunuz, sizinle ilgisi yok."

Anlamamıştı, sözcükleri tane tane söyleyerek yineledim.

"Sizin yüzünüzden değil. Sadece Nizam'ın mekânına değil, Tarlabaşılılar Kulübü'ne de molotof kokteyli atıldı. Barbut İhsan'ın mekânına... Size yardım etmek gibi bir niyetleri yoktu, Tarlabaşı'ndaki kötü adamları cezalandırmaya çalışıyorlardı akıllarınca. Tabii Fidan'ın çok daha iyi bir nedeni varmış, ablasının ve annesinin intikamını almak. Kumarhaneleri yakalım diye bir karar almış olmalılar, o yüzden kendinizi suçlamayın..." Sustum, imalı bir bakış attım. "Tabii bilmediğim başka meseleler yoksa..."

Yüzündeki üzüntü anında kayboldu, kavgacı kadın yeniden çıktı ortaya.

"O çocukları eleştirmeyin. Sizlerin yapması gerekeni yapıyorlardı."

Sakin bir tavırla güldüm.

"Nasıl yani, kumarhaneleri bizim mi yakmamız gerekiyordu?"

Daha da sinirleneceğini sanıyordum, hayret, sesinin tonunu düşürdü:

"Onların yaptıklarını ben de onaylamıyorum. Siz derken de kişisel almayın lütfen, sizi tanımıyorum, birtakım polislik numaralarıyla beni kandırmaya çalışmıyorsanız iyi birine benziyorsunuz. Karşılaştığım polislerden farklısınız. Sizle kastettiğim kumar yasak olduğu halde buna göz yumanlar... Mafya bozuntularıyla içli dışlı olan polisleri kastediyorum." Başıyla dışarıda bir yerleri gösterdi. "Hani beni durdurmaya çalışan o memur vardı ya. Hani şu adı Sami olan. Kaç kere gördüm onu Nizam'ın yanında. Bir de ahbabı var onun, iri kafalı bir polis, adı da Zeynel."

Dün gece karşılaştığım iki meslektaşımdan bahsediyordu.

"Evet, bu ikisi görev bölümü yapmışlar. O da Barbut'un mekânından çıkmaz. Her iki kumar babası da besler bunları. Tabii, bu ikisi gördüklerimiz, bir de perde arkasında olanlar var. Muhtemelen bunların topladığı paraları paylaşanlar... Maaşları yetmiyor, ne yapsınlar diyebilirsiniz tabii..."

Suçlamalarına sesimi çıkarmıyordum, ama ne düşündüğümü bilir gibi böyle ahkam kesmesi canımı sıkmıştı.

"Öyle demiyorum," diyerek kestirip attım. "Öyle saçmalık olmaz. Maaşı yetmeyen polis, başka mesleğe gitsin. Kendi çıkarı için suça göz yuman memurun hiçbir nedeni olamaz. Haklısınız, biraz da biz görevimizi yapmadığımız için bunlar oluyor, ama sadece polisler değil bütün yapı bozuk. En başta da şehrin göbeğinde bir getto oluşturulmasına izin verenler..."

Islak kirpiklerinin gerisindeki kıpırtılı gözleri, anlamak istercesine beni süzüyordu: Samimi miydim, yoksa duymak istediği sözleri söyleyerek onu kandırmaya mı çalışıyordum?

"O zaman geçmişe gitmemiz gerek. Varlık Vergisi ilan edildiği günlere, 6-7 Eylül olaylarına... Bu binaların gerçek sahiplerini sürdüğümüz o acımasız, o utanç dolu zamanlara..."

"Haklısınız," dedim onu bir kez daha şaşırtarak. "Bu ülkenin geçmişi yağmalar, sürgünler, ölümlerle dolu. Tıpkı öteki ülkelerin tarihi gibi. Sabaha kadar konuşsak bitmez, üstelik çözüm de bulamayız, oysa çözebileceğimiz iki cinayet var. Bana yardım ederseniz hiç değilse bu cinayetlerin katillerini yakalarız."

Ne diyeceğini bilemedi, artık itiraz etmeyecek diye düşünüyordum.

"Yakalasanız ne olacak?" diye söylendi. "Fidan'ınki zaten belli. Ama göreceksiniz, nefsi müdafaa deyip altı ayda çıkartacaklar o katili... Engin'e gelince, beni taş kalpli biri sanmayın, ama rezilin tekiydi. Ölmeseydi, eminim o başkalarını öldürürdü."

"Bizim de o yönde kuşkularımız var. Üstelik konu da sizsiniz."

Ne korku ne öfke, sadece merak vardı şimdi gözlerinde.

"Evet, siz... Engin'in evindeki gizli kasada bu binanın krokisini bulduk."

Kumral kaşları çatıldı.

"Kroki mi?"

"Çizimler ama ayrıntılı çizimler... Binaya nereden girilir, nereden çıkılır, arkadaki servis kapısı, pencereler, hangilerinin önünde demir korkuluk var, hangilerinde yok, yangın merdiveni nerede?"

En küçük bir endişe bile belirmedi yüzünde.

"Tahmin ediyordum zaten." Buruk gülümsedi. "Ama ne yalan söyleyeyim, bir ara Kara Nizam denen herife inanır gibi olmuştum. O ezik tavırları, kırık Türkçesi, belki çirkinliği... Onun da bir tür kurban olduğunu sanmıştım. Başka çaresi olmayan biri..."

Başımla onayladım sözlerini.

"Evet, bugün ben de konuştum Kara Nizam'la. Merhametli, anlayışlı biriymiş gibi görünüyordu. Çirkin, ama vicdanlı biri. Belki o da kendince merhametli olduğunu düşünüyordur. Ama birkaç saat sonra yeğenlerinden biri, acımasızca bir genç kızı öldürdü. Eminim ilk cinayeti de değildi." Sıkıntıyla iç geçirerek arkama yaslandım. "Kişilerin iyi ya da kötü olmasıyla ilgisi yok bunun. Yeraltı âleminin kendi kuralları vardır. Bunların başında da acımasızlık gelir. Korku salmayan adama saygı duymazlar... Onlar için acımasızlık en büyük erdemdir. Sadece bu nedenle bile, o binayı size vermek istemeyebilirler. Binadan vazgeçseler de bunu size bir şekilde ödetmeyi planlayabilirler. Etrafa yaydıkları korku dalgası etkisini yitirmesin diye. Bence o kroki boşuna hazırlanmadı..."

Kafası karışmıştı, istediğim konuyu öğrenmek için en iyi zamandı.

"Peki, bu Engin'in sizinle kişisel bir meselesi var mıydı?"

Anlamsız bulmuştu sorumu:

"Kişisel meselesi mi? Yoo, niye olsun ki? Almanya'dan mı, İsviçre'den mi ne gelmiş. Evet, Kara Nizam'ın yeğenlerinden epeyce farklıydı... Olumlu anlamda değil. Daha uzlaşmazdı, daha soğuk, daha iğrenç... Evet, yakışıklı bir adamdı... Hani şu küstah yakışıklılar var ya, onlardan... Bazı kadınlar bayılır bu tiplere... Çapkınmış zaten... Ama onun gözü kadınlarda değil, yükseklerdeydi. Sanki Kara Nizam'ı idare eden oymuş gibi gelirdi bana... Belki de Nizam'ın yerine geçmeyi planlıyordu."

Barbut İhsan'ın sözlerinin Nazlı tarafından dile getirilmesi dikkate değerdi.

"Yani Engin'i patronu mu öldürttü diyorsunuz?"

"Yoo... Öyle demek istemedim." Tuhaf tuhaf bakıyordu. "Siz polislerin ne kadar ilginç bir düşünce tarzınız var. Engin'i kimin öldürdüğünü bilmiyorum. Kara Nizam olabilir mi? Belki, ama o kadar çok düşmanı vardı ki... Hakikaten hiçbir fikrim yok..."

"Şu bina meselesi konuşulurken Engin de gelmiş miydi?"

"Tabii, başından beri işin içindeydi. Bizimle ilk konuşan da oydu. Beni telefonla aradı. Soğuk, ama kibar bir tavırla. 'Bu işten vazgeçin, size başka bir bina bulalım,' dedi. Ben de, 'Siz kendinize başka bina bulun,' dedim. 'Böyle konuşmanız sizin için iyi olmaz,' dedi. 'Tehdit mi ediyorsunuz?' dedim. 'Sadece uyarıyorum. Tek başınıza bir kadınsınız,' deyince benim tepem attı. Bağırıp çağırdım, sonra da telefonu suratına kapattım. O akşam kapının önünde silah sıkıldı, ertesi gün alt katların pencereleri kırıldı. Sabah kalktığımızda kapının önünde bir kedi ölüsü bulduk. Zavallı kedicik, kurşunla vurmuşlardı başından... Bizi korkutacaklarını sanıyorlardı... Baktım olacak gibi değil, topladım çocukları... Bastık Öztarlabaşılılar Kulübü'nü." Yaramaz bir kız çocuğu gibi kıkırdadı. "Şaşkınlıktan o kocaman dilini yutacaktı Nizam. Doğrudan onunla konuştum zaten. 'Bizimle uğraşmayın,' dedim. Önce yaptığınız işe çok saygı duyuyorum filan gibilerden yalanlar söyledi, sonra pazarlık yapmaya kalktı. Size bağış yapayım bu binadan vazgeçin demeye getirdi. Kabul etmedim tabii, sonuçta on ay içinde binayı boşaltacağını taahhüt eden bir yazı verdi noterden... Ama vazgeçmemiş demek ki..." Yine sustu, soru dolu gözlerini bana dikti. "Peki, yanılıyorsak... Bulduğunuz kroki eskiden kalmışsa. Bize gözdağı vermeye çalıştıkları günlerden... Olamaz mı?"

Mümkündü, ama emin olmak lazımdı.

"Bilemiyorum," dedim bakışlarımı kaçırmadan. "Olabilir, ama Fidan'ın öldürülmesi de gösteriyor ki, bina konusunda adamlar fazla hassas. Dikkatli olmakta yarar var."

O anda açıldı kapı, pembe eşofmanlar içinde ufak tefek bir kadın girdi, makyajsız haliyle bile güzel görünüyordu... Kara gözleri dumanlıydı, uykudan yeni uyanmış olmalıydı. Beni görünce hayal kırıklığına uğramış gibi toparlandı.

"Pardon," dedi bir kadın için fazla kalın bir sesle. "Misafirin mi vardı Nazlı Abla?"

Hayır, kadın değil bir travestiydi kapıda dikilen. Yüzü öyle ince, çizgileri öyle uyumluydu ki, konuşmasa kadın olmadığını anlamam çok zordu.

"Evet Ayşencim, bir şey mi söyleyecektin?"

İyice çekingenleşti genç travesti.

"Karşı odadaki çocuklar konuşuyorlardı... Biri öldürülmüş galiba... Merak ettim..."

Metin bir tavırla açıkladı Nazlı.

"Teşekkür ederim Ayşencim... Fidan diye bir kızcağız... Burada kalmıştı, bizim çocuğumuzdu..."

"Başın sağ olsun Nazlı Abla." Bakışları yine bana kaydı. Artık utanmıyordu, kara gözlerinde belli belirsiz bir kuşku vardı sadece. "Her şey yolunda değil mi?"

Ne düşündüğünü anlamıştı Nazlı.

"Yolunda, yolunda... Ama madem indin, su koymuştum ocağa çay için... Kaynamıştır, sana zahmet bize servis yapar mısın?"

Hamarat bir kadın gibi iştahlandı Ayşen...

"Tabii yaparım ablacım, derhal."

Arkasından şefkatle seslendi Nazlı.

"Çay poşetleri rafın ikinci sırasında, şu kurabiyelerden de getirirsen minnettar kalırız..."

"Yeni Dinimiz ve Tapınma Ritüelleri"

Çayın buruk sıcaklığı, ağzımda aşina bir tat bırakarak bütün bedenime yayıldı. Nazlı'ya itiraf etmesem de bu binaya girdim gireli ilk kez ısındığımı hissediyordum.

"Şunlardan da alın Nevzat Bey." Sehpanın üzerinde, sarı tabağın içindeki kurabiyeleri gösteriyordu. "Enfestir, bütün malzeme organik..."

Karnım toktu, ama kırmamak için bardağımı sehpaya bırakırken kurabiyelerden bir tane aldım. Sahiden de lezzetliydi.

"Siz mi yaptınız?"

Gözleri az önce güzel travestinin çıktığı kapıya kaydı.

"Yok canım, Ayşen yaptı," dedi gurur yüklü bir sesle. "Bizim buradakilerin hepsi çok maharetlidir. Bir benim elimden gelmez böyle şeyler. Annem çok becerikliydi halbuki. Mutfakta o kadar aşçı, hizmetçi varken, hiç üşenmez kendi elleriyle yapardı kurabiyeleri, poğaçaları..."

Ailesinden bahsetmişken onun hakkında daha fazla bilgi alma fırsatını kaçırmak istemedim.

"Anneniz sağ mı?"

İnce bir keder yalayıp geçti yüzünü.

"Ne yazık ki hayır, on yıl önce kaybettim onu, dört yıl sonra da babamı... Kardeşim filan da yok." Acısını kabullenmiş bir insanın kalenderliği hissediliyordu sesinde. "Ama bol miktarda kuzen var. Kız, erkek düzinelerce... İnsanın üç teyzesi, beş amcası olunca... Onların çocukları... Çok yakın değiliz. Bana deli gözüyle bakıyorlar... Başları sıkışınca ararlar, paraya ihtiyaç duyunca..."

"Sahi," dedim etrafa göz atarak. "Neyle geçiniyorsunuz? Buranın giderleri epeyce fazla olmalı, üstelik yeni bir merkez daha açmayı düşünüyorsunuz..."

Çayından bir yudum aldıktan sonra, uzun uzun süzdü beni. Hayır, kuşku yoktu gözlerinde, aksine nerdeyse eğlenceli bir ifadeyle bakıyordu.

"Hadi itiraf edin," dedi sonra öne doğru eğilerek. "Bu işlerin arkasında bir örgüt arıyorsunuz değil mi?"

"Yok canım, nereden çıkarıyorsunuz," diyerek toparlandım. "Sadece meraktan soruyorum."

İnanmadı elbette, çayından bir yudum daha içti; kocaman bir yudum. Sanırım sıkı bir çay tiryakisiydi.

"Önemli değil Nevzat Bey, benim saklayacak bir şeyim yok. Gayrimenkul... Babamdan kalan daireler, Silivri'de, Çatalca'da araziler... İsterseniz Fırat Bey'le buluşturayım sizi, o daha ayrıntılı anlatır... Benim para işlerine o bakar... Namuslu adamdır, benden daha titiz. Kuruş vergi borcumuz yoktur, muhtemelen devletten alacağımız vardır. O derece yani..."

Susturmasam daha da anlatacaktı.

"Lütfen, yanlış anladınız. Sizin ticari anlamda yasadışı bir şey yapacağınızı zannetmiyorum..."

"Ticari anlamda..." diye dokundurdu. "Ama protesto eylemleri olunca iş değişir diyorsunuz..." Hayır dememe fırsat vermeden sürdürdü. "Hadi Nevzat Bey, beni ilk gördüğünüzden beri beyninizi kemiren kuşkuyu dile getirin artık. Fidan'ın mensup olduğu örgütün benimle bağlantısı olduğunu düşünüyorsunuz. Belki de o örgütü benim kurduğumu. Öyle ya, bir kadın niye böyle işler yapar ki tek başına? Hem de Tarlabaşı gibi tehlikeli bir yerde?"

Söyledikleri aklıma gelmemiş değildi, ama reddettim.

"Bilemiyorum, kendinize göre bir nedeniniz vardır muhakkak."

"İyi hissetmek," dedi geniş omuzlarını silkerek. "Evet, başkalarına yardım edince kendimi iyi hissediyorum. Bir de galiba bu insanları seviyorum..."

Artık birbirimize alışmıştık, birazcık aykırı gitmekten zarar gelmezdi.

"Halbuki o insanlardan değilsiniz. Varlık içinde büyümüşsünüz. Muhtemelen çok iyi bir eğitim almışsınızdır..."

"İyi eğitim nedir?" dedi önemsemez bir tavırla. "Sizi başarılı yapan bir okul süreci mi? İyi de o başarı mutsuzluk getiriyorsa kime yararı var? Yok, ben o tür eğitimlere inanmıyorum. Tamam, kastettiğiniz kolejde okumaksa evet, öyle bir yerde okudum, üniversite de bitirdim ama şu son dört yıldır Tarlabaşı'nda öğrendiklerimi hiçbir yerde öğrenemezdim."

Buraya gelmeden önce neler yaşamıştı acaba? Varlıklı bir kadındı, ama hiç de kolay bir hayatı olduğunu sanmıyordum. Alkolik mi olmuştu, belki de uyuşturucu kullanmıştır bir süre. Birden sigara içmediğini fark ettim ve nedense çok şaşırdım. Niçin onun sigara tiryakisi olacağını düşünmüştüm ki? Nazlı'ya benzeyen bütün kadınlar sigara içiyordu da ondan.... Öyle miydi gerçekten, yoksa mesleki bir önyargı mıydı?

"Burası gerçek bir okul Nevzat Bey," diye anlatıyordu düşündüklerimden bihaber olan Nazlı. "Yokluğun, rezilliğin, sefilliğin içinden yükselen bir okul. Burada hakiki insanı değil, insanın hakikatini görüyorsunuz. Sadece başkalarının hakikatini değil, kendinizinkini de. Evet, ben burada, hiçbir yerde olmadığım kadar mutluyum."

Bakışlarım masanın arkasındaki duvarda asılı olan bakır bıyıklı, gençten adamın fotoğrafına kaydı. Anında fark etti Nazlı.

"O fotoğrafı boş verin," dedi merakımı iyice kamçılayarak. "Hadi artık dilinizin altındaki baklayı çıkarıverin, hadi şu örgütü sorun bana..."

Oyunu bir süre onun kurallarıyla oynamakta yarar olabilirdi.

"Tamam," dedim yeniden çay bardağıma uzanırken. "Nasıl bir yapılanma Fidan'ın mensup olduğu bu örgüt?"

Sorumu yanıtlamadan önce o da bardağını eline aldı.

"Örgüt demek bile doğru değil. Bir dernek... Adı bile bir tuhaf, Salı...."

Çay bardağı elimde kalmıştı.

"Salı mı?"

"Evet, Salı Grubu... Şu direnişi hatırlıyorsunuzdur. Gezi Parkı'ndan bahsediyorum. O direniş 28 Mayıs Salı sabahı başlamıştı. İşte bu dernek adını o günden alıyor. Anlamlı ve çok masum bence. Toplantılarını da hep salı günleri yapıyorlar."

"Ne yapıyorlarmış bu toplantılarda?"

Yanıtlamak için acele etmedi, çayından bir yudum aldı, bunu fırsat bilip ben de bardağımı dudaklarıma götürdüm.

"Ne yapacaklar? Konuşuyorlar. Dünyada olup bitenler, ülke sorunları, şehirde yaşananlar... Doğru, çoğu solcu... Aslında hem çevreci hem solcu, Kürtler de var aralarında, anarşistler de. Anarşist dediysem, silahlı çocuklar filan değil bunlar... O türden şiddete karşı hepsi..."

"Öyle diyorsunuz ama molotof kokteyli atmak da bir şiddettir." Elimdeki bardağı sehpanın üzerine bıraktım. "İnsanları öldürebilir, hem de yakarak..."

Bakışlarını kaçırdı, çay bardağını sehpanın üzerine koydu. Geri çekilirken, "Haklısınız," dedi endişeli bir tavırla. "Bu işi nasıl yaptılar bilemiyorum. Gezi Direnişi'nde polisin acımasız saldırılarında bile molotof kokteyli kullanmamıştı bu çocuklar..." Yine duraksadı, gözleri yüzümde kaldı. "Bu işi Salı Grubu'nun yaptığından emin miyiz?"

Ellerimi yana açtım.

"Başka kim olabilir?" Kısa bir sessizliğin ardından sordum. "Başka bir örgüt mü var diyorsunuz?"

Sözlerim hoşuna gitmemişti, kollarını kavuşturup koltuğa yaslandı.

"Sanmıyorum, başka hangi örgüt olacak?"

İnatlaşmanın manası yoktu.

"Fidan nasıl tanışmış bu Salı Grubu'yla?"

Hiç duraksamadan yanıtladı.

"Bilmiyorum, ama ilk duyduğumda biraz kaygılanmıştım."

Bir tür itiraf mıydı bu?

"Kaygılandınız," diye tekrarladım üstüne basa basa. "Neydi sizi endişelendiren?"

"Yok, yok düşündüğünüz gibi değil." Bakışları sehpanın üzerinde yarılanmış çay bardağına kaydı, ama uzanıp almadı, bana döndü. "Ben, örgüt fobisi olan şu aptallardan değilim. Aksine her insan en az bir düzine örgüte üye olmalı.

Devletin bu kadar güçlü olduğu bir memlekette bireyin kendini başka türlü savunma şansı yok. İnanın başımıza ne geliyorsa insanların örgütsüz olmasından geliyor. Benim karşı çıktığım, yeterince okumadan, anlamadan, dinlemeden, kendini siyasi bir örgüte adamak. O yüzden kaygılandım. Salı Grubu'nu tanımıyordum çünkü. Üstelik Fidan çok gençti. En deli çağındaydı, hiç düşünmeden kendini ateşe atacağı dönemde..."

"Fidan'la konuşmadınız mı bu konuyu?"

"Konuştum, hem de detaylı olarak. 'Ben eylemlere katılmıyorum abla,' diye yemin etti. 'Sadece kitap okuyorum, seminerlere gidiyorum,' dedi. Yine de ikna olmadım. Bir kere de ben katıldım seminerlerine. Şimdi bile çok iyi hatırlıyorum. 'Yeni Dinimiz ve Tapınma Ritüelleri'. Matrak bir konuydu."

Din de nereden çıkmıştı şimdi?

"Kapitalizmden söz ediyorlardı," diye açıklık getirdi. "Naif bir yorum tabii. Yeni din dedikleri paraydı, tapınma derken ticareti, tapınak olarak da alışveriş merkezlerini kastediyorlardı. İstiklal'deki Demirören alışveriş merkezinden, Gezi Parkı'na yapmayı düşündükleri ama tepkiler sonucu yapamadıkları şu iğrenç binadan söz ediyorlardı... Elbette yerden göğe kadar haklılardı. Biliyor musunuz Avrupa'da en çok alışveriş merkezi inşa edilen şehir burası. Peki çocuklarımızın nefes alabileceği kaç parkımız kaldı? Kaç yeni müze açıldı? Kaç yeni kültür merkezi? Bu, sadece bir bina yapımı değil Nevzat Bey, bir yaşam biçimi dayatması. Nasıl ki Osmanlılar bu kenti aldıklarında külliyeler kurduysa, uluslar ötesi şirketler de kendi amaçlarına ulaşmak için bu tür merkezler açıyorlar. Bilirsiniz, külliyeler; camileri, medreseleri, kütüphaneleri, hastaneleri, konuk evleri, aşevleriyle bir tür kültürel hizmet kurumlarıydı, oysa markaların, alışveriş merkezlerinin tek derdiyse para ve daha çok kâr. İstanbul'un tarihiymiş, kültürüymüş, güzelliğiymiş kimsenin umurunda değil. Durmadan turistik oteller yapıyorlar, çirkin köprüler, iğrenç gökdelenler... Tek dertleri daha çok rant, daha çok vurgun, daha çok avanta... Salı Grubu'ndaki çocuklar buna karşı çıkıyorlardı işte. Ama o toplantıda hiç kimse bu binalara molotof kokteyli atalım demedi. O yüzden bu çocukların böylesi bir eyleme kalkışmalarını anlayamıyorum... Fidan'ın bu işi benim için yapmış olabileceğini de bu nedenle düşündüm zaten." Sustu, acıyla başını salladı. "Ne olursa olsun işte, gitti kız..."

Yeniden kedere kapılmasından, konuşmamızın kesilmesinden korktuğum için tansiyonun düşmesine izin vermedim.

"Belki de Salı Grubu'nda şiddet yanlısı bir hizip vardır. Ne bileyim, derneğin yaptıklarını yeterli bulmayan, daha radikal kişiler. Bazı aşırı tipler. Var mıydı öyle birileri?"

Hiç beklemediğim bir tepki gösterdi:

"Sakın benden isim filan istemeyin!" Sesi de bakışları da uzlaşmazdı. İşaretparmağını yüzüme doğru öfkeyle salladı. "Sakın Nevzat Bey! Sakın bana böyle sorular sormayın. Ben muhbir değilim. Burada sadece Fidan hakkında konuşuyoruz. Molotofu kim attı, onu bilmem. Tahminde bulunup suçsuz çocukların başını da yakamam. Sorumluları bulmak sizin işiniz..."

Ruh hali bu kadar hızlı değişen birini tanımamıştım daha önce. Nazlı'yla konuşurken çok dikkatli olmalıydım.

"Yanlış anladınız," diye çark ettim. "Aslına bakarsanız molotofları kimin attığını bulmak benim işim de değil. Biz siyasi polis değiliz, cinayet masasında çalışıyoruz. Ama Fidan'ın ölümündeki hakikati bulmak için, yanındaki arkadaşlarının ifadesine ihtiyacımız olacak. O yüzden..."

Yanlış yoldaydım, yeniden parladı.

"İyi ya, bulun o zaman Fidan'ın yanındakileri..."

Hayır, asla taviz vermeyecekti.

"Tamam, sakin olun." Gülümsedim. "Sizden isim istediğim filan yok. Sadece durumu anlamaya çalışıyorum."

Cevap vermeye tenezzül bile etmedi, küskün bir tavırla bardağına uzandı. Ben de ona uydum, ama çay daha sıcaktı, sadece küçük bir yudum alabildim. Yine gülümsedim, tınmadı bile, artık bana bakmıyordu. Bardağı sehpaya bıraktıktan sonra yukarısını işaret ettim.

"Üst katlarda yatakhane mi var?"

"Ne?"

Eskimeye başlayan gülümsememi tazeledikten sonra yineledim:

"Yukarıda diyorum, yatakhane mi var?"

Niye sormuştum ki şimdi bunu? Yine tersleyecek zannettim, yapmadı.

"Yatakhane değil odalar," dedi gönülsüzce. Sustu, ama uzun sürmedi. Sanki görecekmiş gibi başını kaldırıp tavana doğru baktı. "Kadınlar için ayrı, çocuklar için ayrı, translar için ayrı yatak odaları... Dershaneler, atölyeler, kütüphane de yukarıda... Burası bir sığınma yeri değil elbette, ihtiyacı olan insanları eğitmek, mümkün olursa iş bulmalarını sağlamak istiyoruz. Tabii bu aşağılık toplum izin verirse."

Yine sertleşmeye başlamıştı, galiba sonunda kapı dışarı edecekti beni.

"Evet, aşağılık, rezil insanlarla dolu bu toplum."

Sesi azarlar gibi sert çıkıyordu. Hiç aldırmadan anlayışlı bir adamın uysal gözleriyle dinlemeyi sürdürdüm.

"Az önce gelen arkadaş vardı ya... Ayşen. Fahişelik yapmamak için elinden gelen her çabayı gösteriyor. Sokaklarda midye dolma satmaktan tutun da atölyelerde kumaş biçmeye kadar denemediği iş kalmadı. Ama insanlar onu rahat bırakmıyor. Kendileri gibi değil ya, onu ahlaksız zannediyorlar. Halbuki onlardan çok daha namuslu bir insan. Üstelik hepsinden daha cesur. Sadece cinsel tercihi farklı. Farklı bir hayat yaşamak istiyor zavallım. İzin vermiyorlar. Seks işçiliğinden başka bir hayat hakkı tanımıyorlar. Sonra da travestiler fahişelik yapıyor diye linç etmeye kalkıyorlar..."

Sanki kavga eder gibi bakıyordu yüzüme.

"Ne yazık ki sizin memurlarınız da hiç iyi davranmıyorlar onlara. Pislik gibi yaklaşıyorlar, her an suç işleyecek potansiyel suçlu gibi. İşte biz, bu insanlara kucak açıyoruz, yeni bir hayata başlayabilsinler diye. Tek onlara değil elbette, ihtiyacı olan herkese, ama çocuklar ve kadınlar önceliğimiz. Yaşlandığı için sokağa atılan seks işçileri, uyuşturucu kullanan çocuklar, evsizler... Ama Fidan'ın babası Yakup gibi sorumsuz adamlara yardım etmeyi düşünmüyoruz mesela... Onlara da kumara izin veren devlet baksın bir zahmet... Evet, böyle de bir ayrımcılığımız var. Bizim için önemli olan kadınlar ve çocuklar... Ama özellikle de kadınlar... Tarlabaşı'nda kadınların durumu korkunç..."

Bütün o suçlayıcı tavırlarını hoş görerek, sakin bir şekilde onayladım.

"Biliyorum... Beş yıl görev yaptım burada."

Sanki bütün bu kötülüklerin sorumlusu benmişim gibi deminden beri bağırıp çağırmasının karşısında gösterdiğim soğukkanlı tavır etkilemişti onu.

"Öyle mi?" Merakından değil, duyarsız kalırsa daha büyük bir ayıp etmiş olacağından soruyordu. "Ne zaman?"

"Yedi yıl önce... Siz o zaman yoktunuz değil mi?"

Yapmacık bir ifadeyle yüzünü buruşturdu.

"Yoktuk, dört yıldır buradayım ben..." Öfkeli ruh halinden tamamıyla sıyrılmıştı. "O halde buradaki insanları tanırsınız. Mesela Cemal diye biri var... Eski kabadayılardanmış..."

"Janti Cemal'i diyorsunuz, tanırım. Yoksa onunla da mı sorun yaşadınız?"

Rahat bir gülümseme yayıldı geniş yüzüne.

"Yok canım, Cemal Bey iyi bir insan. Şu bina meselesinde de Kara Nizam'a karşı bizi desteklemişti."

Hoşuma gitti bunu duymak.

"Janti Cemal farklıdır..."

Birden başka bir ihtimal geldi aklıma. Bu bizim Janti'nin Nizam'la bilmediğim bir husumeti mi vardı acaba? Nizam'a karşı Barbut'u savunuyor, hiç tanımadığı bir kadına destek veriyordu. Cemal'i tanımasam burnuma pis kokular gelecekti.

"Evet, sanki Cemal Bey hakkında bir şeyler daha söyleyecektiniz."

"İyi adamdır," diyerek toparladım. "Herkese yardım eder. Siz nasıl tanışmıştınız?"

"Bir tanıdık aracılığıyla. Kâzım Abi... Cemal Bey'le birlikte hapis yatmışlar, sıkıyönetim döneminde."

Anlamak istercesine baktığımı görünce ayrıntıya girmekte sakınca görmedi.

"Kâzım Abi sendikacıdır, DİSK'in yöneticilerinden. Cemal Bey'le aynı koğuşta kalmışlar. Ben Tarlabaşı'nda bir kültür merkezi açacağım deyince Cemal Bey'i aradı. 'Bizim kızı kolla,' diye. Ne zaman başımız sıkışsa sağ olsun, hızır gibi yetişir yardımımıza."

Cemal konusunu daha fazla kurcalamanın anlamı yoktu, bardağımdaki son yudumu da içtikten sonra doğruldum.

"Çay için çok teşekkür ederim Nazlı Hanım, sizi tanımak güzeldi."

Yine kuşkuyla kısıldı menekşe rengi gözleri.

"Benim için de öyle." Ayağa kalkmıştı. "Tabii hakkınızda düşündüklerim yanlış değilse." Elini uzattı. "Fidan'ın katillerinin serbest kalmasına izin vermeyeceksiniz değil mi?"

"Merak etmeyin, adaletin gerçekleşmesi için ne gerekiyorsa yapacağım," dedim elini sıkarken. "Sizi tanımamış olsaydım da aynısını yapardım."

“Tam yedi el ateş etmişler kıza”

Fidan’ın cılız cesedinin olduğu yerde şimdi insan siluetinde bir boşluk vardı. Rüzgârın uçuşturduğu karların yer yer beyazlıklar oluşturduğu insan bedeni görünümünde bir boşluk. Sokak tenhalaşmıştı; ne giriş çıkışları tutan ekip otoları, ne üniformalı polis kalabalığı... Sadece Olay Yeri İnceleme’nin bir türlü alışamadığım giysileri içindeki üç kişilik ekibi. Onlar da toparlanmaya başlamışlardı bile. Adamlarından birkaç adım geride yine şehvetle sigarasını tüttürüyordu Şefik. Öztarlabaşılılar Kulübü’nün önünde dikiliyordu benimkiler: Elindeki poşeti göstererek sakin sakin bir şeyler anlatıyordu Zeynep, Ali’ye. Kimse fark etmemişti yaklaştığımı, bir bakışın ağırlığını hissettim üzerimde. Sokağın öteki ucunda bir gölge kıpırdandı, gözlerimi kısarak baktım. Şu tuhaf yazarın gülümseyişini görür gibi oldum, tüm suratına yayılan güya samimi o sırıtışı, karanlıkta ışıldayan beyaz dişlerini. Ne yapıyordu bu, bizi izlemeye kadar vardırmış mıydı işi? Öfkeyle üzerine yürüyecektim ki, görüntü kayboldu. Evet, Şefik’in sigarasından yükselen dumanlar gibi gecenin karanlığına karışıvermişti. Dikkatle etrafı taradı gözlerim, hayır, ne yazar ne de o pis sırıtışı vardı sokakta. Göz açıp kapayıncaya kadar nereye gitmişti bu adam böyle? Halüsinasyon mu görmeye başlamıştım yoksa? Olabilirdi, yorgunluk, belki de alkolün etkisi. Yok canım, ne içkisi, daha Feraye’den ayrılırken ayılmıştım. Sahi, biz meyhaneden ayrılırken ne yapıyordu o yazar. Ne yapacak, şair arkadaşıyla kafayı buluyordu. Biz çıkarken el bile sallamıştı arkamızdan. Hemen peşimize düşmüş olamazdı ya! Olsaydı fark ederdik zaten, iyi de hayal mi görmüştüm yani? Başka bir açıklaması yoktu. Ferhat Çerağ Kültür Merkezi'nden ayrıldığımdan beri izleniyormuşum duygusu vardı zaten içimde. "Polisler paranoyak olur," demez miydi rahmetli babam?

"Nevzat... Nevzat..."

Şimdi de gaipten sesler duymaya başlamıştım işte. Yine karlarla kaplı boş sokağı göreceğim diyerek geldiğim yöne başımı çevirince siyah şapkasının altından ışıldayan gözlerle bakan Janti Cemal'le karşılaştım.

"Cemal, sen misin?"

"Benim ya," dedi kocaman bir gülümsemeyle. "Deminden beri sesleniyorum ardından, duymuyorsun yahu!"

"Kusura bakma, dalmışım."

Kusura baktığı filan yoktu zaten, kollarını açarak yaklaştı.

"Şükür kavuşturana."

"Şükür, şükür..."

Dostça sarıldık. Kalın kaşe kumaştan siyah paltosu, kırmızı kaşmir atkısı tütün kokuyordu. Her altı ayda bir, "Bırakacağım bu mereti," dediği halde sigarayı hâlâ terk edememişti demek.

"Ne yapıyorsun gecenin bu saatinde?"

Sorumu tamamlayamadım bile; sesim karlı sokağın karanlık duvarlarına çarparak geri döndü. Bu karşılaşma bir rastlantı değildi.

"Sahi senin burada ne işin var?" Sesimin yüksek çıkmasına engel olamadım. "Yoksa beni mi takip ediyordun?"

Olduğu yerde donakaldı, yaşadığı derin hayal kırıklığı karanlıkta bile hissedilebiliyordu.

"Ne diyorsun Nevzat?"

"Bilmem," diye söylendim. "Deminden beri arkandan seslenip duruyorum dediğine göre..."

Alınmıştı, ama yine de efendiliğini bozmadı.

"Günahımı alıyorsun." Siyah deri eldivenin içindeki eliyle bir yerleri gösterdi. "Şurada duruyordum. Ne takibinden bahsediyorsun sen?"

"Niye duruyordun orada? Neyi bekliyordun gecenin bir yarısı?"

Usulca indirdi elini.

"Neyi olacak, seni bekliyordum. Cinayeti duyunca geldim."

O kadar sakin, o kadar normal konuşuyordu ki, iyice sinirlendim.

"Kimden duydun cinayeti?"

Suçlayan ses tonuma rağmen uzlaşma yolunu seçti.

"Burası bizim semtimiz Nevzat," dedi içten bir sesle. "Sokakta bir kedi çiğnense, bir cam kırılsa haberimiz olur."

"Amma iş ha..." diye söylendim. "Herkes aynı cümleyi kuruyor kardeşim bu Tarlabaşı'nda..."

Işıltılı gözleri iri iri açıldı.

"Başkaları da mı söyledi?"

"Başkaları değil canım. Beyoğlu'ndan arkadaşların, önce Barbut İhsan, sonra Kara Nizam ..."

Abartılı bir kahkaha koyuverdi.

"Vay şerefsizler, demek onlar da aynısını tekrarladılar..." Gülüşü dudaklarında sönerken açıkladı. "Âgâh söylerdi bu lafı. Ne ben ne de ötekiler, sözün sahibi rahmetli Üşengeç Âgâh'tır. Tanırdın değil mi onu?"

Yusyuvarlak bir adam canlandı gözlerimin önünde, kaşsız, kirpiksiz bir surat, tombul kırmızı yanaklar, minicik bir çene, cin gibi bakan kara gözler. Bir hamamda öldürülmüştü, kafasına naylon torba geçirilip boğularak. Eşcinsel cinayeti olduğundan bahsedilse de o yönde bir bulgu yoktu. Belki de hasımları Âgâh'ı itibarsızlaştırmak için öyle bir dedikodu yaymışlardı. Katil zanlısı gençten yakışıklı bir çocuktu. Âgâh'ın hamamda kendisine sarkıntılık yaptığını, sinirlenip adamı boğduğunu söylüyordu, ama gerçek bu değildi. İncecik bilekleriyle o oğlanın Âgâh'ın başına naylon bir torba geçirip boğması mümkün değildi. Lakabından da anlaşılacağı gibi ağır bir adamdı Âgâh, hareket etmeyi sevmez, oturduğu yerden kalkmayı istemezdi. Fakat bir öküz kadar güçlüydü. Zaten ilk vukuatı da gençken bir tokatla öldürdüğü yaşlı bir avukattı. Böyle bir adamla başa çıkabilmek için en az üç kişi gerekiyordu. Hem de en güçlü kuvvetlilerinden... Fakat cinayet mahalli iyi temizlenmişti, ne bir iz ne de ipucu... Olayı gören tek kişi ise, şimdi adını hatırlayamadığım, katil olduğunu söyleyen o güzel çocuktu. Sonra çocuğu hapishanede şişlediler zaten. Ama Âgâh'ın katilleri hiçbir zaman bulunamadı. Galata'ya dadanan bir uyuşturucu çetesinden bahsetmişti o zamanlar Janti Cemal... Çünkü Âgâh da ekstasi işindeydi. Bu meselenin arkası gelecek diye kaygılanmıştım, karşılıklı ölümler sürecek gibi görünüyordu, olmadı. Para her âlemde, her zaman daha değerliydi. Âgâh'ın adamları anlaştılar uyuşturucu çetesiyle... Muhtemelen semti bölüştüler aralarında... Âgâh da tıpkı kurbanları gibi vakitsiz bir ölümle noktalamıştı ömrünü.

"Tanırdım tabii," dedim, ama aklım, pahalı paltosunun içinde dikilen Beyoğlu'nun bu en eski kabadayısındaydı. "Pek matah bir adam değildi. Uyuşuturucu işindeydi değil mi?"

Yüzü gölgelendi.

"Öyleydi... Çok ikaz ettim, ama beni dinlemedi. Ölümü de o sebepten oldu ya... N'apacaksın, mukadderat. Öyle ya da böyle hepimizin gideceği yer..."

"Ama bazıları erken gidiyor," dedim iğneleyici bir tavırla. "Çok erken..."

Arkadaşından bahsettiğimi sandı.

"Maalesef öyle..."

"Âgâh'tan değil," diye çıkıştım. "İki saat önce kurşunlanan kızdan bahsediyorum. Fidan'dan... Barbut İhsan'ın mekânında, annesini, kız kardeşini, her şeyini kaybeden kızdan... Sonra da Kara Nizam'ın yeğeni olan bir puşt tarafından kurşuna dizilen gencecik bir kızdan... O kız, Âgâh'ın yarı yaşında bile değildi."

Omuzları düştü Cemal'in...

"Benim ne kabahatim var Nevzat?" Gerilmeye başladığında hep yaptığı gibi, sağ eli kırçıl bıyıklarına uzanmıştı. "Benim bu kepazeliklerle hiçbir alakam yok."

Bir de böyle sütten çıkmış ak kaşık havaları yok mu, işte bu çıldırtıyordu beni.

"Niye buradasın o zaman Cemal? Sabah niye aradın beni? Niye Barbut İhsan'a yardım etmeye çalışıyorsun?" Ardı ardına aldığı yumrukların şiddetiyle serseme dönen bir boksör gibi şaşkınlıkla bakıyordu yüzüme. "Ya şimdi," diye sürdürdüm azarlamayı. "Şimdi de Kara Nizam için mi geldin buraya? Yeğeninin nefsi müdafaa yaptığını söylemeye mi?"

"Yapma Nevzat." Sesi titremeye başlamıştı. "Hiç mi tanımadın beni yahu?"

Bir an, çok mu yüklendim diye geçti aklımdan, ama sadece bir an, sonra kurtuldum bu duygunun yükünden.

"Tanıdığımı zannediyordum. Fakat yirmi dört saat içinde yaşadıklarım kafamı karıştırdı. Evet, yirmi dört saatte Tarlabaşı'nda üç kişi öldü. İki önemli zanlı var: İhsan'la Nizam. Ve sen ikisiyle de irtibatlısın. Bir terslik yok mu bu işte? N'oluyor Cemal? Bana anlatmadığın neler var?"

Hafifçe sarsılır gibi oldu.

"Senden gizlediğim hiçbir şey yok Nevzat. Haklısın, dışarıdan bakınca şüphe uyandırıyor. Ama ölmüş anamın üzerine yemin ederim ki benim bu cinayetlerle hiçbir alakam yok. Bu işleri bıraktım ben."

Geri adım atmaya niyetim yoktu.

"Ama bu işleri yapan adamlara yardım etmeyi sürdürüyorsun."

"Yanlış düşünüyorsun." Doğrudan gözlerimin içine bakarak konuşuyordu. "Barbut İhsan bu âlemden çekilmek istiyor. Samimiyetine inanıyorum, o sebepten seni aradım. Ama Kara Nizam öyle değil. Bakma öyle kalender göründüğüne, polislerle nasıl konuşacağını çok iyi bilir. Onun içinde bir iblis var Nevzat. Her kötülüğü yapabilir... Acımasız biri..."

Cemal'in söyledikleri doğru olabilir miydi? Bütün bu olayların arkasında Nizam mı vardı? Yoksa Barbut'la kafa kafaya vermiş, aklımı çelmeye mi çalışıyordu?

"Doğru söylüyorum... Nizam göründüğünden çok daha kurnaz, çok daha acımasızdır. Onun gözü çok yükseklerde. Sana ne söyledi bilmiyorum, ama asıl parayı uyuşturucudan sağladı. Ailecek bu işin içindeler. Sekiz erkek kardeş bunlar, Nizam en büyükleri, hem ailenin hem de çetenin başı. Yirmi bir erkek yeğeni var. Hepsi işin içinde. Kızı kurşunlayan Kudret de onlardan biri. Bak, gözünü kırpmadan öldürmüş kızcağızı. Öldürürler, kimse umurlarında değil onların. Çok vahşiler, yollarına kim çıkarsa ortadan kaldırırlar. Şaka yapmıyorum Nevzat, inan bana yollarına çıkarsan seni de öldürürler..."

Üstü kapalı bir tehdit mi vardı sözlerinde, hayır, olanı biteni anlatmaya çalışıyordu sadece. Hatta benim için endişelendiği bile söylenebilirdi.

"Tamam, seninle konuşmak için geldim. Barbut haber verdi. Silah seslerini duymuşlar. Biliyorsun, Tarlabaşılılar Kulübü bir üst sokakta. Barbut evden aradı beni hemen. Ben de fırlayıp geldim..."

Ali'nin meydan okuyan sesiyle kesildi sözleri.

"N'oluyor Başkomiserim?"

Tartışmamızı onlar da fark etmiş, sessizce sokulmuşlardı yanımıza demek. Yardımcımın dirseğine usulca dokundum.

"Tamamdır Ali, bir sıkıntı yok..." Hemen yanında endişeli gözlerle beni süzen Zeynep'e döndüm. "Siz ne yaptınız? Bitti mi işiniz?"

Kaygıyla gerilmiş yüzü rahatladı.

"Bitti, bitti Başkomiserim, sizi bekliyorduk, istediğiniz an merkeze gidebiliriz."

Bakışlarım Cemal'e kaydı, bu hesabı yarıda bırakmak olmazdı.

"Siz gidin Zeynep, ben de hemen geliyorum."

Elbette itiraz etti Ali.

"Olmaz Başkomiserim, ben de kalayım sizinle."

"Tamam dedik ya Alicim..." Yarı şaka, yarı ciddi sesimi yükselttim. "Hadi hadi, sallanmayın fazla. Şu Kudret denen zanlının dosyalarını çıkarın. Geldiğimde görmek istiyorum, ne marifetleri varmış herifin..."

Daha fazla üstelemedi yardımcım, ama giderken kaygılı gözlerle dönüp bakmayı da ihmal etmedi.

"Adamların seni seviyor," diye mırıldandı Cemal. "Bilirim bu duyguyu, güzel bir şeydir."

Gözlerim sokağın girişini taradı yeniden.

"Mizgin yok mu? Yalnız bırakmazdı hiç seni?"

Güvenli bir gülümsemeyle genişledi kırçıl bıyıkları.

"Bırakmaz, yine bırakmadı... Senin yanına geldiğimi bildiği için arabada kaldı. İstersen biz de arabaya gidelim... Hem konuşur hem de seni merkeze bırakırız."

Fena olmazdı, ama Cemal'in rahatlamasını istemiyordum.

"Gerek yok, biraz yürüyelim. Ben kendi başıma dönerim merkeze... Evet, benimle konuşmak için geldiğini anlatıyordun. Fidan'ın ölümü niye ilgilendiriyormuş Barbut İhsan'ı?"

Alıngan bir ifade belirdi Cemal'in yüzünde.

"Anlatacağım da Nevzat, artık indirsen şu gardını. Ben senin düşmanın değilim."

Elbette düşmanım değildi, ama sonuna kadar güvenebileceğim biri miydi, artık bundan emin değildim.

"Yok öyle bi'şey," dedim soğuk bir sesle. "Ben sadece neler olup bittiğini anlamaya çalışıyorum. Hadi yürüyelim..."

Çaresiz ayak uydurdu adımlarıma.

"Sadece Barbut'u değil, beni de ilgilendiriyor bu ölümler."

Olduğum yerde durdum.

"Anlamadığım da bu. Sen bu işleri bıraktım demedin mi az önce? Niye ilgilendiriyor bu olaylar seni?"

"Öyle değil işte." İlk kez yüksek çıkıyordu sesi. "Bizim dünyayı unutmuşsun Nevzat. Elini kolunu sallayarak gidemezsin buradan. Ben emekli oldum, hadi bana eyvallah diyemezsin..." Ağzından buharlar çıkıyordu konuşurken. "Nefes alıp verişin bile bir tehdittir bazıları için."

Sanki durumu anlatacak sözcükleri bulamıyormuş gibi sustu, sonra hareket ederse belki aklına gelirmiş gibi kahredercesine yeniden yürümeye başladı. "Çok can yaktım..." dedi şık botlarının altında ezilen karlara bakarak. "Kiminin babası, kiminin kardeşi, kiminin oğlu... Çok kan var elimde... Şimdiki aklım olsa yapmazdım." Göz ucuyla bana baktı. "Vallahi yapmazdım Nevzat. Mümkün olsaydı hepsini telafi etmek isterdim. Çok düşmanım var. Ellerinden gelse bir kaşık suda boğarlar beni. O sebepten bağımı tümüyle koparmadım bu adamlarla. Altı ay geçmeden vururlar beni. Kimin vurduğu da belli olmaz. Olmasın, ölümden korkmuyorum. Hiçbir zaman da korkmadım, ama Sezgin'le Tahir var. Oğullarımın başına bir iş gelsin istemiyorum. Onun için geriye çekildim, olan biteni görebileceğim bir yere. Üstelik bu âlemdeki insanlara borcum var. Bana bir vazife verildi..."

"Racon kesmek," diye küçümsedim. "Sanki kestiğin racona çok uyuyorlar da..."

"Uyarlar," dedi bana dönerek. Gözlerindeki ışıltı kaybolmuştu, masum bir çocuk gibi görünüyordu. "Bu âlemin de kanunları var. Başka türlü bu devran dönmez."

Ne kadar samimi görünürse görünsün aldırmadım.

"Hiç bana laf anlatma Cemal, sizin âlemde bir tek kanun vardır, o da para. Senin o anlı şanlı kabadayılarının para için yapmayacakları yoktur."

Umutsuzca başını salladı.

"Hepsi değil... Doğru söylüyorum Nevzat... Bazen racon devletin mahkemesinden bile önemlidir bizim için... Kadı Halil'i duydun mu?"

"Şu Salı Pazarı'nda nargile salonu olan adam mı?"

"Ta kendisi. Efsane bir arkadaştı... En büyük adalet dağıtıcısıydı bu âlemin. Kadı lakabı da oradan geliyor zaten. Kantarı şaşmaz, terazisi yanlış tartmazdı. Kimseden çekinmez, doğruya doğru, eğriye eğri, dilini sakınmazdı. Acımasızdı da verdiği karardan döndüğü görülmemişti. Öyle olduğu için de sözleri tövbe tövbe, ayet hükmündeydi. Bu dünyanın en namlı delikanlıları bile uymak zorundaydı Halil Abi'nin iki dudağının arasından çıkacak lafa. Benim diyen kaç babayiğidin kalemini kırmış, hayatını söndürmüştü. İşin ilginci, kimse öfkelenmezdi ona. Öfkelense de belli etmezdi. Çünkü haksızlık etmeyeceğini herkes bilirdi."

"Ama ne oldu, o da kendini öldürdü sonunda," diye kestim sözünü.

"Ben de onu anlatıyordum Nevzat. Kendini neden öldürdüğünü. Gün geldi, kader, Kadı Halil'in samimiyetini sınamak istedi. Yasin diye bir oğlu vardı. Gözünün bebeği, tek çocuğu. Öyle olduğu için de şımarık yetişmiş. Okul mokul hak getire. Büyüyünce de babadan kontenjanlı, ucundan kıyısından değil, balıklama düşmüş bizim âleme. Belki de o yüzden çiğ kalmış, edep erkân öğrenmemişti. Sopa yemediğinden, hapis yatmadığından. Kadı Halil'in bir adamı vardı, Mihri. Mizgin benim için neyse, Mihri de Halil Abi için oydu. İnce, uzun, bileğine sağlam bir babayiğit. Öl dese ölür, öldür dese öldürür, sorgusuz sualsiz. Öyle sadık, öyle yiğit, öylesine temiz bir adam. Tek kusuru kırk yaşında sevdalanmak. Hem de Çorlu kerhanesinde çalışan bir kadına... Ee gönül bu, diyecek bi'şey yok... Sevdalanmak dediysem, günümüz gençlerininki gibi gelgeç değil. Sevdalanmak ki kadını kerhaneden çıkarıp nikâhı basmacasına. Öyle koca yürekli bir adam bu Mihri yani. Hani peygamberin cennetlik dediği cinsten. Nikâh mikah derken, iki de çocuk yapıyor kadından, biri kız, biri oğlan. Ama Halil Abi'nin namussuz oğlu göz koyuyor kadına. Mihri'nin bu puştluktan haberi yok tabii, aklının ucundan bile geçmiyor, kendi oğlu gibi sevdiği Yasin'in karısına bulaşacağı. Fakat Yasin'in gözü dönmüş, belki babasına güveniyor. Belki kadının geçmişinin lekeli olması onu cesaretlendiriyor. Neyse, her fırsatta kadına sürtünüyor bu rezil. Gelgelelim kadın namuslu çıkıyor, yüz vermiyor. Yüz bulamayınca daha da azıyor ahlaksız. Mihri'nin babasının yanında olduğu bir gece çalıyor evin kapısını. Kadın almak istemiyor bunu, ama zorla giriyor içeri. Bağıra çağıra, cebren sahip oluyor kadına. Nefsini doyurduktan sonra, rahatlamış yayılıyor bu hayvan. Bunu fırsat bilen kadıncağız mutfaktan kaptığı bıçakla saldırıyor ırz düşmanına. Bacağından hafif yaralıyor bu pezevengi. Bıçağın acısıyla, zaten yarım olan aklını tümüyle yitiriyor Yasin, çektiği gibi tabancayı boşaltıyor kadının üzerine kurşunları... Yan odada uyuyan çocuklar uyanıyor silah sesine. Oğlan iki, kız beş yaşında... Yasin kaçacakken şeytan fısıldıyor kulağına, 'Çocuklar olanı biteni gördü, hakkında şahitlik yaparlar,' diye. Dönüp çocuklara da ikişer mermi sıkıyor. Katil olduğu anlaşılmasın diye olaya da hırsızlık süsü veriyor. Ama Allahın hikmeti işte, beş yaşındaki kız yaralı kurtuluyor. Sorguydu, sualdi, kan grubuydu, parmak iziydi derken, kız teşhis ediyor katili. Şimdi Kadı Halil ne yapsın? Mihri'yi çağırıyor yanına. 'Tamam,' diyor. 'Yasin suçlu. Oğlum ölümü hak etti. Ama hakkını bana vermeni istiyorum. Biliyorum, acın büyük, ne yaparsan yap, dinmeyecek, lakin bu işte benim büyük hatam var. Bir tek Yasin değil, ben de cezamı çekmeliyim. İzin ver, onun canını ben alayım.' Mihri başlıyor yaprak gibi titremeye... Bir yandan ağlıyor, bir yandan Halil Abi'nin elini öpmeye çalışıyor. Koca kabadayı ayağa kaldırıyor adamını. 'Ağlama evladım,' diyor. 'Ağlayacak bir şey yok. Racona göre hata yapan öder, herkes gibi Yasin de ödeyecek, ben de ödeyeceğim.' Ödüyor da, önce oğlunun kafasına sıkıyor, sonra kendine..."

Duymuştum bu hikâyeyi ama rivayet sanıyordum.

"Gerçek mi bu?"

"Gerçek tabii, istersen Mihri'yi çağırayım, kendi ağzıyla anlatsın sana. Ben bu vazifeyi Kadı Halil'den devraldım. Oğlunu vurmadan altı saat önce beni çağırdı yanına. Nargile salonuna gittim. Oturttu beni karşısına. 'Vaktim doldu Cemal,' dedi. 'Kalemimiz kırıldı bizim, kader hükmünü verdi. Benim yerime geçecek olan sensin.' Taşları iri bal damlaları gibi sallanan kehribar bir tespih çıkardı. 'Bunu bana rahmetli Bıyık Şevki vermişti on sene evvel. Kabul edersen ben de sana bırakmak isterim. Lakin gönül razı değilse yapacak bir şey yok...' Masanın üzerinde tatlı tatlı ışıldayan tespihe baktım. 'Kusura bakma Halil Abi,' dedim. 'Bu iş bana göre değil.' Dalgın gülümsedi. 'Eyvallah Cemal'im, sen ne dersen kabulüm. Ama fikrini değiştirirsen, tespihi bak şu duvardaki kılıcın kabzasına asacağım. Rivayet odur ki, bu eski kılıç Hazreti Ali'den kalmıştır. Bu tespihi alacak kişi de Hazreti Ali kadar adil olmalıdır. Merak etme çocuklar tembihli olacak, istersen gelir alırsın oradan.' Tespihi alacağımı hiç düşünmüyordum, aslına bakarsan, Halil Abi'nin ne oğlunu ne kendini vuracağına inanıyordum. Ama yaptı, konuştuğumuzun gecesi, hem oğlunu hem de kendini öldürdü. Olayı ertesi sabah duydum, ne çok düşündüm ne de bekledim, öğleye doğru gidip aldım tespihi kılıcın kabzasından. Laf nasıl yayıldı bilmiyorum, ertesi gün cenaze namazında, hiç beklemediğim bir saygıyla yaklaştı herkes bana. Daha evvel kanlı bıçaklı olduklarım bile el pençe divan durdu önümde..."

Şöyle bir bakıp gözüyle tarttı beni Cemal.

"Yani her şey para değildir bu dünyada Başkomiserim. En azından bu âlemde hâlâ şerefe, ahlaka önem veren insanlar var."

Olabilirdi, ama şu anda merak ettiğim konu ağır abilerin mana âlemi değil, bu kadar lafa rağmen Cemal'in cinayetlerle neden ilgilendiğini söylememiş olmasıydı.

"İyi de bu meselenin bizim davamızla ne ilgisi var?"

"Çok ilgisi var. Kara Nizam senin dediğin gibi kuralsız yaşayan adamlardan. Güç kimdeyse kuralları o yapar diyor. Engin'i de muhtemelen bu nedenle öldürtmüştür. Kendi yerinde gözü olduğu için. Şu genç kızın vurulmasının sebebi de Kudret'in manyaklığı değil, Kara Nizam'ın başta Barbut olmak üzere herkese gözdağı verme hevesidir."

Aradaki bağlantıyı kuramamıştım.

"Fidan'ı öldürerek Barbut'a gözdağı mı vermek istediler?"

Kendinden son derece emin açıkladı.

"Sadece Barbut'a değil, bana da, Tarlabaşı'nda önüne çıkacak kim varsa hepsine. Düşünsene Nevzat, bu molotof atan çocuklar sabah iki tane de Barbut'un mekânına sallamışlar. Hatta küçük bir yangın çıkmış kulüpte. Sen de görmüşsün zaten. Barbut biliyor bu işi yapan çocukları... Salı Grubu mu neymiş, ama önemsemiyor. En fazla çekip konuşur onlarla. Ama Kara Nizam öyle değil. Dedim ya, gözü yükseklerde. Ne kadar acımasız olduğunu herkese göstermek istiyor. Herkes ondan korksun, boyun eğsin istiyor. Tam yedi el ateş etmişler kıza. Yedi el Nevzat. İşgalci gâvura sıkılmaz. Çünkü amaç farklı. Milletin gözünü kırmak... İşte bunu anlatmak istiyordum sana. İhsan'a ya da bana yardım etmen için değil. Neler olup bittiğini anlaman için..."

Kendini kaptırmış, heyecanla anlatıyordu Cemal. Hiç böyle gergin görmemiştim onu. Sahiden nefret ediyordu Kara Nizam'dan ama bunun nedeni, hasmının kötülüğü müydü, yoksa çıkarlarının çatışması mıydı, işte ondan emin olamıyordum.

“İlk cinayetini on altı yaşında işlemiş.”

Sorgu odası her zaman oda tiyatrosunu çağrıştırır bende. Sorgucular ve zanlıdan oluşan genellikle üç oyuncunun rol aldığı, küçük, kapalı, sevimsiz bir sahnede oynanan gerilim dolu bir tiyatro oyunu. Kimsenin elinde bir metin görünmese de herkesin aklında bir senaryo vardır aslında. Belki her zaman sadık kalmayız, ama diyaloglarımızı, mimiklerimizi ve hareketlerimizi belirleyen çoğunlukla aklımızdaki bu senaryodur. Şunu da hemen belirtmeliyim ki zanlının zihnindeki metnin değişme ihtimali daha fazladır, çünkü bizim soracağımız sorulara göre biçimlenir. Bir sorgunun kaderini belirleyen ne söylediklerimizden çok, nasıl rol yaptığımızdır. Zeki ve soğukkanlı olan bu gerilimli oyunu alıp götürür.

Dekoru uzunca bir masa, üç sandalye ve kocaman bir aynadan ibaret olan sorgu odasındaki Kudret'i görünce hatırladım; dün kahvehanede yüzü bize dönük oturan ikiz kardeşlerden biriydi. Yakası kürklü koyu yeşil anorağı sırtındaydı, dik, kısa saçlarının dibinde ve alnında boncuk boncuk terler birikmişti. Tepesinde parıldayan ışıktan korunmak için kirpiklerini kırpıştırıyordu, ama koyu renk gözlerini çevreleyen o ağır mahmurluk hâlâ dağılmamıştı. Elleri masanın üzerindeydi; parmakları tıpkı amcası Kara Nizam gibi kısa, avuçları küçücüktü. Ama tek bir kıl bile görünmüyordu pürüzsüz teninde. Yüzü de öyleydi aslında seyrek kirli sakalını saymazsak, lambanın altında ışıl ışıl yanıyordu sağlıklı cildi.

"Kaç kalaşnikof vardı?"

"Ha..." diye cevapladı Ali'nin sorusunu.

Bir fiske indirdi yardımcım kafasına.

"Ha, ne demek lan? Efendim diyeceksin."

Hazırlıksız yakalanmıştı, başı öne doğru savruldu Kudret'in...

"Ah!" dedi cılız bir sesle. "Vurmasana yaa..."

Kelimeler diline yapışıyordu.

Karşısındaki iskemleyi gürültüyle çekerek oturdum.

"Kafan iyi mi Kudret?"

Hiç anlamadığı bir dil konuşuyormuşum gibi tuhaf tuhaf baktı suratıma.

"Söylesene, hap filan mı kullanıyorsun sen?"

Uykulu gözleri bir parça aralandı.

"Ha..."

Bir fiske daha yedi Ali'den.

"Ha değil lan, anlamadın mı, efendim diyeceksin, hıyar, efendim..."

Bu kez temkinliydi Kudret, gelen darbeye karşı dik tuttu başını.

"Ah, vurmasana ya... Duyamadım işte."

Burnunun dibine kadar sokuldu yardımcım.

"Niye lan, arıza mı var kulağında?"

Sinirlenmişti Kudret, gizlemeye de gerek duymadı.

"Arıza yok da, sesin duyulmuyor."

Sakince gülümsedi Ali.

"Tamam, o zaman yüksek sesle konuşuruz." Dudaklarını zanlının kulaklarına yaklaştırarak olanca gücüyle bağırdı. "Kaç kalaşnikof vardı?"

Kudret telaş içinde eliyle kulaklarını kapatmaya kalkıştı, ama yardımcım bileklerinden yakaladı onu. Ellerini masanın üzerine yapıştırarak yeniden bağırdı.

"Kaç kalaşnikof vardı diyorum sana? Duydun mu şimdi?"

"Duydum, duydum." Kendini kaybetmiş bağırıyordu. "Üç tane... Üç tane vardı."

Zanlının ellerini bırakıp doğruldu Ali. Telaşla, parmaklarını kulaklarına götürdü Kudret. Dokundukça uğultu azalacakmış gibi ovuşturup duruyordu.

"Neden yalan söylüyorsun?" Oturduğum iskemlede sakince geriye yaslanmıştım. Tek bir hareketini bile kaçırmadan ağır ağır süzdüm. "Bizi kandıracağını mı zannediyorsun?"

"Hâşâ Başkomiserim... Sizi kandırmak kim, ben kim?" Elleri hâlâ kulaklarındaydı, ama az önceki mahmurluktan kurtulmuş gibiydi. "Her şey ortada, niye yalan söyleyeyim ki..."

"Paçanı kurtarmak için..." Dikildiği yerden konuşuyordu Ali. "Olayı meşru müdafaa gösterip cinayetten yırtmak için..."

Yeni uykudan uyanmış birinin masum gözleriyle baktı zanlı.

"Hiç öyle bakma oğlum," diye tersledi Ali. "Cami avlusundan getirmedik seni buraya. Bir insan öldürdün. Gencecik bir kız..."

Gözleri ardına kadar açıldı, nemli yüzü gerildi.

"Önce onlar saldırdı."

"Tabii tabii," diye hafifçe sallandı yardımcım dikildiği yerde. "Ellerinde de tüfekler..."

Yuvarlak başını ısrarla salladı Kudret.

"Evet, ellerinde de tüfekler, üç tane kalaşnikof..."

Eğilip omuzlarından yakaladı Kudret'i yardımcım.

"Bizi salak mı zannediyorsun lan?" Olanca gücüyle sarsaladı. "Kalaşnikof filan yokmuş ortalıkta... Tek el bile ateş edilmemiş kalabalıktan. Tabii senin boşalttığın şarjörü saymazsak..."

Gözlerini ardı ardına kırpıştırdı Kudret; zihnini toparlamakta zorlanıyor olmalıydı. Sahiden haplanmış olabilirdi.

"Vardı, valla vardı... Kulübe saldırdılar. Hepimizi yakacaklardı... Ellerinde molotoflar, kalaşnikoflar..." Aklı karışır gibi oldu. "Üç tane kalaşnikof... Hatta biri de kızın elindeydi."

Fidan'ın elindeki molotof kokteyli canlandı gözlerimin önünde, ama o kocaman tüfeği bir türlü yerleştiremedim incecik parmakların arasına. Zanlı ise kendini toparlamış, aklındaki senaryoyu okumayı sürdürüyordu.

"Elli kişiydiler... Tabancalar, tüfekler, satırlar..."

"Roketatar da var mıydı?"

Fark etmedi bile yardımcımın dalga geçtiğini.

"Yok, roketatar yoktu," diye açıkladı samimiyetle. "Belki el bombası olabilir..." Duraksadı, anlamıştı; kırgın baktı. "İnanmıyorsunuz, ama hepsinin gözü dönmüştü. Bizi öldürecek-lerdi. Ellerinde molotoflar..."

"Molotof konusunda sıkıntı yok..." diye kestim sözünü. "Ama arkadaşlarımıza üç değil, iki kalaşnikoftan bahsetmişsin."

"İki mi?" Minik gözbebekleri, cıvalı bilyeler gibi döndü yuvalarında. "Yok, üç tane... Üç tane vardı."

Anlamayı isteyen birinin sahici ilgisiyle baktım.

"Sami'ye iki tane vardı demişsin. Sami'yi tanıyorsun değil mi?"

Rahatlar gibi oldu.

"Sami Abi'yi tabii tanırım. Sami Abi'miz candır... Şahane bir polistir." Kurnaz bir gülümseme geçti yarı ıslak suratından. "Gerçi bütün polisler candır. Biz severiz polis abilerimizi..."

Polis abisi olarak dostça bir tavsiyede bulundum.

"O zaman gerçeği anlatmalısın Kudret."

Artık güvenle bakıyordu minik gözleri.

"Gerçeği anlatıyorum zaten Başkomiserim."

"Yani, Sami mi yalan söylüyor?"

Huzursuzca yutkundu.

"Yok estağfurullah, Sami Abi niye yalan söylesin?" Yeniden yutkundu. "Yanlış anlamış olmalı..." Fena sıkışmıştı, ya itiraf edecekti ya hatayı üstlenecekti. "Şeyy, belki de ben, üç yerine iki demişimdir. O telaş içinde..."

"Sami'yi nereden tanıyorsun?"

Ellerini masanın üzerine dayayarak yine bir kartal gibi çökmüştü Kudret'in tepesine bizim delibozuk. Ne diyeceğini bilemedi zanlı, boş boş baktı sadece.

"Söylesene, nereden tanıyorsun Sami'yi?"

Korkuyla geri yaslandı.

"Şeyden..."

Elbette fırsat vermedi Ali.

"Neyden? Kumardan mı? Çok mu sık geliyordu sizin kulübe? Haa..." Sağ eliyle yine küçük bir tokat indirdi ensesine, şılap diye bir ses yankılandı sevimsiz odada. Terden eli ıslanmıştı Ali'nin. "Allah belanı versin," dedi yüzünü buruşturarak. "Domuz gibi terliyorsun lan." Uzandı, Kudret'in anorağının içindeki kazağa sildi elini. "Nasıl da iğrençsin be!" Bakışlarını Kudret'in suratına dikti yeniden. "Niye konuşmuyorsun lan, yoksa adamınız mıydı Sami? Neyi saklıyorsun? Pis işlerinizde yardım mı ediyordu size?"

Hiç beklemediğimiz bir davranışta bulundu Kudret.

"Pis iş filan yok," diye yükseltti sesini. "Asıl biz yardım ettik Sami Abi'ye..."

Yeni bir yalan geliyordu belli ki, ama bu kez öfkelenmedi Ali.

"Demek yardım ettiniz? Para mı verdiniz yani?"

"Para mı, yok, hayatını kurtardık." Şaşkınlığımızı fırsat bilip açıkladı. "Sadece Sami Abi'nin değil, yanındaki iki memurun da..."

Bir anlığına da olsa sorgunun kontrolünü ele geçirmişti.

"Bak palavra atıyorsan," diyen Ali'nin tehdidi de durumu değiştirmedi.

"Anam avradım olsun ki doğruyu söylüyorum..."

"Sus lan, rezil herif," diye aşağıladı yardımcım. "Hiç değilse ananı karıştırma pis işlerine."

Terli yüzü hafif kavrulmuş soğan gibi pembeleşti zanlının, ama konuşma isteği kaybolmadı.

"Yok anama laf eder miyim, yani öylesine diyorum."

"Uzattın ama Kudret," dedim tatlı sert bir tavırla. "Hadi anlat artık, ne anlatacaksan."

Oturduğu yerde toparlandı.

"Tamam Başkomiserim, anlatacağım da..." Bakışları Ali'ye kaydı, vazgeçti, bu ne yapacağı belli olmayan komiserden şikâyet etmenin kendisi için hiç de hayırlı olmayacağını anlamıştı. "Biz, Sami Abi'yi teröristlerin elinden almıştık."

Ali'nin abartılı kahkahasıyla kesildi lafı.

"Teröristler mi? Nerde yaptınız lan bu işi, Şırnak'ta mı?"

Hiç bozulmadı Kudret, aksine kendinden emin, sakince açıkladı:

"Şırnak'ta değil, Beyoğlu'nda... Hem de yüzlerce teröristin elinden." Giderek yükseliyordu sesi; az önceki pısırıklıktan tümüyle kurtulmuş, takdir bekleyen bir kahraman gibi şakıyordu. "Geçen yaz... Gezi Parkı olaylarında... İstiklal Caddesi'nde... Mis Sokak'ta..."

Kendinden emin konuşması canımı sıkmaya başlamıştı.

"Şehir bilgilerimizi sınayacağına olayı anlat," diye uyardım. "Nasıl oldu bu iş?"

"Anlatıyorum ya Başkomiserim... Yüzlerce terörist. Valla abartmıyorum, belki binlerce... Mis Sokak'ın köşesinde dershane var ya. İşte tam o köşede, sıkıştırmışlardı Sami Abi'yi. Yanında iki memur abimiz daha vardı. Bir karışıklık olmuş belli ki teröristlerin arasında kalmışlardı. O göstericilerin içinde bu gece bizim kulübe molotof kokteyli atanlar da vardı. Tanıyorum yavşakları... Kürtler, komünistler, ibneler. Her türlü puşt içlerinde. Birkaç dakika geciksek Sami Abileri linç edeceklerdi. Allahtan zamanında yetiştik. Otuz kişi kadar varız. Elimizde sopalar filan, ya Bismillah deyip giriştik bunlara. Hepsi hanım evladı zaten... Küpeli, uzun saçlı piçler... Mini etekli, kısa saçlı kızlar."

Dayanamayıp yine lafa karıştı Ali.

"Hani teröristti lan bunlar? Hanım evladından nasıl terörist oluyor?"

Hiç geri adım atmadı Kudret.

"Yakıp yıktılar ya ortalığı. Devletimize, polisimize karşı koydular ya... Terörist değil mi şimdi bunlar?"

Bu aptal tartışmayı sürdürmenin bir yararı yoktu.

"Gösterici, onlara gösterici diyoruz," diye müdahale ettim. "Neyse, sen devam et hadi."

"Tamam Başkomiserim, işte bunları kattık önümüze, kovalıyoruz. Otuz kişi, üç bin kişiyi çil yavrusu gibi dağıttık valla."

Ali yine rahat duramadı yerinde.

"Ufak at civcivler de yesin."

"Valla diyorum Komiserim... Tamam ekipler de yetişti arkamızdan. Onlar gelince zaten darmadağın oldu puştlar." Yılışık bir suç ortaklığı ifadesi belirdi gözlerinde. "Ama o biber gazı fena ya. Adamın iflahını kesiyor. Maske filan da yok ya bizde. Ölücem zannettim ya. Yanlış anlamayın, bizim üzerimize atmadılar da, rüzgâr getiriyor haliyle. Amca çocuklarının yarısı telef oldu desem yeridir."

Gezi Parkı olayları sırasında bazı kişilerin ellerinde döner bıçakları, sopalarla gösterici avına çıktığını hatırlıyordum. Demek Kara Nizam'ın yeğenleri de vardı aralarında.

"Durumdan vazife çıkardınız yani," diye eşeledim. Anlamadı ne demek istediğimi.

"Buyurun Başkomiserim."

"Yani kendiliğinizden mi gittiniz oraya? Polislere yardım için..."

Terbiyelice gülümsedi.

"Ne haddimize Başkomiserim. Nizam Amca'm yolladı. Gezi Parkı'nı günlerce işgal eden şerefsizlerden bıkmışız zaten. Bizim dükkânların hepsi kapalı. Otoparklara gelen giden yok, kebapçılar sinek avlıyor. Yukarıdan da telefon gelmiş galiba."

Anında atladı Ali.

"Yukarıdan derken?"

Omuz silkti Kudret.

"Orasını bilmiyorum, partiden de olabilir, emniyetten de... Fark eder mi Komiserim, maksat millete, devlete hizmet. Görev emri gelince çıktık sokağa tabii. Bu yavşakların haddini bildirmek için." Ödül uman bir çocuğun beklentisi içinde bana bakarak marifetlerini anlatmayı sürdürdü. "Çok gösterici dövdük Başkomiserim. Analarını siktik ibnelerin..."

"Fidan da var mıydı göstericilerin arasında?"

"Kim? Kim dediniz Başkomiserim?"

"Fidan. Birkaç saat önce öldürdüğün kız."

Bir balon gibi sönüverdi neşesi.

"Ölen kızın adı Fidan mıymış?"

"Ölen değil, öldürdüğün kız," diye düzeltti Ali. "İncecik bedenine yedi kurşun sıktığın kız."

Ne bakışlarını kaçırdı ne suçunun altında ezilen biri gibi başını öne eğdi.

"Öyle olsun istemezdim," dedi soğuk bir sesle. "Elindeki tüfeği bizim pencereye doğrultunca kendimi savundum. Cana kıymak iyi bir şey değildir yoksa."

"O yüzden mi dört kişiyi öldürdün?"

Usulca başını kaldırdı Kudret, kaşlarının altından nefretle baktı yardımcıma. Minik gözleri keskinleşti, vahşi bir pırıltı halini aldı. Masaya oturduğumuzdan beri, bizden gizlemeye çalıştığı yüzüydü bu Kudret'in. Gerektiğinde acımasız bir katile dönüşecek olan birinin yüzü. Ama çok sürmedi, yüz kasları gevşedi, katil başka bir ifadenin ardına gizlendi.

"Ben, ben, dört kişi öldürmedim..."

Doğru yolda olduğunu anlayan yardımcım, baskıyı sürdürdü.

"Kaç kişiyi öldürdün peki?"

Güya açık yüreklilikle itiraf etti.

"Bir kişiyi, o da amcama hakaret ettiği için... Nizam Amca'm bizim babamız gibidir. Ailemizin büyüğüdür. Aile bizim için çok önemlidir. Önce Allah, sonra devlet, sonra da aile. Onlara dil uzatanın dilini keseriz."

Muzip bir ifade belirdi Ali'nin yüzünde.

"Adam dil uzatmamış ki sadece tokatlamış amcanı."

Sanki o anı yeniden yaşıyormuş gibi boyun damarları şişti, burun kanatları açılıp kapanmaya başladı Kudret'in.

"İftira! Külliyen iftira, öyle bir şey olmadı."

Zanlının karşımızda kıvranıp durması hoşuna gidiyordu yardımcımın.

"İnkâr etme, adam hepinize koymuş postayı. Süt dökmüş kediye dönmüşsünüz karşısında." Bana çevirdi ışıklı bakışlarını. "Çarkçı Abbas diye bir adam, Başkomiserim. Tophane'de bir otopark işletiyormuş. Bunlar parsel parsel ele geçiriyorlar ya Beyoğlu'nu. Kara Nizam, toplamış bütün akrabayı talukatını, basmış adamın mekânını. Ama Abbas da boş adam değilmiş, tüyoyu önceden almış, hazırlığını yapmış, gerektiği gibi karşılamış bunları. Hiç ummadıkları bir manzarayla karşılaşınca morarmış bunlar tabii. Üstüne üstlük, Abbas, çatır çatır tokatlamış Kara Nizam'ı. Hem de bunların gözünün önünde..."

"Yalan!" diye bağırdı Kudret. "Öyle olmadı. Abbas işgal etmişti otoparkı. Sahibi de yaşlı bir Yahudi. Amcamın da ahbabı. O rica etmiş, bu herifi çıkarın diye. Biz de ondan gittik zaten. Hatta Nizam Amca'm önceden aramış, şu meseleyi bir konuşalım diye, Abbas da buyurun bekliyorum, demiş. Ama otoparka gidince kahpelik etti bize. Bütün hemşehrilerini üzerimize saldırttı. Tokat meselesi filan da iftira. Öyle bir şey olmadı."

"Niye öldürdün o zaman Abbas'ı?" Aklına başka bir düşünce takılmış gibi bocaladı Ali. "Dur, dur, belki de sen yapmadın." Parmaklarını şaklattı havada. "Tabii ya, sen değil, Kara Nizam vurdu. Yaşın küçük diye olayı sen üstlendin. Evet, aynen öyle oldu. Çarkçı fiyakasını bozunca, Beyoğlu'nda madara oldu Kara Nizam. Günlerce insan içine çıkamadı. İtibarını kazanması için Çarkçı'yı bizzat öldürmesi gerekiyordu. Öyle de yaptı zaten. Fakat anlaşma gereği işi sen üstlendin..." Eliyle omzundan dürttü. "Söylesene lan, öyle olmadı mı?"

Kudret'in ağzından yine tek kelime çıkmadı, kinini içine akıtarak bu "Allahın belası" polisin sözlerini dinlemeyi sürdürdü.

"Elbette öyle oldu... Senin ilk cinayetin Abbas değildi. Bu geceki zavallı kızı saymazsak, aradaki üç kişiyi sen öldürdün. Hapisten çıktıktan sonra. Ama o cinayetleri de reşit olmayan öteki kuzenlerin üstlendi. Demek sizde işler böyle yürüyor. Erişkinler öldürüyor, reşit olmayanlar üstleniyor. Hapiste de itlik nasıl olur, onu öğreniyorlar."

Merkeze gelince üstünkörü bakmış olmalıydı yardımcım, Kudret'in dosyasına. Vakit yoktu, başka ne yapabilirdi ki? Ama konuştukça taşlar yerine oturmaya başlamıştı kafasında.

"İlk cinayetini on altı yaşında işlemiş bu dingil," dedi bana anlatmaya başlayarak. "Daha doğrusu, anladığınız gibi amcasının vukuatını üstlenmiş. Çarkçı Abbas'ın kesik iki kulağını da yanına alıp silahıyla karakola teslim olmuş. Böylece hem amcasını korumuş hem de yalandan katil unvanı almış. Beş yıl sonra da aftan çıkmış tabii. Çıktıktan sonraki iki yıl içinde üç kişinin ölümünden daha sorumlu tutulmuş, ama demin anlattığım gibi reşit olmayan yeğenler üstlenmiş her üç cinayeti de. Yani bu rezil herif, yuvarlak hesap dört kişinin katili olabilir..." Şöyle bir göz attı sandalyesinde terlemekten eriyip bitmekte olan adama. "Öyle değil mi lan? Eksik mi söyledim yoksa?"

Cevap vermedi Kudret, sadece baktı, keskin iki bıçak gibi ışıldayan gözlerle hiç korkmadan, hiç çekinmeden, bir gün elime düşersen, sana neler yapacağımı biliyorum dercesine baktı.

"Ne poz kesiyorsun lan!" diye gürledi bizim korkusuz polis. "Film mi çekiyoruz burada! Beni mi korkutmaya çalışıyorsun yoksa!" Sahiden sinirlenmeye başlıyordu. Sille tokat girişmesinden çekindim.

"Tamam Ali, tamam, otur biraz."

Oturmadı, olduğu yerde dikilmeyi sürdürdü, ama zanlıya bulaşmayı da kesti, tabii şimdilik.

"Engin'le aran nasıldı Kudret?"

Aklı hâlâ Ali'deydi, ne dediğimi yine anlayamadı.
"Haa... Engin mi?"
"Evet, dün gece öldürülen arkadaşınızdan bahsediyorum. Sever miydin?"
Sakinleşmeye başlamıştı, derinden bir iç geçirdi.
"Severdim," dedi alnındaki terleri anorağının koluyla silmeye çalışarak. "Niye sevmeyeyim. Allah rahmet eylesin, bana bir kötülüğü yoktu."
Anorağının kolu terini ememedi. Mendilimi çıkardım.
"Al, şunla sil."
Çok tuhaf bir davranışta bulunmuşum gibi, bir mendile, bir bana baktı.
"Yok, sağ olun..."
"Al yahu, alsana. Çıkar şu anorağını da serinle biraz."
Gözleriyle tarttı beni, sonra kuşkuyla Ali'ye baktı ve kararlılıkla başını salladı.
"Yok, iyiyim ben böyle." Kurnazca sırıttı. "Doktor terlemenin iyi geldiğini söyledi bana."
Kim bilir kaç kez geçmişti bu sorgulardan. Eminim epeyce de sopa yemişti. İyi polis, kötü polis bizim bütün yöntemlerimizi biliyor olmalıydı. Yardımımı reddederek sizinle hiçbir koşulda uzlaşmam demek istiyordu.
"Sen bilirsin," dedim mendilimi yeniden cebime koyarken. "Nizam'la araları pek iyi değilmiş son dönemlerde."
Pürdikkat beni dinliyor, ne yapmak istediğimizi anlamaya çalışıyordu.
"Engin diyorum. Amcanla bir kadın meselesi varmış aralarında. Çilem diye bir kadın..."
Rahatsız olmuş gibi sıkıntıyla oynattı boynunu.
"Çilem değil, Hacer... Hacer Yenge... Nizam Amca'm evlendi o kadınla."
O kadınla demesi ilginçti, Saltanat Süleyman'ın söyledikleri doğru çıkıyordu, Kara Nizam'ın yeğenleri bu evliliği onaylamıyordu demek.
"Anlattı amcan," dedim kibarca. "İnşallah mutlu olurlar. Ama Hacer Hanım'ın bu ölen Engin'le de ilişkisi olmuş."
Anında itiraz etti Kudret.
"Öyle bi'şey yok. Hem Hacer Yenge hakkında ben konuşamam. Kadın ailemize girdi. Artık o bizim namusumuz."

Büyük bir keyifle zanlının nasırına basmayı sürdürdü yardımcım.

"Namusunuz mu? Barbut İhsan'ın kapatması değil miydi oğlum bu kadın? Tek Barbut olsa iyi, sonra Engin. Yoksa önce Engin, sonra mı Barbut?"

Kıpkırmızı oldu Kudret'in suratı, ama itiraz etmedi.

"Biraz yanlış olmuş, Nizam gibi namlı bir adamın, Çilem'le evlenmesi," dedim Kudret'in aklındakileri açığa çıkarmak için. "Ailenin adına gölge düşürmeyecek birini bulabilirdi."

Neredeyse duyulmayacak kadar cılız bir sesle mırıldandı: "Amcamın kararı, bize saygı duymak düşer."

Hiç yüzümüze bakmadan konuşmuştu.

"Bir yeğen olarak haklısın tabii, koca Kara Nizam'a karşı mı çıkacaksınız? Ama milletin ağzı da torba değil ki büzesin. Neyse, insanların ne dediği bizi ilgilendirmez. Peki, Hacer'in Engin'le ilişkisinin olduğu doğru mu? Yani amcanla tanışmadan önce... Çünkü kimileri bu ilişki hâlâ sürüyordu diyor."

"İftira!" diye öfkeyle kaldırdı başını. "Yok öyle bir şey. Kim söyledi bunu size?"

"Sakin ol Kudret. Sadece bir kişiden duymadık, iki gündür kiminle konuşsak, herkes bu meseleden bahsediyor Beyoğlu'nda. Zaten Engin tanıştırmış kızı, amcanla. Öyle değil mi?"

Mantığı cevap verme diyordu, ama yüreği, yıllardır edindiği kültür, amcasının yaptığı bu yanlışı içine sindiremiyordu.

"Öyle, ama Engin'in Hacer Yenge'yle ilişkisi olmadı. Ne önce ne de sonra. Bak Engin sinsi biri olabilir, ama geri zekâlı değildi. Bizim karılarımıza, kızlarımıza yan gözle bakarsa başına geleceği bilirdi. Hem başka bir kıza âşıktı o..." İkimizin de ilgiyle baktığını fark etmişti. "Salak işte, pavyonda çalışan bir kıza kapıldı."

"Azize'ye mi?"

"Bak biliyormuşsunuz işte Başkomiserim. Evet, o sıska kıza kaptırdı gönlünü. Halbuki ne karılar vardı etrafında. Yakışıklı adamdı Engin, boylu poslu, mavi gözlü... Mesela zengin bir kadın vardı. Jale... Yaşı biraz geçkin ama hâlâ güzel..."

Engin'in evinde bulduğumuz fotoğraflardaki kadından söz ediyordu.

"Jale âşıktı buna deli gibi. Öyle böyle değil, kadın hakikaten zengin. Kocasının fabrikaları var, mal mülk yerinde... Adama inme indi, ha bugün ha yarın öldü ölecek. Ama bu salak gitti, o pavyon yosmasına gönül indirdi."

"Peki, Azize de seviyor muydu Engin'i?"

Küçümseyen bir ifade belirdi suratında.

"Sevse n'olacak? O kızdan karı mı olur adama? Her gelen bir ısırık almış. Zaten evlenmezdi ki Engin, kendine yediremezdi."

"Ama amcan evlenmiş." Elbette Ali'ydi lafı gediğine oturtan. "Bak ne güzel evinin kadını yapmış Hacer'i, yoksa Çilem mi demeliyim?"

Bakışlarını bir kez daha kaçırdı, ama söylenmeden de edemedi.

"İyi olsun diye yaptı. Hacer'i kurtarmak için... Hacer Yenge de dürüst bir kadın oldu zaten. Eyüp Camii'nin imamına gittiler. Okudu üfledi. Hamama gittiler, yundu, arındı, yeniden doğmuş gibi oldu." Dudaklarında müstehzi bir gülümsemeyle karşısında dikilen Ali'ye bakarak yineledi. "Evet, namuslu bir kadın oldu. Zaten kötü bir insan da değildi. Gençlik işte, Barbut İhsan gibi çakallara rastlamış. Engin'le filan da ilişkisi yoktu."

Söylediklerine kendisi de inanmıyor olacak ki uzattıkça uzatıyordu konuyu, ama bu sorguyu, kurtlar sofrasına düşmüş zavallı bir kadın etrafında dolandırmanın da anlamı yoktu zaten.

"Aslında bana da öyle geliyor," dedim yeniden arkama yaslanarak. "Hacer Hanım'ın maktulle bir ilişkisi olduğunu hiç sanmıyorum. Ama Engin, yengenizi kullanmak istemiş olamaz mı?"

Yine suratı asılır gibi oldu.

"Yok, o manada demiyorum. Biliyorsun, bu Engin, Avrupa'dan gelmiş. Amcası Durdu, dünya çapında namlı bir uyuşturucu kaçakçısı. Engin de onun sağ kolu. Eğer İtalyanlar Durdu'yu öldürüp bunların çetesini dağıtmasaydı, belki de amcasının yerine geçecekti. Yani Engin büyük işler için hazırlamış kendini. Fakat kaderin cilvesine bak, gelip Kara Nizam'ın kanadının altına sığınmak zorunda kalmış. Olur, insanın başına her türlü iş gelir, lakin anladığım kadarıyla bu Engin hırslı biriymiş. Yani kaderin ona biçtiği rolü kabul etmeyecek kadar açgözlü. Amcanla filan çok yakınlaşmış. Belki Hacer Hanım'ı filan tanıştırması da amcanın güvenini kazanmak için. Fakat öğrendiğimize göre, son günlerde İtalya'da dağılan adamlarını toplamaya çalışıyormuş. Onları İstanbul'a getirmek için hazırlanıyormuş..."

Temkini elden bırakmasa da söylediğim yalan etkilemeye başlamıştı onu.

"Nerden duydunuz bunları?"

"Barbut İhsan'dan değil herhalde. İnterpol ajanlarının raporlarından. Çünkü İstanbul'a geldiğinden beri izleniyordu Engin." Gözlerinde beliren korkuyu görünce sürdürdüm senaryoyu. "İtalyan İnterpol'ündeki arkadaşlarımızın tahmini, Engin'in İstanbul'da güç toplayıp yeniden krallığını ilan etmesi yönündeydi. Yani ailenizi bir kaldıraç olarak kullanmak istiyordu."

Alt çenesi hafifçe düşmüştü, hayretler içindeydi.

"Amcan tapulardan bahsetmedi mi sana?"

Minik gözleri iri iri açıldı.

"Ne tapusu?"

"Tarlabaşı'nda dokuz binanın tapusu... Evet, Engin kendisi için ev topluyormuş. Kentsel dönüşüm olacak, binalar değerlenecek ya. Ama bunu amcandan gizlemiş."

"Vay sahtekâr!" diye söylendi. "Bize de sizin için ev alıyorum diyordu." Sonunda çözülmüştü Kudret. "Ben demiştim zaten Nizam Amca'ma, bu Engin'e dikkat et diye. Birdenbire ortaya çıkıp içimize sızdı herif. Tabii, karı kız bulması da tertibin parçası. Biliyor amcamın zayıf tarafını..." Duraksadı. "Peki kim öldürmüş Engin'i? İtalyanlar mı?"

Bu kez ben dikkatle süzdüm masanın başında oturan genç adamı. Bizim onu kandırmaya çalıştığımız gibi, o da bizi mi yanıltmak istiyordu? Engin'i kendisi öldürdüğü halde, bizim kurduğumuz senaryoya dayanarak bu işten sıyrılmayı mı planlıyordu? Hayır, samimi görünüyordu. Birkaç saat önce gözünü kırpmadan, gencecik bir kızın üzerine yedi kurşun sıkan bu katilin, muhtemelen Engin cinayetiyle hiçbir ilgisi yoktu. Ama bu gerçek, amcası Kara Nizam'ın Engin'in ölümüyle ilgisi olmadığı anlamına gelmiyordu.

"İtalyanlar da olabilir tabii," dedim parmaklarımı iç içe geçirerek. "Ama ben şu Nazlı denen kadından şüpheleniyorum. Engin'in kasasında, Ferhat Çerağ Kültür Merkezi'nin krokisini bulduk."

Evet, işte kaçırdı gözlerini, kendisinin de dahil olduğu bir suçtan söz ediyordum çünkü.

"Anlaşılan o binaya bir saldırı düzenlemeyi planlıyormuş."

"Öyle mi?" dedi ayarlanmış bir ses tonuyla. Yeniden gardını almıştı işte. Nereye varmak istiyordum acaba?

"Öyle," dedim olabildiğince sakin görünmeye çalışarak. "Fidan, yani senin vurduğun kız da Nazlı'nın kültür merkezine gidip geliyormuş."

"Senin vurduğun" sözlerinin üstüne basa basa konuşmuştum, ama ne bir eziklik ne de utanç duydu. Aksine sesini yükseltti.

"Bütün bunların sorumlusu Nazlı denilen o deli karı zaten. O kültür merkezi dediği yer, bölücü yuvası. İbnesi orada, Kürt'ü orada, solcusu orada, feministi orada. Sanki eksikmiş gibi bir tane de bizim binaya açacakmış. Kaç yıllık sözleşmemiz var, dinlemiyor kadın. Tutturdu, çıkacaksınız da çıkacaksınız..."

"Onun için mi silah sıktınız kültür merkezinin önünde? Nazlı'nın gözünü kırmak için mi?"

Ali'nin sözleri bastırdı genç katilin konuşmasını. Düştüğü tongayı yeni anlamış gibi ürkek ürkek bir bana, bir yardımcıma baktı ama çok geçti.

"Söylesene lan!" diye yaklaştı Ali. "Kaç kere camını kırdınız o binanın, kaç kere taciz ettiniz bu insanları?"

Çıt çıkmıyordu Kudret'ten.

"O kroki ne içindi? Bomba mı koyacaktınız oraya? Kurşuna mı dizecektiniz milleti? Söylesene ne yapacaktınız?"

"Bilmiyorum," dedi sinirli bir hareketle başını geri atarak. "Benim o krokiden haberim yok."

Ali'nin en sert tokadı işte o anda patladı Kudret'in ensesinde.

Nerdeyse burnu masaya çarpacak kadar öne savruldu zanlı. Toparlanırken bardağı taşıran o küfür döküldü dudaklarından.

"Ah! Ananı sikeyim, ne vuruyorsun?"

Ali, çevik bir hareketle uzanıp anorağının yakasından yakaladı onu. Ağzını açmasına bile fırsat vermeyerek ayağa kaldırdı. Yardımcımı durdurmam gerekirdi, ama karların üzerinde giderek büyüyen bir kızıllığın içinde yatan o genç kızın yedi kurşunla delik deşik edilmiş narin bedeni bunu yapmamı engelledi.

"Bir daha küfret lan!" diye bağırdı. "Hadi bir daha küfret."

Ayakları yerden kesilen Kudret'in suratı bembeyaz olmuştu. Pörtleyen gözlerini bana çevirmek istiyor, ama Ali'nin sarsalamalarından fırsat bulamıyordu. Eyvah, şimdi burnunun üstüne bir kafa yiyecek diye endişelenmeye başlarken, "Aç ağzını lan," diye buyurdu bizimki. "Aç ağzını yoksa kaldırıp atarım seni beşinci kattan."

Tereddüt ediyordu Kudret.

"Aç lan, aç ağzını."

Benden beklediği yardımın da bir türlü gelmeyeceğini anlayan zanlı korka korka açtı çenesini. Ağzındaki bütün sıvıyı gürültüyle toparlayıp Kudret'in yarı aralık dudaklarının arasına tükürdü Ali. Sonra da iki eliyle çenesini kapattı.

"Yut lan şimdi. Yut, pezevenk!"

O anda çalındı sorgu odasının kapısı. Ben iskemlemde oturuyordum, Kudret'in küçük çenesi Ali'nin pençelerinin arasındaydı hâlâ. Dönüp kapıya baktık; aralanan metal kanadın arasından Zeynep'in sıkıntılı yüzü göründü.

"Zanlının avukatı geldi Başkomiserim, sorguya katılmak istiyor."

Ecdat mirası yahu, hiç mi vicdanın sızlamaz?

Taksi, yeniden başlayan kar yağışının altında yer yer buz tutmuş asfaltta ağır ağır ilerleyerek Tepebaşı'ndan aşağı iniyordu. Benim emektarı, emniyetin otoparkında bırakmıştım, hayır, bu defa arıza yapan o değil, bendim. Başım dönüyordu biraz; yorgunluk mu, gerginlik mi, yoksa bedenimi sinsice ele geçirmeye başlayan yaşlılık mı, arada bir böyle oluyordu işte.

Gözlerim yarı kapalı dışarıdaki karanlığı izlerken aklım hâlâ Kudret'in avukatı Sacit'le meşguldü. Bir zamanların gözde hukukçularından Sacit Kasımoğlu'yla. İstanbul Hukuk Fakültesi'nde okumuş, mastırını Sorbon'da yapmış olan namı diğer Damat Sacit'le. Oldukça eskilerden tanıyordum onu. Sadece avukatlığının şaşaalı döneminden değil, politik olarak da en kudretli olduğu günlerden. Damat lakabı, dönemin bakanlarından birinin kızıyla evlenmesinden geliyordu. Günahı söyleyenin boynuna, 80'li yılların başında Tarlabaşı Bulvarı açılırken vurmuş en büyük voliyi. İstanbul'un taşı toprağı altın, biz nasiplenmezsek başkaları nasiplenir diyen soysuzlar var ya işte, onların en maharetlilerinden biriydi. Ankara'yla sıkı bağı olan iş bilir takımından, suçu kitabına uydurmayı marifet sayan hukuk cambazlarından. Ama ilahi adalet mi desek, şehrin ahı mı, karısı bir kokain partisinde uygunsuz vaziyette yakalanınca şansı ters dönmüştü. Hayır, tabii ki boşamamıştı karısını. Bunlar kuru iftira diyerek haberi yapan gazeteci kadını, önce dava etmiş tutturamayınca da ayağından vurdurtmuştu. Fakat gazeteci sağlam çıkmış, peşini bırakmamıştı; meslektaşlarının da yardımıyla kirli dosyalar tek tek açılmaya başlanmıştı. Felaketler geldi mi peş peşe gelir derler ya, aynen öyle olmuş, kayınpederinin partisi seçimlerde iktidarı kaybetmişti. Yeni oluşan mecliste yolsuzlukla suçlanan kayınpeder, ince politik ayarlarla paçayı sıyırıp kapağı Kanada'ya atınca zaten pek de sağlam olmayan evliliği iyice çatırdamaya başlamış, çok geçmeden de magazin basınının değişmez kahramanı olan eşi soluğu babasının yanında almıştı. Eğer malına mülküne haciz gelmeseydi tanınmış avukatımız hiç itiraz etmeyecekti bu duruma. Ama yeni hükümetin şimşeklerini üzerine çekmiş bulunuyordu, kayınpederin gizli ortağı olduğu düşünülen adalet savunucumuz, böylece elinde avucunda ne varsa hepsini kaybetmişti. Daha da beteri, eriyen servetiyle birlikte itibarının da yok olmasıydı. Saygın ve elbette paralı müşterileri birer birer bıraktılar Sacit'i. Böylece o parlak avukat Kara Nizam gibi orta boy mafya babalarının savunuculuğuna kadar düştü. Ama ne yalan söyleyeyim, hiçbir zaman kibarlığından ödün vermedi. Kötülüğü de, rezilliği de hep belli bir zarafet içinde yapmayı sürdürdü. Hiçbir zaman yenilmiş biri gibi davranmadı. Bu gece de sorgu odasına aynı özgüvenle girmişti. Oysa hatalıydı, geç kalmış, müvekkilini zor durumda bırakmıştı. Hiç umurunda değilmiş gibi gülümseyerek selamlamıştı hepimizi. Vitrini de yerindeydi doğrusu, yeni yaptırdığı dişleri ağzına biraz büyük gelse de özenle taranmış sonradan ekilme saçları, kaliteli kumaştan siyah paltosu, lacivert takım elbisesi, vişneçürüğü rengindeki kravatı ve elindeki halis deriden çantasıyla zımba gibi bir adalet savaşçısı olarak dikilmişti karşımıza. Herkese iyi geceler diledikten sonra, paltosunu katlayarak oturacağı iskemlenin arkasına koymuştu. Sanki ilk kez fark ediyormuş gibi, ela gözlerini sahte bir şaşkınlıkla iri iri açıp müvekkiline bakmıştı.

"Kudret, evladım neden anorakla oturuyorsun orada? Sıcak değil mi?"

Zanlının bizi şikâyet edeceğini, işkence gördüğünü söyleyeceğini sanmıştım ama yapmamıştı.

"Böyle iyiyim Sacit Bey..." demişti alnında biriken terleri yine anorağının koluna silmeyi deneyerek. "Sıcağı seviyorum."

Bu geceki gibi aşağılayıcı davranışlarla o kadar çok karşılaşmıştı ki, artık umursamıyordu. Belki de olayın nefsi müdafaa olduğunu söyleyeceğinden, bizimle daha fazla didişmenin kendisine hiçbir yarar sağlamayacağını düşünüyordu. Zeki avukat elbette anlamıştı olan biteni, ama o da kapağını kaldırmamıştı. Bizimle dalaşmanın davasına hiçbir yarar getirmeyeceğini çok iyi biliyordu. Müvekkiline bakarak sıkıntıyla söylenmişti:

"Seviyorsun ha..." Ardından yorgun ela gözlerini bana çevirmiş, haylaz oğluyla başa çıkamayan bir babanın çaresizliği içinde dert yanmıştı. "Tuhaf bir çocuk bu Kudret, Başkomiserim. İnsan bu kadar sıcağı nasıl sever?"

Hiç bozuntuya vermemiştim.

"Yapacak bir şey yok Sacit Bey. Kimsenin zevkine karışamayız."

"Haklısınız," demişti yüz ifadesini hiç değiştirmeden. "Kimseye karışamayız." Sanki yeni fark etmiş gibi aniden sormuştu: "Ben gelmeden başlamışsınız..."

"Sadece muhabbet ediyorduk," diye yanıtlamıştım. "Kudret'le daha önce tanışmıştık zaten."

Kurcalamak istememişti.

"İyi o zaman, ben hazırım, arzu ettiğinizde başlayabilirsiniz sorguya."

Sanki müvekkili birini öldürmemiş de kimsenin yaralanmadığı önemsiz bir trafik kazasını sorguluyormuşuz gibi, sonuna kadar da rahatlığını bozmamıştı.

Daha önce anlattıklarının dışına çıkmamıştı Kudret, sadece kalaşnikof sayısını iki olarak değiştirmişti. Ali müdahale edecek olmuş, ters ters baktığımı görünce, hiç kurcalamamıştı konuyu. Sorgu tamamlanınca Kudret'i nezarethaneye yollamıştık. Sadece o zaman sormuştu Sacit.

"Nefsi müdafaa değil mi Başkomiserim?"

Ne düşündüğümüzü anlamak istemişti, asıl derdi ifadeyi nasıl yazacağımızdı.

"Kulübe saldıranların elinde tüfek ya da tabanca olduğuna dair kanıt yok," demiştim sanki çaresiz bir durumla karşı karşıyaymışız gibi. "Göstericiler tek el bile ateş etmemiş. Üstelik binanın içine girme yönünde bir teşebbüs de saptayamadık..."

Hiç bozulmamıştı morali, paltosuna uzanırken usulca başını sallamıştı sadece.

"Evet, bu önemli tabii. Ama molotof kokteyli de ateşli silah değil mi?"

Haklıydı, muhtemelen Kudret bu işten yakayı sıyırırdı, belki genç bir kızın ölümünden etkilenecek kadar hassasiyeti yüksek bir mahkeme heyetinin önüne çıkarsa hüküm giyebilirdi, ama o da ağır bir ceza olmazdı. Bu sonucu bildiği için suçu üstlenmiş olmalıydı Kudret, yoksa reşit olmayan kuzenlerden biri, "Ben ateş ettim," diyerek kurtarırdı onu. Kudret gibi suç âleminin labirentlerinde ayakta kalmaya çalışan katiller, çoğu zaman mevzuatı biz polislerden daha iyi bilirdi, özellikle de işlerine yarayacak olanları.

Belki de Nizam'la yeniden görüşmeliydik. Evet, hâlâ o çirkin adamın, Engin konusundaki gerçek duygularını anlayabilmiş değildik. Kudret'in söylediklerinden, amcasının Engin'i koruduğu ortaya çıkıyordu. Tetikçi yeğenin Nizam'ın bu tavrına bozulduğu da belliydi. Belki Nizam da açık davranmıyordu yeğenlerine karşı. Belki o da nefret ediyordu Engin'den. Onu ortadan kaldırmak istiyordu. Ama bu işi yeğenlerine sezdirmeden halletmek niyetindeydi. Engin'in, sevdiği kadını, kendi çıkarı için kullandığını öğrenince, Titiz Tarık'ı kiralayıp bu meseleye bir son vermek istemiş olabilirdi. Kudret gibi adam öldürmekte mahir yeğenleri varken neden dışarıdan bir kiralık katil seçsin diye düşünülebilir. Yanıtı basit, yeni karısı Hacer'in başına gelenleri örtbas etmek için. Belki de Hacer'in hâlâ Engin'le ilişkisi sürüyordu ya da Kara Nizam öyle sanıyordu. Genç ve güzel karısı olan yaşlı ve çirkin adamların çok kolay kapılabilecekleri bir vehimdir bu. İyi de o zaman niye evlensin Hacer'le? Belki de genç karısı, olanları itiraf etti ona. Belki de kadın Engin'den nefret ediyordu veya kıskanıyordu. Olamaz mı? Engin'in, Azize adındaki konsomatris kıza tutulduğunu duymuş olmalı. Hacer eski sevgilisinden intikam almak istedi, yaşlı ama kudretli kocasını kışkırttı. O zaman Kara Nizam, sadık olmayan adamını kendi elleriyle öldürmez miydi? Evet, racona uygun düşen davranış bu olurdu. Fakat karısının, Engin'le girdiği ilişki çıkardı ortaya... Sadece o değil, başta Barbut İhsan olmak üzere Hacer'in yaşadıkları bir bir dökülürdü piyasaya...

Oysa Titiz Tarık gibi profesyonel bir tetikçinin marifetiyle Engin ortadan kaldırıldığında, karısının geçmişindeki nahoş olaylardan kimsenin haberi olmayacaktı. Şu halde Zeynep'in varsayımı mantıklı gözüküyordu. Aynı gece Engin'e iki ayrı suikast girişimi planlanmıştı, elbette katiller ya da azmettiriciler birbirinden habersizdi. İlk girişim başarıya ulaşınca ikinci girişimi gerçekleştirecek olan Titiz Tarık olanlardan habersiz beklerken, bizimle karşılaşma şanssızlığına düşüyordu. Mantıklı, peki ilk girişimi gerçekleştiren Engin'i Tarlabaşılılar Kulübü'nün önünde öldüren ya da öldürten kimdi? Muhtemelen Barbut İhsan. Zanlılar sıralamasında öne çıkan kişi o. Ama Barbut İhsan gibi uyanık biri, bu işi neden kendi mekânının önünde yapsın? Bu noktada benim tezim geçerlilik kazanıyordu: Eğer olay kendiliğinden geliştiyse, yani Engin'le Barbut'un adamları kulübün önünde karşılaştıysa... Eller silahlara gittiyse... Engin yavaş kaldıysa... Evet, bu iki senaryo akla yakın görünüyordu. Tabii olayın bilmediğimiz boyutları varsa o başka...

Evet, Nizam'la görüşmek iyi olacaktı. Hem şu tapu meselesine de bir açıklık getirmiş olurduk. Tarlabaşı'ndaki kentsel dönüşümden nasıl bir pay almayı düşünüyordu acaba? Bugün konuşurken ayrıntısına girmemiştik bu meselenin.

"Çirkin değil mi beyefendi?"

Şoförün sözleriyle dağıldı düşüncelerim, sileceklerin kar taneciklerini temizlemek için canhıraş bir gayretle çalıştığı ön camın gerisinde, Unkapanı Köprüsü'ne paralel uzanan betondan geçidi gösteriyordu.

"Metro köprüsü diyorum. Baksanıza caminin önünü kapatıyor."

Haklıydı, İstanbul'a silüetini veren, canımın içi Süleymaniye'nin narin bedeni, bu zamane işi köprünün çirkin görünümüyle perdeleniyordu. Birden Nazlı'yı hatırladım. Kadının cesur sesi çınladı kulaklarımda: "İstanbul'un tarihiymiş, kültürüymüş, güzelliğiymiş, bunların umurunda değil. Durmadan turistik oteller yapıyorlar, çirkin köprüler, iğrenç gökdelenler... Tek dertleri daha çok rant, daha çok vurgun, daha çok avanta..." Nasıl da öfkeli, nasıl da nefretle konuşuyordu. Yoksa, Engin'i öldürten Nazlı mıydı? Şiddet içeren bu tür gösterileri tasvip etmiyormuş gibi görünerek çevresindeki çocukları bu çetelerin üzerine mi salmıştı? Engin'in ölümünün ardından, kumarhanelere düzenlenen molotoflu saldırılar... Hepsi büyük bir eylem planının parçaları mıydı? Salı Grubu diye bir örgüt yoktu belki. Şu Ferhat Çerağ Kültür Merkezi de bir paravandı gizli, terörist eylemlerini yürütmek için. Terörist eylemler... Aferin Nevzat, önyargılı polisler gibi düşünmeye başladın. Kadını görmedin mi yahu, ne kadar üzgündü Fidan öldüğü için. Bile bile ölüme nasıl yollar o kızı? Çirkeften kurtar, yeni bir hayat kurmasına yardım et, sonra da kurşunların önüne at. Belki öleceğini düşünmemiştir, belki kulüpte o saatte kimsenin olmayacağını sanıyordu. Kumarbazlara iyi bir gözdağı vermek istiyordu. Yapar mı? Neden yapmasın, Aralarında derin bir husumet var. Kara Nizam'ın çakalları kaç kez taciz etmişler onu. Gerçi anlattıklarında son derece samimiydi kadın, ama menekşe rengi gözlerindeki o kararlılık, o suskunluk...

"Yanlış anlamayın beyefendi..." Şoförün sesiyle bir kez daha dağıldı düşüncelerim. Yanıt alamayınca sözlerine katılmadığım sonucuna varmış olmalı ki savunmaya geçmişti. "İşlerimiz kırılacak diye söylemiyorum. Metronun müşterisi ayrı, bizim ayrı. Ayrıca toplu taşımaya da karşı değilim. Fakir fukara için büyük kolaylık, ama İstanbul'un güzelliğini bozuyorlar. Bakın benim arabaya turistler biner mesela." Artık üzerinde ilerlemekte olduğumuz Unkapanı Köprüsü'nün sol kaldırımını gösterdi. "Kaç tanesi, buradan geçerken arabayı durdurmak istemiştir. Fotoğraf çekmek için. Gece, gündüz fark etmez, adamlar şaşkınlığa düşüyorlar bu güzelliği görünce. Bilhassa da geceleri. Şu güzelliğe bakın Allah aşkına. Karın altında bir başka ilahi havaya bürünüyor mübarek... Yazık, günah değil mi, kapatıyorsun bu şahane manzarayı. Ecdat mirası yahu, hiç mi vicdanın sızlamaz? Nasıl yaparsın?"

Takdirle gülümsedim dikiz aynasından şoföre. İlk o zaman fark ettim yaşlı biri olduğunu. Hâlâ gürlüğünü koruyan kıvırcık saçlarıyla dudağının üstünü süsleyen ince bıyığı sokakları yeniden kaplamaya başlayan kar kadar beyazdı.

"Haklısınız," dedim saygı dolu bir sesle. "Ne yazık ki kıymetini bilmiyoruz bu mirasın."

Meğerse dertliymiş adamcağız.

"Bilmiyoruz tabii," diye yüksek sesle yakındı. "Bizim dededen kalma bir evimiz var Arnavutköy'de. Sahilden biraz yukarıda. Ahşap, iki katlı, bahçeli bir ev. Şerefsiz evladıyım yalan söylüyorsam, bir sürü müteahhit çaldı kapımı. Ver buraya bir apartman dikelim, üç dairesi de senin olur diye. Hepsini kovdum. Bahçede iki tane kayısı ağacı var. Ellerimle diktim. Nasıl izin vereyim, kesilmesine! Onlar da canlı be. İki torunum var, ellerinden öper. Benim bahçe olmasa çimeni, ağacı, serçeyi tanımayacak çocuklar... Ağaç olmazsa nereye gelir serçeler? Böyle bir şehir olur mu? Yok Beyefendicim, vermem. Gece yarılarına kadar direksiyon sallar, ama babamın vasiyetini çiğnemem. Ha, ben öldükten sonra çocuklar ne yapar onu da bilmem."

Sevgiyle baktım bu eski İstanbulluya.

"Canınızı sıkmayın," dedim teselli etmek için. "Çocuklarınız da vermez."

Dikiz aynasındaki gözleri kederle ağırlaştı.

"Yok beyefendicim, yok." Sağ elini kalem tutar gibi arabanın göğsüne uzattı. "İşte şuraya yazıyorum, beni mezara koyduktan üç gün sonra satılığa çıkarırlar evi. Tereddüt bile etmezler. Sanki çocuklarımı bilmiyor muyum? Bir hafta bile beklemezler. Ellerinden gelse şimdiden satarlar ya. Ama diş geçiremiyorlar ihtiyar babalarına..."

"Abartıyorsunuz," dedim umutsuzluğunu kırmak için. "Çocuklarınız o kadar kötü değildir."

Derinden bir iç geçirdi, kamburlaşmış sırtı hafifçe titredi.

"Yaparlar beyefendi, yaparlar. İnsanlık bitti, her şey bitti bu şehirde..."

Haklıydı. Benim gereksiz bir nezaketle donanmış içi boş iyimserliğimin aksine, ekmeğini kazanmak için gecenin bir yarısı kara, fırtınaya, aldırmadan direksiyon sallayan bu yaşlı adam, acı hakikati olanca gerçekliği içinde görüyordu. İstanbul hakikaten bitmişti, Damat Sacit, Kara Nizam gibi toplumun dibindeki adamlar değil, hepimizin ortak vurdumduymazlığı, ortak acımasızlığı, ortak cahilliği bitirmişti bu şehri. Ama hâlâ kalıntılarıyla beslenip duruyorduk işte, dişleri için öldürülen bir filin devasa gövdesini didikleyen akbabalar gibi...

"Nezaket başkadır, insanın içinden geçenler başka"

Taksiden inip cumbanın altına yetişinceye kadar, kardan adama dönmüştüm. Ansızın bastırmıştı kar. Eğer arabasının zincirleri olmasa yaşlı şoför için kaygılanabilirdim, kısa sürede bembeyaz olmuştu asfalt yol. Tedirginlik içinde, kapının önüne baktım. Kilimin üzerinde Bahtiyar hâlâ yoktu. Elbette olmayacaktı, doğrusu ilk kez minnet duydum yazara. Geçen kış bir cinayet soruşturması için İstanbul dışına çıkmıştım, döndüğümde kan işiyordu Bahtiyar. Mahalleden kimse almamıştı evine. Demek ki vicdanlı bir adamdı. Ya da benimle ilişki kurmak için yalandan ilgi gösteriyordu Bahtiyar'a. Sahi bu gece olay yerinde gördüğüm o muydu? Yok canım, düpedüz sanrıydı işte. Paranoyasını yenemeyen polisten hayır gelmez. Galiba gerektiğinden fazla takılmıştım bu adama. Ali'yle Zeynep bile benim kadar rahatsız olmamışlardı. Ne rahatsız olması, hatta adamı sevmişlerdi. Aslında ben de sevebilirdim, ama kendinden emin o bakışları yok mu? Tamam, kabul ediyorum muhabbetle bakıyor, hatta şefkatle. Sanki ailemden biriymiş gibi. Aynı cümleyi Zeynep de kurmuştu. Belki yazdığı romanlardaki karakterlere benzetiyordur bizi. Belki de bizden esinleniyordur. Sahi artık okusam şunun romanlarından birini. Hem nasıl bir yazarmış onu da anlardım.

Şapkamda, paltomun üzerinde biriken karları temizledim, ıslanan ellerim içimi ürpertti, kilidi açıp içeri girdim.

Kapıyı aralayınca merdivenin üstündeki ışık çarptı gözüme. Tuhaf, sabah çıkarken kapatmamış mıydım ben lambayı? Şapkamı, paltomu çıkartırken fark ettim kokuyu. Yanılıyor muydum? Hayır, mis gibi lavanta kokuyordu ortalık. Yoksa? Yoksa Evgenia mı gelmişti? Önce bir tedirginlik duydum içimde. Mahremiyetim bozulmuş gibi. Aşmamış mıydım ben bu duyguyu? Evgenia'yla oturup uzun uzun konuşmamış mıydık? O konuşmanın ardından evimin anahtarını kendi ellerimle uzatmamış mıydım? Onun duraksamasına fırsat vermeden, "Lütfen al, başka türlü bu duyguyu yenemem," dememiş miydim? Bu konuşmanın ardından, Evgenia defalarca gelmemiş miydi bu eve? Ama ilk kez böyle oluyordu. Geleceğini haber vermeden, üstelik ben evde yokken, giriyordu içeri. Girsin, ne fark ederdi? Evgenia benim her şeyimdi. Bu ev benim olduğu kadar onundu da. Niye yüreğim burkuldu o zaman? Niye kaldım öyle? Birden Evgenia'nın kapıyı açtığımı duymuş olabileceği geldi aklıma. Hemen toparlandım.

Kapıyı usulca kapatıp sessiz adımlarla merdivenlere yöneldim. Gürültü yapmamaya özen göstererek tırmanmaya başladım basamakları. Yine de ikinci kata çıktığımda nefes nefese kalmıştım, ama aldırmadım. Bakışlarım yatak odasına yöneldi; kapı yarı aralık, içerisi karanlıktı. Yoksa yanılmış mıydım, Evgenia gelmemiş miydi? Tedirginliğim de heyecanım da çabucak geçmişti. Evgenia niye gelsin ki? Hem gelecek olsa mutlaka haber verirdi. Belli etmemeye çalışmasına rağmen, o da hâlâ diken üstündeydi bu eve girerken. Elbette bendim bunun nedeni, onunla birlikteyken bu evde rahat davranamayışımdı. Hiç dile getirmese de hissediyordu bu gerilimi Evgenia. Ne zaman bana gelecek olsa mutlaka haber veriyordu ve asla kararlaştırdığımız saatten önce gelmiyordu. Bilhassa geç kalıyordu hatta, ben evde olayım diye. O yüzden Evgenia'nın eve gelmesi uzak ihtimaldi. Tıpkı Tarlabaşı'nda şu yazarı gördüğümü zannettiğim gibi bir sanrıya kapılmış olmalıydım. İkinci katın sofasını aydınlatan şu lambayı elbette ben açık unutmuştum, evin içinde dolaşan şu tatlı lavanta kokusu, Evgenia'nın geçen ziyaretinden kalan bir hatıraydı sadece. Belki öyle bir koku bile yoktu, yorgunluğun, yalnızlığın etkisiyle zihnim hoş bir oyun oynuyordu.

Bu kez de bir burukluk çöktü yüreğime. Babaevinde yapayalnız kalmış bir çocuk gibi hissettim kendimi. Yapayalnız çocuk imgesi gülümsetti beni. "Daha neler, küçül de cebime gir," derdi, Evgenia duysa. Hayır, Güzide öyle derdi. Evgenia anlayışla gülümser, "Evet, sen küçük bir çocuksun," der, belki abartılı bir öpücük bile kondururdu yanağıma. O anda ikisini de ne kadar özlediğimi hissettim. "Bir gönülde iki sevda olmaz, yalan olabilir," demiş şair. Şairi hayal kırıklığına uğratmak istemem, ama yalan ya da gerçek, iki kadını birden özlüyordum şu an. Çaresizlik nasıl da acıtıyor insanın yüreğini. Hâlâ hafifçe dönmekte olan başımı güçlükle taşıyan yorgun bedenimi sürükleyerek yaklaştım odama. Aralık kapıyı itince sofanın ışığı kırdı içerdeki aydınlığı. Tam olarak seçemediğim yatakta sanki bir kıpırdanma oldu.

"Nevzat," dedi bir kadın sesi. "Nevzat, sen misin?"

Güzide'nin sesine benziyordu, uykuyla boğuklaşmış, umutlu bir ses. Bitmek bilmez görevlerden sonra gece yarıları odaya girdiğimde, işte bu sözlerle seslenirdi bana ölmüş karım.

"Nevzat... Nevzat sen misin?"

Ne ürperdim ne bir korku duydum, aklım karışmıştı, ama sanrı da olsa onun sesini duymak güzeldi. Her zamanki sözcüklerimle cevap verdim.

"Evet, benim, kusura bakma, iş uzun sürdü yine..."

"Asıl sen kusura bakma," diye hafifçe doğruldu. "Habersiz geldim bu defa."

Sofadan yansıyan ışığın menziline girmişti yüzü. Güzide değil, Evgenia'ydı bana seslenen. İnsan aynı anda hem keder hem sevinç duyabilir mi? Duyabilirmiş, boğazıma bir şeyler düğümlendi, ne diyeceğimi bilemedim. Usulca yaklaştım yanına, yatağın kenarına çöküp sımsıkı sarıldım.

"Dur, dur Nevzat, canımı acıtıyorsun!" diye söylendi neşeli bir sesle. "Bırak da biraz nefes alayım."

Kokusunu içime çekip kollarımı gevşettim. Uzaklaşınca dikkatle yüzüme baktı.

"İyi misin sen?"

Cevap yerine uzanıp öptüm. Nefesi anason kokuyordu, meyhaneden geliyordu, ama dudaklarındaki çilek tadını anlayamadım. Öpüşlerime karşılık vermedi, kıkırdayarak usulca itti beni.

"Sahiden soruyorum, iyi misin?"

Geri çekilirken pişman olmuş gibi ani bir hareketle elimi tutmuştu yeniden.

"İyiyim," dedim alacakaranlıkta bile güzelliğini yitirmeyen yüzüne bakarak. "Çok sevindim geldiğine. Bundan daha iyi olamazdım."

Gerçekten de kendimi iyi hissetmeye başlamıştım, sanki başımın dönmesi geçmiş, bedenim birdenbire dinçleşmişti.

"Teşekkür ederim." Yeşil gözleri mahmurlaştı. "Aslında emin değildim. Hatta sen şu kapıdan içeri girdiğinde, büyük bir pişmanlık vardı içimde. Burada ne işim var diye..."

O kadar iyi anlıyordum ki hissettiklerini ama işi yalana vurdum.

"Niye canım? Niye öyle düşündün ki?"

Elimi şefkatle okşadı.

"Bilmiyorum, öyle oldu işte. Aslında gelmeyecektim buraya. Asmalı Mescit'e gitmiştik Fofolarla. Şaşı Vasili'nin meyhanesine. Vasili Amca'nın karısı Lena Teyze, Fofo'nun çok eski arkadaşı. Tarlabaşı'ndan... Kalyoncukulluğu'nda yan yanaymış evleri... Fofolar Yunanistan'a gitmiş, onlar kalmış."

Ne tuhaf, bütün gün, bütün gece dolaştığım sokaklardan bahsediyordu.

"Hâlâ Kalyoncukulluğu'nda mı oturuyormuş Lena Hanım?"

Şaşkınlıkla baktı.

"Yok canım, nasıl otursunlar orada? Bilmiyor musun o semtin yeni halini? Çoktan taşınmışlar. Bambaşka bir yere dönüştü güzelim Tarlabaşı... Tomtom Mahallesi'nde oturuyorlarmış şimdi, Tophane'nin üstünde, meyhanelerine de yakın... O sebepten alıp götürdüler ya Fofo'yu evlerine... Neyse onu anlatıyordum zaten. Güzel bir geceydi. Sarhoş olunca geçmişi hatırladı sadece Fofo Yenge. Tarlabaşı'ndaki günlerini. Annesini, babasını, ölmüş arkadaşlarını... Bir türlü unutamadığı anılarını. Zorunlu sürgünlük zor iş be Nevzat. Doğduğun mahalleden, şehrinden, toprağından koparılmak... Çok duygulandı Fofo, çok... Sarılıp sarılıp ağladı Lena'ya... İlk kez bu kadar kederli gördüm onu. O neşeli kadın gitmiş, yerine ölen evlatları için yas tutan bir nine gelmişti sanki. Lena da etkilendi tabii. Onu bırakmak istemedi. Düşün Nevzat, bunlar ta çocukluktan beri arkadaş... Aynı acıları, aynı çileleri çekmişler. Angeliki de kaygılanmıştı annesi için. Ben de onunla gideyim deyince tek başıma kaldım. Ne yalan söyleyeyim, acayip bir yalnızlık duygusu çöktü içime. Eve gitmek zor geldi. Belki bu geceyi kurtarabiliriz diye düşündüm. Sana bir sürpriz yapmak istedim. Feraye'ye gittim, yoktun, ayrılmışsınız. Umudum kırıldı, İstiklal'e çıktım, artık eve gitmek niyetindeydim. Ama karla kaplı caddedeki neşeli insanları gördüm. Herkes çocuklaşmıştı sanki, insanlar yüzlerindeki o ağır, sıkıcı maskeyi atmış, kartopu oynuyordu, eğleniyordu. Garip bir sevince kapıldım. Kırılan hevesim yeniden tazelendi. Seni bulurum umuduyla eve geldim."

Sanki onunla buluşacak halim varmış gibi, "Niye telefon etmedin?" dedim. "Ben de Beyoğlu'ndaydım."

Sağ elimi çekip usulca dudaklarına bastırdı.

"O zaman sürpriz olmazdı. Ne yalan söyleyeyim, bir yandan da korkuyordum. Seni evde bulamayacağımdan değil, beni nasıl karşılayacağından."

Alınmış gibi elimi çektim.

"Aşk olsun Evgenia. Ne zaman kötü karşıladım seni?"

İncitmekten korkarcasına baktı yüzüme.

"Hiçbir zaman... Sen hiç kimseyi kötü karşılamazsın ki Nevzat. Ama insanın söz geçiremediği duygular vardır, engelleyemediği düşünceler. Nezaket başkadır, insanın içinden geçenler başka. Neyse işte, eve geldim. Kapıyı çaldım, ikinci hayal kırıklığı... Gelmemiştin. Dönüp gitmek üzereydim, bir taksi durdu az ilerde. Şu yazar indi, senin komşun olan. Bu akşam o da Feraye'deymiş. Hatta benim meyhaneye girip çıktığımı da görmüş. Nerede olduğunu bile biliyordu. Tarlabaşı'nda bir cinayet işlenmiş, oraya gitmişsin."

Nasıl bilebilir ki? Yoksa karanlıkta gördüğüm gerçekten de o muydu? Ama cinayet mahallinde olsaydı Evgenia'nın Feraye'ye geldiğini nereden bilecekti? Arkadaşları söylemişse! O sakallı şair ya da Erdinç. Evet, Feraye'nin sahibi, pek bir can ciğerdi onlarla. Ne yapmaya çalışıyordu bu adam? Niye benimle bu kadar ilgileniyordu?

"Kötü bir niyeti yoktu," diye sürdürdü Evgenia sanki düşüncelerimi okuyormuş gibi. "Hatta beni evine davet etti. 'Karım da mutlu olur sizi görmekten,' dedi. Benden bahsetmişsin herhalde. Sanki kırk yıllık komşusuymuşum gibi sıcak davrandı bana."

Artık dayanamadım.

"Yok ya Evgenia, niye bahsedeyim elin adamına senden. Biliyorsun işte, herif yazar. Polisiye kitaplar filan yazıyor ya, muhtemelen benden bilgi almak için ilişki kurmaya çalışıyor... Bu kadar işin gücün arasında bir de onunla uğraşamam."

Sözlerime katılmıyormuş gibiydi.

"Haklısın tabii, ama iyi bir insan izlenimi bıraktı bende. Evine davet ederken çok samimiydi. Hatta biraz fazla samimi..."

Kan beynime sıçradı.

"Nasıl yani? Sarkıntılık filan yapmadı ya?"

Yalancıktan usulca vurdu elime.

"Daha da neler... Öyle bir adam değil diyorum sana. Ailesinden biriymişim gibi davrandı bana. İşin garibi, ben de yakınlık hissettim adama."

Suratımın asıldığını anladı.

"Kıskandın mı yoksa?" diye cıvıldadı. "Yapma Nevzat, öyle değil. Akrabam gibi davranıyor, bir abi gibi..."

Demek herkeste aynı etkiyi yaratıyordu bu herif. Empati kurmayı bildiği için olabilir miydi? Yazarların, insanları çok iyi gözlemlediğini söylerdi babam, karşılarına çıkan kişileri kolayca anlayabildiklerini, hatta çözümleyebildiklerini... Ama büyük yazarlardan bahsediyordu babam. Bunun gibi sıradan polisiye romanlar yazan birinden değil.

"Hiç okudun mu yazdıklarını?"

Aklımdan geçenleri bilerek mi konuşuyordu Evgenia?

"Yok, okumadım," diye söylendim. "Okumayı da düşünmüyorum. Ne yazmış olabilir ki? Cinayetleri allayıp pullayıp kelimelere döküyor işte."

"Belki de öyle değildir. Yerinde olsam okurdum." Dudaklarında müstehzi bir gülümseme belirdi. "Hatta ben de okuyacağım. Bir kitabı varmış, *Aşk Köpekliktir* diye... Adını her ne kadar beğenmesem de... Sen ne diyorsun? Aşk köpeklik midir sahiden?"

Sıkılmıştım artık bu yazar muhabbetinden, usulca uzandım sevgilime.

"Boş ver sen o yazarı," diyerek yaklaştım. "Ne olarak tanımlanırsa tanımlansın, aşk şahane bir şey..."

Bu defa itmedi beni, aksine sırnaşık bir kedi gibi uysalca sokuldu. Nemli dudakları çilek, ılık nefesi alkol kokuyordu hâlâ.

"İnsanlar o kadar korkunç ki senin merakın, onların vahşetinin yanında çok masum kalır"

Banyodan çıktığımda, çayın enfes kokusu karşıladı beni. Mükellef bir sofra duruyordu önümde. Radyoda neşeli bir İstanbul türküsü: "Yanıyor mu yeşil köşkün lambası yâr/Hiç bitmiyor şu gönlümün kavgası yâr." Evgenia elinde tabaklar, ortalıkta dört dönüyordu. Belki eski kafalı diyeceksiniz, ama bir evde kadın yoksa, orası hiçbir zaman yuva olmuyordu galiba. Zeytin tabağını masaya koyarken fark etti Evgenia kendisini izlediğimi.

"Sıhhatler olsun Nevzat."

"Teşekkür ederim..." Gözlerim masada sıralanan peynir, reçel, omlet tabaklarını taradı. "Ne kadar çabukmuş elin? Kahvaltıyı hazırlamışsın bile."

Tatlı bir kibirle mırıldandı.

"E, olacak o kadar, her akşam yüz kişiye yemek çıkartıyoruz." Birden telaşlandı. "Eyvah, ekmekler yanacak."

Koşar adım mutfağa dalarken ben de masanın kenarındaki iskemleye çöktüm; her zamanki yerime, pencereye bakan iskemleye. Karımla kızım sağken de kimse oturmazdı oraya. Hiç konuşulmadan varılmış bir sözleşme gibi. Her kahvaltıda, her yemekte masadaki yerim burasıydı benim. Güzide karşımda otururdu, Aysun da yanımda. Ekmeğine yağı ben sürmeliydim kahvaltıda. Bir baba her vesileyle kızına sevgisini göstermeli değil mi? Güzide de Evgenia gibi becerikliydi, bir ayağı masada, bir ayağı mutfakta, koşturur dururdu yemek boyunca. Radyo hep açık olur muydu, hep bir İstanbul türküsü çalar mıydı, bilmiyorum. Ama en az bu sabahki kadar mutluluk olurdu masamızda. Her zaman değil elbette, ama öyle hatırlıyorum.

"Beyoğlu'nun En Güzel Abisi kim?"

Evgenia'nın sorusu hazırlıksız yakalamıştı beni. Bir elinde mavi çaydanlık, öteki elinde ekmek sepetiyle masaya yaklaşan sevgilimin soru dolu gözlerine baktım.

"O da nereden çıktı şimdi?"

"Sen banyodayken ev telefonu çaldı, önemli olabilir diye açtım. 'Günaydın Beyoğlu'nun En Güzel Abisi,' dedi bir adam. Buyurun, deyince utandı, sonra, 'Yanlış aradım galiba,' diyerek aceleyle kapattı."

Janti Cemal olmalıydı, geceki tatsız konuşmanın canımı sıktığını anlamış, gönlümü almak istiyordu herhalde.

"Doğru mu aramış yoksa?" Pencereden yansıyan kar aydınlığında ışıl ışıldı Evgenia'nın gözleri. "Benim sesimi duyunca şaşırdı adamcağız tabii..."

Sabah sabah bu konuyu konuşmak istemiyordum, ama ev telefonu yeniden çalmaya başladı. Hiç kuşkum yok Janti'ydi. Meraklı sevgilim bir bana, bir de telefona baktı.

"Açmayacak mısın?"

Artık kaçamazdım.

Yandaki sehpaya uzanıp telefonu aldım.

"Alo?"

Akşam hiç tartışmamışız gibi muhabbet doluydu Cemal'in sesi.

"Alo Nevzat... Şükür buldum seni. Az önce numaranı çevirdim, bir kadın çıktı..." Sanki bir açıklama yapmamı beklermiş gibi suskun kaldı, ama benden ses çıkmayınca sürdürdü. "Barbut aradı beni. İlginç şeyler öğrenmiş Engin cinayetiyle ilgili..."

Adeta kendiliğinden döküldü sözcükler ağzımdan.

"Cemal yine beni oyalayacaksanız..."

"Yapma be Nevzat." Kırgın çıkmıştı sesi. "Seni ne zaman oyaladım? Niye böyle konuşuyorsun?" Kısa bir sessizlik oldu. "Peki, sen bilirsin, hoşça kal o zaman..."

"Dur, dur kapatma," diye son anda mâni oldum. "Ne söyledi İhsan?"

Hemen cevap vermedi.

"En iyisi onunla konuş Nevzat... Telefonu vardır sende."

Israr edecek değildim.

"Tamam Cemal, sağ ol..."

"Görüşürüz..."

Hepsi bu, başka lakırdı etmeden kapattı telefonu. Galiba bu defa fena kırmıştık Janti'yi...

"Hoşlanmadığın biri mi?"

Telefonun ahizesi hâlâ elimdeyken sormuştu Evgenia.

"Yok, iyi biridir aslında... Yani öyle olduğunu zannediyorum." Telefonu yerine koydum. "Az önce arayan da oymuş." Evgenia'nın merak dolu gözlerinden kurtulamayacağımı anlayınca açıkladım. "Eski kabadayılardan... Ama it köpek takımından değil. Bıraktı bu işleri..."

Yine o merak duygusu sardı bakışlarını.

"Sana neden Beyoğlu'nun En Güzel Abisi diyor?"

"Ciddiye alınacak bir şey değil," diyerek çaydanlığa uzandım. "Zaten hiç hoşlanmıyorum bu lakaptan."

Demlikteki koyu kırmızı sıvıyı, Evgenia'nın bardağına döktüm, üzerini sıcak suyla tamamladım. Konuyu dağıtmak için övgülere başladım:

"Çay da tavşan kanı olmuş mübarek... Ellerine sağlık..."

"Teşekkür ederim," dedi bardağını önüne çekerken, ama unutmamıştı asıl meseleyi. "Niye hoşlanmıyorsun?"

Tek şeker attığı çayını karıştırmaya başlarken gözlerini yeniden üzerime dikmişti. Kendi bardağımı da doldurduktan sonra çaydanlığı nihalenin üzerine koydum.

"Boş ver Evgenia... Hadi çayımızı soğutmayalım..."

Sanki çok acıkmışım gibi, kızarmış ekmekten bir parça koparıp ağzıma attım, çatalımı peynire uzatıyordum ki, "Çok merak ettim şimdi," diye ısrarını sürdürdü sevgilim. "Kim taktı sana bu lakabı?"

Peynirden kopardığım küçük parçayı ağzıma götürmeden önce kestirip attım.

"Bu konuyu kapatalım Evgenia olur mu?"

Beni duymamış gibi davrandı.

"Niye? Yine o engin gönüllülüğün tuttu değil mi? Bence tam seni anlatıyor. Üstelik çok da şık... Beyoğlu'nun En Güzel Abisi... Film ismi gibi valla..."

Lokmalar ağzımda büyümeye başlamıştı, öylece kaldım. Suskunluğum, anında ele geçirmişti masayı. Evgenia da fark etti. Konuşmayı bıraktı birden, bakışlarını kaçırıp çatalını zeytin tabağına daldırdı. Tadı tuzu kalmamıştı kahvaltının, radyodaki şarkı bile artık neşeli gelmiyordu kulaklarımıza. Kalkıp radyoyu kapattım. İskemleye otururken "Kötü bir hikâye," diye mırıldandım. "Epeyce kötü bir hikâye..."

İki berrak su damlasını andıran gözlerini şefkatle yüzüme çevirmişti.

"İstersen anlatma Nevzat..." dedi özür dileyen bir ses tonuyla. "Boşboğazlığıma ver..."

Ben de aynı şefkatle bakmaya çalıştım ona.

"Hayır, anlatmak istiyorum. Hiç kimseyle konuşmamıştım bu konuyu şu ana kadar..."

Anlamak istercesine bakıyordu.

"Yok, sinirlendiğimi filan düşünme. Kendime sakladığım bir olaydı. Unutmak istediğim bir anı. Ama olmuyor işte, geçmiş adım adım takip ediyor insanı. Vakti, saati gelince de sen hazır mısın, değil misin diye sormadan çıkıyor karşına. Evet, iki gündür bu cümleyi duyuyorum. Beyoğlu'nun En Güzel Abisi. Çünkü olay mahalline geri döndüm, kurbanını bir kez daha görmek için yanıp tutuşan aptal bir katil gibi."

Boğazım kurur gibi olmuştu, çayımdan bir yudum aldım.

"Severlerdi beni, İstiklal'de diyorum. Çoğu esnafla arkadaş gibiydik. Abi diye hitap ederlerdi bana. Ne Başkomiser, ne de Nevzat Bey... Evet, Beyoğlu'nun En Güzel Abisi. Huzur içinde uyusun, Madam Anahit takmıştı bu lakabı bana. Hoşuma gidiyordu tabii. Kimin gitmez? Bir manav vardı, Balık Pazarı'nda; Sait Usta... Langa Sait... Dedesinin bostanı varmış Langa'da, oradan geliyor lakabı. Bir tek Langa Sait, Nevzat Bey derdi bana. Eğer köşedeki Cumhuriyet Meyhanesi'nde bir iki kadeh atmışsak, muhabbet de güzelse 'Amirime' dönerdi 'Nevzat Bey.' Dükkânın karşısına bir iskemle at, seyret; yetenekli bir ressamı kıskandıracak ustalıkta sergilerdi sattığı ürünleri. Yaz kış, renk renk, çeşit çeşit meyve sebze bulunurdu dükkânında. Bu yüzden, aşeren hamile kadınların kocaları eksik olmazdı manavın kapısından. Dükkân da gece yarılarına kadar açık haliyle. Bir de kalfası vardı yanında, Kasım. Ellili yaşlarında ufak tefek bir adam. Açık kahverengi gözleri hep sımsıcak bakar, hep gülümserdi insana. Doğu'dan gelmişti, tatlı bir şiveyle konuşurdu, çok kibar adam. Ne zaman dükkânın önünden geçecek olsam bırakmaz, mutlaka çay, kahve ısmarlardı. Öyle saygılı, öyle hatırnaz. Sadece bana değil, büyük küçük kim varsa. Balık Pazarı'ndaki herkes severdi onu. Otuz yıl olmuş İstanbul'a geleli, bir de ev ayarlamış Tarlabaşı'nda ucuzundan, iki çocuğuyla geçinip gidiyordu. Ama bir ayağı hâlâ memleketinde. Düğün, cenaze, sünnet, yılda en az bir kez giderdi memleketine.

"Sait Usta seksenine merdiven dayayınca evine çekildi, dükkânı Kasım'a devretmese de yarı ortaklık gibi bir anlaşma yaptı bu güvenilir adamla. Bir sabah emniyetin kapısında beni beklerken buldum Kasım'ı. 'Aman Başkomiserim ocağına düştük,' diye sarıldı elime. 'Bizim Kader kayıp. Dün geceden beri eve gelmedi. Sabah çalıştığı eczaneye de gitmemiş.'

"Tanırdım Kader'i, küçük kardeşi Bekir'in sünnet düğününde görmüştüm. Esmer güzeli, babası gibi gözlerinin içi gülen, incecik bir kız. Bir kez de yanıma gelmişti, kapkaç olayı olmuştu, ifade vermeye. Birlikte çay içmiştik. Hoş sohbet, candan bir çocuk. Telaşlandım kayıp haberini duyunca, ne olmuştu acaba Kader'e? Kasım'ı odama aldım, aceleyle dün gece yaşanmış vukuatları araştırdım, hastanelere baktırdım, Kasım'ın kızını bulamadım. Yirmi yaşındaydı Kader. 'Erkek arkadaşı var mıydı?' diye sordum. Utançtan kıpkırmızı oldu Kasım'ın yüzü. 'Estağfurullah Nevzat Abi. O nasıl söz! Bizde öyle şey olmaz?'

"Kasım'ı, merak etme kızını bulacağız, diye sakinleştirip dükkânına yolladıktan sonra Kader'in çalıştığı eczaneye gittim. Büyük Parmakkapı Sokak'ta küçük bir dükkân. Eczacı kadın kim olduğumu, kızı neden aradığımı sordu önce. Kendimi tanıttım, durumu anlattım. 'Kader bu sabah gelmedi, nerede olduğunu biz de bilmiyoruz,' dedi. Yalan söylüyordu, polis de olsam bana güvenmiyordu. 'Bakın, ailesi perişan durumda, annesi tansiyon hastası...' diye sıralamaya başlamıştım ki, 'Osman'dan bahsettiler mi size?' diye sordu kadın. Yanıt alamayınca açıkladı. 'Osman, Kader'in erkek arkadaşı... Bir yıldır evlenmek için Kasım'a yalvarıyor gençler. Ama adam, Nuh diyor peygamber demiyor. Anlıyor musunuz? Siz o gençlerin yerinde olsaydınız ne yapardınız?'

"Rahatlamıştım. Hiç değilse başına kötü bir iş gelmediğini biliyordum kızın. Eczacı kadına söz verdim. Kader'i bulduğumu babasına söylemeyecek, kızla ben görüşecektim. Kaldığı yerin telefonunu vermesi bile yeterliydi. Kasım'ın bana çok saygı duyduğunu, gençlerle aileyi barıştırabileceğimi anlattım. Aksi takdirde, başları beladan kurtulmazdı. Epeyce bir tereddüdün ardından Osman'ın telefonunu verdi eczacı. Aradım, kendimi tanıtınca ürktü çocuk, kötü bir niyetimin olmadığını, yardımcı olmak istediğimi anlattım. Kader aldı telefonu. Gözyaşları içinde, kendilerini bulduğumu kimseye söylemememi rica etti. 'Babam evlenmemize izin vermez,' dedi telaşla. 'Babam bize kötülük yapar. İstanbul'dan kaçacağız. Gideceğimiz yere varınca ben haber veririm.'

"Abartıyor diye düşündüm. Kaçtığı için korkuyordu. Üstelik kaçmaları da çözüm değildi, işleri giderek zorlaşacaktı. Hem Kasım'a da karısına da yazıktı. Kızının başına ne geldiğini bilmeden yaşamak. 'Kaldığınız yeri bana söylemeyin,' dedim Kader'e. 'Ama benden haber almadan da İstanbul'dan ayrılmayın. Babanla konuşacağım, ondan sonra sizi tekrar arayacağım.'

"Aklına tam yatmamıştı, yine de kabul etti kızcağız. Soluğu Balık Pazarı'nda aldım. 'İyi haberlerim var,' dedim küçük iskemleye çökerken. 'Sade bir kahve söyle bakalım.' Yüzü ışıdı Kasım'ın, hemen söyledi kahvemi. Durumu anlattım. 'Ama gençler evlenmelerine karşı çıkarsınız diye korkuyor,' dedim. 'Bana söz ver, Kader'i Osman'a vereceksin.'

"Şöyle bir baktı yüzüme. 'Kader, o herifle mi kaçmış?' diye söylendi. Aslında o anda anlamalıydım duyduğu öfkeyi, ama yapacağım iyiliğin verdiği kibir gözlerimi kör etmişti, ne yazık ki anlamadım. 'O herif deme şimdi, damadın olacak çocuk,' dedim işi mavraya vurarak. 'Hadi Kasım, sen efendi adamsın, söz ver bana. Çocuklara bir fenalık yapmayacaksın.'

"Hiç sesini çıkarmadı, gözlerini dükkânın zeminine dikip öylece durdu bir süre. O zaman bile anlayamadım. Sonra hiç beklemediğim bir hareket yaptı, birden uzanıp elimi öpmeye kalkıştı. 'Allah senden razı olsun Nevzat Amirim. Boşuna demiyorlar sana Beyoğlu'nun En Güzel Abisi diye.'

"Normalde sesinin tonundan anlamam gerekirdi samimi olmadığını. Ama o herkesin abisi olma durumu var ya. Yardım etmenin sağladığı o benzersiz üstünlük. Makbul insan olmanın getirdiği o rezil ayrıcalık. Fark etmedim, edemedim. Ama mesleki içgüdü mü, Kader'in sözleri mi bilmiyorum, yine de yemin verdirtmeden bırakmadım yakasını. 'O çocukların kılına dokunmayacağım,' dedirttim..."

Anlattıklarımı dinleyen Evgenia'nın elinden çatalı düşmüştü, gözlerindeki ışıltı çoktan sönmüş, yaklaşan felaketi sezinleyen, ama engel olamayacağını bilen birinin çaresizliği ele geçirmişti yüzünü.

"Evet, içim rahatlamıştı. Ne rahatlaması, kendimi çok iyi hissediyordum. Beyoğlu'nun En Güzel Abisi olarak yine hayırlı bir iş yapmıştım. Yine insanlara yararım dokunmuş, yine kendime duyduğum güveni pekiştirmiştim. O hevesle aradım Kader'i. Babasıyla yaptığımız konuşmayı anlattım. İnanamıyordu kızcağız. 'Ben kefilim,' diye üsteledim. 'Düğününüzü de ben yapacağım. Hem de Beyoğlu Evlendirme Dairesi'nde.' İyilik timsali Nevzat'a kim karşı durabilirdi ki. Sonunda kabul etti gençler..."

Boğazıma bir yumruk düğümleniyordu, biraz daha konuşsam kendimi tutamayacaktım, çare olur diye çaya sığındım. Çözülür gibi oldu boğazımdaki düğüm. Aslında artık anlatmasam da olurdu, anlamıştı Evgenia, ama şimdi susarsam yıllar önce mahvına neden olduğum o gencecik kıza bir kez daha kötülük yapacakmışım gibi geliyordu bana.

"Ellerimle teslim ettim Kader'i babasına," diye sürdürdüm. "Eğilip saygıyla öptü babasının elini. Hiç tepki vermedi Kasım. Öylece durdu, insan görünümündeki devasa bir taş gibi. İşte o an kurt düştü içime. Yoksa kıza bir zarar mı verecek bu adam diye. Kasım'ı kenara çektim. 'Bak yemin verdin, Kader'e kötülük etmeyeceksin,' dedim. Gülümsedi. Sonradan anlayacaktım, çaresizliğini o yalan gülüşün arkasına saklıyormuş. 'Ayıp ettin Nevzat Abi. Allaha yemin, sana söz vermişiz, elimi sürer miyim Kader'e. Hem o benim kızım. Sen içini rahat tut.'

"İçimi rahat tuttum. Huzur içinde gittim evime. Mutluluk içinde geçirdim akşamı. Gece yarısı geldi haber. Tarlabaşı'nda bir kızı bıçaklayarak öldürmüşler, diyordu telefondaki memur. Uykudan yeni uyanmıştım, aklıma bile gelmedi Kader olabileceği. Giyindim, Tarlabaşı'na indim. Olayın gerçekleştiği sokağa yaklaşırken anladım. Burası Kasım'ın evinin olduğu yerdi. Kaynar sular döküldü başımdan aşağıya, ama artık çok geçti. Yine de umudumu korumaya çalıştım. Ta ki zavallı Kader'in bıçak darbeleriyle delik deşik edilmiş incecik bedenini sokak ortasında görünceye kadar. Yatağında uyurken saldırmıştı babası, can havliyle kendini sokağa atmıştı yavrucak. Bırakmamıştı peşini babası, bütün mahallelinin gözü önünde delik deşik etmişti biricik kızını. Kanlı elleri kucağında, öylece otururken buldum Kasım'ı evinin kapısında. Beni görünce saygıyla ayağa kalktı yine. 'Kusura bakma Nevzat Abi,' dedi boynunu bükerek. 'Sana mahcup olduk. Sözümüzü tutamadık. Allah affeder, sen de bağışla bizi.'

"Onu değil ama, kendimi hiçbir zaman bağışlamadım. Kader'i öldüren babasıydı, ama onu katiline götüren bendim. Hemen tayinimi istedim Beyoğlu'ndan. Bu semtte kalmaya dayanamaz, Beyoğlu'nun En Güzel Abisi lafını duymaya artık katlanamazdım."

Evgenia'nın gözlerinden süzülen aceleci birkaç damla yanağını ıslatmaya başlamıştı. Önümdeki peçeteyi uzattım.

"Kötü bir hikâye olduğunu söylemiştim."

Yüzüme bakmadan aldı peçeteyi.

"Bu kadar acısını beklemiyordum," dedi yanaklarını kurularken. İsyan edercesine bir iç geçirdi. "Özür dilerim, unutmak istediğin bir olayı sana yeniden yaşattım."

Gülümsemeye çalıştım, yapamadım, ama uzanıp eline dokundum.

"Kendine haksızlık etme, insanlar o kadar korkunç ki senin merakın, onların vahşetinin yanında çok masum kalır."

Ne demek istediğimi anlayamayan Evgenia'nın kızarmış gözleri şaşkınlıkla açılmıştı.

"Evet, dün akşam, Kader'in bıçaklandığı sokağın ilerisinde gencecik bir kızı daha öldürdüler."

“Kendimi kandırmıyorum Komiser Abi, o da bana âşıktı”

Emniyetin çiğ ışıklarla aydınlanan geniş koridorunun sonunda, odamın önündeki kahverengi bankta oturuyorlardı. Omuzları çökmüş, belleri kamburlaşmıştı; uzun bir yoldan gelmiş gibi yorgun görünüyorlardı. Koridorun aydınlığında Romanlara özgü tatlı esmerliği iyice ortaya çıkmıştı Sadri'nin, Azize olduğunu tahmin ettiğim siyah başörtülü kız ise inadına beyaz bir tene sahipti. Beni görür görmez kucağındaki koyu renk, eski paltosunu bankın üzerine bırakıp saygıyla ayağa kalktı Sadri. Dün gece de sırtında olan siyah ceketinin önünü ilikleyerek yaklaşmamı bekledi. Kız o kadar dalgındı ki Sadri'nin doğrulduğunu fark etmedi bile. Gözleri karşı duvardaki anlamsız bir noktaya takılıp kalmıştı.

Geldiklerini yolda öğrenmiştim; Evgenia'yı taksiyle Kurtuluş'taki evine bırakırken aramıştı Ali.

“Klarnetçiyle konsomatris kız geldi Başkomiserim, başlayalım mı konuşmaya?”

Ayrıntıları kaçırmak istemiyordum.

“Biraz beklesinler,” demiştim. “On dakikaya oradayım.”

Ama Osmanbey'de kayan bir çöp kamyonu, halk otobüsüne çarpmıştı, sadece orada yirmi dakika beklemek zorunda kalmıştık, merkeze ulaştığımda bir saat geçmişti aradan.

“Kusura bakmayın,” dedim elimi Sadri'ye uzatırken. “Trafik felaketti.”

Kalender bir gülümsemeyle aydınlandı kavruk yüzü.

"Canınızı sıkmayın Başkomiserim, zaten çok olmadı geleli."

Konuşmalarımızı duyan genç kız da fark etmişti geldiğimi. Ürkek gözlerle beni süzerek usulca doğruldu. İnce uzun yüzünde ilk dikkat çeken yer, biçimli kalın kaşlarının altındaki zeytin karası, iri gözleriydi. Güzel bir kız değildi, ama bakışı, duruşu, başını çevirişi masumiyete dair duygular uyandırıyordu içinizde. Hani bundan kimseye zarar gelmez dediğimiz insanlar vardır ya, işte onlardan biriydi Azize. Dün gece zor geçmiş olmalıydı, süzgündü, gözlerinin önünde mor halkalar vardı. Ama bu haliyle adını daha çok hak ediyor, dünya nimetlerinden elini eteğini çekmiş bir inanç kadınını andırıyordu gerçekten. İçten bir gülümsemeyle elimi uzattım.

"Merhaba. Sen Azize olmalısın."

Cansız bir hareketle sıktı elimi, parmakları buz gibiydi.

"Evet," dedi cılız bir sesle. "Evet Abi, ben Azize."

"Abi" bir tür savunma sözcüğüdür eğlence sektöründe çalışan kadınlar için. Patronlarıyla, müzisyen arkadaşlarıyla, bazı kabadayılarla ve biz polislerle konuşurken sıkça kullanırlar. Hem saygı içerir hem de yardım beklentisini gösterir. O kadınlardan biri size "abi" diyorsa, benim için kötülük düşünme, düşünüyorsan da lütfen yapma demek istiyordur. Bir abi gibi içtenlikle odamın kapısını gösterdim.

"Buyurun şöyle geçelim."

İçerisi sıcaktı, havasızdı.

"İstediğiniz yere oturun," diyerek pencereye yöneldim. "Biraz açacağım, üşümezsiniz değil mi?"

Sanki daha önce de gelmiş gibi rahat bir tavırla yanıtladı Sadri.

"Yok, yok temiz hava iyidir. Gördünüz, bizim pavyon yerin dibinde, ölüyoruz her gece havasızlıktan. Eskiden bi'de sigara içilirdi."

Pencereyi açınca sokağın gürültüsüyle birlikte serin hava hücum etti içeri. Masanın üzerindeki kâğıtlar usulca kıpırdadı, aralık bırakmak en iyisiydi.

Yerime geçerken klarnetçi ile Azize'nin karşılıklı oturduklarını gördüm. Sadri'nin rahatlığı hâlâ sürüyordu, ama Azize koltuğun ucuna büzülmüştü.

"Ne içersiniz?" diye sordum paltomu çıkartırken. "Karnınız açsa tost da söyleyebilirim."

"Yok Başkomiserim, teşekkür ederiz, biz o işi yaptık." Bakışlarını karşısındaki kıza çevirdi. "Gerçi Azize pek bir şey yemedi ya..."

Belli belirsiz bir şükran bulutu geçti genç kızın gözlerinden.

"Yok, teşekkür ederim Abi, benim karnım tok."

"Çay söyleyeyim o zaman."

Başıyla dışarıyı gösterdi Sadri.

"Sağ olsun Ali Komiserim söylemişti, sizi beklerken içtik zaten."

Lafı bitmeden kapı vuruldu, yardımcımın yakışıklı suratı göründü aralıktan.

"Günaydın Başkomiserim."

Nasıl da dinç görünüyordu kerata.

"Günaydın, gel Alicim, gel. Zeynep nerede?"

Kapıyı usulca kapatırken açıkladı.

"Bilgisayarının başında, raporlarını toparlıyormuş."

Konuklarımızı şöyle bir süzdükten sonra, klarnetçinin arkasında ayakta dikilmeye başladı.

"İyi o zaman..." dedim koltuğuma yaslanarak. "Evet..." Yüzünde hep aynı dostça ifadeyle belli belirsiz gülümsüyordu Sadri, ama onda çok kalmadım, genç kıza döndüm. "Öncelikle başın sağ olsun Azize."

Anında nemlendi kara gözleri. Bazı kelimeler döküldü dudaklarından, ama sesi o kadar zayıftı ki bir tekini bile anlayamadım.

"Acını anlıyorum kızım," dedim masanın üzerine ellerimi koyarak. "Allah rahmet eylesin, ama ölenle ölünmüyor. Eğer Engin'e yardım etmek istiyorsan..."

Sevdiği adamın adı ağzımdan çıkar çıkmaz başladı ağlamaya. Önce sessizce, sonra sarsılarak. Sadri'nin yüzündeki babacan ifade söndü, yapma diyecek oldu, işaret edip durdurdum onu. Ağlaması gerekiyordu; içindeki acıyı boşaltmadan onunla konuşamazdık. Ağladı, çarpıntıları yavaşladı, sonunda duruldu, çantasından çıkardığı kâğıt mendille gözyaşlarını kuruladı.

"Kusura bakmayın, tutamadım kendimi."

"Önemli değil," diyerek masanın çekmecesinden çıkardığım kolonya şişesini uzattım. "Kokla biraz, açılırsın."

Elini uzattı, bolca döktüm küçük avuçlarına. Yüzüne, alnına sürdü. Gözleri yanmış olacak ki kirpiklerini kıstı. Burnunun deliklerinin kenarları hafifçe pembeleşti.

"İyi misin şimdi?"

Derin derin nefes aldı.

"İyiyim, iyiyim."

"Konuşalım mı o zaman?" Olabildiğince resmiyetten uzak durmaya çalışıyordum. "Hazır mısın?"

Aslında hiç istemiyordu, ama hayır da diyemiyordu, ne yapsın, boynunu büktü.

"Hazırım."

"Ne zaman tanışmıştınız Engin'le?"

Yeniden buğulandı gözleri, ama bu defa kendini bırakmadı.

"İki sene önce mayıs ayında..."

Yine sustu. Anımsamak, anımsadığını hiç tanımadığı adamlara anlatmak zor geliyordu.

"Nerde karşılaşmıştınız?"

Hatırladıklarının etkisiyle hülyalandı kara gözler.

"Pavyona gelmişlerdi, Nizam Abi'yle birlikte. O kadın da vardı yanlarında..."

O kadın derken hafifçe çatılmıştı kaşları.

"Çilem mi?" diye atıldı Ali. "Nizam'ın sevgilisinden mi bahsediyorsun?"

Tanımadığı birinin uyarısından rahatsız olan bir çocuk gibi koltuğunda küçüldü.

"Çilem'i tanıyorsun değil mi?"

Kara gözlerini Sadri'ye çevirdi, Allah rızası için yardım et dercesine.

"Cevap versene Azize," dedi klarnetçi. "Niye çekiniyorsun. Ali Komiserim yabancı değil."

Bakışları yerde gezindi bir süre, "Tanırım," dedi sonra yutkunarak. "Engin tanıştırmıştı. Nizam Abi'yle birlikte yemeğe gelmişlerdi bize..."

Artık anlatacak diye düşünürken yine sustu.

Güvenilir abi olarak ben girdim devreye.

"Asıl adı Hacer'miş öyle mi?"

"Hıı... Evet, Hacer..."

Sevineceği bir haber verirmişçesine neşeyle açıkladım.

"Evlendiklerini biliyor musun?"

Şaşkınlıkla kırpıştırdı kirpiklerini.

"Evlenmişler mi? Nizam Abi, Çilem'le evlenmiş mi?"

Sonunda sıyrılmıştı dalgınlığından. Hatta yüzü aydınlanır gibi olmuştu, evet, ilk kez gülümsüyordu, sol yanağındaki küçük çukuru o zaman gördüm. Onu yaşından daha genç gösteren bir gamze.

"Allah mutlu etsin," diye mırıldandı. "İnşallah bir yastıkta kocarlar..."

Sahiden de sevinmişti, belki de kendi hayalinin bir başkasında gerçekleşmiş olmasıydı onu mutlu eden. Aramızda en çok güvendiği adama döndü.

"Duydun mu Sadri Abi, evlenmişler. Ne kadar mutlu olmuştur Nizam Abi."

"Olmuştur herhalde," diye söylendi klarnetçi. "Bir de Çilem'e sormalı..."

O ilişkide bir sıkıntı olduğunu bilmemizi istiyordu Sadri. Elbette bu tüyoyu kaçırmadı yardımcım.

"Niye Çilem'e sormalı? Sevmiyorlar mıydı birbirlerini?"

Soru klarnetçiye yönelikti, ama karşısında durduğu için, Azize alındı üzerine.

"Seviyorlardı, ama daha çok Nizam Abi... Çilem... Yani o biraz..."

İşin içinden çıkamayınca Sadri yetişti yardıma.

"Kara Nizam çok çirkin bir adam." Yardımcım arkasında kaldığı için bana bakarak konuşuyordu. "Allahın gücüne gitmesin sahiden çok çirkin be Başkomiserim... Üstelik..." Bir an duraksadıktan sonra tamamladı cümlesini Sadri. "Üstelik yaşlı da... En az otuz yaş fark var kızla aralarında."

"Yaş önemli değil Sadri Abi." Hiç ummadığımız anda yeniden dönmüştü muhabbete genç kız. "Korkuyordu Çilem... Evet, Nizam Abi'den çekiniyordu."

"Sevdiği kadına niye kötülük yapsın Nizam?"

"Öyle demeyin, çok kıskançtır Nizam Abi. Kendi gözünden bile sakınır Çilem'i. Öyle böyle değil. Hem İhsan Abi meselesi..."

Cümlesi yarıda kaldı, söylememesi gerekeni ağzından kaçırmıştı. Kara gözleri endişeyle küçüldü. Hemen rahatlatmaya çalıştım.

"Biliyoruz o meseleyi, Çilem'in daha önce İhsan'la ilişkisi varmış değil mi? Ama sonra Nizam'ı sevmiş."

"Ne sevmesi Başkomiserim ya!" diye isyan etti Sadri. "Çaresi yoktu Çilem'in. Yirmi üç yaşında dünyalar güzeli bir kız, niye gitsin o gudubet adama?" Anlaşılan hiç hoşlanmıyordu Kara Nizam'dan. Gergin bakışlarını karşısındaki kıza çevirdi. "Anlatsana Azize! Niye susuyorsun?"

"Anlatıyorum ya Sadri Abi, daha neyi anlatayım?"

Kalın kaşları çatıldı klarnetçinin.

"O geceyi anlat. Hani Çilem'le Nizam'ın size geldiği geceyi... Bana bahsetmiştin ya..."

Azize'nin yüzü kıpkırmızı oldu.

"Özel mesele Sadri Abi."

"Cinayette mahrem olmaz kızım," diyerek yüreklendirmeye çalıştım. "Bir insan öldürüldü, senin için çok önemli olan biri. Belki de söyleyeceklerin bütün düğümü çözer."

Kara gözleri bocalıyordu.

"Çilem'e ayıp olacak. İyi bir kız o."

"Ona zarar vermeyiz," dedim güven dolu bir sesle. "Cinayetle bir ilgisi yoksa hiçbir yerde kullanmayız anlatacaklarını. Sana söz."

Yine de ikna olmadı, kararsızca alt dudağını çiğnedi bir süre.

"Engin'in katilini yakalamanız için anlatıyorum," dedi cesaretini toplayarak. "Ama söz verdiniz Nevzat Abi, ilgisi yoksa söyleyeceklerim burada kalacak."

"Kesinlikle..."

Yaptığının doğruluğundan hâlâ emin değildi.

"Allah beni affetsin," diye mırıldandı sıkıntıyla. "Evet, Çilem'i Tarlabaşılılar Kulübü'nde tanıdım. O zamanlar İhsan Abi'yle kavgalı değildi Nizam Abi. Engin'le gitmiştik oraya. İhsan Abi'nin odasında gördüm ilk Çilem'i. Güzel kızdı, çok güzel kızdı. Yönetmenler görse kesin artist olur. O kadar yani. Üstelik iyi de bir insan, güler yüzlü, yardım sever. Hemen kaynaştık. Sonra İhsan Abi'yle anlaşmazlık çıktı bizimkilerin arasında. Ama Çilem'le dostluğumuz bozulmadı hiç. Derken

İhsan Abi ruhsatsız tabanca bulundurmaktan içeri girdi. Aslında cezası paraya çevrilebilirmiş, ama eski bir davası mı ne daha varmış, o sebepten hapis yattı. O zaman daha sıkı görüşmeye başladık Çilem'le. Engin de biliyordu durumu. 'Şu kızı bir akşam yemeğe çağırsana,' dedi. Ben de safım ya, aklıma kötü bi'şey gelmedi. Davet ettim kızı eve. Üçümüz yemek yerken kapı çalındı, bir de baktım Nizam Abi. Önce tesadüf zannettim, meğerse Engin planlamış. Nizam Abi, daha ilk gördüğünde âşık olmuş Çilem'e. Ama o kadar güzel ki kim âşık olmaz o kıza. Neyse Nizam Abi'yi kapıda görünce buyur ettim tabii içeriye. Çilem rahatsız oldu önce, sonra şaraptı, içkiydi, filandı derken, rahatladı. Nizam Abi de çok kibar davrandı ona. Çok iltifat etti. Bakmayın çirkin bir adam olduğuna, tatlı dillidir. Neyse gecenin ilerleyen saatlerinde baktık, sevgili olmuşlar."

Hikâyenin sonunu kısa kesmişti, anlatmak istemediği şeyler olmalıydı. Bizim yerimize Sadri sordu:

"Hepsi bu kadar mı?"

Ters ters baktı Azize.

"Evet, daha n'olacaktı?"

Eksik anlatmıştı, ama zorlamanın da manası yoktu, daha fazla açılmayacağı belliydi.

Kırılgan bir sesle sitem etti klarnetçi.

"Tamam o zaman. Hepsi bu diyorsan öyle olsun. Ben Engin'in katili ortaya çıksın diye ısrar ettim."

Kuşkuyla gerildi Azize'nin yüzü.

"Katili mi? Yoksa Engin'i öldüren Nizam Abi mi?"

Öfkelenir gibi ellerini yana açtı Sadri.

"Ya ne bileyim Nizam Abi mi? Başkomiserim söylüyor işte sana, olanı biteni anlat ki bulalım katili diye..."

"Bize güvenebilirsin Azize Bacı." İşte Ali de girmişti yeniden devreye. Onu ilk kez birine bacı derken duyuyordum. İçinden geldiği için mi böyle konuşuyordu, yoksa genç kızın dilini çözmeye mi çalışıyordu anlamadım, ama sevindim böyle davranmasına.

"Ayrıca biz yanındayken kimse kılına bile dokunamaz," diyerek destekledim onu. "Bildiğin ne varsa anlatmalısın. Tabii Engin'in katilini hapse atmamızı istiyorsan."

Kara gözlerini iri iri açarak dehşet içinde tekrarladı.

"Yani Nizam Abi mi? Engin'i o mu öldürdü?"

O çirkin adamın güvenilir biri olmadığını çok iyi biliyordu.

"Olabilir," dedim sakince. "Anlamamız için yardım etmen lazım."

Heyecanla sesini yükseltti.

"O kadının yüzünden. Hepsi o kadının yüzünden. Yapma dedim, Engin'e. Bu kadından hayır gelmez dedim, dinletemedim."

Artık olanı biteni anlatacak derken yeniden başladı ağlamaya.

"Hangi kadının?" diye dikkatini toplamaya çalıştım. "Çilem'den mi bahsediyorsun?"

Sertçe başını salladı.

"Hayır, hayır... Jale'den bahsediyorum. Hayatımızı mahveden kadından. Engin'le Nizam Abi, Neşe Pavyon'a ilk geldiklerinde yanlarında olan kadından."

Jale! Maktulün evinde fotoğrafını bulduğumuz kadın. Ne demişti Kudret geceki sorguda: "Öyle böyle değil, kadın hakikaten çok zengin. Ama bu geri zekâlı, gitti, o pavyon yosmasına gönül indirdi."

Azize'ye bakarken pavyon yosması lafı ne kadar sakil kalıyordu, öte yandan ortalıkta üçlü bir aşk hikâyesi olduğu da aşikârdı. Bu masum yüzlü kız sonradan katılmıştı sevda kervanına, buna rağmen, onca yılın Jale'sinin yıldızını söndürmeyi başarmıştı. Ama emin değildi kendinden, yoksa niye nefret etsin, bir zamanlar erkeğini aldığı kadından.

Ali de bu anlamsız hassasiyeti atlamadı zaten.

"Maktulle çok yakınmışlar," diyerek yangının üzerine biraz benzin serpmeyi denedi. "İlişkileri sürüyor muydu hâlâ?"

Vakur bir tavırla başını kaldırdı genç kız. Yanaklarından süzülen gözyaşlarına aldırmıyordu artık.

"Kadın bırakmıyordu ki peşini... Çok parası vardı. Satın almaya çalışıyordu Engin'i." Gerekçelerinin yetersiz olduğunu kendisi de biliyordu, ama insanüstü bir gayretle sevgilisinin kendisine sadık olduğunu kanıtlamaya çalışıyordu. Islak gözlerini bana çevirdi. "Engin bunu terk edince ortak iş yapalım demişti Jale. Engin de, 'Bu işten çok para kazanırız, sonra da ver elini Amerika,' diyordu. 'Kaçar kurtuluruz.' Onun için katlanıyordu kadına. Ben de onun için katlanıyordum. Bir gün çekip gideceğiz buralardan diye. Hatta paraları benim hesabıma yatırıyordu."

Gitgide ilginç bir hal almaya başlıyordu Azize'nin anlattıkları.

"Niye senin hesabına yatıyordu?" diye kurcaladım. "Engin'in banka hesabı yok muydu?"

"Vardı, ama paranın kendi hesabına yatırıldığı bilinsin istemiyordu."

Kasada bulduğumuz dokuz tapu geldi aklıma.

"Bina mı alıyorlardı o paralarla?"

"Tarlabaşı'ndan," diye onayladı. "Çok değerlenecekmiş orası. Öyle diyordu Engin. Çok para kazanacaktık, sonra da kaçıp gidecektik buralardan."

"Nizam'ın haberi yoktu değil mi bu işlerden?"

Gözlerindeki kuşku giderek kararlı bir anlama dönüşüyordu.

"Yoktu, ona söylememem için tembihlemişti beni Engin." Çekingen halinden kurtuldu, dimdik dosdoğru baktı yüzüme. "Bunun için mi öldürdüler Engin'i? Nizam Abi'ye söylemediği için mi?"

Henüz katilin Nizam olduğundan emin değiliz demem gerekirdi, yapmadım. Çirkin mafya babasına tepki duyması işimize gelirdi.

"Anlayacağız Azize," dedim duygularına hürmet eden bir sesle. "Anlayacağız, ama konuşmamızın başına dönelim istersen. Engin'le Nizam'ın Neşe Pavyon'a gelişini anlatıyordun."

Emin olmak istiyordu, içindeki acının, öfke olup birilerine akmasını, öldürülen sevgilisinin hesabını birinin vermesini istiyordu, bu yüzden olacak, artık daha cesurca konuşmaya başladı.

"Evet, o akşamı çok iyi hatırlıyorum. Bir kadın daha vardı yanlarında, Menekşe diye bir kız. Nizam Abi'nin takıldığı bir gecelik kadınlardan biri. Onlar girdiğinde ben sahnede şarkı söylüyordum."

"Bir bahar akşamı rastladım size," diye hatırlattı klarnetçi. "Selahattin Pınar'ın şarkısı."

Gözleri yine hülyalanmıştı Azize'nin.

"Evet, bir bahar akşamı gelmişlerdi zaten. Mayıs ayının başlarıydı. Bunlar geleceğiz deyince, Müslüm Abi sahnenin tam önünde yer ayırtmıştı. Müslüm Abi bizim patron, iyi adamdır. Nizam Abi'nin de yakın arkadaşı. Hapiste birlikte yatmışlar, o derece yani. Neyse işte, önce fark etmedim ben bunları, yüzümüze ışık filan geliyor ya, bir ara sahneden aşağıya indim, masaların arasında dolaşarak okuyorum şarkıyı. İşte o anda gördüm Engin'i. Yanındakiler gülüşüp sohbet ederken o gözlerini dikmiş, bana bakıyordu. İşim icabı gülümseyerek selam verdim. Ne gülümsedi ne de selamımı aldı; sadece baktı öylece. Korkarım böyle tiplerden, başımıza bela olurlar sonra. Bize yiyip içen, para harcayan, sonra da çekip giden müşteri lazım. Kafayı sana takan adamdan uzak duracaksın. Zaten ben de pek yanaşmadım o masaya. O gece öyle geçti, ertesi akşam pavyona gelince, buket buket kırmızı güllerle karşılaştım. Ne yalan söyleyeyim, kıskandım biraz, kime geldi acaba diye. Meğersem benim içinmiş. Yollayan da Engin. Tabii çok sürmedi, birkaç saat sonra kendisi de geldi, bu defa yalnız. Bir gece önceki masasına oturdu. Yine gözleri üzerimde. Üç düzine şampanya patlattı ayaklarımın dibinde. Bir yandan korkuyorum, bir yandan hoşuma gidiyor. Programım bitince masasına çağırdı, gittim. Kendini tanıttıktan sonra, 'Hayatım boyunca çok kadın tanıdım, sen onların hiçbirine benzemiyorsun, benimle yaşar mısın?' dedi damdan düşer gibi. Onun kadar tecrübeli değildim, ama o güne kadar hiçbir erkek benimle böyle cesur, böyle açıkça konuşmamıştı. Aslında sözlerinden çok davranışındaki içtenlik etkilemişti beni. Hemen kabul etmedim tabii, ama kafam karışmıştı. Bütün gece oturdum masasında, sonra birlikte çıktık, arabasıyla bıraktı beni eve. Ne ben, 'İçeri gel,' dedim, ne de o 'Gelip bir kahveni içeyim,' dedi. Bu biraz daha gözümde büyüttü onu. Demek ki bir gecelik ilişki olarak görmüyordu beni. Amacı neydi bu adamın? Pavyondan çıkartıp evlenmek mi istiyordu, yoksa kapatması mı yapmak istiyordu beni? Evet, sonunda kafamı karıştırmayı başarmıştı."

Bakışlarını klarnetçiye çevirdi yine.

"Kendi başıma işin içinden çıkamayınca Sadri Abi'yle konuştum. Sen bilirsin, dedi. Gönlünden nasıl geçiyorsa öyle yap."

Sevgi dolu bir sesle mırıldandı klarnetçi.

"Yapma desem yapmayacaktın sanki. Bana geldiğinde sen kararını çoktan vermiştin kızım."

Avuçlarında ezdiği kâğıt mendille kirpiklerini kurulayıp sözlerini sürdürdü Azize.

"Doğru, gönlüm kararını vermişti, ama benim haberim yoktu bundan. Her gece geldi Engin, her gece beni evime bıraktı. Yedinci gece onu içeri çağırdım. Böylece başladı ilişkimiz."

"Mutlu muydunuz bari?" Ali'ydi soran. Sesi azarlar gibi sert çıkmıştı. Kızı üzmek niyetinde olduğunu hiç sanmıyordum, kendisini Azize'nin abisinin yerine koymuş olmalıydı. "Engin öteki kadınlarla takılmayı bıraktı mı, seninle beraber olunca?"

Bakışlarındaki hülya dağıldı Azize'nin, rüya bitmiş, hakikat başlamıştı. Ali'nin azarlamasına aldırmadı bile.

"Evet mutluyduk, başlarda mutluyduk." Çok eskilerden bahseder gibi iç çekti. "Yok, kendimi kandırmıyorum Komiser Abi, o da bana âşıktı, sevgi dolu, bambaşka bir adam olmuştu. O zamanlar Sadri Abilerin bulunduğu binada kalıyordum. Küçük bir daire, kaloriferi yok, banyosu yok, mutfağı avuç içi kadar. Banyo için hamama gidiyorum, düşünün yani. Engin razı olmadı o sıçan yuvasında yaşamama. Onun evine taşındım."

Sadri başka bir evde kaldığını söylemişti Azize'nin.

"Kadın Çıkmazı'ndaki ev mi?"

"Yok, bir evi daha vardı Engin'in. Kurtuldu Sokak'ta. Ben oraya taşındım. Hakikaten kurtulmuştum. Beyaz eşyası, mobilyası, dört dörtlük bir ev."

Aklıma takılan soruyu yardımcım dile getirdi.

"Ama Engin öteki evde kalıyormuş."

Çenesi titremeye başladı Azize'nin.

"Beni korumak için. Her an öldürüleceğinden korkuyordu. 'Düşmanım çok,' diyordu. 'Onlardan kurtulmak için bize çok para lazım,' diyordu. Olmadı, öldürdüler onu."

"Kim?" diye atıldım. "Kim öldürmek istiyordu Engin'i? Hadi Azize, bildiklerini saklama bizden."

Şaşkın şaşkın mırıldandı.

"Bilmiyorum, valla bilmiyorum. İtalyanlardan bahsetmişti. Amcasını öldürmüşler. O sebepten gelmiş İstanbul'a. Onu da öldürmek istiyorlarmış."

"İstanbul'a mı gelmiş İtalyanlar?"

Çaresizlik içinde boynunu içine çekti.

"Öyle bir şey söylemedi. Avrupa'ya gidemiyormuş. İsviçre'de parası varmış. Oraya gidebilse hiçbir meselemiz kalmazmış. 'Ama havaalanından çıkar çıkmaz öldürürler beni,' diyordu. O kadar korkuyordu yani."

"Peki Nizam?" diyerek Ali girdi devreye. "Onunla nasıldı araları? Son zamanlarda diyorum. Bir husumet var mıydı aralarında?"

Aynı çaresizlikle baktı yardımcıma.

"Yok, Nizam Abi'yle arası hep iyiydi. Bir sıkıntı yoktu aralarında."

"O zaman neden evlendiğinden haberin yok?" Benim atladığım ayrıntıyı soruyordu yardımcım. "Niye çağırmadı sizi nikâha?"

Bakışlarını kaçırdı Azize.

"Belki çağırmıştır..."

"Nasıl çağırmıştır?" diye üsteledi bizimki. "Çağırmışsa senin haberin olmaz mıydı?"

"Olmazdı, Engin'le kavga etmiştik." İtiraf etmenin verdiği rahatlıkla başını kaldırdı, gözler yine yaşla dolmuştu. "Evet, bir hafta önce kavga etmiştik."

"Yani en son bir hafta önce gördün Engin'i?"

"Yok, yok..."

Başını usulca iki yana sallamaya başladı.

"Yılbaşı gecesi pavyona geldi. Öldüğü gece... Barışmak için gelmiş. Yine kavga ettik... Bilseydim..."

Yeniden başladı ağlamaya, hem de öncekinden çok daha güçlü bir şekilde, hıçkıra hıçkıra. İşte o anda girdi Zeynep içeriye. Ne konuştuğumuzdan habersiz elinde dosyalarla. Azize'nin gözyaşlarıyla sarsılan bedenini görünce, bir an soru dolu gözlerle bize baktı, sonra elindekileri aceleyle sehpanın üzerine bırakıp genç kızın yanındaki koltuğa çöktü.

"Tamam canım," dedi nazikçe omzuna dokunarak. "Tamam, geçti."

Kan çanağına dönen gözlerini yanında oturan yabancıya dikti Azize. Hiç şaşırmadan, hiç yadırgamadan, hiç korkmadan bakıyordu tanımadığı kadına. Gülümsedi kriminologumuz. Anında sarıldı genç kız, bizim Zeynep'e. İncecik omuzları sarsılmaya başladı, yeni bir ağlama krizine tutulmuştu.

“Tamam, tamam,” diyerek sırtını okşuyordu Zeynep. “Tamam canım, tamam, geçti.”

Bir süre öylece kaldılar. Onlara bakarken, kadın kadının kurdudur lafının ne kadar yanlış bir deyim olduğunu düşündüm. Bir kadını en iyi başka bir kadın anlardı ancak. Nitekim Azize'nin iç çekişleri azalınca, usulca koptu ondan Zeynep.

“Gel gidelim,” dedi şefkat dolu bir sesle. “Yüzünü yıka biraz, açılırsın.”

Hiç itiraz etmedi Azize; sessizce kalktı oturduğu koltuktan. Öz ablasıyla karşılaşmış küçük bir kızın güveniyle, Zeynep'in elinden tutarak çıktı odadan.

"Acı bir hikâyesi olmalıydı"

Azize çıkınca derin bir sessizlik çöktü odaya. Öyle ki sokağın gürültüsünü olduğu gibi duyabiliyorduk içeriden. Ali'yle klarnetçi ne düşünüyordu bilmiyorum, ama benim aklımdan bir kadın bir erkeği niye sever diye geçiyordu. Hem de kötü biri olduğunu bile bile. Biliyor muydu, Engin'in berbat bir adam olduğunu? Nasıl bilmez, Jale Hanım, onun hesabına yatırıyormuş paraları. Bir başka kadının, sevdiği adama gönderdiği paralar. Onurlu bir insan bunu kabul eder mi? Onur mu? Haksızlık yapma Nevzat. Onursuzlukla yargılayacağın en son insanlardan biri bu genç kız. Tahmin et bakalım, kaç yaşında başlamıştır pavyonlarda çalışmaya. Taze eti, kim bilir hangi şehir kodamanlarına meze olmuştur rakı masalarında. Belki de düpedüz satmışlardır kızı paralı bir adama. Yok, Azize'yi onursuzlukla yargılamak büyük zalimlik. Yanlışa düşmekten başka seçeneği olmayan birine, neden doğru yolu seçmedin demek kadar ahlaksızca bir davranıştır bu.

"Rezillik be Başkomiserim," diyen klarnetçinin sesiyle bölündü düşüncelerim. "Aşk diyorum, kepazelik ya."

Evet, aklı bambaşka bir konuya takılmıştı bizim gariban Sadri'nin. Sadece Azize'nin haline üzülmüyordu bence; kendisinin de başından geçen kırık bir gönül hikâyesi vardı besbelli. Muhtemelen onu hatırlamıştı. Hangimizin yoktu ki?

"O gece pavyonda mıydın?" diye cinayete döndüm yine. "Engin geldiğinde diyorum."

Tatsız bir meseleden bahsedecekmiş gibi, sıkıntıyla öne doğru salladı başını.

"Ordaydım Başkomiserim. Sanki pavyonu basarcasına paldır küldür daldı içeri. Milleti itip kakıp, garsonlara hakaretler ederek her zamanki masasına kuruldu. Bir afra bir tafra, yirmi üç şişe şampanya patlattı Azize'nin ayaklarının dibinde. Ama bizim kız oralı değildi. Oysa âdettendir, hiç değilse şarkıcı bir selam verir, yalandan da olsa bir gülümser. Azize dönüp bakmadı bile herifin suratına. Kudurdu Engin tabii, fırlayıp sahneye, bileğinden yakaladı Azize'yi. Şarkının ortasında, zorla indirdi kızı. Benden önce Müslüm Bey yetişti. E, ne de olsa mekân sahibi. İkisini de alıp odasına götürdü. Geçerken beni de çağırdı, gel diye.

"İçeri girip kapıyı kapar kapamaz, 'N'apıyorsun sen!' diye bağırdı Engin bizim kıza. 'Neden beni görmezden geliyorsun?'

"Korkuyla odanın köşesine büzülmüştü Azize. 'Selam verdim ya,' gibilerden bir şeyler söyledi, ama öteki fırsat vermedi konuşmasına, açtı çirkef ağzını. 'Sikerim selamını, kaç gündür arıyorum ne telefonuma çıkıyorsun ne geri dönüyorsun. Ne yapmak istiyorsun lan sen?' Müslüm Bey hesaplı adamdır, Nizam'dan dolayı Engin'den çekinir ama küfür olunca o bile dayanamadı. 'Ayıp oluyor,' diye araya girdi. 'Kendi mekânımızda çalışanımıza hakaret olmaz.'

"Ama gözü dönmüştü Engin'in bir kere. Sağ eliyle adamı iterek açıkça posta koydu. 'Sen karışma bu işe Müslüm, bak kötü olur sonra.'

"Eğer bu hareketi pavyonun içinde yapsaydı, Müslüm silahını çeker, Engin'i vurmak zorunda kalırdı. Odada dördümüzden başka kimse yoktu, sineye çekti. 'Tamam da, küfürlü konuşma,' demekle yetindi sadece.

"Dik dik baktı Engin, ama uzatmadı, yeniden Azize'ye döndü. 'N'apmak istiyorsun kızım sen,' dedi kızgınlıkla. 'Neden benden kaçıyorsun?'

"Artık öfkenin yanında acı da vardı sesinde. Hiç aldırmadı Azize. 'Kaçmıyorum, sadece seninle konuşmak istemiyorum,' dedi.

"Engin sıkıntıyla bir Müslüm'e baktı, bir de bana. Rahat değildi yanımızda, çıkıp gitmemizi istiyordu, ama ona güvenemezdik, ne patron oralı oldu ne de ben. 'Ya, hata yaptıysam özür dilerim,' dedi sanki duymayacakmışız gibi kısık bir sesle. 'Biliyorsun, zor zamanlar geçiriyorum. İşleri ayarlamaya çalışıyorum.'

"Umurumda bile değil dercesine omuz silkti Azize. 'Ayarla o zaman bana ne?'

"Birden değişti Engin, yalvarmaya başladı. Evet, çocuk gibi yalvarmaya başladı. 'Yapma Azize,' dedi sesini yumuşatarak. 'Beni seviyorsun biliyorum. Ben de seni seviyorum. Sen de bunu biliyorsun...'

"Ağlamaya başladı bizim kız. 'Hayır sevmiyorum,' dedi, ama yalan söylüyordu. Deli gibi âşıktı o herife.

"Kızın ağlamasından tüyoyu kaptı tabii şerefsiz. 'Bak seviyorsun işte,' diye sokuldu. 'Biz birbirimiz için yaratılmışız.' Yine bize göz attı. Sesini iyice kısarak tekrarladı. 'Sen olmadan hayatımın bir anlamı yok. Valla diyorum. Yoksa burada ne işim var? Niye gelip kendimi rezil edeyim...'

"Azize yumuşamaya başlamıştı, burnunu çekerek, 'Bana yalan söyleme,' dedi, ama yalan da olsa sevdiğini söyle der gibiydi. Tabii her şeyin farkındaydı çakal. 'Yalan söylemiyorum Azize,' diye girdi damardan. 'Ölmüş annemin üzerine yeminle, valla yalan söylemiyorum. Biliyorsun ne kadar çok kadın var etrafımda, hiçbiri önemli değil, sadece sen.'

"Bunları söylerken Azize'nin elini tutmuştu bile. Öyle güzel konuşuyordu ki ben de inanmaya başlayacaktım kızı sevdiğine. Nerdeyse kavga tatlıya bağlanacak, mesele hallolacak diye beklerken bir hata yaptı Engin. 'Tamam,' dedi. 'Sana karşı mahcubum. Tamam, sözümü çiğnedim, o Jale denen karıyla takıldım.'

"İşte bu laf, bir çuval inciri berbat etti. Anında çekti elini Azize, incecik bedeni dişi bir kaplan gibi gerildi. 'Demek yattın karıyla! Allah belanı versin! Bir de utanmadan yalan söyledin bana! Hani iftiraydı? Hani sadece iş için görüşüyordun? Hani bana söz vermiştin?'

"Sussa, kızın bağırıp çağırmasına izin verse, sonra yine af dilese, bence işler yoluna girerdi ama aptal herif savunmaya geçti. 'Anlamıyorsun... Ben de anlatamıyorum sana. Sık dişini biraz. Yakında bitecek. Hiç görmeyeceğim o kadını. Başka bir mesele var. Şimdi söyleyemem. Valla diyorum ya... N'apıyorsam ikimiz için yapıyorum. Ama şu davranışına bak...'

"Gitgide sinirleniyordu, öfkeli bakışları yeniden Müslüm'le bana çevrildi. 'Yav siz dışarı çıksanıza kardeşim,' diye söylendi. 'Burada mahrem bir şey konuşuyoruz.'

"Bizim ağzımızı açmamıza bile fırsat vermedi Azize. 'Asıl sen çık dışarı,' diye bağırdı. 'Kimi kimin mekânından kovuyorsun?' 'Azize!' diye sesini yükseltti Engin. 'Azize!'

"Ama bizim kız korku duvarını aşmıştı. 'Ne Azize'si be!' diye çıkıştı. ' 'Bırak yakamı, git o sosyetik kadının peşine düş.' 'Bağırma,' diye uyardı Engin. 'Bağırma bak, kötü olur.' 'Kötü olsun,' diye üzerine yürüdü. 'Kötü olsa ne olurmuş?'

"Kendini zor tutuyordu zibidi. 'Bak elimden bir kaza çıkacak,' diyecekti ki, 'Nerde sende o yürek,' diye yangına körükle gitti Azize. Belki biz olmasak bunu da yutardı Engin, ama iki erkeğin yanında kaldıramadı bu lafı. Bir tokat attı Azize'ye. Sert değil, hafif bir tokat. Bizim kız sineceğine, geri çekilip herifin suratına okkalı bir şamar indirmez mi! İşte o şamar çileden çıkardı Engin'i; sanki karşısında bir erkek varmış gibi saldırdı üzerine. Allahtan araya girdik de, bir zarar veremeden aldık Azize'yi elinden. Ama deliye dönmüştü herif. 'Bu iş burada bitmez, senin peşini bırakmayacağım orospu,' diye tehditler savurdu.

"Müslüm koluna girip güçlükle çıkardı serseriyi odadan. Ben Azize'yle kaldım. Sessizce ağlıyordu yavrucak. Ağlarken de kendi kendine söyleniyordu. 'Duydun değil mi abi, o kadınla yatmış, hayvan herif o kadınla yatmış.'

"Yani Engin'in üzerine saldırması, ona vurması umurunda bile değildi, tek derdi o Jale denen kadındı. Tepem attı, azarlamak geçti içimden, ama boşuna çaba olacaktı. Kız hâlâ kör kütük âşıktı o deyyusa. Kızması da o yüzdendi zaten. Yok Başkomiserim, ben bu aşk işini anlayamadım. Azize gibi bir kız, o puştun nesine ilgi duyar?"

Merakla dinlediğim ve bu yüzden hiç kesmediğim konuşma, Ali'nin yanıtıyla kesildi.

"Duyar," dedi Ali. "Kadınları anlayamazsın. Valla Azize'ye hiç şaşırmadım da, Engin niye bu kıza takılıp kalmış, onu pek anlayamadım. Gerçekten de seviyor muydu Azize'yi?"

Alt dudağını sarkıttı klarnetçi.

"Bilmiyorum. Engin'in söyledikleri doğru. Bir sürü karı kız vardı etrafında. Hepsi de güzel, hepsi de alımlı. Üstelik hepsi de o yolun yolcusu. Niye Azize, valla ben de anlamış değilim." Bana döndü yine. "Sahi Başkomiserim, siz ne diyorsunuz, gerçekten de seviyor olabilir miydi Engin bu kızı?"

"Olabilir, gönül işleri karışıktır biraz."

Ali hiç katılmıyordu bu düşünceme.

"Bence o herif başka bir numara çeviriyordu. Azize'yi paravan olarak kullanıyordu. Evini de kıza vermiş baksanıza..."

Söyledikleri akla yakındı, ama aşkın, mantıkla hiçbir ilgisi yoktu. Belki de bütün o pis işlerin içinde masum bir şeylere ihtiyaç duymuştu Engin. Ruhunun derinliklerine itilmiş de olsa içindeki iyilik tümüyle ölmemişti. Azize onun simgesi olmuştu belki. Bataklıkta açan bir çiçek. Neden olmasın, Engin gibi adamların iç dünyasına hiç de uzak değildir, bu tür tercihler. Fakat bunları dile getirmedim, şu anki işimiz aşkın karmaşık yapısını tahlil etmek değil, korkunç bir adam olsa da bir maktulün katilini bulmaktı.

"Haklısın Ali, kızın evini aramalıyız," diye sonuçlandırdım yardımcımın varsayımını. "Azize bize zorluk çıkarmaz değil mi Sadri?"

En küçük bir tereddüt bile yaşamadı klarnetçi.

"Yok Başkomiserim, niye zorluk çıkarsın. Bilakis memnun olur. Sevdiği adamın katilini yakalamaya çalışıyorsunuz. Hem zorluk çıkarırsa ben varım. Benim sözümü çiğnemez."

Cep telefonumun sesi nokta koydu Sadri'nin konuşmasına. Tanımadığım bir numara. Açtım.

"Günaydın Başkomiserim... Ben İhsan..."

Barbut'tu, aramamı bekleyemediğine göre işi gerçekten de aceleydi. Sadri'den zarar geleceğini sanmıyordum, ama İhsan'la konuştuğumu bilmemesinde yarar vardı.

"Merhaba..." dedim adıyla hitap etmeden. "Bazı gelişmeler olmuş galiba..."

"Duydunuz mu? Cemal Abi konuşmadık demişti."

Şaşkın çıkmıştı sesi.

"Detayları bilmiyorum, sadece bazı gelişmeler olduğunu duydum."

"Ha anladım." Küçük heyecanı hemen dinivermişti. "Durum şu Başkomiserim. Bu sabah Çilem aradı beni. Cinayetle ilgili önemli bilgilere sahip olduğunu söyledi. Görüşmek istiyor. Emin olamadım. Ne dersiniz, Engin'in katilini biliyor olabilir mi?"

İyimser bir tahmindi; daha iki gün önce evlenen kadın, kocasının ipini niye çekmek istesin? Hem de adamın baş düşmanını arayarak. Yoksa İhsan'a tuzak mı kurmak istiyorlardı?

"Arayınca hayretler içinde kaldım açıkçası," diye anlatmayı sürdürüyordu kumarhane sahibi. "Biliyorsunuz, şu dayak olayından sonra hiç görüşmemiştik Çilem'le. Aklımın ucundan bile geçmezdi beni arayacağı..."

Belki de İhsan, Kara Nizam'a tuzak kurmak istiyordu, Çilem'i de dahil etmişti senaryoya. Ne de olsa eski sevgililer, belki bir açığını biliyordur... Evliliğini tümüyle bitirecek, kızın hayatına mal olacak bir açık... Daha Çilem, Nizam'la evlenmeden önce planlamıştır bu işi. Engin'in öldürülmesi de tezgâhın bir parçası olabilir. Beni de oyuna dahil etti mi, al sana kusursuz cinayet. Yoksa sabah sabah niye böyle peşime düşsün Barbut?

"İyi, görüş o zaman," dedim kumarhane sahibinin gerçek niyetini anlamak için. "Niye tereddüt ediyorsun?"

Sinirli bir gülüş çınladı telefonun öteki ucundan.

"Çilem'e güvenmiyorum çünkü... Benden intikam almak istiyor olabilir."

"Tek başına mı?"

Leb demeden leblebiyi anlamıştı.

"Nizam da işin içindedir muhtemelen... Ama emin de olamıyorum tabii. Ya gerçeği söylüyorsa..."

Duygusal bir tını mı belirmişti sesinde, yoksa bana mı öyle geliyordu, emin olmak zordu.

"Ne anlattı ki sana?" diye eşeledim. "Neden samimi olduğunu düşündün? İsim filan verdi mi? Katilin ya da şüphelendiği kişilerin diyorum."

"Yok, kimsenin adını vermedi, ama 'Engin'i kimin öldürdüğünü biliyorum galiba,' dedi."

İma edercesine tekrarladım.

"Galiba..."

Duygusal bir tavırla anında parladı.

"Görüşmeyeyim mi?"

Hiçbir işime yaramazdı bu; ortalıkta bir tezgâh varsa bunu kimin, hangi sebeple çevirdiğini bilmek daha faydalıydı.

"Hayır," diyerek onu cesaretlendirmeyi seçtim. "Aksine mutlaka görüş. Ama olanı biteni bana da anlat. Hem de vakit kaybetmeden." Bir anlığına sustum. "Peki, bizden yardım istiyor musun?"

Evet demesini bekliyordum.

"Yok Başkomiserim," dedi tahminimi boşa çıkartarak. "Sağ olun. Ben önlemimi alırım. Şükür, o kadar gücümüz var. Sadece durumdan haberdar olmanızı istedim."

Tuhaf bir sevinç yayılmıştı sesine. Neden acaba? Benimle konuştuğu için değil herhalde, bir zamanlar aşk yaşadığı ve muhtemelen hâlâ sevdiği Çilem'le görüşeceği için. Kızın araması bile onu altüst etmeye yetmişti.

"Tamam o zaman vakit geçirmeden buluş onunla," diyerek aklındaki son pürüzleri de gidermek istedim. "Ama konuşmanızın sonucunu bekliyorum. Görüşmenin ardından hemen beni ara..."

"Tamam Başkomiserim, akşamüzeri ararım. Hadi eyvallah."

Telefonu kapatırken yardımcım gibi Sadri'nin de gözlerini yüzümde buldum. Bakışlarını kaçırmasına izin vermeden yapıştırdım soruyu.

"Sahi Sadri, sen nasıl tanıştın Azize'yle?"

Benden mi kuşkulanıyorsunuz filan demedi.

"Pavyondan tanışıyoruz," diye açıkladı zerrece alınmadan. "Maraş'tan geldi Azize iki üç yıl önce. Yamyam çok bizim âlemde, patron bana emanet etti kızı. Ben de eve götürdüm. Rahmetli annem sağ o zamanlar. Çok sevindi Azize'yi görünce. Jenya'ya benzetti. Jenya dediysem, Bulgarların verdiği isim. Biz Pembe derdik ona... Gerçi bizim Pembe daha esmerdi Azize'ye göre, ama ne diyeceksin, ana yüreği. Hiç benzemese de ölmüş evladının yerine bir başka kızı koyuveriyor işte."

Acı bir hikâyesi olmalıydı, sormasak iyiydi, ama Ali kendine engel olamadı yine.

"Kız kardeşin miydi Pembe?"

"Evet, kız kardeşimdi." Boynu bükülmüştü. "Yıllar önce Bulgaristan'da öldü."

"Başın sağ olsun."

"Dostlar sağ olsun Komiserim. Bir kazada kaybettik. Öldüğünde aynı yaştaydı Azize'yle. Yaşasaydı çoluk çocuğa karışmış, koca kadın olmuştu şimdi. Hayat işte... Annem dayanamadı tabii. Yıllarca unutamadı Pembe'yi. Biraz da o sebepten geldik buraya. Belki uzaklaşırsak daha kolay unuturuz diye... Daha kötü oldu, annem kaldıramadı bu hasreti. Geçen yıl vefat etti. Ben de geri dönemedim. Ev bark, çift çubuk, ne varsa satmışız zaten, nereye dönüyorsun... Gerçi dostlarımız var hâlâ Dobruca'da."

Zeynep'le Azize'nin içeri girmesiyle kesildi sözleri klarnetçinin. Şimdi biraz daha iyi görünüyordu genç kız. Yine de ayağa kalkıp sormadan edemedi Sadri.

"Nasılsın? Toparladın mı biraz?"

İskemlesine çökerken, cılız bir sesle mırıldandı genç kız.

"Başım dönüyor Sadri Abi."

"Ee, döner tabii," diye sitem etti klarnetçi. "Tansiyonun düştü. O kadar söyledim sana, iki lokma bi'şey ye diye."

Hemen hareketlendi Zeynep.

"Bir tost söyleyelim, yanında da tuzlu bir ayran."

Midesi bulanmış gibi yüzünü ekşitti Azize, elini usulca kaldırdı.

"Yok, yiyemem Zeynep Abla, sağ ol. Yersem çıkarırım. Biz eve gitsek..."

Klarnetçi anlayış bekleyen gözlerini bana çevirmişti.

"Gidebilir miyiz Başkomiserim?"

Genç kızın evini aramak için iyi bir fırsattı.

"Tabii gidebilirsiniz," dedim güya hoşgörü göstererek. "Azize toparlansın biraz, biz de öğleden sonra gelir sohbetimizi sürdürürüz. Olur mu?"

Hiç kuşku duymadı sözlerimden genç kız.

"Tabii Nevzat Abi, beklerim. O zamana kadar iyileşmiş olurum inşallah."

Bir kez daha şefkatle dokundu kızın omzuna Zeynep.

"Kendini kötü hissediyorsan revire götürelim seni..."

Zahmet vermiş gibi iyice çekingenleşti Azize.

"Yok, yok şimdi iyiyim."

Genç kız sessizliğe bürünürken Zeynep klarnetçiye döndü.

"Az önce Dobruca'dan mı bahsediyordunuz?"

"Evet," dedi her zamanki içtenliğiyle Sadri. "Başkomiserime eski günleri anlatıyordum."

Merakla canlandı Zeynep'in yüzü.

"Bulgaristan göçmeni misiniz?"

Nedense, biraz tedirgin oldu klarnetçi.

"Evet, niye sordunuz?"

Adamın tavrını hiç yadırgamadı Zeynep.

"Biz de Bulgaristan göçmeniyiz, daha doğrusu ailem oradan gelmiş. Hacıoğlu Pazarcık'tan..."

Endişesi dağılır gibi oldu Sadri'nin.

"Ya kusura bakmayın, böyle birden sorulunca bir tuhaf oluyorum, atamadık şu muhacirliği üzerimizden..."

Karşısında bir akrabası varmış gibi muhabbetle bakıyordu Zeynep.

"Babam da böyledir... Biri Bulgaristan göçmeni misin diye sorsa, anında rengi atar. Muhacirlik insanın kanına işliyor kızım der... Bizimkiler Sarı Mahmut köyünden gelmişler, Bulgarca adı Alekseyevo, siz hangi köydensiniz?"

Sanki utanacak bir durumdaymış gibi yüzü kızardı klarnetçinin.

"Bizim köyümüz yok, tee yıllar önce şehre göçmüş bizimkiler. Müzik işiyle uğraşıyorlarmış. Köylük yerde ekmek bulamayınca tası tarağı toplayıp şehre gitmişler..."

"Güzel yerlermiş değil mi?" diye ilgiyle sordu Zeynep. "Yani bizimkiler öyle anlatır..."

Derinden bir iç geçirdi Sadri.

"Güzel olmaz mı Komiser Hanım? Toprak çok bereketlidir... Buğday deposu Bulgaristan'ın..."

"Ya sen," diye sordu Ali, unuttuğumuz genç kıza dönerek. "Sen nerelisin Azize?"

Bakışları ürkekleşti yine, kansız yüzü iyice solgunlaştı, ama gülümsemeye çalıştı.

"Ben mi?" Gizli gamzesi belirdi sol yanağında. "Ben Almanya'da doğmuşum, Hannover'de... Babam bizi bırakıp Hollanda'ya kaçmış, bir Alman kadınla. Türkiye'ye döndüğümde dört yaşındaydım. Annem İzmir'de yeniden evlendi. Gaziemir'de yaşadık bir süre. Annem ölünce..." Lafı uzattığını düşünmüş olacak ki hızla toparladı sözlerini. "Annem ölünce ben de büyüdüm birdenbire. O şehir senin, bu şehir benim. Şimdi de buradayız işte..."

“Vicdanını rahatlatmak istiyor olamaz mı?”

Emektarın kapısını açmış içeri girerken geldi Kara Nizam'ın telefonu. Yeğeni Kudret için kaygılanıyor olmalıydı. Yoksa yeni karısıyla birlikte Barbut İhsan'a çevirdikleri tezgâh yüzünden mi arıyordu? Merakla açtım, ama sakince yanıtladım.

“Günaydın Nizam. Hayrola sabah sabah...”

Kızgın olduğumu düşünerek alttan aldı.

“Kusura bakmayın, rahatsız ediyorum Başkomiserim. Bildiğiniz gibi pek hayır değil. Akşam saldırı olmuş kulübe. Bizim Kudret de kendini savunmuş...”

“Evet, genç bir kızı öldürmüş. Delik deşik olmuş zavallıcığın vücudu...”

“Korkmuş Başkomiserim.” Sesi telaş içinde çıkmaya başlamıştı. “Kudret korkmuş. Kalabalık saldırmışlar, keleş filan da varmış ellerinde...”

Keskin bir öksürükle kesildi sözleri. Sigara tiryakilerinin sabah krizi...

“Keleş lafını eden senin yeğenin,” dedim onun öksürüğünün geçmesini beklemeyerek. “Başka kimse tüfekten söz etmiyor. Kudret paçayı sıyırmak için yalan söylüyor olabilir.”

“Yok, Kudret yalan söylemez Başkomiserim,” diyecek oldu, hadi yeni bir öksürük dalgası...

“Neyse Nizam, o iş hukukun ellerinde. Mahkeme karar verecek yeğeninin kaderine. Ama iyi oldu aradığın, Hacer Hanım'la konuşmamız gerekiyor. Birkaç soru sormamız lazım.”

Öksürüğü kesilmişti, ama bir türlü yanıt vermiyordu. Sesimi sertleştirerek sürdürdüm.

"İzin vermem filan dersen, Hacer Hanım'ı merkeze getirtmek zorunda kalırız, savcılık kararıyla..."

Anında kesildi öksürük nöbeti.

"Estağfurullah Başkomiserim," dedi alttan alarak. "İzin ne demek, emriniz olur. Buyurun evimize, hem Hacer Hanım'la konuşursunuz hem de Allah ne verdiyse yeriz beraber."

Yine o yılışık tavra bürünmüştü Nizam. Polislerle böyle senli benli olmanın, onların elini kolunu hürmetle bağlamanın yararını çok görmüş olmalıydı.

"Sağ ol," dedim soğuk bir tavırla. "Dışarıda buluşalım."

"Tamam Başkomiserim... Bizim kulüp olay mahalli olduğu için kapalı. Ocakbaşına gelin. Öğleden sonra çok sakin oluyor... Yerimiz İpek Sokak'ta, Yiyen Ocakbaşı, girince görürsünüz tabelayı, hemen sağ tarafta..."

"Anlaştık, saat dörtte oradayız."

Telefonu kapatırken açıldı bizim emektarın yan kapısı, Ali çevik bir hareketle eğilip yerleşti yanımdaki koltuğa, Zeynep ise her zamanki gibi arkaya geçmişti.

"Gidiyor muyuz?" dedim, eksik var mı gibilerden ikisini de süzerek. "Tamam mıyız?"

Bir koro gibi aynı anda cevapladılar.

"Tamam Başkomiserim, gidiyoruz."

Kontağı çevirir çevirmez tatlı tatlı tıkırdamaya başladı benim ihtiyarın yorgun motoru. Yanımda oturan Ali, sağ elini yumruk yapıp usulca vurdu arabanın göğsüne.

"Maşallah, sizinki toparlamış Başkomiserim."

Haklı bir gururla yanıt verdim.

"Toparlar tabii... Yeni çıktı servisten. Motor, balata, radyatör hepsi elden geçti. Her türlü bakımı yapıldı arkadaşın."

"Güzel de ısıtıyor valla," diye arka koltuktan seslendi Zeynep. "Eskiden neydi öyle, soğuktan çenemiz birbirine vururdu."

Döndüm, yarı şaka, yarı ciddi, ters ters baktım.

"Soğuk diyorsun da gece yarıları seni evine bırakan da bu arabaydı Zeynepcim..."

Böylesi bir çıkış beklemeyen kriminologumuz neye uğradığını şaşırdı.

"Hayır, yani Başkomiserim, öyle demek istemedim."

"Ne demek istedin ya?" diye sohbeti kızıştırdı Ali. "Daha ne yapsın bu araba. Motoru yağ yakarken, karbüratörü kirliyken, egzozu patlakken bile çekti kahrımızı, bir gün bile yolda bırakmadı bizi."

Şöyle bir baktım suratına, bıyık altından gülüyordu kerata.

"Demek beni ti'ye alıyorsun Ali."

Anında toparlandı rezil.

"Yok Başkomiserim, olur mu hiç?"

Ama neşeyle çınlayan sesi aksini söylüyordu.

Gaza basmadan önce, güya ihanete uğramış birinin küskünlüğüyle başımı öne doğru salladım.

"Sizi hemen indirirdim şurada, ama elimizdeki dosyanın aciliyetine şükredin..." Abartılı bir tavırla söylenmeyi sürdürdüm. "Vefasızlar, çilekeş arabama laf söyleyeceğinize kendi halinize bakın..."

Son lakırdı ağzımdan çıkar çıkmaz farkına vardım kırdığım potun. Ne varmış halimizde derlerse ne cevap verecektim? Tabii ki aklımdakini söyleyecektim, daha birbirinize aşkınızı açıklamaktan acizsiniz, oturmuş bir de arabama laf ediyorsunuz diyecektim. Ama ne Ali ne de Zeynep takıldı sözlerime, gençlere özgü o neşeyle gülüp geçtiler. İşte o anda başka bir ayrıntıyı daha fark ettim. Zeynep'in üzerinde dün geceki giysiler vardı hâlâ. Ne olmuş yani, demeyin. Çok titizdir kriminologumuz, bir giydiğini ertesi gün üzerinde göremezdiniz. Ancak işlerin çok yoğun olduğu gecelerde, eve gidemediği zamanlarda mecbur kalırdı önceki günkü giysilerle gezmeye. Elbiselerini değiştirmediğine göre... Üstelik dün gece birlikte çıkmamış mıydı bunlar? Yoksa eve gitmedi mi Zeynep? Önce kıskançlığa benzer bir duygu kıpırdandı içimde, ama çok sürmedi, "Ah, eski kafa Nevzat ah!" diye payladım kendimi. O hoşgörüsüz baba gitti, anlayışlı amir geldi yerine. İnşallah geceyi birlikte geçirmişlerdir diye geçirdim; bu çocuklar mutluluğu herkesten çok hak ediyorlardı. Sonra umutsuzluğa kapıldım, bunlar aynı evde kalsalar bile, mahrem sayıp dokunmazlardı birbirlerine. Öyle miydi gerçekten? Yoksa beni sarakaya mı alıyorlardı? Yanımda böyle utangaç davranıp ardımdan bizim ihtiyar da pek safmış deyip eğleniyorlar mıydı? Yok canım, o kadarını yapmazlardı. Hayır, ne Ali'den ne de Zeynep'ten beklerdim bunu. Ama aralarında kesin bir şeyler olmuştu bunların. Baksanıza şen şakrak hallerine. Ya yüzlerindeki şu mutlu yorgunluğa ne demeli. Tıpkı benimki gibi... Yok, daha önce hiç böyle görmemiştim bunları. Birbirlerine bakışları, seslenişleri bile farklı... Sorsam mı ki? Neyi soracağım, dün geceyi birlikte mi geçirdiniz çocuklar mı, diyeceğim. Olacak iş mi şimdi bu?

"Evet, Zeynepcim," dedim ciddileşerek. "Dün geceden beri yeni bir bilgi var mı elimizde?"

Azize ile Sadri'yi yolcu ettikten sonra Jale'yi aramıştı Ali. Kadın son derece nazik bir tavırla karşılamıştı görüşme talebimizi. Gazetelerden öğrenmiş, Engin'in öldürüldüğünü. Çok üzülmüş, yardımcı olmak istermiş tabii. Ama öğleden sonra Ankara'ya uçacakmış, hemen gelirsek bugün görüşebilirmişiz, yoksa ertesi günü beklemeliymişiz. Kadını kaçırmamak amacıyla apar topar düşmüştük yola. İncelemelerin sonuçlarını almak için Kriminal Laboratuvar'a uğrayacak olan Zeynep'i de almıştık yanımıza. Böylece sabah yapamadığımız değerlendirme toplantısını benim emektarda gerçekleştirecektik.

"Aslında çok fazla gelişme yok Başkomiserim," diye başladı konuşmasına Zeynep. "İki önemli bilgi var elimizde. İlki, Titiz Tarık'la ilgili. Görevlendirdiğim memurlar banka hesabını bulmuşlar, bir hafta önce iki yüz bin lira para yatmış."

Anında tahmin etti Ali:

"Engin'i öldürmenin karşılığı."

Muhtemelen tahmini doğruydu yardımcımın; parayı yatıran şahsın Titiz'i kiralayan kişi olması büyük ihtimaldi. Dikiz aynasından Zeynep'in gözlerini aradım.

"Kim yatırmış?"

"Ne yazık ki kendisi," dedi yenik bir sesle. "Evet Başkomiserim, parayı bankaya Tarık getirmiş. Engin'i öldürtmek isteyen kişi, bu işlerden anlayan biri olmalı. Kendini gizlemeyi iyi biliyormuş. Ama Tarık'ın kaldığı yeri tespit ettik. Sıraselviler'de Rikkat adında bir butik otel. Bu öğleden sonra oraya uğrayacağım, belki bir ipucu buluruz."

Bizim emektar, kapalı otoparktan çıkınca ışık gözlerimi aldı. Bir yandan kış güneşi, bir yandan hâlâ erimemiş karların parlaklığı, ıslak asfalttan yansıyan ışık, yaz gününden daha aydınlıktı ortalık. Gözlerim sokağa alışınca sordum.

"Peki, zanlıların hesaplarını kontrol ettiniz mi? Aynı miktarda para çekilmişse Tarık'ı kiralayanı bulabiliriz."

Usulca başını salladı Zeynep. Parfümünün kokusu çalınır gibi oldu burnuma.

"Az önce söyledim çocuklara. İhsan'ın, Nizam'ın, Jale'nin ve Nazlı'nın banka hesaplarını inceleyecekler. Hesabından iki yüz bin lira çekilen var mı, kontrol edecekler. Yarın alırız sonuçları."

"Azize'yi de yoklamakta yarar var," diye uyardı yardımcım. "Jale, maktule göndereceği parayı onun hesabına yatırıyormuş..."

Pek ihtimal vermiyordu Zeynep.

"Yapma Ali, o kızdan kimseye kötülük gelmez."

Demek ki sadece biz erkeklerde değil, kadınlarda da aynı masumiyet duygusunu uyandırıyordu Azize.

"İşte bu nedenle iki kez kontrol edilmesi gerekiyor," diye karşı çıktım kriminologumuza. "Kuraldır Zeynepcim, faili meçhul cinayetlerde, en masum görünenlerden başlayacaksın şüphelenmeye."

"Siz öyle diyorsanız." Hiç ikna olmamıştı, ama tartışmak istemiyordu. "Tamamdır Başkomiserim, çocukları arar Azize'nin hesabını da kontrol etmelerini söylerim. Bu arada Nazlı'yla ilgili bazı bilgilere ulaştık. Oldukça kalın bir dosyası varmış siyasi şubede."

"Siyasi şubede mi?" Hevesle başını çevirdi Ali. "Yasadışı örgüt üyesiymiş değil mi?"

Nedense bir türlü sevememişti Nazlı'yı.

"Kendisi değil, ama kültür merkezine adını verdiği Ferhat Çerağ öyleymiş. Aynı fakültede okumuşlar. Ferhat bir işçi ailesinin oğlu. Annesi Tekel fabrikasında çalışıyormuş, baba sendikacı. Yani Ferhat'ın solculuğu babadan. Boynuz kulağı geçer demişler ya, oğlu da babayı pasif bulmuş, daha solda bir örgüte katılmış. Şu silahlı mücadele filan diyenlerden. Öğrenci eylemlerinde, polisle çatışmalardan defalarca gözaltına alınmış. Bazılarında Nazlı da var."

"Sevgiliymişler yani?" diye heyecanla söylendi Ali. "Şimdi anlaşılıyor kültür merkezine neden Ferhat Çerağ ismini verdiği..."

“Aslında tek taraflı bir ilişkiymiş...” Başını uzattığı koltuğun arasından Ali’ye bakarak anlatıyordu Zeynep, gözleri ışıl ışıldı. Ferhat denen adam, Nazlı’yı pek umursamıyormuş. Örgüte sızan bir gizli polisin yazdığı raporda öyle deniyor. Yirmi küsur yıl önce yazılmış bir rapordan söz ediyorum. Nazlı’nın asıl derdi örgüt değil, büyük aşkıymış. Ama Ferhat, kızı ‘küçük burjuva bir unsur’ olarak görüyormuş. Evet, aynen böyle yazmış polis memuru raporuna. Oysa Nazlı’nın babasına küçük burjuva demek hafif kaçar. Hakkı Bey, tam bir gayrimenkul zenginiymiş. Evet, adamın mesleği emlakçılık. Daha çok, İstanbul’dan kaçmak zorunda kalan azınlıkların bıraktıkları binaların satışı ve kiralanması işiyle uğraşmış. Kurtuluş, Balat, Tarlabaşı...”

“Nazlı’nın Tarlabaşı’nda kültür merkezi açmasının nedeni de bu olsa gerek,” diye mırıldandım.

Ne dediğimi duymamıştı Zeynep.

“Efendim Başkomiserim?”

“Önemli değil, devam et.”

“Sanırım yolsuzluğa da bulaşmış Hakkı Bey. Yunanistan’a göçen Rum vatandaşların açtığı birkaç dava var. Ama sonuçta hepsini kazanmış ya da davalar düşmüş. Yani küçük burjuva, orta sınıf filan değil, epeyce varlıklı bir ailenin kızıymış Nazlı. Üstelik çok da güzel bir kızmış gençken. Fotoğraflarını gördüm, valla manken gibi. Ne bulduysa artık, gönlünü o solcu adama kaptırmış. 1998’de bir silahlı çatışmada tutuklanmış Ferhat. Ümraniye Cezaevi’ne koymuşlar. Her hafta ziyaretine gitmiş Nazlı. Hapisten çıkması için pahalı avukatlar tutmak istemiş, ‘Bizim avukatlarımız var. Siyasi savunma yapacağız,’ diyerek reddetmiş Ferhat. Nazlı yılmamış, sevdiği adama destek olmak için elinden gelen her çabayı göstermiş. Ama daha mahkeme sonuçlanmadan, F tipi cezaevine gitmek istemeyen mahkûmlar isyan çıkarmışlar. Büyük olaylar olmuş. Açlık grevleri, hapishane direnişleri... Siz hatırlarsınız Başkomiserim, Hayata Dönüş Operasyonu deniyor.”

Çok iyi hatırlıyordum, devlet acımasızca davranmıştı, onlarca mahkûm hayatını yitirmişti, ölenlerin arasında güvenlik görevlileri de vardı.

“Ne yazık ki o operasyonda Ferhat Çerağ da yanarak can vermiş,” diye sözlü raporunu sürdürdü Zeynep. “Korkunç bir durum tabii. Yıkılmış Nazlı. Bir süre psikolojik tedavi bile görmüş. Kız biraz kendini toplayınca Hakkı Bey, tek çocuğunu Paris'e yollamış. Güya paralı bir üniversitede sanat okumaya, asıl amaç ise Nazlı'nın travmayı atlatmasını sağlamak. Pek sevmiş Nazlı Fransa'yı. Orada Türkiye'den giden solculara katılmamış, ama bu kez de insan hakları, yeşiller, feminist gruplar gibi marjinallerle içli dışlı olmuş. Annesi vefat edince ülkeye dönmüş, sonra da babasını yalnız bırakmamak için olsa gerek Türkiye'de kalmış. Altı yıl önce babası da ölünce hatırı sayılır mirasın tek vârisi olarak kendi yolunu çizmeye başlamış. Tahmin edeceğiniz gibi ticari hiçbir işe bulaşmamış. Gayrimenkullerin parasıyla Tarlabaşı'ndaki kültür merkezini açmış, insanlara yardım etmeye başlamış."

Bu hikâye ikna etmemişti bizim külyutmaz Ali'yi.

"Nasıl ya?" diye homurdandı. "Sırf iyilik olsun diye mi açmış kadın bu kültür merkezini? İdeolojik bir amacı yok muymuş yani?"

Nazlı'nın yüzünü hatırlamaya çalıştım. Alnındaki derin çizgileri, menekşe rengi gözlerinin kıyıcığına üşüşmüş kırışıklıkları, ağarmaya yüz tutmuş kumral saçları, dik tutmaya çalıştığı erken çökmüş omuzları... Kadının acıya bulanmış bir şefkatle bakan gözleri.

"Vicdanını rahatlatmak istiyor olamaz mı?" diye döküldü ağzımdan sözcükler. "İyilik yaparak bir parça huzur bulmak istiyor olamaz mı?"

Hiç aklına yatmadı varsayımım.

"Sanmıyorum Başkomiserim. Vicdanı niye rahatsız olsun ki kadının? Mesela o sokak çocuklarının tiner çekmesinden kendini niye sorumlu tutsun ki? Ya da Fidan'ın kumara basılmasından?"

Son anda fark ettim trafik lambasında kırmızı ışığın yandığını, usulca dokundum bizim emektarın frenine.

"Babası yüzünden Alicim," dedim araba sarsılarak dururken. "Emlakçı Hakkı'nın yaptığı müthiş servet yüzünden. Ne dedi Zeynep; adam, malını mülkünü burada bırakıp Yunanistan'a giden Rumların kalan emlaklarıyla ilgileniyormuş. Yani işi kitabına uydurup ucuz yoldan el koyuyormuş göç eden vatandaşlarımızın evine barkına. Nazlı'nın bu yolsuzlukların farkında olmaması imkânsız. Sanırım içten içe utanç duyuyordu bundan. Belki de nefret ediyordu zenginliğinden. Bu ağır yükten, bu kirli servetten kurtulmak istedi. En azından o parayla hayırlı bir iş yapma düşüncesine kapıldı. Babasının alavere dalavereyle el koyduğu malların getirisiyle düşmüş insanlara yardım etmek istedi. Olamaz mı?"

Elbette ikna olmadı bizim kuşkucu polis.

"Olabilir, ama bence o kadın iyiliksever birinden çok bir militana benziyor. Protesto yürüyüşüne giderken siz de gördünüz. Nasıl kararlılıkla bakıyordu. Öldürsen yolundan dönmez. Kendini ideallerine adamış bir insan. Yanlış anlamayın takdir etmiyor da değilim, ama bence Nazlı'nın arkasında bir örgüt var. Belki de kendi kurduğu bir örgüt. Evet, niye olmasın, böylece de sevdiği adamın intikamını alacak sistemden. Gezi Parkı'ndaki direniş de ekmeğine yağ sürmüş. Oradan devşirdiği gençlerle şu Salı Örgütü'nü kurmuş." Birden sağ elini usulca dizine vurdu. "Tabii ya, belki Engin'i de bu kadın öldürtmüştür. Adam zaten düşmanı. Üstelik, daha önce de çatışmışlar. Kültür merkezinin krokisi bile maktulün kasasından çıkmadı mı? Kaçın kurası o kadın. Kara Nizam'la adamlarının niyetini bilmeyecek kadar saf mı? Baksanıza tüm çetesini toplayıp basmış adamın mekânını. Barbut İhsan bile cesaret edememiş bu kadarına. Hem dün gece nasıl bitiverdi olay yerinde birden. Nerdeyse bizimle aynı zamanda. Çocukları Kara Nizam'ın mekânına yollayıp sonucu bekliyordu belki de. Olay yerinden kaçanlar, acı haberi verince, o da apar topar geldi cinayet mahalline. Olamaz mı?"

Elbette olabilirdi, ama kendini düşkün insanlara adamış bir kadının, gencecik bir kızın ölümünün ardına sığınabileceği pek makul gelmiyordu bana. Nazlı o kumarhanelere molotof kokteyli atılmasını doğru bulsaydı, muhtemelen ilk şişeyi kendi eliyle atardı. Üstelik alışıldık örgüt liderlerine de hiç uymuyordu. Tarlabaşı denen yorgun, yıkık binalardan oluşan bu vahşi ormanda, parasını, emeğini toplumun en dibindeki insancıklara harcayan tek başına bir kadın. Yok, yardımcımın sözleri mantıklı olsa bile bana yanlış geliyordu. Yine de karşı çıkmakta acele etmemeliydim, cinayet davalarında öyle olaylarla karşılaşmıştım ki, bazen mantık da, vicdan da, tecrübe de eksik kalıyordu katili tespit etmekte.

"Peki, sen ne düşünüyorsun Zeynep?" dedim yeniden arabanın gaz pedalına dokunurken. "Bu işlerin arkasında Nazlı olabilir mi?"

Dikiz aynasından şöyle bir baktı.

"Ali'nin anlattıkları olaya cuk oturuyor aslında. Bu varsayım üzerine gayet güzel bir senaryo kurulabilir. Fakat gelgelelim bu cinayet, devrimcilerin planladığı bir suikaste hiç benzemiyor. Öyle olsaydı bildiri bırakırlardı, gazetelere telefon filan ederlerdi: 'Halkı yozlaştıran rezil kumarbazları cezalandırdık.' 'Rantiyecileri Tarlabaşı'ndan kovacağız,' diye. Üstelik Engin bıçakla öldürülmüş. Ortalıkta bir tabanca bile yok. Dün geceki olayda bahsedilen Kalaşnikoflar ise muhtemelen hayal ürünü..." Anlayış bekleyen bir tavırla yardımcıma baktı. "Söylediklerini anlamsız bulmuyorum Ali, bence de Nazlı zanlılar arasında yer almalı. Fakat az önce saydığım ayrıntılar, onun katil olma ihtimalini epeyce düşürüyor. Ancak ben de kadını takdir etmiyor değilim. Sadece düşkün insanlara yardım ettiği için değil, aşkına sadık kaldığı için. Düşünsenize Ferhat ölmüş, üstelik üzerinden yıllar geçmiş, ama Nazlı hâlâ sevgilisinin adını yaşatmaya çalışıyor."

"Hayat, yaşadıklarımızdan çok hayal ettiklerimiz değil mi zaten"

Zeynep'ten ayrıldıktan sonra Cihangir'deki apartmana vardığımızda vakit öğleyi bulmuştu. En üstteki iki daireyi birleştirerek dubleks bir ev yapmıştı kendine Jale Hanım. Paltolarımızı astıktan sonra, nazik bir tavırla önümüze düşen hizmetçinin mihmandarlığında, ince bir zevkin ürünü ahşap merdivenlerden, ikinci katın terasında her yanı camlarla kapatılmış kış bahçesine çıktık. Önce baygın bir koku çarptı burnumuza, ardından seramik saksılarda nazlı orkideler, yediveren karanfiller, sarışın kasımpatılar, mor açelyalar ve çeşit çeşit kış gülleri karşıladı bizi. İnsanı gülümsemeye zorlayan aydınlık bir mekân... Denize bakan geniş pencerenin önüne kurulmuştu kahvaltı masası... Gözlerinde kocaman güneş gözlükleriyle bizi bekliyordu Jale. Yemeğini yeni bitirmiş olmalıydı, peynir, zeytin, salam, kurutulmuş et, bal, kaymak gibi yiyecekler henüz kaldırılmamıştı masadan. Bej rengi vazodaki koyu kırmızı güllerle, aynı renkte bir sabahlık vardı üzerinde... Silikonlu göğüslerinin yarısını ve hâlâ biçimli bacaklarını dizlerine kadar açıkta bırakan iç gıcıklayıcı bir sabahlık... Bizi görünce gülümsemeye benzer bir kıpırtı oldu dudaklarında. Ama ne siyah gözlüklerini çıkardı ne de oturduğu yerden kalkmaya yeltendi, bir kraliçe edasıyla sağ elini uzattı sadece.

"Buyurun, hoş geldiniz."

Öpeceğimizi sanıyordu, elini sıkmakla yetindim, Ali oralı olmadı bile.

"Afiyet olsun, Jale Hanım..." dedim elini avucumdan çekerken. "Ben Başkomiser Nevzat..."

"Memnun oldum." Güya benimle konuşuyordu, ama başını bizim deli fişeğe doğru çevirmişti. İyi göremiyor olacak ki gözlüğünü de çıkardı sonunda. "Sen neden üniforma giymiyorsun bakalım?"

"Ne?" Sahiden anlamamıştı Ali, ama kadının baygın bakışlarından rahatsız olmuştu. Tersler gibi konuştu. "Ne diyorsunuz hanımefendi?"

Elindeki gözlüğü masanın üzerine bırakırken değersiz bir bakış fırlattı bana.

"Gençler niye böyle sinirli oluyor?" Yanıtımı beklemedi bile, hayranlık dolu gözlerini bizim delikanlıdan bir an olsun ayırmadan mırıldandı. "Gerçi sinirlenince daha yakışıklı oluyormuş."

Halden anlayan orta yaşlı adam rolüne girdim hemen.

"Komiser Ali," dedim oğluyla övünen bir babanın kıvancı içinde. "Birlikte çalışıyoruz."

"Ali demek... Kısa isimli erkekleri severim, ama itiraf edeyim, üniformalı olsaydı daha çok severdim."

Bizimki tövbe tövbe der gibi başını salladı. Hiç aldırmadı kadın. Göğüsleri gibi silikonla kalınlaştırılmış dudaklarında iğreti duran bir gülümsemeyle sonunda bana döndü.

"Sizce de öyle değil mi Nevzat Bey, üniforma çok yakışıyor erkeklere." Parlak siyaha boyanmış tırnaklarıyla masaya usulca vurdu. "Bilhassa genç olanlara..."

Samimi miydi, yoksa gerçek ruh halini gizlemek için mi böyle abartılı davranıyordu, kestirmek güçtü, ama artık haddini bildirmenin zamanı gelmişti.

"O genç erkeklerden biri şu anda morgda yatıyor Jale Hanım," dedim karşısındaki iskemleyi çekerken. "Kalbinde derin bir bıçak yarasıyla..."

Bütün tadı kaçmıştı, ama vakarını bozmaya hiç niyeti yoktu, uzaklaşmak ister gibi geriye yaslandı.

"Engin'den mi bahsediyorsunuz?"

Alaycı bir bakış fırlattım.

"Bugünlerde ölen başka biri daha mı var?"

Dünyayı umursamayan, o kayıtsız ifade anında silindi makyajlı yüzünden.

"Bi... Bilmiyorum, ben sadece Engin'i duydum..."

Bu kadar endişeye kapılmış olması beni şaşırtmıştı biraz, ama Ali'nin sorusu araya girdi.

"En son ne zaman görüştünüz maktulle?"

"Engin'le mi?" Kirpiklerini kırpıştırdı. "Bir hafta önce... Yok yok, on gün önce... Yani öyle bi'şey..."

Lafı hiç dolandırmadı yardımcım.

"Tarlabaşı'nda aldığınız binaları mı konuşmuştunuz?"

Sözler hedefini bulmuştu, yüzü çarpıldı Jale'nin, alt çenesi hafifçe aşağı sarktı.

"Gizlemenize gerek yok, birlikte iş yaptığınızı biliyoruz."

İskemlesinde toparlanarak, göğsünü ve bacaklarının bir kısmını açıkta bırakan geceliğini çekiştirerek örtünmeye çalıştı. Hâlâ ayakta dikilen hizmetçiye döndü.

"Beylere ne içeceklerini sordun mu kızım?"

Belli ki zaman kazanmak istiyordu.

"Sağ olun bir şey içmiyoruz," diyerek durumun ciddiyetini hissettirmek istedim. "Siz sorduğumuz soruya cevap verin lütfen..."

Güya soğukkanlılığını korumaya çalışarak hizmetçiye döndü.

"Tamam, sen gidebilirsin."

Karışık işler döndüğünü anlayan hizmetçinin de tombul yüzü kıpkırmızı olmuştu, ama kurcalamak kimin haddine?

"Emredersiniz hanımefendi," diyerek hızlı adımlarla çıktı bahçeden kızcağız.

"Yanlış duymuşsunuz Nevzat Bey."

Evet, ilk şaşkınlığını atmış olmalıydı ki karşı atağa geçmişti Jale. Ama oyalayıcı sözler duymaya tahammülüm kalmamıştı.

"Lütfen hanımefendi," diyerek lafı ağzında bıraktım. "Kendinizi daha fazla küçük düşürmeyin. Engin'e yüklü miktarlarda para yolladığınızı biliyoruz. Paraları Azize diye bir kızın hesabına yolluyormuşsunuz. İsterseniz banka dekontlarını da getiririz."

Ela gözleri kısıldı, yüzünde erken bir bozgunun izleri belirdi.

"Kimden duydunuz bunları?"

Sıkıntıyla söylendim:

"Ne önemi var Jale Hanım? Engin'le birlikte iş yapmışsınız."

Süngüsü düştü, kibri tuzla buz oldu. Önündeki tabakta duran peynir ve ekmek artıklarına baktı bir süre.

"Biz sevgiliydik," dedi sonra teslim olmuş bir sesle. "Gurur duyulacak bir şey değil. Evli bir kadınım, ama kocam üç yıldır yatalak, altı aydır da bitkisel hayatta... Üstelik bizim ilişkimiz..." Açıklamakta zorluk çekiyor gibiydi. "Nasıl söyleyeyim, bizim ilişkimiz özgürdü. Belki basında yazanları okumuşsunuzdur hakkımızda. Rıfat Bey, yani kocam beyin kanaması geçirmeden önce de... Neyse bu şahsi bir konu zaten... Demek istediğim Engin iş ortağım değil, sevgilimdi. Birlikte iş yapmıyorduk, Engin'e yardım ediyordum sadece..."

Daha fazla katlanamadı Ali.

"Öyle küçük bir yardıma benzemiyor, dünyanın parasını yollamışsınız adama."

Yine o sinir bozucu kibrini takındı.

"O kadar da çok değil canım... Zaten her seferinde geri ödüyordu. Parça parça tabii..." Bakışlarını kaçırdı yine. "Eve getiriyordu paraları. Elden veriyordu yani. Hani dekont filan isterseniz gösteremem, o yüzden diyorum."

Bariz yalan söylüyordu.

"Azize öyle anlatmıyor ama..." diyerek bu kez ben köstek oldum sözlerine. "Azize'yi tanıyorsunuz değil mi? Şu bebek yüzlü genç kız... Engin, onu görür görmez âşık olmuş. Hatta o gece siz de yanındaymışsınız, Neşe Pavyon'da."

Güya kadını sıkıştırmak istemiştim, ama sözlerim hiç beklemediğim bir etki yarattı. Kalemle çizilmiş düzgün kaşları çatıldı, gözleri ürkekliğinden sıyrılıp çakmak çakmak oldu, gizli bir enerjiyle dolmuş gibi toparlandı iskemlesinde.

"Azize denen o pavyon yosmasının sözlerine mi inandınız?"

Kibar ev sahibemiz anında bayağı bir kadına dönüşüvermişti.

"Evet, Azize Hanım söyledi," dedim hanım lafının üzerine basa basa. "Ama Kara Nizam da varmış yanınızda, bir de Menekşe diye bir kadın..."

Oturduğu yerden kükredi adeta.

"Yalan! Yalan söylemiş küçük orospu."

Kadını öfkelendirip ağzından daha kolay laf almak için değil, gerçekten de Azize'nin saf yüzü gözlerimin önüne geldiği için, "Ayıp olmuyor mu Jale Hanım," diye uyardım. "Küfür sizin gibi bir hanımefendiye hiç yakışmıyor."

Alev alev yanan gözlerini bana dikti, okkalı bir lakırdı, belki de sağlam bir küfür dökülecekti dudaklarının arasından, ama son anda kendini tutmayı başardı.

"Özür dilerim," dedi bakışlarını kaçırarak. "O..." Bulacağı tüm sıfatlar küfür nevinden olacağından bir an bocaladı. "O... Yani o konsomatris, uyuşturucuyla çeldi adamın aklını. Yoksa Engin gibi bir adam o kadide bakar mı ayol?"

Sanki durumdan haberdarmışım gibi zarf attım.

"Kokainden mi bahsediyorsunuz?"

Hiç gerek yokmuş bu çabaya, kadın anlatmaya teşneymiş zaten.

"Bak duymuşsunuz işte," dedi heveskâr bir sesle. "Bilmiyorum deseydiniz şaşardım zaten. Gece gündüz pudra çeker bunlar. Kızın o çirkin burnu düşecek bir gün, kokain kullanmaktan..."

"Nizam da çekiyormuş duyduğumuza göre."

Ali'nin sözleri neşesini kaçırır gibi oldu Jale'nin.

"Yok, onu bilmiyorum, durduk yere kimsenin günahını almak istemem. Nizam Bey'le başımı belaya sokmayın benim."

Çok korkuyor olmalıydı çirkin mafya babasından. Belki paraları Azize'nin hesabına göndermeye razı olmasının nedeni de bu endişeydi. Engin'le iş yaptığının bilinmesini istemiyordu.

"Ama Çilem diye bir kız var," dedi yüzünü buruşturarak. "Asıl adı Hacer... Nizam'ın kapatması. Aynı zamanda Azize'nin de arkadaşı. O da kokocu. Belki Nizam Bey'i de öyle kandırmışlardır. Toplu..." Arsız bir gülümseme belirdi dudaklarında. "Anlarsınız ya, şu toplu partilerde..."

Hayal kırıklığına uğratmıştı Jale beni. Daha kibar, kendini aşkına adamış, üzgün bir kadın bekliyordum. Ama Engin'in ölümüne aldırmıyor gibiydi. Duyduğu kıskançlık ise kendinden genç kadınlarla giriştiği savaşı kaybetmiş olmasından kaynaklanıyordu. Onu zayıf kılan da buydu. Yardımcım da benim gibi düşünüyor olacak ki aynı yeri kaşımayı sürdürdü.

"Biz de öyle duyduk. Hatta Azize'nin evinde toplanmışlar. Dördü birden. Engin, Azize, Nizam ve Çilem... Belki de Azize organize etmiştir bu partiyi. Fakat şu işe bakın ki ilişki mutlu sonla bitmiş."

Kadını meraktan çıldırtmak için sustu.

"Nasıl mutlu sonla bitmiş?" diye sabırsızlıkla atıldı Jale.

"Duymadınız mı, evlenmişler?"

Sanki görünmeyen bir darbe almış gibi sarsıldı.

"Kim?" Panik içinde çıkmıştı sesi.

"Nizam'la Çilem..."

Rahatlamıştı Jale.

"Hem de Engin'in öldürüldüğü gün," diye oyununu sürdürdü Ali. "Uludağ'da, mütevazı bir törenle."

Sanki vefasızlığa uğrayan kendisiymiş gibi başını salladı.

"Demek Engin'in öldüğü gün..." Sanırım mantığıyla duyguları çatışmaya başlamıştı. "Demek Çilem denen o kadın kafalamış sonunda Nizam'ı."

Çilem'e mi öykünüyordu, Nizam'a mı üzülüyordu belli değildi, ama bey lafını kullanmaz olmuştu.

"Artık gizlemenize gerek yok," dedim samimi bir tavırla. "Biliyoruz, uyuşturucuyu da Nizam sağlıyormuş onlara..."

Hemen karşı çıkmadı, niyetimi anlamak istercesine süzdü beni.

"Evet Nizam sağlıyormuş," diye bastırdım. "Sabıkası var; İtalya'ya eroin sevk ederken yakalanmış adamları... Duymuşsunuzdur, Engin'in amcası Durdu da uyuşturucu işi yapıyormuş. İtalyanlar öldürtmüşler adamı. Engin'le Kara Nizam'ı tanıştıran da Durdu. Yeğenini Nizam'a yollayan da o."

Jale sessizce dinliyordu.

"Durdu, oğlu gibi sevdiği Engin'i korumak istemiş. Fakat anlaşılıyor ki yeğenine koruyucu olarak yanlış kişiyi seçmiş."

"Nasıl yani?" diye heyecanla atıldı. "Engin'i öldürten Nizam mı?"

Bu kez imalı gözlerle ben süzdüm onu bir süre.

"Olamaz mı?" dedim sonra geriye yaslanarak. "Engin'in ondan habersiz işler çevirdiğini biliyoruz. Nizam'ın ne kadar acımasız biri olduğu da malum..."

Ela gözleri endişeyle açıldı.

"Tarlabaşı'ndaki binalardan mı bahsediyorsunuz?" Kendi ağzıyla yakalandığını fark ederek düzeltmeye çalıştı. "Engin'in aldığı Rum evleri diyorum."

"Başka ne olacak? Tam dokuz tapu varmış üzerinde. Onlar da bizim tespit ettiklerimiz. Tarlabaşı avuç içi kadar yer. Nizam'ın bunlardan haberinin olmaması mümkün mü?"

Korkuyla yutkundu Jale.

"Benden de haberi var mıdır? Yani Engin"e yardım ettiğimden..."

Sonunda çözülmeye başlamıştı.

"Dün sorguladık Nizam'ı. Sizi suçlamadı, ama ne kadar sinsi biri olduğunu biliyorsunuzdur. Nefretini saklamayı çok iyi beceren, kendisine yapılanı asla affetmeyen biri. Bence sizin Engin'e para verdiğinizden kesinlikle haberdar. Fakat acele etmeyecek, önce ortalığın yatışmasını bekleyecek, sonra da sizinle ve İhsan'la hesaplaşacak..."

Dehşet içinde mırıldandı.

"İhsan mı? Onun ne rolü var bu işte?"

Tepkisi şaşırtıcıydı, kendisi için üzüleceğine Nizam'ın bir başka kumarbazdan hesap soracak olması ürkütmüştü onu.

"Sizce?" diye sorusuna soruyla karşılık verdim. "Sizce niye İhsan'la hesaplaşmak istiyor Nizam?"

Telaşla geçiştirmeye çalıştı.

"Bilmem, nerden bileyim..."

Kaçmasına izin veremezdim.

"Sanki biliyormuşsunuz gibi geldi bana. İhsan'ın adını duyunca bir tuhaf oldunuz."

"Yok, İhsan Bey'le ilgili değil, o kadar korkunç şeyler anlattınız ki... Hem çok eskiden tanırım onu... Eşim hastalanmadan çok önce tanışmıştık. Rıfat Bey'le birlikte giderdik kulüplerine. Özel bir dostluğumuz vardır kendileriyle. Nizam'la olan husumetlerini de biliyorum tabii. Yani o yüzden..."

Kesinlikle bir şeyler saklıyordu bizden, ama ne olduğu konusunda hiçbir fikrim yoktu. Biraz daha sıkıştırmayı düşünürken Ali benden erken davrandı.

"Engin'le ne zaman tanışmıştınız?"

Uzun kirpiklerini ardı ardına kırptı yine.

"İki yıl kadar önce... Bilmiyorum, belki biraz daha fazla... İhsan Bey'in mekânında. Tarlabaşılılar Kulübü yeni açılmıştı daha... Önceki yerleri Tarabya'daydı. Babası Osman Bey'in zamanından bahsediyorum. Sonra Nizam yardımcı oldu buraya taşındılar. O zamanlar sorun yoktu aralarında... Eşimle birlikte gitmiştik, görür görmez ikimiz de etkilendik Engin'den..."

Ne demek istiyordu bu kadın? Genç yardımcım benden çabuk davrandı:

"İkimiz de etkilendik ne anlama geliyor?"

O edepsiz ifade yerleşti ela gözlerine, ama artık eskisi kadar cüretkâr değillerdi.

"Anlamadınız mı, Rıfat Bey biseksüeldi. Kadınlar kadar erkeklerden de hoşlanırdı."

Ali'nin yüzünde beliren hoşnutsuz ifadeyi görünce itiraz etti.

"Yadırgıyorsunuz, ama Rıfat çok iyi bir insandı." Pişman olmuş gibi başını salladı. "Bakın insandı diyorum, ben bile merhametimi kaybettim. Sanki ölmüş gibi konuşuyorum, oysa hâlâ yaşıyor. Buna yaşamak denirse..." Hayret, gözlerinde yaşlar belirdi. Sahiden seviyor olmalıydı kocasını. "Olsun," dedi inat edercesine. "Olsun, fişini çekmeyeceğim. Biliyorum, bir gün uyanacak. Bir gün kalkacak o yataktan Rıfat..."

Kış bahçesine koyu bir hüzün çökmüştü. Patavatsız yardımcımın, Rıfat Bey'in eşcinselliğiyle ilgili münasebetsiz bir soru sormasına izin vermemek için acele ettim.

"Çocuğunuz var mı? Rıfat Bey'den diyorum..."

Hiç gerçekleşmeyecek bir hayalden bahsediyormuşum gibi kederli gözleri, karşıdaki Marmara Denizi'nin parıltılarında umutsuzca gezindi bir süre.

"İstemedi. Onun zaten iki erkek çocuğu vardı. İlk karısı Emel Hanım'dan. Benimle evlenince çocuk yapmak istemedi. Haksızlık etmeyeyim, evlenmeden önce dizinin dibine oturtup sordu. 'Kim olduğumu biliyorsun, beni her şeyimle tanıyorsun, benimle evlenmek ister misin?' diye. Evet, aynı bu sözlerle, tıpkı bir kız çocuğu gibi saçlarımı okşayarak sordu. Deli gibi âşıktım ona. 'Tabii isterim,' dedim. 'Ama ben çocuk yapmayacağım,' dedi. 'Oğullarım olduğu için değil. Bu dünya kötü bir yer olduğu için. Bu dünyaya başka çocuk getirmek istemiyorum.' Belki ikna ederim beklentisiyle, 'Umutsuz olma, bir gün düzelir,' diyecek oldum. 'Düzelmez,' dedi. 'Sen benden çok gençsin, insanları tanımıyorsun. Asla düzelmez.' Evet, kötümser bir insandı. Nasıl olmasın, benimle evleniyor diye çocukları görüşmeyi kestiler onunla. Evliliği bitmişti halbuki. Kanlı bıçaklıydı Emel Hanım'la. Şimdi bile hastaneye gidip görmüyorlar babalarını. Oysa villalarını, işyerlerini, lüks arabalarını, bankalardaki paralarını, hepsini Rıfat Bey'e borçlular. Hiç affetmediler onu. Belki de kendi oğullarının zalimliğini gördüğü için yeni çocuk istemiyordu. Bilmek zor, ama son dönemde kötümserliği iyice artmıştı."

"Yani eşiniz hastalanmadan tanışmıştınız Engin'le?" Aklındaki sorunun cevabını alamayan Ali, aynı noktada takılıp kalmıştı. "Peki, Engin..." Sözünün arkasını bir türlü getiremiyordu. "Yani demek istediğim..."

Küçümseyerek baktı yardımcıma.

"Hayır, Engin eşcinsel değildi. Rıfat Bey'le de bir ilişkisi olmadı."

Yanaklarına kocaman bir pembelik yayıldı bizim mahcup delikanlının.

"Yok, öyle demek istemedim."

Dimdik baktı Jale.

"Elbette öyle demek istediniz. Merak etmeyin, öyle bir ilişki olsa söylerdim. Bunlar utanılacak şeyler değil Ali Komiser. İnsanlar istediği gibi yaşarlar."

Yardımcısını düştüğü zor durumdan kurtarmak, elbette Başkomiserine kalacaktı.

"Neyse, Rıfat Bey'i geçelim," dedim düşünceli bir tavır takınarak. "Yani Engin'le ilişkiniz hâlâ sürüyordu. Yardımı kesmediğinize göre..."

Yine hüzünlendi gözleri.

"Sürüyordu... Haftada en az bir kez uğruyordu bana. Ama eskiden daha sık uğrardı. Azize denen o kız kafasını karıştırmadan önce. Uyuşturucu derken bahane bulduğumu sanmayın. Gerçekten de kokain kullanıyorlardı. Nizam'ın adamları mı temin ediyordu, yoksa başkaları mı, o kadarını bilmem..."

Aklımızdakini okumuşçasına gülümsedi.

"Hayır, ben uyuşturucu kullanmam. Bir keresinde denemiştim, burun damarlarım çatlamıştı. Kanı durdurana kadar akla karayı seçmiştik. İki gün burnum şiş, gözlerimin altı mosmor gezdim. O kadar korktum ki bir daha kullanmaya tövbe ettim. Rıfat Bey rahatlamak için esrar içerdi, ama kimyasallara bulaşmazdı." Duraksadı. "Bunları anlatıyorum, çünkü başkalarından da duyacaksınız. Hiç değilse işin gerçeğini öğrenin." Yine duraksadı. İtiraf eder gibi gülümsedi. Belki de bu kış bahçesine girdiğimiz andan itibaren yüzünde beliren en sahici ifadeydi bu. "Biliyorum, inkârın yararı yok, bu hikâyede aptal yerine konulan benim." Ela gözlerindeki o fettan pırıltının yerinde yeller esiyordu, omuzları çökmüş, bir anda yaşlı bir kadına dönüşüvermişti, ama bu hali çok daha samimiydi. "Haklısınız, Engin beni pek sevmedi. Azize'ye kadar sevdiğini sanmıştım oysa... Ne önemi var ki hayat, yaşadıklarımızdan çok hayal ettiklerimiz değil mi zaten? Ama keşke gerçeğe toslamasaydım. Azize benim kafamı çarptığım o gerçekti."

Uzandı, masanın üstündeki peçeteyi sağ eliyle buruşturdu.

"Galiba ben bu çağa ait biri değilim," diye mırıldandı. "Erkekler beni anlamadı. Beni tek anlayan Rıfat Bey'di. O da yanımda değil. Beni bu acımasız dünyayla bırakıp bambaşka bir âleme çekildi. Onun yokluğunu Engin'le doldururum sanmıştım. Ama benden çok küçüktü. On beş yaş vardı aramızda. Tıpkı Rıfat Bey'le benim aramdaki yaş kadar. Olabilir sandım, yanılmışım, ne ben Rıfat Bey kadar sevgi doluydum ne Engin benim kadar saftı. Üstelik Engin'in bir süre sonra beni bırakacağını biliyordum. Çünkü ondan önce yaşlanacaktım. Çekilmez bir kadın olacaktım. Ama hayırsız Engin erken davrandı, çok erken..." Usulca başını salladı. "Kusura bakmayın, o yüzden yakışıksız laflar ettim, canınızı sıktım. Belki de bu işte suçlanacak son kişi o kızcağızdır. Pavyon güzeli Azize. Nasıl da masum bir yüzü var değil mi? Engin'i çeken de oydu galiba. Çok uzun zaman önce, belki de ta çocukluk günlerinde bıraktığı o nedensiz masumiyet."

"Ayar isteyene ayar, sopa isteyene sopa..."

Sokaklar vıcık vıcık çamurla kaplanmıştı. Beyoğlu'nun bir türlü ıslah edilemeyen yollarında oynak taşlardan birine bastığınızda her tarafınız çamur içinde kalıyordu. Karın en berbat tarafı buydu işte: Şu erime aşaması. Her yer ıslaktı, her yer çamur, ne kadar çabalarsanız çabalayın temiz ve kuru kalamıyordunuz.

Ali'yi, benim emektarla adli tıbba yollamıştım Zeynep'i alması için. Öğleden sonra Azize'nin evinde buluşacaktık. Ara sokaklardan geçerek İstiklal'e yürürken bir yandan adeta taşların üzerinde sek sek oynuyor, bir yandan da Jale'yi düşünüyordum. Ne yalan söylemeli, hali içime dokunmuştu kadının. Üstelik yalan söylediğini bilmeme rağmen... Evet, sadece aşk ilişkisi değildi Engin'le olan. Kendince bir yatırım yapmıştı kadın, Tarlabaşı'ndaki Rum evlerini Nizam'dan gizlice satın alarak. Beni asıl üzen çaresizliğiydi. Bir hayat yaşamıştı, ama bunun kendi istediği hayat olmadığını biliyordu. Daha da beteri koca bir gençlik, başkasının istediği bir hayatı sürdürürken geçip gitmişti. O kadar paraya, mala mülke rağmen artık geriye getiremeyeceği tek şey de buydu zaten.

"Başkomiserim... Başkomiserim..."

İstiklal Caddesi'ne açılan Büyükparmakkapı Sokağı'nın tam köşesinde yakalamıştı çocuklar beni. Burnu bandajlı Keto, tek gözü bantlı Pirana ve karakolda yediği dayaktan olsa gerek alt dudağı patlamış Musti, ağır bir muharebeden çıkmış gibi görünüyorlardı, ama umurlarında bile değildi. Karşıma dikilmiş, arsız arsız sırıtıyorlardı. Sevinmiştim çocukları gördüğüme.

"Vay eşkıya çetesi!" diye seslendim. "N'aber? N'apıyorsunuz burada?"

Neşeyle kıkırdadı Keto.

"Harbi mi konuşalım, yalan mı?"

Kendince içten davranmaya çalışıyordu.

"Harbi tabii ki," dedim babacan bir tavırla. "Aramızda yalan yok."

"Keriz yolmaya çıktık Başkomiserim." Sağ avucunda tuttuğu pamukla Musti'yi gösterdi. "Karnımız zil çalıyor. Bir de bu gerzeğin vartayı atlatmasını kutlayacağız. Ama anlayacağın gibi cepte mangiz yok..."

Kirli dişlerini göstererek gülümsüyordu Musti.

"Geçmiş olsun. Ne zaman çıktın?"

Haylaz bir çocuğun muzipliğiyle baktı.

"Bu sabah çıktım Başkomiserim... Daha evvel bırakmaları lazımdı esasında. Hırsızlık filan yok. Ben ödünç almıştım çalgıları. Müzisyen kahvesindeki arkadaşlar yanlış anlamışlar. Hatalarını anlayıp davadan vazgeçtiler."

Pirana'yla Keto'yu şöyle bir süzdüm.

"Nasıl anladı müzisyen arkadaşlar hatalarını?"

Tek gözü gururla parıldadı sokak şakisinin.

"Biz anlattık Başkomiserim. İşimiz bu, hatalı olana hatasını anlatmak, ayar isteyene ayar vermek. Kahveye gidip bir nutuk çektik, şopar abiler anında geçtiler hazır ola."

Keto da arkadaşı kadar cakalıydı.

"Ayar isteyene ayar, sopa isteyene sopa. Hiç kusura bakma Başkomiserim, insanlar başka türlü anlamıyor."

Ne desem boştu, eğer hayatta sınır diye bir şey varsa bu çocuklar onu çoktan geçmişlerdi.

"Peki polis nasıl bıraktı sizi? Kamu davası filan demediler mi?"

Nasıl da safsın, der gibi şöyle bir süzdü Keto.

"Sen neden bahsediyorsun Başkomiserim? Ne kamusu, ne davası? Adam dün akşam kızcağızın tekini delik deşik etmiş. Kimsenin gıkı çıkmıyor. Bugün öğleden sonra da serbest bırakırlar o ibneyi!"

Fidan meselesinden bahsediyordu, nasıl da öfke doluydu.
"Tanıyor muydun kızı?"
Kirli yüzü kederlendi.
"Tanıyordum tabii. Fidan çok iyi bir kızdı." Arkadaşlarına baktı. "Bunlar da tanır." Pirana'nın omzuna vurdu sertçe. "Bu dingil âşık olmuştu ona."
Utanmıştı tek gözlü çocuk.
"Siktir lan," diye itti Keto'yu. "Ben kimseye âşık filan olmadım. Yalan söyleme..." Herkese suçlar gibi bakan tek gözünü bana çevirdi yine. "İnanma Başkomiserim, sallıyor, öyle bir şey yok. Ama çok iyi kızdı Fidan... Kimseye kötülüğü dokunmazdı. İstese de yapamazdı. Taksim Meydanı'na inip kalkan şu güvercinler var ya, aynen onlar gibi. Günahsız, ürkek, üzerine yürüsen uçup gidecek... Orospu çocuğu bütün kurşunları boşaltmış üstüne..." Ters ters arkadaşlarına baktı. "Bu ibneler de hâlâ severler Kara Nizam denen o puştu... Allah belasını versin o herifin, onun da katil yeğenlerinin de..."
Hayret, ilk kez Keto'yla Musti başlarını öne eğdiler. Fidan'ın ölümü demek onları da etkilemişti. Koluna usulca dokundum Pirana'nın..
"Hadi yürüyelim şöyle."
Para koparabileceklerini umduklarından, üçü de itirazsız uydular adımlarıma.
"Nerden tanıyordunuz kızı? Nazlı Hanım'ın oradan mı?"
Musti yanıtladı sorumu:
"Kültür evi mi? Yok Başkomiserim, daha evvel tanışmıştık, Gezi Parkı'nda... Bize yardım edenlerin başında Fidan vardı. Fidan'la Gerilla Civan... Direniş zamanından bahsediyorum. O kibar abilerle ablalar önce ürktüler bizden. Haksız da değillerdi hani... Elimizde pamuklar, cebimizde tiner şişeleri, yüzümüzde bir parmak kir... Sadece Fidan yadırgamadı bizi, bir de Gerilla Civan... Onlar sahip çıkınca herkes iyi davrandı bize. Yemek verdiler, elbise verdiler, ilaç verdiler. Kimse Civan'ın sözünden çıkmıyordu zaten."
"Biz de çıkmadık," diye söylendi Musti. "Çünkü taşaklı adamdı Civan. Nasıl dalıyordu polislerin arasına... Kaç tane gaz fişeğini eliyle alıp barikatın öte tarafına attığını gözümle gördüm. Kimseden korkmuyordu. Herkes de onun yanında olmak istiyordu haliyle."

Anlattıklarının ne kadarı doğruydu ne kadarı abartıydı, kestirmek güçtü. Geçen defaki kadar olmasa da kafaları kıyaktı, üstelik tiner çekmeyi sürdürüyorlardı.

"Ya şu Kudret'le kuzenlerini nasıl dövmüşlerdi Mis Sokak'ta... Belki de onun için öldürdü bu orospu analı, bizim Fidan'ı. İntikam almak için."

Kudret'in sorguda anlattığı kavga mıydı bu acaba? Hani şu polisleri ölümden kurtardık dediği arbede...

"Benim duyduğum Kudret'le kuzenleri onları dövmüş," diyecek oldum.

"Yalan!" diye bağırdı Keto. "Biz de oradaydık Başkomiserim. Bu Kudret'le arkasındaki çakallar ellerinde döner bıçakları, sopalarla sokaklarda dolaşıyorlardı. Ama öne çıkmaya da korkuyorlardı, hep polislerin arkasından geliyorlardı. Aralarına düşürdükleri üniversiteli çocuklara, kızlara filan saldırıyorlardı. İşte o sırada bir karambol oldu. Polisler çekildi, bu yavşaklar Mis sokağın ortasında kabak gibi ortada kaldı. Millet zaten dolmuş, bunları aldılar aralarına. Yer misin, yemez misin! Ağızlarına sıçtılar. Tabii ekibin başında yine Civan vardı. Bir kısmı kaçtı kurtuldu, ama Kudret denen it, bizim Çarşı grubunun eline geçti. Linç edeceklerdi yavşağı, keşke etselermiş. Civan araya girdi, ölümden kurtardı pezevengi. O da gitti bizim Fidan'ımızı vurdu işte."

Hınçla söylendi Pirana.

"Ama Civan amına koyacak onun..."

"Hem de nasıl," diye arkadaşını destekledi Keto. "Beyoğlu'nu dar edecek o şerefsizlere..."

Musti geri kalır mı, anında katıldı savaş korosuna.

"İnşallah bizi de çağırırlar."

"Ne oluyor çocuklar?" diye girdim araya. "Nereye çağırıyorlar sizi?"

Yaptıkları yanlışı anlamışlardı, ama biraz geç kalmışlardı.

"Evet," diye durdurdum üçünü de. "Hiç gizlemeye, saklamaya çalışmayın. Söyleyin bakalım, kim, nereye çağırıyor sizi?"

"Kimsenin bizi bir yere çağırdığı yok." Sanki utanmış gibiydi Keto. Yeniden yürümeye başlamıştı, ötekiler de ona ayak uydurdular, mecburen ben de katıldım kervana. "Bizi n'apsınlar Başkomiserim," diye yakındı ıslak taşların üzerinde yürürken. "Baksana şu halimize, kendimize bile faydamız yok."

"Faydanız olsa nereye gidecektiniz?"

Hemen solumda yürüyen Pirana'dan geldi yanıt.

"Eğer şu Kudret denyosunu bırakırlarsa... Fidan'ı öldüren puştu diyorum, Civan'la arkadaşları Tarlabaşı'nı yakacaklarmış. Amına koyacaklarmış Kara Nizam'la yeğenlerinin... Çekirge anlattı bize. Kudret'in savcılığa çıkmasını bekliyorlarmış."

Bir şehir efsanesinden mi bahsediyordu, yoksa Nazlı'nın söz ettiği Salı Grubu, öldürülen arkadaşlarının intikamını almak için büyük bir eyleme mi hazırlanıyordu gerçekten? Ürkütmemek için pek de önemsermiş gibi görünmeyerek sordum.

"Çekirge de kim?"

Üçünün de yüzüne muzip bir gülümseme takıldı.

"Bizim Memo," diye açıkladı Keto. "Dördümüz birlikte gezerdik eskiden... Bizden birkaç yaş daha büyüktür. Zaten bizden akıllı çıktı. Tineri filan bıraktı, Nazlı Abla'nın yanında çalışıyor, kültür merkezinde. Çaycılık yapar, getir götür işlerine de bakar. "

"Niye Çekirge diyorsunuz?"

Üçü birden kıkırdadı.

"Acayip zıplar çünkü... Aynen basket topu gibi... Bir zıplayışta iki metre filan yükseliyor. Eskiden yatacak yer ararken terk edilmiş binaların pencerelerine zıplardı. Biz çıkamazdık, bu Memo hop, içeride. Ama bizi de dışarıda bırakmazdı, elimizden tutup çekerdi yanına. Ordan kaldı Çekirge adı. İşte o duymuş, eylem olacağını. Civan'la Nazlı Abla konuşurken..."

Dilleri çözülmüştü, ama yeterli değildi.

"Kültür merkezinde mi olmuş bu görüşme?"

"Evet," dedi sağ elinin tersiyle, akmakta olan burnunu silen Pirana. "Biz ekmek, peynir almak için uğramıştık. El altından destek oluyor bize Çekirge. Gerçi bu sabah avucumuzu yaladık. Fidan öldü ya ortalık karışmış. Neyse işte, o zaman anlattı Çekirge. Kudret'i bırakırlarsa 'Kara Nizam'la yeğenlerini o kulübün içine tıkar, hepsini cayır cayır yakarım,' demiş Civan. Nazlı Abla yatıştırmaya çalışmış, ama ne yapabilir ki. Civan kafaya koyduysa geçmiş olsun... Anasını siker hepsinin..."

Yine dilinin ölçüsü kaçmıştı bu öfkeli çocuğun.

"Hani küfür yoktu Pirana! Deminden beri kalaylayıp duruyorsun milleti..."

İsyan edercesine ellerini açıp ayaklarını yere vurdu.

"Başka ne yapayım Başkomiserim. Herifler bizim arkadaşlarımızı öldürüyor, ağzımıza sıçıyor, sokakta dolaştırmıyor. Gıkımızı çıkarmayalım mı yani? Bir küfrü bile çok mu görüyorsun bize?"

İyice gaza gelmişti, üstüne gitmenin yararı yoktu.

"Peki bu Civan ne iş yapıyor? Nerde yaşıyor?"

Üçünün de gözlerini bir esrar perdesi bürüdü.

"Orası belli değil Başkomiserim," dedi Keto heyecanla yutkunarak. "Kimi öğretmen diyor, kimi şair, kimi de terörist... Şu dağdakilerden yani... Zaten lakabı da Gerilla... Nerede yaşadığı belli değil. Ama çok arkadaşı varmış. Herkes saygı duyuyormuş. Tarlabaşı'ndaki Kürtlerin hepsinin kapısı açıkmış ona. Hiç sokakta kalmazmış."

Sanki bir masal kahramanından bahsediyordu.

"Peki, boyu posu, kaşı gözü nasıl bu adamın?"

Gözlerindeki hayranlık derinleşti.

"Uzun boylu, kalıplı, bileğine sağlam... Ateş gibi gözleri var. İnsan bakmaya korkuyor. Bir de aksanlı konuşuyor. Kürt yani, bizim Siirtli Şehmo gibi... Belki de Siirtlidir. Kim bilir?"

"Irkçılık yapmayın lan," diye tersledi Pirana. "Kürt, Türk ne olursa olsun, Civan bitirecek Kara Nizam'ı. Yeğenlerinin de, o kara gavatın da sonu geldi artık Beyoğlu'nda."

Eğer anlattıkları doğruysa durum ciddi olabilirdi, ama kafaları bir dünya olan bu çocuklara nasıl güvenebilirdim ki, en iyisi Nazlı'yla konuşmaktı. Civan denen o adamı engellemeye çalıştığına göre, bu tür şiddet olaylarına karşıydı. Aklımdan bunlar geçerken çalmaya başladı cep telefonum. Ekranda Evgenia yazıyordu. Açmadan önce çocukları uzaklaştırmalıydım. Geçen geceki gibi bir yirmilik çıkardım.

"Alın bakalım şunu, gidip güzelce karnınızı doyurun..."

Yine Keto kaptı kapacaktı parayı, hemen geri çektim.

"Bu sefer sen değil." Yirmiliği Pirana'ya uzattım. "Bugün ekibin başı sensin."

Ama hemen vermedim.

"Herkesin karnı doyacak ona göre."

"Merak etme Başkomiserim."

Parayı uzatırken bir kez daha uyardım.

"Aksini duyarsam külahları değişiriz."

Bir an küçümseyen gözlerle baktı parmaklarımın arasındaki paraya.

"Ayıp ettin Başkomiserim, arkadaşlarımın hakkını çalacak kadar şerefsiz miyim ben?"

Yoksa burun mu kıvıracaktı bizim yirmiliğe? Elbette yapmadı, daha cümlesini bitirir bitirmez kaptı parayı.

"Unutma," diye bağırdım uzaklaşırken. "Hepiniz için..."

Keto, arkadaşının ensesinden yakalamıştı zaten.

"Merak etmeyin Başkomiserim, hele bizi ekmeye kalksın, kursağından çıkartırım yediklerini."

Çocukları yollayıncaya kadar vazgeçmişti Evgenia. Benim aramam gerekiyordu. Telefonumun arama tuşuna basarken yeniden yürümeye başladım; İstiklal Caddesi'nden geçip Mis Sokak'a girmiştim. Öğleden sonra Nizam'la buluşacağımız ocakbaşı buralarda bir yerlerde olmalıydı. Evgenia'nın telefonunun zili çalarken, gözlerim iki taraftaki dükkânları taradı. İşte oradaydı, sokağın sonunda. Kocaman tabelası görülmeyecek gibi değildi. Yiyen Ocakbaşı... Yiyen derken, Anadolu'da bazı yörelerde yeğene denilen yiyen miydi, yoksa yemekten gelen yiyen mi demek istemişlerdi acaba?

"Alo Nevzat..." diyen Evgenia'nın tatlı sesi kurtardı beni bu anlamsız düşünceden. "Münasebetsiz bir zamanda mı aradım?"

"Yok, yok, müsaitim, buyur canım."

"Bu akşam durumun nasıl? Fofo Yenge'mle birlikteyiz de... Seninle tanışmayı çok istiyor. Ne dersin?"

Sesi sıkıntılı geliyordu. Fofo zorlamış olmalıydı onu bu görüşmeye. Bir tür görücüye çıkacaktık anlaşılan. İşim var desem kolayca atlatabilirdi, ama ben de Fofo'yu merak ediyordum doğrusu. Üstelik onlarla buluşursam Evgenia'nın da mutlu olacağını biliyordum.

"Çok iyi olur. Ben de çok isterim tanışmayı..."

"Harika." Tahmin ettiğim gibi çok sevinmişti. "Tamam o zaman, akşam Tatavla'ya bekliyoruz seni. İşin bitince gel."

"Anlaştık, umarım bir terslik olmaz. Olsa bile mutlaka gelirim. Sadece geç kalırım biraz..."

"Tamam." Sesi ölgünleşmişti. "Ama terslik olmasın. Hiç değilse bu akşam olmasın."

"Tamam, tamam Evgenia, geç kalmayacağım. Akşam görüşmek üzere..."

"Hoşça kal..."

Telefonu paltomun cebine koyarken, Yiyen Ocakbaşı'na yaklaşmıştım. Beş katlı kâgir bina olduğu gibi ocakbaşına çevrilmişti. Belki mülkü de Nizam'a aitti. Cam kapısından görebildiğim kadarıyla içerisi oldukça sakindi. Müşterilerin çoğu akşam geliyor olmalıydı. Tam uzaklaşmak üzereydim ki kapı açıldı ve gece yarısı sorguladığımız zanlı karşımda dikildi. Kısa saçları, kirli sakalları, yakası kürklü koyu yeşil anorağıyla, valla oydu, bana sırıtan.

"Kudret," diye söylendim. "Sen ne zaman çıktın?"

Küçük bir kahkaha attı karşımdaki adam.

"Kudret değil Başkomiserim, Medet, Medet..."

Tabii ya, ikiz kardeşiydi. O kadar çok benziyorlardı ki birbirlerine, ayırt etmek zordu.

"Buyurun Başkomiserim," diyerek yana çekildi. "Bir şeyler ikram edelim."

"Yok, sağ ol, bir yere yetişeceğim. Dörtte geleceğim zaten..."

Lafı kısa tutup uzaklaşmak istiyordum ama bırakmadı.

"Biliyorum, ben de hazırlıklar için geldim... Sahi ya, bizim birader nasıl? Siz sorgulamışsınız galiba?"

Hayır, tehdit eder gibi bir hali yoktu.

"İyi, son gördüğümde iyiydi."

Suratında küstah bir ifade belirdi.

"Ne dersiniz, akşam yemeğine yetişir mi?"

Bir adım yaklaştım. Gözlerinin içine bakarak mırıldandım.

"Akşam yemeğine yetişir, ama bu akşama mı yoksa on yıl sonrasına mı, orasını bilemem."

"Zalimin en büyük başarısı karşısındakileri de zalime dönüştürmektir"

Yıkılmayı bekleyen binaların, kapıları sökülmüş, çerçeveleri çıkarılmış, duvarları çökmüş, çatıları uçmuş evlerin arasında yürürken sanki İstanbul'un göbeğinde değil de bombalanmış bir şehrin sokaklarında yürüyor gibi hissettim kendimi. Binaları çevreleyen parlak teneke blokların önünde bekleyen üç kadın fark ettim. Onlardan biri mi diye baktım, hayır, bizim Süleyman'ın eşi yoktu aralarında. Dünkü kavgadan sonra belki işe bile çıkmamıştı zavallı Naciye. Bundan mutsuz olduğunu da hiç sanmıyordum. Belki Saltanat'ın canı sıkılmıştır, kumara basacağı para gelmeyeceği için. Gerçi Naciye sokağa çıksa da müşteri bulacağı şüpheliydi bu kış öğlesinde. Zaten üç hayat kadını da işlerin kesatlığından, ellerinde çay bardakları çene çalmaya başlamışlardı dikildikleri köşede. Otuz yaşında bile yoktular, ama üçü de şu binalar gibi enkaza dönüşmüşlerdi şimdiden. Yanlarından geçerken bir an, şöyle göz ucuyla süzüp benden iş çıkmayacağını anladıktan sonra, yeniden döndüler muhabbetlerine. İnşaat nedeniyle iyice daralan yolda, yokuşu tırmanan araçlardan birinin altında kalmamak için, adeta teneke levhalara yapışarak indim Ferhat Çerağ Kültür Merkezi'ne.

Devasa ahşap kapının üzerindeki zile basarken yine seslendiler arkamdan:

"Başkomiser... Başkomiser..."

Niye peşimi bırakmamıştı ki bu çocuklar. Omzumun üzerinden bakınca Diyojen'i gördüm; dün gece, Kadın Çıkmazı'nın orada beklerken karşılaştığım ihtiyar.

"Merhaba Diyojen," dedim gülümseyerek. "Bana mı seslendin?"

İki adım ötemde durmuş, elinde kocaman, boş bir bardak, yüzünde endişeli bir ifadeyle beni süzüyordu.

"Söyle bakalım Başkomiser, bugün sen milliyetçi misin, yoksa polis misin?"

Zavallı, saçmalıyordu yine.

"Polisim," diyecek oldum.

"Cık," diye başını salladı. "Bakışların öyle söylemiyor ama. Yok, senin niyetin kötü. Sen bugün, senin milletinden, senin dininden olmayanlara yardım etmeyeceksin... Bugün sen vatandaşı değil, kendi milletinin insanlarını koruyacaksın..."

Ne demek istiyordu bu adamcağız?

"Sen de benim milletimin insanısın?"

"Yalan söyleme," dedi korkuyla gerileyerek. "Sen, beni kendinden saymıyorsun... Saysaydın o gün yardım ederdin bize. Ama etmedin, 'Bugün ben polis değilim,' dedin... Kapını çaldık açmadın. Hatta adamlarını sivil giydirip üzerimize saldın, evlerimizi yağmaladın, eşyalarımızı sokaklara saçtın..."

Daha sürdürecekti ki gürültüyle açıldı arkamdaki devasa kapı.

"Vay Diyo Baba, paşa çayına mı geldin?"

Başımı çevirince bacakları bedenine göre uzun, incecik bir delikanlıyla göz göze geldim. Bizim çocukların bahsettiği Çekirge Memo bu olmalıydı. Kuşkulu gözlerle süzdü beni.

"Sen mi çaldın kapıyı?"

Aklım hâlâ yaşlı adamın dediklerindeydi, hemen cevap veremedim.

"Diyojen'le birlikte değilsin yani," diye üsteledi.

Hiç de dostça çıkmamıştı sesi.

"Nazlı Hanım'ı görecektim," dedim otoriter bir tavırla. "Burada mı?"

Soruma cevap verme zahmetinde bile bulunmadı. Aynı meydan okuyan sesle sordu:

"Kim geldi diyeceğiz?"

"Başkomiser Nevzat deyin... O tanır beni."

Çekik, kara gözlerindeki endişe yerini anında saygıya bıraktı.

"Kusura bakma Başkomiserim, bilemedim." Eğilip büküldü, kenara çekilip yol verdi. "Buyurun Başkomiserim, buyurun, kapıda beklemeyin."

Usulca süzüldüm içeriye. Kapıyı kapamadan önce, hâlâ olduğu yerde dikilen ihtiyara seslendi yeniden.

"Ee, Diyo Baba, gelmiyor musun?"

"Cık," diye başını salladı yine. "O içerdeyken gelmem ben."

Hiç üstelemedi delikanlı.

"İyi o zaman, sen bilirsin. Hadi uğurlar olsun..." Kapıyı kaparken mahcup bir tavırla gülümsedi. "Kusura bakmayın Başkomiserim, biraz kaçıktır. Polisten acayip korkar. Sizi görünce kim bilir ne geldi aklına." Eliyle dün gece oturduğumuz odayı gösterdi. "Buyurun, şöyle geçelim. Nazlı Abla içeride."

Şanslıydım, onu bulamayabilirdim de, ama özellikle haber vermeden gelmiş, bir tür baskın yapmak istemiştim bu kültür merkezi denilen yerde neler olup bittiğini anlamak için.

Görünce pek şaşırmadı Nazlı, aksine sanki beni bekliyormuş gibi oturduğu masadan samimi bir gülümsemeyle ayağa kalktı.

"Hoş geldiniz Nevzat Bey, aslında ben de sizi arayacaktım."

"Hoş bulduk," dedim yaklaşırken. "Öyle mi? Hayrola, bir gelişme mi var?"

Uzattığım eli kararlılıkla sıktı.

"Anlatırım, üstünüzü çıkarsanıza."

Dediğini yaptım, bir adım geride bekleyen Memo anında kaptı paltomu.

"Buyurun şöyle geçin," diyerek dün gece oturduğum koltuğu gösterdi Nazlı. Ben koltuğa gömülürken o hâlâ ayakta, paltomu vestiyere asmaya çalışan adamına direktif veriyordu.

"Memo bize iki çay getirsene..." Duraksadı, kabalık yaptığını anlamıştı. "Çok özür dilerim, kafam biraz karışık, size sormadım, yoksa başka bir şey mi içerdiniz?"

Üşüyen ellerimi ovuşturdum.

"Yok, yok, çay iyi gider. Güneş açtı, ama dışarısı hâlâ çok soğuk."

Paltomu asıp hazır ol vaziyetine geçen Memo'ya döndü yeniden.

"Memocum duydun değil mi? İki çay..."

Hevesle emir tekrarı yaptı Çekirge.

"İki çay... Zaten yeni demlemiştim, hemen geliyor..."

Çekirge eşikten atlayıp kaybolurken Nazlı da karşımdaki koltuğa yerleşmişti, Claude Monet'nin durgun bir derenin etrafındaki renk renk bitkileri, çiçekleri büyük bir sükûnet içinde resmettiği tablonun altına. Ama hiç de sakin görünmüyordu Nazlı.

"Kusura bakmayın, gerçekten kafam karışık," diye söylendi bir kez daha. "Olaylar öyle hızlı gelişiyor ki."

"Özür dilemenize gerek yok, yerinizde olsam ben de unuturdum."

Menekşe gözleri durgunlaştı.

"Yerimde olsanız..." Anlamak istercesine bakıyordu. "Sahi Nevzat Bey, niye geldiniz buraya?"

İşi şakaya vurdum.

"İstemiyorsanız giderim."

Utanmıştı, bakışlarını kaçırdı bir an.

"Rica ederim, olur mu öyle şey... Yani bir istihbarat mı aldınız?"

Bu kadına karşı açık davranmakta yarar vardı. Eğer beni kandırmadıysa o da bana karşı dürüst davranmıştı şu ana kadar.

"Bir duyum diyelim. Fidan'ın intikamını almak isteyenler varmış. Muhtemelen şu Salı Grubu. Kara Nizam'ın mekânlarını basacaklarmış. Tarlabaşı'nı yakacaklarmış. Başlarında da Civan diye biri varmış. Gerilla Civan..."

Gülmeye başladı, önce sessizce, giderek kahkahalarla...

"Civan ha... Gerilla Civan..."

Neler oluyordu?

"Nesi komik bunun?" diye söylendim.

Zor topladı kendini.

"Özür dilerim aslında komik değil, en azından Nizam'ın mekânlarını basma kısmı... Ama Gerilla Civan tam komedi..." Yine bir gülme krizine yakalanacaktı, güçbela tuttu kendini. "Kusura bakmayın ama sivil polisleriniz pek iyi çalışmıyor anlaşılan. Civan Hoca, bizim burada öğretmendir. Dünyanın en barışçıl insanı, karıncayı incitse günlerce gözyaşı döker, öyle biri..."

Adamı korumaya çalışıyordu anlaşılan. Karşısında kuzu kuzu oturan anlayışlı polisin kafasını karıştırmaktı amacı. Ama yağma yoktu, bu kez başaramayacaktı.

"Gezi olayları sırasında en ön safta yer alan, polislerle çatışmalara giren adam mı dünyanın en barışçıl insanı?" diye söylendim ironiyle. "Göstericilere liderlik yapan birinden söz ediyoruz burada. Biber gazı fişeklerini alıp polislere savuran birinden..."

Kabul ediyorum, sesim normalden yüksek çıkmıştı. Ama sanki çok eğlenceli bir konudan bahsediyormuşum gibi yine gülmeye başladı Nazlı.

"Özür dilerim, özür dilerim," dedi kendine hâkim olmaya çalışarak. "Bu bilgileri kimden aldınız bilmiyorum, ama hepsi yanlış. Civan Hoca, kültür merkezimizde çalışan bir hocadır. Kürt kadınlarına Türkçe öğretiyor. Polislerle çatışmaya girmesi filan mümkün değil, çünkü bir ayağı takma. Sağlam olsaydı bile, kimseyle kavga edecek bir insan değildir o."

Benimle alay mı ediyordu bu kadın?

"Dağa çıkmamış mı bu adam? Kürt değil mi?"

"İşte bunlar doğru," dedi kırlaşmış saçlarını eliyle toplayarak. "Yirmi yıl önce dağa çıkmış, ama o kadar yufka yürekliymiş ki eline silah bile alamamış. İlk baskında öylece apışıp kalmış çatışmanın ortasında. Sakın yanlış anlamayın, asla korkak biri değil... İşkencede tek bir arkadaşının bile adını vermemiş mesela, ama can yakamıyormuş. Bırakın kurşun sıkmayı, kimseye bir fiske bile vuramamış. Sağlık hizmeti veren bir ekipte görevlendirmişler onu. Bir çatışmada sol ayağından vurularak yakalanmış. Kangren olan bacağını kesmişler, on yıl kadar hapis yattıktan sonra çıkmış. Dağdayken keşfettiği barışçıl düşünceyi, hapishanede iyice pekiştirmiş. 'Şiddeti kullanarak ideal bir toplum yaratamazsın. Çünkü kullandığın yöntem, kendine benzetir seni.' Evet, benim değil, sözcüğü sözcüğüne Civan Hoca'nın lafları bunlar. Gezi Direnişi'nde de hep bunu anlattı çocuklara. 'Zalimin en büyük başarısı karşısındakileri de zalime dönüştürmektir. Lütfen, sivil itaatsizlikten vazgeçmeyin, asla şiddete başvurmayın. Taş atmayın, molotof kullanmayın. En etkili direniş pasif direniştir,' diyordu. Çünkü haklılığını yitiren bir davanın asla kazanamayacağını biliyordu. İşte sizin eli kanlı terörist dediğiniz kişi böyle biri. "

Sanki benim için üzülmüş gibi ellerini yana açtı.

"Sanırım, size rapor yazan sivillerle konuşmanızda fayda var. Hakikaten yanlış kişiden bahsediyorlar. Ya da sizi yanlış yönlendirmek istiyorlar."

Sinirime dokunmaya başlamıştı sözleri.

"Siviller filan yok Nazlı Hanım," diye çıkıştım. "Bütün bu bilgileri senin adamın söylemiş."

Yüzündeki eğlenceli ifadenin sönüşünü görmek güzeldi.

"Benim adamım mı?" Bakışları kapıya gitti geldi. "Memo mu? Bizim Memo mu anlattı bunları size?"

"Bana değil, şu çocuklara..."

Kaşları çatıldı, geniş alnı kırıştı.

"Hani sokak çocukları var ya... Burada da kalmışlar. Keto, Pirana, Musti..."

Yadırgayan gözlerle bakıyordu.

"Siz de onlara inandınız mı! Yapmayın Nevzat Bey, bambaşka bir dünyada yaşıyor o çocuklar. O kadar korkunç ki yaşadıkları hayat, kaçmak için her türlü maddeyi çekiyorlar ciğerlerine. Ondan sonra da gelsin sanrılar, hayaller, kâbuslar."

Söyledikleri doğru olabilir miydi? O çocuklar hakikati bu kadar çarpıtmış olabilirler miydi? Anlamak kolaydı, çaycı bize bütün hakikati anlatabilirdi. Nazlı da benim gibi düşünüyor olacak ki yine seslendi içeriye...

"Memo! Memo evladım, gelsene buraya..."

Elinde çay tepsisiyle uçarak geldi Çekirge.

"Geldim Abla, çaylar da hazır..."

Odadaki tatsız havayı fark edip Nazlı'nın yüzündeki çatık ifadeyi de görünce bir terslik olduğunu anladı, kendiliğinden yavaşladı adımları.

"Gel, bırak o tepsiyi şu sehpanın üzerine."

Tedirgin gözlerle bana baktı; yoksa bir iş mi açmıştı bu polis başına. Eski defterleri karıştırıp unutulmuş bir hırsızlık olayını mı çıkarmıştı ortaya, belki de bir gasp... Elindeki tepsiyi sehpaya bıraktı ama çay bardaklarını önümüze koymaktan da geri durmadı.

"İki şeker getirdim Başkomiserim, yeterli mi bilmiyorum..."

Güven vermek istercesine gülümsedim.

"Sağ ol Memo, şeker kullanmıyorum."

Rahatlayacaktı delikanlı, ama Nazlı fırsat vermedi ki.

"Otursana şöyle."

Yutkunarak çöktü gösterilen koltuğa.

"Keto'yla arkadaşlarını en son ne zaman gördün?"

Neler olup bittiğini anlayacakmış gibi bir bana, bir Nazlı'ya baktı.

"Keto..."

Gözlerini Çekirge'ye dikmişti Nazlı.

"Evet, Keto, Pirana ve Musti'yi..."

Anında dağıldı endişe bulutları.

"Ha, şu hırsızlık meselesi," dedi neşeli bir sesle. "Ama Musti çalmamış ki o aletleri Başkomiserim. Şoparlar vermiş ona. Mesele de anlaşılmış zaten. Bırakmışlar bizim oğlanı..."

Bana bakarak anlatması iyice kızdırmıştı Nazlı'yı.

"Memo, neden sorduğum soruya cevap vermiyorsun? Bize ne Musti'nin hırsızlığından? Ne zaman gördün o çocukları?"

Yeniden endişeyle kısıldı çekik gözleri.

"Bir saat kadar evvel," dedi aceleyle. "Sabahları uğrayıp kayıntı yapacak bi'şeyler istiyorlardı. Ben de kahvaltıdan artakalan..."

Sabırsızlıkla sözünü kesti Nazlı.

"Farkındayım kahvaltı meselesinin. Ne konuştunuz onu anlat."

İyice şapşallaştı Çekirge...

"Ne mi konuştuk? Hiiiç, havadan sudan... Zaten yiyecek bi'şey de kalmamıştı. Avucunu yaladı zavallılar..."

Dayanamayıp doğrudan sordu Nazlı.

"Civan Hoca'dan bahsettin mi?"

Çekik gözleri faltaşı gibi açıldı.

"Ben kötü bi'şey söylemedim. Fidan'ı öldürmüşler ya... Hani siz de eylem olacakmış filan diye konuştunuz. Ben de bu salaklara, 'Oğlum dikkat edin, bugün yarın olaylar patlayabilir,' dedim. Valla hepsi bu Nazlı Abla..."

Kadının Çekirge'yi yönlendirmesine fırsat vermemek için, "Peki Civan Hoca hakkında konuşmadınız mı?" diye girdim araya. "Onun görüşlerini anlatmadın mı çocuklara?"

Boynunu içine çekti.

"Anlatmadım. Kur'an mushaf çarpsın anlatmadım. Nazlı Abla'yla Civan Hoca konuşurken duyduğumu söyledim bir tek. Vallahi billahi Başkomiserim... O ibneler..." Ağzından kaçmıştı, Nazlı'ya baktı ürkek gözlerle. "Yani Keto'yla arkadaşlarının kafası kıyaktı, lafı götünden..." Bu defa aldırmadı ağzından çıkan sözcüğe. "Evet, götünden anlamış lavuklar... Ben hiç öyle şey söyler miyim Nazlı Abla. İyilik olsun dedim köpeklere, başları belaya girmesin dedim. Zaten bi'sıkımlık canları var, ölüp kalacaklar milletin ayaklarının altında."

Ben seninle ne yapacağım der gibi başını salladı Nazlı.

"Peki, biz ne konuşuyorduk Civan Hoca'yla, bir de onları anlat Nevzat Bey'e. Evet, hiç çekinme, ne duyduysan hepsini..." Meydan okuyan bakışlarını bana çevirdi. "İsterseniz ben çıkayım, Memo'yla baş başa konuşun."

Güzel vermişti ağzımın payını, elbette pişkinliğe vurdum.

"Rica ederim Nazlı Hanım, aramızda güvensizlik mi var?"

Alaycı bir gülümseme belirdi dudaklarında, ama daha fazla üstüme gelmedi.

"Sabah kahve getirmiştim Başkomiserim." Eliyle beni gösterdi. "Tam sizin oturduğunuz koltuktaydı Civan Hoca. Şekerli içer kahveyi, Nazlı Abla sade. O sırada duydum, Fidan'ın arkadaşları çok öfkeliymişler. Eğer Kudret denen o soysuz bırakılırsa eylem yapacaklarmış. Kara Nizam denen şerefsizin mekânlarını basacaklarmış. Bir sürü dükkânı var o herifin buralarda. Civan Hoca, ikna etmeye çalıştığını anlatıyordu. 'Kudret'i bırakmazlarsa mesele yatışır, ama o katil serbest kalırsa ne yaparız bilmem,' diye kaygılanıyordu. Nazlı Abla da 'Bırakmazlar herhalde,' diyordu. 'Göz göre göre bu kadar da adaletsiz davranmazlar.' Bunları duydum işte." Bakışlarını kadına çevirdi. "Öyle değil mi abla?"

Bana sorma, der gibi başını salladı ablası.

"Ne duyduysan onu anlat."

"Bunları duydum işte. Bizim dallamalara da bunları anlattım..." Bana döndü yeniden. "Hiç görmediğim anamın ölüsünü öpeyim ki yalan söylemiyorum Başkomiserim. Olan biten bu işte..."

Durum ortadaydı; o çocuklara inanmanın bedelini rezil olarak ödemiştim.

"Çok teşekkür ederim Memo," dedim uzanıp dizine dokunarak. "Çok yardımcı oldun."

Ama benim memnun olmam önemli değildi, korkuyla Nazlı'ya baktı. Ya öfkelenip buradan atarsa onu? Duygularını belli etmedi kadın.

"Tamam Memo," dedi sıkıntılı bir sesle. "Tamam, gidebilirsin."

Tepsiyi kapıp doğruldu Çekirge, ama Nazlı'nın tepkisini öğrenmek için yanıp tutuşuyordu.

"Başka bir isteğiniz var mı? Su filan diyorum yani..."

"Yok!" Aynı otoriter tavırla kapatmıştı konuyu. "Hadi sen git."

Kuşkularıyla birlikte çaresizce çekildi odadan. Nazlı unutmuştu bile onu.

"Çayınız Nevzat Bey." Kalın parmaklarıyla, buğusu üstünde tüten kırmızı sıvıyla dolu bardağı gösteriyordu. "Soğutmayın lütfen."

"Size bir özür borcum var," dedim çayıma uzanmadan önce. "Çocuklar beni fena yanılttılar."

O beklemedi, kendi çayına uzandı.

"Aslında ben de önyargılı davrandım. Polisleri suçladım." Şakayla karışık söylendi. "Oysa hain içimizdeymiş."

Sahiden de işten atacak mıydı Çekirge'yi?

"Ama onun bir suçu yokmuş. Zavallı, arkadaşlarına yardım etmek istiyormuş sadece."

Çayından bir yudum aldıktan sonra bardağı sehpanın üzerine bıraktı.

"Siz iyi bir insansınız Nevzat Bey." Menekşe gözlerinde tatlı bir ışık belirmişti. "Bunu anladım, ama kötü bir tarafınız var, mesleğinize fena kaptırmışsınız kendinizi. Çok önyargılısınız. Siz ne zannediyorsunuz Allah aşkına beni? Duygularını yitirmiş, acımasız bir militan mı? Davası için her türlü kötülüğü göze alacak acımasız bir kadın mı?"

Hiç eyvallahı yoktu Nazlı'nın. Yanlışını buldu mu çatır çatır yüzüne çarpıyordu insanın.

"Yok, olur mu öyle şey..." dedim sonunda önümde duran bardağıma uzanırken. "Yani Memo için kaygılandım da biraz. İşten çıkarırsanız ben sebep olmuş gibi hissedeceğim."

Yine o kendinden emin gülümseme belirdi solgun dudaklarında.

“Memo’nun neden burada çalıştığını anlattı mı çocuklar?”

Çayımdan bir yudum içtim.

“Hayır, o konuya hiç girmedik. Sadece çok iyi zıpladığını anlattılar, lakabını açıklarken...”

Vaktiniz var mı, dinler misiniz filan demeden başladı Çekirge Memo’nun hikâyesini anlatmaya.

"Ağaçlar gerçekten de konuşuyordu..."

"Sonbahar'da karşılaşmıştık Memo'yla... Bir gece yarısı... Saat bir suları filan olmalı... Kimi işleri halletmek için o saate kadar kalmıştım kültür merkezinde. Sabahtan beri çalışıyordum, ama artık bitmiştim. Gözlerim yanmaya, parmaklarım acımaya başlamıştı, artık dayanamaz hale gelince kapattım bilgisayarı. Niyetim bir taksiye atlayıp hemen eve gitmekti. Ama sokakta şahane bir hava vardı. Gökyüzünde kocaman bir dolunay, nemsiz, serin, şurup gibi bir hava."

Memo'nun hikâyesini anlatırken mutlulukla ışımıştı Nazlı'nın geniş yüzü.

"Bilirsiniz Nevzat Bey, eylül en güzel zamanıdır İstanbul'un. Hele o hülyalı akşamlar... İşte o güzel akşamlardan biriydi. Tadını çıkarmak için Taksim'e kadar yürüdüm. Meydan tenhalaşmıştı, ama gececi insanlar hâlâ dolanıp duruyordu ortalıkta. Dolunayın altında genç kızlar, erkekler, sarmaş dolaş sevgililer. Kafalar çakırkeyif, bazılarının dilinde neşeli şarkılar. Adımlarımı yavaşlatarak etrafımdaki renkli insanları izlemeye başladım, çok eğlenceliydi, sanki bir karnavalın içinde gibiydim. Sonra bir taksi bulmak umuduyla Elmadağ'a doğru yürüdüm, ama Gezi Parkı'nın yanından geçerken olanlar oldu; ağaçların arasından fırlayan bir genç, 'Yardım edin! Yardım edin!' diyerek önüme düştü.

"İncecik bedeni tir tir titriyor, faltaşı gibi açılmış gözleri, ağaçların gölgelerini tarıyordu. Bir gasp ya da hırsızlık olmalıydı. Ben de parka çevirdim bakışlarımı. Saldırgan ortaya çıktığında kendimi nasıl koruyacağıma dair hiçbir fikrim olmasa da yumruklarımı sıkarak meçhul hırsızın ağaçların arasından üzerimize atlamasını beklemeye başladım. Ama saniyeler geçiyor, kimse çıkmıyordu ortaya. Belki de saldırgan beni görüp korkarak vazgeçmişti. Bedenimi kendisine siper etmiş hâlâ panik içinde titreyen delikanlıya döndüm. 'Korktu herhalde,' dedim güven dolu bir sesle. 'Çıkmayacak parktan...'

"Garip bir söz söylemişim gibi yadırgayan gözlerle yüzüme bakarak sordu: 'Kim korktu?' 'Kim olacak, seni kovalayan adam,' diye mırıldandım. 'Yoksa adamlar mı? Sahi kimden kaçıyordun sen?' 'Ne adamı ya?' dedi. Gözlerindeki dehşet hiç azalmamıştı, bakışlarını parkın karanlığına dikerek açıkladı. 'Adamdan değil, ben ağaçlardan kaçıyorum.'

"İşte bu ilginçti. 'Niye kaçıyorsun ağaçlardan?' dedim. Kulağıma doğru eğildi. 'Çünkü konuşuyorlar,' diye fısıldadı. 'Durmadan, hiç durmadan konuşuyorlar.'

"Kesif bir alkol kokusu çarptı burnuma, yırtık pırtık elbiselerini ilk o zaman fark ettim. Karşımda duran bu genç adam bir evsizdi ve fena halde sarhoştu. Muhtemelen bu parkta yatıyordu. Bu gece içkiyi de fazla kaçırınca bir kâbus görmüştü. Ama o bu düşüncelerimden habersiz, 'Onların ismini fısıldıyorlar,' diye anlatmayı sürdürüyordu. 'Rüzgâr ne zaman esse onların sesiyle doluyor park. Sanki ilahi gibi, dua gibi durmadan onların isimlerini mırıldanıyorlar...'

"Zavallıcık keçileri kaçırmış olmalıydı. 'Boş ver,' dedim teskin etmek için. 'Fısıldasınlar, sana zarar veremezler nasıl olsa.' Çaresizlik içinde ellerini yana açtı. 'Nasıl vermezler, beni tanıyorlar. Sadece o kocaman çınar değil, o dev gibi kestane de tanıyor. O incecik gül fidanları bile. Evet, onlar bile, hafif bir esinti çıkmayagörsün, hemen başlıyorlar konuşmaya.' Saçmaladığını biliyordum ama, 'Nerden tanıyorlar seni?' diye sormaktan kendimi alamadım.

"Hiç duraksamadan yapıştırdı cevabı. 'Geçen yazdan. Haziran ayından.' Eliyle az önce çıktığı parkı gösterdi. 'Burada görev yaptım ben.' Ayyaş filandı, ama şahane bir hayal dünyası vardı. 'Bahçıvan mıydın?' diye sordum. Alıngan bir ifade belirdi yüzünde. 'Ne bahçıvanı abla,' diye çıkıştı. 'Emniyete çalışıyordum ben. Polislere yardım ediyordum. Bildiğin devlet görevlisi yani.' Gitgide daha matraklaşıyordu hikâye. 'Nasıl bir hizmet veriyordun?' dedim ilgileniyormuş gibi görünmek için.

"Küçümseyen gözlerle şöyle bir süzdü beni. 'Abla, sen bu dünyada yaşamıyor musun?' dedi sonra. 'Daha birkaç ay önce, savaş alanı gibiydi burası. Cehennemden farkı yoktu parkın...' Sonunda jeton düştü bende. Gezi Direnişi'nden bahsediyordu. Demek ki yazın yaşadığı olaylar aklını karıştırmıştı zavallının. Ama itiraf etmeliyim ki söylediği yalanın bir mantığı da vardı. Hayal dünyasının sınırlarını merak ettiğim için, 'Peki sen ne görevi yapıyordun tam olarak?' diyerek muhabbeti derinleştirmek istedim.

"Sinsice sırıttı, çürük dişleri göründü. 'Parkta olan biteni anlatıyordum polislere,' diye itiraf etti. 'Burası acayipti o zamanlar... İnsan doluydu her yer, solcular, sağcılar, dindarlar, hippiler, kadınlar, aklına kim geliyorsa herkes buradaydı. Birkaç sivil polisi fena dövdüler içerde. O yüzden polis girmeye çekiniyordu parka. Beyoğlu Karakolu'ndan Komiser Erol Abi buldu beni. İyi adamdır Erol Abi, arada para verir bize, içeri düşersek arka çıkar. İşte o, İstiklal Caddesi'nde yakaladı beni. 'Hâlâ parkta mı yatıyorsun Memo?' diye sordu. Ben de 'Evet,' dedim. Elime bir yüzlük sıkıştırdı. 'İyi o zaman, her akşam bana gelip anlatacaksın... Parkta ne oluyor, ne bitiyor, kalabalık mı, sakin mi, elebaşı kim, rapor edeceksin,' dedi. Böylece başladım göreve.'

"Yani ihbar ettin direnişçileri, diye suçladım. Sırıtması yüzünde dondu. 'Ne yapabilirdim ki, devletimiz benden bir hizmet istemiş...' dedi, ama ikna edemeyeceğini anlayınca arkadaşlarını da işin içine kattı. 'Hem Kütük Nuri'yle Balon Kâmil de yaptı. Hatta o lavuklar, Komiser Erol'un verdiği cep telefonuyla fotoğraflarını bile çektiler direnişçilerin. Ben o kadarını yapmadım hiç değilse. Üstelik parktaki gençler çok yardım etmişti Kütük Nuri'ye. Doktora bile götürmüşlerdi şerefsizi. Kan işiyordu pezevenk. Böbreğinde taş mı ne varmış. Yalan yok, direnişçilerin sayesinde iyileşti. Bana da yardım ettiler. Her akşam sıcak yemek çıkıyordu parkta. Kimseden para istemiyorlardı, her şey bedavaydı, ama herkes çalışıyordu, kimse kaytarmıyordu. Cesur çocuklardı aslında. Benim yanımda bir delikanlının gözünü kör etti polis. Gaz tüfeğiyle nişan aldı çocuğun gözüne. Bile bile ya... Nasıl da yakışıklıydı oğlan. Gitti sol gözü.' 'Sen niye yardım etmedin çocuğa?' diye suçlayınca, 'Ettim, kim diyor etmedim,' diyerek yükseltti sesini. 'Hastaneye kadar sırtımda taşıdım oğlanı. Hem direnişçilere yardım ettim hem de polise. Başka çaremiz yoktu ki direnişçiler bir hafta, bilemedin bir ay orada, sonra polisle biz baş başa kalacağız. Eğer muhbirlik yapmasaydım, Komiser Erol ağzıma sıçardı benim, bu sokakları dar ederdi bana. Anlıyor musun?'

"Söylediklerinin ne kadarı doğru, ne kadarı yanlıştı bilmiyorum. Bir komiser, böyle bir adamdan yardım ister miydi, hiç emin değildim, ama güzel anlatıyordu doğrusu. 'Peki, sonra ne oldu?" diye sordum. 'Söylediklerin polisin işine yaradı mı bari?' Gururla yanıtladı. 'Yaramaz mı, tabii yaradı. Parkta ne olup bitiyor saati saatine öğreniyorlardı. Yoksa Erol Abi birkaç yüzlük daha toka eder miydi avucumuza.'

"İçimden onu sinirlendirmek geçti. Başımla ağaçları göstererek, 'Ama park yerinde duruyor,' dedim. 'Direnişçiler kazanmış, ağaçları sökememiş hükümet.' Gizli bir sevinçle ışıdı yüzü. 'Öyle oldu,' dedi neşeyle. 'Bana sorarsan çok da iyi oldu. Alışveriş merkezi yapsalardı, bizi kapısına bile yaklaştırmazlardı o binanın. Elli metreden kışkışlardı bizi özel güvenlikçiler... Ama...' Anlatırken birden sustu, bakışları yine ağaçlara takılmıştı. 'Ama,' diye tekrarladı. 'Şimdi de ağaçlar rahat vermiyor... Tam kıvrılıyorum o çalıların altına, tam gözlerimi kapayacakken başlıyorlar fısıldamaya. Ama nasıl, gitgide artıyor sesleri... İnsanın ödü bokuna karışıyor, deli olucam valla.'

"Alkolün etkisiydi tabii, sanrılar, hayaller... 'Sen de başka parka git,' dedim rahatlatmak amacıyla. 'Etrafta başka yer mi yok? Maçka'ya git ya da Fındıklı'ya, hem deniz kenarı daha güzel olur.' Üzüntüyle başını salladı. 'Nasıl gideyim be Abla?' diye yakındı. 'Bu park benim evim. Başka parklarda uyuyamam ki ben. Beş yıldır burada yatıyorum. Şu ilerde bir manolya var, annemin dizi gibidir o ağaç. Mis gibi kokuların altında uyuyorum yıllardır, bir bebek gibi huzur içinde. Hem gitsem o parkların da sahipleri var, beni korlar mı kendi mekânlarına?'

"İçime dokundu delikanlının hali, Komiser Erol gibi bir yüzlük de ben sıkıştırdım avucuna. 'Bu akşam git, bir otelde yat,' dedim. 'Yarın da bana gel. Ferhat Çerağ Kültür Merkezi'ne. Yerini biliyor musun?' 'Biliyorum, biliyorum,' dedi sevinçle. 'Sakızağacı Caddesi'nin köşesinde...' İşte Memo'yla böyle karşılaştık, ertesi gün de geldi, onu işe aldım. Kolay olmadı tabii buraya alışması, birkaç kez kaçtı, bulup getirttim. Birkaç kez de kendisi geldi. Yine Gezi Parkı'ndaki ağaçların konuştuğunu söyleyerek..."

Hikâyesini tamamlamış gibiydi Nazlı, anlayış beklercesine baktı yüzüme.

"Yani Nevzat Bey, ben bu insanları kazanmak için deveyi iğne deliğinden geçiriyorum, öyle kolay kolay kimseyi çıkartamam gözden."

"Anlıyorum Nazlı Hanım, inanın çok iyi anlıyorum. Çok da takdir ediyorum çabanızı. Hakikaten önemli bir iş yapıyorsunuz. Yalnız merak ettim, Memo hâlâ duyuyor mu ağaçların konuşmalarını? Bir psikologa götürmüşsünüzdür herhalde..."

Gizemli bir ifade bürüdü gözlerini.

"Orası biraz karışık. Psikologa götürdük tabii, alkolizm ve uçucu madde bağımlılığıyla başa çıkabilmesi için. Ağaçların konuşmalarını duyma meselesi biraz karışık."

Sıkıntıyla güldü.

"Anlatması zor, belki de duyunca bana da deli diyeceksiniz..."

Gözlerimde büyüyen soru işaretlerini görünce, "En iyisi anlatayım," diyerek teslim oldu. "Kararı siz verin."

Çayımdan bir yudum çekip merakla dinlemeye koyuldum.

"O gece Memo, eline sıkıştırdığım yüzlüğü alıp sallanarak uzaklaşmıştı yanımdan. Ne yalan söyleyeyim, aklım onun söylediklerine takılmıştı. Elbette inanmıyordum ağaçların konuştuğuna. Hatta belki de bu genç adam, yalan söyleyerek yüz liramı tokatladı diye geçiriyordum içimden. Ama bakışlarımın da birkaç metre ötemdeki parka kaymasına engel olamıyordum. O zaman fark ettim, direnişten sonra buraya hiç uğramadığımı. Sert günlerdi, acımasızca saldırıyordu sizin polisler. Her yer biber gazıyla kirletilmişti, her yanda tazyikli su, her yanda TOMA'lar... Coplarla, tahta sopalarla öldüresiye vuruyorlardı gencecik kızlara, erkeklere. Ama yılmıyordu direnişçiler, İstanbul insandan bir ırmak olmuş, akıyordu şu küçücük yeşil alana. Her geçen gün artıyordu direnişe katılan insan sayısı. Bin, on bin, yüz bin, bir milyon... Kırk küsur gün sürmüştü direniş. Hükümet pes etmişti sonunda, bırakın var olan yeşili ortadan kaldırmayı, yeni ağaçlar dikmişti bu alana. Ama o günden sonra görmemiştim parkı. Acayip bir istek duydum içeri girmek için. Ayaklarım adeta kendiliğinden sürükledi beni ağaçların yanına.

"Parka girince nemli bir serinlik çöktü üzerime, yanık toprak, çürümüş ot kokusu... Dolunayın parlak ışığını geçirmeyen gümrah ağaçların altından yürürken binaların arasındaki bu ağaçlıklı alanı bir tür tapınağa benzettim. Yok ettiğimiz doğanın son kutsal alanı. Bir yerlerde bir kuş öttü, sanırım bir baykuş, belki şehrin son baykuşu... Durup dinledim, bir daha sesi duyulmadı. Rüzgâr durmuştu, merdivenlerden inerek parkın ortasındaki açıklığa ulaştım. Dolunayın altındaki havuzun gümüşten suyuna baktım bir süre. İçim huzurla dolmuştu. Şu banklardan birine otursam, sabaha kadar bu dingin suyu seyretsem yine de sıkılmazdım. O anda fark ettim rüzgârı. Rüzgâr bile denemez, bir yel, hafif bir esinti, usulca gezindi alnımda, saçlarımda. Sanki günün bütün yorgunluğu bir anda uçup gidivermişti zihnimden, bedenimden. Bir an kendimi gökteki dolunayın, bu gölgeli ağaçların, bu gümüşten havuzun, şu esintinin bir parçası gibi hissettim. İşte o anda duydum sesi. Uğultu gibiydi, evet, ağaçlardan geliyordu. Genç adamın duyduğu ses bu muydu yoksa? Tüylerim diken diken olmuştu, ama kendimi korkutmanın anlamı yoktu. Hemen mantıklı bir açıklama buldu zihnim: Rüzgârın sesi. Elbette rüzgârın sesi. Zaten uğultu gibi, ne söylediği de anlaşılmıyordu. Ama bu büyülü gece, mantıklı açıklamamı çürüttü hemen; uğultu giderek netleşti, bir kız çocuğunun incecik sesine dönüştü. Ardı ardına isimler sıralamaya başladı. 'Ali İsmail, Abdullah, Mehmet, Ethem, Mustafa.' Bir dua, bir ilahi, bir tekerleme gibi... 'Ali İsmail, Abdullah, Mehmet, Ethem, Mustafa.'

"Dehşet içinde kalmıştım. Neler oluyordu? İlk aklıma gelen, o evsiz gencin haklı olduğuydu, demek hayal görmemişti. Ağaçlar gerçekten de konuşuyordu. Hem de hiç susmadan. Sevgiyle, saygıyla, örselemekten çekinir gibi şefkatle hep aynı isimleri tekrarlıyorlardı. 'Ali İsmail, Abdullah, Mehmet, Ethem, Mustafa.'

"Etrafa bakınırken gördüm; havuzun karşısındaydılar, beş insan, beşi de gözlerini dikmiş bana bakıyordu. Evet, karşıdaki anıt mezardan söz ediyorum. Beş fotoğraf çerçevesinden bana bakan beş insandan. Ama sadece fotoğraflar yoktu yeşil çimenlerin üzerinde; beş de mezar taşı vardı. Sembolik olsalar da gerçek mezar taşlarından daha etkili görünüyorlardı ay ışığının solgun parlaklığında. Onlara doğru yürüdüm. Taşların üzerindeki yazılara baktım. Ali İsmail Korkmaz, Abdullah Cömert, Mehmet Ayvalıtaş, Ethem Sarısülük, Mustafa Sarı yazıyordu. Bu ağaçlar kesilmesin diye yapılan direnişte yaşamını yitiren beş gencecik insanın adları. Ne yapacağımı bilemeden öylece kalakalmıştım olduğum yerde. Ama rüzgârda usulca kıpırdanan ağaçlar, aynı isimleri tekrarlamayı sürdürüyorlardı kararlılıkla. 'Ali İsmail, Abdullah, Mehmet, Ethem, Mustafa.'

"Korku duymuyordum hayır, ama boğum boğum bi'şey düğümleniyordu boğazımda, ağlamaya başladım, evet, o banklardan birine oturdum, hüngür hüngür ağladım. Parktan çıktığımda rüzgâr kesilmiş, ağaçların mırıltıları son bulmuştu..."

Ne düşündüğümü anlamak istercesine baktı.

"Benim de aklımı kaçırdığımı düşünüyor olmalısınız."

"Rica ederim..."

"Yok, yok, haklısınız, biri bana bu hikâyeyi anlatsa aynısını düşünürdüm. Nasıl izah edebileceğimi bilmiyorum, ama inanın o sesleri duydum."

Yorgunluktan olmalıydı, belki de vicdan azabından, direnişten sonra bir kez bile uğramamıştı parka... Yaşamını yitiren insanlara karşı bir tür suçluluk hissediyor olmalıydı. Belki de biraz kafası karışmıştı, ama ne diyecektim şimdi ben bu kadına?

"Merhaba," diyen o ses yetişti imdadıma. "Meşgul müydünüz Nazlı Hanım?"

Orta boylu, zayıf, sarışın bir adam, kapıda durmuş, girsem mi girmesem mi diye tereddüt ediyordu. Kahverengi takım elbisenin içine bej rengi bir gömlek giymişti, ama kravatı yoktu. Bedeni gibi yüzü de incecikti, metal çerçeveli gözlüğü yüzüne büyük kaçmış, iğreti duruyordu, kemikli burnunun üzerinde kırçıl bıyıkları o kadar uzundu ki dudakları görünmüyordu.

"Hah işte, teröristimiz de geldi," dedi Nazlı eğlenceli bir sesle. "Gel Civan Hoca, gel. Biz de senden bahsediyorduk az önce..."

Hemen kurtulamadı çekingenliğinden, yine de işi mavraya vurmayı başardı.

"Kötü konuşmuyorsunuzdur umarım."

Yaklaşırken fark ettim, sağ ayağı bariz aksıyordu.

"Konuşmaz mıyız Hocam? Nevzat Bey'e sizi azılı bir anarşist olarak tanıtmışlar. Ben de daha beter bir terörist olduğunuzu anlatıyordum."

Ayağa kalktım, elimi uzattım.

"Ben Başkomiser Nevzat."

Polis oluşuma filan aldırmadan, kalın camlı gözlüklerinin ardındaki yeşil gözlerini yüzüme dikerek samimi bir tavırla sıktı elimi.

"Memnun oldum Nevzat Bey, ben de Civan... Civan Asker..."

Evet, asker demişti, şaka gibiydi, ama ayıp olacak diye gülmedim.

"Nazlı Hanım bu sabah bahsetmişti sizden... Geldiğiniz için teşekkür ederim."

Nazlı'nın çağırdığını zannediyordu. Kadının anlattıklarını bir kez daha doğrulamıştı böylece. Çekirge'nin kalktığı yere çöktü. Sağ bacağı öylece kalmıştı, eliyle kendine doğru çekip düzeltti.

"Fidan'ın katili serbest kalırsa çocuklar sokaklara dökülecek..." Sahiden de endişeli bir hali vardı. "Çok öfkeliler... Arkadaşlarının ölümü onları çıldırttı."

Civan onlarla konuşabildiğine göre, etkileyebilirdi de, ama önce kendisinin doğru düşünmesi gerekiyordu.

"Fidan'ın ölümü gerçekten çok üzücü. Zanlı da inkâr etmiyor zaten. Ama Öztarlabaşılılar Kulübü'ne molotofla saldırı ağır bir suç. Molotof kokteyli ateşli silahlardan sayılıyor çünkü..."

Çaresizlik içinde yüzünü ekşitti.

"Cahil çocuklar, binada kimse yok diye düşünmüşler. Kapıda, 'Cenaze nedeniyle kapalıyız' yazıyormuş. Niyetleri kimseyi yakmak filan değil aslında, kumarbazları korkutup buradan kaçırmak. Öztarlabaşılılar Kulübüne de bu yüzden sabah saldırmışlar, kimseye zarar vermemek için..." Sessiz kaldığımı görünce yanlış anladığımı zannetti. "Onaylamıyorum tabii bu eylemleri. Ama devlet görevini yapmayınca..."

"Neyse," diyerek kabaca kesti Nazlı. "Olayları sonra analiz ederiz. Ne diyorsunuz Nevzat Bey, serbest bırakırlar mı Kudret'i?"

Hiç lafı dolaştırmadan, ne düşünüyorsam aktarmaya çalıştım.

"Biz sorguyu tamamlayıp tutanakları savcıya yolladık. Savcının eğiliminin tutuklama yönünde olacağına inanıyorum, ama son kararı ağır ceza mahkemesi verir. Benim kişisel kanaatimi soruyorsanız, bırakmamaları gerekir derim. Çünkü binaya girilmesi yönünde bir girişim yok. Kudret'in sabıkalı olması da serbest kalmasını engelleyecek bir faktör. Üstelik Fidan'a defalarca ateş edilmiş. Ama ben hâkim değilim, sonuçta kararı mahkeme verecek. Elbette seçeneklerden biri de Kudret'in serbest kalması. Avukat meşru müdafaa diyor. Serbest kalsa da kalmasa da bunu iddia edecek. Kabul edelim ki iyi bir savunma stratejisi..."

Öfkeyle söylendi Nazlı.

"Sacit denen alçak değil mi avukatı da? Bir zamanlar babamın da davalarına bakardı. Yüzlerce yıl cehennemde yansa bitmeyecek kadar çoktur o adamın günahı. Ama ne yazık ki çok da beceriklidir... Hem politikacılar, hem de hukukçular arasında çok insan tanır. İnşallah bir dolap çevirip serbest bıraktırmaz o eli kanlı katili."

"İnşallah," diye yineledim. "Ama Kudret serbest kalsa bile, bu çocukların sokağa çıkmasını engellemeniz lazım. Siz benden daha iyi biliyorsunuz, Kara Nizam çok tehlikeli bir adam. Yeğenlerinin hepsinin de gözü dönmüş. Üstelik hepsi de silahlı..."

Lafı ağzımdan aldı Civan.

"Ben de onu diyorum Nevzat Bey. Siz, Nizam'la bir konuşsanız. Hiç değilse iki günlüğüne kapatsa mekânlarını. İki günlüğüne ortalıkta fazla görünmeseler..."

Sahiden de çatışma istemiyordu bu insanlar.

"Onu yapabilirim işte. Birkaç saat sonra göreceğim zaten Nizam'ı, durumu anlatırım. Ama beni ne kadar dinler, onu bilemem. Bu adamlara hiç güven olmaz. O yüzden gençleri durdurabilirseniz daha garanti olur."

Umutsuzca ellerini yana açtı.

"İnanın, dün gece yarısından beri onları yatıştırmaya çalışıyorum. Onlara kalsa çoktan harekete geçmişlerdi, konuşa tartışa, mahkemenin sonucunu beklemeye ikna ettim. Ama Kudret serbest kalırsa ne yaparız bilmem..."

Sesi, en az benimki kadar çaresizdi.

“Kurtlar sofrasına düşmüş gencecik kızlar...”

Güneş iyice azıttı, sanki kış ayında olduğumuzu unutmuş gibi cayır cayır yakmaya başladı ortalığı. Her yerde bir şıpırtı; çatılarda, pencere kenarlarında, sokakların kuytularında karlar hızla eriyor, arada bir buz sarkıtları düşüyordu binaların çörtenlerinden. Böyle giderse akşama kalmaz Beyoğlu bu beyaz örtüden tümüyle sıyrılırdı. Azize'nin evine yürürken üstümdeki palto sıkıntı vermeye başlamıştı. Güzide'nin ördüğü kül rengi atkıyı iyice gevşetmek zorunda kalmıştım. Yine de Kurtuldu Sokak'taki binanın önüne geldiğimde kan ter içinde kalmaktan kurtulamamıştım. Azize'nin evi, ölen sevgilisinin tıpatıp aynısıydı. Tarlabaşı'nın bir örnek, cumbalı, üç katlı kâgir binalarından biri. Kapısının önünde biraz soluklanıp bastım zile. Sadri açtı kapıyı. Yüzünde gene aynı ezik tavır, dudaklarında hep o kederli gülümseme.

“Buyurun Başkomiserim, hoş geldiniz. Sizinkiler yukarıda...”

Biliyordum, Beyoğlu'na geldiklerinde aramıştı Ali, ben Lades Lokantası'nda kapuskayla cacığımı mideye indirirken. Onları da davet etmiştim, ama karınlarını çoktan doyurmuştu hayırsızlar. İki sevgili baş başa romantik bir öğle yemeği fırsatı yakalamışken yaşlı Başkomiserlerini düşünecek değillerdi ya. Kızı iyi bir yere götürmüş olsa bari... İyi bir yer olmasa ne olacak, yemeğin ne önemi var, önemli olan birlikte vakit geçirmek. İki gönül bir olunca samanlık seyran oluyor meselesi. Hem o kadar da kazma değildi bizim oğlan. Bilirdi Zeynep'i nereye götüreceğini... Sahi geçen gün bu hayta, restoranları sormamış mıydı bana? Daha bir hafta önce, "Başkomiserim, şu yenilecek içilecek yerleri bana da öğretsenize," demişti. Beyoğlu'ndaki meyhaneler, Boğaz'daki restoranlar, Samatya'daki balıkçılar... Demek daha o zamandan başlamıştı ilişkileri. İçimin burkulmadığını söylesem yalan olur. Niye gizlemişlerdi ki benden? Onaylamayacağımı düşünmüyorlardı herhalde. Sanmıyorum, utanmışlardır belki... Neyse onların bileceği iş, ben bu çocukların ne babasıydım ne de akrabası. Canları isterse söylerler, istemezse saklarlardı.

Azize'nin evinin içi de Engin'in oturduğu evle aynıydı; kapının açıldığı bir giriş, zemini kaplayan sarı bir muşamba, ahşap merdivenlerle çıkılan genişçe bir sofa... Ahşap merdivenlerden çıktık yukarıya. Elden geçirilmiş olmasına rağmen her adımımızda gıcırdıyordu basamaklar.

"Buyurun, şuradalar."

Aralık kapının arkasındaki oda da Engin'in evindekiyle birebir benzeşiyordu. Demek takıntılı biriydi maktulümüz. Aynı tuhaf zevk burada da kendini gösteriyordu. Ahşap zemine serili, geometrik şekillerle süslü kırmızılı beyazlı bir makine halısı, orta yerde, yine kırmızı renkli büyükçe bir masa ve aynı renkten iki küçük sehpa. Sadece divanla iki koltuktan oluşan oturma takımının renkleri farklıydı, Engin'dekiler bejdi, bunlar ise uçuk pembe. Ve duvarda kocaman bir leke gibi duran aynı LCD televizyon.

Bakışlarım uçuk pembe divanda yan yana oturan bizim âşık polislere kaydı; pastane işi kekler eşliğinde çaylarını yudumlamakla meşguldüler. Azize tam karşılarındaki tekli koltuktan mahzun gözleriyle bakıyordu onlara. İçeri girince üçü birden ayağa kalktılar.

"Oturun, oturun," diye işaret ettim elimle. "Ben de şöyle geçeyim."

Salondaki tek boş koltukta Sadri oturuyor olmalıydı, onun yerini almak kabalık olacaktı. Pembe divanın ucuna, Zeynep'in yanına çöktüm. Mis gibi parfüm kokuyordu; eskiden daha az koku sürmez miydi bu kız? Galiba makyaj da yapmıştı biraz... Yakışmıştı da hani...

"Ne içersiniz Başkomiserim?"

Hazırlıksız yakalanmıştım klarnetçiye.

"Hıı... Sağ olasın Sadri, bir şey içmeyeyim. Daha demin iki çay içtim üst üste..."

"Kahve yapayım, elim yatkındır böyle işlere..."

"Yok, yok ben böyle iyiyim..." Bakışlarımı genç kıza çevirdim. "Sen nasılsın Azize?..."

Boynunu büküp gülümsedi sadece.

"Daha iyi görünüyorsun," diye moral vermeye çalıştım. "Nasıl, dinlenebildin mi biraz?"

Kendi evi olmasına rağmen rahatlayamıyordu, dile getiremediği bir endişesi vardı.

"Dinlenemedim, ama önemli değil, çalışmıyorum nasıl olsa..."

Kinayeli bir bakış attım bizimkilere.

"Size sormuyorum artık, çünkü şahane görünüyorsunuz..."

Ali'nin gözlerinden kuşku yüklü bir ışıltı geçti, gizli bir endişeyle kızardı Zeynep'in yüzü. Uzatmadım, televizyonu gösterdim.

"Aynısından Engin'in evinde de vardı."

Azize'nin yüzündeki endişe artmıştı, kendini zorlayarak açıklamaya çalıştı.

"İki tane almıştık, bir tane ona, bir tane de bana..."

Usulca doğruldum, herkesin şaşkın bakışları altında televizyona yürüdüm. Cihazı kendime doğru çektim, yarım metre kadar öne geldi. Eğilip arkasındaki duvara baktım. Engin'in odasındaki gibi duvar bej bir kâğıtla kaplıydı. Elimi uzatıp duvar kâğıdını yoklamaya başladım. Azize'nin telaşlı sesi gelmekte gecikmedi.

"Ne oldu Nevzat Abi, neye bakıyorsunuz?"

Ayağa kalkmış, bana yaklaşıyordu.

"Kasanın yerini bulmaya çalışıyorum."

Döndüm, beni uğraştırma dercesine baktım.

Kara gözlerindeki endişe paniğe dönüşmek üzereydi.

"Orada bir kasa var Azize. Sen göstermesen de bulacağız, biraz zaman kaybederiz sadece. Ama gösterirsen..."

"Anahtarı bende değil," diye yutkundu. "Engin boynundaki cevşen kabının içinde saklardı."

Bildiğimiz bir gerçeği dile getirmesi onu temize çıkarmazdı, ama samimiyeti hoşuma gitti.

"Merak etme, anahtar bizde." Kriminologumuza bir bakış attım. "Aldın değil mi Zeynep?"

Kucağındaki kocaman çantasını açarken yanıtladı.

"Emrettiğiniz gibi aldım Başkomiserim, anahtar yanımda."

Azize'ye döndüm yeniden.

"Kasanın yerini gösterecek misin, yoksa biz mi bulalım?"

Yanıt vermek yerine, yenilgiyi kabul ederek yaklaştı, o gelince ben geri çekildim, televizyonun arkasına rahatça ulaşabilsin diye.

"İşte," dedi duvar kâğıdının üzerine sertçe basarak. "İşte burada." Zayıf parmaklarının dokunuşuyla üzeri duvar kâğıdıyla kaplanmış, metal kapak aşağıya kaydı, kasa göründü. Plastik eldivenlerini eline geçiren Zeynep, yanımızda bitivermişti bile.

"İzin verirseniz açayım Başkomiserim."

Azize'yle birlikte birkaç adım uzaklaştık televizyondan. Ali de ayağa kalkmıştı, neler olduğunu anlamayan Sadri şaşkınlıkla olan biteni izliyordu bulunduğu yerden. Peş peşe iki kez çevirdi anahtarı Zeynep, tatlı iki tıkırtının ardından kasanın kapağı dışarıya doğru aralandı.

Derin bir tasa okunuyordu Azize'nin süzgün gözlerinde.

"İçinde ne olduğunu biliyor musun?"

"Yok," dedi ama beti benzi atmıştı. "Evraklar olmalı... Şu tapular filan..."

Biraz sıkıştırmakta yarar vardı.

"Kokain, silah ya da para var mı?"

Yaprak gibi titremeye başlamıştı.

"Bi... Bilmiyorum... Engin ne koyduğunu söylemezdi ki bana."

İşte şimdi kesinlikle yalan söylüyordu. O sırada kapağı ardına kadar açan Zeynep, elini kasanın içine daldırdı. Engin'in evinde gördüğümüz mavi dosyalardan çıkardı, yedi sekiz tane kadar. Elindekileri sehpanın üzerine koyarken birkaç fotoğraf kayarak yerdeki halının kırmızı nakışının üzerine düştü. Eğilip aldım, iki çıplak beden gözüme çarptı. Bir tanesi kıllarla kaplıydı, öteki pürüzsüz, gencecik bir vücut. Yakın gözlüklerimi takınca tanıdım; Kara Nizam'dı bedeni kıllarla kaplı adam, altındaki genç kızın gözleri kısılmıştı; zevk mi alıyor, acı mı çekiyordu, belli değildi. Öteki üç fotoğrafta da aynı sahne farklı açılardan çekilmişti. Azize'ye döndüm, utanç içinde başını öne eğmişti.

"Çilem mi bu kız?"

Daha fazla dayanamadı, kendini kaybetti, incecik belinden yakalamasam yere yığılacaktı, Ali'yle klarnetçi yetişti de baygın bedenini pembe divanın üzerine taşıdık.

"Biraz su, biraz su," diye seslendim. Sadri bir koşu getirdi. Zeynep elindeki dosyaları sehpanın üzerine bırakmış, Azize'nin bileklerini ovuşturuyordu. Suyla alnını ıslattık, dudaklarına sürdük. Kendine gelir gibi oldu. Gözleri aralandı, beni görünce yeniden kapadı.

"Utanmana gerek yok kızım," dedim babacan bir sesle. "Olan biteni biliyoruz."

Ürke çekine açtı gözlerini.

"Seni suçlamıyoruz. Oyuna getirildiğini biliyoruz."

İki büklüm olup ağlamaya başladı. Çok sürmedi, burnunu çekerek doğruldu, başı öne eğik divana oturdu.

"Su içer misin?" diye bardağı uzattı klarnetçi. "Bir yudum al, iyi gelir."

"İstemem..." Eliyle gözyaşlarını kuruladı. "Ben değil, Çilem getirildi oyuna..." Burnunu çekti yine. "Hepsi o Kara Nizam denen alçağın suçu. Engin'i çok zorlamış. 'Ben bu Çilem'e âşığım,' demiş. 'N'olur bana yardım et,' demiş. Engin de dayanamamış, kabul etmiş sonunda. Olayı biliyorsunuz zaten.... Çilem'i eve çağırttı. Zavallı kız hiçbir şeyden haberi yok, geldi, ama Nizam'ın geleceğinden benim de haberim yoktu. Valla yoktu, olsa bu pis işe girmezdim. Çünkü severim Çilem'i. Baskın verir gibi geldi Nizam. Ama artık iş işten geçmişti. Nizam'ı görünce önce çekindi Çilem, bir iki kadehten sonra rahatladı. Sonrasını biliyorsunuz..."

"Eksik anlatıyorsun," diye uyardım. "Sadece içki içilmemiş o gece, kokain de varmış. Uyuşturucu da çekmişsiniz hep birlikte..."

Kıpkırmızı olmuştu solgun yanakları...

"Ben içmek istemedim. Allah inandırsın, istemedim. Nizam zorladı. Zaten kokaini de o getirmişti. En iyisi, en iyisi, diye övünüp duruyordu. Ben sevmem kokaini, ama Engin kullanırdı. Bana da hap verirdi. Ekstasi filan, bilirsiniz işte. Sanki ilk defa kullanacakmışız gibi bir hava yarattılar o gece. Çilem de istemiyordu, ama ben de kullanınca heveslendi. Sonra kendimizi kaybettik, daha doğrusu ben sarhoş oldum, Çilem de öyle. Uyumak için yatak odasına gittim. Nizam kızın sarhoşluğundan yararlanmış... Ne yaptığını bilmiyordu ki zavallı..."

Elimdeki fotoğrafları gösterdim.

"Bunları kim çekmiş?"

Utanç içinde başını salladı.

"Engin... Engin çekmiş. Çünkü Nizam yalvarmış. 'Çilem olmadan yaşayamam, bu kızla evlenmem lazım,' demiş. 'Elimde bu fotoğraflar olursa onu Barbut'tan kopartırız. Çilem bana kalır. Yardım et,' demiş. Engin de patronuna iyilik yapmak istemiş. 'Zaten İhsan kızı sevmiyor,' dedi bana da. 'Kızı biraz daha kullanıp sonra yollayacak. Oysa Nizam, Çilem'e âşık, nikâh yapmak istiyor. Böylesi kız için daha hayırlı.' İnandım sözlerine. Doğru da çıktı. Siz söylediniz, hakikaten evlenmiş Nizam, Çilem'le... Tabii İhsan Abi'ye yazık oldu, gururu kırıldı adamın. Çilem'i seviyor muydu bilmiyorum ama hapisteyken sevgilisinin başka biriyle birlikte olması, üstelik o kişinin en büyük hasmı olması... Kaldırılacak iş değil..."

Tuhaf kızdı şu Azize, sanki Barbut için üzülmüş gibiydi.

"Peki, Çilem'in duyguları neydi? Hoşlanır mıydı İhsan'dan?"

"Hoşlanmak mı?" dedi çocuk gözlerini iri iri açarak. "Ne diyorsun Nevzat Abi! Deli gibi âşıktı adama. Küçüklükten beri sevdalıymış İhsan Abi'ye. Çilem'in babası, Barbutların adamıymış... Yani Çilem, gözünü İhsan Abi'de açmış... İlk aşk gibi bi'şey... O iğrenç geceden sonra bana yalvardı. 'N'olur bu mesele duyulmasın,' diye. Ben de kimseye anlatmam diye söz verdim, ama Nizam durur mu, fotoğrafları yollamış İhsan Abi'ye. Adam çılgına dönmüş tabii, tekme tokat saldırmış Çilem'e..."

Sanki bir Yeşilçam filminin içinde gibi hissettim kendimi, hakiki bir melodram. Kurtlar sofrasına düşmüş gencecik kızlar, onların imkânsız ve masum aşkları... Adamlar da sevdalarının hakkını veriyorlardı. Kara Nizam'a baksanıza, sevdiği kadını elde etmek için her türlü kepazeliği göze almıştı. Barbut İhsan biraz temkinliydi, sevmiyor muydu acaba Çilem'i? Dün yaptığımız konuşmayı hatırladım, kızın adı geçtiğinde bir suskunluk çöküyordu. Hayır, belli ki o da seviyordu, ama o fotoğrafları gördükten sonra, çok kırılmış olmalıydı. Çilem'in Barbut'la görüşmek istemesinin nedeni de ortaya çıkıyordu böylece. Gururunu kırdığı, onurunu yerlerde süründürdüğü adama, bir parça da olsa borcunu ödemek. O zaman İhsan'ın hapse girmesinde de parmağı yoktu kızın.

"Şu silah meselesi," diye seslendirdim düşüncemi. "Barbut'un içeri düşmesine neden olan tabancayı, Çilem koymamış mı odasına?"

Sanki kapının önünde biri bizi dinliyormuş gibi bakışları odanın aralık kapısına gitti, geldi.

"Bu konuştuklarımızı Nizam bilmeyecek değil mi?"

Amma korkutmuştu insanların gözünü bu Nizam, bizim karşımızda nasıl da süt dökmüş kedi gibi terbiyeli duruyordu oysa.

"Kesinlikle bilmeyecek," diye güvence verdim. "Hepsi aramızda kalacak."

Klarnetçiye çevirdi bakışlarını.

"Sadri Abi, gözünü seveyim, bu anlattıklarımı öğrenirlerse beni yaşatmazlar."

Küskün bir ifade belirdi Sadri'nin esmer yüzünde.

"Aşk olsun Azize... Hangi lafını kime taşıdım bugüne kadar?"

Yanlışının hoş görüleceğinden emin olan bir çocuk gibi nazlandı.

"Yapma öyle Sadri Abi, söylemedin de... Yani öyle, uyarayım dedim işte."

Anında geçti esmer müzisyenin alınganlığı.

"Gerek yok kızım, ben sana kötülük eder miyim hiç?"

Uzanıp dokundu adamın uzun, esmer parmaklarına.

"Etmezsin," dedi gülümseyerek. "Biliyorum, etmezsin..."

Üçümüzün de sabırsız bakışlarını üzerinde hissedince, "Barbut'un yanında çalışanların arasında Nizam'ın bir adamı varmış." diye konuya döndü. "O koymuş tabancayı İhsan'ın masasına... Çilem'in hiçbir suçu yok. Zaten Barbut hapse girince günlerce ağladı kızcağız. Hepsi Nizam'ın tezgâhı. Bir yıl önce İhsan'a ortaklık teklif etmiş. 'Kulübün yarısını bana ver,' demiş. İhsan da kabul etmemiş. İşte ondan sonra bozulmuş araları. 'Nizam Abi'ye yanlış yapılmaz, yapılırsa da bedeli ağır ödenir,' demişti Engin." Birden aklına geldi, dehşet içinde yüzüme baktı. "Gerçekten de Nizam mı öldürdü Engin'i? Ondan habersiz alınan şu Rum evleri yüzünden mi?"

"Öğreneceğiz Azize, öğreneceğiz. Anlattıkların çok önemli. Peki şu adamın ismini de söyledi mi Engin? Barbut'u tuzağa düşüren kişiden bahsediyorum."

Cılız omuzlarını silkti.

"Yok, söylemedi, zaten işiyle ilgili fazla konuşmazdı. 'Ne kadar az şey bilirsen o kadar iyi,' derdi. Beni hep korumaya çalışırdı." Siyah gözler yine buğulandı. "Engin kötü biri değildi Başkomiserim. Kaderi kötüymüş benimki gibi... Beni de seviyordu... Belki kendi de bilmiyordu, ama seviyordu. Nerden anladın diyeceksiniz? Kadınlar anlar." Zeynep'e çevirdi acı dolu bakışlarını. "Öyle değil mi Komiser Abla? Kadınlar anlar..."

Ne diyeceğini bilemeden öylece kaldı Zeynep. Kederli bir sessizlik çökmüştü üzerimize, sadece süzülerek eriyen karların şıpırtısı duyuluyordu.

“Cinayetin nedeni rant olabilir”

Kış güneşine güvenme derdi babam. Aradan iki saat bile geçmemişti ama iyice serinlemişti hava. Bir saate kalmaz çökerdi karanlık. Karanlığa bir diyeceğim yoktu da yeniden kar başlamasa iyiydi.

“Sekiz tapu daha,” diye söylendi Ali sağ elinde taşıdığı Zeynep’in evrak çantasını tartarak. “Dokuz tane de Engin’in evinde bulmuştuk, etti mi on yedi!”

Sakız Ağacı’ndan İstiklal’e doğru tırmanıyorduk, öğlen geldiğim yolun tersine... Çilem’le Nizam’ın çıplak fotoğraflarını saymazsak, sekiz tapudan başka önemli bir delil çıkmamıştı Azize’nin evindeki kasadan. Engin’in bazı evrakları, hiçbir işe yaramaz mektuplar, Durdu’nun fotoğrafları filan... Aslında sevinmiştim, kokain ya da silah bulmadığımıza. Azize’yi yeniden karakola götürmek, yeniden sorgulamak, işkencelerin en büyüğü olacaktı zavallı kız için.

“Bir de Nizam’ın aldıkları var değil mi?” diye binalar hakkında konuşmayı sürdürdü yardımcım. “Kaç taneydi onlar?”

Yokuş dikleştikçe yanaklarına allar basan Zeynep hatırlattı.

“Yirmi iki tane... Üstelik aralarında üç apartman, iki tane de han var.”

Solmakta olan kış güneşinin, son bir gayretle gölgelerini asfalta serdiği harabe evlere bakarak mırıldandı Ali.

“Ne paylaşılmaz semtmiş burası ya!”

Yolun iki yanından küçük dereler halinde akan sulara basmamaya özen göstererek yürüyen Zeynep, "Paylaşılmaz tabii Alicim," diye onayladı erkek arkadaşını. "Burası şehrin göbeği. İstanbul'da gayrimenkuller giderek değer kazanıyor, üstelik hâlâ makul seviyeye ulaşmış değil."

Konu üzerinde kafa yorduğu belliydi. Ben de hiç anlamazdım bu emlak işlerinden. İyi ki de anlamazdım, neyime yetmiyordu Balat'taki baba yadigârı o eski ev.

Ama Ali benim gibi düşünmüyor olacak ki, "Gerçek seviyesi neymiş?" diye atıldı merakla, "Neye göre belirliyorlarmış bu fiyatları?"

Kasadan çıkan tapuları, evrakları koymamasına rağmen, artık içinde ne varsa taşımakta güçlük çektiği, gri renk çantasını koltuğunun altına kıstırırken cevapladı Zeynep.

"New York, Paris, Londra gibi şehirlerdeki ev fiyatlarına göre... Oralarda şehir merkezindeki yüz metre kare evler, milyon dolarlara satılıyor, burada ise üç yüz bin, bilemedin beş yüz bin dolar. Yaşadığımız şehrin pek farkında olmayabiliriz, ama İstanbul bir dünya metropolü..." Yokuşta bir an durup bana çevirdi yorgun bakışlarını. "Siz daha iyi bilirsiniz Başkomiserim, bizim bu güzel şehrimizin, onlardan ne eksiği var..."

"Eksiği insan." Benim yerime yardımcım yanıtlamıştı. İsyan edercesine öfkeli çıkıyordu sesi. Evlerin arasına gerilmiş iplerden sarkan çamaşırları gösterdi. "Şehrin göbeğindeki şu manzaraya bak. İş görüntüde kalsa gene iyi, millet gece girmeye korkar bu sokaklara be. Uyuşturucu burada, fuhuş burada, kapkaç burada..."

"Yoksulluk burada," diye ekledi Zeynep. "Cehalet burada. Cinayet burada. Ama her zaman böyle değilmiş. Eskiden İstiklal Caddesi'ne en güzel elbiselerini giyerek çıkarmış insanlar, burada yaşayanlar da çok farklıydı herhalde. Baksana şu evlerin güzelliğine, şimdi bile fark ediliyor..."

Gözlerim yıkılmayı bekleyen talihsiz binaları taradı. Bir zamanlar bu evlerde yaşayan İstanbulluları hatırladım, onların bu şehre, kültürümüze kattıklarını. Sahiden de lanetlenmiş gibiydi bu semt. Çekilen acılardan sonra uğursuz rüzgârların eksik olmadığı bir belde gibi. Şehrin dokusuna müdahale edilmişti, sadece bu binalara değil, insanların hayatına da. Bu meşum viranelik, İstanbul'un göbeğindeki bu getto, o toplumsal histerinin, o devlet intikamının bir bedeliydi. Ama şimdi bunu çocuklara anlatmaya çalışsam anlamayacaklardı, üstelik çözmemiz gereken iki ölümlü bir cinayet dosyası bizi bekliyordu hâlâ.

"Neyse arkadaşlar," dedim Tarlabaşı'nın üzerimize çöken kötü etkisinden kurtulmak için. "Şehrin halini sonra tartışırız, biz soruşturmamıza dönelim. Nasıl ölmüş Engin, belli oldu mu?"

Usulca başını salladı kriminologumuz. Giderek soğuyan havaya rağmen, alnında küçük ter damlacıkları belirmişti.

"Şefik yanılmamış Başkomiserim. Uzaktan atılan bir bıçakla öldürülmüş. Tek darbe. Yakın mesafeden bıçağın o kadar derine girmesi mümkün görünmüyor. Katilin bu bıçak atma meselesinde usta biri olduğunu düşünüyorum. Özel olarak bu mesele üzerine çalışmış biri."

"Bıçak kullanan bir tetikçi..." diye hayretini dile getirdi Ali. "Aslında pek pratik bir yol değil. Tabii herif psikopat değilse. Yani böyle öldürmekten özel bir zevk almıyorsa..."

"Belki de mesleği bıçak atmaktır."

İkisi de başlarını çevirip bana baktılar.

"Niye olmasın arkadaşlar? Mesela adam eskiden sirkte çalışmıştır. Hani şu bıçak atanlar var ya, onlardan biridir. Sonra da o işi bırakıp tetikçi olmuştur."

Ali dallanıp budaklandırdı işi.

"Adam kendini yetiştirmiş de olabilir. Yani sirkte çalışması filan da şart değil. Her gün antrenman yaparak ustalaşmıştır. Yani Nizam'ın yeğenlerini araştıracaksak bunu da göz önünde bulundurmakta fayda var."

Umutsuzca başını salladı Zeynep.

"Canınızı sıkmak istemem ama, Nizam'ın yeğenlerini araştırdım. Nerdeyse hepsi suça bulaşmış. Kudret gibi cinayet işleyenler de var, yaralama, gasp gibi olaylara karışanlar da. Ama uzaktan bıçak atarak birini yaralama ya da öldürme vakası hiç yok."

Sakız Ağacı'nın Tarlabaşı Bulvarı'na kavuştuğu yerde gördüğüm üç seks işçisi kadından ikisi müşteri bekliyordu hâlâ. Onları görünce Saltanat Süleyman geldi yine aklıma.

"Sahi Zeynep, dün gece verdiğimiz bıçak ne oldu? Saltanat tanıdığımız biri, ama onun da maktulle sorunları varmış. Kumar masasında kendisi için çalışan üç hayat kadınını kaybetmiş Engin'e. Aşağılanması filan da cabası... Yani cinayet işlemesi için yeterli nedeni var. Kan izi tespit edebildiniz mi?"

Göz ucuyla Ali'ye baktı, çünkü dün gece bu teoriye ısrarla karşı çıkmıştı bizim heyecanlı polis, ama nedense şimdi sesi çıkmıyordu.

"Bıçağı adli tıbba gönderdim," dedi kriminologumuz. "Yara yerinin ölçüleriyle karşılaştıracaklar. Hem kan izi olup olmadığını hem de ölçülerin uyup uymadığını yarın öğreneceğiz."

Yardımcımın sessizliği çok sürmedi.

"Bu kadar zanlının arasında," diye mırıldandı düşünceli bir sesle. "Birini göz ardı etmiyor muyuz?"

Trafik ışıklarının orada dikiliyorduk, önümüzden akan amansız araç trafiğinin durması için yeşil ışığın yanmasını bekliyorduk, ama neden bahsettiğini anlamadığımız için ikimizin de bakışları Ali'nin üzerinde toplanmıştı.

"Şu Sadri," diye çıkardı ağzından baklayı. "Bu adam, Azize'yle niye bu kadar ilgili? Babası değil, abisi değil. Sabah emniyete kızla geldi, öğleden sonra yine çıktı karşımıza..."

Bazı ayrıntıları atlıyordu.

"Azize'yi emniyete getirmesini biz söyledik," diye hatırlattım. "Evi aramak için de önce onunla konuştuğumuzu unutma..."

"Tamam Başkomiserim, bunların farkındayım da adamın kıza bu kadar yakın olması..."

Kuşkularında haksız sayılmazdı; Sadri, Neşe Pavyon'da Azize'den ilk bahsettiğinde benim de aklımdan bu esmer, zayıf adamın katil olabileceği ihtimali geçmişti. Ama sonra bu ihtimal kendiliğinden çıkıvermişti zihnimden. Nedenini bilmiyorum, belki adamın yenilmişliği etkilemişti beni, o yenilgiyi, engin gönüllülükle kabul edişi. Evet, bazen insandan çok hikâyesi etkiler sizi, bazen de bizzat o insanın kendisi. Kişiyi yaşadıklarından nasıl ayırabiliriz diye düşünülebilir, ama ayrıdır. Yaşam bizim dışımızdadır, biz olmasak da akar kendi başına. Bazıları kader diyor bunun adına. Kader; kim bulmuşsa bu açıklamayı, iyi bir iş yapmış. Hakikat olup olmamasının bir anlamı yok, kader bizi rahatlatır, felaketlere göğüs germemizi sağlar, çıldırmaktan alıkoyar. Öyle ya, ilahi bir güç tarafından yazılmış kutsal bir senaryoya kim karşı çıkabilir ki? Hem karşı çıksa ne olacak? Kaderin değiştirebildiğimiz kısmı çok azdır, çoğunlukla o azgın nehrin ortasında ayakta kalmaya çalışırız. Zor iştir, ama çetin şartlar altında yaşadıkları halde dimdik durmayı başarmış insanlar da vardır. Sadri de onlardan biriydi işte. Kalk Bulgaristan'dan buralara gel, berbat bir pavyonda müzisyen ol, yetmezmiş gibi bir de etrafı belalı adamlarla çevrili bir kıza yardım etmeye çalış. Cinayeti bu kurgunun ortasına yerleştiremiyordum bir türlü. Hayır, Sadri katilden çok kurban rolüne yakışıyordu bu hikâyede. Ama yardımcımın kaygılarını da yabana atmamak gerekirdi.

"Şu klarnetçiyi de bir araştıralım o zaman, Zeynep," dedim lambaların kırmızısı yeşile dönerken. "Bakalım, bizde dosyası var mı?"

"Haklısınız Başkomiserim, araştıralım, hiçbir boşluk kalmasın." Hızlı adımlarla caddenin karşısına yönelirken ekledi. "Hatta bizimkilere de bir sorayım. Dobrucalıyım dedi ya adam. Belki bilirler..."

Karşı kaldırıma geçince benim emektarın anahtarlarını uzattı Ali.

"Arabayı Taksim'deki otoparka bıraktım Başkomiserim. Biz şu aradan İstiklal'a geçelim, Rikkat Otel'e uğrayacağız, Titiz Tarık'ın kaldığı yer, Sıraselviler'de..."

Vurduğu adamın odasına gidiyordu, onun eşyalarına dokunacaktı.

"İstersen benimle gel," dedim zor durumda kalmaması için. "Zeynep araştırsın Tarık'ın odasını."

Anlamıştı ne demek istediğimi.

"Merak etmeyin Başkomiserim, ben iyiyim." Güven veren bir gülümseme belirdi apaş yüzünde. "Hem kaçgöçle olmaz bu işler, meselenin üzerine gideceksin demez misiniz hep."

İşine geldi mi, nasıl da güzel cümleler kuruyordu serseri.

"İyi madem... Ama otelde işiniz bitince merkeze geçin. Şu mahkeme kararını merak ediyorum. Kudret'in tutuklanıp tutuklanmayacağını... Bu belalı semtte yeni ölümler olmasın."

"Tamam Başkomiserim. Oteldeki işimiz bitince merkeze geçeriz."

Ama bu kadar değildi, kızımızın da yapması gereken işler vardı.

"Sen de şu Jale'ye yoğunlaş Zeynep," diye bir kez daha uyardım onu. "Muhtemelen bu on yedi bina onun parasıyla satın alındı. Daha doğrusu kocası Rıfat Bey'in parasıyla. Anladığım kadarıyla, kocasının servetini üvey oğullarıyla paylaşmayı istemiyor. En azından bir bölümüne şimdiden el koymayı hesaplamış olabilir. Engin de bayıla bayıla suç ortağı olmuştur bu yasadışı işe. Tabii sonra da bütün binaların üzerine kendisi oturmak istemiştir." Elimle karşımızdaki inşaat alanını gösterdim. "Cinayetin nedeni de bu rant olabilir. Sen söyledin Zeynepcim, burada milyon dolarlar yatıyor."

Sanki aradığımız katil, sadece duvarları kalmış şu binaların birinin çıplak penceresinden başını uzatacakmış gibi büyük bir merakla bakıyordu kentsel dönüşüm alanına Zeynep.

"Hiç merak etmeyin Başkomiserim, birini yolladım zaten, Jale Hanım'ın banka hesaplarındaki para hareketleriyle Azize'nin hesabını tek tek araştırıyoruz."

"İyi o zaman, hadi hepimize kolay gelsin arkadaşlar..."

Onlardan ayrılıp Sakızağacı taksi durağının yanındaki iki tarafı restoranlar, kafelerle çevrili Süslü Saksı Sokağı'na saptım. Saat 15:41'i gösteriyordu. Nizam'la saat: 16:00'da buluşacaktık. Erken gitmenin anlamı yoktu. İstiklal'e mi çıksam derken onu gördüm. Evet, şu yazarı. Sol tarafa açılan Süslü Saksı Sokağı'nın içindeki küçük kitapçının önünde, biriyle konuşuyordu. Kendini öyle kaptırmıştı ki konuşmaya, değil bu kadar uzaktan, burnunun dibinden geçsem ruhu duymazdı. Yine de ne olur ne olmaz diyerek köşedeki kafenin sundurmasının altına çekilip izlemeye başladım bu tuhaf adamı. Yollarımızın bu kadar çok kesişiyor olması bir rastlantı mıydı? Yoksa gerçekten de beni mi izliyordu? Evimin yanına taşınmış olması, benim baktığım cinayet davalarıyla ilgilenmesi... İki yıl önce bir haber okumuştum. İsveç'te bir polisiye roman yazarı, kusursuz cinayet işleyebileceğini kanıtlamak için üç kişiyi öldürmüştü. Yok canım daha neler! Evli barklı adam, torunu bile var. Niye böyle bir riske atılsın? Kendini yetersiz hissettiğinden... Yazdıkları ne kadar ilgi çekici, ne kadar çarpıcı olsa da sonuçta bir roman. Hiçbir zaman gerçek bir cinayet vakası çözmemiştir ki bu adam. Hepsi kurgu, hiçbiri hakikat değil. Kendini kanıtlamak için manyakça bir maceraya kalkışmış olamaz mı? Bu işi polislerden de, katillerden de daha iyi bildiğini herkese göstermek için... Yok canım, bu kadar da deli olamaz herhalde. Şununla oturup yüz yüze konuşsam... Anlatmaz ki. Üstelik bir daha da yakamı sıyıramam ondan. Adam şimdiden akrabammış gibi davranıyor, evimden çıkmaz valla o zaman. İşte gidiyor galiba... Evet, tokalaşıp ayrıldı dükkânın önünden. Konuştuğu adam da içeriye girdi. Dükkânın sahibi mi acaba? Yazarla konuşmam olmazdı, ama belki kitapçı onun hakkında ilginç bir şeyler anlatırdı bana.

Kendini yeniden hissettirmeye başlayan keskin soğuğun etkisiyle daha şimdiden ağır ağır donmaya başlayan ıslak zeminde kaymamak için dikkatli adımlarla yaklaştım kitapçıya. Çok da geniş olmayan cam vitrinin üzerindeki gösterişsiz tabelada Semerkant Kitabevi yazıyordu. Kapıyı itip içeri girdim. O canım kitap kokusu çarptı burnuma. Çocukluğumun geçtiği evin alt katındaki salonu hatırladım. Annemin, babamın romanlarının, şiirlerinin, tarih kitaplarının sergilendiği o kocaman, ahşap kütüphanenin kokusu. Tanıdık, kalender bir ses çınladı kulaklarımda. What a Wonderful World'ü söylüyordu Louis Armstrong... Belki de bu yüzden girdiğimi duymamıştı az önce yazarla konuşan adam. Çömelmiş, alt sıralardaki raflara bazı kitapları diziyordu. İşini sevdiği nasıl da belliydi, sanki kutsal bir nesneymişçesine saygıyla dokunuyordu kitaplara; kırılacak, incinecek, canlı mahluklarmış gibi...

"Merhaba," dedim fark etmesi için. "Bi'şey soracaktım."

Beni görünce aşina bir gülümseme yayıldı yüzüne.

"Oo, merhaba Başkomiserim."

Şaşkınlığımı saklayamadım.

"Beni tanıyor musunuz?"

Samimi bir tavırla yaklaştı.

"Ne demek Başkomiserim, sizi kim tanımaz?" Elini uzattı dostça. "Ben Kemal, hoş geldiniz."

O kadar ünlü olduğumu sanmıyordum, ama uzattığı eli sıktım tabii.

"Hoş bulduk Kemal Bey. Sahi nereden tanıyorsunuz beni?"

Sorumu çok anlamsız bulmuş olacak ki omuz silkti.

"Çözdüğünüz cinayetlerden, başınızdan geçen maceralardan. Siz bir kahramansınız Nevzat Başkomiserim."

Allah Allah, farkına varmadan gazeteler bizim hikâyeleri tefrika mı etmişlerdi acaba? Olabilirdi valla, bir araştırmakta fayda vardı. Dükkânın içine bakarken, onu bir kez daha gördüm. Bizim tuhaf yazar, beyaz dişlerini göstererek beşlik simit gibi sırıtıyordu.

"*Patasana*'nın İspanyolcası için yapıldı," diye açıkladı, afişe baktığımı gören Kemal. "İspanyollar pek sevmiş kitabı."

Eh madem laf açılmıştı, artık rahatlıkla sorabilirdim.

"Nasıl bir yazar bu adam?"

Sanki bilmiyor musunuz dercesine baktı yüzüme.

"Sahiden soruyorum... Kitabını okumak istiyorum, ama nasıl yazdığını bilmiyorum."

İnanmayan bir gülümseme belirdi dudaklarında.

"Öyle diyorsanız..."

Bu kitapçı da en az yazar kadar tuhaftı.

"Evet, bilmiyorum, ne yazıyor, neler anlatıyor öğrenmek istiyorum."

Başıyla ilerdeki masayı gösterdi.

"Buyurun şöyle geçelim, size bir çay ısmarlayayım."

Olabilirdi, ama vakit yoktu, Çilem'le konuşmam gerekiyordu.

"Sağ olun, başka zaman. Söylemediniz nasıl bir yazar bu adam?"

Dudaklarında o esrarlı gülümsemeyle bir süre suskun kaldı, sonra, "Benim arkadaşımdır, övmek ayıp kaçar." Bir an düşündü. "Selim İleri'yi sever misiniz?"

"Kim sevmez Selim Bey'i. İlk annem tanıştırmıştı onun kitaplarıyla beni. Bizim Evgenia da bayılır romanlarına. Elinde son romanı vardı. *Mel'un*'du galiba adı."

"*Mel'un Bir Us Yarılması*," diye düzeltti kitapçı. "Mesela Selim İleri beğenir, bizim polisiyeciyi. Her kitabını sever mi bilmiyorum, ama iyi ahbaptırlar."

"Haklısınız, Selim Bey iyi bir referans."

"Fakat isterseniz size bir kitabını hediye edeyim, okuyun. Kendiniz karar verin."

Polisiye yazarının, turuncu sırtlı kitaplarına ayrılmış rafa uzanıyordu ki durdurdum onu.

"Teşekkür ederim, şimdi bir görüşmeye gitmem lazım. Hediye kabul etmem, ama başka zaman uğrayıp alırım."

"Cinayet işleyenler, kurbanlarıyla birlikte kendi huzurlarını da öldürürler"

Önce ağır bir kebap kokusu, sonra Nizam'ın gülümsemesi karşıladı beni. Kapıyı açar açmaz, burnumun ucunda belirivermişti mafya babasının çirkin bir maskeyi andıran suratı. Nerden haber almıştı geldiğimi, yoksa beni mi gözlüyordu pencereden?

"Hoş geldiniz Başkomiserim, sefalar getirdiniz..."

Samimi olduğuna inanmadığımdan mıdır nedir, artık sevimli gelmiyordu bu adam bana.

"Hoş bulduk," dedim en az onunki kadar sahte bir gülümsemeyle. "Hayrola, kapıda mı bekliyordun Nizam?"

Arsız bir kahkaha koyverdi.

"Yok Başkomiserim, çocuklar haber verdi, sokağa girdiğinizi görmüşler de..."

Hemen arkasında, el pençe divan durmuş iki yeğeni dikiliyordu. Terbiyesizlik olmasın diye, bakışlarını yere dikmişlerdi. Birden fark ettim, ben içeri girince herkes ayağa kalkmıştı. Herkes dediğim de hepsi genç, çoğu esmer, kavgaya dövüşe hazır delidolu adamlar. Bütün yeğenlerini ocakbaşına mı toplamıştı bu Nizam? Fidan'ın arkadaşlarından gelebilecek bir saldırıya karşı kendini güvenceye almaya çalışıyordu herhalde. Saldırı olabileceği ihtimalini fısıldamıştı birileri kulaklarına. Ya da kıyıcı adamların her zamanki haliydi bu; cinayet işleyenler, kurbanlarıyla birlikte kendi huzurlarını da öldürürler.

"Şöyle geçelim mi Başkomiserim?"

Geniş bakır bacası işlemelerle süslenmiş, nar kırmızısı kömür parçacıklarının parlayıp söndüğü, ince uzun ocağın yanındaki masayı gösteriyordu. Ocağın hemen sağ tarafındaki yayvan tepsinin üzeri pişirilmeyi bekleyen kebap şişleriyle doluydu: Patlıcanlı, domatesli, soğanlı, Adana, Urfa, çöp şiş, tavuk şiş, insanın aklına gelebilecek bütün kebap çeşitleri... Umarım benim için hazırlamamışlardır diye düşünürken bakışlarım ocağın karşısındaki masaya kaydı. Gâvurdağı salatası, söğüş domates, yeşil biber, salatalık, maydanozdan naneye, rokadan tereye kadar envai çeşit yeşillik, közlenmiş patlıcan, çökelek, cacık tabaklarıyla doluydu üzeri.

"Size layık değil ama çocuklar hazırlamış bi'şeyler," diyerek korktuğumun başıma geldiğini müjdeledi Nizam. Şölen masasının önünde mahcup bir tavırla söylendim.

"Çok teşekkür ederim, zahmet etmişler, ama hiç aç değilim, az önce yedim."

Yılışık yılışık sırıttı.

"Gene yersiniz Başkomiserim, babayiğit adamsınız n'olacak?"

Kesin bir ifadeyle başımı salladım.

"İstemem Nizam. Gerçekten..."

Hayal kırıklığına uğramıştı, ama hemen pes etmedi.

"Bakın söylemedi demeyin, bu kebapları başka bir yerde yiyemezsiniz..."

Takdir eden gözlerle bir kez daha baktım tepsideki şişlere.

"Enfes görünüyorlar." Elimle karnıma dokundum. "Ama hakikaten yer yok."

İki çalı kümesini andıran kaşları birbirinden ayrıldı. Üzülmüştü, sadece beni etkilemek değildi amacı; yedirmek, içirmek babalığın şanındandı.

"Başka zaman," dedim teselli niyetine. "Şu işlerden bir kurtulalım."

Sanki aynı taraftaymışız gibi konuşmam sevindirmişti onu.

"Evet Başkomiserim, şu işlerden bir kurtulalım, başımızda bir kara bulut dönüp duruyor ya, hayırlısı."

İçeri doğru genişleyerek uzanan salondaki boş masalara bir göz attım.

"Hacer Hanım yok mu?"

Karısının adını duymak bile tatlı bir yumuşaklık getirmişti sert yüzüne.

"Gelir şimdi... Kadınları bilirsiniz Başkomiserim. Bizimki de yeni gelin, dikkat ediyor giyimine kuşamına... E, yaşı da genç..." Genç derken gözleri gururla parıldamıştı. "Ben de karışmıyorum tabii. Hangi devirde yaşıyoruz. Kadın özgür olacak tabii. Alışveriş, kuaför filan işte geziyor. Merak etmeyin, az önce aradı beni, yoldaymış..."

O anda düştü jeton, Nizam'ın karısı Barbut İhsan'ın yanından geliyor olmalıydı. Bugün görüşeceklerdi. Bilseydi ne yapardı acaba? Olan bitenden bihaber olan taze koca, sol taraftaki karanlık merdiveni gösterdi.

"Şöyle yukarı çıkalım o zaman madem yemek yemeyecekseniz, yazıhanede konuşuruz."

"Tamam, iyi olur..."

Önden benim geçmem için saygıyla bekledi, racondu, ne yaparsam yapayım, önüme geçmeyecekti, çaresiz yürüdüm. Peşim sıra gelirken ocakbaşındaki ustaya seslendi.

"Kebaplar beklesin, Sıtkı'ya da söyle çiğköfteye başlamasın."

İlk basamağa adımımı atar atmaz, otomatik olarak yandı ışıklar ve aynı anda bir müzik duyuldu. Nihavent makamında bir eser çalıyordu. Kartonpiyerlerin ardına gizlenmiş hoparlörlerden geliyor olmalıydı ses. Müzik eşliğinde geniş merdivenleri tırmanmaya başladım. Duvarlara sıra sıra, renk renk yemek fotoğrafları asılmıştı. Lahmacun, ali nazik, çiğköfte, gâvurdağı salatası, babagannuş, haydari, içli köfte ve kebaplar, yazlık kışlık, çeşit çeşit, türlü türlü kebaplar... Haksızlık etmeyelim çok da iyi çekilmişti fotoğraflar. Baktıkça insanın iştahı açılıyordu doğrusu. Galiba reddetmekle yanlış bir karar vermiştim. Neyse ki bu gösteri çok sürmedi, basamaklar sona erdi ve gözlerimin önünde aşağıdakinden daha küçük bir salon beliriverdi.

Ama sola değil, sağ taraftaki ahşap kapıya yöneldi Nizam.

"Müsaadenizle Başkomiserim." Merdivenin yanındaki kapının tokmağına uzanıp kendine doğru çekti. Patronunu görmesiyle birlikte, masada oturan dazlak adam suçüstü yakalanmış gibi telaşla ayağa kalkmaya çalıştı.

"Buyurun Nizam Abi..."

Zavallım o kadar kiloluydu ki ne kadar acele etse de olmadı, o doğrulana kadar biz odanın ortasına varmıştık bile.

"Haydi Hilmi, haydi," diye azarladı Nizam Abisi. "Çabuk, Başkomiserimin paltosunu al."

Adeta yuvarlanarak yaklaşan Hilmi, uzattığım paltoyu aldı. Performansının azamisini göstererek kapının arkasındaki askıya astı. Aynı anda Nizam artık alıştığım bir davranışta bulunarak Hilmi'nin kalktığı boş koltuğu gösterdi.

"Buyurun, şöyle geçin."

"Yok," dedim öndeki iskemleye yönelirken. "Ben böyle oturayım, daha rahat ederim."

Sonunda dayanamamış gibi yalancıktan patladı.

"Böyle olmaz ki, yemek yapıyoruz yemiyorsunuz, hürmet edelim diyoruz izin vermiyorsunuz. Bir raddeden sonra bize hakaret sayılır bu Başkomiserim."

Gülümsemem, alttan almam gerekirdi, büyük bir ciddiyetle karşımdaki iskemleyi gösterdim.

"Otur Nizam, geç şöyle otur."

Yapmacık alınganlığı anında sona erdi. Bu Allahın belası polisle işimiz var ifadesi belirdi bir an gözlerinde, ama sadece bir an, sonra uysal bir tavırla çöktü gösterdiğim iskemleye. Otururken bakışları tombul müdüre kaydı, adamcağız kapının önünde öylece bekliyordu.

"Ne duruyorsun Hilmi?" diye fırçaladı. "Bak hâlâ bakıyorsun... Git hadi, git çay söyle çabuk. Hadi sallanma..."

Elimi kaldırarak, "Teşekkür ederim, ben çay filan da istemiyorum," dedim. Yeni bir hayal kırıklığıyla baktı Nizam.

"Bir bardak çayımızı da mı içmeyeceksiniz Başkomiserim?"

"Sabahtan beri içtiğim çayın haddi hesabı yok. Çarpıntı yapıyor fazlası."

Kararlı olduğumu anlayınca adamına döndü:

"Tamam, çay may istemiyoruz, çek kapıyı çık hadi."

Alı al, moru mor kendini dışarı attı Hilmi.

"Hazırlıklar için çok teşekkür ederim," dedim ciddiyetimi gram eksiltmeden. "Gösterdiğin hürmet için de ama ben görevdeyim..."

Aynı sahte kibarlıkla itiraz edecek oldu.

"Ama Başkomiserim..."

"Aması maması yok... Eminim kebaplarınız çok lezzetlidir. Dediğim gibi şu işler hayırlıysa bir çözülsün, bir gün gelir, yerim. Evet, hesap almazsan onu da yapmam..."

Güya takdir eden gözlerle süzdü beni, içinden ne isteyecek acaba bu polis diye geçiriyordu muhtemelen.

"Janti Cemal'in ısmarladığı yemekleri de yemiyorsanız tamam," dedi ellerini göğsünde kavuşturarak. "Hiç alınmam. Ama bizi ayırıyorsanız, işte o zaman üzülürüm."

Tavır değişikliğine gidiyordu, artık kartları açık oynamak istiyordu.

"Eğer bizde bir eksiklik varsa telafi edebiliriz." Ellerini göğsünden çözmüş, dirseklerini dizlerinin üstüne dayayarak bana doğru eğilmişti. İğrenç bir gülümseme yayıldı suratına. "Yanlış anlamayın lütfen... Yani ben de sizin dostunuz olmak isterim. Cemal Abi gibi... Üstümüze düşen ne varsa yerine getirmeye hazırım."

Rezil herif, üstü örtülü rüşvet teklif ediyor, onu desteklersem ya da yaptıklarını görmezden gelirsem çıkarlarımı kollayacağını ima ediyordu. Hemen reddetmenin bir yararı olmazdı. Güya, onun dümen suyuna giriyormuş gibi görünmeye karar verdim.

"Yok canım, niye yanlış anlayayım," dedim iki elimin parmaklarını birbirine geçirerek. "Elbette dost olabiliriz. Niye olmayalım?"

Nizam o kadar alışkındı ki bu türden ilişkilere, aramızda gizli bir pazarlığın başladığı kanısına kapıldı. O cesaretle kırgınlığını dile getirmekten bile çekinmedi.

"Öyle diyorsunuz da Başkomiserim, bizim Kudret'e neler yapmışsınız içeride..."

İçindeki sitem, gözlerinde öfke parıltıları olarak dışa vuruyordu. Demek ki pek sevdiği bir yeğeniydi o katil. Belki de Kudret'e yapılanı kendine yapılmış bir hakaret sayıyordu.

"Niye, ne yapmışız ki?" diye anlamazlığa vurdum. "Yanında avukatı bile vardı."

Yapmayın dercesine başını geriye attı.

"Çocuğun ağzına tükürmüş, şu yanınızdaki genç polis. Delikanlı adama yapılır mı bu?"

Sakin bir ifadeyle baktım.

"Biri senin anana küfretse sen ne yapardın?"

Beti benzi attı.

"Küfür mü etti Kudret?"

"Yoksa ağzına niye tükürsün Ali. Kudret dua etsin ben oradaydım. Olmasaydım..."

Daha fazla duymak istemedi.

"Tamam, tamam, anladım, bizim it terbiyesizlik etmiş... Devletin memuruna, polisine saygımız sonsuzdur..." Böyle söylemesine rağmen gerginliğinden bir türlü kurtulamıyordu. "Fakat siz de çok üstüne gitmişsiniz... Olay belli, bariz nefsi müdafaa. Mahkemeye çıktığında da serbest kalacak zaten..." Sanki söylenmemesi gereken bir şeyi ağzından kaçırmış gibi birden sustu. "Yani avukat Sacit öyle söylüyor."

Hiçbir şeyin farkında değilsin dercesine başımı sallayarak, "Şanslıysanız Kudret serbest kalmaz," dedim. "En az birkaç ay yatar içerde. Eğer Kudret bugün çıkarsa ne onun için ne de senin için iyi olur."

Çalı kaşları bitişti, minik gözleri iyice kayboldu göz çukurlarında.

"Ne demek istiyorsunuz?"

Alaycı bir ifade takındım.

"Hadi Kara Nizam, bilmezmiş gibi yapma, çoktan almışsın istihbaratı. Dün öldürdüğünüz kızın arkadaşları bunu bırakmaz yanınıza... Hepsi patlamaya hazır bomba gibi. Eğer Kudret serbest kalırsa..."

Kara yüzünde sapsarı bir endişe belirmişti, yine de yiğitliğe leke sürmedi.

"Üç beş çapulcuya pabuç bırakır mıyız biz?"

Alaycı bir gülümseme takındım.

"Orasını bilmem, ama üç beş çapulcu dediğin adamlar, geçen yaz Taksim'de hükümete geri adım attırdılar. Yüzlerce polis yığdık buraya, yine de başa çıkamadık."

Boş boş baktı suratıma.

"Gezi Parkı diyorum, ne oldu orada? Devletin bütün gücüne, o kadar tazyikli suya, biber gazına rağmen kim kazandı?"

Ardı ardına yutkundu korkuyla....

"O kadar kalabalık mı bu çakallar?"

Çaresizmiş gibi dudak büktüm.

"Ne kadar olduklarını kim bilebilir ki? İnternetten bir haber yayıyorlar, bir saat içinde binlerce insan topluyorlar. Zaten Gezi olaylarından kinleri varmış size. Fidan'ın ölümü de iyice tuz biber ekti üzerine. Daha da beteri, Gezi'dekiler barışçıl çocuklardı, ama silahlı gruplar da işin içine girerse..."

Yüzünden çekilen kanla birlikte, Nizam da geri çekildi.

"Tarlabaşı'ndaki Kürtler mi?"

Blöfümün işe yaradığından duyduğum memnuniyeti gizlemeye çalıştım.

"O kadarını bilmiyorum," diye söylendim. "Kürtler de olabilir Türkler de, çok silahlı örgüt var İstanbul'da... Terörle Mücadele ne kadar operasyon düzenlerse düzenlesin, bir türlü bitiremiyor."

Kapkara bir endişe gelip çöreklenmişti mercimek gözlerine.

"Üstelik yeni evlendin," diye kanayan yarasına tuz bastım. "Balayı bile yaşamamışsın Hacer Hanım'la. Şimdi de bu bela. Birkaç eylemciyi öldürseniz n'olacak? Bu sefer biz yapışacağız yakanıza..."

Çaresizlik hızla ele geçirmişti bütün benliğini.

"Peki n'apıcaz o zaman?" diye öfkeyle söylendi. Yana açtığı elleri titriyordu. "Aşağı tükürsen sakal yukarı tükürsen bıyık."

Gizli bir sır verir gibi öne doğru eğildim.

"Birkaç gün dükkânları kapat..." Elimle etrafı işaret ettim. "Ocakbaşlarını, kahvehaneyi, kulübü, otoparkı. Ne varsa... Yeğenlere de ortalıkta görünmemelerini söyle. Sen de Hacer Hanım'ı al, bir tatil yap. Mesela bir hafta Rusya'ya git. Vize filan da yok. Moskova şahanedir şimdi."

Kafası allak bullak olmuştu, söylediklerim mantıklı geliyordu, ama hâlâ bana güvenmiyordu. Janti Cemal'in adamı olarak ona bir oyun mu oynuyordum yoksa? Barbut İhsan'ın lehine bir dümen mi çeviriyordum? O anda açıldı kapı. Enfes bir koku doldu içeriye, sonra uzun boylu, sarışın bir kadın belirdi kapının önünde. Yer yer siyah gölgelerle kaplı altın rengi samur bir kürk vardı sırtında, biraz daha açık sarı olan saçları yeni yapılmıştı, kalın kumral kaşlarının altında, cesurca bakıyordu zümrüt rengi iri yeşil gözleri, abartısız bir kırmızı rujla canlandırılmıştı dolgun dudakları... Belki birazcık burnu iriydi, ama ne yalan söylemeli, bu kusur bile değişik bir çekicilik katıyordu uzun yüzüne. Güzeldi, gerçekten güzel kadındı, eski adıyla Hacer, yeni adıyla Çilem.

Karısını görür görmez, ne yaklaşan tehlike ne yeğeninin işlediği cinayet, ne karşısında oturan şu güvenilmez başkomiser, hepimizi, her şeyi unuttu Nizam. Derin çukurlardaki gözleri sevinçle ışıldadı, çirkin yüzüne yine bir sevimlilik yayıldı.

"Hacer Hanım," dedi sanki ağzından binlerce Hacer çıktı. Öyle böyle değil, Nizam sahiden de fena halde âşıktı belki de kendisinden ölesiye nefret eden bu genç kadına.

"Hoş geldin Hacer Hanım."

Sanki bakmaya doyamıyormuş gibi gözlerini alamıyordu genç karısından, ama Hacer'in pek umurunda değildi bu ilgi.

"Hoş bulduk," dedi adama önemsemeyen bir bakış attıktan sonra. "İyi, sıcakmış burası."

Kürkünü çıkarınca bej kaşmir bir kazağın sarmaladığı dolgun göğüsleri, tarçın rengi dizüstü bir etekle kapatmaya çalıştığı uzun bacakları ortaya çıktı. Güzelliğinin yarattığı etkiden emin, ama bunu önemsemeyen bir edayla bana çevirdi şahane gözlerini.

"Merhaba Nevzat Bey." Emin olamadı. "Başkomiser Nevzat değil mi?"

Ayağa kalktım, elimi uzattım.

"Merhaba Hacer Hanım."

Uzattığım eli usulca sıktı, parmakları da en az bakışları kadar soğuktu.

"Çilem demenizi tercih ederim."

Gülümsedim, yalan değil sahicisinden, kim ne derse desin güzel kadınlar iyi duygular uyandırıyordu insanda.

"Nasılsınız Çilem Hanım?"

Cılız bir sesle, "İyiyim," lafı döküldü dudaklarından; anlaşılacağı üzere kocası gibi bana da hiç yüz vermedi. Barbut benden bahsetmemişti, demek ki hâlâ güvenmiyordu kadına. Bu iyi haberdi, ama Çilem'in bana karşı açık davranmasını engelleyecekti. Öte yandan bu çekici kadına ne kadar güvenebileceğimden ben de hiç emin değildim. Nizam'dan hoşlanmadığı açıktı, ama adamın aldığı servet değerindeki kürkü hiç tereddütsüz geçirmişti sırtına. Kocasını sevmese de onun sağladığı konfora âşık olan çok kadın tanımıştım.

"Gel, şöyle otur," diye yanındaki iskemleyi gösterdi kocası. Hiç acele etmeden elindeki pahalı kürkü, benim ucuz paltonun yanına astıktan sonra yerine getirdi Nizam'ın isteğini. Sonra gözlerini yüzüme dikti, evet, işte karşınızdayım dercesine bakmaya başladı.

"Görüşme talebimi kabul ettiğiniz için teşekkür ederim," diyerek başladım. "Engin'i siz de tanıyormuşsunuz."

Yüzünde tek bir mimik bile oynamadan sakince dinliyordu.

"Nasıl tanışmıştınız?"

Bej rengi kazağının kenarını düzeltti.

"Tarlabaşılılar Kulübü'nde tanıştık. Bir ara oraya çok gelirdi Engin."

Usulca tehlikeli sulara doğru çektim sohbeti.

"Siz de orada çalışıyormuşsunuz öyle mi? İhsan Bey'in yanında."

"Babamdan dolayı," dedi umursamaz bir tavırla eteğinin üzerine düşen saç telini alırken. "Babam, İhsan Bey'in babasının yanında çalışırdı." Parmaklarının arasında tuttuğu saç telini sehpanın üzerindeki kül tablasına bıraktı. "Anlarsınız, bir elemandan çok yakın iki dost gibiydiler. Ben de o vesileyle İhsan Bey'in mekânında çalıştım bir süre."

Hemen tamamladım hikâyesini.

"Sanırım İhsan Bey hapse girinceye kadar oradaymışsınız..."

İlk kez tedirgin bir bakış attı yüzüme.

"İhsan Bey'in hapse girmesiyle ilgisi yok. Zaten ayrılacaktım kulüpten. Pek hoşlandığım bir yer değildi."

Suratına rahat bir gülümseme yayılan Nizam, "Biz o sırada tanıştık zaten," diye girdi araya. "Sonra da çalışmasına gerek kalmadı." Uzanıp kadının elini tuttu. "Evinin kadını oldu Hacer Hanım."

İsteksiz bir gülümsemeyle onayladı genç kadın, ama elini usulca geri çekti.

"Araları neden bozuldu?" diye sordum. "İhsan'la Engin'in diyorum. İhsan hapse girinceye kadar iyi dostlarmış."

"İyi dost filan değillerdi," diyecek oldu Nizam.

"Mümkünse Çilem Hanım cevaplasın," diye kapattım ağzını. "Sen zaten anlatmıştın."

Alınmış gibi gözlerini devirdi, gergin bir tavırla bacak bacak üstüne attı.

"Tamam Başkomiserim, nasıl isterseniz."

Nizam'ı terslememem sanırım hoşuna gitmişti Çilem'in. Zümrüt gözlerdeki soğukluk kırılır gibi oldu.

"İhsan Bey kulüpte bulunan silahtan Engin'i sorumlu tutuyordu. Yani hapse girmesine neden olan tabancayı, odasına Engin'in koydurtmuş olacağına inanıyordu. 'Hem silahı oraya koydurttu hem de polise ihbar etti,' demişti bana."

"Yalan söylüyor şerefsiz!" diye yine araya girdi Nizam. "Bize pislik atacak ya..."

Aldırmadan Çilem'le konuşmayı sürdürdüm.

"Peki, siz ne diyorsunuz? Engin mi koydu silahı oraya?"

Belirsiz bir ifade gezindi gözlerinde.

"Aslında Engin hiç uğramamıştı kulübe. Yani onun koyması imkânsızdı."

"Birine koydurtmuş olabilir mi?" diye üstü örtülü biçimde kendisini suçladım. "Mesela orada çalışan bir elemana..."

Hayret, hiç üstüne alınmadı.

"Olabilir tabii, ama kim yapar ki bunu? Tarlabaşı Kulübü'ndekilerin hepsi severdi İhsan Bey'i."

"Ama biri koymuş olmalı," diye fikir yürütmeyi sürdürdüm. "Çünkü İhsan, silah benim değil, diyor."

"Öyle..."

"Peki, aralarında böyle bir mesele olduğuna göre, Engin'i İhsan öldürtmüş olabilir mi?

Bakışlarını kaçırdı, beden diliyle hayır mesajı vermeye çalıştı. Kocasının gözlerini kırpmadan kendisini izlediğini fark edince, "Bilmiyorum Nevzat Bey," demeyi tercih etti. "Evet, aralarında bir husumet vardı, ama İhsan Bey cinayet işlemeye kadar götürür mü işi, o kadarını bilemem."

Artık sinirlenmeye başlayan Nizam, "Bunda bilmeyecek ne var Hacer Hanım?" diye kükredi. "Tabii ki İhsan öldürttü Engin'i. Başka kim olacak?"

Hemen soktum lafı:

"Ya evdeki kiralık katil? Titiz Tarık'ı kim kiraladı o zaman?"

Sağ bacağını sol bacağının üzerinden indirdi öfkeyle.

"Nerden bilelim kim kiraladı?"

Kendini de sesini de kontrol etmeyi bırakmıştı, uzlaşma yerine çatışmayı mı seçiyordu?

"Kızmaca yok Nizam... Ben olup biteni anlamaya çalışıyorum sadece."

Sıkıntıyla ofladı.

"Biliyoruz Başkomiserim, biliyoruz da bu meseleleri konuştuk, tekrar tekrar sormanın ne faydası var?"

"Bu meseleleri seninle konuştuk, Çilem Hanım'la değil," diyerek yine genç kadına döndüm.

"Cinayet gecesi Uludağ'daymışsınız..."

Laf nereye varacak diye tedirginlik içinde dinliyordu.

"Sanırım o gün evlenmişsiniz..."

Çilem'in cevap vermesine fırsat tanımadan, Nizam iç cebinden çıkardığı belgeyi burnumun ucuna kadar soktu.

"İşte burada, bakın evlendiğimiz tarih açıkça yazıyor orada. 31 Aralık 2013... Yeter artık Başkomiserim, zorlamayın bizi. Yalan mı söyleyeceğiz size?"

Kara suratı öfkeden kıpkırmızı olmuştu, alnında beliren bir damar deli gibi atmaya başlamıştı.

"Sakin ol Nizam," diye bu defa Çilem yatıştırmak istedi. "Nevzat Bey işini yapıyor..."

Çalı kaşları çatıldı, bu konuşma burada bitmiştir, yarın avukatımızın yanında konuşursun diyeceğini sandım, elini cebine sokup sigara paketini çıkardı.

"Kusura bakmayın, ben bir sigara yakıcam."

Çık dışarıda iç demek vardı, ama köprüleri atmak işime gelmiyordu. Duymazdan gelip genç kadına sordum.

"Engin'in ölüm haberini alınca şaşırdınız mı?"

Bakışlarını yine kaçırdı.

"Şaşırmaktan çok üzüldüm. Gerçekten üzüldüm..."

İşte bundan emin değildim, hayatını karartan bir adam için üzüleceğini hiç sanmıyordum.

"Tanıdığım biriydi," diye kesik kesik sürdürdü açıklamasını. "Güzel günlerimiz olmuştu. Aslında kötü bir insan değildi..."

Ciğerlerine çektiği sigara dumanını efkârla üfledi Nizam.

"İyi bir insandı," dedi kesin bir ifadeyle. "Delikanlı adamdı. Kırk okka çekerdi yüreği..."

Serzenişte bulunmanın tam sırasıydı.

"Sizi de o tanıştırmış değil mi?"

Çıplak çekilmiş fotoğrafları ima ettiğimi anlayan Çilem'in solgun teni pembeleşti, ama Nizam'da utanç duygusunun zerresi yoktu, minik gözlerini inadına suratıma dikti.

"Evet öyle oldu, Allah gani gani rahmet eylesin, Engin tanıştırdı bizi."

Kavgaya ramak kalmıştı, o anda yetişti yardımıma telefonumun zili.

"Özür dilerim," deyip açtım. "Alo?"

"Alo Başkomiserim, ben İhsan... Çilem'le konuştum. Katilin kim olduğunu biliyorum..."

Bir sen eksiktin diye geçirdim içimden. Göz ucuyla Nizam'ı süzdüm. Sigarasını emip duruyordu, Çilem ise eski sevgilisiyle yarım saat önce yaptığı konuşmanın etkisinden hâlâ kendini kurtaramamış, dalgın dalgın bakınıyordu.

"Güzel," dedim telefonun öteki ucundaki, bu aşkın üçüncü şahsına. "Nerdesin şimdi?"

"Kulübe döndüm."

"Anlaşıldı, birazdan geliyorum. Ayrıntılı konuşuruz orada."

Müsait olmadığımı fark etmiş olacak ki üstelemedi.

"Bekliyorum Başkomiserim," diyerek kapattı.

Artık benim de bu sohbeti kapatma vaktim gelmişti. Aksi halde yaka paça birbirimize girecektik Nizam'la. Yeni çifte içtenlikle gülümsedim.

"Gitme vaktim gelmiş." Elimdeki telefonu gösterdim. "Çocuklar beni çağırıyorlar..." Nizam'a döndüm. "Engin'den bahsediyordun galiba?"

"Evet, Allah rahmetliden razı olsun, bizi bir araya getirdi diyordum."

Çilem'in suskunluğu manidardı, ama önemsemez göründüm.

"Hayırlı bir iş yapmış gerçekten," diye ellerimi ovuşturdum. "Demek ki bize de mutluluk dilemekten başka bir şey kalmıyor."

Şaşkınlık içinde öylece kaldı Nizam. Suskunluğumun sürdüğünü görünce temkinli bir iyimserlik içinde sordu:

"Bitti mi? Hepsi bu kadar mı?"

Ellerimi usulca dizlerimin üzerine vurdum.

"Benden bu kadar, ama sizin söyleyecekleriniz varsa..."

Sigarasından bir nefes daha çekti, ama bu defa hırsla değil keyifle savurdu dumanı havaya...

"Benim söyleyeceğim bi'şey yok. Senin var mı Hacer Hanım?"

Rimelli kumral kirpikler, yeşil gözlerin üzerine kapandı, açıldı.

"Yok," dedi renksiz, heyecansız bir sesle. "Ne olabilir ki?"

"Seven erkek ne yapmaz?"

"Adamın ismi Lütfü'ymüş. Milano'dan gelmiş, tahmin edeceğiniz gibi İtalyan mafyası yollamış. Uludağ'daki otelde buluşmuşlar. Düşünebiliyor musunuz adamdaki rezilliği, balayını geçirdiği kral dairesinde İtalyan mafyasının adamıyla görüşüyor. Belki de özellikle İstanbul dışında bir yerde buluşmak istedi Nizam. Şerefsizdeki ferasete bakın Başkomiserim, bir yandan nikâh yapıyor, bir yandan işini hallediyor. Engin'in İstanbul'da Lütfü'yü görmesinden korkuyor. Çünkü Lütfü eskiden Enginlerin adamıymış..."

Tarlabaşılılar Kulübü'nde, Mualla adındaki buldokun sırtüstü yatıp bacaklarını açarak, süt dolu memelerini beş yavrusuna cömertçe sunduğu fotoğrafın altındaki masasının başında, heyecanla anlatıyordu Barbut İhsan. Ama coşkusunun asıl nedeni öğrendiği ilginç bilgilerden çok Çilem'le konuşmuş olmasıydı. Kadın masum olduğuna ikna etmiş olmalıydı onu, muhtemelen ikna olmaya çoktan hazırdı zaten. Yeşilçam filmlerinin klişe lafını biraz çarpıtırsak, şöyle de diyebilirdik: "Seven erkek ne yapmaz?" Evet, emindim İhsan da tıpkı Nizam gibi seviyordu o sarışın kadını.

"Kral dairesinin salonunda konuşuyorlarmış," diye sürdürdü dudaklarını yalayarak. "Lütfü'yle Nizam diyorum. Baş başa, koruma için yanında olan dört yeğeninden tekini bile sokmamış içeriye. Çilem'i de yan odaya yollamış. Ama duvarlar o kadar inceymiş ki ne konuşuluyorsa hepsi duyuluyormuş içeriden. 'İtalyanlar seninle iş yapmak istiyor,' diyormuş Lütfü. Çünkü Engin'in amcası Durdu ölünce Türkiye'den gelen eroin sevkiyatı kesilmiş. Güvenilir bir satıcıya ihtiyaçları varmış adamların. Nizam önce uzak durmak istemiş, bunun üzerine Lütfü, üç yıl önce yakalanan uyuşturucu meselesini açmış. Biliyorsunuz Nizam üç yıl önce yüklü miktarda uyuşturucu yakalatmıştı bir gemide. Eroin, kireç taşının içine gizlenmiş, ama polis sanki eliyle koymuş gibi bulmuş malı. Yani içeriden birinin ihbar ettiği kesinmiş. Meğerse o ihbarı yapan Engin'miş. Elbette Amcası Durdu'nun emriyle. Çünkü Durdu, İsviçre-İtalya ekseninde kendisinden başka satıcının olmasını istemiyormuş. Tabii Lütfü'nün bu sözlerine hemen inanmamış Nizam. 'İspat edebilir misiniz?' diye sormuş. Hazırlıklı gelen Lütfü, İtalyan polisinin gizli raporlarını önüne sermiş. Bunun üzerine çıldırmış Nizam. Zaten öyledir, önce hiç sesini çıkarmadan dinler, ama bir kere tepesi attı mı, gözü hiçbir şey görmez. Dünya yansa, oluk oluk kan aksa umurunda olmaz. Affedersiniz, 'O Engin'in anasını siktim o zaman!' diye bağırmış. 'Demek amca yeğen bana oyun oynadılar, ben de onun burnundan fitil fitil getirmezsem bana da Kara Nizam demesinler!' diye ulumuş. Bütün detaylarıyla anlattı Çilem. Lütfü'yü yolladıktan sonra da bir türlü kendine gelememiş. 'Bir ara dışarı çıktı,' diyor Çilem. 'Muhtemelen yeğenleriyle konuşmaya.' Belki de İstanbul'u arayıp Engin'i ortadan kaldırın demeye..."

Oldukça önemliydi anlattıkları, Nizam'ı zanlılar listesinde ilk sıraya oturtabilirdi, ama acele etmemekte yarar vardı.

"Ne zaman olmuş bu konuşma?" diye didiklemeye başladım. "Nikâhtan önce mi, sonra mı?"

Sözlerinin beni yeterince heyecanlandırmamış olmasından çok, şu nikâh meselesini sormam canını sıkmıştı.

"Nikâhtan sonra, akşam yemeğinden hemen önce..."

Emin olmam gerekiyordu.

"Yani 31 Aralık günü..."

"Evet," diye onayladı. "Yani Engin öldürülmeden altı yedi saat önce."

Böyle söylemesine rağmen bir yandan da neyi sorguluyorsun, her şey gün gibi ortada dercesine sabırsızca bakıyordu.

"Yanlış anlama İhsan. Sana inanıyorum. Çilem'in yalan söylemesi için de bir neden yok. Ama Nizam'ı tanıdım, öyle aldığı bir malumatla en yakın adamını öldürecek biri değil. Sağlamcı bir adam. Emin olması gerekir."

Neden anlamıyordum ki?

"Olmuş zaten," diye söylendi. "Yoksa niye bağırıp çağırsın? Karar vermek için Engin'le görüşmeyi beklerdi."

"Sanmıyorum, ama diyelim ki öyle oldu. Engin'in kendisine kazık attığına inanmaya başladı. O durumda bile, ihanet eden kişiyi öyle emirle ortadan kaldırtacak bir adam değil Nizam. Üstelik bu kişi onun en güvendiği insan. Nizam'ın böyle bir davranışta bulunması imkânsız. Muhtemelen kendi elleriyle öldürür Engin'i. En azından yüzleşmek ister. Kendisini satan adamın çektiği acıyı, hissettiği korkuyu görmek ister. Hiç değilse bu fenalığı neden yaptığını, onun ağzından duymak ister. O yüzden Engin'i onun öldürtmüş olması ihtimali çok zayıf."

İhsan'ın hevesi kursağında kalmıştı.

"Nasıl bu kadar emin olabiliyorsunuz?"

Aslında anlıyordum onu, bir taşla iki kuş vurmanın eşiğine kadar gelmişti. Bu bilgiyle hem Nizam'ı hapse yollayacak hem de kaptırdığı sevgilisini geri alacaktı. Ama bu ayrıntı okuma manyağı başkomiser, Engin'in ölümünde Nizam'ın parmağı olmadığını söyleyerek bütün umutlarını suya düşürmüştü.

"Emin değilim," diye gönlünü almaya çalıştım. "Nizam hâlâ zanlılar listesinde. Zayıf da olsa senin tahmininin doğru çıkma ihtimali var. Ama Nizam gibi adamlar ezik insanlardır. En dipten geliyorlar, üstüne üstlük adamcağız çok çirkin. Ömrü boyunca horlanmış. Horlanmak, kindar yapar insanları. İntikamcı yapar. Sen söyledin öfke dolu ve acımasız biri olduğunu. Çilem'e duyduğu tutkudan da anlayabilirsin bunu. Kızı elde etmek için yapmadığı pislik kalmamış."

Bam teline basmıştım; anbean değişmeye başladı yüzü, utançtan öfkeye, coşkudan yenilgiye, âşık bir erkeğin yaşayabileceği tüm duyguları aynı anda yaşıyor gibiydi.

"Evet, olanları biliyorum İhsan. Az önce Çilem'i gördüm, Nizam'ın ocakbaşında. Sen aradığında da oradaydım. Daha önce de Azize'yle konuştum. Her şeyi anlattı kızcağız bana.

Adamlar iğrenç bir tezgâh düzenlemiş, ama sen de büyük yanlış yapmışsın..."

Ne demek istediğimi anlamıştı, bakışlarını hemen arkamda, kapının önünde dikilen cep herkülüne çevirdi. Tarlabaşılılar Kulübü'ne geldiğim andan itibaren yanımızdan ayrılmamıştı Pire Necmi. Muhtemelen Çilem'le buluşmaya da birlikte gitmişlerdi.

"Necmi, biraz dışarıda beklesene."

Hiç alınganlık göstermedi hafif sıklet kabadayı.

"Emredersin Abi."

"Nerde yanlış yapmışım?" diye söylendi adamı dışarı çıkınca. Gergin bir tel gibi tiz çıkıyordu sesi. "Nasıl yanlış yapmışım?"

Beni anlayacağından emin olarak bir dostumu eleştirir gibi, samimiyetle açıkladım.

"Çilem'i göndermekle yanlış yapmışsın. Onların oyununa gelmekle... Anlamadın mı hâlâ Nizam'ın derdi senin kumarhaneni ele geçirmek değildi, buna ihtiyacı yoktu. Adamın yeterince parası var zaten. N'apacak senin kulübünü? Nizam senin sevgilini istiyordu. Evet, Çilem'i... Belli ki görür görmez âşık olmuş kıza. Seninle ortak olmak istemesinin nedeni de bu. Bir şekilde Çilem'le ilişki kurmak, hiç değilse kıza yakın olmak."

Kuşkuyla gerildi yüzü.

"Nizam mı anlattı bunları size?"

Bu âlemdeki adamların hepsinin ortak yanı paranoyak olmalarıydı, bu salak da Nizam'la işbirliği yapmamdan şüpheleniyordu şimdi.

"Nizam gibi adamlar mahremiyetlerini paylaşmazlar," diye tersledim. "Üstelik Çilem onun en zayıf tarafı. Kadının kendisini sevmediğini de biliyor. Evet, daha birkaç gün önce evlenmelerine rağmen, adı gibi emin bundan. Ama umudu var, umudu olmasaydı tutkusu da olmazdı zaten. O yüzden Çilem'le ilişkisi hakkında asla konuşmaz. Konuşmasına da gerek yok. Kız onun yanında zaten. Amacına ulaşmış, Çilem'i avucuna almış. Niye konuşsun? Sen de sahip çıkmamışsın kıza..."

Tokat gibi çarpmıştı sözlerim suratına.

"Tamam da..."

"Biliyorum, fotoğraflar diyeceksin. Uyuşturucu vermişler Çilem'e. Hepsini anlattı Azize. Engin'in tezgâhı... Nizam'ın gözüne girmek için yapmış. Biliyor adamın kıza düşkünlüğünü... Azize'yi de kandırmışlar. Zavallı ne kadar pişman şimdi. Asıl oyun sana yapılmış, sen de bi'güzel yemişsin... Sahi Çilem anlatmadı mı sana bunları?"

Sıkıntıyla kıvrandı oturduğu yerde.

"Anlattı tabii, anlatmaz mı? İnanmadım..." Gözleri nemlenir gibi oldu. "Bilmiyorum, Çilem'in böyle bir hata yapmasını kabul edemiyorum. Haksız da sayılmam aslında. Hapse girdiğimde onu uyarmıştım. Bu Engin puştuna dikkat et, Nizam'dan uzak dur diye..."

İhsan hakkında hâlâ iyi düşüncelerimi korumak istiyordum.

"Kız çok genç..." diye yumuşatmayı denedim. "Tamam, toyca davranmış Azize'nin evine giderek. Nizam geldikten sonra orada kalması da hoş değil tabii. Ama o sıralar henüz açığa çıkmamış düşmanlığınız Nizam'la... Belki de bir abi olarak görüyordu onu..."

Kederli başını usulca salladı.

"Öyle, öyle görürdü. Nizam Abi derdi. O şerefsiz de kızım diye hitap ederdi Çilem'e. Evet, inanabiliyor musunuz, kızım derdi Çilem'e. Gördünüz zaten, ancak kızı yaşında. Sinsi herif, niyeti başkaymış tabii, nereden bilecektim."

"Bilmeliydin," diye uyardım bir abi edasıyla. "Bir erkek hisseder. Kızı korumalıydın."

Pişmanlık içinde söylendi.

"Hapse girmeseydim korurdum. Tongaya düşürmüşler... Ama Çilem de düşmüş işte. Artık o gece n'olduysa..."

"Boş ver artık o geceyi..."

"Nasıl boş vereyim," diye yakındı. "Boş veremiyorum. Orada olanlar bir türlü aklımdan çıkmıyor..."

Kıskançlık nasıl da aklını bağlıyordu insanın. Nasıl da kör ediyordu gözlerimizi.

"Yok, ne yaparsam yapayım, onu affedemiyorum. Üzülmüyorum mu zannediyorsunuz? Bugün kuaför Tebernüş'ün orada buluştuğumuzda içim parçalandı. Gözyaşları içinde elime sarıldı Çilem. İşte o zaman anladım kızı kendi ellerimle o çirkin gavata teslim ettiğimi... İlk kez o gün lanet okudum kendime..."

"Peki, özür diledin mi kızdan?"

Tuhaf bir şey demişim gibi, yadırgayan gözlerle baktı. Üzüntüsü öfkeye dönüştü.

"Niye özür dileyeyim? Bu işte asıl suçlu ben değilim ki... Çilem'in kendini koruması gerekmiyor muydu? Ama zayıflık gösterdi, yapamadı. Belki bir an kafası karıştı. Belki Nizam'ın servetinden etkilendi. Belki de hakikaten uyuşturucunun etkisiydi. Bilmiyorum, ne önemi var artık. Zaten Çilem de özür beklemiyor benden. Aksine kendisini affetmemi istedi. Nizam'ı da bu yüzden ihbar etti zaten..."

Kendine verilen değeri anlamayan bu zavallıyı süzdüm.

"Bunu yaparken Çilem'in nasıl büyük bir tehlikeye atıldığının farkındasın değil mi?"

Bakışları donuklaştı, suratı asıldı.

"Farkındayım, ama ben hapisteyken..."

Aptallığı sinirlendirmeye başlamıştı beni.

"Bırak şimdi hapsi filan!" diye açıkça azarladım. "Sen bu kızı seviyor musun?"

Hemen yanıtlayamadı, bocalıyordu.

"Bir zamanlar sevmiştim..." diyebildi nihayet. "Çocukluğunu bilirim Çilem'in. Dokuz yaş küçüktür benden. Hayatında ilk öpüştüğü erkek benim. Daha o yaşlarda âşık olmuştu bana. Gözleri benden başkasını görmezdi... Yani çok önemliyimdir onun için."

Bir de aptal aptal böbürlenmez mi karşımda, dayanamadım.

"Ya o? O da senin için önemli mi?"

Bir kez daha kaçırdı bakışlarını, önemliydi elbette, ama bunu söylemeyi bile gururuna yediremiyordu.

"Hakkında yanılmışım," dedim küçümseyen bir sesle. "Seni cesur biri sanmıştım, değilmişsin..."

Anlaşılan ağırına gitti beyzadenin.

"Böyle konuşmak kolay. Sizin başınıza gelseydi ne yapardınız? Nizam elindeki o fotoğrafları her önüne gelene gösterirken. Tarlabaşı'nda herkese, onun sevgilisiyle âlem yaptım diye anlatırken..." Gözleri iri iri açılmıştı. "Yok Başkomiserim bu iş o kadar basit değil. Çilem'i ne kadar seversem seveyim, onu kabul edemezdim."

"Nizam ederdi," diye yapıştırdım lafı. "Evet, Nizam ederdi, çünkü senden daha çok seviyordu Çilem'i. Çünkü senden daha cesur, daha tutkulu bir adam."

Panik halinde kıpırdamaya başlamıştı gözbebekleri. Hep babasının gölgesinde kalmış o korkak çocuğun ruhu tümüyle ele geçirmişti benliğini. "Hayatımda zara dokunmadım," demişti ya, galiba doğruyu söylemişti. Evet, aslında karanlık işlerin adamı değildi İhsan, ne aklı ne yüreği böylesi belalı meselelerle uğraşmaya yatkındı. Aptal bakışlı buldog köpeklerinin sevimli aile fotoğraflarını mekânına asan sevgi dolu bir adam. Nizam'la kıyaslamak bile haksızlık olurdu. Sevdiğinden değil, utandığından mıdır, yapacak başka mesleği olmadığından mıdır, babadan miras kalan bu berbat işi sürdürüyordu. Belki de itiraf edebilse, kendiyle yüzleşse daha kolay olacaktı her şey. Fakat boşuna umut ediyordum. Pek çoğumuz gibi İhsan da kendi istediğini değil, başkalarının hayatını yaşamayı sürdürecekti.

"Zaten siz, başından beri Nizam'ın tarafını tuttunuz," diye mızıktı nitekim. "Cemal Abi'ye rağmen bana güvenmediniz."

"Benim kimsenin tarafını tutmadığımı çok iyi biliyorsun. Kendi çaresizliğine kılıf bulmak için başkalarını suçlama."

Oturduğum koltuktan kalkarken aynı ses tonuyla uyardım.

"Sakın şehirden ayrılma, anlattıkların seni zanlı olmaktan kurtarmıyor. Sen de en az Nizam kadar şüphelisin."

Düşmanca gözlerle süzdü beni.

"Hiç öyle kasma kendini İhsan," diye tersledim paltomu giymeden önce. "Beceremiyorsun. Hem yerinde olsam kulübü de birkaç gün kapalı tutarım. Nizam'ın yeğeninin öldürdüğü kızın arkadaşları çok öfkeli. Bir kez daha yakmayı deneyebilirler mekânını. İçeride olmasanız iyi olur."

"Rüzgâr söylüyor şimdi, o yerlerde bizim eski şarkımızı"

Tatavla'nın arka sokağına, Kurtuluş'taki belki de son terzi olan Vaçe Bey'in dükkânının önüne park ettim yine arabayı. Dükkân kapanmış, Vaçe Bey çoktan gitmişti evine. Bu soğukta, hâlâ sobayla ısındığı küçük dükkânında ne yapsın? Emektarın kapısını kapatırken usulca kondu yanağıma ilk kar zerreciği. Yeniden mi başlıyordu? Başımı kaldırıp gökyüzüne baktım. Yok, incecik tüllere dönüşerek dağılıyordu bulutlar, dolunayın hükümranlığında başlıyordu taze gece. Bir keresinde "Kocaman bir kar topuna benziyor," demişti kızım Aysun dolunaya bakarak... Çocuk zihni işte, her görüntüde bir sevimlilik buluyordu. Aslında ürkütücü bir yanı vardı, o derin sonsuzluğun içinde soğuk soğuk parlayan kürenin... Ölümü, ıssızlığı, terk edilmişliği çağrıştıran bir yan... Çalmaya başlayan telefonum, gökyüzünden yere indirdi bakışlarımı. Yardımcımın ismini okudum ekranın üzerinde.

"Evet Ali, seni dinliyorum."

"Kudret'i bıraktılar." Sesinde şaşkınlıktan çok öfke vardı. "Hâkim, o tetikçinin her söylediğine inandı. Hiç değilse birkaç ay içeride tutarlar diyordum. Yok, serbest bıraktılar herifi... Dün gencecik bir kızı öldür, bugün elini kolunu sallaya sallaya dolaş. Oh, ne güzel memleket..."

Ben de bırakacaklarını ummuyordum yine de çok şaşırmadım. Hâkimlerin günahını almayayım, ama Nizam'ın avukatı Damat Sacit'in kolu uzundu, gözden düşmüş olmasına rağmen her yerde tanıdığı vardı. Kara suratlı mafya babası da kesenin ağzını açtıysa...

"Neyse Ali, olan olmuş, asayiştekilere haber verelim, önlem alsınlar Tarlabaşı'nda. Artık hiç kimse tutamaz Fidan'ın arkadaşlarını... Muhtemelen Nizam'ın mekânlarına saldıracaklardır. Hiç değilse oraları kontrol altına alsınlar..."

"Emredersiniz Başkomiserim... Rikkat Otel'de işe yarar bir ipucu bulamadık. Ne bıçak ne de başka bir şey... "

Titiz Tarık'ın kaldığı mekândan söz ediyordu.

"Bir aydır kalıyormuş orada. Geçen hafta bir kadınla bir erkek gelmiş, üçü birlikte kahvaltı yapmışlar. Erkeğin kim olduğunu çıkaramadım, ama kadının tarifi Jale'ye uyuyor. Yarın fotoğrafını göstereceğiz resepsiyondaki adama..."

Jale... Geçmekte olan güzelliği, çaresizliğini saklamak için takındığı o sahte kibriyle kadının yüzü canlandı gözlerimin önünde. Evet, o kiralık katili Jale kiralamış olabilirdi elbette. Neden daha önce aklımıza gelmemişti ki bu ihtimal? Engin muhtemelen kazık atmıştı kadına. Binaları kendi üzerine geçirdikten sonra, bunların üzerinde hiçbir hakkın yok diyerek kovmuştu. Elinde ne bir koz ne bir belge, öylece kalıvermişti Jale. Sadece âşık olduğu adama duyduğu o bomboş güven. Olanı biteni anlatması da imkânsızdı. Kocam ölmeden mirasının bir kısmına el koymak istedim diyemezdi ki kimseye. Rıfat Bey'in oğulları canına okurdu kadının. Kiralık bir katil tutarak meseleyi kökten halletmek istemişti. Belki birileri de kışkırtmıştı onu. Birileri? Mesela Barbut İhsan... Tabii ya, Barbut İhsan. Tarık bizim mekâna geliyor demedi mi? Jale'yi pekâlâ o kışkırtmış olabilirdi. Böylece ellerini kirletmeden Kara Nizam'ın en güvendiği adamını ortadan kaldırmış olacaktı.

"Yarın otele giderken Barbut İhsan'ın fotoğrafını da götürün. Onu da gösterin resepsiyondaki adama, bakalım tanıyacak mı?"

"Jale'nin yanındaki adam Barbut mu diyorsunuz?"

"Olabilir Alicim, resepsiyoncunun ne diyeceğine bağlı."

"Anladım Başkomiserim, o zaman size iyi akşamlar... Bir gelişme olursa bildiririm zaten."

"Mutlaka bildir, iyi akşamlar Alicim."

Telefonu kapatıp Kurtuluş'un akşam sakini bu eski sokağından Tatavla'ya yürürken kendimi, Tarlabaşı'nın çürümeye yüz tutmuş binalarının arasındaymış gibi hissettim. "İnsan yaşadığı yere benzer," demişti bir şair. Hukukumuz da yaşadığımız yerler gibiydi, eskimiş, işlevini yitirmiş, çürümeye terk edilmiş, yıkılmak üzere... Böyle bir toplumda adalet gerçekleşebilir miydi? Fidan'la arkadaşları suç işlemişlerdi elbette, ama binaya girmeye çalışmamışlardı bile... Amaçları içerideki insanları öldürmek de değildi, taciz etmek, korkutmak istiyorlardı. Karşılığında yedi kurşun sıkılmıştı kıza, doğrudan hedef gözetilerek. Şimdi de katili özgür kalıyordu. Böyle bir toplumda, iyilik umut edilebilir miydi? Adalete güven kalır mıydı?

Tatavla'nın kapısına gelmeden bir daha çaldı telefonum. Nizam arıyordu. Etekleri tutuşmuştu demek...

"Duydunuz mu Başkomiserim," diye girdi konuya. "Kudret'i bıraktılar."

Manidar bir sesle kutladım.

"Gözün aydın, daha ne istiyorsun?"

Hemen yanıt vermedi, hiç de gözü aydın değildi.

"Şu sizin polis aradı."

Kafam karışmıştı, Ali niye arasın ki Nizam'ı.

"Yardımcım mı?"

"Yok Başkomiserim, Beyoğlu'ndaki şu çelimsiz polis... Sami adındaki..." Bir numaralı işbirlikçisi, benim memurum olmuştu şimdi. Çakal, adamını korumaya çalışıyordu işte. "Anarşistlerin toplanacağı yönünde duyum almışlar," diye sürdürdü. "Dikkatli olun diyor. Doğru mudur, bir de sizden teyit alayım dedim."

Sonunda bir işe yaramıştı bizim süt hırası polis.

"Söylemiştim," dedim, neşesini iyice kaçırmak için. "Gerçekten tehlike içindesiniz. Sakın o çocuklarla çatışmaya filan girmeyin. Başa çıkamazsınız, hepinizi bitirirler valla. Vakit varken mekânları kapatıp çekilin Tarlabaşı'ndan... Yeğenlerini uyar, bu akşam görünmesinler ortalıkta..."

"Öyle yapıyoruz zaten, çocukların hepsiyle konuştum..."

Demek gözü kırılmıştı Kara Nizam'ın. Oysa ne demişti geçen görüşmemizde: "Azrail'e koz vermek istemiyorsan, sevdiklerinin sayısını az tutacaksın bu dünyada." Ama kafasına dank demişti. Artık kaybedeceği bir karısı vardı. Sevdiklerinin sayısını azaltmak şöyle dursun, iflah olmaz bir tutkuyla bağlanmıştı yeni birine. Üstelik ailesine, bütün yeğenlerine, hatta yeraltı âleminin yazılı, yazısız bütün raconlarına meydan okuyarak... O yüzden hiç duraksamadan çekmişti adamlarını Tarlabaşı'ndan.

"Bravo Nizam," diye destekledim onu. "Ama sen de bir an önce uzaklaş Tarlabaşı'ndan..."

"Merak etmeyin, Ataşehir'e geçtik zaten. Benim ev var orada..."

"İyi yapmışsın, bir gelişme olursa haber ver, telefonum hep açık olacak."

"Sağ olun Başkomiserim..."

Sesi minnet doluydu. Birazcık olsun ben de rahatlamıştım. Kudret'in serbest kalmasından cesaret alan Nizam'ın yeğenleri, bu kez küçük çaplı bir katliama girişebilirlerdi. Hiç değilse ölüm olmayacaktı, eylemciler birkaç cam, çerçeve kırsa da kimsenin canı yanmayacaktı. Düzelmeye başlayan bir moralle girdim Evgenia'nın meyhanesine.

Tatavla sakindi, camlı kapısını açınca duydum o tanıdık sözleri "Rüzgâr söylüyor şimdi o yerlerde bizim eski şarkımızı / Vazgeç, söyleme artık, hatırlatma mazideki aşkımızı..." Zeki Müren söylüyordu, Şekip Ayhan Özışık'ın Muhayyer Kürdi makamındaki bu enfes eserini. Sokaktaki o kuşkulu, o gergin havadan tümüyle sıyrıldım. Bu camlı kapı, hayatın nobranlığıyla, aşkın zarafeti arasında bir araf gibiydi adeta. Ne zaman bu eşiği aşsam, ne zaman bu meyhaneden içeri adımımı atsam, tarif edemediğim bir huzur, derin bir sükûnetle doluyordu içim. Dünyanın iyi bir yer olduğunu kanıtlayan son mekân neresi deseler, hiç tereddüt etmeden Evgenia'nın Tatavla'sı derdim. Oysa ortalık henüz tenhaydı, masalar bomboştu, bir tek garson bile görünmüyordu ortalıkta. Sahi, Evgenia nerede acaba derken gördüm yaşlı kadını. Bahçeye bakan bir masada oturuyordu, bakışlarını ay ışığında daha bir kederli görünen erik ağacına dikmişti. Kısa saçlarını fındık rengine boyatmış, gül kurusu hırkasına sarınmış, bir tanıdığı gözler gibi süzüyordu ağacını... Birkaç adım atınca fark etti beni, döndü.

"İyi akşamlar," dedim yaklaşarak. "Nasılsınız?"

Işıklı gözlerinde en küçük bir yadırgama yoktu. Saygıyla ayağa kalktı... İnce bir sürmeyle iyice belirginleşen boncuk mavisi gözleriyle tepeden tırnağa süzdü beni.

"İyi akşamlar..." Sanki senelerdir tanışırmışız gibi dostça gülümsedi. "Sen Nevzat olmalısın."

"Siz de Fofo Yenge olmalısınız."

Kalemle çizilmiş kaşları, yapay bir öfkeyle çatıldı.

"Sadece Fofo... Yenge filan yok tamam mı?" O kadar yıldır Türkiye'den uzak olmasına rağmen çok az aksanı vardı. Sağ elini kararlılıkla sallayarak tamamladı sözlerini. "Siz, biz de yok."

Uysalca boyun eğdim.

"Tamam Fofo, nasıl istersen."

Yaşlılara özgü o sevimli otoriterlikle söylendi:

"Böyle istiyorum, çünkü böylesi daha güzel. Bizim Evgenia'nın kalbini çalan adamla sizli bizli konuşamam."

"Ben de öyle," diyerek onayladım. "Evgenia'nın biricik yengesiyle öyle yabancı biriymiş gibi konuşamam."

Şen bir kahkaha döküldü dudaklarından.

"Sen iyi birisin Nevzat..." Damarları çıkmış küçük elini uzattı. "Gözlerinden okuyorum bunu, iyi bir adamsın. Aferin Evgenia'ya, sonunda doğru bir seçim yapmış çılgın kız."

Eğildim, uzattığı elini aldım, usulca dudaklarıma götürdüm. Çok hoşuna gitti.

"İşte," dedi eliyle avucumu sıkarken. "İşte gerçek İstanbul beyefendisi. Çok memnun oldum seni tanıdığıma Nevzat."

"Ben de öyle Fofo."

Şöyle bir etrafa bakındı.

"Ee, niye ayakta duruyoruz, oturalım artık."

Oturduk, bakışları yine iri gövdeli erik ağacına kaydı. Sanki gözleriyle severcesine bakıyordu ağacın çıplak bedenine, öyle şefkat, öyle merhamet dolu... Elbette kendisini izlediğimin farkındaydı.

"Yaşlandı," diye mırıldandı bakışlarını ağaçtan ayırmadan. "O da bizim gibi yaşlandı. Biz ayrılırken dikmişti bu erik ağacını Niko." Bana döndü, gözlerini kısarak fısıldadı. "Biliyor musun, bizim Niko ortaktı buraya."

İlk kez duyuyordum.

"Evet, öyleydi. Yorgo almıştı benim Niko'yu yanına. Huzur içinde uyusun, melek gibi adamdı Niko'm." İstavroz çıkardı. "Yorgo da kötü değildi tabii..." İmalı bir bakış attı. "Tanımadın değil mi onu?"

Başımı salladım.

"Ne yazık ki hayır..."

Kimsenin görmesini istemiyormuş gibi eliyle yüzünün sağ tarafını kapatarak fısıldadı.

"İsabet olmuş. Kötü biri değildi, biraz aksiydi. Ne çekti Niko'm, onun elinden... Evet, öldü diye yalan söyleyecek değilim herhalde. Huzur içinde uyusun, ama Yorgo sağ olsaydı işiniz zordu. Evgenia'yla senden bahsediyorum. Burnunuzdan getirirdi. Bizim Niko öyle değildi. Hoşgörü sahibiydi, gönlü zengindi..." Yeniden erik ağacına çevirdi bakışlarını. "Mürdüm eriği bu. Diktiğimiz senenin sonbaharında göçtük Atina'ya. 1964'ün Ekim'inde... Kurur diye düşünmüştüm. Yorgo pek meraklı değildir, çiçeğe, ağaca. Bakmaz, sulamaz, fidancık boy atmaz sanmıştım. Günahını almışım, bakmış adamcağız. Boy atmış, kurumamış fidan, ama çiçek de açmamış. Evet, tam on üç sene çiçek açmamış... Biz İstanbul'a ilk ziyaretimizi yapıncaya kadar." İç geçirerek bana çevirdi gözlerini yine. "Tam on üç yıl gelmedik İstanbul'umuza... Korktuğumuzdan değil, kırgınlıktan. İşte ilk meyvesini biz geldiğimizde verdi bu ağaç, ilk çiçeğini o sene açtı. 'Bak aşüfteye,' demişti Yorgo kıskançlıkla. 'Sizi görünce nasıl da renklendi.' Hakikaten gelin gibi süslenmişti, allı beyazlı çiçekler..."

Nasıl da özlemle, kederle konuşuyordu.

"Kurtuluş'ta mı oturuyordunuz? Yani Atina'ya gitmeden önce..."

"Yok be kuzum, Kalyoncukulluğu Caddesi'ndeydi evimiz... Tarlabaşı'nda... Bilir misin o caddeyi? Grande Rue de Pera'nın eteklerinden aşağıya, Papazın Köprüsü'nün yakınlarına kadar uzanırdı."

Tarlabaşı yine çıkmıştı karşıma. Sanırım bu semtten kurtuluş yoktu şu sıra. Ben ona gitmezsem o bana geliyordu, ama hiç de şikâyetçi değildim bundan.

"Bilirim Kalyoncukulluğu'nu," dedim sanki hısım çıkmışız gibi içten bir ifadeyle. "Tam yedi yıl görev yaptım orada..."

İlk kez yüzünde yabancı bir esinti belirdi.

"Sezgin'i de tanır mısın? Komiser Muavini Sezgin Göçerli'yi..."

Neşesi kaçmıştı, belli ki iyi bir yerlere bağlanmayacaktı bu hikâye. Belki hiç eşelememek lazımdı, ama merakım ağır bastı.

"Yok, tanımam..." dedim anlamaya çalışarak. "Beyoğlu'nda mı görev yapmıştı bu Sezgin?"

İçinde kabaran duyguları bastırmaya çalışıyordu.

"Tarlabaşı'nda... Senin görev yaptığın binada. Ahbabımızdı... Çocuklarına babam bakardı. Dünya tatlısı iki kızı vardı. Birinin adı Ayşe, ötekininki Neşe... Çocuk doktoruydu babam. Aynı sokaktaydı muayenehanesi. Bir arada yaşardık, Türkler, Rumlar, Ermeniler, kim varsa mahallede... Kırgınlıklar da olurdu arada, kendini bilmezlerin sataşmaları filan, ama Komiser Muavini Sezgin hep korurdu bizi, hep dostluk gösterirdi. Ne zaman başımız sıkışsa yardımımıza koşar, meselemizi çözerdi. Ta ki o korkunç sonbahara kadar... O günleri duydunuz mu?"

Şu meşum 6-7 Eylül olaylarından bahsediyor olmalıydı. Bu şehrin yaşadığı en büyük utanç günlerinden....

"Duydum," dedim bakışlarımı kaçırarak. "Korkunç olaylar olmuş."

"Korkunç..." Gözleri nemlendi. "Evet, korkunç... Doğru kelime bu olmalı; korkunç. Halbuki ne kadar güzel bir yaz geçirmiştik. Hayatımın en mutlu mevsimiydi. Yirmi yaşındaydım. Yeni âşık olmuştum. O temmuzda nişanlanmıştık Niko'yla... Büyükada'da Teo Amca'nın dut bahçesinde... Nasıl sevinçliydik, nasıl mutluyduk." Hayal kırıklığı içinde başını salladı. "Hayatımızın en güzel günlerini mahvettiler."

"Sizin evler de yağmalandı mı?"

Yaşlı gözlerinde tazeliğini hiç yitirmemiş bir acı belirdi.

"Yağmalanmaz mı! Talan edildi, talan... İnsanları öldürdüler, tecavüz ettiler, mezarlardan ölüleri çıkardılar. Bize de saldırdılar tabii. Sanki karşılarında düşman varmış gibi... Kapılarımızı kırdılar, evlerimize zorla girdiler, odalarımızı darmadağın ettiler. Bütün eşyalarımızı sokaklara saçtılar, çamaşırlarımız kaldırımları süsledi günlerce... Öyle acımasız, öyle alçakça..."

Ne diyeceğimi bilemiyordum, sanki o sırada aynı karakolda görev yapıyormuş da üzerime düşeni yerine getirmemişim gibi bir suçluluk duygusu çökmüştü yüreğime...

"İyi ki size zarar vermemişler," dedim teselli olsun diye. "İyi ki canınıza zarar gelmemiş."

"Gelebilirdi." Sanki o anları yaşıyormuş gibi tedirginlikle ışıldıyordu mavi gözleri. "Evet, gelebilirdi. O korkuyla gitmişti babam Komiser Muavini Sezgin'e... 'İstiklal Caddesi'ndeki dükkânlar talan ediliyor, insanlıktan çıkmış sürüler sokak sokak halka saldırıyor, bizim de evlerimizin kapısına siyah boyalarla haç yapmışlar, canımız tehlikede, yardım edin,' diye. Ama hiç oralı olmamış Sezgin..."

Abartıyor olabilir miydi yaşlı kadın?

"Nasıl yani?" diye söylendim. "Sokakta kıyamet koparken görmezden mi gelmiş devletin polisi?"

Buruk bir ifade belirdi görmüş geçirmiş yüzünde.

"Sen sahiden iyi bir insansın Nevzat. Evet, görmezden gelmek bile insanın içinde bir merhamet duygusu olduğunu gösterir. Hayır, Sezgin görmezden gelmemiş, olanı biteni gördüğü halde, ben bu işe karışmam, demiş. Çok sonra, evler, dükkânlar yağmalandıktan, insanlar tartaklandıktan, taciz edildikten çok sonra, olaylar yatışınca anlattı babam. 'Sezgin'i daha önce hiç böyle görmemiştim,' dedi. Sanki babamı tanımıyor gibiymiş. Sanki küçük kızı Ayşe ateşler içinde yanarken gece yarısı kapımızı çalan adam o değilmiş. Öyle soğuk, öyle uzak durmuş. 'Bizi öldürecekler Sezgin,' demiş babam. 'Canımız, ırzımız, evimiz tehlikede.' Hiç umursamamış Komiser Muavini. 'Kusura bakma Mösyö Leonidas,' demiş. 'Ben bugün polis değil, milli şuura sahip bir vatanseverim. Rumlara yardım edemem.' Anlatırken gözleri dolmuştu babamın. Bu ülkenin namuslu vatandaşlarından biriydi. Vergisini düzenli öderdi, askerliğini başarıyla yapmıştı, yükümlülüklerini yerine getirmişti, ama vatandaşlarını korumakla görevli olan bu devletin memuru, sanki karşısında insanlık dışı bir mahluk varmış gibi, bugün görevimi yapamam, çünkü sen Türk değilsin demişti ona..."

Aklıma Diyojen geldi... O da aynı soruyu sormamış mıydı bana? "Bugün polis misin, yoksa milliyetçi misin?" diye. Acaba o zavallı da aynı nefretle mi karşılaşmıştı? Aynı barbarlığın kurbanı mı olmuştu?

"Halbuki hep Türk saymıştı babam kendini," diye dert yanmayı sürdürüyordu Fofo. "Gençliğinde kilise korosundaymış. Oradaki tecrübesinden olacak, öyle güzel okurdu ki İstiklal Marşı'nı... Askerde ödül vermişti komutanı bu yüzden. Bütün bu olup bitenlere rağmen ölünceye kadar övünüp durdu ödülüyle..."

Bu topraklardaki acımasızlıklarla ilgili çok hikâye duymuştum, hepsi birbirinden ürkütücüydü. Dilleri, dinleri, ırkları ayrı diye insanlar birbirlerini boğazlamışlardı. Ama bu nefreti yaşamış olanlardan dinlemek, tüylerini diken diken ediyordu insanın.

"Çok üzüldüm," dedim çare olmayacağını bile bile. "Diyojen diye biri var Tarlabaşı'nda. Galiba o da aynı olayları yaşamış..."

"Diyojen mi? Bilmem, duymadım böyle birini."

"Aya Konstantin Kilisesi yer vermiş ona. Geçen gece karşılaştığımızda bir kadınla, bir kızdan bahsediyordu."

"Ah!" dedi acıyla. "Ah! Andonis'ten bahsediyorsun. Zavallı Andonis'ten..." Çaresizce başını salladı. "Onun derdi kimseninkine benzemez, büyük trajedi Nevzat. Çok büyük trajedi... Ah, Tanrı kimsenin başına vermesin onu... Karısı Katerina, kızı Nana'yla birlikte intihar etti. 7 Eylül'de tecavüze uğramıştı Katerina, bir apartmanın boşluğunda. Sonra hamile kaldı, o tecavüzün neticesi mi, yoksa kocasıyla ilişkisinin neticesinde mi belirlenemedi. İsteseler öğrenebilirlerdi, sanırım ikisi de cesaret edemedi buna. Aralarındaki büyük aşk, bu meseleyi çözer zannediyorlardı, olmadı. Andonis sık sık imalarda bulunmaya başlamıştı. Ancak beş yıl dayanabildi zavallı Katerina bu suçlayan davranışlara. Zaten duygusal bir insandı. Çocukluğunu bilirim, mahallemizin kızı... Yine de elinden geleni yaptı, durumu düzeltmek için. Çok ısrar etti Andonis'e, gidelim buralardan diye. Belki Tarlabaşı'ndan uzaklaşırlarsa kocası da aklındaki şüpheden uzaklaşır diye düşündü. Ama gitmedi Andonis; malı mülkü çoktu ailenin, göze alamadı gitmeyi. Kocasının aklını ve yüreğini kemiren o kuşku, ağır ağır delirtti Katerina'yı... İçten içe çürüyen bir ağaç gibi, içten içe yedi bitirdi kızcağızı. Kimse fark etmeden. Ve bir gün bu cehennem azabından tümüyle kurtulmak için kıydı canına. Ama önce 'Benim başıma gelen kızımın da başına gelmesin,' diye Nanacığa içirdi uyku haplarını, çorbasının içine katarak, sonra da kendi yuttu avuç avuç... Kucak kucağa yatarken bulmuşlar bir öğle sonu anne kızı... Öylece yatağın üzerinde..."

Daha fazla konuşamadı, elini ağzına kapadı, gözyaşları yanaklarından boşanmaya başlamıştı. Kalakalmıştım oturduğum iskemlede. Aptal Nevzat, ne âlemi vardı sanki o adamcağızı sormanın.

"Özür dilerim," dedim pişmanlıkla. "Seni üzmek istememiştim."

Sağ eliyle bileğimden tuttu, içtenlikle sıktı.

"Senin suçun değil." Sanki biraz açılmıştı. Masadaki peçeteyi alıp gözlerini kuruladı. "Senin suçun değil... "

"Nasıl yapabilmişler bunu?" diye isyan ettim. "Mahalledeki komşusuna, sokağındaki ahbabına kıyar mı insan?"

"Mahalledekiler yapmadı ki Nevzat. Onlara haksızlık etmeyelim. Başka mahalleden gelenler yaptı. Bizi, bir komşumuz kurtardı mesela... Yadigâr Hanım... Küçük oğlu Behçet veremdi. Babamın hastasıydı o da. Olanları duyar duymaz, çalmış bizim muayenehanenin kapısını... 'Ne duruyorsunuz Mösyö Leonidas,' demiş. 'Madamı, kızı al, bizim eve gel.' Bir hafta evinde ağırladı Yadigâr Hanım bizi. Acımıza, kederimize ortak oldu, bizi teselli etti. Tek o mu? Öteki Rumları da Türk, Müslüman komşuları korudu. Ama aynı Türk komşularımızın bir kısmı, özellikle yoksul ve bilinçsiz olanlar, öteki mahalledeki Rumların evini talan etmek için kazmaya, küreğe sarılmakta tereddüt etmediler... Yok Nevzat, suçlu insanlar değil, suçlu onları kışkırtan, bizim üzerimize saldırtan devletti. Komşularımıza kalsa, kılımıza zarar gelmesine izin vermezlerdi. Belki kötüleri vardı içlerinde ama çoğunluk iyiydi. Laf olsun diye söylemiyorum, sahiden kardeşçe yaşardık..."

Elindeki peçeteyle iyice kuruladı yanaklarındaki ıslaklığı.

"Bak sana bir hikâye anlatayım. Gerçek hikâye... Paskalya Yortusu'nda, Aya Konstantin Kilisesi'nde yakılan mumları söndürmeden evimize taşırdık. Mumun isiyle evin girişine haç yapar, ikonamızı aydınlatırdık. Bu bizim için kutsal bir ayindi. Elimizde yanan mumlarla evimize ulaşmaya çalışırken başka sokaklardaki çocuklar mumları söndürmek isterlerdi, o zaman bizi kim kurtarırdı biliyor musun? Türk ve Müslüman arkadaşlarımız..." Kederle gülümsedi. "Ama itinayla Hristiyan komşularını koruyan o arkadaşlarımız, biz evimize girer girmez, öteki mahalledeki Rumların ellerindeki mumları söndürmek için yeniden sokağa çıkarlardı.

"Ben insanların kötü olduğuna inanmıyorum Nevzat. Seksenime merdiven dayadım, vardığım netice bu. İnsan ne iyidir ne de kötü, hem şeytan vardır içimizde hem de melek. Hangisini uyandırırsak, hangisini beslersek, o ele geçirir ruhumuzu. O zamanın hükümeti, nefret aşılamasaydı vatandaşlarına, bu kötülükler olmazdı, şeytan sokağa inmez, kardeşçe yaşar giderdik bu topraklarda. Olmadı, hangi akla hizmetse, fitne çıkardılar, dini bahane ettiler, ırkı bahane ettiler, nefreti soktular hayatımıza. Varlık Vergisi'yle başladı, 6-7 Eylül olaylarıyla sürdü, en son da 64'teki Kıbrıs meselesiyle kopardılar bizi toprağımızdan. Evimiz barkımız, annemizin, babamızın mezarları burada, gönlümüz burada ama biz sürgüne gittik. Temelli sürgüne... Peki bizi sürdüler, kovdular da n'oldu? Başları göğe mi erdi? Ülke büyük bir kalkınma mı yaşadı, bu şehir mamur, müreffeh mi oldu? Aksine, ne yazık ki daha beter hale geldi. Tarlabaşı'nın perişanlığını görüyorsun. Her türlü yoksulluk orada, yolsuzluk orada, en katmerli rezillik orada... Şehrin ortasında bir garabet. Sanki lanetlenmiş gibi canımın içi semt. Ama böyle olur işte; suçu günahı olmayan insanları yerinden yurdundan edersen varacağın yer budur. Başkalarının mutsuzluğu üzerine mutluluk kurulur mu?"

"Kimmiş o başkalarının mutsuzluğu üzerine mutluluk kuran..."

Evgenia'nın neşeli sesi çınladı kulaklarımızın dibinde. Alacakaranlıkta iyice göremediğinden, neşeli bir konudan bahsediyoruz sanmıştı. Cevap vermemizi bile beklemeden, "Oo, bakıyorum da ahbaplığı ilerletmişsiniz," diye takılmayı sürdürdü. "Söyleyin bakalım, kimmiş o başkalarının mutluluğunu çalan kalpsiz..."

Ne diyeceğimi bilemedim, bu acı konuyla bir de Evgenia'yı üzecek olmak canımı sıkmıştı, ama güngörmüş Fofo toparladı hemen.

"Kim olacak, zamane kadınları..." dedi sesine iğneleyici bir hava vererek. "Evet, sizlerden bahsediyorum, zamane hanımlarından."

O da kıyamamıştı Evgenia'yı üzmeye. Ama Fofo'nun söylediklerinden tek kelime anlamayan Evgenia öylece bakakalmıştı.

"Eskiden aşkta bir zarafet vardı, bir mahremiyet..." diye çekiştirmeyi sürdürdü yaşlı kadın. "Kaldı mı şimdi öyle bi'şey? Adamla tanış, üç gün sonra yatak... Atina'da da böyle, İstanbul'da da... Böyle aşk mı olur be? Özleyeceksin, özleteceksin ki bir değeri olsun."

Ne olup bittiğini anlamayan zavallı sevgilim, yardım dileyen gözlerini bana çevirdi. Ama suç ortaklığını bozmaya hiç niyetim yoktu.

"Ben Fofo'nun yanındayım," dedim büyük bir cesaretle. "Romantizm yoksa aşk da yok."

Usuldan sinirlenmeye başlamıştı Evgenia.

"Ne diyorsun Nevzatcım, kim hayır diyor romantizme, aşka?"

Onu dinlemedi bile Fofo.

"Sen rahatsın tabii," diye sürdürdü sitemini. "Bulmuşsun Nevzat gibi adamı, bakarsın keyfine..."

İşin içinden çıkamayacağını anlayan Evgenia omuzlarını silkti arsızca.

"Bakarım tabii, neyi dert edecekmişim üç günlük dünyada. Sevgilim yanımda olsun yeter." Sonra gözlerindeki yeşil orman, başımı döndürecek kadar yaklaştı yüzüme. "Hoş geldin Nevzat," diyerek sağ yanağıma bir öpücük kondurdu. "Hoş geldin, sensiz tadı yoktu bu meyhanenin."

"Kaybetmeye alıştıkça daha çok özgürleşiyor insan"

Müthiş bir kadındı Fofo; tanıdığına asla pişman olmayacağın o sıra dışı insanlardan biri. Eskiden böyle değilmiş. Daha bir içe kapalıymış, daha bir kederli... Öyle söyledi kızı Angeliki... Yaşlandıkça değişmiş. "Kaybetmeye alıştıkça daha çok özgürleşiyor insan," diye okkalı da bir laf etti, ama ondan çok emin değildim, çünkü yaşlandıkça bencilleşen çok insan görmüştüm.

Evet, Türkçe konuşuyordu Evgenia'nın dayı kızı, ama Fofo'nunkiyle kıyaslarsak, oldukça aksanlı bir dili vardı. Evgenia'nın esmeri gibiydi. Dalgalı siyah saçlar, iri dalgın gözler, ince ama biçimli dudaklar, belki azıcık daha zayıf. Başka bir güzelliği vardı onun da. Akdeniz bulaşmıştı tenine, ama Evgenia'nın sıcaklığı yoktu. Durgundu, daha ağır başlı, kendinden emin bir sükûnetle bakıyordu insana. Konuşurken de öyle. Tanımasanız, asla bu annenin kızı demezdiniz. Nerede Fofo'nun camları şakırdatan kahkahaları, nerde Angeliki'nin ağırbaşlı tebessümü... Kula diyordu Fofo kızına. Evlenmiş, boşanmış, ne yazık ki onun da çocuğu yokmuş, ama evlat edinecekmiş Atina'ya dönünce. Çok belli etmese de sanırım sevdi beni. Konuşmak için fırsat arayıp durdu gece boyunca. Ama Fofo varken ne mümkün. Sanki gece başlarken anlattığı hikâyenin acısını dağıtmak istercesine kendini eğlenceye vurmuştu yaşlı kadın. Evet, kederle başlayan gece, eğlenceyle sürmüş, şarkılar, danslar gırla gitmişti. Tıpkı Evgenia'nın anlattığı gibi rakı kadehlerini birer ikişer devirmesine rağmen, en küçük bir falso bile vermemişti Tarlabaşılı hemşehrim. Dolapdere'den gelen Roman çalgıcıların da kışkırtmasıyla, çiftetelliye bile kalkmıştı bir ara. Çok da güzel oynuyordu valla, o yaşta ne gerdan kırmalar, ne göbek atmalar. Neşeyle alkış tutarken, "Bir gün böyle ölecek," dediğini duydum Angeliki'nin. "Hiç fark etmeden..." Hayır, kınamıyordu annesini, o gittiğinde ben ne yapacağımın kaygısı vardı sesinde. "Ne güzel işte," dedim teselli olur diye. "Bir gün hepimiz ölmeyecek miyiz? Allah hepimize öyle ölüm nasip etsin." Gülümsedi. "Evet, Tanrı hepimize öyle bir ölüm nasip etsin. Ama anneminki mümkün olduğunca geç olsun..."

Ben Tatavla'dan ayrılıncaya kadar sürdü eğlence; veda niyetine eski bir İstanbul türküsü bile çaldılar. "Balat uğramaz, doğru Fener / on paraya nane şeker." Şarkı öyle söylüyordu, ama ben Balat'a uğramak zorundaydım. Misafirleri olmasa elbette ayrılmazdım gecenin o saatinde Evgenia'dan, ama iki gün daha gönüllü ayrılık yaşayacaktık. İki gün sonra dönüyordu ağır misafirleri Evgenia'nın. Zaten ayrılırken ısrarla Atina'ya davet etmişlerdi bizi... Fofo, iki yanağıma kocaman iki öpücük kondurduktan sonra bizimkine dönerek, "Bak Evgenia, söylemedi deme, bu adamı getirmezsen sen de gelme Atina'ya," diye sıkı bir ültimatom çekti. Pabucunun dama atılmasına hiç sinirlenmedi benim iyi kalpli sevgilim. "Merak etme Fofo, mutlaka getireceğim onu. Nevzat olmadan ne işim var Atina'da?"

Böyle el bebek gül bebek muhabbetinden biraz da sıkılmış olarak ayrıldım bu güzel kadınlardan. Yollar hafiften buzlanmaya başlamıştı, Saraçhane'den inerken bizim emektar birkaç kez kayar gibi olsa da sonunda sağ salim ulaştım fakirhaneye. Kapıdan içeri girmiştim ki çaldı telefonum. Yine Ali'ydi arayan. Tarlabaşı'nda hiçbir taşkınlık olmamıştı. Galatasaray Lisesi'nin önünde büyük bir kalabalık toplanmış akşamüzeri. Fidan'ın ölümünü protesto etmek için. Çevik Kuvvet Taksim'e yürümelerine izin vermeyince basın açıklaması yapıp dağılmışlardı. Ne bir saldırı ne de bir çatışma, ne cam çerçeve indirme... Nazlı'yla Civan, göstericileri ikna etmişti demek.

"Belki de cenazenin defnedilmesini bekliyorlar Başkomiserim," dedi temkinliliği elden bırakmayan yardımcım. "Yarın da tetik durmak lazım."

Haklı olabilirdi, ama Nizam ortalıktan çekildiği için gönlüm daha rahattı. Birkaç gün daha Tarlabaşı'nda görünmezlerse belki karşı tarafın acısı da biraz diner, öfkeleri sönmüş olurdu. Asıl bomba haberi sona saklamıştı Ali.

"Bu arada Jale meselesi kesinleşti galiba Başkomiserim."

Merdivenin başında öylece kaldım.

"Nasıl kesinleşti?"

"Titiz'in hesabına iki yüz bin lira yattığı gün aynı miktarda para çekilmiş Jale'nin hesabından..."

Evet, taşlar yerine oturmaya başlamıştı, ama bu bilgi gece yarısı mı gelmişti bizimkilere?

"Nerden öğrendiniz bunu? Sağlam kaynak değil mi?"

"Bankadan öğrendik. Zeynep'in görevlendirdiği Süha'nın raporu..."

Alkollü olduğum için ben mi anlamıyordum, yoksa bizim şaşkın mı anlatamıyordu?

"Zeynep nerede?"

Kısa bir duraksamanın ardından, "Burada, yanımda... Beyoğlu'nda olay çıkar diye, oralarda takıldık biraz. Sonra da benim..." Az kalsın benim eve geldik diye ağzından kaçıracaktı boşboğaz, ama toparladı. "Yani önce ben telefonu açtığım için, onun söyleyeceklerini de anlatmak istedim..."

Anlaşılmıştı, birbirlerinden kopamıyordu bu yeni sevgililer. Olay çıkma ihtimali de bahaneleri oluyordu tabii. Önce canım sıkıldı, gizli saklı iş çeviriyorlar diye, sonra kendimin de gece yarılarına kadar meyhane köşelerinde, sevgilimle oturup akrabalarıyla eğlendiğimi hatırlayınca fark ettim ne kadar yanlış düşündüğümü. Ama yine de yumuşamadım. Sonuçta polis teşkilatının mensuplarıydık biz, işi sıkı tutmakta yarar vardı.

"Sen Zeynep'i ver de o anlatsın bana!" dedim otoriter bir sesle. "Herkesin vazifesi ayrı."

Galiba tırsmıştı, daha da önemlisi, kızın kendi hatası yüzünden azar işiteceğini düşünerek kaygılanıyordu.

"Zeynep'i mi istiyorsunuz Başkomiserim?" diye sürdürdü muhabbeti. "Yani, onunla mı konuşacaksınız?"

"Evet Ali, yanında değil mi? Versene kızı. Şu para meselesini soracağım. O araştırmıyor muydu konuyu? Senden dinleyeceğime o anlatsın daha iyi değil mi?"

"Tabii, tabii Başkomiserim, derhal veriyorum."

Kısa bir sessizliğin ardından Zeynep'in tedirgin sesi duyuldu.

"Buyurun Başkomiserim."

Pişman oldum kızı utandırdığım için.

"Nasılsın Zeynepcim iyi misin?"

"Sağ olun, biraz yorulduk, ama iyiyim." Konuştukça sesindeki gerginlik kayboluyor, o bildiğimiz Zeynep'e dönüşüyordu. "Şükür, çatışma filan da çıkmadı. Ama ne olur ne olmaz diye sonuna kadar bekledik tabii."

Beyoğlu'nun kim bilir hangi kafesinde ya da barında kumrular gibi cilveleştik, diyecek hali yoktu elbette. Benim de konuyu uzatmam anlamsızdı zaten.

"Şu iki yüz bin lirayı Jale'nin çektiği bilgisi yeni mi geldi elimize?"

"Aslında bilgi akşamüzeri gelmiş." Yine boğuklaşmıştı sesi. "Şu yeni çocuk Sefa... Geçen gün Kadıköy'de Ceylan adındaki transın öldürülmesinde, cinayet saatiyle ilgili eksik bilgi vermişti. Biliyorsunuz savcıdan azar işittik. Ben de bundan sonra hem sözlü olarak bildirmesini hem de elektronik posta olarak yazmasını söyledim. Telefon edip anlatma kısmını es geçmiş, sadece elektronik posta yollamış. Ben de ancak gece yarısı bakabildim internete. O yüzden gecikti. Ama bilgi doğru, Süha bütün kayıtları almış bankadan. Tarık'ın hesabına iki yüz bin lira yatırıldığı gün çekilmiş para... Hesap kocası Rıfat Gümüşova'ya ait aslında. Ama kocasının bilinci yerinde olmadığı için, vekâlet Jale'deymiş. Bir yıldır kendisi kullanıyormuş hesabı..."

Güzel haberdi, ama hâlâ tek başına bir işe yaramazdı. Tarık'ın kaldığı oteldeki görevlinin Jale'yi teşhis etmesi çok önemliydi.

"Teşekkür ederim Zeynep," dedim daha fazla sıkıştırmayarak. "Ali'yi verir misin?"

"Derhal Başkomiserim."

Telaştan iyi geceler demeyi bile unuttu zavallım; bizim sarsakla düşe kalka bir aklı havadalık gelmişti bu kıza da.

"Buyurun Başkomiserim," diyen Beyoğlu Romeo'sunun sesi duyuldu yeniden. "Beni emretmişsiniz?"

Nasıl da resmi ağızla konuşuyordu, sanki görev başında.

"Ha Alicim," dedim yumuşatarak. "Sabah ilk iş, şu Tarık'ın oteline gitmelisiniz... Fotoğraflarla beraber. Adamın Jale'yi tanıması çok önemli. Tek dayanağımız o. İhsan'ı da teşhis ederse işimiz çok kolaylaşmış olur."

"Biliyorum Başkomiserim. Hiç merak etmeyin, siz merkeze gelmeden halletmiş oluruz o işi."

"İyi olur," dedim fazla uzatmadan. "Artık, siz de gidip uyuyun, yarın zor bir gün olacağa benziyor yine. Hadi iyi geceler..."

"İyi geceler..." Kapatacaktı, sanırım sevgilisi bir şeyler fısıldadı. "Zeynep de iyi geceler diliyor Başkomiserim."

Gülmemek için zor tuttum kendimi.

"Tamam, tamam hadi ikinize de iyi geceler."

Merdivenleri çıkarken Jale'yi düşündüm. Evet, Tarık'ı kiralayan muhtemelen oydu. Kıskançlık mı, yoksa parasının çalınması mı? Acaba hangi ruh hali yöneltmişti onu insan öldürtmeye? Hem de sevdiği, belki de âşık olduğu birini... Çok incinmiş olmalıydı Jale, çok çaresiz. Hem kalbini kırmış hem de parasını çalmıştı Engin. Bir erkek için değer miydi bütün bunlara? Çocukluğumda geçen bir konuşmayı hatırladım. "Aşk, kadınları güzelleştirir," demişti kocasından ayrılıp genç bir öğretmenin peşinden giden Nihan Teyze'm. "Yanlış," diye başını sallamıştı annem. "Aşk, kadınları aptallaştırır." Annemin söyledikleri doğru muydu bilmiyorum, ama Nihan Teyzem konusunda haklı çıkmıştı. Uğruna kocasını boşadığı öğretmen, üç yıl sonra daha genç bir kadına gönlünü kaptırmış. "Ne yapayım Nihancım, âşık oldum," diyerek işin içinden çıkıvermiş. Jale'nin başından geçenler, biraz Nihan Teyze'min hikâyesine benziyordu. Evet, bir de Azize'miz vardı. Aşk üçgeninin üçüncü ayağı. Bu serüvenin başka bir kahramanı. Yoksa kurbanı mı demeliyim? Sahi kimi seviyordu bu Engin? Azize'ye duyduğu bağlılık gerçek miydi? Yoksa günü geldiğinde, tıpkı Jale gibi onu da koyacak mıydı kapının önüne? Evet, rezil bir adamdı Engin, ama ölmeyi hak ediyor muydu, bundan emin değildim. Öte yandan, adamın katilini hâlâ bulmuş değildik. Engin'i o kiralık katilin öldürmediği açıktı. Başka biri daha önce davranmıştı ondan. Kendi ölümüne yol açan da bu geç kalıştı zaten. Engin'i daha önce öldürebilmiş olsaydı, belki de şu an morgun soğuk bir dolabında değil, otelindeki sıcak yatağında, Jale'den aldığı paraları nasıl harcayacağının düşünü kuruyor olacaktı.

"Nereye bakıyorsun baba?"

Karşımda duruyordu, pencerenin kenarında. Koyu kahverengi perde, kumral saçlarının rengini belirginleştirmişti, iri gözleri kederle bakıyordu; siz, yaşayan ölümlülerin çilesi ne zaman sona erecek der gibi.

"Aysun," diyebildim sadece. "Aysun, kızım."

Sanki duymamış gibiydi.

"Aradıkların burada değil baba," dedi içten bir sesle. "Boş yere bekleme." Eliyle perdenin gerisindeki laciverdi geceyi gösterdi. "Aradıkların orada, sokakta."

Aniden çekti perdeyi, laciverdi geceyle birlikte yoğun bir uğultu doldu içeriye. Yılbaşı gecesi... Meydanda eğlenen insanların sesleri diye düşündüm, değildi, binlerce ağızdan yinelenen bir dua, yoksa kitlesel bir iç çekiş mi? Belki yakarış, toplu bir merhamet dileniş.

"Gel, bak," dedi kızım. "Aradıkların onların arasında."

Farkına bile varmadan, kendimi gel dediği yerde, pencerenin önünde buldum, tuhaf, Aysun da odanın tam ortasında, az önce benim dikildiğim yerde duruyordu. Başım döner gibi oldu. Perdeye tutundum, o anda gördüm kalabalığı. Sert bir eğimle aşağıya inen sokak, silme insan doluydu. Daha ilk bakışta anlaşılıyordu insanların mutsuzluğu, çaresizliği, umutsuzluğu. Yaşlılar, kadınlar, çocuklar, gençler... Bulunduğumuz binanın yüz metre kadar aşağısında, boyunları bükük, dudaklarında cılız bir mırıltı, salınarak ağır adımlarla yokuşu tırmanıyorlardı. Birden fark ettim Balat'ta değil, Tarlabaşı'ndaydık. Burası bizim ev değildi demek. Neresiydi peki? Aysun'a baktım, yüzünde hep aynı merhamet dolu ifade, hep aynı keder.

"Bu insanlar da kim Aysun?" diye sordum merakla. "Aradığım neden onların arasında olsun?"

Özür diler gibi baktı.

"Onu sen bulacaksın baba. Benim gitmem gerek."

Paniğe kapıldım.

"Gitme," dedim, kötü bir şeyler olacaktı, biliyordum. "Gitme, dışarısı çok karışık."

Kırık dökük bir gülümseme belirdi solgun dudaklarında.

"Gitmem gerek baba, biliyorsun, ben burada kalamam. Hem arkadaşlarım bekliyor kapının önünde."

Gayriihtiyari yeniden sokağa baktım. Bulunduğumuz binanın tam önünde duruyorlardı. Üç kişiydiler, üç çocuk. Biri keman tutuyordu, öteki darbuka, en büyüklerinin elleri kırmızı deri ceketinin cebindeydi. Keto, Musti ve Pirana. Keto'nun yaralı burnundaki beyaz bandaj, Pirana'nın sağ gözündeki korsan bandı gecenin karanlığında bile seçilebiliyordu. Birbirlerine sokulmuş, her zamanki kayıtsızlıklarıyla etrafa bakıyorlardı.

"Onları nereden tanıyorsun?" diyecek oldum, Aysun yoktu. Evet, kızım kaybolmuştu. Bakışlarım telaşla taradı her yeri. Hayır, oda boştu, Aysun gitmişti. Aceleyle sokağa baktım. İşte oradaydı, üç çocuğun arasında. İlahiler söyleyerek ağır, ama kararlı adımlarla kendilerine yaklaşan kalabalığa doğru yürüyorlardı. Kalabalığa karışırlarsa kızımı bir daha hiç bulamazdım. Telaşla indim ahşap merdivenlerden. Kapıdan çıkınca keskin bir koku çarptı yüzüme. Belki de çürümüş yosun kokusu. Haliç'in güngörmüş sularında, binlerce yıldır çürüyen yosunların o dayanılmaz kokusu. Eskiyi, hayal edemeyeceğimiz kadar eskiyi, kadim zamanları çağrıştıran bir koku. O kadar yoğundu ki görünmez bir duvar gibi çökmüştü sokağa. Umursamadım, kalabalıkla buluşmak üzere olan kızımı yakalamak için adımlarımı hızlandırdım. Üç çocuğun arasında, cesur adımlarla kalabalığa yürüyen kızımın dimdik omuzlarını görüyordum. Birkaç adım sonra bu tuhaf kalabalığa karışacak, kaybolacaklardı. Peşleri sıra koşturmaya başladım. Koştukça koku daha da ağırlaşıyor, soluk almakta zorlanıyordum. Şakaklarım zonkluyor, başım dönüyor, midem bulanıyordu. Hiçbirine aldırmadım, göz göre göre kızımın gitmesine izin veremezdim. Daha da hızlanacaktım ki tökezledim, boylu boyunca devrildim ıslak sokağa.

Önce bir çift çıplak ayak çarptı gözüme, başımı kaldırınca bembeyaz giysili bir adamın tepemde dikildiğini gördüm. İnce uzun parmaklı, iri damarlı elini bana uzattı. Elini tutup doğruldum. Uzun saçlı, ince sakallı, iri gözlü, solgun benizliydi.

"Kızım?" dedim göz göze gelince. "Kızım nerede?"

Gülümsedi, aydınlanır gibi oldu gece.

"Merak etme." Sesi tatlı bir esinti gibi çıkıyordu. "Aysun bizimle."

O anda fark ettim adamın arkasındaki tuhaf kalabalığı. Yaşlılar, kadınlar, çocuklar, gençler bir Ortaçağ ressamının fırçasıyla resmedilmiş gibi aciz ve mahzundular.

"Siz kimsiniz?" dedim yeniden adama bakarak. "Bu insanlarla nereye gidiyorsunuz?"

Heyecanım hiç etkilememişti onu. Boşta kalan elini omzuma koydu.

"Biz, tamamına ermeyecek olanlarız."

Fısıldar gibi konuşuyordu. Birilerinin duymasından korkuyor diye düşündüm, ama gözleri öyle söylemiyordu. Bir bıçak gibi incelmiş yüzünde korkunun zerresi yoktu.

"Biz, öldürüleniz," dedi kaderini kabullenmiş birinin barışık sesiyle. "Biz yağmalananız, talan edileniz, sürüleniz. Biz, sadece anılarda kalanlarız, biz topyekûn kaybedenleriz. Hep birlikte ait olduğumuz yere gidiyoruz."

Ne demek istediğini anlamadım, çok da umurumda değildi zaten, ben kızımı istiyordum sadece, Aysun'umu.

"Kızım nerde?" diye bağırdım arkasındaki kalabalığa bakarak. "Kızımı ne yaptınız?"

"O da bizden biri," dedi utangaç bir gülümsemeyle. "O da şarkısı yarım kalanlardan..."

Aysun hakkında hüküm verir gibi konuşması canımı sıktı.

"Saçma!" diye bağırdım elimi ve omzumu adamdan kurtararak. "Kızımın sizinle hiçbir ilgisi yok. Nerde o? Aysun nerede?"

Yüzündeki sükûnet değişmedi, ne bir açıklama yaptı ne yatıştırıcı bir söz söyledi. Sadece baktı, merhametle, şefkatle, acıyla baktı. Ama aldırmadım, vakit kaybediyordum, kızım her an benden biraz daha uzaklaşıyordu. Biraz daha beklersem, yazgısı o üç çocuk gibi olacak, bu acılarla dolu eski semtte, bu karanlık sokaklara, pis kokulu çıkmazlara, bu hayalet binalara karışacaktı. Onu bir daha bulamayacaktım. Elimle ittim, önümde dikilen adamı. Hiç direnç göstermedi, yeşil bir fidan gibi uysalca eğildi. O hırsla daldım kalabalığa. Tıpkı sakallı adam gibi insanlar da uysalca ikiye ayrıldı. Sanki henüz sararmamış yeşil ekinlerin arasında yürüyor gibiydim. Etrafımda avurtları birbirine geçmiş, iri gözlü, solgun yüzlü insanlar görüyordum. Tarihin herhangi bir döneminde yaşamış olabilirlerdi. Öyle zamansız, öyle belirsizdi duruşları. Tıpkı o beyaz giysili, sakallı adam gibi derin bir acıma duygusu vardı bakışlarında. Katıksız bir şefkat, saf bir merhamet, derin bir hüzün. Kendilerine mi, bana mı acıyorlardı kestiremiyordum. İşte bu yüzden sinirlenmeye başlamıştım.

"Çekilin, çekilin," diye bağırarak itekledim insanları. Halbuki hiç gerek yoktu. Daha dokunmadan saygıyla yana çekiliyorlardı. Önümde incecik bir yol belirmişti. İki yanı insanlardan oluşan bir yol. Bunalır gibi oldum, o derin küf kokusunu yeniden hissetim. O bildik baskı yeniden çöktü göğsüme. Aceleyle yürüdüm, bu dar koridordan çıkmalı, bu ağır kokudan kurtulmalı, kızımı bir an önce bulmalıydım. Adımlarımı hızlandırdım, yeniden koşmaya başlamıştım. Ama aynı şey oluyordu; koştukça kokuyu daha çok hissediyor, soluk almakta zorlanıyordum. Şakaklarım zonklamaya, başım dönmeye başlamıştı yine. Beni merhametle izleyen gözler etrafımda dönerken yeniden o karanlık kuyuya düştüm.

Yanağıma konan zerrecikler kendime getirdi beni. Gözlerimi açınca kar tanecikleri gördüm kirpiklerimin ucunda.

"Kar," diye fısıldadım neşeyle. "Kar yağıyor."

Ama sevincim uzun sürmedi, Aysun'u hatırladım; kızımı hâlâ bulamamıştım. Ayağa kalkarken fark ettim, kalabalık çekilmişti. O tuhaf güruh sanki birdenbire kayboluvermişti ortalıktan. Sadece onlar değil, kızımla birlikte Keto, Musti ve Pirana da yok olmuştu. Eğimli sokakta bir başıma kalıvermiştim. Gözlerim evlerin aşınmış merdivenlerini, çürümüş tuğlalarını, erimiş ahşaplarını, kararmış pencerelerini tararken bir ses duydum. Neydi bu? Rüzgâr mı? Hayır daha çok su sesine benziyordu. Geceyi kaplayan iştahlı bir şırıltı. Nihayet gördüm, az önce insan kalabalığının yükseldiği sokakta şimdi sular yükseliyordu. Yükselmek ne kelime, adeta dalga dalga alt katları basarak, bütün binaları yutmak için hevesle yukarı tırmanıyorlardı. Haliç taşmış, Dolapdere'yi olduğu gibi sel basmış olmalıydı. Böyle giderse Tarlabaşı da sular altında kalacaktı, belki İstiklal Caddesi, hatta Taksim... Çaresizlik içinde aynı soru düştü zihnime: Peki Aysun neredeydi? Sele kapılmış olmasın? Aklımdan bunlar geçerken gözüme bir kızıllık çarptı. Evet, suların rengi kırmızıya dönüşüyordu. Sokakların kirinden pasından olmalıydı. Rahatlamak üzereydim ki yüzüme konan kırmızı zerrecikleri gördüm. Gözlerim mi bozulmuştu? Gözkapaklarımı açtım kapadım. Hiçbir değişiklik olmadı, gökyüzü kırmızı kelebeklerle kaplanmış gibiydi. Hayır, kelebek filan yoktu, kar zerrecikleri kırmızıya kesmişti. Derin bir ürküntü duydum. Ama çabuk toparladım, bütün bunların mantıklı bir açıklaması olmalıydı. Çamur yağıyordu. Tabii ya, çölden gelen kumlar rüzgârın etkisiyle... Evet, öyle olmalıydı, ama önce sakinleşmeliydim. Anlamak için avucumu gökyüzüne açtım, tenime dokunan zerrecikler eriyerek kırmızı sızıntılar oluşturdular. Hayır bu çamur değildi, daha koyu, daha başka bir kırmızılık. Kan mı? Bütün bedenim korkuyla titredi. "Kan mı?" Dudaklarımdan bu soru çıkar çıkmaz, kar çözüldü, yağmura çevirdi. Öküz gözü gibi iri iri damlalar tepemden aşağıya boşanmaya başladı. Ama hep aynı renk, hep o koyu kırmızı. Saçlarım, yüzüm gözüm, giysilerim tepeden tırnağa kan içinde kalmıştı. Kaçmayı, şu eski binaların birinin içine sığınarak bu Allahın belası kızıllıktan kurtulmayı denedim. Ama kıpırdayamadım bile. Sanki katrana basmışım gibi olduğum yere yapışıp kalmıştım. Ayaklarıma bakınca suların inanılmaz bir hızla boğazıma kadar geldiğini gördüm. Parmaklarımın ucunda yükselerek birkaç saniyeliğine de olsa sulardan uzak durmayı denedim bir kez daha. İmkânsız, hiçbir uzvumu oynatamıyordum. Su hızla yükselip çeneme, oradan da dudaklarımın seviyesine ulaştığında o küf kokusunu yine duydum. Her yer o kokuyla kaplanmıştı, bedenim, yüzüm, saçlarım, soluğum, hatta düşüncelerim. Birden kendimin de o iğrenç kokuya dönüşeceğini anladım. Kırmızı sular burun deliklerime dolarken başka hiçbir çarem kalmadığından dehşetle haykırdım.

Kendi çığlığım uyandırdı beni. Yatağımda oturmuş, derin derin nefes almaya uğraşıyordum. Zaman zaman gördüğüm o kâbuslardan biri daha... Soluğum düzenli hale gelinceye kadar hiç kımıldamadan öylece oturdum. Kendime gelince yataktan inmek için yana döndüm, işte o zaman karşılaştım duvardaki koyu kahverengi çerçeveli resimle. Aysun'un iri gözleri üzerimdeydi, tıpkı rüyamdaki gibi, siz, yaşayan ölümlülerin çilesi ne zaman sona erecek, dercesine kederle bakıyordu yüzüme.

“Bir romancının yalanları her zaman dikkate değerdir”

Emektarın camını nazikçe tıklatan adamın gölgesi vurdu yüzüme. Başımı çevirince kanım dondu; kendi yüzüm camdan bana bakıyordu. Neler oluyordu, gündüz gözüne kâbus mu görmeye başlamıştım? Çok sürmedi, yanıldığımı anladım. Camın ardındaki kişi, şu tuhaf yazardı. Sırıtarak, parmağını boşlukta çevirip duruyordu deli gibi. Kendime kızdım, ne vardı sanki evde kahvaltı yapacak, merkezde bir tost, bir çaya gönül indirseydim karşılaşmayacaktım şimdi bu işgüzar herifle.

“Buyurun?” dedim kaşlarımı yıkarak. “Ne istiyorsunuz?”

Arabanın penceresini gösterdi, sonra yine boşlukta çevirmeye başladı parmağını. “Camı aç,” diyordu. Çünkü ne söylediğimi duymuyordu. Ilık suyla yaptığım banyoya, içtiğim kallavi kahveye rağmen tam ayılamamıştım demek ki. Sıkıntıyla oflayarak yarı yarıya indirdim camı.

“Evet, ne vardı?”

Aksiliğime rağmen hiç alınganlık göstermedi.

“Bahtiyar’ın aşılarını soracaktım,” dedi nazikçe. “Hangileri yapıldı acaba?”

Mahcup olmak diye buna derlerdi işte.

“Valla bilmiyorum ki... Aslında aşı yapıldığını da zannetmiyorum. En son bizim rahmetli Demir bakmıştı. O günden sonra da veterinere filan götürmedik Bahtiyar’ı.”

Ne bir kınama ne küçümseme, anlayışla başını salladı.

"Olsun, bu da bir sonuç. Böylece bütün eksik aşılarını yapmaya başlarlar."

O anda duydum Bahtiyar'ın sabırsız hırıltılarını. Ben de buradayım dercesine tatlı tatlı havlıyordu pencerenin dışında. Camı tümüyle indirdim.

"Bahtiyar, ne yapıyorsun oğlum?"

Daha güçlü bir havlamayla selamladı. Elimi uzatıp başını okşadım. Tüyleri yumuşacıktı, keyifle kuyruğunu salladı kerata. Hazzetmediğim komşum iyi bakmıştı bizim oğlana anlaşılan.

"Teşekkür ederim," dedim yazara dönerek. "Bu iyiliğinizi unutmayacağım."

O engin gönüllülük zırhına büründü hemen.

"Rica ederim Nevzat Bey, teşekkür etmenize hiç gerek yok. Siz söylemiştiniz, Bahtiyar hepimizin arkadaşı. Aslında akşam uğrayacaktım, ama yoktunuz. Evgenia Hanım'a gittiniz herhalde..."

Hadi bakalım, yine başlamıştı işte. Gözlerimi kısarak şöyle bir süzdüm kaldırımda dikilen adamı.

"Özür dilerim, ama geceyi nerede geçirdiğim sizi niye ilgilendiriyor? İster Evgenia'ya giderim, ister başka bir ahbabıma, bundan size ne?"

Anında geri adım attı.

"Özür dilerim, lütfen yanlış anlamayın, sadece tahmin etmek istedim. Yoksa beni ilgilendirmez elbette."

Hep aynı taktik, önce bir yoklama, tepki görürse geri çekilme, görmezse sohbeti derinleştirme...

"Bakın sizi tanımıyorum," dedim sakin bir ses tonuyla. "Tek bir kitabınızı bile okumadım. Aslında merak etmiyor da değilim. Polisiye romanları severim, şu elimdeki dava bitince başlayacağım birine. Ama beni rahat bırakırsanız sevinirim. Kötü bir niyetiniz olmadığını biliyorum. Belki romanlarınız için malzeme peşindesiniz, belki yarattığınız karakterlerin daha gerçekçi olması için benimle ilgileniyorsunuz, fakat rahatsız oluyorum. Anlayın artık, ben böyle işleri sevmem. Sessiz, sakin yaşamayı tercih ederim."

Hiç itiraz etmeden, uysalca dinledi beni.

"Ne söyleseniz haklısınız," dedi efendiliğini hiç bozmadan. "Evet, benimki mesleki bir ilgi. Saklayacak değilim, romanlarım nedeniyle takip ediyorum sizi. Tümüyle sanatsal bir kaygı... Madem bu kadar rahatsız oluyorsunuz, söz, artık uzak duracağım sizden... Zaten yakında taşınacağız buradan. Yeniden Şişli'ye döneceğiz..."

Sahi mi dercesine baktığımı fark etmişti.

"Gerçekten, hiç merak etmeyin." Dudaklarında o gizemli ifade belirdi yine. "Kendimi affettirmek için küçük bir de hediyem olacak size. Bugün yarın ulaşır elinize."

Aslında ne hediyesini istiyordum ne de onu bağışlamak, beni rahat bıraksın yeterdi ama, "Teşekkür ederim," dedim kabalık olmasın diye. "Çalışmalarınızda başarılar dilerim."

Daha fazla uzatmadan emektarın penceresini kapattım, kontak anahtarını çevirdim, gaz pedalına basacaktım ki, yeniden tıklattı camımı. Bu kez o işaret etmeden indirdim camı.

"Özür dilerim," diye girdi lafa. "Belki söyleyeceklerime yine sinirleneceksiniz, ama bu son..." Hafifçe eğildi adeta fısıldarcasına konuşmaya başladı. "Shakespeare, *Jül Sezar* adlı oyununda bir kâhine şöyle söyletir. 'Mart'ın 15'inden sakın Sezar.' Biliyorsunuz Sezar Mart'ın 15'inde senatoda bıçaklanarak öldürülür. Ben de size, Ocak ayının 3'ünden sakının, demek zorundayım."

O kadar saçmaydı ki söyledikleri, güldüm.

"Ne zaman oluyormuş bu 3 Ocak?"

"Ne yazık ki bugün."

Hayır, şaka yapmıyordu, gayet ciddiydi sözlerinde.

"3 Ocak'tan kendinizi sakının Nevzat Bey... Ne demek istediğimi sormayın lütfen, sözlerimin kaynağını da merak etmeyin, ama uyarımı da yabana atmayın. Bir romancının yalanları her zaman dikkate değerdir."

Sözlerini bitirince de ne karşılık vereceğimi bile beklemeden, Bahtiyar'ı da yanına alarak uzaklaştı yanımdan.

Delirmiş olmalıydı. Belki de yeni bir oyun peşindeydi. Ne yapıp edecek, bir şekilde benimle ilişki kuracaktı. Yok, bu yazar beni rahat bırakmayacaktı. Daha sert bir konuşma yapmam gerekiyordu anlaşılan. Açıkça uyarmalıydım belki.... "Ocak ayının 3'ünden kendini sakın"mış... Allah akıl fikir versin diyerek dokundum bizim emektarın gazına. Yorgun arkadaşım ileri doğru atılırken birden kapandı hava. Gözümü açtığımdan beri günlük güneşlik olan gökyüzü, sanki bir felaketi haber verir gibi kapkara bulutlarla kaplanmıştı bir anda. Shakespeare'in oyunlarını hatırladım. Hani felaket öncesi, nedensiz bir fırtına çıkar ya. Bir an ürperir gibi oldum. Sonra kızdım kendime bu tuhaf yazarın etkisinde kaldığım için. Adam ağır ağır kafayı yiyordu işte. Emektarın burnunu, Balat'ın ara sokaklarından Haliç'in ana caddesine kırdım. Eğilip ön camdan gökyüzüne baktım bir kez daha, hayır, yağış yoktu, ama lacivert bulutların arasında boğulmakta olan güneş, sarışınlığını kaybetmiş, kızılımsı bir lekeye dönüşmüştü adeta. Nerden çıkmıştı şu yazar karşıma sabah sabah? Tüm huzurumu kaçırmıştı herif. Yok, rahat edemeyecektim. Telefonu çıkarıp Ali'nin numarasını tuşladım.

"Günaydın Başkomiserim."

Nasıl da canlı çıkıyordu sesi hergelenin.

"Günaydın Ali, Ne yaptınız?"

"Toparlanıyoruz, birkaç dakikaya çıkacağız. Saltanat Süleyman'ın bıçağının sonuçlarına bakıyorduk... Bir dakika Başkomiserim..." Sesi uzaklaştı. "Efendim, ne dedin Zeynep... Evet, bıçakta ne maktulün ne de başka birinin kanına rastlanmış. Bıçak temizmiş..."

Ne yalan söyleyeyim, sevindim Saltanat'ın katil olmadığına. Pek matah biri olmasa da hapislerde çürümesini istemezdim o iriyarı adamın.

"İyi, Tarlabaşı'nda durum neymiş? Bilgi alabildiniz mi?"

"Ortalık sakin, şu ana kadar ne bir taşkınlık ne de bir çatışma bildirildi."

İçimden bir kez daha Nazlı'yla Civan'a teşekkür ettim. Kara Nizam'la yeğenleri de ortalıkta görünmeyince durum normalleşmeye başlamıştı anlaşılan.

"Otele uğradıktan sonra Jale'yi gözaltına alalım mı Başkomiserim?" diye sordu Ali. "Kadın her durumda şüpheli."

"Haklısın, resepsiyondaki adam onu teşhis etmese bile, şu iki yüz bin liranın hesabını vermek zorunda. Ama hatırlasana, kadın dün Ankara'ya gidecekti."

"Doğru, bugün dönecekti İstanbul'a... Akşam filan gelir herhalde, belki de yarın..."

"Sorun değil, siz şu otele bir uğrayın, bakalım ne anlatacak görevli. Sonra merkezde buluşuruz. Sahi, İhsan'ın fotoğrafı var mı elimizde? Resepsiyon görevlisine göstermek için diyorum."

"Var, var Başkomiserim. Dosyasından aldık. Üstelik yeni bir fotoğraf, eğer Tarık'la konuşan adam oysa kesin tanır resepsiyoncu."

"Hadi hayırlısı, size kolay gelsin o zaman..."

"Sağ olun Başkomiserim, size de kolay gelsin."

Ne kadar kararırsa kararsın gökyüzü, o şom ağızlı yazarın söylediği gibi kötü olaylar olmayacaktı işte. Telefonu cebime koydum. Arabamın radyosuna uzandım. Düğmeyi çevirdim. Neşeli bir müzik doldu içeri. Kemani Tatyos Efendi'nin kürdilihicazkâr saz semaisi... Karamsarlığım dağılır gibi oldu. Elimle direksiyona vurarak müziğin uyumuna bıraktım kendimi. Bir de saray işi diye küçümserlerdi, oysa ne kadar zengin tınıları vardı şu müziğin. Unkapanı Köprüsü'ne yaklaşırken şarkı değişti, bir başka azınlık mensubu, büyük müzisyenin eseri başladı. Udi Hrant'ın hicaz şarkısı, hem de kendi sesinden. "Hastayım, yaşıyorum görünmez hayaliyle / Belki bir gün, bir gün diye / Beklerim ümit ile"... Azınlık bestecilerine ayrılmıştı galiba bu program. Azınlıklar... Dün gece Fofo'nun söyledikleri geldi aklıma. "Peki bizi sürdüler, kovdular da n'oldu? Başları göğe mi erdi? Ülke büyük bir kalkınma mı yaşadı, bu şehir mamur, müreffeh mi oldu?" Hayır, aksine çok daha fena olmuştu. O büyük imparatorluk kültürünün renkleri tek tek sönmüş, müziğimiz, edebiyatımız, yemeklerimiz, mimarimiz, giysilerimiz, sözcüklerimiz, yani hayatımızı oluşturan ne varsa hepsi eksilmişti bir parça. Daha bir yoksullaşmıştı hayatımız. Balat'taki Rum, Yahudi komşularımız, onlarla karşılıklı dostluğumuz, muhabbetimiz. Ve zaman zaman yüzlerinde beliren o gölge... "Ben bugün polis değil, milli şuura sahip bir vatanseverim," diyen komiser yardımcısı gibi adamların yüzünden. Belki onu suçlamak da doğru değil, ırkçılık zehrinden etkilenmiş politikacılar, devlet yöneticilerinin yüzünden... Yeni bir şarkı başlamıştı radyoda. Kemani Sarkis Efendi'nin unutulmaz bestesi: "Kimseye etmem şikâyet / Ağlarım ben halime..." Şanslı günümdeydim, bu tür şarkıları bulmak çok zordu radyoda. Ama kim olduğunu çıkaramadığım kadın solist, "Titrerim mücrim gibi baktıkça istikbalime" diye asılırken şarkıya, münasebetsizce ötmeye başladı telefonumun zili. Suratımı buruşturarak aldım telefonumu. Hayret, Janti Cemal arıyordu. Halbuki bana kırıldığını sanıyordum. Sevindim küs olmadığımıza.

"Alo Cemal..."

"Şükür seni buldum Nevzat."

Sesi telaşlıydı, sormama vakit bırakmadan sıraladı.

"Çatışma çıkacak, bunlar birbirlerini öldürecek."

O kadar hızlı konuşuyordu ki, ne olduğunu anlayamadım bile.

"Nerede çatışma çıkacak? Kim kimi öldürecek?"

"Kim olacak, Kara Nizam'la İhsan. Karısıyla İhsan'ın görüştüğünü öğrenmiş o manyak herif. İhsan'ı aramış, ana avrat düz gitmiş."

Şaşkınlıkla sordum:

"Nasıl öğrenmiş ki buluştuklarını?"

"Belki Tebernüş denen o kuaför söylemiştir. Dün Çilem'le orada buluşmuş İhsan. Müzevir puştun tekidir Tebernüş. Üstelik Nizam'a da yakındır. Yeni karısının eski düşmanıyla görüştüğünü öğrenince çıldırmış tabii Nizam. Hemen İhsan'ı aramış. 'Sende birazcık erkeklik varsa seni Tarlabaşı'ndaki kahvede bekliyorum,' demiş. İhsan alttan almaya kalkmış, ama hasmı hiç yumuşamamış. 'Eğer gelmezsen, etek giydirip Çilem yerine seni alacağım akşam koynuma,' diye açıkça tahrik etmiş."

Gözünü kan bürümüş olmalıydı Nizam'ın. Hiçbir şey umurunda değildi artık, ne Fidan'ın arkadaşlarından gelecek bir saldırı ne benim uyarılarım. Son bir umutla sordum:

"Peki, İhsan kabul etmiş mi gitmeyi?"

"Etmeyip ne yapsın? Gitmezse insan içine çıkamaz bir daha. Üstelik Nizam rahat bırakmaz artık onu. Mutlaka bir yerlerde kıstırıp hesabını görür. Hem şerefinden hem de canından olur."

İşe bak yahu, biz eylemci gençlerden korkarken mafya babaları birbirine girmişti.

"Peki ne zaman buluşacaklarmış?"

"İhsan kulüpten çıkmak üzereydi. Yarım saate kalmaz patlar silahlar. Ben Mizgin'i hatırlı abilere yolladım. Nizam onların sözlerini dinler. Ama gelmeleri çok zaman alır. Bu iş seninle benim elime kaldı Nevzat. Çatışmayı biraz ertelersek akacak kanı da durdururuz."

Yalvarırcasına çıkıyordu sesi.

"Tamam, ben olay yerine çok yakınım zaten. Unkapanı Köprüsü'nü geçmek üzereyim, beş dakikaya kalmaz Tarlabaşı'nda olurum."

"Hay Allah razı olsun, sen gelirsen çekinirler. Ben de araya girerim, racon kesip engel oluruz insanların ölmesine."

"Anlaştık, geliyorum," diyerek kapattım telefonu.

Ali'nin telefonunu tuşlarken bakışlarım yine gökyüzüne kaydı. Güneş kan kırmızısına bürünmüştü, yaklaşmakta olan bir felaketi haber vermek istercesine karardıkça kararıyordu bulutlar...

“Şeytan kendi mührünü vurdu Tarlabaşı’na”

Köşeyi dönünce Barbut İhsan’ı gördüm, devetüyü rengindeki paltosunun önünü açmış, sağ eli cebinde, kararlılıkla yürüyordu, yanında en güvendiği adamı Pire Necmi... İki adım gerilerinden Tarlabaşılılar Kulübü’nde rastladığım üç koruma takip ediyordu onları. Hepsinin palto ya da kabanlarının önü açık, hepsinin sağ elleri ceplerindeydi. Avuçlarında ne tuttuklarını kestirmek için müneccim olmaya gerek yoktu. Kurşun rengi gökyüzü kadar sıkıntılıydı küçük meydan. Yine de şükrettim; bir çatışma çıkmadan yetişmiştim. Oysa Tepebaşı’nda trafik sıkıştığında umudumu nerdeyse yitirmek üzereydim, neyse ki tıkanıklık çok sürmemiş, mucize kabilinden birdenbire boşalıvermişti yollar. Ali’yle Zeynep’in benden önce gelmesi de pek mümkün gözükmüyordu, ancak Elmadağ’a ulaşabildiklerini bildirmişlerdi ikinci telefon konuşmamızda. Anons yaptığımız polis ekiplerine de fazla güvenemezdim; eninde sonunda gelirlerdi, ama önemli olan silahlar patlamadan, kan dökülmeden burada olmalarıydı. Gerçi Ali, “Sakın tek başınıza gitmeyin oraya,” diye uyarmışsa da bu şartlar altında beklemek hiç doğru gelmemişti bana. Yani delidolu yardımcımla rolleri değişmiştik bu defa. Ne yapayım, geçen her dakika Azrail’in elini güçlendiriyordu. O telaşla, benim emektarın gaz pedalını sonuna kadar köklemiş, İngiliz Konsolosluğu’nun arkasından Kalyoncukulluğu’na inmiştim. Caddedeki manavın itirazlarına aldırmadan dükkânının önüne bırakmıştım arabamı. Adam dırlanmayı sürdürünce kimliğimi gösterip "Patlama, hemen geleceğim," demek zorunda kalmıştım. Hızlı adımlarla Aya Konstantin Kilisesi'nin yanındaki sokağa girerken, silahlar patlamadan Nizam'ın kahvesine ulaşmayı umuyordum hâlâ. Şaka değil, her saniyenin önemi vardı. Güdük sokağı hızla geçtim, işler planladığım gibi gidiyordu. Ama meydana açılan sokağa girecekken o zavallı meczup çıkıvermişti karşıma. Evet, Diyojen'den bahsediyorum, gerçek adıyla Andonis'ten. Beni görünce kollarını yana açarak geçmeme engel olmaya çalışmıştı.

"Gitme!" demişti panik içinde. "Gitme. Seni öldürecekler. Onları öldürdüler, seni de öldürecekler."

Saçları diken diken olmuştu, gözleri dehşet içindeydi. Yoksa geç mi kalmıştım, çatışma çıkmış, bu zavallı da ortasına mı düşmüştü? Ama öyle olsa silah seslerini duyardım.

"Kim, kim beni öldürecek?"

Başını çevirmeden, gözleriyle meydanı işaret etti.

"İblis... Cennetten kovulan iblis... O bekliyor seni sokağın kalbinde..." Yerlerinden fırlayacakmış gibi çılgınca bakan gözleri yeniden yüzümde durdu. "Anlamıyor musun, şeytan sokağa indi diyorum. Kötülük serbest kaldı... Günah her yerde... Kaç, kaç, sakın gitme."

Rahatlatmak için kollarını tutup aşağıya indirmiştim.

"Bana bir şey olmaz." Güven veren bir gülümseme takınmıştım. "Bugün ben sadece polisim. Anladın mı, sadece vatandaşın emrinde olan bir polis..."

Çaresizce bakmıştı yüzüme.

"Artık fark etmez, polis de olsan, insan da olsan fark etmez. Artık çok geç. Bu semt lanetlendi. Şeytan, kendi mührünü vurdu Tarlabaşı'na. Gitme, sakın oraya gitme..."

Kim bilir hangi işgüzar esnaf ya da hoyrat delikanlı korkutmuştu bu zavallıyı! Ama şimdi onunla uğraşacak vaktim yoktu.

"Merak etme, beni kimse öldüremez," diyerek sakinleştirmeye çalışmıştım. "Benim silahım var, hem birazdan öteki polisler de gelecekler. Hadi hadi, sen şimdi kiliseye git Andonis... Sonra oturur konuşuruz..."

Sanki tuhaf bir şey söylemişim gibi duraksamıştı.

"Andonis? Andonis mi?" Hızla başını sallamıştı. "Hayır, Andonis gitti. Andonis, karısıyla kızını alıp Atina'ya gitti. Ben Andonis değilim, ben Diyojen'im... Işığın peşindeki Diyojen..."

Ağır ağır yürümeye koyulmuştu.

"Yanılıyorsun, ben Andonis değilim. Onun bir karısı vardı, bir de kızı. İftira attılar kadına... Ama iyi adamdı Andonis, hiç kulak asmadı dedikodulara... Karısını, kızını alıp Atina'ya gitti." Gitgide uzaklaşıyordu benden. "Arkadaşımdı Andonis, aynı evde otururduk, aynı okula gittik. Arada bir mektup atar Atina'dan. Yok, ben Andonis değilim, benim hiç karım, kızım olmadı... Onlar hep beraber gittiler. Üçü birlikte..."

Bahtsız adamı vicdan azabıyla baş başa bırakarak yeniden hızlandırmıştım adımlarımı. Köşeyi dönünce de işte o küçük meydan açılıvermişti gözlerimin önünde. O anda anladım, bu cinayet soruşturmasının neredeyse bütün tarafları buradaydı. Engin'in evi solumdaki Kadın Çıkmazı'ndaydı, Nizam'ın kahvesi yüz metre kadar ileride ve Ferhat Çerağ Kültür Merkezi, meydana açılan karşı sokağın başındaydı. Belki İhsan'ın da evi ya da satın aldığı bir bina vardı buralarda. Olayın düğümü de burada mı çözülecekti acaba? Küçük meydanda adım adım düşmanına yaklaşan İhsan'ın suratından anlamak mümkün değildi bunu. Ama itiraf etmeliyim ki sandığımdan daha yürekli çıkmıştı bu salon kabadayısı. Belki de benim sözlerim etkilemişti onu. "Nizam senden daha çok seviyor Çilem'i," demiştim. "Senden daha cesur, daha tutkulu bir adam." Yok canım, kimse pek de tanımadığı bir başkomiserin sözüyle ölüme gitmez. Çilem'le konuşması yüreklendirmiştir onu. Kendisini seven bir kadının gözünde korkak bir adam olmayı gururuna yedirememiştir. Sahiden de cesurca yürüyordu, alnı dik, bakışları bir noktaya kilitlenmiş. O anda fark ettim Nizam'ı. Barbut'un bakışlarının kilitlendiği yerde dikiliyordu, kahvenin önünde. Yüzü hasımlarına dönük olduğu için beni göremiyordu. Yanında en gözde iki yeğeni vardı, içeriden dün çıkan Kudret ile ikiz kardeşi Medet. Hayret, bu ikisi dışında yirmi bir yeğenden hiçbirini çağırmamış mıydı yanına? Adil bir dövüş mü istiyordu? Hiç sanmıyorum, tanıdığım kadarıyla Nizam için sadece kazanmak vardı, hangi yolla kazandığının bir kıymeti harbiyesi yoktu. Bir an iyimserliğe kapıldım, yoksa çatışma peşinde değil miydi? Sıkı bir gözdağı verip karısından uzak durmasını mı isteyecekti İhsan'dan? Ama çabuk sıyrıldım bu aptalca hayallerden, iş çığırından çıkmıştı artık. Dışarıdan bir müdahale olmadan uzlaşma mümkün değildi bu meydanda. İşin tuhafı Janti Cemal de görünmüyordu ortalıkta. Benden çok daha önce gelmiş olması gerekmez miydi? O zaman fark ettim birbirinin kanına ekmek doğramaktan çekinmeyen bu sekiz kişi dışında kimsenin olmadığını etrafta.

Marketin ışıkları söndürülmüştü, köşedeki nalbur mallarını sokakta sergilemek şöyle dursun, demir sürgüyle kapatmıştı dükkânının iki kanadını, marangoz kepengini çoktan indirmiş, berber erkenden sırra kadem basmış, şehirlerarası otobüs şirketi belki hiç açmamıştı bugün kapılarını. Sadece Nizam'ın önünde durduğu kahve açıktı, Barbut İhsan'ı görüşmek için davet ettiği kendi mekânı. Ama nedense içeride değil de kapının önünde beklemeyi tercih etmişti can düşmanını.

Hiç kıpırdamadan, elleri arkada, bacaklarını açmış, güvenle bekliyordu yaklaşmakta olan hasmını. Aralarında yirmi metreden az bir mesafe kalmıştı, benimle kahve arasında ise yetmiş seksen metre. Silahımı çıkardım, ağzına mermi sürdükten sonra, tıpkı Barbut İhsan gibi paltomun sağ cebine soktum. Önce bir peşrev geçerlerdi, işte sen şöyle yaptın, ben böyle yaptım gibilerden. Zaten durum o atışmadan sonra belli olurdu; husumet çatışmayla mı sonuçlanacak, yoksa sulhe mi erecek? Tam o noktada bizim devreye girmemiz gerekiyordu işte. Ama Janti yoktu ortalıklarda! Adamı tanımasam, beni çağırdı kendisi tüydü diyeceğim, ama hayatta böyle bir korkaklık yapmazdı. Ucunda ölüm de olsa kaçmazdı kavgadan dövüşten. Ne yapalım, o yoksa Başkomiser Nevzat çözecekti bu işi tek başına. Yeniden adımlarımı hızlandırdım, ama İhsan, Nizam'la karşı karşıya gelmişti bile. Üç, dört metre ya var ya yoktu aralarında. Adamları da arkalarına dizilmişti bir sıra. Bir adım öne çıktı İhsan, sağ eli hâlâ cebindeydi.

"Gel dedin, geldim," dedi gür bir sesle. "İşte karşındayım... Söyle ne diyorsun?"

Barbut'u ilk kez görüyormuş gibi dikkatlice baktı Nizam. Sanki yavaşlatılmış bir film sahnesi gibi... Ama elleri hâlâ arkasındaydı, hasmının karşısına dikilmesi zerrece etkilememişti onu.

"Başkasının namusuna bulaşmaya utanmıyor musun?" dedi sakin, ama kendinden emin bir sesle. "Benim nikâhlı karımla nasıl buluşursun lan sen? Delikanlılığa sığar mı lan bu? İnsanlığa sığar mı?"

Gözlerini bir an bile düşmanından ayırmamıştı İhsan.

"Senin nikâhlı karın beni seviyor," dedi intikam dolu bir sesle. "Onun ilk aşkı benim..."

Bu söz bitirdi Nizam'ın sakinliğini, kıçının üstünde birbirine geçirdiği parmaklarını çözdü.

"Sus lan!" diye gürledi. "Yalancı herif! Karıma iftira atma!"

Nizam'ın hareketlenmesiyle birlikte İhsan da telaşlandı, gözlerindeki kararlılık kayboldu, ama geri adım atmadı.

"Asıl yalancı sensin," diye bağırdı. "Oyunla, tezgâhla düşürdün kızı ağına... Çilem hiçbir zaman seni istemedi."

Hiç korkmadı Nizam, bir adım daha attı İhsan'a doğru.

"O benim karım... Dünyada da ahirette de karım olacak. Ama sen suç işledin, günaha girdin, başka birinin namusuna baktın. O yüzden cezan büyük olacak." Öfkeden çok, bildirdiği hükmün doğruluğundan emin olan bir hâkimin güveniyle konuşuyordu. "Şimdi, bu dünyada işlediğin günahın bedelini ödeyeceksin, ama öteki dünyada da yakanı bırakmayacağım senin. Ne zaman yolum düşecek bilmem, ama oraya geldiğimde de cehennemin en kızgın yerinde yakacağım seni!"

Nefretle baktı İhsan.

"Orada buluşacağımız kesin, ama önce ben değil, sen gideceksin." Aniden çıkardı cebinden elini. Markasını kestiremediğim büyükçe bir tabancayı Nizam'a doğrulttu. "Hadi konuş bakalım."

İpler kopmak üzereydi, silahımı çekip bağırdım:

"Dur! İhsan dur! Yapma!"

Karşılıklı sıralanan sokak cengâverlerinin başları bana döndü. Hepsinin gözlerinde aynı şaşkınlık vardı. Zaman durmuş gibi öylece kaldı herkes. İlk konuşan Nizam oldu.

"Başkomiserim, senin burada ne işin var ya?"

Üzerine doğrultulan silaha hiç aldırmıyordu, aksine burada bulunuşum işini bozmuş gibi şikâyet ediyordu.

"Tamam Nizam, tamam, sakin olalım arkadaşlar." Barbut'a döndüm. "Tamam İhsan, tamam, yere bırak silahı, oturup insan gibi konuşalım..."

Tabancasının namlusuyla Nizam'ı gösterdi İhsan.

"Bu herif insanlıktan anlamaz Başkomiserim. Siz karışmayın bu meseleye. Bugün çözülecek bu iş. Ya o ya ben..."

Nizam sanki onu dinlemiyormuş gibi, bana bakmayı sürdürüyordu.

"Janti denen o bunak çağırdı sizi değil mi?"

Neden burada olmama takılmıştı Nizam? Karşısında dört kişi vardı, üstelik İhsan'ın tetiğe dokunması an meselesiydi, ama korkunun zerresi yoktu yüzünde. Çaresizce başını salladı.

"Ama doğru söylüyor bu şerefsiz. Bugün bu iş çözülecek." Sağ elini havaya kaldırdı, işaretparmağını öne doğru uzattı. "Ya o ya ben," diyerek indirdi. Aynı anda patladı silah. Ardı ardına iki el. İhsan'ın ince uzun bedeninin sarsıldığını gördüm. Hayır, patlayan silah onunki değildi. Tetiğe dokunmaya bile fırsat bulamamıştı. Dizlerinin üzerine çökerken dönüp en yakın adamı Pire Necmi'ye baktı. İşte o anda fark ettim cep herkülünün elindeki tabancayı. Ondan başka kimsenin elinde tabanca yoktu. Herkes olduğu yerde öylece kalmıştı. Beni şaşırtan, öteki üç korumanın da sanki vurulan kendi patronları değilmiş gibi sessizce yere düşen İhsan'ı izlemeleriydi. Alçakça bir tezgâha kurban gitmişti Barbut, kendi adamlarının kurduğu sinsi bir oyuna... Mekânına ruhsatsız silahı koyanlar da bunlardı şüphesiz, belki bizzat Pire Necmi'ydi. Dünkü buluşmayı Nizam'ın kulağına fısıldayan da oydu. Çünkü patronuyla Çilem'in, Tebernüş'ün kuaför dükkânında görüştüğünden haberdardı. Zavallı Barbut, gövdesinde giderek ağırlaşan iki kurşunla ağır ağır ölüme yaklaşırken nasıl da kahrolarak bakıyordu belki de kardeşi kadar güvendiği Necmi'ye. Baktıkça da anlıyordu olan biteni. Kara Nizam satın almıştı bütün adamlarını.

"At silahını," diye Necmi'ye doğrulttum namluyu. "At silahını yere."

Hain, ne yapacağını bilemediği için yeni patronuna çevirdi bakışlarını. Nizam ne derse onu yapacaktı, ama buna gerek kalmadı. Yine cayırtı koptu. İhsan, sadece beni değil orada bulunan herkesi de şaşırtarak bastı tetiğe, hem de ardı ardına, muhtemelen bütün gücüyle, bütün nefretiyle. Pire Necmi'nin yarım porsiyon bedeni, yediği kurşunların etkisiyle bir metre geriye savruldu. İşte o anda öne atıldı Nizam, Barbut'un sırtına okkalı bir tekme indirdi.

"Yapma!" diye bağırdım bir kez daha. "Nizam yapma!"

Döndü nefret dolu bir bakış fırlattı suratıma, ama hiç aldırmadan elini beline sokup tabancasını çıkardı. Onu vurmaktan başka şansım yoktu, tam tetiğe basacaktım ki sanki bir araba çarptı bana; öne doğru savruldum; küçük alan gözlerimin önünde dönmeye başlamıştı, ağır ağır kararıyordu dünya... İhsan gibi dizlerimin üzerine çöktüm öylece, ama başımı dik tutmakta zorlanıyordum, uzun süre öyle kalamadım, usulca düştüm yere. Gözlerim açıktı, neler olup bittiğini görebiliyordum hâlâ. Daha fazla zaman ayırmadı bana Nizam, iki adım atarak İhsan'a yaklaştı. Eğildi hasmının gözlerinin içine bakarak söylendi.

"Kara Nizam'ın namusuna bulaşmanın sonu ölümdür."

Ardı ardına üç kez bastı tetiğe, İhsan'ın kafatasının parçalandığını gördüm, sıçrayan kan Nizam'ın silahı tutan elini olduğu gibi kırmızıya boyamıştı. Doğrulmaya çalıştım, irice bir ayak yüzüme bastı. Altı çamurlu kocaman bir bot, sağ yanağımı ezmeye başladı. Yan gözle yüzüne baktım; beni gafil avlayan genç, pis pis sırıtıyordu tepemde. Nizam'ın yeğenlerinden biriydi. Dün ocakbaşında gördüğüm çakallardan biri. Belki de daha meydana ilk girdiğimde fark etmişti beni. Nizam'ın yaklaşan çirkin suratı kapattı beni tuzağa düşüren genç adamın görüntüsünü. Başucuma diz çökerek iyice yaklaştırdı çirkin suratını.

"Senin burada olmaman gerekiyordu," diye söylendi. "Niye geldin be Başkomiserim?" Burnuma gelen kan kokusunu adamın ağzından yayılan iğrenç sigara kokusu bastırıyordu. "İster inan, ister inanma seni sevmiştim. Sende öteki polislerde olmayan bir şey var."

Övgüleri umurumda bile değildi, giderek ağırlaşıyordu suratımı ezen bot.

"Ama seni öldürmek zorundayım. İhsan'ı vurduğumu gördün." Sessizce güldü. "Rüşvetle bu işi çözebileceğimden emin olsam kıymazdım sana..." Silahı sol eline geçirdi, cebinden gümüş sigaralığı çıkardı. Bir tane çekti. Yeğeni eğilip sigarasını yaktı. Eğilirken daha güçlü bastı suratıma; yüz kemiklerimin ezildiğini hissettim. Nizam derin derin iki nefes çekti sigarasından. İri burun deliklerinden dumanlar havalanırken,

"Ne dersin Başkomiserim?" diye sordu. "Para senin gözlerini kapatmaya yetmez değil mi? Gördüklerini unutmazsın değil mi?" Umutsuzca kaldırdı başını. "Yok, yapmazsın. Yalan söylemeye bile tenezzül etmiyorsun baksana..."

Bir nefes daha çekti sigarasından, dumanını yine savurdu küçük meydana. Pişman pişman baktı. Sonra sigarasını dudağının kenarına yerleştirdi. Silahını sağ eline alarak usulca doğrulurken, o tuhaf yazarın sözleri çınladı kulaklarımda: "Ocak ayının 3'ünden kendinizi sakının Nevzat Bey!" Nasıl yani, doğruyu mu söylemişti? Bu mümkün müydü, önceden bilebilir miydi öleceğimi? Ölmekten çok, o Allahın belası yazarın haklı çıkacağına dertlendim.

"Uzatmanın gereği yok, değil mi Başkomiserim?" diye sürdürdü konuşmasını acımasız kabadayı. "Buraya kadarmış, hadi eyvallah." Son bir gayretle, bir metre kadar önümde duran silahıma baktım. Tepemde bu genç irisi dururken ona ulaşmam mümkün değildi. O anda gördüm karaltıları, az önce geldiğim güdük sokaktan çıkmışlardı.

"Bu bizim Başkomiser Nevzat değil mi lan?"

Keto muydu, yoksa Pirana mıydı konuşan? Kafam kazan gibi olduğundan hangisi olduğunu çıkaramadım.

"Ha siktir, ne yapıyorsunuz lan orada?"

Elbette Nizam da fark etmişti çocukları.

"Ne arıyor bu piçler burada?" diye yeğenlerine döndü. "Böyle mi tutuyorsunuz sokağı?"

Kem küm eden yeğenlerden bir açıklama gelecekti elbette, ama Pirana'nın haykırışı fırsat vermedi.

"Bırakın lan Başkomiserimi!"

O kadar tiz çıkmıştı ki sesi, kurtulacağıma dair en küçük bir umut bile uyanmadı içimde, ama birden o ıslık sesi duyuldu meydanda ve küçük bir kuş kül rengi gökyüzünü ikiye bölerek Nizam'ın dik saçlarının arasına daldı. Önce kesif bir tiner kokusu, ardından bir parlama. Ve gözlerimin önünde bir meşale gibi tutuştu mafya babası. Yanan saç tellerinin, etin, kumaşın kokusu doldurdu bir anda ortalığı. Evet, saçlarında başlayan yangın, göz açıp kapayıncaya kadar adamın bütün bedenine yayılmıştı. Başımı çevirince Pirana'yı gördüm, sırtında kırmızı ceketi, sağ elini yumruk yapmış, beni kurtarmaya geliyordu, bir adım arkasında da Keto, Musti geride kalmıştı, her zamanki gibi çekimserdi. Ama çocuklar sadece birkaç adım atabildiler, çünkü ikiz yeğenlerin, amcalarının tutuşmasıyla yaşadıkları şok ancak o kadar sürdü. Kudret'le Medet silahlarını çekip öfkeyle ateş etmeye başlamışlardı bile... Önce Pirana düştü yere, ardından Keto, Musti yandaki binanın kapısına zor attı kendini. Tepemde dikilen yeğen nihayet aklı başına gelip ayağını suratımdan çekmiş, paltosunu fora ederek amcasını söndürmeye koşturmuştu. Hemen uzandım yerdeki silahıma. Hiç uyarmadan bastım tetiğe. Önce Kudret, ardından Medet, ikisi de ardı ardına yıkıldılar yere. Bir an yaptığı yanlışı anlayan üçüncü yeğen, artık ölmek üzere olan amcasını bırakıp silahına uzanmak istedi. Yattığım yerden başımı salladım.

"Sakın ha!"

Ne yapacağını bilmeden bir bana, bir yanan meşale gibi yerde debelenen amcasına baktı.

"Yat, yat lan yere," diye bağırdım. "Yat çabuk..."

Aslında onlara söylememiştim, ama şaşkınlıktan küçük dillerini yutmak üzere olan İhsan'ın üç fedaisi de üçüncü yeğenle birlikte silahlarını bırakıp uzandılar yere. Onlar yere uzanırken ben sol elimin üzerine basarak doğruldum.

Üç fedai yere yatınca ortaya çıkmıştı Nazlı'nın iri bedeni, elinde bir beyzbol sopası vardı, hemen arkasında Civan duruyordu; güçlükle taşıdığı küçük iskemleyi birinin kafasına indirecekmiş gibi havaya kaldırmıştı. Çaycı Memo ise birkaç adım daha gerideydi, ne yapsın, beni kurtarmak için o da bir soğan bıçağı kapmıştı mutfaktan...

"Nevzat Bey... Nevzat Bey iyi misiniz?" diye yaklaştı Nazlı.

Kafam zonkluyordu, galiba biraz da midem bulanıyordu ama abartacak bir şey yoktu.

"Ben iyiyim... İyiyim Nazlı Hanım."

Başımı Pirana'yla Keto'nun düştüğü yöne çevirdim.

"Ama çocuklar..."

Gösterdiğim yöne baktı Nazlı.

"Ah!" Yüzü çarpılmıştı, sanki sağ tarafına inme inmiş gibi elindeki beyzbol sopası düştü yere. "Ah, çocuklar..."

Manzara hazindi. Sol tarafının üzerine düşmüştü Pirana, sanki deri ceketinin kırmızısı kana dönüşmüş, ağır ağır yayılıyordu küçük meydanın zeminine. Daha düşerken ölmüş olmalıydı, belki ilk kurşunda. Keto'nun kıvırcık başı görünüyordu sadece; arkadaşının üzerine yığılmıştı bedeni; rahat bir yastık bulmuş gibi öylece uyuyup kalmıştı Pirana'nın sağ bacağının üzerinde. En acınacak durumda olanı Musti'ydi, hayır, vurulmamıştı şükür, ama sanki gördüklerine inanamıyormuş gibi hayret içinde bakıyordu iki arkadaşının cesedine.

“Aşkı ölümle birlikte düşünmek, siz erkeklerin harcıdır”

Sorgu odasının loş ışığında, Jale’nin karşısındaki iskemlede otururken hâlâ zonkluyordu ensem. Buna da şükretmek lazımdı, bizim çocuklar daha fenasından korkmuşlardı. Bulantımın sürdüğünü gören Zeynep, beyin kanamasından çekinerek dün geceyi müşahede altında geçirmem için ısrar edip durmuştu. Olanlar için kendini suçlayan Ali de zorlayınca nerdeyse ikna olacaktım. Allahtan çöken karanlıkla birlikte bıçak gibi kesilmişti bulantım. Yoksa Janti Cemal’in yanına bir yatak da benim için koyacaklardı. Evet, hastanedeydi İstanbul’un en şık kabadayısı. Tahmin ettiğim gibi davranmış, kaçmamıştı, tek suçu benden önce gelmesiydi kahvehaneye. Barbut meselesini kökten halletmeye hazırlanan Nizam, Janti’yi karşısında görünce kurduğu tuzağın bozulacağından korkarak ikiz yeğenlerini salmıştı üzerine. Silahını çekmeye bile fırsat bulamamıştı eski kulağı kesik. Allah yarattı demeden, sille tokat girişmişti iki genç, babaları yaşındaki adama. Bayılıncaya kadar da bırakmamışlardı. Olaylar durulduktan sonra kahvehanenin deposunda bulmuştuk Cemal’i. Hâlâ kendinde değildi zavallım, ağzı burnu kan içinde, öylece büzülüp kalmıştı atıldığı delikte. Ne jantiliği kalmıştı ne de cemali. Önden iki takma dişi, sağ tarafta üç kaburgası kırılmıştı. Durumu kritik gören doktor kafa tomografisi istemişti de Allahtan temiz çıkmıştı sonuçlar. “Bir hafta yatsın, toparlar,” demişti doktor. "Hayati tehlikesi yok." Ama bana en çok dokunan, kendine gelen Cemal'in şu sözleri olmuştu. "Çok geç kaldın be Nevzat."

Geç kalan sadece ben değildim elbette, silahlar sustuktan dakikalar sonra gelmişti Ali'yle Zeynep, onların ardından da ekipler. Gelen polislerin arasında, yılbaşı gecesi olay mahallinde karşılaştığımız süt hırası Sami'yle koca kafalı Zeynel de vardı. Panik içinde süzüyorlardı yerde yatan cesetleri. Kendilerini yemleyen iki adam yoktu artık. Özellikle Nizam'ın kömürleşmiş bedenine bakarken derin bir endişe kaplamıştı suratlarını. Acaba başlarına bir bela gelir miydi? Cesaret edip yanıma uğramamışlardı bile.

Yeğenlerin on dokuzunu birden ele geçirmiştik. Hepsini akıllıca dağıtmıştı Nizam, sokakların girişine. Pire Necmi'yle Barbut'un diğer üç adamını da satın aldığı için kendine o kadar güveniyordu ki, hiçbirini istememişti yanında, bir terslik olursa çağırırım diye düşünmüş olmalıydı. Terslik bendim, ama pek önemsememişti bu orta yaşlı başkomiseri... Ne Nizam'a, ne Barbut'a, ne Necmi'ye ne de silahımdan çıkan kurşunlarla can veren, o iki delikanlıya üzülmüştüm. Elbette ölmeselerdi daha iyi olurdu, ama silahlar patlamıştı, engel olmam mümkün değildi. Fakat çocuklar... Bu sokakların isimsiz hayaletleri, hepimizin ortak günahı olan o sahipsiz çocuklar... Pirana'yla Keto... Ömer'miş Pirana'nın asıl adı. Ömer Güzelsöz, Keto'nunki de Kerim. Kerim Caner... İkisinin hikâyesi de birbirinin aynı, kaybedenlerin kanıksanan öyküleri. Ah, ne acıymış deyip hemen unuttuğumuz hayatın gerçekleri. İkisinin annesi de genelevde çalışıyordu. Evet, Pirana'nınki de öyle. Belki de bu nedenle takılıyordu Keto'ya; kendi utancını gizlemek için... Pirana'nın babası bir kan davasında öldürülmüştü, Keto'nunki bırakıp gitmişti karısıyla oğlunu yıllar önce... En yakınları tarafından terk edilmişti ikisi de. İnsanlar tarafından dışlanınca sokaklara sığınmışlardı. Kendileri gibi terk edilmiş bu semtte, bu lanetli anıların kol gezdiği evlerde bir şansları olacağını düşünmüşlerdi. Ama bu sokaklar, bu yıkılmaya yüz tutmuş evler, ancak bu sabaha kadar koruyabilmişti onları... Keto'nun yanına diz çöküp ölü çocuğun kıvırcık saçlarını okşayan Nazlı'nın sözleri hiç çıkmıyordu aklımdan. "Olmadı Nevzat Bey," demişti gözyaşları yanaklarını ıslatırken. "Olmadı, yine kurtaramadık onları."

Ama hayat devam ediyordu, baş ağrılarıyla geçen gecenin sabahında, Jale Hanım'la avukatı Batuhan'ı karşımıza almış, Engin cinayetinin failini bulmaya çalışıyorduk hâlâ.

"İki yüz bin lira çekmişsiniz," dedim arada bir ensemde balkıyan acıya aldırmadan. "Eşiniz Rıfat Bey'in hesabından diyorum..."

"O hesap aynı zamanda Jale Hanım'ın," diye atıldı genç avukat. Ali'nin karşısında oturuyordu; yardımcımın dik dik bakmasından rahatsız olmuş, daha konuşmalar başlamadan sinirli sinirli elindeki altın kaplama kalemle oynamaya başlamıştı. "Evet Nevzat Bey, o paranın çekilmesinde hukuk dışı hiçbir davranış yok."

Ellerimi önümde duran sarı zarfın üzerinde birleştirdim.

"Eminim öyledir, zaten beni ilgilendiren de Jale Hanım'ın o parayı çekmesinden çok, aynı gün, aynı miktarda paranın Tarık Seberci'nin hesabına yatmış olması."

Ela gözleri kıvılcımlandı Jale'nin.

"Nasıl yani, bir rastlantı sebebiyle mi beni buralarda süründürüyorsunuz?"

"Hayır," dedim sakin bir tavırla. "On insanın ölümüne yol açan olaylar zincirinin önemli bir halkasını aydınlatmak için."

Sıkıntıyla kıpırdandı iskemlesinde.

"İyi de bununla benim ne ilgim var? Tek suçum, o gün iki yüz bin lira çekmek mi? Benden başka iki yüz bin lira çeken kimse yok mu o gün koca İstanbul'da?"

"Var," diye müdahil oldu konuşmaya Ali. "Eminim onlarca insan, iki yüz bin lira çekmiştir o gün." Sağ dirseğini masanın üzerine koyarak işaretparmağını kadına uzattı. "Ama Engin'le husumeti olan, üstelik Titiz Tarık'ı tanıyan ve aynı zamanda bankadan iki yüz bin lira çeken tek kişi sizsiniz, bu koca İstanbul'da."

Değme kraliçelere taş çıkartacak o meşhur kibri sarsılmaya başlamıştı, ama ablak yüzlü avukatı yetişti yardımına.

"Bunların hepsi varsayım Nevzat Bey." Ali'den hoşlanmadığı için bana bakarak konuşuyordu. "Engin Akça'yı öldüren kişinin Tarık Seberci olduğu bile belli değil. Yanılmıyorum değil mi? Henüz bulamadınız katili?"

Haklıydı; şu ana kadar on kişi yaşamını yitirmişti, ama biz bütün bu olayları başlatan kişiyi, Engin'in katilini hâlâ bulamamıştık. Belki de Çilem'in İhsan'a anlattığı gibi Kara Nizam yaptırmıştı bu işi, belki de bizzat Barbut İhsan'ın kendisi. Sadece ihtimaller vardı elimizde, tekrar tekrar yazabileceğimiz birbirinden ilginç senaryolar...

Önümdeki zarfın ağzını açtım. İçinden üç sayfa çıkardım. Jale'ye doğru uzattım. Avukatı da, kendisi de tedirgin gözlerle bakıyorlardı: Bu kâğıtlar da neyin nesiydi?

"Arslan Yankı..." Tadını çıkarmak için bir an sustum. "Siz onu tanımıyorsunuz Jale Hanım. Aslında gördünüz ama dikkat etmediniz." Kâğıdı önüne bıraktım. "Rikkat Otel'in resepsiyonistinden bahsediyorum. Tam iki kere gitmişsiniz oraya. Tarık'la buluşmuşsunuz ikisinde de; birinde lobide, birinde kahvaltı salonunda. Her iki görüşmenizde de bir kişi daha varmış yanınızda..."

Kadının gözlerindeki güven yerini paniğe bırakıyordu, hevesle sürdürdüm sözlerimi.

"İhsan Yıldızeli, namı diğer Barbut İhsan. Dün kendi adamı Pire Necmi tarafından öldürülen adam. Tarlabaşılılar Kulübü'nün, yani sizin kumar oynadığınız mekânın sahibi. Belki de sırdaşınız."

İtiraz etsem mi, etmesem mi diye düşündü avukat, ama patronu ses çıkarmayınca vazgeçti.

"Evet, İhsan sizin yakınınızdı, özel meselelerinizi konuşacak kadar yakınınız, ama daha önemlisi Engin'in kanlı bıçaklı düşmanıydı. Muhtemelen, Engin'i öldürtmek için Tarık'ı kiralamaya da sizi o ikna etti."

Ne diyeceğini bilemeden bakıyordu Jale, ama avukatı şoku çabuk atlattı.

"Arslan Yankı yanılmış olamaz mı? Her gün onlarca insan geliyordur otele. Nasıl emin olabiliyor Jale Hanım'ın Tarık'la buluştuğundan?"

Ceketinin cebinden küçük bir zarf çıkardı Ali.

"Biz de sizin gibi düşündük Avukat Bey." Avukat Bey'i alaycı bir tınıyla söylemişti. "Adam yanılmış olabilir dedik, o yüzden otelin güvenlik kamerasının çektiği görüntülere ulaştık." CD'yi avukata uzattı. "İzlerseniz siz de göreceksiniz." Kadına dönerek güya çapkınca gülümsedi. "Yeşil paltonuz, sarı fularınızla çok şık çıkmışsınız görüntülerde. Tıpkı bir aktris gibi."

Jale'nin yüzündeki bozgun anbean artıyordu. Belki de yanındaki uyanık avukata rağmen çözebilirdik onu. Sanki ne düşündüğümü anlamış gibi, "Yine varsayımlardan bahsediyorsunuz," diye yineledi parlak hukukçu. "Söylediğiniz gibi müvekkilim, Engin Akça'yı tanıyor zaten. Kumar oynamıyordu elbette, ama Tarlabaşılılar Kulübü'ne gittiği bir sır değil. Tarık'la görüşmüş olması onu azmettirici yapmaz ki. Üstelik Tarık'ın maktulü öldürmek istediğinden bile emin değiliz. Evde beklerken bulmuşsunuz, belki de ikisi arkadaştılar. Belki de bir saldırıdan çekinen Engin, kendini koruması için Tarık Seberci'yi kiralamıştı." Isıran bir bakış attı yardımcıma. "Eğer Tarık'ı sağ ele geçirebilseydiniz öğrenecektik her şeyi."

Anasının gözü bir herifti bu Batuhan, çaktırmadan bir de tehdit ediyordu. Ali'nin ters ters bakmaya başladığını gördüm. Kalantorların bu genç avukatına bulaşmasak iyi olurdu. Yardımcımın ölçüyü kaçırmasından çekindiğimden ben verdim herifin ağzının payını.

"Öyle olacaktı, ama eğer o kiralık katil bir polisi vursaydı, onu kiralayanın çekeceği vardı elimizden."

Ağır bir sessizlik çöktü odaya. Jale alt dudağını çiğnemeye başlamıştı, avukat altın kaplama kalemini hızla çevirip duruyordu sağ elinde, bizim delibozuk gergin gözlerle süzüyordu her ikisini de.

"Niçin görüşmüştünüz Tarık'la?" diyerek Ali bozdu suskunluğu. "Kış bahçenize alacağınız çiçekleri sipariş vermiyordunuz herhalde."

Ne Jale güldü ne de avukatı.

"Efendim?" dedi abartılı bir tavırla sağ elini kulağına götürerek. "Ne dediniz, duymadım."

Elindeki kalemi gürültüyle masanın üzerine bıraktı avukat. "Cevap vermek zorunda değilsiniz Jale Hanım. Susma hakkınızı kullanabilirsiniz."

Bir tür teslim oluştu bu tavır, ama kadın önemsemez bir tavırla süzdü Batuhan'ı.

"Biliyorum." Uzun kirpiklerini sakince açtı kapadı, ela gözlerini Ali'ye çevirdi sonra. "Sizce ne konuşmuş olabiliriz Tarık Bey'le?"

Kaybettiği güveni yeniden kazanmış gibiydi.

"Burada soruları biz sorarız," diye parlayacak oldu yardımcım, "Tamam Ali," diye susturdum onu. Hâlâ Jale'yi itiraf ettirebileceğimizi umuyordum, o yüzden kestirip atmamakta fayda vardı. "İzin verirseniz, ben tahmin etmek isterim ne konuştuğunuzu."

Nazik bir tavırla, sağ elini ayası yukarı gelecek şekilde öne uzattı.

"Rica ederim, buyurun Nevzat Bey. Çok merak ediyorum doğrusu ne söyleyeceğinizi..."

"Aslında biliyorsunuz ne diyeceğimi. Engin'i öldürmesi karşılığında ödeyeceğiniz parayı konuştunuz. Muhtemelen dört yüz bine anlaşmışsınızdır. İki yüz bin peşin, iki yüz bin de iş tamamlanınca. Çok para, Tarık kandırmış sizi. Barbut da rıza göstermiş bu sahtekârlığa. Nizam'la bir kapışma olduğunda Tarık'ı kullanmayı düşünüyordu herhalde. İki yüz bine su içinde kabul ederdi bu cinayeti Tarık, bilemedin iki yüz elli bine... Üzgünüm, ama sizi kazıklamışlar." Kendisine acıdığımı hissetmesi için üzüntülü bir tavırla baktım. "Sahi Jale Hanım, siz nereden düştünüz buraya, ne işiniz var bu insanların arasında?"

Hiç kaçamak davranmadı.

"İnsanların tercihleri vardır Nevzat Bey," dedi cesur bir tavırla. "Çoğu zaman hayatımızı bu tercihler belirler."

Öfkeyle başını salladı Ali.

"Ama bir tercih yaptıysanız bedelini de ödersiniz."

Flörtöz bir gülümseme belirdi kadının kusursuzca boyanmış dudaklarında.

"Suç işlediysem öderim tabii. Ama ben masumum." Ne bozgun kalmıştı makyajla gençleştirilmiş yüzünde ne de yenilmişlik. Bana döndü yeniden. "İki değil, tam üç kez buluştuk rahmetli Tarık Bey'le. İkisi Rikkat Otel'de, biri The Marmara'nın terasında. Bakın üçüncüyü kaçırmışsınız. Hepsinde zavallı İhsan da yanımızdaydı. Çünkü birlikte bir mekân açmayı düşünüyorduk. Bir Gipsy Bar. Yeni bir ekol bu. Yemeğinden müziğine, dekorundan atmosferine tümüyle Çingene kültürünün hâkim olduğu bir mekân. Hem de Tarlabaşı'nda... Biliyorsunuz, Dolapdere'de yaşayan çok sayıda Roman vatandaşımız var..."

Ne yalan söyleyeyim, hayranlıkla izliyordum kadının uydurduğu senaryoyu, akıllı kadındı bu Jale, şu yalabık avukattan çok daha akıllı.

"Biliyorsunuz, Tarlabaşı'nda kentsel dönüşüm var. O mezbeleliklerin hepsi kalkacak, yeni bir hayat başlayacak şehrin ortasında. Tam da olması gerektiği gibi, modern bir hayat. Seçkin aileler gelecek oraya. Elbette farklı eğlencelere ihtiyaçları olacak. İşte bu ihtiyaca cevap vermek için bu projeyi üretiyorduk."

"Çigan orkestrasını mı yönetecekti Tarık?" diye sokuşturdu lafı Ali. "Elinde o kocaman Glock marka tabancasıyla..."

Komik bir lakırdı duymuş gibi güldü.

"Ömürsünüz valla! Elbette müzik işini vermeyecektim ona. Security meselesine bakacaktı Tarık. Biliyorsunuz Tarlabaşı pek tekin bir yer değil. Tümüyle güvenli bir yer haline gelinceye kadar da biraz zaman ister. Tarık da bu işlerin kompetanıymış. Yani İhsan Bey öyle söyledi, ben de inandım ona."

Alaycı bir tavırla devam etti Ali.

"İki yüz bin lirayı da henüz açılmamış bir barın güvenliği için verdiniz yani."

Seni şeker şey gibilerinden baktı yardımcıma.

"Hayır, yine yanılıyorsunuz küçük bey. Tarık'a hiçbir ödeme yapmadım. İki yüz bin lirayı İhsan'a vermiştim. Eğer o Tarık'a verdiyse bilmiyorum tabii. Nakite sıkışmıştı İhsan, daha önce de borç para vermiştik ona. Bir keresinde sevgili eşim Rıfat Bey tam bir milyon lira yollamıştı. Üç yıl önce filan, araştırırsanız dekontlarını filan da bulursunuz bankadan."

"Ama iki yüz bin lirayı elden verdiniz," diye sıkıştırmayı denedim. "Zor olmadı mı o kadar parayı taşımak?"

Suçsuz kadın rolünü şahane bir şekilde canlandırıyordu karşımızda, hiç şüphe yok, iyi bir oyuncu gibi şu anda kendisi de inanmıştı yalanlarına.

"Yoo, niye zor olsun?" Ayaklarının dibindeki kırmızı çantayı gösterdi. "Gördüğünüz gibi, bir bavul taşıyorum."

Gözümüzün içine baka baka yalan söylüyordu, ama sözlerini çürütecek hiçbir kanıt yoktu elimizde. Elini kolunu sallaya sallaya çıkacaktı buradan. Hiç kimse de engel olamayacaktı buna. Kışkırtmak için sordum:

"Şantaj mı yapıyordu Engin?"

Kusursuz makyajının arkasına sakladığı güven bir kez daha sarsılır gibi oldu. Şimdi sinirlenecek diye bekledim, kendini kaybederse belki açık verir diye. Hayır, kadın çok ustaydı.

"Niçin yapsın?" dedi küçümser bir ifadeyle. "Yeterince para verdim ona zaten."

Soğukça gülümsedim.

"Hiçbir zaman yeterince para yoktur Jale Hanım. Siz bunu benden daha iyi bilirsiniz."

Sözlerim hedefini bulmuştu, ela gözlerinden bir nefret yalımı geçti.

"Nerden bilecekmişim?"

"Ömrünüz boyunca sizi rahat ettirecek bir mirasa sahip olacakken daha fazlasını istemenizden."

Neden bahsettiğimi çok iyi anlamıştı, ama üzerine alınmadı.

"Yanılıyorsunuz, parayla pulla çok işim olmaz. Hem sizin de söylediğiniz gibi, yedi sülaleme yetecek kadar param var benim."

"Ama gençliğiniz yok," dedi bizim acımasız Ali. "O yüzden kaybettiniz Engin'i. O yüzden ölmesini istediniz. O genç kız, elinizden aldığı için sevgilinizi. Sizin olmayacaksa başkasının da olmaması için..."

Yine sinirlenmedi Jale.

"Zavallı çocuk," diye mırıldandı yardımcıma bakarak. "Aşkı ölümle birlikte düşünmek, siz erkeklerin harcıdır. Benim sevgimde ölüme asla yer yoktur."

"Ya sevginiz bitince?"

Sorum kafasını karıştırmıştı, gitgide dağılıyordu dikkati.

"Evet, Engin'e duyduğunuz sevgi çoktan tükenmişti. Yardımcım gibi düşünmüyorum, Engin'den çoktan vazgeçmiştiniz bence. Ama o sizden vazgeçmedi. Daha doğrusu paranızdan. Size şantaj yapmaya başladı. Tarlabaşı'nda birlikte aldığınız binaları üvey oğullarınıza söylemekle tehdit etti. Üvey oğullarınızın serveti elinizden alacağından korktunuz. Hadi ama Jale Hanım, ne kadar istedi Engin sizden, bir milyon, iki milyon, yoksa daha mı fazla?"

Bir an göz göze geldik, bir an o soğuk, kibirli zırhından sıyrılıp samimi duygularına bürünecek, gerçeği anlatacak sandım. Yok, kıyısından döndü, ela gözlerinin menevişleri yumuşadı.

"Hayır, kimse bana şantaj yapmadı. Ama haklısınız, Engin'e duyduğum sevgi bitmişti." Güya kederli bir havaya büründü. "Onu öldürmeyi ise hiç düşünmedim. Cinayet, ne kadar korkunç bir laf öyle. Birinin ölümü... Kimse için istemem, Engin gibi tanıdığım biri için hiç istemem..."

Nerdeyse hiç çaba sarf etmemesine rağmen, sorgunun gidişatından gayet memnun olan Batuhan, son anda müvekkilinin yanlış bir laf ederek işi batırmasından korkuyordu.

"Artık toparlasak mı Nevzat Bey?" dedi dudaklarında muzaffer bir edayla. "Başka soracak bir konu kalmadı herhalde."

Haklıydı, bu defa yenilmiştik, ne yaparsak yapalım, Jale açık vermeyecekti. Derin bir nefes aldım.

"Kalmadı. İstediğiniz zaman gidebilirsiniz." Dirseklerimi güvenle masanın üzerine dayadım. "Ama biz elimizdeki bilgileri toplayıp vereceğiz mahkemeye, sadece Tarık Seberci'ye ödenen iki yüz bin lirayı değil, daha önce Engin Akça'ya yollanan büyük miktardaki paraları da... Cinayete kurban giden on insanı da anlatacağız tabii. Bu davanın ne kadar ciddi olduğunu, hiçbir ayrıntıyı atlamadan sunacağız mahkemeye. Ortalıkta adam öldürmeye teşebbüs var mı yok mu, ona yargı karar verecek elbette."

Kendinden emin toparlanmaya başladı Jale Hanım.

"Rahmetli babamın bir lafı vardı. Şeriatın kestiği parmak acımaz diye."

Kadının avucumuzdan kaçıp gitmesini hazmedemeyen Ali,

"Bu ülke şeriatla yönetilmiyor Jale Hanım," diye çıkıştı. "Burada parmak çok farklı şekillerde kesilir." İntikam duygusuyla gerilmişti yakışıklı yüzü. "Mesela kocanız Rıfat Bey'in iki oğlu, babalarının servetini abuk sabuk adamlarla çatır çatır yediğinizi öğrenince sessiz mi kalacaklar dersiniz? Cici annelerinin, kendilerine kalan mirası bir kar suyu gibi eritmesi karşısında, öylece duracaklar mı acaba?"

Allak bulak oldu kadının suratı, kinle baktı Ali'ye, cevap vermek istedi, ama ne söyleyeceğini bilemedi, başını sertçe çevirerek avukatına döndü, azarlarcasına sordu:

"Tamam mı Batuhan Bey? Bitti mi? Gidebilir miyiz artık?"

"Yoksa aradığınız katil o mu?"

Bunca yıllık meslek hayatımda, karımla kızımın katillerini saymazsak, ilk kez failini bulamadan kapatıyordum bir cinayet dosyasını. Kara Nizam'ın on dokuz yeğenini, avukatı Damat Sacit'i, Barbut İhsan'ın üç korumasını tek tek sorgulamıştık. Çilem'le, Azize'yle, Nazlı'yla, Janti Cemal'le, hatta Saltanat Süleyman'la bir kez daha konuşmuştuk. Hayır, milim ilerlemiyordu soruşturma, aynı fasit dairenin içinde dolanıp duruyorduk. Çaresizlikten eski senaryoya, Engin'i, kiralık katilin öldürmüş olma ihtimaline geri döndük. Ali'nin fikriydi bu. Şöyle diyordu: Titiz Tarık, cinayeti İhsan'ın üzerine yıkmak için, Engin'i Tarlabaşılılar Kulübü'nün önünde öldürdü. Oradan Kasımpaşa'ya indi, bıçağı Haliç'in karanlık sularına bıraktı. Sonra Jale'den aldığı anahtarla Engin'in evine geldi. Çünkü tapuları almak istiyordu. O belgeler, Jale'yi maktulle ilişkilendiriyordu. Evde tapuları bulmaya çalışırken bizimle karşılaştı. Bu da tetikçinin sonu oldu. Yani Titiz Tarık, bütün bu cinayetler zincirini başlatan uğursuz katilin ta kendisiydi. Öldüğüne göre de yorgan gitmiş, kavga bitmişti. Artık dosyayı kapatabilirdik. Mantıklı geliyordu, ama nedense ikna olamıyordum. Sanki kaçırdığımız bir şey vardı, eksik bir parça. Gözlerimizin önünde durduğu halde göremediğimiz basit bir ayrıntı.

Tarık'ı kendisi vurduğu için değil, elimizde başka ihtimal kalmadığı için bu senaryoya inanmak istiyordu yardımcım. Tüm tezcanlı insanlarda görülen bir an önce sonuca ulaşma isteği, onun da zihnini yakıp kavuruyordu. Zeynep daha temkinliydi, ama yeni bir bulguya rastlayamazsak o da inanacaktı elbette bu varsayıma. Bana gelince, aklımda hep bir kuşku kalsa da onlara uymak zorunda kalacaktım sonunda. Fakat lakırdı dönüp dolaşıyor, Engin'in katiline bağlanıyordu hep. Öyle ki o pazar gecesi Zeynep'in ailesinin davetine gitmeden önce, çocukları uyarmak zorunda kalmıştım.

"Bakın, bu mesele hepimizin kafasını kurcalıyor, ama yemekte asla açılmayacak. Veli Bey'le Sakine Hanım'a çok ayıp olur sonra."

Önemsemez göründü Zeynep.

"Bizimkiler pek aldırmaz Başkomiserim. Ama haklısınız, Evgenia Hanım da olacak. Sofrada cinayet konuşmak pek hoş kaçmaz."

Aslında Evgenia'nın da umursayacağını zannetmiyordum; her ne kadar geçen sabah anlattığım Kader'in hikâyesine üzülmüşse de nelerle uğraştığımı öğrenmek için merakla yanıp tutuştuğunu biliyordum. Eminim ilgiyle dinlerdi tartışmamızı, dinlemekle de yetinmez, katilin kim olabileceği konusunda fikirler bile öne sürmeye başlardı. Belki Zeynep'in anne babası da katılırdı ona. Haydi, cümbür cemaat, cinayet konuşurduk yemekte. Ama korktuğum gibi olmadı. Bırakın cinayeti, kimse ölümden bile söz açmadı. Öyle de olması gerekiyordu zaten, ölümden çok düğüne yakın bir topluluktu bizimkisi.

Zeyneplere giderken önce Evgenia'ya uğramıştım, Kurtuluş'ta, üçüncü katında oturduğu, o anıt değerindeki enfes apartmanının önünde bekliyordu beni. Mavi bir manto giymişti, gözlerinin rengini belirginleştiren lacivert bir fular takmıştı ince uzun boynuna. Çiçekler içindeydi, kucağında beyazlı sarılı nergisler, frezyalar. Nergis, frezya, lavanta kokularıyla girdi içeri. Heyecanlıydı, mutluydu, ilk kez birlikte gidiyorduk bir aile yemeğine.

Ali de yolda katılmıştı bize; sevdiği kızın evine tek başına gitmeyi gözü yememişti bizim korkusuz polisin. Aslında tanışıyordu Veli Bey ve Sakine Hanım'la, ama nedense bu defa epeyce gergin görünüyordu. Polis balolarında bile takım elbise giymeyen arkadaş, lacileri çekmiş, üstüne üstlük bir de kırmızı kravat geçirmişti boynuna. Elinde iğreti bir eşyaymış gibi duran kocaman baklava kutusuyla bizi beklerken bulduk Beşiktaş'taki evinin kapısında. Arka koltuğa yeni yerleşmişti ki, "Kızı istemeye ne zaman gideceğiz Ali?" diye lafı dokundurmuştu Evgenia.

Yeniyetmeler gibi yüzü kıpkırmızı olmuştu çiçeği burnunda âşığın.

"Ne kızı Evgenia Hanım?"

Güya saf saf bakarak sormuştu Evgenia.

"Nasıl yani, Zeynep'ten başka biri daha mı var?"

"Çocuğu rahat bırak Evgenia," demiştim bıyık altından gülerek. "Zamanı gelince onun için de gideriz inşallah."

Ne onaylamış ne karşı çıkmıştı Ali, ama gözlerindeki o tatlı ışık, Zeynep'i isteme zamanının çok da uzak olmadığını söylüyordu sanki.

Gaziosmanpaşa'nın tepelerinde, genzimizi yakan kömür kokulu dar bir sokağın köşesindeydi Zeyneplerin tek katlı evi. Küçük bahçesinde kışın ayazında dımdızlak kalmış, eğri büğrü bir dut ağacıyla, nedense yoksulluğu çağrıştıran ince uzun bir kavağın bulunduğu şirin bir gecekondu. Kulaklarım beni yanıltmıyorsa bir yerlerden güvercin kuğurmaları geliyordu; erkek kardeşlerden biri kuşlara meraklıydı galiba. Zeynep anlatmıştı, Bulgaristan'dan gelen akrabalarının hemen hepsi üç dört katlı binalar dikmişlerdi arsalarının üzerine. Ama babasının bahçe merakı olduğundan böyle bırakmıştı evi. Beş kişilik aile kapıda karşıladı bizi. Evgenia'nın çiçekleri vazoya konuldu, Ali'yle benim aldığım tatlılar mutfağa götürüldü. Küçük salondaki koltuklara sütlü sahanları gibi yan yana dizildik. Paltolarımızı, mantolarımızı çıkarttıktan sonra koltuklara otururken yaşanan telaşta ortamıza düşmüştü Ali. Sanki oğullarına kız istemeye giden anne baba gibiydik. Evgenia da aynı şeyi düşünüyor olacak ki arada bir bana bakıp muzip muzip gülümsüyordu.

Veli'yle iki oğlu, Özkan'la Serkan yanımızda kalmıştı, Sakine ile Zeynep ise ortalıkta dönüyor, bizi mutlu etmek için mutfakla küçük salon arasında mekik dokuyorlardı. Özkan'la Serkan'ın gözü Ali'deydi. Güya ekibin patronu bendim, ama bıçkın yardımcım o süklüm püklüm haliyle bile çok daha etkileyiciydi orta yaşlı başkomiserinden. Ama onun yerinde olmayı hiç istemezdim doğrusu; ellerini bacaklarının arasına koymuş, suratındaki sıkıntılı ifadeyi gizleyerek sevimli görünmeye çalışıyordu herkese. Hoş geldin faslından sonra hemen kolonya ikram edildi. Aptalca gelebilir, ama gitgide kaybolmaya yüz tutan bu eski geleneklerle her karşılaştığımda içim ısınır, büyük bir mutluluk duyardım. Mis gibi limon kolonyası kapladı küçük salonun her yerini. Ellerimi burnuma götürürken Veli Bey'in çaktırmadan Ali'yi incelediğini fark ettim. Zeynep'in konuyu çıtlattığını sanmıyordum, fakat zeki baba galiba anlamıştı durumu. Kolonyadan sonra bir sessizlik çöküyordu ki büyük oğlan, Ali'ye tabancasını sordu. Markası neydi? Ablasınınki gibi 38'lik mi taşıyordu yoksa daha büyük bir silahı mı vardı? Aslında yardımcımın ballandıra ballandıra anlatacağı bir konuydu bu, ama beni şaşırttı.

"Silah özenecek bir alet değil Serkan," dedi akil bir adam gibi. "Mecbur olmasam elimi bile sürmem."

Aferin Ali, diye geçirdim içimden. Konuştuğu çocuk daha on altı yaşındaydı, muhtemelen televizyonda izlediği ucuz mafya dizileri yüzünden silahlara ilgisi vardı. Lafın sonuna yetişen Zeynep de uyardı kardeşini.

"Duydun mu Serkan? Hep söylüyorum sana. Delikanlılık silahla, vurmakla kırmakla olmaz diye..."

Ablasının sözleri değil de idolü olan Ali Abi'sinin öğüdü hayal kırıklığına uğratmıştı Serkan'ı.

"İyi de," diye homurdandı. "Sokakta kimin ne olduğunu bilmiyorsun. Omzun değdi diye, adam çekip tabancasını boşaltıyor üzerine. Ne yapacaksın o zaman?"

Tabakları dizdiği masanın başından laf yetiştirdi Zeynep.

"Dikkat edeceksin. Kimseye omzunu değdirmeyeceksin, diyelim ki değdi, özür dileyeceksin. İte kopuğa bulaşmayacaksın..." Dönüp baktı kardeşine. "Söyleyeyim mi daha?"

"Ablan haklı," dedi müstakbel enişte. "Diyelim ki senin de silahın var, çektin ne olacak? Ya adamı vuracaksın doğru hapse ya da Allah göstermesin, adam seni vuracak, doğru mezara..."

Söylediklerine inandığını bilsem, gözlerim yaşaracaktı, yıllardır benim ona anlattıklarımı bir bir tekrarlıyordu gelecekte kayınçosu olacak çocuğa.

"Yok Serkancım, silah meselesi delikanlı adama uymaz. Ne silahşor adamlar gördük biz bu âlemde, ne oldu, harcanıp gitti hepsi birer birer."

"Hay diline sağlık Ali evladım," diye takdir etti bizim haytayı müstakbel kayınpederi. "Anlatamıyoruz bu bizim kopile. Yiğitliği vurmak kırmak sanıyor... Oysa asıl yiğitlik efendi olmayı becermektir. Öyle değil mi Başkomiserim."

Artık sessiz kalamazdım.

"Aynen öyle Veli Bey." Bıyıkları yeni terlemekte olan Serkan'a baktım. "Çok meraklıysan silahlara, bir gün poligona gidelim. Ateş et, hevesini al, ama baban doğru söylüyor, asıl yiğitlik iyi insan olmaktır. Sana hakaret eden birini dövmeye çalışmak, hele hele silaha sarılmak yiğit insanların işi değildir."

Ablasınınkiler gibi kahverengi gözleri sevinçle ışıldadı. Söylediklerimin sadece ilk kısmını duymuş gibi istekle atıldı.

"Tamam Nevzat Amca, ne zaman gidiyoruz poligona?"

Evgenia ters bir bakış fırlattı bana, oysa ne yaptığımı biliyordum.

"Elimizde bir dosya var, onu kapatır kapatmaz arayacağım seni. Hem Ali de gelir belki bizimle..."

Daha önce de üç kez denemiştim bu yöntemi, her defasında olumlu sonuç vermişti. Silah sıkmaya özenen bu çocuklar, poligonda barutun kokusunu alıp merminin sesini duyunca -elbette kurnazlık yapıp kulaklık taktırmıyordum- titremeye başlıyordu bacakları. Tırsıp vazgeçiyorlardı bu sevdadan.

"Hadi bakalım, buyurun yemeğe," diyen Sakine Hanım'ın samimi sesiyle ayaklandık hepimiz. İnce uzun masanın üzeri birbirinden nefis yiyeceklerin servis edildiği tabaklarla kaplanmıştı. Kocaman bir kış salatası, iki ayrı kapta ev yapımı turşular, küçük kâselerde muhtemelen yine evde mayalanmış yoğurt, koyu yeşil sarmalar, açık yeşil biber dolmaları... Önce mercimek çorbası ikram ettiler. Rakı içeceğimiz için çok az çorba aldım, ardından etli kuru fasulye, elbette yanında mis gibi kokan şehriyeli pirinç pilavı. Abartmıyorum, hayatımda yediğim en lezzetli kuru fasulyeydi.

"Enfes!" diye benden önce atıldı Evgenia. "Güveçte mi pişirdiniz bunu?"

Gözleri ışıldadı Sakine Hanım'ın.

"İşin ustası nasıl da biliyor, evet Evgenia Hanım güveçte, kısık ateşte pişirdik."

Ama zavallı Ali bizim gibi düşünmüyordu galiba, kuru fasulyeden iki kaşık aldıktan sonra bir dikişte bitirmişti bardağındaki suyu. Sakine Hanım'ın gözünden kaçmadı damat adayının düştüğü durum.

"Acı mı olmuş evladım?" dedi utana çekine. "Biberini fazla mı kaçırmışız?"

Kimin haddine düşmüş gerçekleri söylemek!

"Hayır canım, acı değil... Ben pek alışkın değilim de böyle baharatlı yemeklere..."

Kadıncağız üzülmeye başlamıştı.

"Yok, yok tam kıvamında," dedim sağ elimin başparmağıyla işaretparmağını birleştirip havada sallayarak. "Ellerinize sağlık, çok lezzetli olmuş."

Yine muzırlığı tuttu Evgenia'nın.

"Zeynep de böyle acılı yapıyorsa yemekleri, aç kalacak bu çocuk."

Ağzını dağlayan acıyı dindirmeye çalışan yardımcım anlamadı Allahtan.

"Efendim Evgenia Hanım?"

"Yok evladım, yok bir şey, işine bak," dedim, ama Zeynep duymuş, kıs kıs gülüyordu.

Olanın bitenin farkında olmayan babası, "Bizim ora usulü," dedi gururla. "Dobruca'da böyle pişiriyoruz fasulyeyi... Pilavı da çok güzeldir Sakine Hanım'ın... Halis tereyağından yapar."

Çatalımı pirinç pilavına daldırırken aklına nereden geldiyse bizim klarnetçiyi sordu Zeynep.

"Sadri diye bir adam var baba, Bulgaristan göçmeniymiş, tanıyor musun? Dobrucalıymış. Klarnetçi, şu Roman vatandaşlardan..."

Ağzıma yayılan lezzetin tadını çıkartırken yanıtladı babası.

"Çok çalgıcı çıkar onlardan. Sanatkâr adamlardır. Sarı Mahmut köyünden miymiş?"

Ekmek sepetine uzandı Zeynep.

"Yok, köyünü söylemedi ama Dobrucalıymış, adı da Sadri..."

"Sadri mi?" dedi Sakine Hanım Ali'nin bardağını suyla doldururken. "Öyle birini duymadım."

"Bulgarlar Sergey adını takmışlar... Yani kendi ismini kullandırmıyorlarmış."

Sakine Hanım'ın alnı kırıştı.

"Sergey diye bir Çingene vardı ama... Yok, yok o değildir... Hatırlıyor musun Veli, hani gazetelere de çıkmıştı? Kız kardeşini öldürmüştü ya..."

Veli boş boş bakıyordu karısına ama ben, klarnetçinin, "Kız kardeşim bir kazada yaşamını kaybetti," dediğini hatırladım.

"Bu Sadri'nin de kız kardeşi ölmüş." Ağzının yanmasını umursamadan atılmıştı yardımcım. O da benim gibi can kulağıyla dinlemeye başlamıştı demek muhabbeti. "Ama onunki bir kazada ölmüş."

"Sergey'in kız kardeşi de kazada öldü evladım."

Gitgide daha ilginç olmaya başlıyordu bu Sadri konusu. Eşelemeyi sürdürdü Ali.

"Ama kendisi öldürmedi değil mi?"

"Kendisi öldürdü, isteyerek değil tabii, söylediğim gibi kazayla." Bu olayla neden bu kadar ilgilendiğimize şaşırmış gibi omzunu silkti. "Ama sizin Sadri değildir herhalde. Çalgıcılık yapmaz, bıçak atardı bu Sergey."

Ali'yle ben nerdeyse oturduğumuz yerde zıplayacaktık.

"Bıçak mı atardı?"

Karısının yanlış anlattığını düşünen Veli girdi söze.

"Sandığınız gibi değil Nevzat Bey. Sirkte, sirkte... Ben de hatırladım şimdi. Günlerce konuşulmuştu... Ama çok evveldi. Biz Türkiye'ye gelmeden iki sene önce filan." Karısına baktı. "Değil mi Sakine?"

"Yok be, bir sene evveldi. Devresi sene mayısta geldik ya Edirne'ye..."

Eliyle alnına vurdu Veli usulca.

"Doğru ya, unutmuşum... Evet, bıçak atardı bu Sergey. Dalyan gibi bir gençti. Gözleri kartal gibi keskin, kolları kuvvetli, parmakları uzun... Lakabı da Bıçakçı Sergey'di zaten. Bizim alt köydendi bunlar, Uzun Mehmet'in oradan... Sepet örerdi annesi. Kadınların hepsi sepet örerdi o köyde, erkeklerin hepsi da çalgı çalardı. Baba, oğul, torun. Ama müzisyenliğe gönül indirmemiş Sergey. Dediğim gibi sirkte çalışıyordu, Şumnu'da... Parası daha iyiymiş..."

Hiç beklemediğimiz anda karşımıza çıkan bu bilgi hepimizi sarsmıştı. Ama aklımıza gelen ihtimal doğruysa belki de katilimizi bulmuşuz demekti.

"Tam olarak ne yapıyormuş sirkte?" diye sordum. "Yani nasıl bıçak atıyormuş?"

Geçmişi hatırlamanın verdiği iştahla anlatmayı sürdürdü Veli.

"Hani var ya, biri tahtaya öylece dayanıyor, öteki de karşısına geçip bıçak savuruyor. İki kere seyrettim ben, beş metreden sineği çiviliyordu tahtaya. Zaten o kadar maharetli olmasa sirkte çalıştırmaz Bulgarlar... Yani o kadar maharetliydi Sergey. İşi o kadar abartmıştı ki, gözü kapalı yapıyordu gösteriyi. Ama o kadar güven iyi değil işte." Oğluna bakarak söylendi. "Bıçak da bir tür silah, şakaya gelmez. Bir gün eli titremiş işte, bıçak rotasını şaşırıp saplanıvermiş zavallı kızın kalbine..."

"Ah," dedi merhametli Evgenia'm. " Ah, yazık be."

Hakikat ortaya çıkmıştı, ama tümüyle emin olmak istiyordum.

"Kız kardeşinin adı Jenya mıydı?"

Kederle onayladı Sakine.

"Evet, evet, Jenya'ydı. On yedi yaşındaydı masumcağız.... Nasıl da güzel bir kızdı... Gelinliğiyle verdiler toprağa..." Kuşku dolu gözleri tek tek gezindi yüzümüzde. "Niye sustunuz? Niye öyle tuhaf tuhaf bakıyorsunuz?"

Hiçbirimizden ses çıkmadı; Ali, Zeynep ve ben, öylece kalakalmıştık masanın başında. İlk Evgenia anladı durumu.

"Yoksa, yoksa aradığınız katil o mu?"

"Aşkın iyilikle bir ilgisi yok"

Bazen böyle olur, hayat, durduk yere bir ipucu sunar size. Hiç beklemediğiniz bir anda bir kapı açılır, cinayetin bütün sırrı ortaya dökülür. Bu defa da öyle olmuştu işte, keyifle başlayan akşam yemeği, rastlantıyla öğrendiğimiz bir bilgi yüzünden mesleki bir soruşturmaya dönüşmüştü. Olan o güzelim ziyafete olmuştu tabii. Herkesten özür dileyerek ayrılmıştık evden. Evgenia Tatavla'ya dönerken, ben de Ali'yle Zeynep'i alarak Neşe Pavyon'un yolunu tutmuştum. Kırmızı neon ışıkların altından geçip güdük merdivenden inerken çalındı kulağıma, o çok sevdiğim şarkının sözleri: "Ben gamlı hazan, sense bahar, dinle de vazgeç / Sen kendine, kendin gibi bir taze bahar seç." Basık kapıdan girince ses iyice güçlendi. Tavandan sarkan yanar döner topların altındaki sahnede, yarı çıplak, tombulca bir kadın okuyordu bu hicaz şarkıyı. Öyle ahım şahım bir sesi olmamasına rağmen, o kadar samimi söylüyordu ki insanın içine dokunuyordu.

Pavyonda fazla müşteri yoktu, masalardan sadece üçü doluydu. Üç masadaki yedi erkek müşteri iyice bulmuşlardı kafayı. Elbette söylenen şarkı umurlarında bile değildi, yanlarındaki konsomatris kadınlara kur yapmakla, fırsat bulurlarsa oralarını buralarını sıkıştırmakla meşgullerdi. Duvara dayanmış üç masada ise beş kadın, umutsuzca müşteri beklemeyi sürdürüyordu. Azize ne erkeklerin olduğu masalarda ne de müşteri bekleyen konsomatrislerin arasındaydı.

Demek çalışmaya başlamamıştı daha. İçeri girer girmez, kadınlar önce bize kırıtmaya, göz süzmeye başladılar, ama yanımızdaki Zeynep'i görünce kafaları karışıp sırnaşmaktan vazgeçtiler. Etrafa bakınırken genç bir garson bitiverdi dibimizde. Kadınlar gibi düşünmüyor olacak ki, Zeynep'i hiç dert etmedi.

"Buyurun, sizi şöyle alalım." Sahnenin önündeki boş masalardan birini gösteriyordu. "Sanatçılarımıza yakın olun."

"Masa filan istemiyoruz," dedi Ali buyurgan bir tonla. "Biz polisiz."

Garsonun suratındaki yılışık ifade anında dağılıverdi. Yaşadığı küçük şokun ardından, karanlıkta birilerini aramaya başladı. İşte o anda fark ettim Sadri'yi. Şarkıcı kadının arkasındaki iskemlelere yerleşmiş beş erkek sazendenin ortasındaydı. Yine siyah takımının içindeydi, yine beyaz gömleği lacivert ışığın etkisiyle lila rengine dönüşmüştü, yine omuzları çökük, yüzü yine kederliydi. O anda bir zebella dikildi karşımıza. Siyah takım elbisesinin içinde dimdik duruyordu, saçlarını kısa kestirmiş, koyu renk bıyıklarının ucunu hafifçe kıvırmıştı, iri gözleri tehlike kokusu almış bir kurt gibi gergin bakıyordu.

"Beyler polismiş," diye geveledi toy garson. "Masa istemiyorlar."

Çam yarmasının gözlerindeki gerginlik yerini endişeye bıraktı, ama onu da gizlemeye çalıştı.

"Öyle mi, hoş geldiniz." Elini uzattı. "Adım Müslüm, mekân sahibiyim."

Uzattığı eli sıkarken, "Ben de Başkomiser Nevzat," dedim soğuk bir sesle. "Bir soruşturma için geldik."

"Nevzat Abi!" Heyecanlı çıkmıştı sesi. "Nevzat Başkomiserim siz misiniz? Hay Allah, karanlıkta tanıyamadım sizi, kusura bakmayın..."

Adam beni biliyordu, ama ben onu çıkaramamıştım, alacakaranlıkta gölgelenen yüzüne baktım bir kez daha, nafile. Tabii, sonunda o da fark etti durumu.

"Aşk olsun Başkomiserim, Kesik Müslüm'ü unuttunuz mu? Kristal Pavyon'dan. Hani benim ortağı vurmuşlardı; Şükrü'yü..." Zeynep'e utangaç bir bakış attı. "Hatırlasanıza Başkomiserim, Tek Taşak Şükrü'yü..."

Hatırladım Tepebaşı'ndaydı yerleri. Bir gece yarısından sonra basmışlardı pavyonu, olayın tek görgü tanığı bu Müslüm'dü. Cinayeti Dişlek Sabri işlemişti. O zamanın en belalı itlerinden biri. Ama hiç korkmamıştı Müslüm, sonuna kadar arkasında durmuştu ifadesinin. Elbette bu cesaret gösterisinde, öldürülen Şükrü'nün ortağı olmasının da payı vardı.

"Vay Müslüm," dedim dostça omzuna vurarak. "Karanlıkta çıkaramadım yahu."

Endişesi geride kalmıştı, karşılaştığımıza sevinmiş gibi görünüyordu.

"Buyurun odama geçelim."

Bakışlarım sahneye kaydı, zavallı Sadri olan bitenden habersiz, şarkıcı kadına eşlik etmeyi sürdürüyordu.

"Olmaz meleğim böyle bir aşk / Bende vakit geç..."

Biz patronunun odasında otururken onun bunu fırsat bilip kaçacağını sanmıyordum, ama yine de işi sağlama almakta yarar vardı. Başımla boş masalardan birini gösterdim.

"Şöyle arkalara bir yerlere otursak."

Bir sahneye, bir bana bakan Müslüm kötü bir şeyler olacağını anlamıştı, ama itiraz etmedi.

"Emredersiniz, şu soldaki masaya geçelim, oraya ses de az gelir." Telaşla genç garsona döndü. "Hemen donatın masayı. Başkomiserim rakı içer..."

Koluna dokundum usulca.

"Bu akşam olmaz Müslüm, alacağımız olsun."

Yine bir duraksadı, ama garsonun yanında konuşmak istemediğinden, "Görevdeyiz diyorsunuz yani," dedi anlayışlı bir tavırla. "Tamam, ama bir çayımızı içersiniz herhalde."

"Ben kahve alsam," dedim, hafiften başım ağrıyordu.

"Biz de neskafe içelim," dedi yardımcım. "Öyle değil mi Zeynep, neskafe..."

Bunların aşkında işler epey ilerlemişti anlaşılan, artık kızın ne içeceğine de bizim paşa karar veriyordu.

Müslüm'ün gösterdiği masa, büyükçe bir kolonun arkasında yer alıyordu. Muhtemelen en züğürt müşterileri atıyorlardı buraya, ama bizim için idealdi, hakikaten ses oldukça az geliyordu. Biraz soluklanınca merakını gidermek istedi mekân sahibi.

"Ee Başkomiserim, hayırdır, sizi hangi rüzgâr attı buraya?"

"Sanki bilmiyorsun," dedim geriye yaslanarak. "Sence niye buradayız?"

"Engin meselesi mi?"

"Cinayet gecesi buradaymış..." diyerek girdim konuya. "Azize'ye bulaşmış. Hatta sen de katılmışsın kavgaya."

Kötü bir anıyı hatırlamış gibi başını salladı.

"Buradaydı, ama kavga olmadı. Kıza saldırdı. Derdi benimle değil, Azize'yleydi. Manyaktı o herif, aklını bizim kızla bozmuştu. Ama bir yandan da başka kadınlara takılıyordu."

"Jale mi?" diye girdi araya Ali. "Tanır mıydınız o kadını?"

Suratını buruşturdu Müslüm.

"Yaramaz insanlar... Kadında her yol vardı. Kocası da bir tuhaftı zaten. Sonra felç mi olmuş, ne olmuş, adam kayboldu, kadın tek gelmeye başladı buralara. Önceleri Engin'le geliyordu. Tahmin edersiniz, Engin parasını yiyordu kadının..."

Cılız bir alkış sesiyle kesildi Müslüm'ün sesi. Şarkıcı kadının programı bitmişti, müşteriler değil, ama konsomatrisler alkışlıyordu meslektaşlarını. Tombul kadın sahnede yerlere kadar eğilerek selamladı, kendisini dinleme tenezzülünde bile bulunmayan adamları. Şarkıcı sahneden inerken, sazende ekibi de hareketlendi. Kısa bir ara veriyorlardı anlaşılan.

Bakışlarımın klarnetçisine takıldığını fark eden Müslüm, "Sadri için mi geldiniz yoksa?" diye sordu safça.

Yanıt yerine sadece baktım. Ağır, hiçbir lakırdıya yer bırakmayacak kadar kederli bir bakış.

"Nasıl yani? Sadri mi?" Şaşkınlıktan dilini yutacaktı nerdeyse. "Engin'i bizim Çingene mi öldürmüş?"

Masadan kimse yanıt vermedi, sonunda anlamıştı. Parmaklarını ağzına uzattı, bıyığını çekiştirecek sandım, vazgeçti, elini masanın üzerine indirdi.

"Aklıma gelmedi de değil, ama konduramamıştım." Sesi üzüntülü çıkıyordu. Sahneden inmekte olan Sadri'ye baktı. "O kızdan sana yâr olmaz demiştim... Demek dinlemedi beni... Yazık be, hapishanelerde ölür bu adam!"

Sahneden inen Sadri geçerken bizi gördü, emin olamadı, elini gözüne siper ederek yaklaştı. Önce beni tanıdı.

"Başkomiserim..." Gülümsemeye çalışırken Ali'yle Zeynep'i fark etti. Öylece kaldı, sonra gülümsemesini toparladı, ayaklarını sürükleyerek yaklaştı. "Hoş geldiniz..."

Müslüm sessizce kalktı iskemlesinden.

"Gel, gel Sadri, böyle otur," dedi üzüntüsünü saklayarak. "Benim içeride işim var."

Minnet dolu bir bakış attı patronuna.

"Sağ olun Müslüm Bey..."

Usulca çöktü iskemleye. Bir süre kimse konuşmadı masada. Bizim Ali'nin bile sesi çıkmıyordu.

"Benim için geldiniz değil mi?"

Evet, Sadri'ydi bozan sessizliği.

"Senin için geldik," dedim kederli bir sesle. "Seni götürmek için geldik."

Ne telaşlandı ne de inkâr etmeye kalkıştı.

"Nasıl anladınız?"

"Sen açık verdin," dedim üzüntüyle. "Bulgaristan göçmeniyim, Dobruca'dan geldik dedin." Başımla Zeynep'i gösterdim. "Annesi babası tanıyormuş seni... Daha doğrusu başına gelenleri duymuşlar... Jenya'yı diyorum, yani Pembe'yi... Kız kardeşinin başına gelen kazayı..."

Sağ elini masanın üzerinden çekip sanki görmemizi istemiyor gibi karanlıkta kalan dizlerinin üzerine koydu.

"Oradan anladınız yani..."

"Oradan anladık..."

Yine suskunluk oldu, sarhoş müşterilerin akortsuz kahkahaları masamıza kadar geliyordu. Onların gürültüsü arttıkça bizim masadaki sessizlik dayanılmaz bir hal alıyordu. Bizim meslekte empati duygusu gereklidir, ama bu kadar duygusallık benim için bile fazlaydı. Sorguya dönmek iyi olacaktı.

"O gece... Yani olayın olduğu gece. Engin kavga çıkarttı demiştin. Azize'ye saldırmış değil mi burada?"

Sanki kendisi olayın dışındaymış gibi sakince onayladı.

"Öyle oldu... Anlatmıştım size. Daha önce de yapmıştı, ama onu hiç bu kadar öfkeli görmemiştim. Uyuşturucu filan çekmişti herhalde. Öyle acımasızca vuruyordu ki kıza, sonunu düşünmeden. Bize de küfürler yağdırıyordu. Umurumda bile değildi, ama odadan çıkarken, 'Bu iş burada bitmez, senin peşini bırakmayacağım orospu!' diye Azize'yi tehdit edince paniğe kapıldım. Kendim için değil, Azize için. Onu gerçekten öldürecek zannettim. Daha evvel hiç böyle konuşmamıştı çünkü. Azize'nin ölmüş hali geldi gözlerimin önüne, tabutlar, mezarlık, tıpkı Pembe gibi gelinliğiyle gömülmesi. Yok, buna razı olamazdım. Azize'yi Müslüm Abi'nin odasında tek başına bırakıp çıktım dışarı... Mutfağa girdim... Oradan en keskin bıçağı aldım, elime en yatkın olanını... Müzik ara vermişti zaten... Sokağa fırladım, Engin çıkalı birkaç dakika olmuştu, önce aşağıya yürüdüm, göremedim. Taksim Meydanı'nda yılbaşını kutlayan insanların sesleri geliyordu, ama Engin'in ayak seslerini duyamıyordum. Koşar adım yukarı sokağa yöneldim. Birkaç yüz metre ilerledim, hava buz gibiydi, nefesim kesilir gibi oldu, nerdeyse vazgeçecektim ki onu gördüm. Öfkeyle, hızlı adımlarla yürüyordu. Adımlarımı onunkine uydurdum, onun gibi nefes almaya çalıştım. Her adımda biraz daha yaklaşıyordum, her adımda biraz daha kısalıyordu aramızdaki mesafe, ama fark etti. Adımlarının yavaşlamasından anladım, hırsının azalmasından. Silahı olduğunu biliyordum, tek atış şansım vardı. Onu öldüremezsem Engin kesinlikle beni öldürürdü. Sağ omzunun kıpırdadığını gördüm, elini silahına atmış olmalıydı. Anladım, dönüp ateş edecekti. Önce ben durdum, bıçağı elimde tarttım, başımın hizasına kaldırdım, beklemeye başladım. İki adım sonra o da durdu; durur durmaz da elinde silahıyla bana döndü, o anda fırlattım bıçağı. Tabancası elinde öylece kaldı, nedendir bilinmez, gülümsedi bana, sonra da sırtüstü yıkıldı yere. Yaklaştım, gözleri açıktı hâlâ, ama çoktan ölmüştü. Acı çekmediğine sevindim yine de. Bıçağı aldım, hızla buraya geri döndüm. Bıçağı yıkayıp yerine koydum. Müzik başlamak üzereydi, sahneye çıktım, sandalyeme oturup klarnetimi elime aldım." Derinden bir iç geçirdi. "Belki biraz düşünseydim yapmazdım. Yapmazdım değil, yapamazdım. Çünkü Engin'in Azize'yi öldürmeyeceğini anlardım. Çünkü o da âşıktı kıza. Evet, sevmeyi bilmiyordu ama âşıktı Azize'ye."

"Ya sen? Sen de âşık mıydın Azize'ye?"

Merak, üzüntü karışımı bir ciddiyetle sormuştu Ali; bir polis gibi değil, duyduğu hikâyeden etkilenen genç bir adam gibi.

"Aşk!" Acı bir gülüş döküldü Sadri'nin dudaklarından. "Yok, aşk değil." Emin olamadı. Kendi kendine mırıldandı. "Aşk?" İşin içinden çıkamadığı için mi, yoksa geçiştirmek için mi bilinmez, bana çevirdi bakışlarını. "Aşk nedir, Başkomiserim? Siz görmüş geçirmişsiniz, aşk nedir?"

Hiç beklemiyordum bu soruyu. Ben de güldüm, pek acemice oldu benim gülüşüm de.

"Bilmiyorum ki... Sevip de kavuşamamaktır, isteyip de alamamaktır, ne bileyim. Bir insanı yanında istemektir... Ama herkesin kendine göre bir aşk tarifi var." Bakışlarım bizim gençlere kaydı. "Öyle değil mi? Herkese göre farklıdır aşk..."

Hiç öyle bir niyetim olmadığı halde, imada bulunduğumu sandı çocuklar, bakışlarını kaçırdılar, utandım, utanmak ne kelime, yerin dibine geçtim ve elbette çenemi kapayıp sustum. Ama Sadri susmadı.

"Kız kardeşime benziyordu," diye mırıldandı. "Görünüş olarak değil. Bakışı mı, boynunu eğişi mi, konuşması mı, bilmiyorum, ama onda, bizim rahmetli Pembe'yi andıran bir şey vardı. Bir de o çaresizliği... Dünyada tek başına kalmışlığı. İnsanın suratına saf saf bakışı... Bilmiyorum, benimkisi aşk değildi herhalde... Yaptığım da doğru bir şey değil, bir insan öldürdüm. Zaten aşkın da iyilikle bir ilgisi yok. Olsaydı, Azize çoktan terk ederdi Engin'i. O herif ağzını burnunu daha ilk kırdığında, 'Ne olur beni terk etme,' diye gidip onun evinin önünde yatmazdı. Yok, aşk iyi bir şey değil. Nasıl bir şey dersen, anlatamam, ama iyi değil..." Eski bir dosta sığınır gibi bana döndü. "Aslında gelip teslim olacaktım. Valla Başkomiserim, gelip ne yaptıysam bir bir anlatacaktım. Tıpkı az önceki gibi... Daha o gece karar vermiştim itiraf etmeye. Ha içerde yaşamışım ha dışarıda fark etmezdi. Ama Engin'in öldüğünü duyduğu anda Azize'nin yüzünde beliren o ifadeyi görünce korktum. Azize hâlâ deli gibi seviyordu Engin'i. Eğer onu öldürdüğümü öğrenirse benden nefret eder diye korktum. Anlayacaksınızdır, insanca bir duygu. Hayatta tek değer verdiğim insan Azize'ydi. Onun da benden nefret etmesi... Tamam aptalca bir düşünceydi belki. Çünkü şimdi de edecek... N'apalım, etsin... Dediğim gibi Başkomiserim, aşk iyilikten pek anlamıyor. Aşkın iyilikle hiçbir ilgisi yok."

"Beyoğlu'nun En Güzel Abisi"

Kar yeniden başlamıştı. Sessizce, seyrek taneler halinde savruluyordu Beyoğlu'nun üzerinde. Dakikalardır yürüyordum Tarlabaşı'nın sokaklarında. Oysa merkeze diye çıkmıştım evden. Sadri savcılığa götürülecekti bugün, yanında olmak istiyordum. Bizden başka kimse gelmeyecekti, belki güngörmüş patronu Müslüm bir adamını yollardı, cebine üç beş kuruş para koyardı. Hayır, Azize görmek istemiyordu Sadri'yi. Haklı çıkmıştı katilimiz; biricik sevgilisini öldürdüğünü öğrenince, önce şoka uğramış, sonra lanetler yağdırmıştı yoksul klarnetçiye. Uzun yıllar da affetmeyecekti onu, belki yaşlandığında, çok yaşlandığında, küçük şehirlerden birinin kerhanesinde tuvalet temizlikçiliğine kadar düştüğünde anlayacaktı, onu gerçek anlamda sadece Sadri'nin sevdiğini... Belki de hiçbir zaman anlamayacak, son nefesine kadar nefret edecekti âşık olduğu adamın canını alan bu müzisyenden. Saklayacak değilim, kaybetmiş insanları, kazananlardan daha yakın bulurum kendime. Onların yaşadıklarında çok daha fazla merhamet vardır, çok daha fazla acı. Bunu anlamak için Sadri'nin trajedisine bakmak yeterlidir. Evet, Engin'i öldürmüş olsa da bu hikâyenin gerçek kurbanı o uzun parmaklı, o mahzun bakışlı adamdı. Onun masumiyetinin yanında Azize'nin saflığı, şu metruk binaların pencerelerindeki camlar kadar temiz kalırdı ancak. Evet, bu yıkılmaya yüz tutmuş binalar, nefretimizle, toplu histerimizle viraneye çevirdiğimiz bu meşum semt, bu cinayetler, bu kötülükler, bu insan kanı, insan eti satılan can pazarı... Sanırım bu yüzden, kırmıştım bizim emektarın direksiyonunu ara sokaklara. Şehrin göbeğindeki bu hayalet semti bir kez daha görmek, anlamak, lanetini hissetmek için.

Engin'in öldürüldüğü Tarlabaşılılar Kulübü'nün oraya park etmiştim arabamı, çoktan silinmişti yerdeki kan lekesi. Sonra aşağıya vurmuş, Kadın Çıkmazı'na kadar inmiştim Ali'nin elini kana buladığı yere kadar, ardından büyük çatışmanın çıktığı küçük meydanda dolanmıştım bir süre. Pirana'yla Keto'yu anmıştım bir kez daha içim yanarak. Barbut'la Nizam'ı, Pire Necmi'yi ve benim silahımdan çıkan kurşunlarla can veren iki delikanlıyı düşünmüştüm. Yanlış bir hayata gözlerini açmış, yanlış insanları... Musti'ye yeniden sahip çıkan Ferhat Çerağ Kültür Merkezi'ne uğramamıştım, Nazlı'nın derin bir kederle gölgelenmiş menekşe gözlerine bakmaya cesaretim yoktu. Öztarlabaşılılar Kulübü'nün sokağına gelmiştim, Fidan'ın narin bedeninin yattığı zemine bakmıştım; orada da cinayet işlendiğine dair hiçbir iz yoktu. Hızla uzaklaşmıştım, sonra, yürümek, yürümek istemiştim, biraz nefes almak, belki uzaklaşmak, bütün bu olup bitenlerden kaçmak... Sanki kaçabilirmişim gibi...

"Başkomiserim, Başkomiserim..."

Artık alışmıştım, hep birileri çağırıp duruyordu bu sokaklarda. Başımı çevirince kitapçıyı gördüm. Şu tuhaf yazarın arkadaşı. Dükkânın kapısında durmuş, samimi bir tavırla bana el sallıyordu. Kibar adamdı, ama şimdi onunla konuşacak sabrım yoktu.

"Merhaba Kemal Bey..." dedim uzaktan. "Nasılsınız?"

Nezaketi elden bırakmadan çekip gitmekti amacım, ama izin vermedi.

"Bende bir emanetiniz var... Sizin için bırakıldı."

Bu da nereden çıkmıştı şimdi! Artık gidemezdim, kitapçıya yöneldim. Kapının önünde paltomun üzerindeki karları silkeledikten sonra girdim içeriye...

"Ne emanetiymiş bu?"

Dudaklarında gizemli bir gülümsemeyle elindeki kitabı uzattı.

"Komşunuzun son romanı... Daha bugün çıktı."

Anlaşılmıştı, şu münasebetsiz yazarın yeni bir ilişki kurma girişimiydi. Memnuniyetsiz bir sesle mırıldandım.

"Eve bıraksaymış ya, hemen yanımızda oturuyor."

"Öyle yapacaktı da ben ısrar ettim," diye korumaya çalıştı arkadaşını. "Bana uğrayacağınızı söylediniz ya... Romanı bana bırakması için rica ettim. O da kırmadı."

Uzattığı kitabı aldım.

"Neyse, teşekkür ederim."

Romanı işaret etti.

"Sizin için imzaladı."

Aman ne şeref, sanki çok umurumdaydı imzası... Çok uzatmamak için, "Ne güzel," dedim soğuk bir ifadeyle. Kapağına bile bakmadan kitabı koltuğumun altına yerleştirdim. Yüzündeki o gizemli ifadeyi kaybetmeden beni süzen kitapçıya sağ elimi uzattım. "Kusura bakmayın Kemal Bey, yine bir yerlere yetişmem lazım. Koşturup duruyoruz işte."

Bu defa ısrar etmedi.

"Anlıyorum, müsait olduğunuzda beklerim."

Aceleyle çıktım dükkândan, köşeyi dönüp Mis Sokak'a girince durdum, koltuğumun altındaki kitabı çıkardım. Kapağa şöyle bir göz attım. Tarlabaşı'ndaki şu yaşlı sokaklardan birinin fotoğrafı vardı. Birden kitabın ismi çarptı gözüme. Yanlış mı görüyordum, gözlerimi kısarak baktım, hayır, doğru okumuştum. *Beyoğlu'nun En Güzel Abisi* yazıyordu. Nasıl yani, beni mi anlatmıştı bu yazar! Ceketimin cebinden yakın gözlüğümü çıkartıp burnumun ucuna yerleştirdim, aceleyle bir sayfa çevirdim:

"Katili daha çabuk davranmış anlaşılan"

Polisin kâbusu, yılbaşı geceleridir. Herkesin gülüp eğlendiği, mutlulukla dans ettiği o gece, bizim için korkunç saatler demektir; öğleden sonra başlayıp yeni yılın ilk günü ışıyıncaya kadar süren, bir türlü bitmek bilmeyen kanlı, karanlık bir kâbus... Hiç şaşmaz, mutlaka bir vukuat çıkar. Mutlaka birileri ateş eder, birileri bıçağını çeker, birileri birilerini öldürür. Bugüne kadar hep böyle olmuş, bundan sonra da böyle olacaktır. İşte bu yüzden izinler kaldırılır, bütün teşkilat diken üzerindedir. İnsanlar lüks restoranlarda, gece kulüplerinde, ama çoğunlukla da evlerinde aileleriyle, sevdikleriyle baş başa eğlenirken biz polisler sıkıcı karakollarımızda güya küçük kutlamalarla yeni yılın gelişini karşılarız, hepimizin canı sıkkındır, dahası telsizden her an gelebilecek anons nedeniyle hepimiz tetikteyizdir. Ama tuhaftır, bu gece zaman akıp gitmiş, birkaç yaralama olayının, özellikle Taksim'de her yılbaşı görülen taciz rezaletlerinin dışında kayda değer bir vukuat olmamıştı. Belki de bu gece istisnaydı, bu yılbaşı gecesi kimse kimseyi öldürmeyecekti. Belki katiller ara vermişlerdi bu gece işlerine... Tam da umutlanmaya başlarken geldi anons; Ali ayakta, masanın üzerinde unutulmuş frambuazlı pastanın son kırıntılarını atıştırırken, ben kahvemi yudumlarken... İşte tam o anda bildirdi yeni yılın ilk cinayetini telsiz.... Tarlabaşı'nda bir erkek cesedi bulunmuştu.

06
0001
0017
8155
1212
1050
03

Ömer
Faruk
Erman